ЭНЦИКЛОПЕДИЯ ПРЕСТУПЛЕНИЙ И КАТАСТРОФ

ЭПК

ПАЛАЧИ И КИЛЛЕРЫ

Наемники,
террористы,
шпионы,
профессиональные убийцы.

Минск•Литература•1996

ББК 67. 99(0)
П 14
УДК 343. 3

Серия основана в 1996 году

Подготовка текста *П. В. Кочетковой, Т. И. Ревяко*

П 14 **Палачи и киллеры: Наемники, террористы, шпионы, профессиональные убийцы** Подгот. текста П. В. Кочетковой, Т. И. Ревяко.— Мн.: Литература, 1996.—640 с.— (Энциклопедия преступлений и катастроф).

ISBN 985-6274-48-6.

Серию «Энциклопедия преступлений и катастроф» продолжает том «Палачи и киллеры». В центре внимания данной книги — киллеры, наемники, террористы и шпионы.

П 3430300000   ББК 67. 99(0)

ISBN 985-6274-48-6   © Литература, 1996

ОГЛАВЛЕНИЕ

В центре внимания данной книги — киллеры, наемники, террористы и шпионы. Эти представители человечества не могут найти место в устоявшейся жизни, а обретают себя только в экстремальных ситуациях. Они превратили убийство в повседневную работу, но очень часто в конце пути их ждет смерть от руки «коллеги».

ЧАСТЬ I. НАЕМНИКИ И КИЛЛЕРЫ

ПРЕДИСЛОВИЕ

Наемники и киллеры убивают за деньги, они составляют категорию людей, для которых убийство является работой.

Два американских журналиста Вилфред Барчет и Дерек Робек, написавшие книгу о наемниках «Проститутки войны», утверждали:

«Сравнение наемников с проститутками очень удачно. В обоих случаях те, кто тайно покупает человеческую плоть, нисколько не беспокоятся о том, что после будет с живым товаром. Автором этой метафоры является Гус Грильо, американский наемник, оказавшийся в плену. Как бывший гангстер Грильо был хорошо знаком с обеими «профессиями». При наемничестве основная вина ложится на вербовщиков, этих сводников войны. Если бы не было людей, готовых оплачивать услуги наемников, то наемничество вообще не существовало бы».

Наемные воины известны с глубокой древности. Греческий историк и писатель Ксенофонт доносит до современного читателя картины жизни греческих наемников IV века до нашей эры.

Высадившись на острове Керкира, солдаты осадили город и стали грабить все в округе. Они опустошали обработанные поля, разрушали дома и винные погреба, захватывали много рабов и скота. Воины до того разбаловались, что, по словам Ксенофонта, не хотели пить никаких других вин, кроме отборных старых сортов с «букетом».

Как обычно в наемной армии, дисциплина поддерживалась главным образом регулярной выплатой жалования. Командир спартанцев Мнасипп решил присвоить себе часть денег. Думая, что из-за начавшегося голода осажденный город скоро сдастся, он распустил часть наемников, а остальным задолжал за два месяца, хотя деньги у него были. Последствия этого были ужасными для командира: не получая оплаты, наемники стали относиться к своим обязанностям небрежно, а часть из них даже покинула войско.

Заметив это, осажденные напали на передовые отряды наемников; когда же Мнасипп бросился на помощь, приказав союзникам (лохагам и таксиархам) вывести в бой наемников, некоторые из них стали возражать, говоря, что трудно заставить повиноваться воинов, не получающих оплату. В ответ Мнасипп пустил в ход свою палку и заставил подчиниться, однако воины вышли в бой унылые, затаив ненависть против своего работодателя. «Такое настроение войска, идущего в бой, всегда сопровождается самыми скверными последствиями», — замечает Ксенофонт. Союзники были разбиты и в смятении бежали с острова, бросив много вин, хлеба и больных воинов — деталь показательная для морали наемников.

(Маринович Л.П.Греческое наемничество IV века до н.э. и кризис полиса. М., 1975).

Никколо Макиавелли в трактате «Государь» писал: Наемные войска бесполезны и опасны; никогда не будет ни прочной, ни долговечной та власть, которая опирается на наемное войско, ибо наемники честолюбивы, распущенны, склонны к раздорам, задиристости с друзьями и трусливы с врагом, вероломны и нечестивы; поражение их отсрочено лишь на столько, на сколько отсрочено решительное наступление.

В мирное же время они разорят тебя (государя) не хуже, чем в военное неприятель. Объясняется это тем, что не страсть и не какое-либо другое побуждение удерживает их в бою, а только скудное жалование, что, конечно, недостаточно для того, чтобы им захотелось пожертвовать за тебя (государя) жизнью. Им весьма по душе служить тебе в мирное время, но стоит начаться войне, как они показывают тыл и бегут...

Я хотел бы объяснить подробно, в чем беда наемного войска. Кондотьеры (наемники) по-разному владеют своим ремеслом: одни превосходно, другие — посредственно. Первым нельзя доверять потому, что они будут домогаться власти и ради нее свергнут либо тебя, их хозяина, либо другого, но не справившись о твоих намерениях. Вторым нельзя доверять, потому что проиграют сражение.

Наемники славятся тем, что медлительно и вяло наступают, зато с замечательной быстротой отступают».

В эпоху феодализма вербовка королевской рати возлагалась на дворян, и они ревностно охраняли эту привилегию, которая не столько обременяла их, сколько давала им в руки политическое оружие.

Подписывая Великую хартию вольностей, английский король Иоанн Безземельный обязался не использовать иностранных наемников. Правда, это не помешало последующим английским монархам вербовать наемников в свою армию: валлийские наемники обеспечивали Эдуарду I победу над Шотландией, гессенские наемники Георга III проиграли войну против восставших английских колоний в Северной Америке, а гуркхи (непальцы) до сих пор служат в качестве наемников в районах Персидского залива.

Так как в период абсолютизма содержать наемную армию

был в состоянии только король, наемники являлись важным инструментом в борьбе против феодалов за укрепление центральной власти. Кроме того, иностранные наемники более надежны, когда возникает необходимость железной рукой подавить народный бунт, поскольку они не питают сочувствия к подданным короля. После гибели наемников не остается вдов и сирот, которых нужно содержать за счет казны.

Когда кончается война, наемники не пополняют ряды безработных, от которых только и жди неприятностей, хотя, конечно, всегда существует опасность перехода наемников на сторону того, кто больше заплатит.

Как профессионалы, наемники всегда владели новейшим оружием, были хорошо обучены приемам и тактике ведения боя. Во время войны Алой и Белой Розы фламандские и немецкие наемники первыми в английской армии использовали огнестрельное оружие. И хотя Уолтер Рэлей и Макиавелли считали наемников ненадежными солдатами, а наемничество разорительным, было бы ошибочно считать, что все деспоты, от Ксеркса до Мобуту, поступали опрометчиво, используя наемников.

Наемники так часто решали исход битвы, что спрос на них сохранился в течение многих столетий.

(Барчет В., Робек Д. Солдаты на продажу. М.,1979).

«Профессия» киллера (наемного убийцы) также известна с глубокой древности. Всегда находились люди, готовые убивать за деньги. Всегда находились те, кто готов был оплатить убийство. Массовой «профессия» киллеров стала в 2О веке, когда в тридцатые годы в США была создана «Корпорация убийц», которая представляла собой «подлинную

индустрию смерти по заказу — гигантское предприятие убийц, которое распространило свои щупальца по всей территории страны и функционировало в невероятных масштабах с пунктуальностью, точностью и необычайной эффективностью хорошо смазанного механизма.

Самое удивительное, что за десять лет существования этой грозной подпольной организации, действовавшей ежедневно и постоянно увеличивавшей счет совершенных преступлений, ни правительство, ни правосудие, ни ФБР, ни местная полиция даже не подозревали о наличии того, что пресса впоследствии станет называть «Мёрдер инкорпорейтед». В переводе это означает приблизительно следующее: «Корпорация убийц» или «Анонимное общество по совершению убийств на промышленной основе».

(Шарлье Ж.-М., Марсилли Ж. Преступный синдикат.М.,1983)

В настоящее время заказные убийства получили огромное распространение на территории бывшего Советского Союза: у людей появилось много денег и, соответственно, врагов. Газеты полны материалами об оплаченных убийствах, совершенных профессионалами. География таких убийств необычайно широка. Например, случай в городе Саранске.

«В криминальном Саранске ничего подобного еще не случалось. Ни разу еще жертвой наемных киллеров на становился политик, никогда наемные убийцы не действовали столь демонстративно.

Короткая справка. Олег Алиевич Еникеев родился в 1962 году в Магадане. Закончил аспирантуру Ленинградского института инженеров железнодорожного транспорта. В 1994 году был избран доцентом кафедры Мордовского госуниверситета.

Депутат Саранского горсовета, был заместителем председателя контрольно-бюджетного комитета. Стал стремительно входить в бизнес и политику, организовав ассоциацию «30-й век». В ее составе несколько производственных предприятий, организаций сервиса в самых различных сферах юридических фирм. Ассоциация является учредителем популярных в республике газет «Столица С», «Вечерний Саранск, теле-и радиоканалов. Перспективной политической акций явилось создание благотворительного фонда «30-й век — эра милосердия».

27 октября доцент Еникеев читал лекцию студентам первого курса. Внезапно дверь аудитории распахнулась и раздался выстрел вверх. Перепуганные студенты стали прятаться под столы. В аудиторию ворвались молодые парни в шапках-масках и открыли пальбу из автоматов по стоявшему у доски Еникееву. Пули прошивали тело преподавателя, впивались в стену. Пыль от выбитой штукатурки заволокла аудиторию словно туманом. Потом раздалось несколько одиночных выстрелов, и киллеры устремились по коридору второго этажа на выход. Все это продолжалось не более тридцати секунд. Студенты бросились к лежащему на полу преподавателю. Он был мертв. Тем временем в коридор высыпали студенты других групп и увидели четверых, быстро продвигавшихся к выходу. Едва не сбив с ног вахтершу, они выбежали на улицу, выбросили автоматы и скрылись во дворе соседнего магазина.

Убийство произошло в самом центре города в полдень.

 Вскрытие показало, что Олег Еникеев получил восемь пулевых ранений. Две пули попали в голову, одна в ладонь левой руки, остальные — в левую часть корпуса. Пули, попавшие в тело, перемололи наиболее важные внутренние органы, включая сердце. Характер ранений соответствует эффекту применения малокалиберных пуль от армейского

автомата АКС74У со смещенным центром тяжести. Убивали профессионалы. Еникеев умер мгновенно».

(Кислов А., Известия, 4 ноября 1995).

Самое дикое, что заказные убийства встречаются и в подростковой среде. «Четырнадцатилетний мальчишка был задержан сотрудниками уголовного розыска Нижнего Тагила по обвинению в убийстве.

С ноября 1994 года милиция искала пропавшего без вести восьмиклассника М. Что-то насторожило оперативников в показаниях его друзей, твердивших «не видели», «не знаем». Лишь три месяца спустя выяснилось, что заказчик, с которым у жертвы происходили постоянные разборки, предложил однокласснику за 150 тысяч рублей убить М.

Компанией из девяти человек ребята отправились к заброшенной шахте. Обычно эти подростки вместе участвовали в драках со сверстниками из других районов. Киллер, подойдя к краю шахты глубиной 100 метров, спросил М.:

— А не слабо мне тебя столкнуть?

— Слабо, — простодушно ответил М.

Все произошло так быстро, что ребята даже не услышали крика. Труп не был найден. Альпинисты, рискуя жизнью, так как порода все время осыпается, пробовали отыскать погибшего, но нашли лишь сапог, слетевший с ноги во время падения. Сотрудники милиции изготовили муляж такого же веса, как погибший подросток, чтобы вычислить траекторию падения, но безрезультатно». (Версия, N5,1995,).

Киллеры не доживают до старости. По мнению Франческо

Арагоны, профессора факультета судебной медицины Мессинского университета, они умирают заживо.

С 1960 года Ф. Арагона проводил вскрытие всех убитых в итальянском городе Реджо-Калабрия, следствием этого явился новый медицинский термин — «стресс наемного убийцы».

«Стресс наемного убийцы» — синдром, поражающий коронарные сосуды, надпочечные железы, щитовидную железу и печень.

Как правило, профессиональные киллеры редко попадают в руки представителей правоохранительных органов, их имена неизвестны.

Ясно одно: люди, которые видят в чужой смерти источник своего существования, не могут жить долго.

ГЛАВА 1. НАЕМНИКИ

ШВЕЙЦАРЦЫ

Жители будущей Швейцарии начиная с XIV века в боях с рыцарской конницей Габсбургов неустанно совершенствовали новую форму боевого построения — так называемый квадратный строй. С его помощью они смогли отстоять свою независимость.

Кроме того, швейцарцы широко применяли весьма опасное оружие, против которого оказался бессильным рыцарский меч. Оно назвалось «алебарда» и представляло собой длин-

ное копье, поперек которого прикреплен топорик с крюком в верхней части. Алебардой можно было рубить, колоть, отбивать удары и стаскивать всадника с лошади.

Это удобное, простое и вместе с тем грозное оружие мог изготовить любой деревенский кузнец. Поэтому им можно было без особых затрат в кратчайший срок вооружить целый отряд.

Впервые швейцарцы пустили в ход алебарду в 1315 году в битве при Моргартене. С тех пор горцы, вооруженные алебардами, арбалетами и пиками, одержали немало побед и прославились своими боевыми качествами далеко за пределами Швейцарии.

Жители Альп занимались в основном скотоводством и земледелием и с трудом могли прокормиться на родной земле. Владельцы небольших крестьянских дворов в лучшем случае выделяли надел старшему сыну и его семье. Младшим сыновьям приходилось служить в наемных войсках на чужбине. Этому способствовало то, что через перевалы в Альпах проходили торговые пути, связывающие города Ганзы и такие экономические торговые центры Южной Германии, как Аугсбург и Нюрнберг, с богатыми городами Северной Италии, поэтому швейцарцы имели возможность сопровождать в качестве охранников купеческие караваны, снаряженные знаменитыми в то время торговыми домами.

Начиная с XIУ века, швейцарские наемники все больше и больше пополняли ряды армий могущественных чужеземных государей. Они проливали кровь под знаменами герцога Савойского, курфюрстов Альбрехта Бранденбургского и Фридриха Пфальцского, королей Франции, Габсбургов и других феодальных владык.

Таким образом, служба в наемниках стала как бы традици-

онным занятием и надежным источником дохода для многих поколений швейцарцев. Поскольку князья и короли европейских стран непрестанно вели между собой большие и малые войны, ландскнехты (наемники) никогда не оставались без работы.

Из молодых жителей кантонов(швейцарских округов), изъявивших желание служить в наемниках, формировались так называемые отряды швейцарских гвардейцев и полки швейцарских солдат. Как правило, командовали ими также офицеры-швейцарцы, и лишь они могли судить своих подчиненных. Наемники получали весьма высокое жалованье. Именно в то время и родилась поговорка: «Нет денег, нет и швейцарцев». К их услугам регулярно прибегали Франция, Голландия, итальянские торговые города и Ватикан.

Еще и сегодня 100 швейцарских гвардейцев несут охрану папского дворца — традиция, начало которой положил папа Юлий II в 1505 году; есть версия, что красочное одеяние швейцарцев создал Микеланджело.

«ВОЙНА КОРМИТСЯ ВОЙНОЮ»

Во времена тридцатилетней войны (1618-1648) в долине Фуны бесчинствовали наемники полководца Валленштейна. Характер этой войны обусловил то, что наемники появились во многих районах Германии, а в некоторых местах застревали надолго. Ландскнехты грабили и убивали, жгли дома и амбары, угоняли скот.

В такой ситуации вдова князя Иоганна Георга I княгиня Доротея, владевшая Радегастом и Зандерслебеном, решилась на весьма необычный поступок. В январе 1626 года она

обратилась с посланием к фельдмаршалу императорских войск графу Коллальто. В нем она с горечью писала, что непрекращающиеся постои и рейды его солдат совершенно разорили край. Она умоляла фельдмаршала «не дать совсем погибнуть» бедной вдове и ее подданным.

Поначалу обращение не привело ни к каким результатам. Мирным жителям по-прежнему приходилось спасаться бегством от солдат-грабителей. Они скрывались на маленьких островках посреди болот. Поскольку чужеземные захватчики ничего не знали о тех немногих тропах, что вели туда, беженцы чувствовали себя в относительной безопасности. И все же они продолжали страдать от набегов банд наемников. Те постоянно угрожали их жизням и не давали спокойно возделывать поля.

Тогда княгиня обратилась с новым посланием, на этот раз к полковнику фон Виттенхорсту, одному из приближенных Альбрехта Валленштейна. Но прошло много месяцев, пока ей наконец не пообещали, что в будущем через ее княжество больше не будут следовать войска.

Но что значили подобные обещания в условиях, когда во всей стране шла кровопролитная война? Озверевшие наемники не щадили ни жизни мирных жителей, ни тем более их имущества. Это была самая длительная война в истории «Священной римской империи германской нации» в период разложения феодального строя. Каждый князь стремился расширить свои владения и сферу влияния за счет других, в частности, за счет императора. В свою очередь, Габсбурги значительно увеличили «наследственные земли» за счет Чехии и Западной Венгрии.

На первый взгляд казалось, что стороны воевали друг с другом из-за разногласий по религиозным вопросам. Так,

в 1608 году возникла Протестантская уния во главе с курфюрстом Пфальцским. Через год была создана Католическая лига, где тон задавала Бавария, обладавшая наибольшей военной мощью. Поддержку обеим сторонам оказали иностранные державы. Англия и Нидерланды стали союзниками Унии, в то время как Испания, где правила династия Габсбургов, пришла на помощь Лиге. В итоге большая война вылилась во множество мелких сражений и грабительских набегов.

В ту пору Валленштейн произнес фразу: «Война кормится войною», ставшую девизом всех ландскнехтов. Главнокомандующий имперскими войсками разработал особую методу, приведшую в результате к реформе всего военного дела. Для дома Габсбургов он набрал хорошо вооруженную вымуштрованную армию наемных солдат, а расходы на нее покрыл по разработанной системе. Валленштейн обложил население дополнительным налогом, а также получил кредит от банкира Яна де Вита. На эти средства он организовал мануфактуры по производству амуниции, боеприпасов и вооружения по единым стандартам. Тем самым было положено начало военной индустрии. Когда в 1625 году благодаря Валленштейну в распоряжении императора оказалось полностью экипированное 20-тысячное войско, тот предоставил ему солидные кредиты и щедро одарил земельными угодьями.

Во время тридцатилетней войны наемники процветали. Они служили сегодня одному, а завтра другому, переходя из лагеря в лагерь, интересуясь размерами жалованья и долей добычи. Там, где появлялись ландскнехты, сразу же начались грабежи, убийства, поджоги и насилия. Население дрожало при одном упоминании их имен. Благодаря войне они оказались в чрезвычайно привилегированном положении. У любого из них имелось собственное оружие, снаряжение и даже

прислуга, и жалованье им определяли в зависимости от количества всех этих предметов и слуг.

Во главе отряда, как правило, верхом на коне ехал капитан. За ним шествовали мушкетеры и аркебузеры, барабанщик, трубач, а затем уже фельдфебель, ландскнехты с двуручными мечами, алебардами и пиками. В конце отряда следовал профос, в функции которого входило поддерживать дисциплину с помощью самых жестоких кар. Замыкал шествие обоз, где ехали каптенармусы, маркитантки, уличные торговцы, музыканты, проститутки и дети. Наряду с Валленштейном печальной славой пользовались такие командующие армиями наемников, как граф Иоганн фон Тилли, Эрнест фон Мансфельд и Христиан Брауншвейгский. Банды их ландскнехтов внушали не меньший страх, чем солдаты Валленштейна. Например, Тилли, имея под началом 26 тыс. человек и артиллерию, осадил городские укрепления Магдебурга. Его войска смогли лишь захватить укрепленные острова на Эльбе. Однако город не был готов к длительной осаде. Боеприпасов, вооружения и продовольствия хватало лишь на ограниченный срок. Поэтому магистрат решил вступить в переговоры с Тилли, чтобы договориться об облегчении участи жителей при сдаче города. Уже в ходе переговоров об условиях капитуляции командиры наемных отрядов сумели хорошо подготовиться к штурму городских стен.

Застигнутые врасплох, защитники не смогли дать отпор врагу. Банды наемников бешеным вихрем пронеслись по улицам города и, как обычно, начали вершить кровавые дела. Они швыряли горящие факелы в деревянные рыбацкие домишки в предместье города. Ветер быстро перенес огонь на соседние здания. Прошло совсем немного времени, и весь город был охвачен пожаром.

Жители в ужасе и смятении пытались спастись бегством от

гнавшихся за ними ландскнехтов и не уступавшей им в быстроте огненной стихии. Но почти повсюду их подстерегала смерть. Многие, обезумев от страха, бросались в Эльбу, и почти все погибли в ее водах. Некоторые искали прибежища в кафедральном соборе, другие под сводами женского монастыря. Пожар пощадил лишь несколько зданий. К вечеру 10 мая 1631 года гордый город на Эльбе представлял собой лишь груду дымящихся развалин.

Наемники Тилли, перепуганные и раздосадованные, злобно взирали на дело рук своих. Им некого было винить, что прахом пошли все надежды на хорошую наживу и лихой кутеж по случаю победы. В те времена действовал неписаный закон — взятый приступом город на три дня отдавался на разграбление захватившим его войскам. Любой из командиров наемных отрядов, пожелавший воспрепятствовать этому, рисковал вызвать мятеж в рядах своих солдат. Тилли также следовал общему правилу. Но в Магдебурге грабителям почти ничего не досталось. Тем яростнее они принялись искать разного рода тайники, где жители могли спрятать имущество.

Чем дольше длилась война, тем больше зверели наемники. Зачастую они отделялись от больших отрядов и объединялись в мелкие шайки, которые стремились лишь награбить побольше добра. Их совершенно не интересовали цели, которые преследовал в этой войне тот или иной феодальный властитель.

Законы и обычаи Тридцатилетней войны не могли не оказать своего воздействия на шведские войска, которые во главе с королем Густавом-Адольфом II вмешались в борьбу. Они были сформированы из мобилизованных крестьян, горожан и дворян и на первых порах отличались дисциплинированностью и порядком. Шведские солдаты, вооружен-

ные меткими скорострельными мушкетами, показали свое полное превосходство над отрядами наемников и одержали победу во многих битвах. Но в ходе непрекращающихся военных действий шведская армия как по кадровому составу, так и по чинимым ее солдатами разбою и насилиям все больше и больше стала походить на обыкновенную орду наемников. Ландскнехты, мародеры в расчете на хорошую поживу охотно шли к шведам, и те, подобно другим бандам наемников, также оставляли на своем пути разоренные дотла города и деревни. Когда раздавался крик «Шведы!», население, доведенное до отчаяния войной и грабежами, в панике бежало в леса, горы или просто куда глаза глядят.

Наконец длившееся 30 лет бессмысленное кровопролитие завершилось подписанием Вестфальского мирного трактата. В переговорах, проходивших в Оснабрюке и Мюнстере, приняли участие 260 посланцев от более чем 100 государств.

ИНОСТРАННЫЙ ЛЕГИОН

После июльской революции 1830 года во Франции началось бурное развитие капитализма. Главой государства был провозглашен человек, скромно называвший себя «король-буржуа», но за спиной Луи Филиппа стояли те, о ком финансовый магнат Лаффит в минуту откровенности сказал: «Отныне мы, банкиры, правим Францией». А буквально под самым боком — стоило лишь пересечь Средиземное море — находилось побережье Северной Африки. Казалось, нет ничего проще, чем снарядить туда военную экспедицию и прибрать к рукам эти огромные пространства.

В атмосфере предпринимательского ажиотажа некоему

проживавшему в Париже бельгийцу де Бугарду, присвоившему себе титул барона и звание генерала, пришла в голову мысль, принесшая ему за короткий срок немалые барыши. Он начал собирать вокруг себя людей, которым так или иначе не повезло в жизни. Среди них были политические эмигранты, авантюристы всех мастей, просто дезертиры, бывшие солдаты, каких-то распущенных вспомогательных частей, незрелые юнцы, бредившие о приключениях, и, наконец, те, кто по разным причинам конфликтовал с законом: бежавшие от суда и тюрьмы убийцы, скупщики краденого, мошенники и бандиты. Им всем «барон» обещал интересную работу, сопряженную, правда, с большим риском для жизни, но зато дающую возможность быстро разбогатеть и обрести надежное пристанище.

Довольно многим это предложение показалось весьма заманчивым, и к осени 1831 года удалось набрать отряд численностью в 1800 солдат.

Всяческое содействие оказали Бугарду влиятельные финансовые круги, которые не только выделили необходимые средства на его начинание, но и побудили короля взять это воинство к себе на службу. 9 мая 1831 года тот подписал декрет о реорганизации отряда ландскнехтов Бугарда в полк «Иностранный легион». В указе говорилось: «1.Повелеваю образовать Иностранный легион. 2.Численность его батальонов должна быть такой же, как и батальонов регулярной французской армии. 3.В отношении солдатского жалованья... легион приравнивается к частям французской армии... 4. Любой иностранный подданный, пожелавший поступить на службу в легион, может сделать это только добровольно».

Кроме того, было отдано специальное распоряжение об использовании легиона только за рубежом, но никак не на территории самой Франции.

Тем самым была заложена юридическая основа для образования крупнейшей наемной армии современности. И сегодня, спустя более 150 лет со дня опубликования декрета, все, что делается в легионе, регулируется в соответствии с формулировкой «Указа короля от 9 мая 1831 года». Служба продолжается 5 лет, зачисляют в легион с 18 лет (более молодым кандидатам просто «прибавляют» на бумаге года); любой контракт, при каких бы обстоятельствах он ни был заключен, имеет законную силу, за попытку к бегству подвергают жесточайшим пыткам или приговаривают к смертной казни.

История легиона — это кровь, слезы, душераздирающие крики обезумевших от страха легионеров и их жертв.

Начало ей положила отправка первых подразделений легиона в конце 1831 года в Алжир. Их послали сражаться с племенами берберов, кабилов и бедуинами, чтобы постепенно покорить всю страну. И после первых боев они почти полностью вырезали племя эль-уффин. Но в следующем году объединенные арабские племена наголову разгромили это формирование колониальных войск, численность которого к тому времени составляла 4 тыс. наемников.

Среди легионеров, принимавших участие в войнах, были выходцы чуть ли не из всех стран. Иные попали в легион потому, что питали страсть к разного рода авантюрам, другие же попросту оказались в безвыходном положении.

СИПАИ

Сипаи существовали в Индии до эпохи колониальных захватов. Многие источники считали их кастой воинов, не

входившей в кастовую систему страны. Во всяком случае, они занимали особое место в феодальной иерархии Индии и всячески его отстаивали. Они постоянно меняли хозяев в зависимости от того, кто больше платил и нуждался в услугах. Война была ремеслом и смыслом их полной смертельного риска жизни. Война давала им средства к существованию, ибо, помимо солдатского жалованья, они имели еще возможность вволю грабить побежденных, что нередко оказывалось куда прибыльнее.

Колониальные распри между англичанами и французами способствовали росту влияния сипаев. До конца не выяснено, когда они впервые оказались втянутыми в вооруженные столкновения между соперничающими колониальными державами, но более важным представлялся факт, что задолго до появления французов в Индии Ост-Индская компания широко использовала в качестве наемных солдат местных жителей.

В этой связи «Кембриджская история Индии», в общем и целом оправдывающая английскую колониальную политику, приводит следующие факты: «Французская фактория Маэ была основана в 1721 году неподалеку от британского форта Теллишери на западном побережье. В ходе вооруженных столкновений, продолжавшихся с 1721 по 1729 год, впервые появилось слово «сипаи» для обозначения солдат-индийцев, служивших европейцам. Это были кондотьеры (имеются в виду командиры отрядов эпохи Венецианской республики), далеко не всегда сохранявшие верность тем, кто их нанял. Но зато они имели определенное представление о методах ведения войны, применявшихся европейскими армиями».

Английские и французские колониальные войска весьма нуждались в такого рода людях, оба соперника решили использовать в своих интересах неисчерпаемый людской

потенциал Индии и усердно принялись вербовать наемников из местного населения. Англия, Франция, стремясь достичь военного превосходства, не стеснялись в выборе средств. Но постепенно чаша весов начала склоняться в сторону Англии. Французы даже представить себе не могли, какую огромную политическую, экономическую и военную помощь может оказать английским колониям метрополия.

За спиной британских войск стояли могущественные купцы и пайщики Ост-Индской компании, в немалой степени определявшие общественное мнение страны. Всегда находились депутаты парламента, члены правительства и журналисты, готовые горой встать на защиту «заморских интересов». Англия с каждым годом наращивала морскую мощь и поэтому могла не только обеспечить бесперебойную доставку подкреплений в колонии, но и одним фактом присутствия своих кораблей обеспечить «влияние британской короны».

Укреплению ее позиций в Индии в немалой степени способствовал постоянный рост наемных сипайских частей, входивших в состав английской колониальной армии.

В конце концов англичане, обладавшие рядом преимуществ, окончательно вытеснили французов и изрядно приумножили число своих владений на территории Индии. В целях захвата страны, ставшей затем основной и богатейшей колонией Англии, колонизаторы неоднократно прибегали к вероломству и обману и спровоцировали бесчисленное множество больших и малых войн.

Англичане создали в Индии мощную колониальную армию, в значительной степени состоявшую из наемных сипайских частей.

Колонизаторы не желали полагаться на волю случая и с

помощью разного рода коварных методов стремились постоянно пополнять ее ряды.

Сипаи превосходно знали местность. Они не только могли провести иноземных захватчиков в глубь страны одним лишь им ведомым путем, но и были готовы проливать кровь во имя чужих им интересов. Наемные воины-индийцы знали, как местная природа и климат могут отразиться на ходе боевых действий. Их не страшили реки, ибо они точно знали, где можно перейти вброд, где имеются мосты, а где непреодолимые препятствия. Они могли определить местонахождение источника на расстоянии многих километров от него и предупредить о приближении диких зверей к военному лагерю. Сипаи прекрасно разбирались в лекарственных свойствах растений и спасали жизнь многим английским солдатам.

Именно эти качества и побудили высших чиновников колониальной администрации во главе с губернатором Бенгалии Р.Клайвом незамедлительно приступить к созданию из разрозненных отрядов сипаев мощного наемного войска.

Окрыленные достигнутыми успехами и используя широкую поддержку Ост-Индской компании, они регулярно вербовали солдат среди местного населения, обучали новобранцев на европейский лад и обеспечивали их обмундированием и оружием. На первых порах все офицерские и унтер-офицерские должности были заняты англичанами. Когда же выяснилось, что наемники гораздо лучше защищают британские интересы в Индии и других частях света, если ими командуют офицеры из местных уроженцев, тогда многим сипаям пообещали продвижение по службе. Более того, некоторые из них выслуживали себе право на пенсию.

Это коварная тактика принесла свои плоды. Нужно отдать должное тем, кто применял ее: им удавалось замаскировать

истинную сущность колониального наемного войска.

По мере роста колониальных владений рос и военный потенциал захватчиков, росло и число сипайских полков. Кроме того, англичане принялись усердно вербовать гукхов — отличавшихся крайней воинственностью жителей центральных и юго-западных районов Непала.

Наемные солдаты-индийцы участвовали в войнах на других континентах. Только в период первой мировой войны индийские солдаты сражались во Франции, Греции, Бельгии, Палестине, Египте, Судане, Иране.

(Меркс Ф. Наемники смерти. М.,1986).

АРМИЯ БАРОНА УНГЕРНА

Барон Р.Ф.Унгерн фон Штернберг являлся отпрыском древнего прибалтийского рода, предки которого состояли членами ордена меченосцев и участвовали в крестовых походах.

Военная карьера барона была связана с Забайкальем, куда он был послан после февральской революции Керенским для формирования бурятских полков.

В 1920 году барон составил свою армию из монголов, китайцев, бурят и японцев. Местом своей деятельности он избрал Монголию. Барон Унгерн выдвинул идею воссоздания «Срединной Азиатской империи», подобной империи Чингисхана, чей образ он избрал своим идеалом.

В предлагаемых бесхитростных воспоминаниях есаула Ма-

кеева сказана страшная правда о гражданской войне. Сам Унгерн узнал о своем конце от ламы, который, гадая по лопатке черной овцы, в мае 1921 года, предсказал, что жить ему осталось 130 дней. Выданный монголами, барон был расстрелян в Новониколаевске через 130 дней — 15 сентября того же года.

«Было начало августа 1920 года. По приказу барона Унгерна полки Азиатской конной дивизии выступили на борьбу с красными.

В Даурии — цитадели барона — остались китайская сотня, японская сотня капитана Судзуки и обоз. Командовал всем этим резервом знаменитый человек-зверь подполковник Леонид Сипайлов, которому было приказано забрать все снаряды, винтовки, патроны и с охраной идти на Акшу.

На 89 подводах везли снаряды, на 100 арбах муку. Находилась в обозе и знаменитая «черная телега», в которую было уложено золото и масса драгоценнейших подарков для монгольских князей: вазы, трубки, статуи.

Китайская сотня шла впереди обоза верстах в четырех, японская позади, при транспорте. Так было лучше, ибо верность китайцев была шаткая. Вскоре приехал командир китайской сотни подпоручик Гущин и доложил Сипайлову, что у него в сотне что-то неладное: видимо, китайцы хотят поднять восстание и захватить «черную телегу».

В три часа ночи поднялась тревога. Со стороны китайского бивуака слышалась стрельба. Трем офицерам и одному солдату, конвоировавшим «черную телегу», было приказано немедленно уезжать в степь; остановиться на первой заимке и ждать приказаний. Русские и баргуты заняли позицию, и не прошло и десяти минут, как через табор

промчались конные. Это были китайцы. По ним открыли огонь, но они скрылись в ночной темноте.

Решили ждать рассвета и только тогда начать наступление. Рассвело. С громким «ура» бросились в китайскую лощину. Лагерь китайцев представлял страшную картину: офицерская палатка свалена, Гущин мертв, рядом с ним, уткнувшись лицом в землю, лежал его прапорщик Кадышевский. Этот был ужасен. В него в упор всадили несколько пуль, и внутренности несчастного расползлись по земле во все стороны. Тут же лежали зверски убитые русские солдаты и один бурят.

Вырыли братскую могилу, прочли над погибшими молитву и похоронили. Стали искать знаменитую «черную телегу». Нашли случайно. Вскоре транспорт двинулся в Кыру, где находился Унгерн. О восстании он знал уже от бурят.

На вес золота ценилась в отряде мука, так как доставляли ее с большим трудностями и громадными расходами. В этот раз, переправляясь через какую-то речку, всю муку подмочили. Барон озверел. Орал на свой штаб, а потом приказал: «За подмоченную муку чиновника, отвечавшего за доставку, пороть, а потом утопить в этой же реке». Несчастного выпороли и утопили.

Унгерновский кошмар начинался в новой обстановке.

Дивизия выступила на Керулин. Керулин — глубокая речка, впадающая в озеро Долай-нор. Здесь остановились на зимовку и построили зимний бивуак.

Все раненые, обмороженные и женщины находились отдельно от дивизии. База для них была построена в 200 верстах от Хайлара, и комендантом ее был назначен прапорщик Чернов, бывший начальник полиции одного из

городов Западной Сибири. Это был красавец мужчина и человек крутого нрава. Трагедия началась в обозе. Из Урги, Троицкосаввска и других пунктов на Керулин ежедневно прибывали офицеры, их жены, семьи, шли штатские и военные. Военные зачислялись в дивизию, семьи отправлялись в обоз.

Однажды в лагерь приехал с женой статский советник Голубев. Жена у него была замечательная красавица, а сам он человек с большим самомнением и авторитетом. Унгерн принял его вежливо, беседовал с ним. Голубев, не знавший баронского характера, решил воспользоваться случаем и стал давать советы политического и иного рода. Барон долго крепился, потом не выдержал и приказал Голубева выпороть: «Он из интендантства, а следовательно, мошенник». Голубева повели на истязание. Жена, взволнованная и возмущенная, влетела к Унгерну в палатку, и... ее барон приказал тоже выпороть. Несчастную женщину после этого отправили в обоз, а мужа назначили рядовым в полк.

В обозе женщина вылечилась, и за ней стал ухаживать комендант. По правде, они были великолепной парой. Оба красивые, статные. Кончилось тем, что г-жа Голубева переселилась в юрту Чернова.

Барону об этом донесли, но он промолчал и лишь усиленно наблюдал, что будет дальше.

Чернов по натуре был человек жестокий и самодур. Он не терпел возражений и на этой почве расстрелял двух казаков. Унгерну донесли. Было произведено негласное дознание, из которого барон узнал, что в поощрении самодурства виновна г-жа Голубева. Чернов был вызван в дивизию. Он приехал, но барона не было. Я устроил его у себя в палатке и так как не знал, в чем дело, то пошел доложить о

приезде прапорщика генералу Резухину. «На лед эту сволочь!» — приказал генерал, а сам отправил конного к барону.

Унгерн прислал Бурдуковского с приказом: «Выпороть Чернова и сжечь живьем».

Среди лагеря рос огромный столетний дуб. Его ветви широко расстилались над землей, и этот дуб стал участником страшного дела. Вокруг него разложили громадные кучи хвороста, обильно полили «ханою» и стали ждать. В это время вблизи совершалась жестокая экзекуция. Чернову дали 200 бамбуков, тело его превратилось в кровавые лоскутья. Голого привели к дубу. Привязали и подожгли хворост. Защелкали сухие ветки, и огненное пламя высоко взметнулось к вершине. На казнь пришла смотреть вся дивизия, но через несколько минут почти все ушли. Жгутовые нервы унгерновцев не выдержали страшной картины. Было жутко и противно за человека, за его дела и ум. Около места казни остались немногие. Среди них: торжествующий «квазимодо» Бурдуковский, ротмистр Забиякин и хорунжий Мухаметжанов — личные враги сжигаемого.

Испытывая жесточайшие муки, Чернов не произносил ни одного слова, и ни одного стона не вырвалось у него из груди. Но когда огненные языки стали лизать туловище, а кожа на ногах завернулась, как завертывается подошва, брошенная в огонь, и сало полилось и зашипело на ветках, несчастный поднял голову, вперил страшный, жуткий взгляд в нескольких зрителей человеческих мук, людей-садистов, отыскал среди них Мухаметджанова, выпрямился и через весь костер, с вышины, плюнул хорунжему в лицо. После этого сжигаемый вперил свой взгляд в ротмистра Забиякина, долго смотрел на него и потом бросил: «А за тобой, Забиякин, я сам приду с того света и там создам такой эскадрон, что самому барону страшно будет». После этого силы оставили

его, голова опустилась, и он, по-видимому, впал в беспамятство.

Скоро веревки перегорели, и труп несчастного упал в костер. Он обуглился, а волосы на голове превратились в курчавый и черного пепла барашек. Труп Чернова выбросили в овраг.

После страшной казни прапорщика Чернова прошло несколько дней. Барон был уверен, что в расстреле казаков принимала косвенное участие г-жа Голубева, и приказал вызвать ее из обоза в дивизию. Г-жа Голубева приехала. Эта отважная женщина-красавица не льстила себя надеждой на что-либо хорошее, но из чувства гордости и женского достоинства приехала на казнь. Барон приказал поместить ее в юрту к японцам. Те были ошеломлены, поражены ее красотой, и любезность их была бесконечной. Прошло часа два, Барон вызвал к себе мужа Голубевой и сказал ему: «Ваша жена ведет себя неприлично. Вы должны наказать ее» «Как наказать, ваше превосходительство?». — «Дадите ей 50 бамбуков». Голубев замер, а барон обратился к адъютанту: «Ты будешь наблюдать, и если муж плохо будет наказывать свою жену, повесить их обоих. Понял? Идите». Голубев шел пошатываясь. Потом остановился и говорит: «Есаул! Мы были с вами в хороших отношениях. Помогите мне. Дайте револьвер, и я сейчас же застрелюсь». «Бросьте говорить глупости. За эти ваши слова и меня барон повесит», — ответил я. Описывать жестокую картину экзекуции не стоит, она жутка, безнравственна, но несчастная женщина выдержала наказание без стона и мольбы. Молча встала и пошатываясь пошла в поле. Потрясенный зрелищем адъютант приказал вестовому взять ее под руку, а сам с докладом отправился к барону: «Ваше приказание выполнено!». «Хорошо, послать ее на лед, пусть там еще походит», — сказал он. «Ваше превосходительство, да она и так еле жива». — «Молчать и исполнять то, что я

говорю. Не сдохнет!» Адъютант понуро зашагал к жертве: «Слушайте, мадам, меня вы простите, но что я могу поделать, когда каждую минуту жду вашей же участи. Барон приказал вам идти на лед». Женщина молча пошла к реке. Дошла до середины, зашаталась и упала. Адъютант уговаривал ее встать: «Мадам, продержитесь еще немного. Вы же замерзнете». Но женщина не подымалась, и офицер бросился к барону: «Ваше превосходительство, она стоять не может. Замерзнет еще». — «Ну, ты раскис от юбки. Скажи ей, что если она не будет ходить, то еще 25 бамбуков получит. Ну, марш, юбочный угодник!»

Женщина, шатаясь, ходила по льду, а адъютант стоял на берегу и смотрел. Его нервы, привыкшие ко всему, не выдерживали картины истязания женщины, прошел час, и из юрты Унгерна послышался крик: «Есаул!». Я бросился на зов. «Ну как она? Ходит?». — «Так точно!». — «Ну черт с ней. Еще замерзнет. Прикажи ей выйти на берег. Набрать хворосту и разжечь костер». Я быстро вышел, крикнул своего вестового и приказал ему набрать сухих дров, разжечь огонь, предупредив его делать это так, чтобы барон не знал. Вестовой бросился в лес и скоро натащил оттуда хворосту на пять ночей. Среди темной ночи пылал огромнейший костер, а около костра видна была одинокая фигура женщины. Прошла ночь. Утром барон вызвал адъютанта, расспросил, как наказываемая женщина: «Голубеву я назначаю сестрой милосердия в госпиталь. Пусть старательным уходом за ранеными заглаживает свое преступление и пусть туда идет пешком».

Госпиталем заведовал Сипайлов. И только страх перед наказанием барона спас бедную женщину от притязаний этого монстра.

С врагами Унгерн расправлялся жестоко и своих подчиненных не щадил. В этом правой незаменимой рукой барона

был знаменитый человек-зверь, садист Л.Сипайлов, которого вся дивизия именовала Макарка-душегуб.

В нем совместилось все темное, что есть в человеке: садизм, ложь, зверство и клевета, человеконенавистничество и лесть, вопиющая подлость и хитрость, кровожадность и трусость. Сгорбленная маленькая фигура, издающая ехидное хихиканье, наводила на окружающих ужас.

В Урге барон назначил его полицмейстером, и этот полицмейстер оставил после себя длинный кровавый след. Помощником полицмейстера был я, адъютантом Сипайлова — поручик Жданов, человек сипайловского стиля, делопроизводителем чиновник Панков — смиренный и молчаливый парень, палачами и опричниками были Герман Богданов, солдат, без трех пальцев на правой руке, Сергей Пашков, он же Смирнов — специалист по удушению. И Новиков. Это была сипайловская гвардия, которую видавшая виды дивизия боялась и сторонилась.

При занятии Урги всех коммунистов передушили и кончили всех евреев. Но десять евреев избежали расправы, укрывшись в доме одного монгольского князя. Дом пользовался неприкосновенностью. Но Сипайлов не унывал и учредил за ним наблюдение. Около дома беспрерывно дежурили сипайловские опричники. Макарка-душегуб в конце концов добился своего: несчастных схватили и задушили.

Но на кровавом фоне фигурами мучеников были не одни евреи — на унгерновский эшафот часто всходили и его близкие подчиненные.

Я получил у Унгерна разрешение отпраздновать новоселье, позвал в гости офицеров и знакомых горожан. Неожиданно дверь комнаты резко распахнулась и на пороге показа-

лась ехидная, хихикающая, сгорбленная фигура Макарки-душегуба. Он не был гостем, так как офицеры избегали его присутствия, а потому его появление произвело на всех жуткое впечатление. «Есаула Макеева срочно к начальству дивизии...» — забормотал он. «Зачем?» — спросил я. «Не знаю, цветик мой, не знаю», — снова забормотал Сипайлов, ехидно посмотрел на всех и торжественно удалился. Настроение у всех упало. В 12 часов ночи вызов не предвещал ничего хорошего. Хотя дамы и уговаривали меня немедленно бежать из Урги, но я взял два револьвера и помчался к Унгерну. Барон кричал на Сипайлова, потом ударил его по лицу, выгнал, а потом резко спросил меня: «Лауренца знаешь?». — «Так точно, знаю». — «Его сейчас же кончить. Сам кончи, а то эта сволочь Бурдуковский еще будет над ним издеваться. Ну, иди!»

Подполковник Лауренц, преданный слуга Унгерна, сидел на гауптвахте. С тяжелым сердцем вошел я к нему. Он еще спал. Я разбудил его и сказал: «Вас требует Унгерн. Но он приказал вам связать руки, так как боится, что вы можете броситься на него».

Лауренц быстро вскочил с нар, вытянулся и бросил: «Не узнаю барона. Ну что же, вяжите». По дороге Лауренц спросил: «Вы меня везете кончать?» «Так точно, г-н подполковник», — едва слышно промолвил я.

Ночь была бешеная. Крутил ветер, было темно, как в могиле, и зловеще заливались за городом собаки.

Выехали за город. Кучер повернулся и сказал: «Прикажете остановиться, г-н есаул?» — «Да». Лауренц сошел с коляски и спросил: «Вы меня рубить будете или стрелять?». В ответ на это я дрожащей рукой направил револьвер в голову подполковника и выстрелил. Несчастный упал и простонал: «Какой вы

плохой стрелок, добивайте же скорее, ради Бога!» Меня трясла лихорадка, я снова выстрелил и снова не добил. «Не мучайте, убивайте же!» — стонал расстреливаемый. А я палил в него и не мог попасть в голову. Очумелый от ужаса кучер соскочил с коляски, подбежал к извивавшемуся на земле Лауренцу, приставил к его голове револьвер и выстрелил. Подполковник замер. Я вскочил в коляску и сумасшедшим голосом заорал: «Скорей, скорей, в город, в город!». Лошади помчались от страшного места. Остервенело выли собаки.

Как-то вечером Сипайлов пригласил к себе на ужин монгольского военного министра Ваську Чжан-Балона, бывшего старшего унгерновского пастуха, меня, Парыгина и ротмистра Исака. Сипайлов жил в верхнем этаже большого барского дома, а в нижнем этаже у него жила захваченная заложница — еврейка, и горничная — миловидная, лет двадцати четырех казачка, родственница атамана Семенова. После взятия бароном Урги она обшивала всех офицеров, пока ее не забрал к себе Сипайлов.

У Сипайлова был накрыт роскошный стол. Подавала казачка Дуся, мило всем улыбалась, а когда Сипайлов и офицеры разошлись от выпитого, стали петь и танцевать, Дуся весело подхватывала знакомые напевы, щеки ее покрывались густым румянцем, и она, спохватившись, быстро убегала. Сипайлов был в ударе. Пел, плясал, беспрерывно всех угощал и казался таким милым и приветливым хозяином, что даже забывалось, кто он. Вскоре перешли к ликерам и кофе. Началась мирная беседа, во время которой Сипайлов часто отлучался. Наконец он вошел в комнату с веселым и торжественным видом, потирая руки и по-своему мерзко хихикая, важно сказал: «Господа, я вам приготовил подарок в честь посещения моего дома. Идемте!». И он повел гостей к себе в спальню, показал на мешок, лежащий в углу комнаты. Гости недоумевали, а один из них развернул мешок. В

нем была задушенная Дуся. Кошмар, который никто не ожидал и не мог себе представить. Хмель из голов сипайловских гостей мгновенно испарился, и они бросились из дома «милого хозяина». Вслед им неслось ехидное хихиканье Макарки-душегуба.

В один ясный, солнечный майский день барон Унгерн решил кончить мирное житье и выступить на красный Троицкосавск. На одном из привалов в дивизию прискакал прапорщик татарской сотни Валишев, который доложил Унгерну, что его разъезд задержал караван из 18 верблюдов с русской охраной. Это был караван с золотом, который адмирал Колчак послал в полосу отчуждения в г.Харбин, в Русско-Азиатский банк. Барон немедленно вызвал меня: «Возьмешь двадцать бурят, примешь от Валишева караван. Когда он придет сюда с верблюдами, разъезд отошлешь, а сам зароешь ящики с «патронами».

Скоро подошел караван, и Валишев с разъездом быстро поскакал догонять дивизию. Ящики сгрузили. Они были в банковской упаковке, с печатями. Когда же один ящик упал на камни и разбился, в нем оказался мешок с золотом. У бурят глаза заблестели, но мысли взять ни у кого не было. Страх перед бароном был сильнее. Золото зарыли в небольшом ущелье.

Вскоре на взмыленных лошадях прискакал Бурдуковский с конвоем. У меня дрогнуло сердце. Этот унгерновский «квазимодо» всегда появлялся как вестник зла и темного ужаса: «Есаул, немедленно к начальнику дивизии, а буряты останутся со мной». Я быстро уехал, а Бурдуковский обезоружил бурят, отвел их версты на две в сторону и расстрелял.

Ночь была темная, дождливая и ветреная. Дивизия не могла разжечь костров, мокла и дрожала от холода. Барон уже

получил вести о поражении монголов и ходил по лагерю злой, как потревоженный сатана. В лагерь прискакали раненые монголы, и один из них случайно попался на глаза Унгерну. «Ты чего?» — спросил барон. «Та ваше благородие, та я это ранен». — «Ну, так иди к доктору». «Та это он не хочет меня перевязку делать». «Что? — заорал барон. — Доктора Клингеберга ко мне!». Прекрасный хирург Клингеберг, создавший в Урге образцовый госпиталь, доктор, у которого за это время не было ни одной смерти, вскоре явился к барону. «Ты, мерзавец, почему не лечишь раненых?» — закричал Унгерн, не выслушав объяснений, ударил ташуром по голове бедного доктора. Доктор упал, тогда барон стал его бить ногами и ташуром, пока несчастный не впал в бессознательное состояние. Унгерн быстро ушел в палатку, а Клингеберга унесли на перевязочный пункт. Дивизия мрачно молчала, о состоянии доктора в эту ночь никто не говорил. Только наутро к Унгерну пришла сестра милосердия и сказала: «Разрешите эвакуировать доктора?». «Почему?» — резко спросил барон. «Вы ему вчера переломали ногу, и его положение очень серьезно», — со страхом объяснила сестра. «Хорошо. Отправьте его в Ургу и сами поезжайте с ним», — коротко бросил Унгерн.

Дивизия переменным аллюром пошла к реке Селенге на соединение с генералом Резухиным. За один переход до реки вперед выехали квартирьеры и с ними комендант бригады и я. Ехали быстро, погода была чудесной, из лощин тянуло живительной прохладой, и офицеры вели разговор о том, что теперь будет делать барон, как наказывать провинившихся?

В Урге он сажал на крыши, в Забайкалье на лед, в пустыне Гоби ставил виновных на тысячу шагов от лагеря, гауптвахты нет... Офицеры смеялись и говорили, что в нынешней обстановке Унгерн ничего не выдумает.

Но он выдумал.

Квартирьеры прибыли на место, разбили бивуак и стали ждать дивизию. На другой стороне был виден лагерь Резухина, который уже перекинул через реку пешеходный мостик. Настроение было у квартирьеров чудесное, пахло сосной, ароматом цветов, но после разбивки лагеря с предгорий потянул легкий ветерок, по всему бивуаку распространился тяжелый запах: что-то гнило. Начались поиски, и скоро нашли на участке павшую корову. Лопат не было, и стали ждать прихода с дивизией обоза. Мрачный и злой подъехал Унгерн. Понюхал воздух и заорал: «Дежурного офицера!» Беда началась, и у меня защемило сердце. Офицер подскочил к Унгерну. «Вонь!» — снова заорал барон. Офицер молчал. «Бурятов ко мне!» — закричал тот. Явились буряты. «Выпороть! 25!» — приказал Унгерн, и не успел бедный дежурный опомниться, как ему уже всыпали 25 ташуров. И только когда он встал, то сказал барону: «Ваше превосходительство, я не виноват. Старшим был комендант бригады». «Есаула Макеева к начальнику дивизии!» — понеслось по лагерю. У меня замерла душа. Я быстро надел мокрые сапоги и пошел к Унгерну. «Заразу разводишь! Понятия о санитарии не имеешь!» — уже кричал барон. «Ваше превосходительство, корова павшая. Ее зарывают...» — «Молчать!» И барон заметался, не зная, как наказать дерзкого. И вдруг крикнул: «Марш на куст!»

Около палатки барона шагах в десяти стояло дерево, ветви которого были от земли не менее чем на сажени на полторы. Я бросился к нему, стал быстро взбираться на дерево, скользил обратно, падал и снова начинал взбираться.

«Если ты сейчас же не залезешь, я пристрелю тебя, как котенка!» — грозно сказал барон. Наконец я забрался почти на самую вершину, где ветви были тонкие и сгибались под тяжестью.

Вскоре на соседних деревьях оказались еще несколько офи-

церов — весь штаб Унгерна. Прошел час, два, наступил вечер, в лагере сыграли «зорю», отвели поверку, и бивуак постепенно стал затихать. Штаб же продолжал сидеть на кустах и ждать освобождения.

Наконец Унгерн вышел из палатки: «Макеев!». — «Я, ваше превосходительство!». — «Слезай, и иди спать». Я сорвался с дерева и упал. «Ты ушибся?» — спросил барон.

«Не извольте беспокоиться!» — мрачно ответил я и быстро пошел от дерева. Остальные же просидели до обеда следующего дня.

В гористой местности, у холодного ручья, на широкой зеленой долине доживала последние часы знаменитая Азиатская конная дивизия барона Унгерна. Настроение у всех было подавленное.

Экзекуции над офицерами стали эпидемическим явлением. Унгерна боялись, как сатаны. Он стал зол, смотрел на всех зверем, и говорить с ним было опасно. Каждую минуту вместо ответа можно было получить в голову ташур или быть тут же выпоротым. Уже стали поговаривать, что барон потому зверствует, что хочет перейти к красным. Дивизию одолевали самые мрачные фантазии. И тогда офицеры создали секретное совещание и решили арестовать Унгерна.

Гордый и властный человек, барон, вероятно, переживал душевную бурю... Его предали. Его дивизия открыла по нему, своему начальнику, огонь. Его, жестоко боровшегося с красными, оставили одного в красном кольце, под угрозой винтовок своих и мучительной смерти от советских... Барон метался, как дикий затравленный зверь... И даже монголы, считавшие его своим богом, поняли, что он принесет им в

дальнейшем гибель. В одно мгновение они скрутили ему веревками руки и ноги, и отдавая, поверженному «богу» поклоны, бесшумно исчезли.

Солнце перевалило за полдень, и издалека послышались звончатые звуки копыт... Кто это? Свои или чужие? Это были красные. Войдя в палатку, они увидели связанного человека, голова которого была закутана старым монгольским тарлыком. Сорвали тарлык и отшатнулись.

На них смотрело помятое красное лицо с рыжими усами и небритым подбородком. Взгляд человека был темный, как жуткая ночь, и страшен, как взор помешанного. На плечах виднелись старые помятые генеральские погоны, а на груди поблескивал Георгиевский крест...»

(Михайлов О. Даурский барон. Совершенно секретно, N12,1992)

15 сентября 1921 года в Новониколаевске (Новосибирске) состоялось открытое судебное заседание Чрезвычайного революционного трибунала по делу барона Унгерна.

Унгерн был приговорен к смерти и казнен в Новониколаевске.

ЛАТЫШСКИЕ СТРЕЛКИ В КРЕМЛЕ

Латышские стрелковые части были созданы в 1915 году, во время первой мировой войны. В 1916 году стрелковые части были развернуты в Латышскую стрелковую дивизию. Латыши активно участвовали в октябрьском перевороте, в гражданской войне, охраняли Ленина — и все это за плату.

Они были защитниками переворота, устроенного большевиками.

Павел Дмитриевич Мальков был комендантом Смольного, а с переездом Советского правительства в марте 1918 года в Москву — комендантом Кремля. На этом посту П. Д. Мальков оставался до лета 1920 года. Потом пришлось Павлу Дмитриевичу испытать все прелести советских лагерей. Лагерные страницы биографии коменданта Кремля покрыты мраком. Выйдя на свободу, Мальков вспоминал не о лагере, а о своем «звездном» комендантском часе.

Павел Дмитриевич был страшным человеком. Чекист и палач. Он постоянно находился на подхвате у Ленина, Дзержинского, Свердлова, всегда был готов выполнить их ЛЮБОЕ пожелание. Именно он собственноручно расстрелял эсерку Фанни Каплан и сжег ее, облив бензином... Арестовывал британского агента Роберта-Брюса Локкарта.

Свои воспоминания Павел Дмитриевич создавал в «творческом содружестве» с Андреем Свердловым — сыном Якова Свердлова, следователем НКВД, который плюс ко всему был кандидатом исторических наук.

Это воспоминания коменданта, который два года руководил кремлевским бытом.

«В Москве я никогда ранее не бывал и ко всему присматривался с особым интересом. Надо признаться, первое впечатление было не из благоприятных. После Петрограда Москва показалась мне какой-то уж очень провинциальной, запущенной.

Поскольку все основные указания по охране Смольного да и по организации переезда из Питера в Москву я получал

от Президиума ВЦИК, и теперь первым делом я отправился во ВЦИК, к Якову Михайловичу Свердлову.

Яков Михайлович пригласил меня к своему столу. Внимательно выслушав меня и задав несколько вопросов, он перешел к организации охраны Кремля.

— Дело придется ставить здесь солиднее, чем в Смольном. Масштабы побольше, да и мы как-никак солиднее становимся. — Яков Михайлович чуть заметно усмехнулся и вновь посерьезнел. — Нарождается новая, советская государственность. Это должно сказываться во всем, в том числе и в организации охраны Кремля. Штаты вы разработайте сами и представьте на утверждение. Только, повторяю, ничего лишнего. Обсудите все с Аванесовым, посоветуйтесь с Дзержинским. С Дзержинским обязательно. С ЧК вам постоянно придется иметь дело. Нести охрану будут латыши, как и в Смольном, только теперь это будет не отряд, а батальон или полк. Подумайте, что лучше. Учтите при составлении штатов. Довольствие бойцов охраны и всех сотрудников Управления возложим на военное ведомство, но оперативного подчинения военведу никакого.

Я вышел от Якова Михайловича и отправился разыскивать комендатуру. Как оказалось, она разместилась на Дворцовой улице, недалеко от здания Судебных установлений, в трех-четырех комнатах первого этажа небольшого трехэтажного дома, вплотную примыкавшего к Кавалерскому корпусу, почти напротив Троицких ворот. Окна комендатуры выходили к Троицким воротам.

В комендатуре я застал нескольких сотрудников, большинство которых работало раньше в Смольном. Не было только Стрижака, исполнявшего до моего приезда обязанности коменданта Кремля.

Стрижак был тоже питерцем. После Октября он работал в Таврическом дворце. Как только был решен вопрос о переезде правительства из Петрограда, его послали в Москву готовить Кремль. У него-то я и должен был принять дела.

Не успел я толком побеседовать с товарищами, расспросить, как идут дела, не успел выяснить, как встретили и разместили прибывших со мной из Питера латышских стрелков, как они сами напомнили о себе. Дверь неожиданно распахнулась, и в комендатуру ввалилось человек десять-пятнадцать латышей. Все с винтовками.

— Где Стрижак?

Прервав беседу с сотрудниками комендатуры, я поднялся из-за стола.

— В чем дело?

— Ничего особенного, — ответил один из латышей, — пришли Стрижака сажать. Тут он?

— Что? Как это сажать? Куда сажать?

— Обыкновенно. Посадим за решетку. В тюрьму. Такое решение.

Я вскипел.

— Да вы что говорите?! Какое решение? Чье решение?

— Наше решение. Мы на общем собрании отряда постановили посадить Стрижака как саботажника...

Оказалось, что когда усталые после утомительного переез-

да из Петрограда и пешего марша по Москве, донельзя проголодавшиеся латышские стрелки прибыли в Кремль и обратились к Стрижаку с просьбой накормить их, он отказался выдать предназначенные для них консервы, сославшись на какую-то кем-то несоблюденную формальность, — не так оформленную ведомость.Всегда спокойные, выдержанные, но не терпевшие непорядка и несправедливости латыши возмутились, тем более, что их товарищи, прибывшие в Москву раньше, сообщили, что консервы у Стрижака есть. Латышские стрелки собрали тут же митинг и приняли решение: объявить Стрижака саботажником и как саботажника арестовать.

Говорили латыши спокойно, держались уверенно. Нет, по их мнению, они не анархисты, самоуправством не занимаются. Действуют согласно революционным законам: единогласное решение общего собрания — закон. Суть не в консервах, а в том, что Стрижак — саботажник, разговор же с саботажником короткий...

Разобравшись, наконец, в чем дело, я вызвал интенданта и велел ему немедленно выдать латышским стрелкам консервы, а латышей разнес на чем свет стоит. Хороша, говорю, законность, нечего сказать!

Собрались, погалдели и на тебе — арестовать. Будто ни командования, ни советский власти, ни порядка нет. Самая настоящая анархия!

С латышами прошли первые, самые трудные месяцы моей кремлевской жизни, когда все только налаживалось, входило в норму.

В Кремле латышей было больше, чем в Смольном. К нашему приезду там уже был расквартирован 4-й Видземский

латышский стрелковый полк. С прибытием пятисот латышских стрелков из Питера сформировали еще один полк, 9-й. 4-й вскоре из Кремля вывели, и 9-й полк нес в 1918 году охрану Кремля и выполнял различные боевые задания. Входил полк в Латышскую стрелковую дивизию, командовал которой Вацетис, впоследствии Главком вооруженных сил республики, комиссаром дивизии был большевик-подпольщик Петерсон. Подчинялся же полк фактически мне.

Размещались латыши в казармах, что напротив Арсенала, направо от Троицких ворот.

В боевых операциях действовали они энергично, самоотверженно, караульную службу несли превосходно, хотя порою кое-кто из латышей и пошаливал.

Невзлюбили, например, латышские стрелки ворон, которых действительно возле Кремля была тьма-тьмущая. Вороны в те годы кружились над Кремлем и особенно над Александровским садом целыми тучами, оглашая все вокруг неистовым карканьем. По вечерам, едва темнело, вороны сплошной черной массой висели на деревьях Александровского сада.

Латыши объявили смерть вороньему племени, войну не на жизнь, а на смерть и действовали столь энергично, что в дело вмешался даже Ильич.

Излюбленным местом дневного пристанища ворон были позолоченные двуглавые орлы, венчавшие Кремлевские башни. Вороны облепляли орлов гроздьями, ожесточенно дрались за право уцепиться за орлиную лапу или усесться на самой маковке. Вот тут-то и развернулись боевые действия. Сначала по воронам, садившимся на орлов, постреливали отдельные часовые с кремлевских стен, потом начали стрелять и с других постов. День ото дня больше, того и гляди

пулеметы выкатят. Я было говорил, чтобы прекратили стрельбу, но особых строгостей не проявлял, все как-то руки не доходили, недосуг было. Вдруг звонок: — Товарищ Мальков? Ленин. Позвольте узнать, по чьему распоряжению сплошь и рядом в Кремле ведется пальба по воронам, расходуются драгоценные патроны, нарушается порядок?

— Владимир Ильич, никто такого распоряжения не давал.

Это просто так, ребята балуются.

— Ах, балуются? И вы, комендант Кремля, считаете это правильным, одобряете это баловство?

— Нет, Владимир Ильич, не одобряю. Я уже говорил, не слушают...

— А уж это ваше дело — заставить вас слушаться, да, ваше дело. Немедленно прекратить возмутительную пальбу!

Я, конечно, тут же отдал строжайший приказ, и стрельба прекратилась, хотя одиночные выстрелы изредка еще и раздавались, только тут уж с виновников стали спрашивать как следует.

(Мальков П. Записки коменданта Московского Кремля. М., 1959).

РАССКАЗ ЛАТЫШСКОГО СТРЕЛКА

Конрад Иокум — бывший латышский стрелок — стал писателем. В 20-30 годы латышские советские писатели жили в Советском Союзе, объединенные в латышских секциях

организации Пролеткульта, а затем РАППа. Центром их культурной жизни было просветительское общество «Прометей», основанное в Москве в 1923 году и переставшее существовать в 1937 году.

О чем мог писать латышский стрелок, ставший писателем?

Только о том, что хорошо знал — о войне и убийствах.

Конрад Иокум работал главным редактором советского латышского издательства «Прометей». В одном из разговоров с коллегой по издательству Конрад говорил:

— Во сне наваливается на меня совесть, костлявая такая особа, и давай душить: «Ты что, сукин сын, не работаешь над романом о стрелках? Ведь не зря судьба провела тебя живым сквозь огонь сотен сражений? Насилу умолил: повремени немного...»

В рассказе Конрада Иокума «Колокольня» отразилась психология наемника, умноженная на «революционную романтику».

«При форсировании Днепра погибли десятки латышских стрелков. Их сразили белогвардейские пули, и молодые жизни поглотила пучина, пустив по голубой воде красные разводы.

Когда стихли бои, рыбаки выловили в плавнях трупы. Похоронили их на берегу, под акациями, вблизи страницы Казацкой. Окрестные жители до сих пор это место зовут «Латышской могилой». Весной, когда цветет акация и над степью плывет ее медвяный запах, там в лад со звонкими ветрами звучат песни. Поет молодежь, радуясь солнечным утрам, в которых столько бодрости, жизни, веселья. Звенят песни по берегам свободного Днепра, пышно цветет акация на могиле латышских стрелков. А на левом берегу, как раз напро-

тив, стоит монастырь. В нем устроен свиноводческий совхоз «Победа революции». Директором этого совхоза был недавно назначен латышский стрелок Джек Эйланд.

Еще издали, с палубы парохода, Эйланд приметил монастырскую колокольню, как и прежде, гордо возвышавшуюся на крутом берегу, далеко видимую отовсюду.

Эйланд люто ненавидел эту колокольню еще с той поры, когда ему пришлось изрядно поторчать на ее верхотуре по соседству с колоколами. Пока шли бои, те хранили молчание. И только когда осколок снаряда или шальная пуля ударялась об их позеленелые бока, колокола, точно раненые, глухо стонали. И монастырские монахи, словно крысы, затаившиеся в подвалах, испуганно крестились и тарабарили молитвы.

Колокольня была хорошим наблюдательным пунктом. Оттуда просматривалась все окрестность, чуть ли не до самого моря. С макушки колокольни как на ладони были видны передвижения противника. С колокольни можно было корректировать огонь артиллерии, беспощадно громившей сосредоточения вражеских войск.

Потому-то колокольня постоянно находилась под обстрелом, независимо от того, в чьих руках она была. Но колокольня, всем на зло, продолжала надменно возвышаться над степью. Она пестрела от выбоин, снаряды пробили ее толстые стены, и все-таки ни перед кем не склонила она головы. И местные жители невольно прониклись благоговением к монастырю, который, казалось, сам Бог бережет.

Когда Эйланд приехал в совхоз, он взглянул на колокольню, как на заклятого врага.

Из монастыря давно прогнали монахов, в церкви устроили склад и амбар. В зимнем помещении открыли школу, клуб, в кельях расселились рабочие.

От дождей и ветров ржавели колокола, теперь уже навсегда онемевшие. Не слышно более монашьей тарабарщины, не слышно причитаний по вечному блаженству. Свиньи ели и пили из мраморных кормушек — приспособили надмогильные крышки, под которыми догнивали кости окрестных помещиков и попов. Кресты и памятники со стершимися надписями тоже пошли в дело. Монастырское кладбище постепенно выравнивалось, земля освобождалась от давивших ее камней. И только громада колокольни высилась гордо, надменно и вызывающе, затаив в себе память о вчерашнем дне.

Джек Эйланд получил указания расширить хозяйство. Трест выделял немалые средства на строительные нужды, предполагая необходимые материалы разыскать на месте.

— Но из чего же будем строить свинарники? Из песка не выстроишь. Плавни тоже не подходят, — рассуждали рабочие совхоза, ознакомившись с новым заданием.

«В самом деле, где взять материалы, если в степи последний камень подобран, если в парке каждое дерево на счету», — размышлял Эйланд. Перебрав все возможные варианты, он наконец нашел удивительно простой выход.

В колокольне уйма строительного материала, и торчит она бельмом на глазу, совершенно ненужная. Почему бы не взорвать ее, не использовать камень в строительстве? Предложение показалось настолько очевидным и естественным, что все подивились, как до этого решения никто раньше не додумался.

Уже через несколько дней приступили к сносу. Тем утром Днепр беспокойно катил свои воды, а по затопленным плавням метался низкий порывистый ветер. На берегу угрюмо шумел парк. Ночью прошел дождь, над степью все еще плутали всклокоченные облака, напоминая перепуганных подранков.

Вокруг колокольни собрались чуть ли не все рабочие совхоза. Каждому хотелось посмотреть, как станут крест снимать.

Действительно, добраться до него было не просто. Снаряды раскроили, раскрошили стены, уничтожив целый пролет лестницы, тем самым отрезав путь к верхушке колокольни. До сих пор туда никто не взбирался, поскольку это было связано с большим риском.

И вот теперь Эйланд с двумя рабочими пытался залезть на самый верх. Чтобы восстановить путь, проделанный некогда с винтовкой за плечами, пришлось втащить лестницу, привязать ее веревками. Нелегкое дело — как раз в этом месте колокольня была разбита гораздо больше, чем это казалось снизу. Только к полудню удалось подобраться к верхушке колокольни, где крепилось основание креста.

Эйланд надавил на тяжелую крышку люка, открывавшего доступ наверх. Как и тем жарким летом, он надеялся увидеть узкие оконца, сквозь которые так хорошо видны окрестности, надеялся услышать свист степного ветра в выемках стен, испещренных пулями.

Но он не увидел ни слуховых окон, ни окрестностей, не услышал свиста ветра. Глазам его открылась странная картина, совершенно ошеломившая его. Через поперечный брус была переброшена драная истлевшая шинель, а по всему тесному помещению разбросаны кости и тряпье.

Эйланд невольно отпрянул. Ему показалось, что он попал в склеп. Ветер дохнул сухим запахом гнили. Перепуганные галки с громким криком порхнули на волю. Эйланд рывком откинул до отказа крышку люка и взобрался наверх.

— Залезайте, ребята, быстро! — крикнул он, оглядывая помещение.

Пыль, птичий помет и прочий мусор густо устилали пол. Между потолком и поперечными балками торчали гнезда, свитые из речного тростника, степных былинок. На полу под шинелью были ржавые гильзы и желтые кости. У стены, обращенной к Днепру, лежал череп, на нем истлевшая фуражка, по другую сторону — вконец сгнившие сапоги, из дырявых голенищ торчали кости. Тут же валялся револьвер с двумя нерасстрелянными патронами и наполовину занесенный песком бинокль.

— Батюшки, это что такое? — вырвалось у одного из рабочих. — Да тут, никак, монах за молитвой Богу душу отдал.

— Как бы не так, за молитвой... Небось белякам подавал сигналы да скопытился от нашей пули.

Эйланд приподнял шинель. Из нее, как из старого тюфяка, посыпалась труха, заклубилась пыль.

— Не монах это, — проговорил в раздумье Эйланд. — Может быть, даже наш человек.

Не один разведчик в то лето был сражен здесь пулей.

Распахнул шинель. Да, внутри были еще какие-то клочья одежды. Все ясно: тут на ветру уже несколько лет иссыхал и тлел человек, останки которого они обнаружили.

Эйланд бросил шинель на пол. И опять взметнулась пыль. Какой-то жук шуршал в проеме окна в ворохе сухих листьев, нанесенных сюда птицами. Вдруг в груде тряпья рабочие приметили полусгнивший ранец. Обычный офицерский ранец. Из него Эйланд достал клочки бумаги, видимо, остатки полевой карты, ее тоже время не щадило. Среди прочих бумаг оказалась небольшая записная книжка в кожаном переплете.

Дрожащими руками Эйланд раскрыл ее. Записи, сделанные чернильным карандашом, местами совершенно выцвели, некоторые страницы начисто размыло, но кое-что можно было разобрать. Эйланд сообразил, что это записная книжка разведчика. Раскрыл первую страницу. В уголке довольно четко было выведено:

Поручик Миронов, лето 1920 года.

Собравшиеся внизу люди кричали от нетерпения, наверху же крики были едва слышны, будто доносились они с того берега Днепра. Эйланд сунул записную книжку в карман.

— А ну, ребята, соберите кости и тряпки в мешок. Будет время — похороним. А сейчас давайте-ка за крест приниматься.

Сотни глаз в тот день неотступно следили за небом — там люди собирались опрокинуть колокольню, веками славившую Господа Бога. Рухнул крест, и по степи пронеслось ликование. Уже через час началась разборка стен.

А вечером, когда поутихли степные ветры и солнце закатилось за багряные облака, когда смолкли разговоры о найденных костях, Эйланд засел в своей комнате и принялся читать заметки поручика Миронова.

...

...

... В станице на правом берегу...

противник. Особой активности не проявляет. Артиллерия в лощине на станицей...

... редкая перестрелка. Река укрыта утренним туманом: ничего не видно...

... на монастырь внезапное нападение. Тяжело ранен в ногу. Остаюсь в тылу врага.

Наши отступают в панике, хотя для этого нет основания. По моим наблюдениям, силы противника незначительны. Продолжают наступать... направлении... Лично мне опасность угрожает теперь главным образом от своих. Пушки бьют по колокольне. Два снаряда как будто угодили в колокола, и они разразились оглушающим звоном.

Подтверждаются штабные данные: именно в этом районе действуют латышские стрелки и кавалерийский полк 52-й дивизии. Известный по желтым козырькам фуражек...

Нет сомнений, силы противника незначительны. Район оперативных действий все время расширяется. А подкреплений не поступает. Внезапным контрударом можно бывало бы отбросить противника за Днепр, восстановив тем самым прежнее положение.

В районе станицы Казацкой на реке... лодки. В степи рассредоточенные цепи противника. Кавалерия затыкает образовавшуюся брешь. Противник ломится по направлению к

Черненко. Наша артиллерия ведет прицельный огонь. Уверен, к вечерку противник будет отбит.

Монастырь словно вымер. Никаких частей. Штаб разместился в двухэтажном здании, что справа от собора. В степи беспрерывно идут бои.

Южнее монастыря вдоль дороги, ведущей на...

противник занимает позиции...

подохнут с голоду. Третий день им не привозят еды.

... Поручик Миронов был прав: в течение трех дней им выдавалось всего лишь по ломтю черствого хлеба, солнце палило нещадно. Песчаные дороги накалились, как жаровни. Над томительно однообразной степью с разбросанными то там, то здесь курганами плыл жаркий воздух. Только на хуторах, в тени тополей, абрикосовых деревьев можно было отыскать прохладу и перевести дух. Но отдыхать дальше было некогда. Наступление продолжалось. Линия фронта все больше вытягивалась. Появлялись бреши, в них стремилась конница противника.

Эйланд продолжал читать дневник поручика... Об этих сволочных латышах я столько наслышался. Словно гадкие твари, расползлись они по нашей земле. И ведь находятся русские, которые с ними заодно.

...

Как странно. Мысль о смерти не дает покоя. Прошу прощения. Но сегодня, когда я не смог подняться и подойти к окну, я впервые почувствовал, что я не разведчик. Поручик Миронов!

Черт подери, неужто тебе суждено заживо сгнить на этой колокольне, стать пищей для галок? Чего тянете — наступайте!

Собрав силы, пополз к окну. Как далека и как близка эта цель. Отсюда я вижу парк родного поместья, по ту сторону Днепра. И грустно, и больно. Не сердитесь, что вместо стратегии — лирика. Я болен. Болит нога. Болит голова, ломит виски. Я весь как разверстая рана.

В монастырском саду собралась толпа. Много красноармейцев. Они так похожи на разбойников с большой дороги: оборванные, босоногие, серые, как земля. Вроде бы митингуют...

Кто-то произносит речь, но кто? В воздухе мелькают кулаки...

Наседают, грозят Так.... так... Хватайте друг друга за глотки.

Грызитесь...

... Этот эпизод Эйланду хорошо запомнился. За него потом укоряли латышских стрелков, хотя и не совсем обоснованно.

Три дня без передышки стрелки провели в боях. Преследуя противника, потом сами отступая, они исходили сотни верст по раскаленной степи. Не смыкая глаз ни днем ни ночью. Эйланд припомнил дерзкую ночную атаку врага. В лунном свете надвигавшаяся цепь казалась черной змеей. Она извивалась в дикой злобе, изрыгая свинец и огонь. Цепи стрелков были редки, рассредоточены.

И все же они отразили атаку. Это стоило нечеловеческих усилий. Эйланду редко приходилось видеть что-либо подобное.

Степь полыхала вспышками огней, блестели штыки, к небу

взлетали фонтаны земли. Стрелки стояли насмерть. Казалось, они зубами вгрызлись в эту землю, которую видели впервые, а кое-кто и в последний раз в своей жизни. Ночь пролетела без единой минуты отдыха. А днем противник перебросил с другого участка свежее подкрепление. И опять пришлось принять бой.

А тут новое несчастье. Одежду и обувь разодрали в клочья в первые же дни. Раскаленный песок обжигал босые ноги, колючки, стерня раздирали ноги их в кровь, которая сразу спекалась, и все тело было сплошь покрыто струпьями и ноющими ранами.

В таком вот состоянии находились стрелки, когда их наконец вывели из-под огня в монастырь, чтобы дать передышку. Все ожидали этой передышки как большого и светлого праздника. Каждый мечтал хотя бы на несколько минут закрыть глаза, и еще - сполоснуть свои пыльные раны в днепровских водах. И тут как раз был получен приказ занять исходные позиции. Пришло сообщение, что бригада на фланге отброшена за Днепр. Многие погибли, утонули. Закрались сомнения, имеет ли смысл и дальше удерживать этот проклятый берег. Усталость была беспредельной. Казалось, в ней, как в глубоком сне, иссякают и тонут последние силы.

И вот в такую минуту один из агитаторов, прибывших с того берега, воскликнул:

— Так и знайте, что, отказываясь идти в наступление и вместо этого требуя хлеба, вы предаете революцию!

Стрелки пришли в ярость. В воздухе замелькали кулаки, агитатора едва не застрелили. Комиссару насилу удалось успокоить стрелков.

Но потом в строю они долго еще кипятились:

— У самого молоко на губах не обсохло, а он учить нас вздумал. Трепло несчастное.

Миронов продолжал свои записи...

Подниматься к окну все труднее. Невероятная усталость и бессилие. Может, пустить себе пулю в лоб? Что за вздор, поручик Миронов? Это же трусость, отступление. Нет, и так слишком долго отступали. От Орла до Перекопа. Довольно! Опять забраться в Крым? Никогда!

...

К окну уже не полезу. Это стоит ужасных усилий. Силы надо беречь.

В таком случае, что же ты за разведчик? Собираешься дрыхнуть в этом загаженном гнезде, пока красных загонят в Днепр?

А если это случится не скоро? Если красных не потопят в днепровских топях?

Проклятая нога!

...

Потерян счет дням. Ночи кажутся бесконечными. Хотя бы каплю воды! Но, может, они и Днепр испоганили?

Испоганили всю Россию. Топчет ее русский, латыш, китаец, жид, мадьяр, поляк, башкир...

За монастырским парком слышна перестрелка.

Понемногу нарастает. Может, наши перешли в наступление?

Давно не слыхал я радостного стрекота пулеметов.

Ласкают слух эти шумы битвы, залетающие сюда из внешнего мира.

... Это было одно из последних сражений во время тех семи дней, что Эйланд находился на левом берегу.

Цепи залегли совсем близко друг от друга. Белые — в винограднике, стрелки — по ту сторону дороги. Так близко, что, окопавшись, они перестреливались, переругивались:

— Подлец латыш, куда катишь?

— Задать вам перцу, чертям толстозадым!

Белые открыли бешеную пальбу. Стреляли и, не вставая с мест, орали:

— Ур-р-р-р-ра! Ур-р-р-ра!

В атаку все же пойти не решились.

— Ну что, сдрейфили? — кричали стрелки.

— А куда торопиться, бардаков на том свете нет, — отзывались белые.

На следующее утро, получив подкрепление, белые широким фронтом перешли в наступление. В соседней дивизии был убит командир. Всю степь заволокло сизым туманом.

И дальше Джек Эйланд прочитал:

Где-то у Днепра кукует кукушка.

Может, красных уже прогнали?

Не могу подползти к окну.

...

Я буду ждать, я знаю, вы придете за мной, мои отважные орлы.

Если только останусь жив, я научу вас, как ненавидеть врага.

В этой колокольне я до тонкостей познал науку ненависти.

А если вы найдете мой труп, — может статься, я не дождусь вас, — так знайте, поручик Миронов задохнулся от ненависти.

Обагрите степь кровью врагов.

На Украине глубокие колодцы. В них можно скинуть целую роту стрелков.

Стройте мосты через Днепр из костей красных.

...

Вы еще не пришли?

Значит, вы их не прогнали за Днепр?

И все же я буду ждать вас!

...

Мое последнее желание: увезите меня за Днепр в мой тенис-

тый парк. Там фамильное кладбище Мироновых. Похорони́те меня на том кладбище. Пусть растет, благоухает сирень над моей могилой. Поручик Миронов это заслужил.

Поручик Миронов простым солдатом дрался под Кромами в составе офицерской дивизии Дроздова. Под Харьковом он командовал батальоном, истребившим вражескую роту до последнего солдата. В апреле Миронов был на валу под Перекопом, и на эту колокольню он взобрался для того, чтобы указать вам путь к Днепру. ...

Хочу увидеть степь.

Воет ветер. Воет, словно красный волк. Где-то пощелкивают выстрелы.

Нога, как чурбан, синяя, опухшая.

Боль невозможная.

Может, все-таки пулю?

... За окном светало, когда Эйланд закончил листать пожелтевшие страницы. Дальше невозможно было что-либо разобрать. Угадывались отдельные эпизоды, но общий смысл терялся.

Да, тогда пришлось оставить левобережье, словно продолжая неоконченные записи Миронова, вспоминал Эйланд. Оставили и монастырь. Если бы только наблюдатели знали, что над ними, всего метр-другой повыше, сидит белогвардеец, они, конечно, взобрались бы наверх, свели с ним счеты.

Покидали монастырь тоже утром.

При всеобщем затишье начали переправу. И вдруг заговорила батарея. Артиллеристы, приметив в степи беляков, ударили по ним прямой наводкой. Первый же снаряд угодил в самую гущу, разметав их ряды. Батарея долго не смолкала. Противник решил, что красные приготовились к упорной борьбе, и потому сосредоточил огонь по монастырю. А стрелки со своей батареей уже давно находились на правом берегу. Наблюдая, как белые атакуют покинутый монастырь, они от души смеялись.

Так прошли эти семь дней. Эйланду, да и другим стрелкам казалось, что прошли безрезультатно. Кавалерия Барбовича и офицерская дивизия Маркова на некоторое время отвоевали левобережье. Говорили, неудача объяснялась неправильной расстановкой, дроблением сил. Как бы то ни было, но это послужило хорошим уроком для будущих сражений, увенчавшихся славными победами.

... На следующий день над степью клубились тучи известки.

Разборка колокольни шла полным ходом. В ней находили невзорвавшиеся снаряды, глубоко засевшие в стенах. Камни кладки были громоздкие, тяжелые. Сколько народу гнуло спины, надрывалось, пока строилась эта колокольня. А теперь ее ломали, смеялись.

Революция и не такие колокольни разрушала.

— Ну, так как нам быть с теми костями? — спросил рабочий, кивнув на лежащий в стороне мешок.

— Закопайте прямо тут, за свинарником, — равнодушно бросил Эйланд.

— Выходит, не наш был?

— Не наш!».

(Перо и Маузер. Рассказы латышских писателей, участников революции и гражданской войны: М.,1968).

Мораль наемника находит свое отражение и в мирной жизни.

Они несут смерть и разрушение. Их не покидает равнодушие к чужой жизни, они равнодушны к смерти, не испытывают христианских чувств в отношении побежденных.

13 НАЕМНИКОВ

В июне 1976 года Вилферд Барчет (журналист) и Дерек Робек (член международной комиссии по расследованию деятельности наемников) присутствовали на суде над 13 английскими и американскими наемниками в Луанде. Их впечатления легли в основу книги «Проститутки войны», посвященной наемникам и их вербовщикам.

«Только каменный истукан мог бы оставаться равнодушным во время суда в Луанде. В течение 9 дней перед глазами присутствующих развертывалась напряженная драма. В сложном клубке переплетались характеры и страсти, разнообразные мотивы и противоречивые поступки. Все это было невозможно представить себе заранее.

Особый интерес представляют показания, из которых становится ясно, что за люди идут в наемники. Ни один из 13 обвиняемых не принадлежал ни к головорезам из числа бывших легионеров, ни к молодчикам эсэсовского пошиба, то есть к тем профессиональным убийцам, которые наводнили Конго в 60-е годы.

Если не считать Каллэна, убивавшего совершенно хладнокровно, Баркера, убивавшего в ярости, и Герхарта, способного на то и на другое, то все они довольно типичные представители низших слоев общества. Даже если допустить, что приводившиеся в их оправдание истории о неудачной судьбе сильно преувеличены, то все же есть основания предполагать, что некоторых из них обманули, пообещав хорошо оплачиваемую работу в тылу. Стать наемником — да, убийцей — нет.

Причины, которые, по словам 13 обвиняемых, сделали их наемниками: отсутсвие работы, денежные затруднения, скука бесцветного прозябания, неразрешимые семейные проблемы, тоска по прошлой армейской жизни, — могут толкнуть на тот же путь миллионы и миллионы людей.

На одно крохотное объявление, опубликованное всего лишь один раз единственной английской газетой, откликнулось более 300 человек! Аналогичной была реакция и на небольшую статью Буфкина (вербовщика). В своих письменных показаниях, написанных аккуратным почерком, наемник Акер рассказывает о том, как в ожидании отправки в Анголу он провел несколько дней в доме Буфкина в Калифорнии: «Когда я и Лобо жили у Дэйва, он велел нам вести картотеку на всех, кто ему писал по поводу Анголы. Мы заносили в карточки фамилию, военную специальность, боевой опыт и т.п. Заводили мы карточки только на тех, кто мог пригодиться, остальных мы не записывали. У нас уже набралось 120-150 карточек. Письма приходили даже из Израиля, Гонконга, Бельгии, Германии и Англии. И это не считая телефонных звонков. Дэйв также велел нам рассылать брошюры тем из приславших ему письма, кто его устраивал. В брошюре говорилось о работе, которая ждет наемников в Родезии и, возможно, в Южной Африке. Так же говорилось, что средства для отправки наемников в Анголу кончились,

и незвестно, когда они появятся снова...» Брошюра, которая была найдена у Грильо, не имела даты, но ссылка в ней на 6 января 1976 года, когда было получено его письмо, позволяет сделать вывод, что она была отослана в период между этой датой и 6 февраля, днем отправки группы американцев, то есть после того, как конгресс запретил финансировать операции против Анголы.

Наемник Макинтайр оставил школу в 15 лет и стал учеником повара в гостинице. Потом он три года учился на вечерних курсах санитаров при Эдинбургской королевской больнице. Вот что он рассказал в суде:

«С 1970 по 1972 год я работал в Пертском королевском лазарете. В 1972 перешел в Орсеттскую больницу, графство Эссекс, а через полтора года у меня началось нервное расстройство, сопровождающееся депрессией. Меня поместили в психиатрическую лечебницу Цорли в Брентвуде, графство Эссекс.

До декабря 1975 года я побывал в этой лечебнице несколько раз.

Когда я еще работал в Орсеттской больнице, один приятель...

попросил меня вылечить его от наркомании. Я согласился. Через 9 месяцев он был здоров.

В Англии запрещено делать такие вещи. Лечением наркомании должны заниматься специалисты в соответствующих лечебницах. Но его подруга тоже была наркоманкой... Она пришла ко мне и стала угрожать, что донесет на меня, если я не буду давать ей наркотики. Я дорожил своей работой, и поэтому мне ничего не оставалось, как снабжать ее наркотиками. А она каждую неделю требовала все больше и боль-

3 Зак. 323

ше. Я не хотел давать ей наркотики, но другого выхода у меня не было. Потом об этом узнала моя жена и бросила меня. Я остался с двумя детьми. Позже их забрали мои родители. Я ушел из больницы и сменил фамилию Райт на Макинтайр, что одно и то же, но только не по-английски, а по-шотландски. Я надеялся, что теперь подруга моего приятеля меня не разыщет. Я устроился на работу в отель «Куинс» в Саутенде, но через несколько месяцев снова попал в психиатричку.

Меня выписали 23 декабря 1975 года. К этому времени я уже знал, что моя жена в сентябре умерла. Я провел Рождество у родителей. Мне все еще было трудно прийти в себя, а лечиться было сложно»...

Райта-Макинтайра примерно 20 января разыскал «близкий приятель», Джон Кук, который связал его с вербовщиком наемников. Макинтайр оказался жертвой собственной слабохарактерности и стечения обстоятельств. Вербовщик Бэнкс же получил за него 200-300 фунтов.

Совсем иначе попал в наемники 35-летний Дерек Джон Баркер, один их бывших военнослужащих, с которыми Джон Бэнкс сам установил непосредственный конкакт. Вот как описывает происшедшее Баркер своих письменных показаниях, написанных печатными буквами: «Я выпивал с приятелем в пивной в Олдершоте. Ко мне подошел человек, отрекомендовавшийся Джоном Бэнксом, и спросил, не хочу ли я поехать в Анголу в качестве члена САС — специальной воздушно-десантной службы. Платить будут 600 долларов за две недели. Он нам дал всем по 10 английских фунтов и сказал, что на следующий день будет ждать нас в Лондоне, в отеле «Тауэр». Я отправился в Лондон со своими приятелями Маккензи, Макферсоном, Сондерсом и Эйвисом. Когда мы приехали на место, там уже было несколько бывших

военнослужащих из разных концов Англии, нам сказали, что нам следует пока остановиться в отеле, а в 8 часов того же дня у нас будет встреча.

В 8 часов вечера в тот же день нам сказали, что мы поедем в Анголу, Западную Африку, чтобы помочь обучать местную армию, в которой господствовал низкий моральный дух. Армия называлась ФНЛА. С нами беседовал Джон Бэнкс, нам велели оставаться в отеле. Я потолковал с моими приятелями, и мы все решили, что отель очень дорогой. 22 фунта с каждого за ночь, да еще выпивка. Мы решили согласиться, если, конечно, нас не дурачат, тем более что я был без работы, а в Англии все так дорого.

В воскресенье в 6 часов утра пришел специальный автобус, и мы поехали в лондонский аэропорт Хитроу. В автобусе нам раздали конверты с 500 американскими долларами. Нам сказали, что мы получим еще 100 долларов, когда прибудем к месту назначения, то есть в Киншасу. Нас завербовали на полгода»...

На вопрос, почему он поехал в Анголу воевать против законного правительства этой страны, Баркер ответил:

«Я был под надзором полиции в связи с тем, что в декабре 1975 года совершил нападение. Перед самым Рождеством меня отпустили под залог в 200 фунтов».

Когда Баркера спросили, сидел ли он в тюрьме раньше, он ответил:

«Да, я побывал в тюрьме еще до службы в армии. Мне было около 17, когда я оказался в Бортальском учреждении для несовершеннолетних преступников за угон автомашины и кражу со взломом.

Фактически я и был несовершеннолетним преступником. В 1968 году я отсидел в тюрьме 9 месяцев за кражу, а в 1969 — 1970 годах — 6 месяцев за избиение женщины, с которой жил».

СЕНСАЦИОННАЯ ПРОГРАММА «ПАНОРАМА»

Сенсацией судебного процесса была пленка с записью программы Би-би-си «Панорама». Эта программа о наемниках передавалась 26 апреля 1976 года. Обвиняемые реагировали на эту запись по-разному. Уайзмен плакал, услышав голоса жены и детей, но начал истерически хохотать, когда услышал рассказ о том, за что Баркера в декабре 1975 года обвинили в нападении. Его развеселила запись беседы между корреспондентом Майклом Кокереллом и Дугласом Сондерсом.

Кокерелл. По прибытии в Анголу Сондерса и Баркера сразу же произвели в майоры. В свою бытность в Олдершоте (родном городе) Сондерс и Баркер нажили немало врагов. В прошлом месяце Баркер подрался с Лонгом. Это произошло на вечеринке, которую устроили Лонги. Баркер и Сондерс враждовали с Лонгами и явились на вечеринку без приглашения.

Сондерс. Этот тип подошел к Брамми стал его задирать.

Брамми ничего не оставалось, как дать ему сдачи.

Бенни Лонг. Баркер сам подошел ко мне. Мы перебросились парой слов, а потом он кинулся на меня, и не успел я опомниться, как он откусил мне кончик носа...

Вот в этот момент Уайзмен и разразился истерическим

хохотом, и только злобный взгляд Каллэна заставил его замолчать.

Затем Майк Кокерелл представил слушателям Мэри Слэттери, у которой некоторое время снимал квартиру Баркер и которая внесла за него залог в 200 фунтов, когда ему предъявили обвинение в том, что он откусил нос Бенни Лонгу. Мэри Слэттери сказала, что, «если бы Баркеру досталось хоть немного материнской ласки, он был бы совсем другим».

Кокерелл. Вы очень огорчились, когда узнали, что человек, за которого Вы внесли залог, вдруг сбежал в Анголу?

Мэри Слэттери. Да, конечно, я ведь никогда не думала, что Брамми может так поступить со мной.

Кокерелл (обращаясь к Сондерсу). Обещал ли Вам Бэнкс что-нибудь еще, кроме 150 фунтов в неделю?

Сондерс. Да, он говорил что-то насчет председателя и насчет того, что мы будем жить в особняке. Ну, еще он говорил, что недостатка в девочках у нас не будет.

Майкл Слэттери, сын Мэри Слэттери. По-моему, они собирались драться с какими-то черномазыми, ну, пострелять немного.

А 150 фунтов за неделю — это же целое состояние. А тут поездка на 6 месяцев! Да они еще здесь, в Олдершоте, за месяц спустили 5 тысяч фунтов.

Кокерелл. Как Вы думаете, что особенно привлекало Баркера?

Майкл Слэттери. Ну, это... Баркер любит драться. А то, что делают наемники, это тоже вроде драки, верно? Ну, когда

они прячутся за деревьями и стреляют. Это же здорово! Ведь наемники воюют не по правилам, верно?

Кокерелл. А вот Джон Бэнкс и его приятели считают, что наемниками становятся не ради денег и не затем, чтобы избавиться от повседневных забот. Сейчас они пишут об этом книгу.

Бэнкс. Надо бороться против коммунизма, за деньги или ради убеждений, это все равно. Много ли англичан хотят, чтобы к власти пришли эти чертовы коммунисты? Я не хочу этого. Он — тоже. И пока не поздно, нужно помочь людям...

Кокерелл. Джон, считаете ли Вы себя виновным в том, что 10 наемников скоро предстанут перед судом и, возможно, будут казнены?

Бэнкс. Все, кто ехал из Англии в Африку, слишком наивны.

Они же знали, что едут воевать. А любая война в Африке — грязная война. Мало техники, очень грязная война. Они ехали воевать, а война — это всегда риск. На войне любого могут убить, покалечить, ранить, взять в плен.

Десять английских наемников в зале суда в Луанде слушали это заявление Бэнкса, смысл которого сводился к тому, что «так им, сукиным сынам, и надо», и с трудом сдерживали горечь и ярость. Такой подлости они не ожидали. Теперь они были убеждены, что Бэнкс не только получил то, что причиталось ему за каждого завербованного, но и прикарманил деньги, которые он должен был послать их семьям.

Заканчивая программу, Кокерелл съязвил: «Бэнкс получил тысячи писем от желающих стать наемниками.

Что бы ни случилось с 10 английскими наемниками в Лу-

анде, он убежден, что покупать соотечественников так же патриотично, как покупать товары отечественного производства».

Кокерелл (обращаясь к Майклу Гриффину, школьному приятелю Уайзмена, у которого последний жил после того, как ушел от родителей). Как вы думаете, почему он все-таки решил поехать в Анголу?

Гриффин. Он не раз говорил, что делает это ради денег. Он надеялся подзаработать, чтобы обеспечить своих детей. Он души не чаял в детях, можете мне поверить. Кроме того, он говорил, что надеется помириться с женой...

Линн Уайзмен. Он позвонил мне в субботу перед отъездом сказал, что хочет повидаться с детьми. Он пришел на следующий день, и по тому, как он смотрел на детей, я поняла, что он завербовался. На другой день он снова зашел после работы и сказал: «Я уезжаю вот сюда». И показал мне брошюру с картой Анголы на обложке.

Кокерелл. Он не объяснил, почему он решил ехать?

Линн Уайзмен. Нет, но, думаю, ради денег. Он, к тому же, не терпит черных. А вообще-то не знаю...

В программе «Панорама» также записано интервью с семьей Сесила Мартина (Сэтча) Фортуина. Фортуин родился в Южной Африке. Крепкий, сильный, волосы колечками, губы, как у негра. Он был закадычным другом Бэнкса. Когда он служил во 2-м парашютно-десантном полку, Бэнкс, Фортуин и два других приятеля Бэнкса вытатуировали на руках имена друг друга.

Кокерелл (обращаясь к Джону Бэнксу). Такая татуировка была у всех четверых? Вы поддерживали связь с Сэтчем Фортуином?

Бэнск. Да. Сэтч был отличным парнем, никогда не унывал.

Когда мы раньше разъежали по Аденку, он, как и мы, часто говорил: «Только полюбуйтесь на этих черномазых». И тогда мы подтрунивали над ним: «Уж чья бы корова мычала...» Кокерелл. Фортуин родился в Южной Африке и был цветным, но родители его считались белыми.

Родители Фортуина и католический священник (отец Мэтьюс)рассказывали о его юности, о том, что он регулярно ходил в церковь. Отец Мэтьюс вспоминает о нем как «об очень благочестивом мальчике».

Кокерелл (обращаясь к отцу Мэтьюсу). Вам не кажется, что его благочестие в юные годы как-то не вяжется с тем, что он стал наемником? Суд в Луанде может приговорить его к смертной казни за совершёные злодеяния.

Отец Мэтьюс. По-моему, никакого противоречия здесь нет. Я считаю, что христиане всегда были в какой-то степени искателями приключений. Так что набожность и страсть приключениям не исключают друг друга.

Затем Майкл Кокерелл рассказал о том, что Фортуин пять лет служил в воздушно-десантных войсках и побывал за это время в различных районах земного шара, что его первая семья распалась вскоре после того, как он стал солдатом, и что в 1974 году он женился вторично.

Кокерелл. ... Через полтора года развалилась вторая семья и Сэтч поселился у Хилари Робертса, который был барменом в отеле «Нью инн» в Кеттеринге. Вы не припомните, какое впечатление произвел на Вас Сэтч, когда Вы впервые познакомились?

Хилари Робертс. Ну... Он был парень толковый и какой-то

непохожий на других. Что-то в нем мне понравилось.

В письменных показаниях Фортуин писал: «Сейчас я живу с другой женщиной. У нее четверо детей. Мне с ней хорошо».

Кокерелл (обращаясь к Хилари Робертсу). Как вы относитесь к его отъезду?

Хилари Робертс. Ну, как Вам сказать... Я несколько опешил. У меня было ощущение, что добром это не кончится. Судя по сообщениям из Анголы, войска ФНЛА терпели поражение. Я написал ему, чтобы он возвращался, что я жду его и что не стоит там оставаться. Они знали, что их ждет, если они понадутся. И он-таки попался. Думаю, что он не рассчитывал на то, что правительство и народ Англии кинутся его спасать.

Кокерелл. Вам его жалко?

Хилари Робертс. Нет.

По лицу Фортуина было видно, что он ушам своим не поверил, услышав это короткое и сухое «нет» от единственного человека, на которого, как он считал, можно было положиться. Если у него еще осталась какая-то вера в преданность старых друзей — а людям, которым грозит смертная казнь, такая вера очень нужна, — то этот ответ Робертса лишил его всяких иллюзий.

Ведь он уже знал о том, что его предал Бэнкс, его сослуживец, имя которого было вытатуировано у него на руке и который завербовал его, пообещав, что он будет только телохранителем. Но при первом же нажиме Каллэна Бэнкс отправил его на передовую.

В течение всего процесса Каллэн держался надменно. И

вызывающе. Он прерывал других наемников и бросал на них грозные взгляды, явно все еще считая их подчиненными. Однако он весь съежился, а лицо его побагровело вначале от гнева, а потом от расстерянности, когда он услышал следующие слова Кокерелла:

Особое возмущение вызывают «подвиги» в Анголе самозваного полковника психопата Каллэна, командира наемников. Это Каллэн, бывший парашютист, с позором изгнанный из армии, приказал расстрелять посланных Бэнксом 12 наемников, когда те отказались воевать. Наемник Крис Демпстер, один из людей Бэнкса, видел, что сделали Каллэн и его подручный Коупленд...

Вот тут-то Каллэн и сник. Он так и не пришел в себя до конца суда. До этого он считал, что в глазах соотечественников он выглядел героем. Когда же он услышал, что передавала компания Би-би-си, для самообольщения не осталось никаких оснований. Его решимость хранить молчание была поколеблена. Он уже не мог играть роль дисциплинированного армейского офицера. Он потерял контроль не только над собой, но и над другими. С этого момента функции командира взял на себя Грильо.

(Барчет В., Робек Д., Солдаты на продажу. М.,1997).

НАЕМНИК, КОТОРЫЙ БЫЛ СВЯЗАН С ГАНГСТЕРАМИ

Вот, что рассказал о себе Грильо — наемник, который был связан с гангстерами.

«Я воспитывался в порядочной семье. Мой дед был очень

богат, и мои родители сделали для меня все: я ходил в частную католическую школу. У меня были частные преподаватели, гувернантка, учитель музыки, я учился в немецкой школе и в пансионате. Мы держали слуг. Для меня сделали все возможное; а что из меня вышло, — бандит!» Так говорил о себе Густаво Марчело Грильо тем, кто взял его в плен. Грильо родился в Аргентине, в семье, активно участвовавшей в политической борьбе: одни из ее членов были за перонистов, другие — против. Когда Густаво было 11 лет, мать привезла его и сестру Сильвию в Соединенные Штаты. В 17 лет он поступил в корпус морской пехоты США, следующий год он провел во Вьетнаме.

Крупный, крутые, мускулистые плечи, лицо, уже к вечеру темнеющее от щетины. Его живость и ироничность вносили оживление в ход процесса, по крайней мере казалось, что он понимает суть происходящего. Трудно сказать, насколько бесхитростным было его поведение. Наделенный незаурядным природным умом, он вполне мог таким путем добиваться расположения суда в надежде спасти свою жизнь. К его большому удивлению, все время, пока он находился в плену, с ним обращались гуманно, как, впрочем, и с остальными подсудимыми. Все они отмечали медицинскую помощь, что нескольким спасло их жизни. Свидетельством этого были и довольно непринужденные отношения между ними и охраной в зале суда.

Грильо продолжал свой рассказ:

«В 1967-1968 годах дела во Вьетнаме шли все хуже. Я решил, что надо ехать туда. Период обучения мне сократили наполовину и отправили. Вначале я был простым стрелком, то есть рядовым пехотинцем, потом командовал огневой группой — у меня в подчинении были 5 солдат. Потом командиром отделения — 15 подчиненных. Затем взводным сержантом

— 35 с лишним солдат. Все время мы были на передовой. Мы выслеживали противника, добывали о нем сведения, уничтожали. Днем в дороге, ночью в засаде.

Мы не сидели на месте, все время в движении. Грязная, тяжелая война. Большие потери с обеих сторон.

Я попал во Вьетнам в 1967 году и пробыл там 1968-й и 1969-й. Дважды болел малярией. Получил ранение в левое колено.

— Чем Вы занимались после Вьетнама, когда демобилизовались?

— Найти работу было очень трудно. У меня не было профессии. Я работал в ресторанах, научился кулинарному делу. К этому времени уже был порядочной дрянью».

В своих показаниях, написанных по-испански, так как этот язык он до сих пор знает лучше, Грильо приводит больше подробностей.

«В 1970 году я вернулся домой (из Вьетнама). У меня были рекомендательные письма, но никакой профессии для нормальной гражданской жизни. С большим трудом мне удалось устроиться механиком. Потом я работал на строительстве, но денег на жизнь не хватало. Тогда, чтобы иметь побольше денег, я связался с гангстерами. Я ведь знал кое-кого из них. Участвовал во всяких темных делишках. Однажды полиция прижала одного типа, и он раскололся. Я попал в тюрьму на 18 месяцев за вооруженное ограбление. Ну, а тюрьма — это тоже вроде школы — школы преступности... Когда меня в 1972 году выпустили, все было, как раньше. Найти работу теперь было еще труднее. Я устроился в итальянский ресторан, который назывался «Эспозито». Мыл тарелки, сквородки...

Все рестораны, в которых я работал, были связаны с гангстерами.

Один знакомый гангстер порекомендовал меня другому —
специалисту по азартным играм и спортивным соревновани-
ям. Его звали Роберто. Очень хороший человек — золотое
сердце. Я работал у него телохранителем, шофером и сбор-
щиком долгов, а также выплачивал «откупные» другим ганстерам
и платил долги своего босса. Я будил его по утрам и уклады-
вал в постель по ночам. Он поселил меня в квартире, которая
обходилась в 325 долларов в месяц, дал новую машину, опла-
чивал мои расходы, платил адвокатам — да только ли это!».
Среди бумаг, которые были при Грильо, обнаружено несколько
пропусков, например, в «Легион почета» полицейского управления штата Нью-Джерси и в «Ассоциацию полицмейстеров
штата Нью-Джерси», и, кроме того, с полдюжины визитных
карточек детективов и юристов, по всей видимости обслужи-
вающих рэкетиров, связанных с Грильо.

Далее Грильо описывает, как один из приятелей обратил
его внимание на телевизионную передачу о наемниках и
на открывающиеся здесь возможности. Грильо послал вер-
бовщику Буфкину 35 долларов, чтобы получить нужную информацию.

«Через 3-4 дня он позвонил мне по другому аппарату, из
Миссури, сказал, что только что вернулся из Южной Америки, что у него нет денег для возвращения в Калифорнию
и попросил у меня взаймы. Я ответил, что слишком мало
его знаю, чтобы давать ему в долг, что в таком деле нельзя
доверять никому и что мошенникам не следует надувать друг
друга. Я также сказал ему, что, если он меня попытается провести, я истрачу все, что имею, чтобы разыскать его и стереть в порошок. Я хотел сразу внести ясность в наши отношения».

Один из английских адвокатов, Уорберто-Джоус, защищая своего клиента, иронически назвал Грильо «философом». А ведь в этом была большая доля истины. По крайней мере, жизненный опыт привел Грильо к следующему выводу: «Если уж грабить, то не бедняков, не тех, кто своим трудом зарабатывает на жизнь, не тех, у кого и так нет денег. Нужно грабить гангстеров, чиновников, продажную верхушку. Эти мерзавцы жиреют за счет других. Надо отбирать у них деньги и раздавать нуждающимся».

Ту же идею высказал Грильо и представителю суда Тешейре да Силве, которого все время интересовали причины, побуждающие людей становиться наемниками.

«Я всегда говорил: «Из одного мыла пены не сделаешь, — нужна еще вода». Я уверен, все они знали, что едут сюда воевать. Конечно же, все знали, кто такой наемник, зачем его посылают, чем он занимается. Они же смотрели фильмы и читали о второй мировой войне и о первой. Они знали, что такое война и на что люди идут. Сейчас они говорят, что ехали механиками, поварами. Вранье! Я вот приехал сюда ради денег и приключений...

Я не очень то разбираюсь в политике, но теперь кое-что начинаю понимать. Наши системы — это день и ночь. Когда я лежал в военном госпитале, там был часовой. Он был постарше меня, лет 45-50. Хорошее, благородное лицо, прокалившееся на солнце. Это лицо у меня до сих пор перед глазами. Он был крестьянином, выращивал тростник. Ничего другого, как он мне сказал, он делать не умеет. Воевать он пошел не ради денег, а за народную республику. Он оставил семью, друзей, домишко, где жил счастливо, и пошел воевать — задаром. И мне стало действительно стыдно. Я почувствовал себя таким ничтожным, что готов был провалиться сквозь землю. Я и он — это ночь и день. Я ведь

попал сюда только из корысти, только из-за денег.

.Вот вам американская система. Там, если у тебя есть две рубашки, тебе хочется иметь еще 20. А здесь, если у тебя есть две, — ты счастлив, и ничего тебе больше не нужно. Здесь все равны, вот в чем разница...

Мало кто считает наемников «героями». Обычно их презирают. Наемник вроде проститутки, он продается другим. Я не могу сказать, что горжусь тем, что был наемником. Гордиться тут нечем».

Когда Грильо закончил свои показания, народный обвинитель отметил его «высокую политическую сознательность» и сказал, что «его поведение в суде будет принято во внимание».

(Барчет В., Робек Д., Солдаты на продажу. М.,1979).

ОПЕРАЦИЯ «ОМЕГА»

Утро в Котону (столица Бенина, государства в Западной Африке) 16 января 1977 года началось, как это часто бывает в тропиках, торжественно-тихо. Все вокруг покрылось туманной дымкой. С Атлантического океана дул легкий ветерок, шелестели листья кокосовых пальм. Начинался обычный день столицы Бенина.

И никто не обратил внимания на донесшийся издалека гул. Лишь когда он превратился в оглушительный рев и над городом появился самолет, люди взглянули на небо.

Служащие международного аэропорта, только что закончив-

шие ночную смену, пришли в полное недоумение: в 7 часов утра они не ждали самолетов. На контрольно-диспетчерском пункте никого не было. Таможенное и багажное отделения открывались около 10 часов, но 16 января было вокресенье, и по выходным дням аэропорт, как правило, был закрыт для полетов.

Служащие так и не успели толком разобраться, в чем тут дело, как неизвестный самолет уже шел на посадку. По всей видимости, пилот отлично знал местность, ибо рискнул приземлиться, не получив разрешения диспетчера.

Казалось, все находившиеся на борту самолета «ДС-7» куда-то безумно спешили, ибо он с невероятной скоростью пронесся по взлетно-посадочной полосе. Неподалеку от здания аэровокзала самолет свернул на рулевую дорожку и резко остановился. Открылся люк, и какой-то человек жестами стал требовать подать трап.

Один из служащих аэропорта, решив, что произошел несчастный случай, вскочил на электрокар, в который была вмонтирована лестница, и подъехал на нем к самолету.

В дальнейшем все произошло буквально в одно мгновение.

Из люка стремглав выскочили люди в маскировочных костюмах. В тот момент никому не могла прийти в голову мысль сосчитать, сколько их ринулось вниз по лестнице — двое, трое, десять или несколько дюжин. Ступив на землю, они немедленно открыли бешеную стрельбу из автоматов. Со звоном посыпались оконные стекла контрольно-диспетчерского пункта, на пожелтевшей штукатурке здания аэровокзала осталось множество следов от автоматных пуль, а на взлетно-посадочной полосе в лужах крови лежали убитые и раненые.

Из самолета выскочили остальные вооруженные «пассажиры».

Они взяли под обстрел важнейшие здания аэропорта. Одна пуля угодила в бензобак стоявшего неподалеку военного автомобиля.

Все вокруг озарилось яркой вспышкой взрыва. Однако несколько позже наемникам пришлось горько пожалеть об этом: они остро нуждались как раз в автомобилях, поскольку стремились возможно быстрее добраться до центра города.

Несколько человек остались охранять готовый взлететь в любую минуту самолет. Остальные — примерно 20 африканцев и 80 европейцев — разбившись на три группы, пошли на Котону.

Они передвигались перебежками по обеим сторонам прибрежной дороги. Высокая меч-трава и огромные, выше человеческого роста, кактусы служили им отличным укрытием.

Не прошло и часа, как интервенты достигли цели. Они заняли боевые позиции вокруг дворца президента. Одна группа обосновалась в Доме конгрессов, другая установила гранатомет на крыше большого жилого дома, а третья приготовилась к атаке на обширной территории, примыкающей к отелю «Южный крест».

Свой командный пункт захватчики устроили в одном из многочисленных бунгало, затерявшихся среди кокосовых пальм. Командиры всех трех групп поддерживали между собой связь. Поэтому, когда главарь наемников, бывший офицер французской армии Жильбер Буржо, отдал приказ открыть огонь, от грохота пальбы проснулось большинство жителей Котону. В резиденции президента не осталось ни одного целого окна. Треснул украшенный желтым гра-

вием фасад здания. Гранаты буквально разнесли на куски массивное бетонное покрытие над спальней президента.

Наемники разразились ликующими криками. Они попали точно в цель. По их мнению, президент никак не мог уцелеть после такого мощного взрыва. Через несколько минут они захватят дворец и вырежут охрану. А уж потом можно будет объявить по радио, что «борьба» за освобождение и возрождение Дагомеи» успешно завершилась. Пока операция под кодовым названием «Омега» осуществлялась строго по плану. Вот сейчас капитан Буржо отдаст приказ атаковать дворец.

В этот момент защитники президентского дворца неожиданно открыли ответный огонь по наемникам, ожидавшим сигнала к атаке.

А чудом уцелевший президент Матье Кереку вместе с высшими офицерами армии разрабатывал план отпора.

Выбранное наемниками время для нападения — ранние часы выходного дня — дало им определенное тактическое преимущество.

Радистанция Бенина «Голос революции» призвала население столицы оказать помощь армии в борьбе с интервентами.

Мгновенно улицы покрылись баррикадами, на перекрестках встали патрули активистов молодежной и женской организаций.

Солдаты взяли под охрану государственные учреждения. Рабочие заняли национализированные предприятия. Поскольку никто еще толком не знал, какой силой обладает противник, в каких местах находится и каковы его планы, то жителей

призывали обеспечить защиту как можно большего количества стратегически важных зданий и районов города.

Охрана президентского дворца обрушила буквально шквал огня на наемников, пытавшихся закрепиться на захваченных позициях. С огромным трудом те смогли оттащить раненых к самолету. По дороге к аэропорту они без разбора палили по всему, что попадалось им на пути, в том числе по зданиям государственных учреждений.

Не прошло и трех часов с начала вторжения, как наемники вновь оказались там, где хитрость и неожиданность помогли им добиться кратковременного успеха. Теперь они думали лишь об одном — как бы им скорее скрыться с места преступления.

Едва они успели влезть в самолет, как его моторы уже взревели. Один из наемников-африканцев, как безумный, мчался по летному полю, пытаясь добраться до спасительного убежища, но его сообщники думали только о спасении собственных шкур.

Было около 10 часов утра, когда самолет стремительно оторвался от земли, вырвавшаяся из сопла реактивного двигателя мощная струя воздуха сбила бегущего наемника с ног. Подбежавшие бойцы республиканской армии взяли его в плен.

Показания этого человека, как, впрочем, и поспешно брошенные наемниками оружие, боеприпасы и вещи, неопровержимо свидетельствовали, что французы вместе с верхушкой некоторых африканских стран попытались с помощью наемников свергнуть правительство Бенина.

Ровно через год в Котону состоялась представительная Международная конференция по вопросу о наемничестве, в

которой приняли участие делегации свыше 40 государств, а также представители ООН и других видных международных организаций.

В большом зале президентского дворца участникам конференции были представлены неопровержимые доказательства. Пленный наемник Ба Альфа Умару подробно рассказал, как готовилась агрессия. Из захваченных документов следовало, что главарь наемников поддерживал тесные связи со спецслужбами Франции. На борту «ДС-7» находились также будущий глава марионеточного правительства и члены его «кабинета». Их набрали из приверженцев режима, свергнутого 30 ноября 1972 года.

(Меркс Ф., Наемники смерти. М., 1986).

«БАРРАКУДА» УБИРАЕТ ИМПЕРАТОРА

Наемников часто используют для политических переворотов в бывших колониальных странах. Таким образом, при помощи наемников один режим меняется на другой.

Летом 1977 года несколько известных французских и западногерманских фирм получили крупный и необычный заказ. Срочно требовались: императорская корона, украшенная 2 тысячами бриллиантов, 22 тонны розового шампанского, 150 тонн вина, 6 специальных лимузинов «Мерседес» стоимостью по 60 тысяч долларов каждый, 44 обычных «Мерседеса» и многое другое. Огромные транспортные самолеты ежедневно стартовали с европейских аэродромов и брали курс на юг, в Африку.

Груз предназначался для Центральноафриканской империи,

где полным ходом шла подготовка к вступлению на императорский престол бывшего капитана французской армии Жана-Беделя Бокассы. Будущий монарх лично проверял качество товаров.

В общем, ему все нравилось. Высочайшим указом был одобрен золотой трон, исполненный в виде сидящего орла весом в 2 тонны, в специальное хранилище уложили до великого дня леопардовые мантии с кровавым подбоем, сшитые лучшими мастерами Франции; в конюшнях топтались 130 белоснежных скакунов чистых кровей, которых готовил к предстоящему королевскому выезду известный французский жокей.

Утвердили и список приглашенных: Папа Римский, президенты, премьер-министры — всего 2 тысячи человек.

Спешно закладывались основы будущей династии.

Родственники Бокассы получили титулы принцев и принцесс, самая любимая из жен (несмотря на свое католичество, будущий император не признавал единобрачия) была названа императрицей Екатериной, а из 30 законных отпрысков выбрали малолетнего наследника престола.

Бокасса — пока еще просто «пожизненный президент» — торопил своих министров, в который раз указывая, что церемония должна в мельчайших деталях повторять коронацию Наполеона — кумира центральноафриканского властителя. «Если хоть что-то упустите, — повторял он, — шкуру спущу».

К угрозе президента относились серьезно: он действительно мог отдать приказ в буквальном смысле содрать с человека кожу, что не раз проделывал со своими политическими противниками.

Министры не подвели: церемония состоялась точно в срок.

После коронации новоиспеченного монарха провезли в золотой карете по улицам столицы страны Банги. Он приветствовал своих подданных легким помахиванием руки в белой перчатке, правда, старался не смотреть на них, потому что согнанные на церемонию крестьяне особой радости не выражали. Да и вряд ли они были видны: цепь вооруженных солдат плотно отделяла «ликующий народ» от императора.

Настроение у Бокассы было слегка испорчено: Папа Римский отказался лично вручить ему корону, а большинство гостей просто-напросто проигнорировали приглашение.

Центрально-африканская Республика — ровесница «года Африки». Она получила независимость 13 августа 1960 года. Первым ее президентом был назначен Дэвид Дако, который всплыл на поверхность политической жизни страны после загадочной авиакатастрофы лидера освободительной борьбы центральноафриканцев Бартоломея Боганды.

Дако правил до 31 декабря 1965 года. В канун следующего года в президентском дворце обосновался его дядя, подполковник Жан-Бедель Бокасса, гражданин Франции, 23 года прослуживший в ее армии. Бывшей метрополии в середине 60-х годов нужна была более сильная, чем Дако, личность. Ведь речь шла об управлении богатой ураном и алмазами страной в самом сердце Африки.

Бокасса с первых же дней начал оправдывать доверие тех, кто обеспечил его приход к власти. Он распустил национальную ассамблею, отменил конституцию и запретил все политические партии. Бокасса заявил, что в его стране не будет никакой национализации и что он готов торговать и сотрудничать со всеми «свободнымии нациями».

Позднее обещания не проводить национализацию были оформлены специальным декретом.

С приходом Бокассы жизнь превратилась в нескончаемый кошмар. Аресты, обыски, избиения, убийства стали повседневным явлением. По малейшему подозрению бросали в тюрьму, избивали камнями и палками, калечили. Бокасса любил по вечерам навещать тюрьмы и «тренировать руку» на заключенных.

В 1976 году он переименовал республику в империю и на следующий год провозгласил себя «императором». Коронация диктатора, которая обошлась в 50 миллионов долларов, легла дополнительным бременем на плечи народа.

2-миллионное население ЦАИ, пребывающее в ужасающей нищете, неграмотное и бесправное, могло лишь тихо ненавидеть «отца нации», не имея возможности протестовать открыто.

Императором Бокасса стал с молчаливого благословения французских монополий. Он мог позволить себе какие угодно «шалости», если они не мешали деятельности французского капитала. Кэ д'Орсе полностью контролировало обстановку в этой стране и могло вмешаться в любое время, чтобы оградить свои интересы от опасных явлений.

Подполковник или император — не все ли равно, лишь бы он не мешал выкачивать прибыли и ценное промышленное сырье из этой страны. В 1979 году император учинил массовое убийство школьников в возрасте от 8 до 10 лет, вся вина которых состояла в том, что они отказались носить форму с царственным ликом.

Бокасса обвинил детей в заговоре против монархии и, как

утверждают, лично принимал участие в этой кровавой расправе. Детей закалывали штыками, запирали в тесных камерах, где они умирали от удушья.

Когда сведения об этом преступлении просочились в прессу, «император» принял удивленный вид: «Какие дети? Какое убийство? Да это клевета! Все дети — в школах. Они примерно учатся и очень меня любят — даже называют «папа Бок»...

Но на этот раз в Париже поняли, что «папа Бок» несколько переборщил. Столь тяжкое преступление могло нанести серьезный удар по интересам бывшей метрополии.

Фигура Бокассы стала слишком одиозной. Было решено его заменить. Тем более, что Франция вместе с другими урановыми странами всерьез приступила к эксплуатации урановых месторождений ЦАИ и нуждалась в менее эксцентричном президенте, который гарантировал бы монополиям полную свободу действий. Перетасовав колониальную колоду, в Париже вытащили прежнего «короля» — Дэвида Дако.

Так была спланирована операция «Барракуда».

Название «Барракуда» было выбрано не случайно. Такое же название имела одна французская фирма, производящая маскировочные материалы для французской армии. Ее основал некий Жак Фокар, который в течение 15 лет был одним из главных тайных агентов французской контрразведки, пользовался покровительством президента Франции и играл важную роль в разработке планов по сохранению французского влияния в бывших африканских колониях.

Именно с его участием, как писал издающийся в Лондоне журнал «Нью Африкэн», были заключены «соглашения об

оборонe», которые обеспечили «выживание» режимов в некоторых других бывших колониях Франции.

С его помощью Франция навязала соглашение о «военной помощи» Камеруну, Нигеру, Того и другим странам.

Бывший помощник Фокара Рене Жорньяк стал инициатором плана свержения Бокассы. Жорньяк, занимавший пост советника президента по африканским делам, использовался для выполнения «деликатных» миссий в тех случаях, когда надо было скрыть участие Франции или тайно отвести угрозу французским интересам.

План состоял из двух вариантов. Первый заключался в том, чтобы заставить Бокассу «добровольно» уйти в отставку. В случае отказа предполагалось высадить французские войска в Банги и провозгласить Дако президентом.

Кстати, у Франции уже был опыт интервенции в африканских странах (Габон, Заирская провинция Шаба). 1 августа 1979 года Жорньяк вылетел в Габон, где президент Бонго организовал ему встречу с Бокассой. Жорньяк изложил императору требования Франции: снять с себя корону и покинуть страну. Взамен ему гарантировалось убежище и сохранение всех награбленных богатств.

Однако строптивый монарх оскорбился и прогнал посланца Парижа. При этом, как утверждают злые языки, он даже применил силу.

Узнав об этом, президент Франции позвонил Бокассе, но тот бросил трубку — и этим поставил точку под своим приговором.

Окончательное решение о вторжении в ЦАИ было приня-

то Национальным комитетом обороны Франции на совещании, которое состоялось в Центре операций вооруженных сил в министерстве обороны. Председательствовал президент.

Кроме Жорньяка, присутствовали высшие французские чиновники — командующий вооруженными силами, начальник генерального штаба, генеральный директор контрразведки и министр иностранных дел.

Глава французской спецслужбы заявил, что, по его мнению, Бокасса зашел слишком далеко, и с ним нужно кончать. Иначе, сказал он, пострадают интересы Франции. Жорньяк поддержал это заявление. По его словам выходило, что у Франции действительно не было другого выхода, кроме как свергнуть незадачливого императора.

Во-первых, говорил Жорньяк, ЦАИ находится в самом сердце Африки и поэтому присутствие Франции в этом стратегически важном районе необходимо. Во-вторых, запасы урана в этой стране имеют огромное значение для французской атомной промышленности. В-третьих, к северу от ЦАИ находится Чад, где Франция пытается расширить свое влияние. А на востоке — Судан, также представляющий интерес для Франции. Потеря ЦАИ, заявил Жорньяк, повлечет за собой ослабление французского влияния в Заире, который сказочно богат различным минеральным сырьем и поэтому очень важен для Парижа. Резюме: Бокассу надо убрать во имя интересов Франции.

Председательствующий подвел итоги обсуждения: единогласная поддержка плана операции «Барракуда».

В ночь с 20 на 21 сентября 1979 года три роты французских парашютистов высадились на аэродроме в Банги и за

короткое время установили свой контроль над всеми ключевыми объектами.

После этого в грузовом отсеке самолета французских ВВС из Габона был доставлен новый президент — Дако.

К свергнутому диктатору проявили милость: на военном самолете его вывезли в Республику Берег Слоновой Кости, которая согласилась предоставить ему «политическое убежище».

«Смена власти произошла настолько быстро и гладко, что не пролилось и капли крови», — с гордостью заявили в Париже.

«Париж заменил одну марионетку на другую», — писала нигерийская газета «Дейли таймс». «От чьего имени вмешивается Франция в африканские дела? — цитировал журнал «Африка нау» высказывание одного из деятелей Социалистической партии Франции. — Кого или что она защищает там? Себя? Умеренные режимы, которые просили ее об этом? Может быть, Америку? Или нефть? Или уран?» Как и следовало ожидать, в большинстве западных столиц акцию встретили с одобрением: ведь вторжение в африканскую страну обеспечивало безопасность западных интересов.

Говорят, когда французские парашютисты высадились в Банги, первым делом они бросились в канцелярию Бокассы, где он хранил важные документы. Несколько ящиков «особо важных» бумаг, как утверждают очевидцы, было перевезено во французское посольство. Однако некоторые документы все-таки попали в руки журналистов. Как писал в апреле 1981 года журнал «Африка нау», эти документы доказывали, что Бокасса неоднократно «дарил», высоким французским чиновникам и членам их семей бриллианты.

Кстати, и сам Бокасса через год подтвердил это. Он позвонил из своего убежища и сообщил об этом в редакцию одной из французских газет.

Конечно, Бокасса делал подарки небескорыстно.

Вернувшийся к власти Дако повторил тот же, что и в свое время Бокасса, набор заявлений: ЦАР (ее снова переименовали в республику) будет следовать в фарватере западной политики, французские войска будут находиться в стране «столько, сколько будет нужно», ЦАР готова сотрудничать со всеми «свободными нациями».

Дако сразу пошел по стопам своего дяди: окружил себя французскими советниками, установил режим личной диктатуры, ввел строгую цензуру и обнадежил своих хозяев заявлением о том, что «демократия в ЦАР будет установлена не ранее чем через 120 лет». Когда центральноафриканцы увидели, что племянник ничем не лучше своего дяди, начались протесты, переросшие вскоре в широкие антиправительственные выступления.

За неполные два года своего правления Дако сумел еще больше разорить страну. Крестьяне ЦАР производили все меньше и меньше. Экспорт кофе и хлопка сократился более чем на треть.

В 1980 году доходы от экспорта сократились на 12 процентов, а импорт вырос на 23 процента. Внешний долг в 1,1 миллиарда французских франков, оставленный Бокассой, был увеличен Дако еще на 200 миллионов. В 1981 году он более чем вдвое превышал сумму национального бюджета.

Недовольство охватило всю страну: нескончаемые забастовки, террористические акты оппозиции, требования немед-

ленных перемен. Кризис нарастал с каждым днем. Французское правительство во главе с лидером Социалистической партии Франсуа Миттераном заявило, что не будет вмешиваться во внутренние дела ЦАР. «Новый операции «Барракуда» не будет», — заявил в конце июля 1981 года советник президента Миттерана по африканским и малагасийским делам Ли Пен.

Прохладное отношение Парижа центральноафриканский правитель расценил как опасный симптом и пригрозил Франции, что может найти себе и более «покладистых» покровителей, явно намекая на Соединенные Штаты.

2 сентября 1981 года радио Банги удивило центральноафриканцев сообщением о новом «бескровном перевороте». На этот раз к власти пришли военные. Для управления страной был создан «военный комитет национального возрождения». Его возглавил начальник генштаба вооруженных сил ЦАР Андре Колингба, которому в июле Дако присвоил высшее в ЦАР звание генерала Армии.

Колингба приостановил действие конституции, запретил все политические партии. В первом же заявлении новый глава ЦАР заявил, что будет придерживаться прозападного курса в своей политике.

Генерал Колингба заявил, что Дако уступил ему верховную власть «по болезни». Однако очевидно, что болен не только Дако, оставленный на свободе новыми властями.

(Борис Асоян. «Дикие гуси» убивают на рассвете. М.,1984).

СОЛДАТ УДАЧИ НЕ СКАЖЕТ: «ПРОЩАЙ, ОРУЖИЕ!»

Одним из наиболее шумно рекламируемых центров деятельности наемников являлась организация, деятельность которой освещал принадлежащий ей журнал с длинным, но зато с исчерпывающей полнотой отражающим его суть названием «Солдат удачи: журнал профессиональных авантюристов».

Летом 1985 года этот журнал отмечал уже десятую годовщину своего существования, и парижская газета «Фигаро» следующим образом отметила этот юбилей своего собрата по перу, восхищаясь его упехами: «Десятая годовщина журнала является событием, поскольку его тираж, составляющий в 1975 году всего восемь с половиной тысяч экземпляров, сегодня колеблется между 180 и 210 тысячами, из которых 15 тысяч продаются за границей. Доходы в 1984 году достигли солидной суммы 6,9 миллиона долларов благодаря повышению тиража и публикации объявлений, прославляющих достоинства оружия».

Сообщения об этом весьма своеобразном и типично американском органе печати довольно часто мелькают на страницах мировой печати. Впрочем, он давно уже не является монополистом.

Как писал орган американских биржевиков «Уолл-стрит джорнэл», в журнальных киосках США, «где десять лет назад лежал только «Солдат удачи...», сейчас продают не менее пяти журналов, сверкающих глянцем своих обложек, рассчитанных на запросы людей с загримированными лицами в маскировочный одежде, общим тиражом около полумиллиона экземпляров.

Из публикаций, посвященных десятилетию журнала, стано-

вится известно, что деятельность этого старейшего из американских органов профессиональных авантюристов отнюдь не ограничивается рекламой постыдной деятельности наемных убийц. Его руководители — полковник американских спецслужб, именуемых «Зеленые береты», Роберт К.Браун и сотрудник ЦРУ Джордж Бейкон не только публикуют материалы, славящие их кровавую деятельность за рубежом, но и организуют их — вербовку и отправку на фронты необъявленных войн.

На страницах журнала «Солдат удачи» публикуется великое множество объявлений, отражающих спрос и предложение услуг наемных убийц. Вот несколько из них:

«Ищу работу в качестве наемника, согласен на работу полный рабочий день или неполный рабочий день в любом районе мира. Трэнсвилл, штат Нью-Джерси».

«Бывший связист американский армии — специалист по системам Морзе ищет работу в качестве наемника. Грег Ковертон, Элктон, Мэрилэнд».

«Меш, 30 лет, десять лет прослужил в морской пехоте, ищу работу в качестве наемника, желательно в отдаленных районах.

Фэрбэнкс, штат Арканзас».

«Предлагаю свои услуги в качестве наемника. Если работа опасная, требуется хорошо оплачивать. Джон Чэпел Хилл, Северная Каролина».

«Бывший солдат морской пехоты (Вьетнам, 1966-1969гг.) хотел бы служить в отряде наемников».

«Женщина 32 лет, умеющая держать язык за зубами, с твер-

дым характером, владеющая сложным оружием, предлагает свои услуги в качестве наемника. Мисс К.Холмс, Джерси Сити, штат Нью-Джерси».

«Специальные услуги: наемники, вооруженные курьеры, телохранители, подпольные операции, налеты, любые рискованные миссии. Мы — профессионалы, готовые служить вам. Пейнтер, Рокфорд, штат Иллинойс».

И это еще не все. Чего стоит, к примеру, такое объявление, которое, согласно сообщению «Фигаро», также было опубликовано в этом журнале: «Миллион долларов тому, кто добудет советский вертолет МИ-24 в хорошем состоянии».

«Солдат удачи» — многозначительно заявляет «Фигаро», комментируя это объявление, — журнал не такой, как другие».

Редактор, который ставит перед читателями своего журнала задачи такого рода, и сам является профессиональным авантюристом. Он вполне откровенно декларирует свой символ веры: «Я чувствовал бы себя наилучшим образом, если б мне поручено было убивать комунистов».

Под стать редактору и его сотрудники, большинство из которых, как и он, воевали во Вьетнаме, были изгнаны и теперь посвящают свои усилия все той же цели — убийствам ради денег.

В 1981 году американский журнал «Ньюсуик» сообщил, что фирма полковника Брауна используется для организации подпольных операций.

При журнале «Солдат удачи» созданы «ассоциации», которые собирают средства для оплаты наемников, желающих воевать в различных странах. Более того, сотрудники Брау-

на не только рекламируют похождения «солдат удачи» в дальних странах, но и организуют их обучение и выезд в эти страны.

Ежегодно Браун и его сотрудники проводят встречи американских «псов войны», вернувшихся из походов в чужие страны. В октябре 1981 года такой съезд — второй по счету — был проведен в городе Феникс, штат Аризона. Участники съезда, похвоставшись своими успехами, объявили тогда, что они готовы снова отправиться воевать против коммунизма в Анголу, Афганистан, Южную Африку и Сальвадор.

Этот съезд широко освещался в прессе и по телевидению.

Отчет о нем опубликован в итальянском журнале «Экспресс», посылавшем туда своего специального корреспондента Энрико Франческини. Пространные выдержки из этого отчета весьма красочно рисуют нравы, психологию и деятельность «псов войны» и их хозяев:

«В баре солдаты пьют охлажденное пиво и не спускают глаз с ног официанток в мини-юбках. Сегодня утром они совершили продолжительный марш-бросок, затем несколько часов подряд тренировались в стрельбе. Некоторые из них — ветераны, другие — полицейские, телохранители, специалисты по карате, мускулистые повесы или парни, нарядившиеся солдатами. Все они приехали сюда для участия во втором ежегодном слете, организуемом журналом «Солдат удачи», издаваемом для «солдат удачи», будущих солдат и для тех, кто никогда не скажет: «Прощай, оружие!»

— Я приехал на этот слет, потому что я служил в армии 27 лет, — говорит нам Уильям Т.Лакетт по кличке Билл (у всех ветеранов есть боевые клички). — Этой мой мир. Я был подполковником американских военно-воздушных сил. Я сра-

жался против коммунистов во Вьетнаме, Камбодже, Лаосе.

Лакетт носит в петлице яркий значок с надписью: «Я бы предпочел быть там, где убивают коммунистов». Какой-то солдат, обритый наголо, спрашивает у него почти с отчаянием в голосе, где он купил такой значок.

У Роберта Брауна, издателя журнала «Солдат удачи», тоже есть такой значок.

— Я ношу его, потому что он отражает мой образ мыслей.

Мне нравится убивать коммунистов, — продолжает Лакетт. — Я считаю, что это справедливо: коммунизм угрожает отбросить мир назад. И я готов сражаться против него в одиночку, даже на пороге своего дома.

Рэнди Фудала провел в «чудесном Сайгоне» всего шесть месяцев, последние для американцев шесть месяцев. Сейчас он служит полицейским в Лос-Анджелесе. Именно поэтому он приехал сюда на слет, при котором организовано столько необычайно полезных курсов усовершенствования. Почему? «Мы — как врачи, никогда не перестаем учиться», — говорит он.

Далее корреспондент журнала «Экспресс» приводит высказывания одного из наиболее опытных, матерых «солдат удачи». Это Джон Эрли, прослуживший двенадцать лет офицером американских войск специального назначения, а затем командовавший подразделениями наемников в Анголе, Мозамбике, Родезии.

— В теории мир — дело хорошее, — сказал он. — Но он невозможен, неосуществим...

Джон Эрли признался, что он испытывает страх «с первой

до последней минуты» каждой операции, в которой ему приходится участвовать. «Но в то же время, — сказал он, — то, что я делаю, мне нравится, и потому я не позволяю страху меня парализовать». По его словам, вербовать наемников — дело не слишком трудное. «После войны во Вьетнаме, — поясняет он, — у нас в отряде много ветеранов, которые чувствуют себя безработными».

Но лишь необходимо, чтобы те, кому нужны наемники, не скупились на деньги.

— Знаете, сколько денег нужно для того, чтобы отправить на два месяца в Африку двадцать пять хорошо вооруженных наемников? — продолжал Джон Эрли. — По крайней мере два миллиона долларов. Но с двадцатью пятью солдатами уже можно кое-что сделать в стране «третьего мира».

— Я готов сражаться за каждого, кто мне заплатит, за исключением коммунистов, — продолжал он. — Это объясняется тем, как вас воспитывают в этой стране: мы и они; мы — хорошие, они — плохие, мы — американцы, они — русские. Эти идеи прочно укоренились во мне.

И специальный корреспондент «Экспресс» так завершил свой репортаж: «В баре осталось немного людей: в большом конференц-зале идет семинар по Афганистану. На прилавки, где продают майки и значки, организаторы слета положили стопку экземпляров книги о наемниках. На первой странице с гордостью приведена фраза президента Теодора Рузвельта: «Все люди, которые чувствуют радость битвы, знают, что это значит, когда волк просыпается в твоем сердце».

Да, волки бодрствуют в сердцах наемников. Съезд «псов войны», состоявшийся в 1985 году в Лас-Вегасе, в отеле «Сахара», подтвердил это. Это сборище наемников было самым

многолюдным по сравнению с предыдущими: в Лас-Вегас съехались 1200 человек.

Это была не просто встреча «солдат удачи» а хорошо продуманная ее организаторами учебная сессия. На протяжении пяти дней ее участникам читали лекции на такие темы, как «Люди против танков», «Техника уличного боя» и прочее. Все это сопровождалось практическими занятиями на местности в условиях, максимально приближенных к боевым.

Как писали газеты, «псы войны» бродили по улицам Лас-Вегаса в военной маскировочной форме, обвешанные оружием с головы до ног. Желающие вооружиться новейшими средствами человекоубийства могли приобрести их здесь же, на выставке-продаже «Боевое орудие. Экспо-85». Там было развернуто ни много ни мало триста стендов с огнестрельным и холодным оружием и амуницией — на любые вкусы.

Как обычно, бойко шла торговля сувенирами, изготовленными специально для «псов войны». Особой популярностью пользовались майки с лихими надписями, вроде таких: «Не порть себе нервы — ударь по негодяям ядерной бомбой!», «Убей их всех, а Господь сам с ними разберется», «Поезжай в Ливан и организуй сирийцу встречу с Аллахом!».

В книжном киоске торговали литературой, интересующей наемных убийц. Там можно было приобрести, например, такой энциклопедический труд, как пятитомное пособие некоего Джона Миннера «Как следует убивать». Там же продавалась книга с названием, выдержанным в стиле «черного юмора» — «Поваренная книга анархиста». Она содержит инструкции, как в случае необходимости изготавливать разного рода самодельные бомбы и мины.

Если бы власти уважали законодательство, то журнал «Со-

лдат удачи» давно был бы запрещен, а Роберт Браун сидел бы в тюрьме: американский закон, как напомнил недавно американский журнал «Тайные подрывные акции», «запрещает гражданам США в частном порядке за плату участвовать в военных действиях на стороне других государств».

Действительно, как сказано в федеральном уголовном кодексе, в Соединенных Штатах «считается незаконным, если гражданин США поступает или завербовывается на службу к иностранному государству или же выезжает из США с намеренением поступить на такую службу». Но до сих пор ни один американский наемник, который выполняет свои обязанности за рубежами Соединеных Штатов, не был осужден или привлечен к судебной ответственности американским судом.

В чем же тут дело? Ларчик, как говорится, открывается просто. Этот запрет был введен во второй половине 30-х годов, когда в Испании генерал Франко поднял мятеж против республиканского правительства и многие американцы, как и граждане других стран, отправились туда на помощь законному правительству, — там был создан антифашистский американский батальон имени Линкольна. Но американские власти сочувствовали не республиканскому правительству Испании, а другу Гитлера Франко. Поэтому-то и был наложен запрет на «поступление граждан США на службу к иностранному государству». Теперь же этот запрет стал мертвой буквой...

Но вернемся к делам «псов войны», одним из идеологов и организаторов которых является полковник Роберт Браун. На стене здания, в котором работает его фирма, красуется плакат, в популярной форме пропагандирующий суть того ремесла, которым заняты «солдаты удачи»; на нем изображен гриф, нападающий на свою жертву, а подпись под этим

изображением гласит: «Убивать — это наша работа, и работа хорошая».

(Жуков Ю. Псы войны. М.,1986).

В ПРЕТОРИИ КАЗНЯТ ПО СРЕДАМ

Когда во время процесса в Луанде (1976 год) одного из англичан, бывшего рабочего, которому по иронии судьбы досталась фамилия Уайзмен (Мудрец), спросили, ради чего он отправился воевать в Анголу — из-за денег или по идейным соображениям, он сказал: «Мне трудно ответить на этот вопрос». И это была действительно правда. По разным причинам люди принимали участие в «необъявленных войнах».

«Николай Федорович Пестрецов родился в 1944 году. «Отбарабанив» срочную, остался на сверхсрочной. До больших чинов не дослужился (прапорщик), но дело свое (чинит автомобили) знает хорошо. Видимо, поэтому и предложили Пестрецову поехать в далекую Африку. Сначала говорили о Ливии, но в конце 79-го пришла разнарядка на Анголу.

— Вы предполагали, что вас ждет?

— Нет. Я знал только: ангольский народ выбрал социалистический путь развития, надо помочь. Я и не думал, что окажусь на войне. Локальные стычки с юаровцами, артобстрелы, вертолетные налеты — ко всему этому за полтора года привык.

Привык, что, ремонтируя машину, нужно быть готовым схватить автомат и отстреливаться... Но то, что случилось 25 августа 1981 года, иначе, как кровавой бойней, не назовешь.

В этот день войска Южно-Африканской республики без объявления войны вторглись в Анголу.

Вокруг городка, где они стояли, сжималось кольцо. Мост через реку взорван. Уходить некуда. Сколько выстоят два ангольских батальона? Час или сутки?

Двенадцать советских людей — семеро мужчин и пять женщин — были обречены. Их могло спасти лишь одно — сдача в плен. Сопротивление означало гибель.

Эх, сюда бы московских генералов, чтобы взглянули на их арсенал. Зенитно-пулеметная установка образца 1943 года, бьющая на три километра разрывными пулями. ППШ — легендарные автоматы Великой Отечественной. Не менее легендарные танки Т-34, латаные-перелатанные.

— А что же ангольцы? Они нас бросили... — Понимаете, какая штука. У нас были очень добрые отношения. Мы им помогали техникой, консультациями... Но все равно, когда доходило до дела, я мог рассчитывать, что прикроет меня только русский. Ангольцы воевать совершенно не могут и не хотят. Когда началась эта страшная бомбежка, они быстренько скинули военную форму (под ней — цивильные шорты!) и — по домам.

Русские выбирались из-под огня на двух автомобилях — «уазике» и «ГАЗ-66». Вещи бросили, взяли автоматы и боеприпасы.

Начало смеркаться, однако жара по-прежнему под шестьдесят. Пришлось оставить машины — слишком заметная мишень.

Разделились на две группы. Пешком по саванне. От зноя

земля потрескалась, в щель рука проходит, желтая пыльная трава выше метра.

Их обстреляли внезапно — по-видимому, били в упор из зарослей. Ядвигу, жену Пестрецова, и старшего по званию Евгения Киреева с женой прошило на месте.

Шок — секунду-другую. Опомнились, разобрались: кто убит, кто ранен, кто может стрелять. Пестрецов распластался там, где лежал, и огрызался короткими очередями.

Когда прекратилась стрельба, было уже совсем темно. Он, судя по всему, остался один. У мертвых вытащил документы и пошел, сам не видя куда, продираясь сквозь жесткую траву, ничего не соображая, руки не слушались, щеки покрылись волдырями. Ни еды, ни питья. Никого кругом.

Вернувшись среди ночи, содрогнулся от увиденного. В неестественных позах лежали обезображенные трупы. У женщин вырваны серьги, отрублены безымянные пальцы с обручальными кольцами.

Гады! Сложил на машину убитых, двинулся по саванне в сторону городка.

Утром кончился бензин. Куда деваться? Тяжкий груз — в ров, нагнулся, накрывая плащ-палаткой. Слаб так, что голова кружилась, перед глазами бордовые круги. Шагов сзади не слышал, но почувствовал: приближаются и, разгибаясь, полоснул из автомата по уже обступившим его юаровцам.

Пестрецов очнулся в вертолете. Не шевельнуться. Пальцы перебиты, ребра, кажется, сломаны. Не в силах вырвать у него оружие, юаровцы били прикладами по рукам. Кололо в ногах, не заметил в горячке боя, что осколок гранаты про-

бил высокий ботинок и угодил под косточку, в мякоть.

Сознание то уходило, то приходило. Слабость. Безразличие.

Пустота.

Главное — жив.

— Лечили меня неделю в Намибии, в госпитале. Документы: сертификат, водительские права, офицерский жетон — отобрали. С первого дня приступили к допросам — кто, откуда? Но быстро поняли: толку от меня никакого и, подлечив, отправили в южноафриканскую тюрьму.

Тюрьма и за границей тюрьма. Камера — полтора на три метра. Теснота, духота, два окна, почти сплошь закрытого металлическими пластинами, не достать.

Как кормили? Вареный рис, красный морской окунь, растворимый фруктовый напиток.

— Над вами издевались?

— Не так чтобы очень... Но случалось всякое. Если на допросах замечали в моем поведении какую-то вольность, то надевали японские наручники — легкие, из «нержавейки». При резком движении человека складывает пополам, туловище к ногам притягивает.

Не раз я в первые недели получал и нунчаками по голени.

Причем били умеючи. Чтобы не раздробить кость. Тут же прижигали йодом.

Чуть ли не в первый выходной капрал решил похвастать —

показать друзьям пленного русского: прежде русских тут видеть не доводилось.

Жара. Пестрецов сидел на койке в плавках и кожаных башмаках на деревянной подошве. Капрал небрежно ткнул его в подбородок: «Красный коммунист!» У «красного» хватило силенок врезать ему так, что тот вылетел в коридор и, изрыгая ругательства, схватился за кобуру. Если бы не друзья капрала, одиссея прапорщика завершилась бы, не успев начаться.

Обошлось: посадили в угол на цепь, чтоб до двери не доставал. Рацион, и без того скудный, сократился.

Допросы — ежедневно.

— Пытки применяли?

— Один «мордоворот» мне втыкал нож в икры, выворачивал руки, ломал в суставах пальцы.

Но тяжелее всего я переносил «шуточки» солдатиков (они тоже меня иногда стерегли, не только профессиональные охранники). Несколько раз они вводили мне в вену снотворное. Большими дозами. Заставляли громадными порциями глотать психотропные таблетки. После этого два дня встать просто невозможно, как выжил — не знаю.

В тюрьмах ЮАР (а я их сменил несколько) казнят по средам. По двору идет человек в плавках. Раздается щелчок. И человек проваливается сквозь землю. Незаметные постороннему взору створки срабатывают автоматически. Подъезжает цистерна с надписью «Кислота», группа людей сливает жидкость куда-то вниз, машина уходит. Во дворе уже ждет своей очереди следующий... Процедура повторяется. Видя это, можно было сойти с ума.

— Что с вами было потом? Боролись ли вы как-то за свою жизнь, за свое достоинство?

— Объявлял голодовки. Один раз ничего не ел две недели.

Дошел примерно до сорока пяти килограммов, после чего меня стали насильно «восстанавливать».

Но, сказать по чести, отношение ко мне вскоре переменилось. Мне повезло — меня нашел международный Красный Крест. Эти замечательные люди вселили в меня надежду, стали за меня бороться, объяснили мне, как надо вести себя, сообщили обо мне на родину. Они, кстати говоря, отговорили меня от побега (я уже всерьез задумал бежать). Сказали: «Не вздумай, пристрелят тут же, они только и ждут повода. Потерпи! Мы добьемся, что тебя обменяют!» Вскоре из Женевы прилетел господин Муравьев, потомок декабриста, давно эмигрировавший из СССР. Попросил написать письмо родителям. Пестрецов черкнул, что жена погибла, а сам он в плену.

Надежда зародилась в Пестрецове, когда получил письмо от старшего брата Виктора. Оказывается, после того как Николай «потерялся», Виктор обратился в Москву, в Красный Крест. К матери, Ульяне Даниловне, в поселок Первомайский прибыли из военкомата, расспросили. Сказали: наведем справки. Она извелась, ожидая. Наконец ее известили, что Николай Федорович Пестрецов пропал без вести.

А тут приходит письмо от Николая.

— Еще сыграло свою роль то, что я белый. Чернокожих там вообще за людей не считают, бьют чем попало, куда попало.

Моя жизнь (если это можно назвать жизнью) постепенно становилась легче.

Мне разрешили гулять. В день по полчаса. Начали нормально кормить. Скоро я ел то же самое, что и мои «телохранители».

С некоторыми из них у меня установились добрые отношения.

А с одним — американцем Данни — мы подружились. Он принес мне русско-английский словарь, я стал изучать английский.

Общались мы сразу на нескольких языках. Отсюда — словечко, оттуда — словечко. Я знаю португальский (в Анголе за два года выучил). Он тоже полиглот-любитель. В общем, понимали друг друга. Он мне сигареты давал, немаловажная вещь в тюрьме. Под конец мы до того сблизились, что он мне даже сказал: «Давай доллары, и я устрою тебе побег. У знакомых есть вертолет». Но у меня уже появилось какое-то внутреннее предчувствие, даже уверенность, что меня должны спасти.

Меня начала поддерживать и русская зарубежная православная церковь. Мне присылали бандероли, письма. В одном я прочитал слова, которые запомнил на всю жизнь: «Воспрянь духом и, если ты неверующий, все равно вспоминай Бога. Все сложится у тебя, как ты наметил сам!» Потом последовали поздравления с Рождеством, Пасхой. По радующим глаз красочным посланиям он изучил церковные праздники.

Прапорщик был потрясен. Неужто кого-то там, за тысячами миль от Африки, волнует его участь. Невероятно!

Еженедельно к нему приходил капеллан в майорской форме (на территории тюрьмы располагалась церковь). Общались на португальском. Во время первого посещения капел-

лан поинтересовался, верит ли он в Господа и в чем нуждается. В следующий раз принес на русском языке Новый и Ветхий заветы. «Коммунист, крепись, вернешься на родину, раз не хочешь остаться у нас».

Молиться, впрочем, не заставлял и в душу особо не лез.

— Чем вы занимались в тюрьме?

— Книги читал. Библию. Проштудировал «Войну и мир» Толстого, почти всего Солженицына, Георгия Маркова... Красный Крест такие книги присылал. Потом и телевизор мне поставили.

— Вы работали?

— Нет, хотя мне предлагали неоднократно. Даже просили.

Ведь они захватили много наших машин, а разобраться в них не могли. Но я отказывался хоть как-то помогать им.

— Предлагали вам перейти на их сторону?

— Предлагали попросить политического убежища, рисовали райскую жизнь... Крутили видеокассету про счастливую судьбу одного бывшего «нашего». Но я не согласился. Родина — это для меня не пустой звук.

— А если бы Красный Крест вас не нашел?

— Это было бы ужасно. Ведь суд ЮАР приговорил меня к ста годам. Потом скостили пятьдесят. Но и это немало, не правда ли?

Плен закончился неожиданно и как-то очень обыденно. Од-

нажды утром ему велели одеться: синий комбинезон, туфли. Сегодня состоится суд, объявили по дороге, ты убивал военнослужащих ЮАР, на месте боя насчитали порядочно трупов.

Миновали деревянные бараки, замелькали такие же, только кирпичные, свернули к серому прямоугольному зданию. Охрана, переводчики. Больше никого. Все закрыто, закупорено наглухо.

Окон нет, свет поддерживается искусственно.

Весь «суд» длился двадцать минут. Ему сказали: ты бандит. Судили не только за убийства, за применение оружия, за сопротивление при задержании. По совокупности преступлений вынесли приговор: 100 лет каторги.

Своеобразные, однако, в ЮАР законы. Приняли во внимание, что убиты его жена, сослуживцы, скинули 50 лет. Пестрецов поклонился шутливо: мерси.

Впрочем, возможен компромисс. Он — разъяснили — отказывается возвращаться в Россию, а ему даруют свободу. Сейчас же. Пусть выбирает.

Он выбрал.

Военно-транспортный самолет перенес пленного на самый юг страны, в Кейптаун. В газетах Пестрецов вычитал, что в нейтральных водах появился наш военный корабль «Казбек». Не за ним ли? Юаровцы отреагировали моментально, упрятали в подземную тюрьму. Разумеется, на «Казбеке» не слыхали о прапорщике. Корабль заправился и ушел.

Пятьдесят лет одиночества!

Работать не заставляли — не положено. Гулять выводили. На улице — зелень, цветы круглый год.

Через год прапорщику принесли радиоприемник, поставили видео. Камеру не закрывали. Он терялся в догадках. Неспроста все это. Неужели, несмотря на фантастический срок, освобождение не за горами?

— Чутье не обмануло. Вас обменяли... Помните тот день?

— Конечно, помню. Двадцатое ноября восемьдесят второго года...

А через неделю я уже был в России.

Пестрецова обменяли на захваченного кубинцами американского летчика. Юаровцы признавали только обмен. Раненых меняли на раненых, мертвых - на мертвых.

Обмен и вылет в столицу Замбии планировался в конце сентября.

Сорвалось.

В октябре — тоже.

Причины не назывались. Прошли ноябрьские праздники, а там — скорбное известие из Москвы: умер генсек. Было не до Пестрецова.

И вот наконец-то! С американским пилотом они встретились лицом к лицу — точь-в точь как в кинофильме «Мертвый сезон».

Перед этим Николая проинструктировали: вы должны друг

другу пожать руки. Пестрецов вскипел, сказал как отрезал: «Убийце руки не подам!». Так и прошагал мимо молча, смерив «обменную половину» испепеляющим взглядом.

— Как вас встретили дома? Может быть, наградили?

— Ничем меня не наградили. Но на работу назад, на ту же самую (командиром ремонтного взвода) и в ту же часть, приняли.

Год посчитали за три, выдали удостоверение участника войны.

Вот и все.

Какой психолог сумел бы поставить ему диагноз? Хоть и взял под начало подразделение, но не до службы было Пестрецову.

Страшное, труднообъяснимое состояние — подавленность, неоправданная раздражительность, стремление уединиться — охватило его.

Разговорить его никому не удавалось. Он старался меньше показываться на людях. Одиночество — тоже своеобразный плен.

Ни семьи, ни детей. Пусто.

Подал рапорт: «Прошу направить для оказания интернациональной помощи в Афганистан...» Мстить хотелось, безразлично кому, лишь бы мстить. Тогда полегчает.

Ему дали от ворот поворот. Года не прошло, как вернулся, куда опять лезешь?

Прапорщик рвался воевать. Вытравить это желание, не та-

кое уж, впрочем, неестественное для военного человека, могло только тихое, спокойное семейное счастье. И судьба вознаградила Пестрецова. Он встретил хорошую женщину, и огромная его радость сейчас — дети. Витя, Валера, Алеша, близнецы Наташа и Надя.

После долгих хлопот просторную четырехкомнатную квартиру выделили в Калининграде отцу семейства. Заметим, по высочайшему повелению из столицы.

На этом юарская одиссея теперь уже гвардии старшего прапорщика не закончилась. Причиной новых хлопот явилось небольшое послание капитана И.ДЖ.Л.Пауэлла, главного управляющего бараков для задержанных в Воортреккерхугте: «Общая сумма денежного кредита Южной Африки на имя Н.Ф.Пестрецова составляет 1972,61 ранда». Примерно полторы тысячи долларов — плата за пятнадцатимесячный плен. Плюс проценты.

Красный Крест направил Пестрецова в Инюрколлегию, оттуда — в Министерство обороны. «Что полагалось, выплатили, а с ЮАР у нас отношений нет». И черт бы с ними, с деньгами, не крохобор Пестрецов, но слишком дорогая цена за них плачена, обидно упускать.

«Кончай скандалить, ничего не добьешься», — отмахнулся чиновник в полковничьем кителе в очередной приезд гвардии старшего прапорщика в Белокаменную. Сощурил глаза Пестрецов и, не подавая, как тому американцу, руки, вышел».

(Апресян Г., Степанов Е. В Претории казнят по средам. Совершенно секретно, №7,1992).

РАЗГОВОР ОБ ОТРЕЗАННЫХ УШАХ

О том, как готовятся кадры «псов войны» в школах наемных убийц, весьма красочно рассказал на страницах «Уолл-Стрит джорнэл» некий Тимоти Смит, сам обучавшийся в одной из таких «частных» школ (разумеется, все это изображается как частная предпринимательская деятельность свободных граждан).

Его рассказ начинается так.

«Сегодня я хочу, — говорит Фрэнк Кэмпер, — поговорить с вами об удалении ушей. Стоя в окружении своих покрытых ссадинами и перевязанных учеников, Кэмпер демонстрирует удар, захват и поворот вниз — рекомендуемый метод отделения уха от его хозяина в момент схватки. «Когда оно окажется у вас в руках, человек этому не поверит, — говорит Кэмпер. — Поэтому отступите на шаг и покажите ему ухо». Это один из наиболее мягких приемов, которым обучают здесь, в лесах Алабамы».

Кто такой Кэмпер? Как и Поузи, он участник «грязной войны» во Вьетнаме, основавший свою школу «псов войны» в 1981 году под названием «Ассоциация наемников». Тимоти Смит, как он сам говорит, прошел в этой школе курс обучения тому, «как убивать людей при помощи палок, рук, ног, ножей, веревки и всех видов огнестрельного оружия. Кроме того, — продолжает он, — в программу обучения входили засады, патрулирование, спуск по веревке, маскировка, установка мини-ловушек и специальный предрассветный семинар по пыткам.

— Обучение поставлено так, - рассказывает Тимоти Смит, — чтобы будущий наемник дошел «до состояния озверения»: с помощью голода, усталости, слезоточивого газа и боевых пат-

ронов Кэмпер в течение недели может заставить группу достаточно подходящих людей дубасить друг друга по голове».

Не все выдерживают такую нагрузку. Некоторые «разочаро-
вываются», когда им приказывают построиться в две шеренги
и бить ногами в пах стоящего напротив человека настолько сильно, чтобы «оторвать его от земли». Другим не нравится «охота на индейку», когда «ученики» бредут по пояс в
воде через реку Уорриор, а по ним их коллеги по учебе
стреляют боевыми патронами из автоматического оружия.

«Разочаровавшихся» наказывают, подвергая их пытке. Некоего
Гудини из Куинса инструкторы из школы Кэмпера зверски
избили, раздели его догола, привязали к дереву и разожг-
ли под ногами у него костер. Остальным приказали образовать плотный круг и стоять «на страже», не обращая внимания на вопли Гудини.

«Пытка устраивается для того, чтобы вселить ужас, — поясняет Кэмпер. — Иначе все превращается в игру. А мы не
играем. Это более чем серьезно».

Как сообщала газета «Уолл-Стрит джорнэл», интересы этого
руководителя школы «псов войны» многообразны: ранее он
был «коммерческим художником», потом механиком команды
автогонщиков в Джексонвилле, штат Флорида, но... «его первая
любовь — война». Он опубликовал два «сенсационных», по
оценке этой газеты, романа, прославляющих деятельность
наемников. Сам он, по его собственным словам, действовал
как наемник в Саудовской Аравии, Гватемале, Сальвадоре и
других странах, а также «занимался сбором разведывательных
данных для правительственных органов США».

За обучение искусству убийств и пыток Кэмпер взимает со
своих питомцев солидную плату: 275 долларов в неделю.

Когда курс обучения заканчивается, выдрессированные в школе Кэмпера «псы войны» поступают в распоряжение тех, кто ведет необъявленные войны. В наиболее важных операциях вместе со своими воспитанниками участвует и сам Кэмпер.

Осенью 1985 года он со своей командой оказался в Центральной Америке. Заботясь о своей рекламе (реклама — двигатель торговли! — такова заповедь бизнеса), Фрэнк Кэмпер дал интервью японскому журналу «Сюкан посюто», из которого явствует, что он вместе с группой в составе 60 диверсантов находился в Никарагуа, куда эта группа была заброшена по тайным каналам в соответствии с заданием ЦРУ для организации там серии террористических актов.

(Жуков Ю. Псы войны. М., 1986).

ВОЕННЫЙ ЛАГЕРЬ ОРГАНИЗАЦИИ «КОБРЫ»

А вот еще одно красочное описание школы наемных убийц из итальянского журнала «Эуропео», специальный корреспондент которого Альберто Негрин посетил лагерь военизированной организации, именуемой «Кобры», находящейся в самом центре американского Юга, примерно в 200 километрах от Атланты, столицы штата Джорджия.

Организация «Кобры» выполняет, как пишет Негрин, самые разнообразные заказы — от вооруженных операций в Латинской Америке до «полицейских акций», совершаемых по поручению крупных транснациональных корпораций. Руководит ею некий Митч Уэрбелл, которого корреспондент именует «опасным и загадочным бывшим офицером американской армии, замешанным в десятках грязных дел». По-

лучить согласие на интервью у него — «человека недоверчивого и агрессивного», пишет Альберто Негрин, было не так-то легко, но он все же этого добился. И вот что он напечатал в журнале «Эуропео»: «После долгого пути мы, наконец, прибыли на место: калитка, над которой развевается американский флаг и второй флаг с двумя змеями — черной и-желтой — и надписью «Кобры». Мы у входа в царство Уэрбелла.

Вся зона ограждена колючей проволокой, металлическая калитка наглухо закрыта. Мы сообщаем о нашем прибытии по видеопереговорному устройству, и калитка открывается перед нами. В глубине аллеи — большой особняк в неоклассическом стиле.

Митч Уэрбелл — плотный, коренастый человек; на нем военный мундир и красный берет подразделений специального назначения; на груди — несколько орденов, во рту — всегда зажженная сигара. Он принимает нас в комнате, стены которой увешаны кинжалами, саблями, копьями, винтовками и пистолетами: настоящий военный музей.

После беседы мы осмотрели лагерь. Его общая площадь — 50 гектаров. Здесь представлены все ландшафты — джунгли, ручейки, песчаные дюны. Из кустарника вдруг выскочила группа людей в мундирах; вооруженные автоматами и кинжалами, они имитируют засаду. Неподалеку упражняются в стрельбе из винтовок с оптическим прицелом, а рядом с нами проезжают джипы с «солдатами» на борту. В общем, самая настоящая «военная база», где можно увидеть даже женщин и пожилых мужчин в стальных шлемах и боевых комбинезонах.

Несколько инструкторов не позволили себя сфотографировать. Так же поступил и один «курсант» из Южной Америки, который даже пригрозил нам пистолетом. Несмотря на та-

кую секретность, нам удалось выяснить, что «тариф» за грязную работу за границей — 4000 долларов в день для каждого участника операции (транспортные расходы оплачиваются отдельно).

И далее следует текст беседы корреспондента «Эуропео» с руководителем этой базы.

Вопрос: Здесь вы руководите школой. Чему вы учите?

Ответ: Многому: наши курсы существуют для того, чтобы защитить Америку и американский народ, чтобы защитить тех, кто борется за подлинную Америку и кто хочет защитить себя самих и свои семьи в случае возникновения чрезвычайных ситуаций.

Вопрос: Какого рода чрезвычайных ситуаций?

Ответ: Например, нападения террористов.

Вопрос: Вы поддерживаете отношения с секретными службами?

Ответ: Конечно.

Вопрос: Во всем мире или только в Соединенных Штатах?

Ответ: Во всем мире, за исключением коммунистических стран, где мы никогда не работаем. Но мы всегда знаем, что происходит во всех других странах. Так, например, мы действуем в тесном контакте с итальянской секретной службой.

Вопрос: А с американской?

Ответ: Конечно.

Вопрос: Вы занимаетесь политикой?

Ответ: Нет, я не политик, я военный. Я никогда не голосовал...

Вопрос: В каком мире вам хотелось бы жить?

Ответ: Единственный мир, который меня интересует, — это моя страна — Соединенные Штаты. Остальные страны для меня ничего не значат, если только они не будут равняться на нас, на нашу политику, на наше мировоззрение. В общем, я считаю, что, поскольку Соединенные Штаты — это самая сильная страна, они должны управлять миром, а не предоставлять это делать другим.

Вопрос: Считаете ли вы, что транснациональные компании могут вести борьбу против террористов лучше, чем правительства?

Ответ: Нет, я считаю, что эту задачу следовало бы предоставить правительствам. Гораздо легче платить политикам за то, чтобы они защищали интересы транснациональных компаний.

Например, что значат 100 000 долларов, заплаченных нечестному правителю для того, чтобы он не передавал информацию террористам?

Вопрос: Г-н Уэрбелл, вы богаты?

Ответ: Я бы предпочел не отвечать на этот вопрос.

Вопрос: Скажите по крайней мере, сколько вы зарабатываете своей деятельностью или какую сумму налогов вы платите в год...

Ответ: Я могу сказать лишь, что мой доход, облагаемый

налогом, значительный, но цифру назвать не могу. Ее не знает даже моя жена.

Вопрос: Сколько получает инструктор в вашей организации?

Ответ: Я не хочу говорить о деньгах. Кроме того, я не хочу, чтобы мои люди обвиняли меня в том, что я разглашаю их денежные дела. Скажем так: им платят очень хорошо. Каждый из них — очень опытный специалист, потому что участвовал в какой-то войне — во Вьетнаме, в Камбодже, в ЮАР, в Родезии.

Он лишь вскользь рассказал о том, как был выполнен заказ коопорации «Кока-кола», которая опасалась, что ее отделение в Аргентине может оказаться под угрозой в обстановке напряженной внутриполитической войны, которая там разыгралась. «Мы бросили в воды Ла-Платы парочку трупов потенциальных террористов. Я убежден, что с ними нужно обращаться именно так, их нужно убивать!» — заявил майор Уэрбелл.

— Этот рецепт подходит для всех стран и для всех ситуаций? — осторожно осведомился корреспондент.

— Конечно, — отвечал майор, — хотя я понимаю, что, говоря такие вещи, не завоюешь популярность в некоторых кругах...

(Жуков.Ю. Псы войны. М.,1986).

БАТАЛЬОН «БЕЛЫЕ ВОЛКИ»

В 1995 году в Боснии на стороне сербов воевало чуть больше двадцати граждан России и ближнего зарубежья.

Большинство россиян служило в диверсионно-разведыватель-
ном батальоне «Белые волки» армии непризнанной Республики Сербской.

«Считать нас наемниками неверно даже с чисто формаль-
ной точки зрения. По международным нормам наемником
считается человек, воюющий в армии иностранного государства и получающий за это вознаграждение, отличное от
зарплаты военнослужащих.

Мы получаем столько же, сколько сербы, 50 динар (около
15 долларов США)», — говорит командир батальона, бывший капитан Советской Армии 33-летний Юрий III.

Юрий воевал в Афганистане, а после, по его собственным
словам, стал ненавидеть всех мусульман. Вернувшись из
Афганистана, капитан Советской Армии уже не мог найти
себя в мирной жизни. Уволившись из армии, Юрий поехал
на войну в Приднестровье, а потом, когда та война кончилась, отправился воевать в Карабах. Однако звездный час
бывшего советского офицера настал именно в Югославии.
«Здесь я защищаю от мусульман наших православных братьев-
славян. К мирной жизни я уже не вернусь никогда. Кончится война здесь — поеду на другую. Мой югославский военный опыт выводит меня на международный уровень. Теперь
меня как профессионала будут рады видеть в любой горячей точке мира», — говорит Юрий.

— Среди вас много членов русских национал-радикальных
организаций, например, баркашовского русского национального единства? — спрашивает корреспондент «Известий»
командира «Белых волков».

— Это все чушь, типичные московские мифы. Действительно, к нам иногда наведываются эмиссары различных пра-

вых политических партий. Но дальше разговоров дело не идет. Ведь здесь действительно надо воевать, и всерьез. Когда я беру человека в свой отряд, меня интересует, как он будет себя вести в бою, а вовсе не его политические убеждения. Иногда к нам приезжают из России и бандиты. Однако и эта категория людей надолго у нас не задерживается. Один раз ко мне в отряд приехал молодой парень из Москвы. Представился мне как боевик влиятельной столичной бандитской группировки и объяснил, что хочет проверить себя на настоящей войне. Во время боевой операции он проявил себя очень неплохо, но как только вернулись на базу, сразу же засобирался домой: «Я уже понял, что это могу». Я его поблагодарил за помощь, и он уехал.

Беседу корреспондента с Юрием слушают его трое друзей — соратники по оружию. 27-летний уроженец Санкт-Петербурга Сергей работал на Родине милиционером. Его родители погибли, а вскоре после этого у него не стало и любимой девушки. Сергей продал свою квартиру, вдел в ухо две серьги (у казаков это знак последнего из рода) и отправился воевать в Югославию. В Россию молодой человек возвращаться не собирается: «Зачем?

Там у меня никого нет. Или же здесь после войны возьму дом, женюсь на сербке, или же отправлюсь воевать еще в какую-нибудь горячую точку». 34-летний бывший оперуполномоченный КГБ Александр Терещенко не скрывает, что приехал в Боснию из любви к приключениям: «Я профессиональный авантюрист, и здесь мне нравится, в Россию, по крайней мере пока, возвращаться не собираюсь».

«Из чистого любопытства» приехал на войну в Боснию 28-летний бывший прапорщик Александр. Недавно Александр подорвался на мине и лишился ноги. Местные власти подарили ему протез и поселили на отдых в пансионате. «Саша

·никак не может смириться со своих горем. Целыми днями он или спит, или же курит и смотрит в одну точку», — говорят его друзья.

Было бы неверным считать, что русские добровольцы в Боснии состоят исключительно из идейных борцов и профессиональных авантюристов. Среди них немало и таких людей, которые приехали в Боснию, так как дома у них были нелады с законом.

Об этом корреспонденту «Известий» говорили не таясь, прося лишь об одном: не упоминать ни фамилии, ни даже имени.

Хотя большинство в отряде «Белые волки» составляют россияне, кроме них, здесь есть два болгарина, два румына и даже один француз. Болгары утверждают, что приехали в Боснию, чтобы помочь братьям по вере, православным сербам. Несколько сложнее узнать мотивы смены места жительства румынских волонтеров. Ребята говорят только по-румынски и с остальными членами отряда объясняются исключительно с помощью знаков.

И на первый взгляд совсем уж непонятно, что привело в отряд 25-летнего уроженца Франции. Боснийские мусульмане заключили военный союз с католиками по вероисповеданию — хорватами.

И поэтому вполне естественно, что католическая Франция симпатизирует антисербской коалиции. Однако у Жана Р. своя точка зрения: «Я родился и вырос в бедном квартале в пригороде Парижа. Арабы и другие народы мусульманского вероисповедания составляют здесь большинство. Эти переселенцы ведут себя так, что по вечерам на улицах нашего района не рискуют появиться даже полицейские. Я пришел к выводу, что именно ислам представляет главную

угрозу для западной цивилизации, поэтому я поехал воевать в Боснию на сербской стороне».

У этих очень разных людей есть что-то неуловимо общее, позволяющее сразу выделить их среди других представителей человечества. Наиболее точно определил эту породу еще Ключевский, назвав их — «пограничные люди». То есть те, кто не может найти место в устоявшейся жизни, а обретает себя лишь в экстремальных ситуациях, осваивая новые, еще не «порабощенные» цивилизацией территории.

(Ротарь И. Пограничные люди., Известия, 11 октября 1995).

ГЛАВА II. КИЛЛЕРЫ

РАССТРЕЛ ИЛИ ЗАКАЗНОЕ УБИЙСТВО?

В жизни у Карла Либкнехта и Розы Люксембург было мало общего. Их объединила смерть.

Редакция «Роте фане» в конце Вильгельмштрассе стала ненадежным местом. Правительственные войска врывались туда почти ежедневно. Одна из сотрудниц редакции, которую они приняли за Розу Люксембург, с трудом избежала смерти. Роза Люксембург несколько дней занималась работой по редактированию газеты в квартире одного врача на Галлешестор, а затем, когда ее присутствие стало тяготить хозяев, в квартире рабочего в Нойкёльне.

В воскресенье 12 января к ней присоединился Карл Либкнехт, однако через два дня, 14 января, они по телефону были

предупреждены об опасности и ушли с этой квартиры (возможно, это был подстроенный звонок из центра, в котором планировалось убийство и из которого уже в течение нескольких дней велось наблюдение за их переездами, а может быть, и направлялись эти переезды). Они перебрались в свое последнее убежище — в Вильмерсдорф, неподалеку от Фербелиерплац по адресу: Мангеймерштрассе 53, у Маркуссона. Там утром 15 января они написали свои последние статьи для «Роте фане», которые, видимо, не случайно звучат как слова прощания.

Статья Розы Люксембург была озаглавлена «Порядок царит в Берлине». Она заканчивалась словами: «Вы, тупые палачи! Ваш «порядок» построен на песке. Уже завтра революция «с грохотом воспрянет» и к вашему ужасу протрубит в фанфары: я была, я есть, я буду!».

Статья Либкнехта («Несмотря ни на что!») заканчивалась так: «Потерпевшие поражение сегодня будут победителями завтрашнего дня. Будем ли мы тогда еще живы или нет, будет жить наша программа; она будет господствовать в мире освобожденного человечества. Несмотря ни на что!»

К вечеру, когда Роза Люксембург прилегла, почувствовав головную боль, а Вильгельм Пик приехал с гранками очередного номера «Роте фане», раздался звонок. У двери стоял трактирщик Меринг, пожелавший видеть г-на Либкнехта и г-жу Люксембург.

Сначала оба велели сказать, что их нет, однако Меринг не уходил. По его зову появилась группа солдат под командованием лейтенанта Линднера. Они вошли в квартиру, обнаружили там тех, кого искали, и предложили им следовать за собой. Либкнехт и Люксембург собрали свои вещи и были доставлены в отель «Эден», в котором с утра этого дня раз-

мещался штаб гвардейской кавалерийской стрелковой дивизии. Там их уже ждали. Последующие события развивались очень быстро и могут быть изложены в нескольких словах.

В отеле «Эден» их встретили оскорблениями и побоями.

Либкнехт, которому прикладом в двух местах разбили до крови голову, попросил бинт, чтобы перевязать раны, но ему отказали.

Тогда он попросил разрешения умыться в туалете, но ему и этого не позволили. Затем обоих арестованных привели на первый этаж в номер к капитану Пабсту, который руководил операцией. О чем был разговор у Пабста, неизвестно. Имеется лишь заявление, сделанное Пабстом во время состоявшегося позднее судебного процесса, когда он был уличен во лжи по ряду пунктов. По его словам, он спросил у Розы Люксембург: «Вы г-жа Роза Люксембург?» — «Решайте, пожалуйста, сами». — «Судя по карточке, это вы». — «Ну, раз вы так считаете...» Либкнехта, а несколько позже и Розу Люксембург повели или поволокли, подвергая избиениям, вниз по лестнице и передали уже стоявшему наготове отряду убийц. Тем временем Пабст сидел в своем кабинете и составлял подробное сообщение, появившееся на следующий день во всех газетах: Либкнехт был застрелен при попытке к бегству во время транспортировки в следственную тюрьму Моабит, Розу Люксембург захватила разъяренная людская толпа, смявшая охрану, и увела в неизвестном направлении.

В действительности улица у бокового выхода из отеля, через который Карла Либкнехта и Розу Люксембург вывели в их последний путь, была оцеплена и пуста. На посту у этого выхода стоял егерь Рунге. Ему было приказано размозжить голову прикладом тем, кого поведут через выход: сначала Либкнехту, затем Розе Люксембург. Он так и сделал,

однако оба страшных удара, нанесенных им, оказались несмертельными. Либкнехт, а через несколько минут и Роза Люксембург, оглушенные или полуоглушенные страшными ударами, были брошены в подъехавшие автомобили.

Отрядом убийц Карла Либкнехта командовал капитан-лейтенант Пфлюгк-Хартунг, а убийц Розы Люксембург — лейтенант Фогель.

Обе машины с интервалом в несколько минут направились в Тиргартен. У Нойензее от Либкнехта потребовали выйти из машины; затем он был убит выстрелом из пистолета в затылок, а тело на той же машине доставлено в морг как «труп неизвестного мужчины».

Роза Люксембург сразу после отъезда от отеля «Эден» тут же в машине была убита выстрелом в висок и сброшена с Лихтенштейн-брюкке в Ландвераканал. Окончательно не установлено, что было причиной смерти — удары по голове, пуля или утопление.

Вскрытие трупа, всплывшего через несколько месяцев, показало, что черепная коробка не была расколота, а пулевое ранение, возможно, не было смертельным.

(Хаффнер С. Революция в Германии 1918-1919. Как это было в действительности. М., 1983).

В 1954 году либеральный юрист и историк Эрих Эйк писал: «Нельзя оправдывать убийства напоминанием старой пословицы «кто поднял меч, пусть от меча и погибнет». Слишком много кровавых преступлений было совершено единомышленниками Либкнехта и Люксембург, чтобы испытывать чересчур сильное возмущение постигшей их самих судьбой». И еще в 1962 году «Бюллетень ведомства прессы

и информации правительства ФРГ» (N27) назвал эти убийства «расстрелом по законам военного времени».

КОРПОРАЦИЯ УБИЙЦ

Весной 1934 года в одной из Нью-Йоркских гостиниц состоялась встреча гангстерских боссов, и был образован преступный синдикат.

«На встрече Лепке (один из лидеров американской организованной преступности) предложил организовать специальную бригаду по образцу давней банды «Багса и Мейера», готовую оперативно выполнить любые заказы со стороны.

Предполагалось, что местные боссы, когда им потребуется кого-то убить, будут заключать с бригадой «контракты на убийство», а исполнять задания станут опытные профессионалы.

Это не только гарантирует качество «работы», но и уменьшит риск для «работодателей», а также избавит банды от расходов на содержание специальных групп боевиков.

Однако ни один человек, сколько бы обоснованной ни была его обида, не получит разрешения на убийство за пределами своей территории. Если чья-то жалоба будет сочтена справедливой, а виновник — заслуживающим смертного приговора, такой приговор вынесет высший орган.

Делегатам идея понравилась, и Лепке был уполномочен создать группу убийц, впоследствии приобретшую известность как «Мёрдер инкорпорейтед».

Все шло очень гладко — вероятно, потому, что идея роди-

лась в подходящее время. Для согласования технических деталей были созданы специальные комиссии. Споров — даже о разделении территорий — было немного: ведь фактически утверждалась существующая реальность.

Полоса невезений для «Акционерного общества убийств» началась в 1940 году, когда некий заурядный и сумасбродный гангстер Гарри Рудольф, который еще во время войны между бандами мечтал «убрать» одного из своих дружков, наконец нашел человека, пожелавшего его выслушать. Помощник окружного прокурора Туркус, не придав рассказу Рудольфа слишком серьезного значения, все же позволил ему расправиться с тремя бандитами.

Одним из них был Эйб Рильз по кличке «Малыш Твист»,в прошлом член «Банды Багса и Мейера», занимавший довольно высокую должность в новой организации убийств.

Среди гангстеров были такие, которые по многу лет работали на полицию осведомителями в обмен на снисходительность властей, — и Рильз — как только его хитростью убедили в грозящих ему неприятностях — попытался сыграть в подобную игру с Туркусом. Туркус пошел на это, и «птичка запела». Однажды нарушившему неписаный закон Рильзу ничего не оставалось, кроме как выдавать своих коллег, так что его рассказ сильно затянулся и продолжался двенадцать дней. В результате он описал в мельчайших подробностях восемьдесят пять убийств и дал информацию о тысяче других.

Рильз прямо назвал по меньшей мере трех главарей синдиката: Лепке, Багси Сигела и Альберта Анастазиа. Лепке попал на электрический стул. Сигел был арестован, но избежал наказания благодаря внезапной смерти Рильза — главного свидетеля.

5 Зак. 323

Анастазиа, хотя ему были предъявлены «неоспоримые доказательства» в убийстве, вышел сухим из воды. Туркус старался
изо всех сил, но его шеф, окружной прокурор Уильям
О'Двайер, был очень честолюбив, а голоса итальянцев много значили на выборах в Нью-Йорке (таково, во всяком
случае, простейшее объяснение).

Подробности деятельности «Мёрдер инкорпорейтед», став
достоянием гласности, вызвали сенсацию, но, как обычно,
полная ясность так и не была достигнута. Общественность,
черпавшая информацию из прессы, которая в свою очередь
ссылалась на официальные источники, путала боевиков синдиката с самим синдикатом, и название «Мёрдер инкорпорейтед» было перенесено на всю организацию в целом. (Точно так же двадцать лет спустя мафия в глазах многих стала
синонимом организованной преступности). Поэтому общественное мнение решило, что после расправы с бандой убийц
рассыпался и весь синдикат, и теперь о нем можно забыть.

Более того: с тех пор, как имя Дьюи стало ассоциироваться
с разгромом банд в Нью-Йорке, большая часть населения
страны уверовала в то, что успехом этой операции народ
обязан именно ему. Много лет спустя после сметри Дьюи
некоторые крупные газеты, в частности, майамская «Геральд»,
упомянули в числе его заслуг ликвидацию «Мёрдер инкорпорейтед».

В действительности же потеря армии боевиков больше помогла синдикату, чем навредила. Наемные убийцы нужны
были только на первых порах, когда в состав организации
еще входили такие независимые личности, как Шульц, и
между ее членами существовали разногласия на почве тер-
риториальных притязаний. Устранение сильных личностей —
Лучиано и Лепке — упростили контроль над остальными без
применения насилия.

Взятка уже давно заменила пулю в отношениях с политиками и полицейским начальством, теперь она становилась главным средством поддержания внутренней дисциплины.

Разоблачение «Мёрдер инкорпорейтед» оказалось прекрасным спектаклем для обывателей, получивших моральное удовлетворение и лишний раз удостоверившихся, что преступление не останется без наказания. Их бдительность — по крайней мере, на ближайшие десять лет — была усыплена.

Эйб Рильз — кенарь, умевший петь, но не летать, — был сброшен из окна гостиницы «Хам Мун» в ноябре 1941 года, хотя находился под защитой крепких телохранителей и стальных дверей. Меньше чем через месяц японцы разбомбили Пёрл-Харбор, и внимание американцев переключилось с внутреннего врага на внешнего.

(Мессик Х., Голдблат Б. Бандитизм и мафия. Иностранная литература. №11-12, 1992).

Корпорация убийц имела свою историю.

Почва для создания своеобразного сообщества по совершению убийств была подготовлена еще во время проведения встречи в Атлантик-Сити в 1929 году. Во время создания синдиката преступлений, распределения территорий и секторов деятельности представители верхушки американского преступного мира поклялись строго выполнять секретный кодекс, который они разработали и который отныне должен был регулировать отношения между различными бандами.

Каждый главарь шайки бандитов имел право распоряжаться в пределах установленной компетенции. Вне руководимой им банды, пусть даже на своей территории, ему было запрещено самостоятельно вершить суд. Он должен был в обязатель-

ном порядке вынести возникший конфликт на обсуждение высшего совета преступного синдиката, состоящего из наиболее могущественных главарей, призванных следить за соблюдением порядка внутри организации, рассматривать все возникающие спорные вопросы, грозящие привести к кровопролитным стычкам, и решительно пресекать любые начинания, которые могли нанести вред синдикату.

Во всех этих случаях только высший совет мог вынести решение. Оно принималось простым большинством голосов после своеобразного судебного разбирательства, где обвиняемого, который, как правило, отсутствовал, дабы не уйти каким-либо образом от ответственности, защищал один из членов ареопага (от греч. «холм Ареста» — собрание авторитетных лиц для решения спорных вопросов).

Оправдательный приговор выносился очень редко, в основном высший совет высказывался за применение одной меры наказания — смерти.

Но начиная с 1929 года, то есть с момента, когда совещание в Атлантик-Сити избрало директорию, возник вопрос о необходимости наделения высшего органа власти эффективными средствами принуждения к соблюдению принимаемых решений и исполнению вынесенных приговоров даже в отношении великих боссов. Это стало необходимым условием существования и последующей эффективной деятельности Синдиката.

Среди банд, которые занимались поставкой наемных палачей, самой большой популярностью в преступном мире пользовались специалисты из «Бруклинского объединения», возглавляемого Эйбом Рильзом и Гарри Мойоном.

Члены высшего совета, такие, как Лепке Бухалтер, Альберт Анастазиа и Джо Адонис, неоднократно поставляли услуги

своих «протеже» из Браунсвилла и Оушен-Хилл своим многочисленным союзникам, начиная с самого могущественного из них — Лучиано.

Те, кому довелось воспользоваться «добрыми услугами» убийц из банд Рильза и Мойона, не скупились на похвалы в их адрес. Любое убийство, совершенное одним из отрядов, входящих в «Бруклинское объединение», представляло собой верх совершенства в смысле коварства и жестокости. Вскоре «заказы» буквально посыпались со всех концов. Любые мало-мальски деликатные приговоры, касающиеся урегулирования счетов внутри банд или устранения противоречий, почти автоматически передавались на исполнение тьюгсам(прозвище, данное палачам по аналогии с душителями индусской секты «тьюгс», которая терроризировала Индию в XIX веке) из Браунсвилла и Оушен-Хилл.

Посредниками выступали их великие «покровители»: Альберт Анастазиа и Лепке Бухалтер. Этим двум крупным экспертам высший совет и поручил осуществление всех своих смертных приговоров.

Начиная с 1934 года деятельность «Бруклинского объединения» приобретает общенациональный размах, ряды его фантастически расширяются, и в глазах всего преступного мира оно становится репрессивным органом высшего совета, обеспечивающим порядок внутри синдиката.

Оно стабилизирует свой состав, устанавливает иерархию подчинения, вводит непререкаемую дисциплину в своих рядах. Из кустарного промысла вырастает настоящий индустриальный трест убийц на любой вкус. Одним словом, рождается «Мёрдер инкорпорейтед».

За шесть лет своего существования этот чудовищный трест

довел свою активность до потрясающих размеров.

Эйб Рильз подвел ошеломляющий итог совершенных преступлений перед оцепеневшими от ужаса О'Двайером и Туркусом. Его признания позволили органам правосудия пролить свет на восемьдесят три случая нераскрытых убийств, совершенных в Нью-Йорке, и более чем на двести преступлений, организованных по всей территори страны. Однако даже эти цифры не отражали действительности.

Кид Твист рассказал только о тех убийствах, о которых ему было известно самому и которые он мог подробно описать, наводя таким образом на след. Он полагал, что общее число жертв наемных убийц на «Мёрдер инкорпорейтед» превышает тысячу человек. А он знал, о чем говорил.

Сам он в этой организации по доставке смерти исполнял обязанности своего рода технического директора, осуществлявшего постоянную связь с владыками преступного синдиката, уполномоченного передавать их приказы своим отрядам наемных палачей, перераспределять между ними поступающие заказы, следить за их точным исполнением и выдавать установленное вознаграждение.

Без каких-либо напоминаний Кид Твист поспешил осветить роль и место самых незначительных ответвлений организации, их методы, средства и принципы формирования отрядов наемных убийц. Он скрупулезно описал специализацию печально известных подразделений своего напарника Гарри Мойона и дал исчерпывающую информацию о самых выдающихся из числа наемных палачей: Фрэнке Дашере Аббандандо, Сэме Биг Голдштейне, Гарри Питсбурге Филе Страусе, Витто Гурино — истинном чудовище, безобразном и жирном, Джо Маггуне, неразговорчивом Максе Голлоба, Чарли Биг Уоркмане и Альберте Алли

Танненбауме, убийце с грустными глазами английского спаниеля.

Сбившийся с пути сын владельца гостиницы в Катскиле, Танненбаум был завербован Бухалтером и Гюрахом Шапиро, которые частенько посещали заведение его отца. Они сделали из него, одержимого страстью к азартным играм и потому не вылезавшего из долгов, профессионального убийцу.

Особую ценность представляли сведения, сообщенные Рильзом О'Двайеру и Туркусу, касавшимся Роди Мэнди Вейса и Луиса Капоне в недрах «Бруклинского объединения», лейтенантов и самых доверенных людей Альберта Анастазиа и Лепке Бухалтера. Через них можно было попытаться накинуть смертельную петлю на шею главному вдохновителю «Мёрдер инкорпорейтед».

До этого момента, несмотря на присущую ему жестокость и кровожадность, Лепке Бухалтера постигло наказание только за торговлю наркотиками и вымогательство. Для правосудия он по-прежнему оставался главарем одной из банд, и не больше. Разоблачения Рильза показали, совершенно неожиданно для О'Двайера и Туркуса, истинное лицо Бухалтера — высшего главы самого чудовищного предприятия за всю историю существования Нового Света.

Непосредственную помощь Бухалтеру оказывали Джо Адонис и два «директора, ответственных за исполнение» — Альберт Анастазиа в центре и на востоке страны, Багси Сигел, элегантный «кутила» Голливуда, — на всей западной части.

Главным специалистом по применению взрывчатых устройств был Альберт Анастазиа, который собственноручно совершил двадцать одно убийство (поскольку об остальных сведений нет). Ни разу, ни за одно из них он не был нака-

зан, за что и получил многозначительное прозвище Бум-Бум...

Что касается Багси Сигела, то ему (кроме большого числа других преступлений) официально засчитано уничтожение Массериа, а также приписывается хорошо замаскированное убийство Тельмы Тодд.

Но, как неоднократно повторял Эйб Рильз, во всем, что касалось отношений, выходящих за рамки внутренних дел банды, эти четверо ответственных за уничтожение, хотя и находились на вершине исполнительной власти, никогда не приступали к действию, пока не получали определенного согласия от высшего совета и его заключенного в тюрьму представителя — Лучиано.

(Шарлье Ж.-М., Марсилли Ж., Преступный синдикат. М., 1983).

СПЕЦИАЛИСТЫ ИЗ «МЁРДЕР ИНКОРПОРЕЙТЕД»

Банды гангстеров или отдельные «специалисты» (среди них, как отмечал Туркус, попадались потерявшие совесть представители делового мира и продажные политики, запуганные и снюхавшиеся с синдикатом), которые пользовались услугами «Мёрдер инкорпорейтед», платили вперед и наличными инкассаторам Бухалтера, Анастазиа, Адониса или Сигела сумму, заранее установленную главарями по своему усмотрению в зависимости от «контракта».

Инструкции, задания, приказы и вознаграждения передавались и доводились до исполнителей с использованием всей сложной иерархии посредников: сначала лейтенантам верховных главарей, таким, как Мэнди Вейс или Луис Капоне, затем гла-

варям палачей, таким, как Эйб Рильз или Гарри Мойон, которые связывались с убийцами и многочисленными помощниками, знавшими только последнее звено в этой цепи.

Только в редких случаях, когда это касалось операций исключительной важности, руководители «Мёрдер инкорпорейтед» вступали в непосредственный контакт с одним из исполнителей. Во всех остальных случаях предусматривалось соблюдение максимально возможных мер по сохранению секретности в работе организации.

Заставляя заплатить вперед, «Мёрдер инкорпорейтед» постоянно заботилась о том, чтобы условия «контракта» строго соблюдались. Наемный убийца, который без уважительной причины не выполнил возложенное на него задание, превышал установленные для него полномочия или становился слишком любопытным, поэтому сам в предельно короткий срок оказывался в числе жертв. Такая же участь грозила любому, кто становился слишком жадным, слишком болтливым или часто напивался.

Убийцы пользовались самым разнообразным оружием: обрезом, взрывным устройством, срабатывающим при запуске двигателя, пистолетом, кинжалом, битой для бейсбола или струной от пианино. Но их любимым оружием долгое время оставался остроконечный ледоруб.

Сумма, выплачиваемая наемному палачу, могла колебаться от пятидесяти долларов до пятидесяти тысяч долларов за «контракт». Сумма некоторых контрактов достигала ста тысяч долларов. Такую цену, например, синдикат предложил тому, кто прикончит Рильза, когда тот начал говорить. Цель — создать ярое соперничество между желающими. Но никому не удавалось получить такую сумму. Их убирали, как только работа была сделана.

Во-первых, из соображений экономии, а во-вторых, какой главарь отпустит на волю такого «призера»?

Сумма зависела также от трудности намечаемой операции (учитывалась подозрительность и телохранителей, чье исчезновение или ликвидация могли вызвать ответные реакции).

Только наиболее авторитетные из палачей получали ежемесячное жалованье или приобщались к тому или иному виду рэкета, контролируемому «Бруклинским объединением».

Для выполнения повседневной работы либо в качестве помощников руководители отрядов палачей использовали «курков».

Их вербовали повсюду и почти всегда на один и то же манер. Их находили среди закоренелых картежников и мелких хулиганов, начисто лишенных совести и денег. Они постоянно отирались около притонов, принадлежащих бандам, в Браунсвилле и Оушен-Хилл в надежде заработать несколько долларов, чтобы вернуть карточный долг, а чаще всего — чтобы просто выжить между двумя кражами или двумя посещениями тюремной камеры.

Вербовщик, Эйб Рильз, Аббандандо, Мойон, а временами Гарри Питсбург или Сэм Голдштейн, после того как долгое время присматривался к кандидатам и изучал их, останавливал свой выбор на одном из них. Для начала ему предлагали ссуды на обычных условиях: один доллар в неделю за каждых пять взятых в долг долларов. Когда жертва оказывалась по уши в долгах, ростовщик начинал требовать незамедлительного возврата всей суммы.

В девяти случаях их десяти должник оказывался неплатежеспособным. Тогда кредитор великодушно предоставлял ему

право выбора: или ему переломают кости, или он получит освобождение от уплаты долга да еще и вознаграждение в придачу, если согласится провернуть одно убийство, которое легко осуществить без особого риска, так как жертва не знает своего палача и полиция никогда не сможет обнаружить какой-либо связи между ними.

Следует заметить, что очень редко неплатежеспособный должник, чье досье, содержащее сведения о судимости, уже изрядно распухло, отказывался от столь выгодного предложения. В случае отказа с ним немедленно расправлялись, чтобы он не успел обратиться в полицию. Этого требовало обеспечение безопасности вербовщика.

ЗАБЛУЖДЕНИЯ «КУРКОВ»

Самым большим заблуждением «курков» была иллюзия, что дело ограничится первым и единственным преступлением. Безнаказанность, привычка к деньгам, полученным с такой легкостью, а иногда и безжалостный шантаж вели к тому, что попавший в сети однажды соглашался заключить второй, а затем и третий контракт. После этого, как правило, он сам исчезал при загадочных обстоятельствах, особенно если совершал даже незначительные глупости или начинал воображать себя главарем.

Его устранением занимались вчерашние коллеги по «ремеслу». Если же они вдруг оставляли своего приятеля в живых и обман обнаруживался, они всеми богами клялись, будто были уверены, что он мертв.

Можно задать вопрос, почему после того, как гангстеры неоднократно становились свидетелями подобных расправ

или сами принимали в них участие, они позволяли заманить себя в ловушку и отправлялись на бойню без тени подозрения. Несмотря на такие факты, каждый из обреченных был глубоко убежден, что лично ему нечего бояться, что его заслуги, репутация или ранг в иерархической системе организации ограждают его от такого рода злоключений.

Почему они должны испытывать какие-то опасения, если их не в чем упрекнуть и они не чувствуют за собой вины, если они пунктуально и без лишних рассуждений подчиняются получаемым приказам, а их главари выражают им горячую признательность?

До самого момента уничтожения обреченный не мог пожаловаться на изменение отношения к нему, на проявление недоверия. Приговор обрушивался на него неожиданно, как гром среди ясного неба, и приводился в исполнение без предоставления обреченному возможности представить какие-то объяснения или доказательства в свое оправдание.

Никакая услуга, пусть даже самая значительная, оказанная в прошлом, никакой стаж пребывания в организации, никакие дружеские или деловые связи с самыми крупными главарями не могли защитить его и дать хоть малейший шанс избежать смерти. Наивным кажется то, что все они верили, достигнув определенных высот в структуре синдиката или должностей больших боссов, в собственную неприкосновенность и не могли представить себе, что их хладнокровно и без тени сомнения могут ликвидировать уже за то, что они слишком много знают.

Многие из тех, кого разоблачения Рильза заставляли искать спасения бегством, искренне удивлялись и часто, поплатившись за это собственной жизнью, отказывались поверить в очевидное, когда узнавали, что их преследуют не только

полицейские, но и отряды убийц, которым было поручено ради простой предосторожности заставить их замолчать навсегда.

Однако иногда хладнокровие, инициатива, сноровка, проявленные «курком» во время выполнения своего «контракта», привлекали внимание его вербовщиков и ему позволяли стать профессионалом. Ему ежемесячно выплачивали денежное вознаграждение, зачисляли в состав определенного отряда и обеспечивали долю в делах, приносивших постоянный доход. Если же новичок проявлял исключительные дарования, он мог рассчитывать на то, что будет повышен в должности и найдет свое место среди таких признанных специалистов высокой квалификации, как Гарри Питсбург, Макс Голлоб, Сэм Голдштейн, Витто Гурино, Биг Уоркман, Блю Джо Маггун и некоторые другие: тех, кому доверяли самые деликатные операции на самом высоком уровне и кому Рильз и Мойон оставляли самые высокие заказы.

МЕТОДЫ РАБОТЫ ПАЛАЧЕЙ ИЗ «КОРПОРАЦИИ»

Среди палачей «Мёрдер инкорпорейтед» «звездой» первой величины, убийцей номер один был Гарри Питсбург Фил Страус.

Преступления, в совершении которых подозревался этот палач, полиция неизменно относила к разряду нераскрытых ввиду отсутствия улик.

«Великий» Гарри пользовался неограниченным доверием Рильза, Мойона, Капоне. Он вместе с Чарли Биг Уоркманом был одним из немногих палачей, имевших непосредствен-

ные контакты с Анастазиа, Адонисом и Лепке Бухалтером. Именно ему и его отряду Лепке доверял в то время, когда он скрывался, прежде чем сдаться Гуверу 24 августа 1939 года, ликвидацию всех свидетелей, способных дать против него показания.

Семь месяцев спустя, когда Фил был в свою очередь схвачен на основании показаний Рильза, ему исполнился только тридцать один год, но к этому времени он совершил уже тридцать одно убийство.

Для опытных палачей «Бруклинского объединения» убийство стало такой же работой, как и всякая другая. Они отправлялись совершать убийство, как другие ходят ежедневно на завод или в контору, не испытывая ни нервного напряжения, ни волнения.

Зачастую жертвой был их самый близкий друг, бывший товарищ по оружию, которого подозревали в недостатке усердия или в предательстве по отношению к их бандам, а нередко тот, кому угрожал арест и кого просто хотели заставить молчать. Ни разу ни один из приговоренных к смерти не вызвал у них сострадания.

Выполнив условия своего контракта, такой тип возвращался к себе с чувством исполненного долга, ласкал своих детей, совершенно не думая о тех детях, отец которых был только что убит им, ел с прекрасным аппетитом и спал без кошмарных сновидений в ожидании следующего звонка.

К услугам «Мёрдер инкорпорейтед» имелись также многочисленные лжесвидетели, лица, обеспечивавшие алиби, и разного рода предатели, в задачу которых входило воспользоваться доверием своей жертвы и заманить ее в ловушку. Она использовала и служащих моргов, которым пору-

чалось в необходимых случаях помешать опознанию трупа или даже совсем уничтожить неудобного, пусть даже немого, свидетеля.

Очень многие жертвы «Мёрдер инкорпорейтед» исчезли, не оставив после себя ни малейших следов, их трупы так никогда и не были обнаружены. Это давало палачам тройную выгоду: во-первых, судьба пропавшего без вести могла очень долгое время оставаться неизвестной, поскольку его досье, в котором часто числилось не одно преступление, давало повод предполагать, что лицо, о котором идет речь, просто скрывается. Если же полиция начинала вести расследование, то отсутствие трупа лишало ее основных улик. Наконец, особенно в случае предъявления обвинения, такое положение позволяло убийцам воспользоваться нормой англосаксонского права, предусматривающей, что никто не может был осужден за совершение убийства, если труп жертвы не найден и не предъявлен в соответствии с требованиями закона для проведения вскрытия.

Точные данные, сообщенные Эйбом Рильзом, дополненные впоследствии Алли Танненбаумом, который, поняв, что дела его обстоят весьма плохо, тоже решил не запираться и начал давать показания, заключив с О'Двайером и Туркусом такой же договор, что и его шеф (Рильз), позволили полицейским обнаружить несколько груд разложившихся трупов в дебрях графства Салливан в горах Катскилл, в районе, почти полностью необитаемом и пустынном, но непосредственно примыкающем к Нью-Йорку.

Никому не удавалось ускользнуть от «Мёрдер инкорпорейтед».

Иногда те из бандитов, которые начинали догадываться о грозящей им опасности, или желали порвать с преступным миром, или просто понимали, что они знают слишком

много и потому их жизнь в опасности, решались попытать счастья еще до того, как над ними нависнет угроза. Тем самым они приговаривали себя к смерти, и она наступала неотвратимо и неизбежно.

Некоторые устремлялись в отдаленные от того места, где они совершали свои былые подвиги, районы Соединенных Штатов, меняли имена, профессию, внешний облик и считали, что им удалось спастись. Они ошибались, не учитывая того, что синдикат опутал всю территорию Соединенных Штатов своей густой сетью. Речь идет не только о его бесконечных разветвлениях, контролирующих самые отдаленные банды гангстеров, а, скорее, о несметном числе подкупленных гангстерами адвокатов, атторнеев, судей, муниципальных служащих, офицеров полиции и простых полицейских.

И так повсюду, вплоть до самых маленьких городков. Сюда же следует отнести всех держателей пари, ростовщиков, содержателей баров, ресторанов, борделей, выплачивающих бандам, входящим в состав преступного синдиката, определенную долю своих доходов, а также всех агентов, просочившихся в ряды членов рабочих профсоюзов и союзов предпринимателей.

Не было ни одной американский тюрьмы, куда бы не проникли щупальца высшего совета. На манер Интерпола «Мёрдер инкорпорейтед» обладала фантастической сетью информаторов.

Рано или поздно беглец начинал испытывать нужду в деньгах, в помощи, в новом водительском удостоверении, в новой работе. Рано или поздно он устанавливал связь со своей женой, родителями, друзьями, считавшимися надежными, начинал посещать бар или притон, где, как он полагал, его никто не знает. Неизбежно дело заканчивалось тем, что его

обнаруживали и для его уничтожения прибывала команда палачей. Отсрочка, которую он мог использовать, длилась от нескольких недель до нескольких месяцев. Но никогда, ни одному из тех, кого приговаривали к смерти, не удавалось избежать кары.

БЕГСТВО ОТ СМЕРТИ ШОЛОМА БЕРНШТЕЙНА

Драматическая одиссея Шолома Бернштейна, крупного специалиста по угону машин, которые затем использовались в своих целях отрядами «Мёрдер инкорпорейтед», демонстрирует эффективность и неумолимость, с которой действуют убийцы из преступного синдиката, преследуя беглеца, попавшего под их «опеку».

Когда Рильз начал давать показания и называть своих сообщников, то одним из первых арестовали Хэппи Мойона, который вместе с ним командовал «Бруклинским объединением».

Вся его система защиты рухнула в результате «разговорчивости» его бывшего компаньона. Мойон, вне себя от ярости и страха, придумал только один способ предотвратить катастрофу — ликвидировать всех своих находящихся пока на свободе сообщников, которые могли бы подтвердить показания Рильза. Из своей тюремной камеры он передал приказ, согласно которому уничтожению подлежала дюжина его собственных подчиненных, за которыми уже начала охотиться полиция.

Зная, что он может оказаться самым опасным для Мойона, Шолом Бернштейн, который в качестве водителя и поставщика автомобилей был свидетелем многочисленных жесто-

ких экзекуций, осуществлявшихся его хозяином, бежал в Лос-Анджелес, за четыре тысячи километров от Бруклина. Там у него были надежные друзья.

Едва он успел обосноваться, изменив на всякий случай фамилию, как друзья предупредили его, что палачи, которым Мойон поручил его уничтожение, каким-то образом напали на его след и уже прибыли в город. Бернштейн бежал в Сан-Франциско.

Спустя несколько часов он обнаружил за собой слежку. Он бросил автомобиль, полагая, что тот выдает его присутствие, и в дальнейшем пользовался только общественным транспортом.

С этого момента он метался по всей территории Соединенных Штатов Америки, пытаясь запутать следы, избегая любых контактов не только с преступным миром, но и с самыми надежными друзьями, изменив свои привычки и внешний облик, постоянно переезжал с места на место.

Напрасно! В Даллас его преследователи прибыли спустя всего девять часов после него. В Сент-Луисе они вышли на его след на вторые сутки. Нигде Бернштейну не удавалось обосноваться более чем на три или четыре дня.

Его безумное бегство от смерти завершилось в Чикаго. Хотя там у него не было ни одного знакомого, его беспощадные преследователи настигли его очень быстро. Загнаннный, с минуты на минуту ожидавший, что его прикончат, на пределе сил, Бернштейн решил вернуться в Бруклин и сдаться полиции, которая единственная способна, быть может, его защитить.

Но, зная, до какой степени развращена полиция, снабжаю-

щая палачей из синдиката нужной тому информацией, он предпочел затаиться до момента, пока ему не удалось связаться со следователем Джонни Макдоноу, которого весь преступный мир знал как абсолютно неподкупного.

Это был единственный полицейский, с которым Бернштейн имел шанс живым добраться до бюро О'Двайера. Его расчет оправдался.

К моменту, когда происходила эта гонка, «Мёрдер инкорпорейтед», сильно ослабевшая вследствие разоблачений Рильза, обезглавленная, дезорганизованная многочисленными арестами, превратившаяся в мишень для полиции, не располагала былой свободой действий и была не более чем собственной тенью.

В течение шести лет, обладая чудовищной властью, не обнаруженный органами, на которые возложено поддержание общественного порядка, этот синдикат смерти благодаря своим методам, строгой конспирации и железной дисциплине мог безнаказанно рассылать во все концы Соединенных Штатов свои команды убийц.

(Шарлье Ж.-М., Марсилли Ж., Преступный синдикат. М.,1983).

БАГСИ СИГЕЛ ЛЮБИЛ УБИВАТЬ ЛИЧНО

Багси (Бенджамен) Сигел (1900-1946). Симпатичный брюнет, пробор на левую сторону, чуть удивленные глаза, ослепительная белозубая улыбка.

Этот человек, входивший в высшее руководство синдиката, любил и умел убивать лично. В «Корпорации убийств» он

занимал должность палача. Сигел отличался умом, жестокостью, изворотливостью. Совершая убийства, он всегда тщательнейшим образом обеспечивал прикрытие — уничтожение следов, алиби и т.п.

Впервые убил сразу двух человек, одновременно выстрелив из двух револьверов.

Сигел убивал лично или принимал участие в убийстве десятков людей, в том числе «босса боссов» американских гангстеров Сальваторе Маранцано. После того как Маранцано был ранен ножами другими участниками нападения, Багси Сигел собственноручно перерезал горло кричащему дону Сальваторе, едва успев отскочить, чтобы не запачкаться брызнувшей кровью.

Есть серьезные основания считать, что именно Сигел убил голливудскую кинозвезду Тельму Тодд.

Она была найдена 15 декабря 1935 года мертвой в своем гараже на сиденье принадлежавшего ей «паккарда», и официальная версия гласила, что это самоубийство.

Однако накануне Тельма встречалась с Багси Сигелом, после чего его никто не видел. Сигел убил Тельму по приговору так называемого «суда Кенгуру» — высшего «органа правосудия», существовавшего в те годы у американских гангстеров. Дело заключалось в том, что, став подставной владелицей ресторана, принадлежавшего Лаки Лучиано (лидеру американских гангстеров), Тодд в конце концов перестала платить «налог» с ресторанной прибыли Лучиано, и тот поставил вопрос об этом на «суде Кенгуру».

Преступный ареопаг приговорил актрису к смерти. Актрису погубила жадность, хотя это, конечно, ни в коей мере не оправдывает ее «судей» и жестокого убийцу.

Багси Сигел, заняв высокое положение в структуре преступного синдиката, занялся организацией игорного бизнеса. Именно Сигел сделал пыльный и скучный провинциальный городок Лас-Вегас мировым центром азартных игр. В 1946 году он купил здесь землю и выстроил роскошный отель с казино. За полгода были благоустроены песчаные пустыри — завезена земля, посажены деревья, вырыты пруды и выпущены в них розовые фламинго. Сигелу не удалось особенно наслаждаться делом рук (точнее, денег) своих. Через год после открытыия первого казино он погиб в гангстерской «разборке».

(Лаврин А. Хроники Харона. М., 1993).

ПОЛЕТ «КЕНАРЯ»

На время проведения допросов Рильза поселили в отдельной секции гостиницы «Боссерт», расположенной напротив здания муниципалитета Бруклина и охраняемой наподобие несгораемого сейфа. Место его содержания под стражей неоднократно меняли, сохраняя все это в строжайшей тайне.

Наконец его перевели в Кони-Айленд, в отель «Халф мун», отдельно стоящее высотное здание рядом с пустым в это время года пляжем. Вскоре к нему присоединились Танненбаум и Бернштейн. Все трое дожидались в полной изоляции момента, когда они должны будут свидетельствовать против своих бывших патронов и сообщников.

Из вывозили из «Халф мун» в бронированном автофургоне, сопровождаемом эскортом полицейских с оружием наготове. Дорога до зала судебного заседания уголовного

суда в Бруклине каждый раз пролегала по новому маршруту, выбранному в последний момент.

Дворец правосудия был буквально наводнен детективами.

Чтобы проникнуть в небольшой зал судебного заседания, надо было предъявить специальный пропуск. Двери тотчас основательно запирались за каждым вошедшим.

Туркус арендовал весь шестой этаж отеля «Халф мун». Один из лифтов специально предназначался для обслуживания только этого этажа. Чтобы воспользоваться лифтом, надо было пройти пикет охранников в нижнем холле, затем подвергнуться тщательному обыску на выходе из кабины лифта на шестом этаже, где располагался второй пост охраны. Дальше было несколько бронированных дверей.

Эйб Рильз занимал комнату 623, в самой глубине. Дверь комнаты постоянно держали открытой, чтобы восемнадцать охранников, разделенных на три отряда, не теряли заключенного из виду ни на минуту.

Все были вооружены до зубов. Перед этим они прошли тщательный отбор, который проводил сам О'Двайер. Эти же охранники приносили и пищу. Время от времени Рильзу разрешали принимать жену, которая уже произвела на свет младенца...

Она посетила Рильза и накануне знаменательного дня — среды 12 ноября 1941 года (до начала процесса над Бухалтером, Вейсом, Капоне оставалось десять дней).

В среду в 6 часов 45 минут полицейский офицер Джеймс Боил заглянул в комнату Рильза. Тот спал крепким сном, развалившись на своей мягкой постели. Незадолго до семи

часов Эл Литцберг, управляющий гостиницей, живший в номере на третьем этаже как раз под комнатой гангстера, слышал какой-то шум на террасе, которая одновременно служила крышей для части помещений, расположенных на третьем этаже.

Три первых этажа гостиницы образовывали нечто вроде выступа и значительно выдавались вперед по сравнению с остальной частью здания.

В 7 часов 12 минут инспектор Виктор Робинс вошел в комнату Рильза, чтобы провести очередное обследование. Эти проверки осуществлялись регулярно с интервалом в пятнадцать минут. Робинс, таким образом, опоздал на десять минут. На этот раз кровать оказалась пустой, на ней не было простыней, окно в комнате было широко открыто.

Полицейский подбежал к окну, выглянул наружу и зло выругался. Тринадцатью метрами ниже, на террасе третьего этажа, лежало тело, сведенное предсмертной судорогой. Это был Эйб Рильз по кличке Кривой. Он был полностью одет. Рядом с ним валялись простыни, связынные электрическим проводом наподобие каната.

Смерть наступила мгновенно от переломов черепа и шейных позвонков, не считая других телесных повреждений. Труп покоился в шести метрах от стены основного здания.

Как эпитафия этому человеу, заставившему содрогнуться преступный синдикат, прозвучали циничные и торжествующие слова Лаки Лучиано, узнавшего приятную новость в то же день: «Кенари умеют петь, но, к их несчастью, не умеют летать!» Для О'Двайера и Туркуса удар был сокрушительным. Окружной атторней потребовал от капитана Фрэнка Балса, командира отряда следователей и ответственного за безопас-

ность Рильза и Танненбаума, детально разобраться в этом деле.

За несколько часов Балс на скорую руку провел расследование. По его мнению, в том, что перед моментом падения Рильз находился в комнате один, не было ничего особенного. В ночное время всегда так и было. Во всяком случае, дверь оставалась открытой постоянно, обходы совершались регулярно каждые четверть часа, и его телохранители бодрствовали в соседней комнате.

Эта версия, однако, полностью противоречила показаниям Алли Танненбаума, находившегося в аналогичных условиях содержания под стражей. По его словам, заключенные ни на секунду не оставались одни, даже когда они спали или справляли свои естественные надобности.

Расследование Балса породило версию о трагически окончившемся, но довольно естественном несчастном случае: Рильз хотел сбежать, чтобы передать жене припрятанные им сто тысяч долларов.

Вскрытие не показало каких-либо следов яда или наркотиков, но, когда в 1951 году акт вскрытия будет представлен комиссии Кефовера, выяснится, что Кид, который никогда не пил, перед смертью употребил значительное количество алкоголя. Но если он был в полном сознании во время своего падения, то как объяснить, что он даже не вскрикнул и никто не слышал его воплей?

Он сам якобы связал свои простыни, чтобы сделать веревку и добраться таким образом до пятого этажа, но она оборвалась, он упал и разбился. Можно только удивляться, что никому не пришло в голову обеспечить блокировку или вставить решетку в окно столь драгоценного и находящегося под угрозой уничтожения свидетеля.

Но предполагать, что этот заключенный захотел сбежать, он, который не сделал бы и десяти шагов вне своей «тюрьмы», как его тут же прикончили бы, и который знал, что, где бы он ни спрятался, синдикат перевернет небо и землю, чтобы покарать его, — предполагать это было по меньшей мере неразумно.

К тому же, он мог рассказать жене о местонахождении своего капитала во время ее посещений. Перед лицом всеобщего возмущения, вызванного заключениями следствия, капитан Балс рискнул выдвинуть другую гипотезу, еще более смехотворную.

Эйб Рильз, как известно, слыл весельчаком и был всегда готов рызграть охранников. Его любимая шутка состояла в том, что он через окно спускался до пятого этажа и, с тем чтобы посмеяться над охранниками, кричал им оттуда: «Ку-ку! Я здесь!» По словам Балса, утром 12 сентября он просто хотел повторить свою шутку. Но на этот раз она не удалась. Более откровенную галиматью трудно придумать! Поползли слухи, ставившие под сомнение невиновность капитана Балса и его полицейских агентов.

Тогда, чтобы раз и навсегда пресечь разговоры, полиция Бруклина сделала то, что она должна была сделать в самом начале: было официально объявлено, что Рильз, измученный угрызениями совести и зная, что синдикат не отступит и будет преследовать его всю жизнь, предпочел покончить с собой. Но эта третья гипотеза несколько запоздала. К тому же, она не могла объяснить и присутствия связанных простыней, валявшихся рядом с трупом, и того, как удалось Рильзу оказаться в шести метрах от стены здания. Не мог же он прыгнуть на такое расстояние.

Да и образ отчаявшегося окончательно доносчика не совсем

увязывался со свидетельством полицейского, который видел его хранёвшим за десять минут до того, как он «выбросился» из окна.

С другой стороны, известный радиокомментатор Уолтер Уинтшелл обнаружил неопровержимое доказательство того, что Рильз получил несколько писем с угрозами расправиться с его женой, если он не раскошелится.

Эти попытки вымогательства были предприняты одним из приятелей Шолома Бернштейна. Для полноты картины следует добавить, что Кида Твиста ненавидели даже сами его коллеги-доносчики: Алли Танненбаум, Маггун и Каталано.

Среди ответственных работников нью-йоркской полиции бытует другая официальная версия, наиболее достоверная. Синдикат подкупил многих полицейских и свидетелей на всех уровнях. При посредничестве Комтелло были подкуплены некоторые из ближайших сотрудников О'Двайера и Туркуса, а уже через них — ряд полицейских, охранявших обитателей отеля «Халф мун». После этого устранение Эйб Рильза оставалось только вопросом времени и величины вознаграждения, а, как известно, организация готова была заплатить максимальную сумму, чтобы заставить навсегда замолчать неистощимого болтуна из комнаты 623. Эйб Рильза, таким образом, выбросили наружу его собственные охранники, презиравшие его за грубость и заносчивость. Они же подбросили к трупу связанные простыни, чтобы подкрепить версию о попытке совершить побег.

Мы же расскажем иную версию, опираясь прежде всего на талант экс-любовницы казненного Страуса. Девица по кличке Смертельный поцелуй применила все свое обаяние и хитрость, помноженные на незаурядные актерские способности. Ей удалось округить охранника Инсайдера с первой же

встречи. Через четыре месяца она сделала из него настоящую марионетку. Он полностью оказался во власти ее прихотей и был готов ради нее на все. В это же время Карбо, доверенный человек Сигела, за десять тысяч долларов склонил к сотрудничеству одного из администраторов «Халф мун», которому дали кодовое имя Мидлмэн (Посредник).

Этот человек должен был проследить, чтобы комната, расположенная под комнатой Рильза, оставалась свободной до тех пор, пока в один прекрасный день не появится «турист» из Монреаля и не сделает заранее оговоренный знак. Ему и сдадут эту комнату.

«Туристом» был убийца, подобранный Сигелом специально для выполнения столь трудной миссии. Его звали Фрэнк Левек. Уроженец Квебека, он не был известен американской полиции и потому не рисковал оказаться разоблаченным до начала операции. На протяжении нескольких недель уединившись на ранчо Багси Сигела, расположенном в укромном месте, Левек тренировался в лазании по отвесной каменной стене высотой около двадцати метров, на которой декораторы киностудии, не зная истинного назначения своей работы, воспроизвели мельчайшие детали фасада отеля «Халф мун», а также планировку и обстановку комнаты Рильза и той, которая располагалась прямо под ней на пятом этаже.

Сигел контролировал ход приготовлений Левека, которому в этом помогали два других сообщника — Пит Монахам и Поль Келли, исполнявшие на ранчо роли Инсайдера и Мидлмэна.

Когда они были достаточно подготовлены, прекрасная Эвелин убедила своего нового любовника в необходимости встречи с Сигелом. Ее ласки и сто тысяч долларов умаслили полицейского, и он согласился участвовать в устранении

Рильза с обязательным условием, чтобы это имело все признаки самоубийства или несчастного случая.

Сделка состоялась. Инсайдер, хорошо знавший все привычки и манеры заключенных и их охранников, помог Левеку разработать окончательный вариант плана. Когда все было выверено с точностью до секунды, Сигел разрушил стену, служившую тренажером, и сдавшись властям, 8 октября 1941 года, расположился в тюремной камере, дабы обеспечить себе алиби. Его заключение в тюрьму представляло собой пустую формальность. Сигел мог ежедневно выходить на свободу, заказывать себе любые яства, вина и принимать по своему желанию весь цвет киномира.

Инсайдер и Эвелин Миттелмен возвратились в Бруклин, а Левек — в Квебек.

В конце октября в «Халф мун» появился «турист». Он с готовностью дал себя обыскать полицейским, наводнявшим отель.

Администратор признал его и, как было уговорено, выделил ему пустующую комнату на пятом этаже. В течение пятнадцати дней Левек изображал из себя скромного коммерческого представителя, постепенно приучая охранников к своим регулярным приходам и уходам, к своему лицу, усыпляя их недоверие своим добродушием и внешней незначительностью. К концу второй недели ни одному полицейскому уже и в голову не приходило уделять ему сколько-нибудь существенное внимание. Он превратился для них в одного из постоянных обитателей отеля, не вызывающих никаких подозрений.

11 ноября Левек обратился с просьбой выделить ему другую комнату. Администратор тут же предложил ему другой номер, но при этом сделал так, что комната на пятом эта-

же после него снова оставалась свободной. К этому времени у Левека был уже дубликат ключа от нее. В этот же вечер к Рильзу приходила жена и они крупно поссорились.

Когда в 23 часа Рози покинула своего мужа, он был вне себя от злости. Никогда не бравший в рот спиртного, он вдруг без особых колебаний согласился выпить и сделал большой глоток из бутылки, предложенной Инсайдером. В виски было добавлено снотворное. Вскоре Кид Твист крепко уснул.

Ночью Левек тайком покинул свое новое жилище и пробрался в комнату на пятом этаже, воспользовавшись изготовленным ключом.

В 5 часов 30 минут, проводя обход, Инсайдер заглянул к Рильзу, храпевшему что было сил. Он опустил через окно провод, достававший до пятого этажа, и зажал его рамой. Левек был наготове. Он привязал к нижнему концу провода веревочную лестницу с двумя стальными крючками, обернутыми ватой, чтобы не оставлять следов на стене.

В 6 часов 45 минут детектив Джеймс Боил, совершая очередной рейд, не обнаружил ничего подозрительнгого в комнате Рильза. В 7 часов следующую проверку производил Инсайдер. Он быстро открыл окно, подтянул веревочную лестницу и закрепил крюки за подоконник. Спустя несколько секунд к нему присоединился Левек. Вдвоем они быстро одели сонного Рильза, раскачали его и выбросили наружу, сбросив вслед за ним связанные простыни.

После этого Левек тем же путем вернулся на пятый этаж, захватив с собой веревочную лестницу и провод. Он закрыл за собой окно и, уходя, запер конату на ключ.

В 7 часов 10 минут детектив Виктор Робинс обнаружил от-

сутствие Рильза, а спустя несколько секунд увидел его труп на террасе.

Левек дождался 8 часов 30 минут утра, уплатил по счету и покинул отель. Перед этим он любезно согласился наряду с другими клиентами ответить на вопросы следователей капитана Балса, даже не подозревавшего о тех необыкновенных акробатических трюках, которые проделал этой ночью «простодушный» канадец.

А Багси Сигел, как только узнал эту замечательную новость, попросил доставить дюжину бутылок шампанского, чтобы прямо в тюремной камере отпраздновать случившееся со своими надзирателями и многочисленными гостями.

Несмотря на кажущуюся привлекательность, версия, изложенная Багси Сигелом, никогда не вызывала особого доверия экспертов. Они считали, что Сигел выдумал всю эту историю с начала до конца, с тем чтобы продемонстрировать, насколько он изобретательнее других главарей преступного синдиката, а также чтобы скрыть истинных палачей — личных охранников Рильза.

Как бы там ни было, цель была достигнута. О'Двайер и Туркус потеряли своего главного помощника. Кроме того, стало ясно, что правосудие, несмотря на небывалые предосторожности, не в состоянии обеспечить безопасность своих свидетелей, даже самых ценных и полезных.

Демонстративное устранение Эйба Рильза напугало других «кенарей». Разумеется, они не могли отказаться от уже данных показаний, но в дальнейшем их память стала обнаруживать странные и многочисленные провалы, а их обличительные свидетельские показания уже не выглядели столь убедительными, как прежде.

30 января 1942 года, когда Багси Сигел, Фрэнк Карбо и Чамп Сегал в очередной раз предстали перед судом по обвинению в убийстве Биг Рина Гринберга, то даже Танненбаум, доставленный по этому случаю в Калифорнию, был настолько сбивчив и неубедителен в своих свидетельских показаниях, что произвел на суд самое нежелательное впечатление. Присяжные оправдали трех убийц. 21 февраля следующего года они были освобождены.

Но смерть Рильза все-таки не спасла ни Бухалтера, ни его лейтенантов — Мэнди Вейса и Луиса Капоне от электрического стула.

(Шарлье Ж.-М., Марсилли Ж., Преступный синдикат. М., 1983).

ИЗ РАЗГОВОРА С КИЛЛЕРОМ-ПРОФЕССИОНАЛОМ

Лет 70 назад исследователь преступного мира доктор Лобас столкнулся с редким для того времени криминальным происшествием — наемным убийством.

Сегодня, по данным Главного управления уголовного розыска МВД России, в год расследуется свыше 200 заказных убийств.

Причем специалисты знают: в действительности их в несколько раз больше. Точную цифру вряд ли кто назовет, так как «заказную мокруху» трудно отличить от несчастного случая либо доказать.

Еще недавно, по статистике того же МВД, львиную долю сделок «смерть — деньги» составляли убийства родственни-

ков, соседей, знакомых, заказанные из мести, ревности, стремления получить наследство и т.д.

Исполнителями выступали «киллеры на час» — довольно пестрая публика, представленная бомжами, алкоголиками, бывшими спортсменами, солдатами-дезертирами. В ход шли бутылки, ножи, веревки, обрезы, охотничьи ружья.

За последнее время принялись убивать одного за другим воров в законе, авторитетов, банкиров, бизнесменов, предпринимателей. При этом уже использовали полуавтоматическое, автоматическое оружие, а также взрывчатые вещества.

Практически все убийцы благополучно покидали место преступления. Кто-то приписывает эти убийства членам преступных группировок, кто-то склонен полагать, что в России появился свой «эскадрон смерти», сформированный из сотрудников уголовного розыска, который сам творит суд и расправу. А вот мнение киллера: «Так применять профессиональные средства могут люди, не только имеющие опыт обращения со служебным оружием, но и обученные убивать. Один грамотно — выстрелами в ноги — укладывает (а не убивает) телохранителя и шофера и аккуратно посылает три пули в «клиента» — директора. Другой ловит «клиента» в щель между шторами (с чердака бывшего здания КГБ) и всаживает ему в лоб пулю. Третий расстреливает объект в движущейся машине.

И вы скажете, что это работают бывшие уголовники или «крутые» мальчики из какой-то группировки, мнящие себя суперменами? Оставьте иллюзии. Это — профи. И запомните — российский киллер-профессионал воспитан не в зоне под присмотром пахана. И стрелять он учился не на лесных опушках Подмосковья, и мускулы наращивал не в люберецких подвалах.

Профессиональные киллеры имеют хорошую подготовку, за плечами у них либо спецподразделения армии и флота, либо участие в боевых операциях, либо они были подготовлены спецслужбами ныне распавшегося СССР и оттачивали свое мастерство и умение в специальных акциях.

Давайте скажем честно: профессиональный киллер — это, как правило, человек, подготовленный государством, сознательно выбравший для себя противозаконный род деятельности. Именно к этим людям предпочитают обращаться «крестные отцы» организованной преступности и воротилы теневого бизнеса. И не имеют при этом головной боли: гарантия стопроцентная и никаких следов». По словам киллера, профессионалы успешно работают под несчастный случай или самоубийство. Но такие заказы поступают в том случае, когда «клиента» хотят убрать тихо. Допустим, некий зам мечтает сесть в кресло директора фирмы. Последний может в пьяном виде вывалиться из окна, отравиться газом, упасть в лифтовую шахту и т.д. И сделано все будет так, что комар носа не подточит.

Заказ на отстрел поступает, когда политику какой-то структуры надо изменить на 180 градусов. Убирая самого несговорчивого, устрашают остальных.

Заказ получают через посредника. У киллера-профессионала к заказчику бывает только три вопроса: кого, где и сколько.

Сразу платят половину плюс расходы на подготовку (приобретение оружия, «левых» номеров для автомашины, паспорта и т.д.) Остальное — после убийства. Но бывают случаи, когда всю сумму передают до начала операции.

Киллер: «Некоторые мои коллеги полагают, что для исполнения каждого заказа необходимо строго индивидуальное

6 Зак. 323

оружие, то есть отстрелянный «ствол» должен исчезнуть. Бытует мнение, что настоящий профессионал никогда не использует дважды одно и то же оружие.

Позволю себе с этим не согласиться. Если первый заказ не был «крупным» и поисками не занималась ФСК, то я, например, мог бы использовать одно и то же оружие несколько раз не меняя. Во-первых, для этих целей более надежен револьвер.

Во-вторых, это пистолет ТТ. А вообще, с оружием, как и со взрывчаткой, проблем нет, купить можно все, что угодно.

Правда, взрывчаткой я пользоваться не люблю. Промышленные ВВ, шашки тротиловые прессованные ТП-200,ТП-400, литые ТГ-500, аммониты, гексопласты, ну и другие, армейские — тен, тетрил, плаксид — все это определяется даже после взрыва специальными аэрозолями типа «EXPRAY».

А дальше все пойдет по цепочке: ФСК определяет характер взрывчатого устройства, места его использования и хранения, через МВД или армейскую контрразведку выяснит, где были хищения. Так и до исполнителя дойти можно».

В федеральной программе Российской Федерации по усилению борьбы с преступностью на 1994-1995 годы намечен комплекс мероприятий по пресечению незаконного оборота оружия. Практика показывает: незаконный оборот оружия и его использование в преступных целях приобрели широкий размах и все больше оказывают негативное влияние на обострение криминогенной обстановки.

Только за последние три года количество преступлений, совершенных с применением огнестрельного оружия, увеличилось с 4 до 22,5 тысяч. У преступников изъяты 1366

пистолетов и револьверов, 1846 автоматов, 140 пулеметов, 328 винтовок и карабинов, 6 ракетных установок, 33 гранаты, 6 пушек. По фактам изъятия оружия и боеприпасов следователями органов внутренних дел возбуждено свыше 20 тысяч уголовных дел.

Киллер: «Наш брат нынче пользуется спросом. А спрос, как известно, рождает предложение. О подпольных школах киллеров не слышали? Есть такие. Одна в России, другая на Украине. Мода у наших нуворишей завелась — иметь домашнего киллера. И отстегивают они за обучение приличные деньги. Только вот после сдачи первого «зачета» (к примеру, «наезда» на коммерческую структуру) из десяти учеников останется один-два. Охрана, она ведь тоже не лыком шита. Из тех, кто выкрутился, может быть, толк получится, но для этого необходимо время. Потому на мой век заказов хватит...»

По мнению киллера, «крестные отцы» организованной преступности, покупая государственных банкиров, чиновников, убивая строптивых банкиров и бизнесменов, добились контроля над тысячами предприятий. Тут тебе и банки, и торговля, и транспорт. Денег у этих людей в избытке. Теперь им подавай власть. Сейчас происходит слияние криминально- коммерческо-финансовых структур с политическими партиями и течениями. А значит, завтра уголовный террор приобретет другие оттенки и у профессиональных киллеров появится новая цель — политический лидер.

Киллер: «Каждый человек в окружении президента — предмет пристального внимания тайно или явно противоборствующих групп политиков и высших чиновников, ведь приближение или отдаление кого-либо может моментально отразиться на судьбе его партии, на общей расстановке политических сил. До тех пор, пока в эти игры не вмешивались мои заказчики, все заканчивалось подсиживанием,

интригами, склоками, ну, в худшем случае, мордобоем в Думе.

Теперь существует вероятность того, что в какую-то минуту очередную проблему попытаются решить одним выстрелом или взрывом. Мои наблюдения привели меня к выводу, что борьба с организованной преступностью превратилась, по существу, в прикрытие истинной борьбы с конкурентами в криминальном мире и преследует политические цели.

Преступность уже сегодня являет прямую угрозу правительству. В истории найти подобные примеры невозможно. Были режимы и диктаторы, которые использовали в своих интересах организованную преступность. Но попытки со стороны бандитов подменить государство не случалось. Здесь мы оригинальны».

Устранить политического лидера сможет далеко не каждый из тех, кто считает себя профессионалом. Это должен быть хладнокровный, прекрасно подготовленный и оснащенный, хитрый, педантичный, не оставляющий без внимания ни одной мелочи человек, который способен противоставить свое мастерство профессионализму агентов службы безопасности политического лидера. А это тоже люди опытные, думающие, имеющие хорошую базовую подготовку.

Их профессиональные качества строго индивидуальны, механизм бессознательного инстинкта сохранения собственной жизни притуплен длительными тренировками. В распоряжении службы хорошо разработанная, эффективная практика охраны и защиты принципала, основанная на сборе и анализе всех покушений на высокопоставленных чиновников и политических лидеров, прекрасные информационные условия.

Киллер: «Я не раз наблюдал, как работает личная охрана

какого-нибудь лидера. Они взглядом рассекают и фильтруют толпу.

По манере держаться способны определить, насколько опасен подозреваемый, умеют правильно подойти к нему, грамотно проверить. И, при необходимости, мгновенно обезвредить его. Я всегда уважал профессионалов.

Одного только не пойму, чего ради они держатся за свои места?

Прикрывают собой этих типов, таскаются за ними по стране. Ни сна тебе, ни покоя! Да еще смотря какой Хозяин попадется...

Иному для обеспечения его же безопасности советуют изменить линию поведения. А он орать начинает. Зарплата у этих ребят — курам на смех, любой банкир платит своим телохранителям в несколько раз больше...»

Опыт работы и знание реальной политики позволяют охране предположительно знать, откуда может исходить возможная опасность для политического или государственного деятеля; как проводить комплекс мероприятий по контролю за деятельностью партии, предположительно готовящей террористический акт, и, как следствие, изучать вопрос возможного покушения и воздействия на ситуацию в нужный момент. Но несмотря на перечисленное, настоящий профессионал знает: нельзя достичь асболютной безопасности.

Нелишне добавить, что в мероприятиях по обеспечению безопасности президента задействованы 1000-1200 сотрудников силовых ведомств, подключаются «трассовики», «эпизодники», 15-20 человек личной охраны. Безопасность полити-

ческого лидера обеспечивается более скромными силами.

Киллер: «Мои шансы и шансы охраны приблизительно равны.

Самое сложное, на мой взгляд, это обеспечить абсолютную секретность операции. Я ведь прекрасно осознаю, что мне будет противостоять едва ли не лучшая в мире служба безопасности, МВД и ФСК. Добавьте сюда информаторов, пасущихся в организации заказчика. Потому моя анонимность — большой плюс. Служба безопасности бессильна перед исполнителем, о котором нет никакой информации...

Любой профессионал, получивший заказ на устранение лидера, займется тщательной разработкой плана, который позволит ему не только выполнить задание, но и оставаться целым и невредимым. Камикадзе, как вы понимаете, среди нас нет.

Основным элементом моего плана могла бы стать неожиданность. Когда проходит год за годом, а покушений нет, проверки становятся в какой-то степени формальными, а бдительность притупляется. К тому же, у охраны сложился отработанный стереотип.

Моя задача — ударить так, чтобы действия не вписывались в схемы, наработанные охраной, то есть чтобы были для нее неожиданны. Для этого мне необходимо рассуждать так, как рассуждают мои оппоненты.

... После сбора информации о лидере и ее анализа я могу предположить, где и когда будет проводится акция. Следующий этап — отработка места покушения и близлежащих районов. Выбрав место и осмотрев доминирующее строение, отрабатываю пути отхода. Определяю способ осуществления акции, оружие...

Взрывные устройства с дистанционным способом подрыва не дадут гарантированного результата. На трассе и на подъезде взорвать автомобиль практически невозможно. Машина того же Президента, к примеру, это своего рода броневик, внутри которого находится капсула-салон.

И для того чтобы нанести реальный ущерб, допустим, при подрыве авто из люка коммуникационной сети, нужен заряд такой силы мощности, чтоб авто подбросить на 15-20 метров. Значит, реальная возможность физического устранения «клиента» появляется только в тот момент, когда он находится на свежем воздухе.

Зарядом направленного действия с дистанционным подрывом, скажем, немного модернизированной отечественной ПОМЗ-2, или ОМЗ-4, ну, это от бедности, а лучше американским М18 (мина «Клеймор»). Но я бы использовать ее не стал. У М18 сектор поражения осколками 60 градусов, и летят они на 30-40 метров, все живое выкосят, не подпрыгнешь, не заляжешь. А это значит, будут лишние жертвы.

Жалко ли мне людей? Да нет, просто устранение тех, кто не оплачен, не есть профессионализм...»

Все пространство, окружающее телохранителя, условно можно разделить на пять зон. Первая — зона непосредственной близости — от 0 до 3-5 метров. Это пространство, в котором противник может совершить мгновенное нападение. Все объекты здесь пользуются повышенным вниманием. Вторая — ближняя зона от 5 до 20 метров. Внутри этой зоны возможно эффективное нападение с помощью легкого стрелкового оружия и применения метательных взрывных устройств. Третья — от 20 до 300 метров.

Внутри нее возможно эффективное нападение с помощью

профессионального оружия. Четвертая — зона ближайшей видимости — в основном, предназначена для ведения наблюдения и изучения, то есть сбора информации. Пятая зона — дальней видимости, до 500 метров. Это предельное расстояние, на котором можно обнаружить опасность, оценить обстановку и принять решение.

Киллер: «Скорее всего, я решил бы работать в 300 метровой зоне. Ближе — нет смысла, дальше — нет гарантии. Затем оружие... Теперь остается только ждать. А когда появится объект, поймать в перекрестье прицела голову или горло (на корпусе возможен бронежилет), задержать дыхание и плавно нажать курок. А потом уходить.

В любом случае у службы безопасности, как бы хорошо она ни была подготовлена, возможности ограничены, потому что профессионалы несут охрану в непосредственнной близости от лидера.

За те мгновения, пока схлынет паника и ситуация станет подконтрольна охране, я растворюсь в толпе.

Возможно ли организовать покушение на Президента? Почему бы нет? Попытки уже были. 7 ноября 1990 года в 11.10 на Красной площади слесарь Ижорского завода Саша Шмонов стрелял в Горбачева.

Михаилу Сергеевичу по гроб надо быть благодарным старшему сержанту Мыльникову. Если бы Мыльников стоял на три шага дальше, если бы он не отбил ствол вверх, если бы второй выстрел не пришелся в булыжник Красной площади, кто знает, по какому пути пошла бы страна.

Сколько стоит подстрелить Президента? Фанатик типа Шмонова попытался сделать это бесплатно, но его шансы

минимальны. Профессионал моего уровня запросит, я думаю, тысяч 500-700 «зеленых» и не промахнется. Я бы не промахнулся... Только, по моим прикидкам, вряд ли кто на него замахнется. Так что Президент может спать спокойно, чего я не могу сказать о президентах банков и концернов, а особенно о лидерах политических партий...».

(Белоусова Т. Сколько стоит подстрелить президента. Совершенно секретно. №10, 1994).

ОХОТА НА МУЖА

Мороз и солнце. День для Валентины Покровской оказался чудесным: началась охота на ее мужа.

Солнце уже давно не баловало мурманчан. Оно не было ни ослепительным, ни просто ярким, но это было солнце. Начался декабрь.

На вещевом рынке у магазина «Детский мир», где Валентина Покровская из злостной спекулянтки превратилась по ходу времени в почтенную коммерсантку, к ней подошел Тарас Шрамко, ее юный любовник, едва перешагнувший двадцатилетний рубеж (самой Валентине шел тридцать третий год), прошептал: « Не оглядывайся и не озирайся по сторонам. Он здесь. Изучает объект».

Торговка скосила взгляд на «объект»: как бы безучастно ковырявшийся в «Жигулях» Игорь Покровский, конечно, ревновал ее к Шрамко, несмотря на открытую и длительную их связь (мог бы привыкнуть), но на людях он не выдаст себя ни малейшим движением. Горд. За все отыгрывается дома. Ничего, это будут последние его крики и тумаки; она пере-

несет. В конце концов у каждого должна быть своя Голгофа.

Вообще-то сезон охоты на собственного мужа Валентина Покровская открыла немного раньше, еще в сентябре, когда появился первый человек, готовый на отстрел ее дражайшей половины. На том же вещевом рынке она познакомилась с вором-домушником Колыгановым, бойкой «феней» сразу же расположившим к себе озабоченную женщину. В ответ на ее переживания он небрежно бросил, что замочить человека ему — раз плюнуть и запросил за «разовый плевок» очень даже скромную сумму, чем окончательно вскружил голову будущей вдове, всерьез поверившей, что профессиональный вор пойдет на «мокруху».

Колыганов взял «кровавые» деньги, прокутил, попался на очередной краже и отбыл в колонию, став для заказчицы недосягаемым.

Шрамко, доселе не имевший понятия о ее намерении (готовила сюрприз), расхохотался:

— Нет, ну и киллера себе нашла! А ты уверена, что он не разболтал про все твоему мужу, да еще и за это «бабки» не слупил?

— Уверена! — Валентину трясло. Она пришла к любовнику за утешением и помощью («Достань его, Тарас! Из под земли достань!»), а нарвалась на смешки.

— Если бы Игорь про это узнал, то не стал бы молчать, не сомневайся...

— Так он тебе ничего не сказал? — вдруг посерьезнел Шрамко.

— Кто?

— Ну... Приговоренный твой, кто...

— Ты о чем? — растерялась Валентина. — Что имеешь в виду? — крикнула она.

— Одно из двух: либо вор Колыганов хоть здесь оказался честным и не перепродал тебя, либо... Лично я склонен думать, что «ниндзе» известно про твои намерения и он сделал ответный ход. Аналогичный твоему, только с умом.

Высокий, плечистый, хорошо сложенный и физически развитый Игорь Покровский с достоинством носил кличку «ниндзя», под которой его знали все в «крутых» кругах.

Игорь Покровский вращался в увеселительных заведениях при гостинице «Арктика», и если он нанял киллера, то уж наверняка не промахнулся. Валентина содрогнулась. Если Тарас прав, то и на нее открыт сезон охоты... Господи, как тяжело, как мерзко, как тоскливо ощущать себя беззащитной! Нет, Тарас, конечно, всячески заверил ее, что в беде не оставит, найдет человека, способного расправиться с «ниндзей», и найдет быстро.

«Так быстро, что ты не успеешь остаться наедине со своим убийцей... Пусть будет дуэль киллеров».

Дуэль киллеров... Подумать только, что может преподнести нынешняя жизнь!

— Но все-таки побереги себя. Мало ли... Будь сверхосторожной.

Слова Тараса прошивали сознание, как гвозди — плоть.

Странный человек, присматривавшийся к ней на вещевом рынке, встретился Валентине у ее дома, зыркнул, задержал

взгляд, и, кажется, остановился. Кажется, потому что Валентина опрометью бросилась в подъезд, ни разу не обернувшись, а когда заскочила в свою квартиру и выглянула в окно, слезы, заливавшие глаза, не позволили разглядеть, там ли он, этот страшный человек. Да и было темно.

Она бессильно упала в кресло. Что делать, Боже мой, что делать? Вызвать мужа на откровенность и прекратить дуэль киллеров? Проницательный взгляд «ниндзя» непременно уловит, что она блефует: за ее спиной не было убийцы. Тарас обманул. Оправдывался: не хочет, мол, влипнуть, как она. Выбирает, проверяет.

Прощупывает. Добивается...

— Как «ниндзя»? Шумит, по-прежнему?

— Ох, не то слово...

Тарас улыбался — она кусала губы, чтобы не «сорваться» на него. Защитничек!

— Между прочим, — раздельно сказал Шрамко, — это очень хорошо, что шумит. Изменил бы к тебе отношение — верняк, что поставил на тебя.

— А! — слабо отмахнулась Валентина, не глядя на собеседника. — Я тоже по отношению к нему не изменилась.

— Так и ты, моя дорогая, пока ничего не поставила на него. Пока. Я нашел человека. Постарайся завтра привести мужа к «Детскому миру». Мой человек им полюбуется.

Взяв у торговки сто тысяч рублей — задаток для убийцы, Шрамко, не обращая внимания на Игоря, оторвавшегося от

«Жигулей» и мерящего соперника взглядом, растворился в толпе. Валентина потеряла его, отвлекшись на пару минут в поисках охотника на ее мужа. Подозрение вызвали сразу несколько человек, но поди разберись, кто из них киллер... Ни к одному из них Шрамко не подошел.

Во время их короткой встречи на глазах у обреченного он успел ей сообщить, что посвятил киллера в привычки и распорядок дня Игоря Покровского, оставалось ознакомиться с «дичью» в натуре — и в любой день, в любой час встреча «ниндзи» с неким человеком окажется роковой. Убийца сам выберет момент. «Наберись терпения и жди».

Теперь она не отказывалась от сврего намерения, но с этого момента любого мужчину, заговорившего с Игорем или хотя бы посмотревшего на него, Валентина не могла расценивать иначе, как возможного Исполнителя.

Потекли лихорадочные дни, каждый из них таил в себе смертельную для Покровского секунду.

О где-то бродящем киллере, нанятом для убийства, она забыла. Пришлось, однако, вспомнить.

Валентина была в квартире одна, когда услышала подозрительный звук. Игорь только что ушел в свою «Арктику», вернется за полночь (если суждено ему еще вернуться), обе дочери — в отъезде, гостят в Санкт-Петербурге у родного отца.

Покровский был ее вторым мужем. Ради него, собственно, она и бросила первого... Ради кого? О, тогда не стоял — и возникнуть не мог — такой вопрос. Влюбилась, потому что он казался достойным ее любви. Да нет, не так — просто влюбилась, а он оказался недостойным. Черт знает, точно

и не вспомнить, когда начались скандалы и постоянные жалкие мести. То есть пока чисто женской, чисто супружеской мести: состроить кому-нибудь глазки, с кем-то похихикать... Он кипел от злости. Злость его доставляла ей чувство удовлетворения, но если бы этим все и ограничивалось! Он налетал не нее с кулаками, он вымещал зло на ее дочках — семейный быт все больше и больше превращался в кошмар. Оба катились по наклонной плоскости, и вот — докатились до убийства...

Только убийство! Она не разрубит этот узел элементарным разводом! Он, не оценивший ее, прибавивший ей морщин, не понявший и не удержавший своего счастья, не имеет права на жизнь.

Еще, чего доброго, найдет после развода такую же дурочку и будет мозолить ей глаза показным (она не сомневалась, что показным) благополучием.

Звонок повторился. Господи, это же у входной двери! Дверь у них была двойная, но вторая, внутренняя, оказалсь почему-то распахнутой... Муж уходил — вот и распахнута. Валентина осторожно, на цыпочках, на чистом инстинкте почуявшего опасность существа приблизилась к дверному глазку. Кто-то громоздкий ковырялся в замочной скважине.

— Кто там? — неожиданно для себя крикнула она. Мужчина вздрогнул и медленно, опасливо выпрямился.

— Да слесарь я, — сказал извиняющимся фальцетом, мгновенно отвернувшись. — Получил заявку, что в квартиру не можете попасть, замок сломан... Ошибся, что ли? Какая у вас квартира?

— Номер на двери!

— А, — протянул «слесарь», даже не оглянувшись. — Точно, ошибся! — и побежал по лестнице.

Валентина глянула в зеркало — и не узнала себя. Ужас в глазах, потонувших в чем-то мертвенно-бледном. Грабитель! Но почему так внаглую, не позвонил, не проверил, есть ли кто дома... Засек, что ушел муж, а с ней справится?.. Боже, но откуда ему знать, что она осталась одна?

Откуда? Внезапно догадка ударила ее так, что она едва устояла на ногах. Киллер под видом грабителя! Замечательно!

Зашел — увидел — убил — обворовал. Кто подумает на мужа, веселящегося сейчас черт те где?

А Мурманск суетился, смеялся, все кругом шумело, ворочалось, скрежетало... Нелепые будни наводили вид, что не существует наемных убийц, что нет дуэли киллеров, что все идет, как надо, и не было никому до нее никакого дела... Она закатила Шрамко истерику. «Выговорилась? — спросил он, спокойно и с достоинством переждав ее эскапады. — Теперь слушай меня. Напрямую с Исполнителем я тебя не свяжу. Нет, нет, не упрашивай, иначе все погубишь... Вот тебе телефон Олега Рыбальченко.

Предложишь ему свой план, он передаст его дальше по цепочке...»

План у Валентины созрел мгновенно и восхитил ее своей простотой: в течение двух вечеров Игорь будет выгуливать собаку — возле их дома много укромных и темных мест, киллеру стоит только затаиться и ждать. «Принято», — сказал Рыбальченко.

Двух вечеров оказалось мало. Ни лаской, ни упреками, ни

мольбами, ни криками ей не удалось выгнать мужа на про-
гулку.

Он или хохотал, или молчал, или материла в ответ, посылая ее саму по собачьим надобностям.

Его проинформировали! У Валентины не осталось ни тени
сомнения в том, что снова идет шулерская игра.

И вот в один из вечеров она отперла дверь и вздрогнула: кровь
на полу. Из Игоревой комнаты сочился тонкий ручеек.

После неудачи с реализацией плана Валентина поставила
Олегу Рыбальченко железное условие: либо они убивают
Покровского прямо в квартире, причем в самое ближайшее
время (вот-вот возвратятся дочери из Санкт-Петербурга), либо
она с ними порывает и будет всеми возможными способами добиваться возвращения задатка с учетом инфляции.

Они ее еще узнают!

Выходит, ультиматум сработал... Она шагнула вперед, но тут
же отступила обратно, с размаху стукнувшись о дверь.

Страшно!.. Интересно, как они вошли? Когда Игорь дома,
он лично проверяет запоры на обеих дверях, и чужаку никак не проникнуть в их квартиру. Неужели его убил кто-то
из хороших знакомых? А почему бы и нет? Наемное убийство — бизнес, а в бизнесе друзей нет.

Не раздеваясь, Валентина бросилась на кухню. Так и есть!

Бутылки, объедки... Приятеля принимал. Судя по всему, хорошо
напоследок нажрался. Однако... Да Игорь ли там?! Три торо-
пливых шага, два замедленных, потом на цыпочках прибли-

зилась к роковой комнате, заглянула через дверной косяк.

Он лежал на полу, лицом вниз, в луже крови, с нелепо раскинутыми руками. Конец котенку! Игорь - без сомнения!

И — уже с облегчением (страх отступил), с некоторым даже весельем — сняла пальто, шапку, схватила сумку, чтобы выгрузить продукты в холодильник, пока не думая о том, что делать дальше — звонить в милицию, в больницу? Сунула в морозилку мясо, присела на корточки, отыскивая на нижней полке место для сыра, и вдруг почувствовала руку на своем плече...

Втянув голову в плечи, скосила глаза. Над ней возвышался...

Игорь! Лицо в крови, глаза навыкате... Завизжав, она бросила в него кусок сыра и, пружинно вскочив, кинулась в коридор.

Дура! — раздался хриплый голос. — Я тебя не лапал, а просто отодвигал, — Игорь шумно забулькал минералкой, которую пил прямо из горлышка...

Принять пьяного — за мертвого, блевотину — за кровь! В этом, в общем-то, не было ничего удивительного, тем более, что Игорь, «отрубившись», изрыгал одно красное вино (ничем не закусывал), но Валентина чувствовала себя полной идиоткой.

Прошло время...

Она сидела полуразвалившись в кресле, в очень неудобной позе, подогнутая нога давно онемела, шея ныла от неподвижности.

Машинально поднялась, услышав дверной звонок, пошла,

прихрамывая, открыла дверь, даже не посмотрев в глазок.

Когда спохватилась, было уже поздно — человек вошел в квартиру, как-то необычно одет. Фу ты, милиционер же!

— Добрый вечер, — с бархатными интонациями в голосе поздоровался вошедший. — Покровские здесь живут?

— Вам кого? — взглянула непонимающе Валентина.

— Я спрашиваю, — мягко повторил милиционер, — это квартира Покровских?

— Я — Покровская Валентина Алексеевна.

— Очень приятно, — милиционер расплылся в улыбке. — Выходит, я к вашему мужу. Он дома?

— Он... Нет, его нет. Уехал на своей машине.

— Когда вернется, неизвестно?

— Не знаю. Знаю только, что вернется...

— Что ж, извините, в таком случае, — милиционер еще немного помедлил и, круто повернувшись, вышел, прикрыв за собой дверь. Щелкнул замок.

Какое дело у милиции к Игорю? Если бы что серьезное, то в одиночку, наверное, за ним бы не пришли... А если не серьезное, за каким чертом являться в столь поздний час? Дня им, что ли, мало? Странно это все.

Устав от мыслей, Валентина не стала дальше анализировать неожиданный визит, и лишь потом, когда принимала ван-

ну, согрелась и расслабилась, он как-то сам собой всплыл в ее сознании.

Поверила, что милиционер пришел за Игорем! Да за ней он приходил, за ней, и явно по Игореву доносу! Гм, а почему в таком случае не арестовал? Почему, почему... Доказательства нужны, вот почему. Сведет их вместе, вопрос-другой, тут появится Олег Рыбальченко. «Было?» — «Было. Нанимала»... Да и она сама не выдерживает, ненависть к мужу хлещет через край, такую обстановку создают, что все выложит. Выложит, можно не сомневаться...

Стукнула входная дверь. Игорь пришел. Ни с чем не спутать его мерзкое топтанье. Явился — и не разбился. Столько добрых людей погибает на дорогах, а этому хоть бы что. Как заговоренный. Пугать его, сказать, что милиционер за ним приходил, подробно о нем расспрашивал? Попугать! Сейчас, только мыло смоет, ух, полюбуется на его растерянную рожу. Наверняка за душой есть что-нибудь, что тянет на СИЗО. На следственный изолятор.

Опять звонок. Кого там еще принесло?

— Добрый вечер, — те же бархатные интонации в голосе.

Тот же милиционер. Она прислушалась.

— Машина, похожая на вашу, находится в розыске, — донеслось до нее. — Пожалуйста, документы на машину, если вас не затруднит.

И всего-то? Боже, а она целую картину допроса нарисовала! Вот ее пытают, вот она колется... Валентина засмеялась.

Выстрел. Громкий. Внезапный. Выстрел — и тишина. Что там

произошло? Прикрывшись полотенцем, она выскочила из ванной. Нервное напряжение притупило страх.

Игорь Покровский распластался на полу, в шее — огромная дыра. Хлещет кровь, он — неподвижен. Только, кажется, пальцы еще сводит легкая судорога. Это был Исполнитель!

Заказчицу убийства «повязали» через двадцать дней. Спустя две недели «загремел» и Шрамко. За ним — офицер фельдсвязи УВД Мурманской области Олег Рыбальченко, следом — непосредственный исполнитель, тридцатитрехлетний Андрей Семенов, тоже офицер фельдсвязи, в прошлом — офицер милиции, так что форму ему искать не пришлось, своя сохранилась.

Внушительная «цепочка», где каждый «взял свое» с трупа Игоря Покровского. Деньги, выделенные Валентиной, дошли до Семенова в весьма усеченном виде. Можно сказать, копейки...

Между прочим, во всей этой истории нет ни одного «шаромыжника». Вполне респектабельные члены общества. Образование — не ниже среднего специального (у исполнителя — даже высшее). Заработки — стабильные и достаточно высокие. Впрочем, по нынешним временам они, видимо, никогда не бывают достаточными...

Мурманский областной суд приговорил Семенова к 15 годам лишения свободы (из них два года — в тюрьме), Шрамко и Рыбальченко — к 13, заказчица получила 11. Верховный суд Российской Федерации оставил приговор в силе, изменив лишь меру наказания исполнителю — все пятнадцать лет он проведет в колонии общего режима.

(Глазунов С. Дуэль киллеров. Версия, № 3, 1995).

МЕСТЬ МАТЕРИ

К взрывам в Ялте давно успели привыкнуть. Но после второго «взрыва для Светы» город гудел, будто растревоженный улей.

Совсем, дескать, озверели бандюги: девчонок-подростков — и тех уже не жалеют!... Никто поначалу и думать не мог, что Светину семью накрыло волной взрывоопасной любви...

Света с Олегом дружили с детства. С песочницы. А потом подросли. Помните, как это у подростков бывает? Дернул разок за косу, рванул за портфель — любовь! Олег и влюбился.

Обыкновенная история любви на обыкновенной лестничной площадке. И в том, что Светка его не любила, — тоже ничего необыкновенного нет. Ей нравился другой.

Он, наверное, сильно страдал от неразделенной любви. И не раз пробовал доказать Свете: я тот, кто тебе нужен! И даже, сжав кулаки, подкарауливал счастливую пару в темном переулке; он, очевидно, делал это не из желания причинить сопернику боль. Он отстаивал свое право на присутствие в светкиной жизни.

А у светкиного парня оказался нож. Куда он метил Олегу — и в без того ноющее сердце или «в мягкие ткани ниже спины», — сегодня уже не столь важно. Попал в ногу — лезвие прошлось по артерии.

«Скорую» Олег вызывать не стал. Из страха или из гордости или из стыда перед Светой — неизвестно...

Когда «неотложку» все-таки вызвали, было уже слишком поздно. Он жил и умер на одной лестничной клетке со своей любовью.

Приятеля Светки посадили, но решения народного суда не всегда совпадают с приговором потерявших своих детей матерей.

Мать Олега считает убийцей Свету. От любви к ней сына до ненависти к ней матери оказался один шаг. И мать, не ставшая ее свекровью, этот шаг сделала.

«Надежный» человек пообещал ей «все устроить».

Взрывчатку киллер швырял в открытую форточку. Но то ли время не рассчитал, то ли силу заряда — обошлось шумом, дымом и ужасом Светкиных домочадцев.

И тогда мать Олега заказала «вторую попытку» все тому же исполнителю.

Взорвать Светлану киллер решил «адресно». Взрывчатку — в бандероль, бандероль — на почту. Пакет получила светланина мать. Торопясь в магазин, передала бандероль младшей дочке, гулявшей у дома с подружками. Девчушки оказались любопытными, в 13-14 лет было бы странно не сунуть нос в дела старшей сестры. Они начали вскрывать бандероль... С тяжелейшими ранениями девочек доставили в больницу. Они будут жить — слава Богу!

Киллера начальник ялтинского УГРО майор милиции Александр Радионов взял при посадке в автобус: тот навсегда уезжал из города.

(Доля Э. Любовь нечаянно как грянет. Комсомольская правда, 2 ноября 1995).

ЧАСТЬ II. ТЕРРОРИСТЫ

ПРЕДИСЛОВИЕ

«Я прокляну тебя, если по твоей вине опоздаю к товарищам!» — сказал «великий террорист» Борис Савинков удерживающей его любовнице. Эта фраза была сказана в начале XX века. Смерть очередной раз одержала победу над любовью.

Террорист убивает не ради денег, а ради «высокой идеи».

Терроризм — удел молодых, он связан с жертвенностью. И очень часто жертвой становится не только объект покушения, но и сам исполнитель акта. Имена террористов известны общественности.

Террор(от лат. terror — страх, ужас) — политика устрашения, подавления политических противников силовыми методами.

Следует отличать понятия «террор» и «терроризм». Террор — привилегия тех, кто находится у власти. Терроризм — ответная реакция недовольных и угнетенных. Однако и то, и другое — неотъемлемые части действительности.

История терроризма уходит своими корнями в глубь веков Политолог У.Лакер считает, что современный терроризм «исторически является не более чем возрождением некоторых форм политического насилия, которые были использованы ранее во многих частях света». Этот тезис У.Лакер подкрепляет ссылками на античных тираноборцев, ближневосточную секту сикариев (от «сика» — короткий меч, ко-

торым в соответствии с определенным ритуалом члены секты убивали сотрудничавших с римлянами соотечественников), маркиза Солсбери, высказавшего в XVIII веке мысль о том, что узурпировавший власть при помощи шпаги заслуживает того, чтобы от шпаги погибнуть.

Многие политологи связывают появление террора с Французской революцией. Якобинский террор датируется моментом процесса над бывшим королем Людовиком XVI и его казни. Сен-Жюст заявлял: «Каждый человек имеет право убить тирана, и народ не может отнять это право ни у одного из своих граждан».

В XIX веке идеи тираноубийства буквально носились в воздухе. Никто не удивился, когда на довольно многолюдном собрании известный французский публицист Ф.Пиа поднял «тост за пулю», которой будет убит Наполеон III. Ему же принадлежит и знаменитый риторический вопрос: «Можно ли убить убийцу, если убийца император?»Сама постановка вопроса предполагала положительный ответ. В результате одного из покушений на Наполеона Ш, произведенного Ф.Орсини (1858 г.), было убито 140 человек.

После окончания наполеоновских войн был совершен целый ряд политических террористических актов: убийство немецким студентом Зандом известного писателя и агента Священного Союза Коцебу (1819) и Лувелем герцога Беррийского.

Семь покушений было совершено на короля Франции Луи Филиппа. В результате покушения в 1835 году, когда королевский кортеж был обстрелян батареей из множества соединенных между собой ружей, было убито 18 и ранено 22 человека.

Современный «подпольный терроризм» прибегает к различ-

ным видам насильственных актов. Вот их основные виды.

1. Взрывы. Они могут быть направлены против государственных, промышленных, транспортных и военных объектов, партийных комитетов, определенных групп или отдельных лиц, но могут быть и безадресными, рассчитанными на психологический эффект, создание атмосферы страха (взрывы в публичных местах — поездах, вокзалах, ресторанах, банках, во время празднеств и т.п.).

2. Похищения. Их объектами бывают обычно крупные государственные деятели, промышленники, банкиры, работники суда и прокуратуры, журналисты, военные, иностранные дипломаты, партийные лидеры и т.д. Цель похищений — запугивание, политический шантаж, стремление добиться выполнения опеределенных политических условий, часто освобождения из тюрьмы сообщников, либо крупный выкуп, являющийся одной из форм «самофинансирования». Иногда целью может быть просто сенсация, стремление привлечь к себе внимание.

3. Убийства. Это, можно сказать, «ключевой» метод и основной элемент деятельности террористов. Не только потому, что именно таким образом в первую очередь они рассчитывают достичь своих основных целей — создать обстановку страха, смятения, «покорности», но и потому, что именно убийства в наибольшей мере обнажают истинную суть терроризма, показывают, с каким пренебрежением относятся террористы к основному праву человека — праву на жизнь. Все это получило особенно зловещий смысл в последние годы, когда террористические акты в ряде стран приобрели массовый характер и их жертвами стали тысячи людей самых разных положений и профессий. Теперь это уже не только главы государств или крупные фигуры, но и скромные, незаметные люди.В этом своем самом страшном аспекте

терроризм, в частности «левый», становится все более «анонимным», как бы «поточным».

4. Ранения, избиения, издевательства. Террористы нередко стреляют в ноги своим жертвам или избивают их, наносят разного рода увечья. Иногда жертву подвергают унижениям и запугивают: например, возят на автомобиле с приставленным к виску пистолетом или связывают, раздевают, вешают на шею пропагандистские плакаты и т.п.

5. Ограбление банков, ювелирных магазинов, частных лиц и т.д. Это — одна из самых распространенных форм «самофинансирования» террористических группировок. Уголовные и политические банды равным образом прибегают к ней в своих специфических целях.

6. Захват самолетов (а иногда и других крупных транспортных средств), подобно похищениям, может преследовать как политические, так и финансовые цели, а иногда одновременно и те и другие. Эта форма террористической деятельности в 80-е годы получила очень широкое распространение.

7.Захват государственных учреждений, посольств, банков и т.п., который обычно сопровождается взятием заложников, изредка «обысками» с целью изъятия документов, представляющих интерес для террористов. Иногда, как и при захвате самолетов, дело кончается массовым побоищем.

8. Другие формы нападений на государственные, промышленные, транспортные, общественные и другие объекты (например, обстрелы, повреждение оборудования, саботаж и т.п.).

9. Мелкие насильственные акты, если они не носят чисто уголовного характера. Сюда могут относиться различные

формы шантажа, давления, всякого рода провокации, хулиганские акции и пр».

(Витюк В.В., Эфиров С.А., «Левый» терроризм на Западе: история и современность.М.,1987).

НАРОДОВОЛЬЦЫ

Вся деятельность «Народной воли» направлялась на накопление сил для совершения политического переворота. При этом программа Исполнительного комитета ставила на первый план пропагандистскую и агитационную работу, а террористической отводила второе место. А.И.Желябов говорил на суде: «... была поставлена задача насильственного переворота, задача, требующая громадных организованных сил, мы, и я, между прочим, озаботились созиданием этой организации в гораздо большей степени, чем покушения».

Однако даже минимальные усилия, необходимые для подготовки покушения, требовали таких больших затрат, что приходилось отрывать людей от других «дел».

В отличие от своих предшественников, революционеров конца 1870-х годов, народовольцы видели в терроре не просто акты мести и самозащиты, но средство к достижению целей партии. По их мнению, покушения давали возможность «устрашить» правительство и в то же время способствовали «возбуждению» масс. Террор — это агитационное средство, призванное поднимать дух народа, полагали они.

В терроре участвовала не вся партия «Народной воли», а лишь члены и агенты Исполнительного комитета. Из рядовых

народовольцев только 12 человек имели отношение к покушениям на царя.

Еще в Лесном 26 августа 1896 года Исполнительный комитет вынес смертный приговор императору Александру II. Спустя три месяца по случаю покушения на царя под Москвой была издана листовка, содержавшая обоснование приговора. В ней говорилось: «Александр II — наглый представитель узурпации народного самодержавия, главный столп реакции, главный виновник судебных убийств. 14 казней тяготеют на его совести, сотни замученных и тысячи страдальцев вопиют об отмщении... Если б Александр II, отказавшись от власти, передал ее всенародному Учредительному собранию, тогда только мы оставили бы в покое Александра II и простили бы ему все его преступления».

Террористическая борьба потребовала от народовольцев не только громадной энергии и презрения к человеческой жизни, но и научных знаний и технической опытности.

Работа по изготовлению динамита началась еще до оформления «Народной воли». Первая известная мастерская, точнее, лаборатория, размещалась в доме N6 по Баскову переулку в Петербурге. Ее организатор Степан Григорьевич Ширяев жил здесь с 26 мая до 5 июня 1879 года. Хозяйкой квартиры стала А.В.Якимова. За полгода до того Ширяев вернулся из-за границы. В течение двух лет он изучал там рабочее движение, знакомился с деятельностью I Интернационала. В то же время, желая изучить какое-либо ремесло, он работал у изобретателя электрической свечи П.Н.Яблочкова, находившегося в то время в Париже, затем в электрической мастерской в Лондоне, приобрел научно-технические знания, овладел слесарным мастерством.

В Петербурге эти знания очень пригодились. Ширяев шту-

дировал литературу, посещая Публичную библиотеку. Первые опыты, производившиеся в Басковом переулке, показали, что производство динамита в домашних условиях возможно.

Видимо, еще ранее Ширяева и независимо от него приступил к опытам по изготовлению взрывчатых веществ Н.И.Кибальчич, в прошлом студент Медико-хирургической академии. Он занялся практической химией, затем перечитал всю специальную литературу и наконец смог получить у себя в комнате небольшое количество нитроглицерина.

С июля по сентябрь 1879 года в Петербурге существовала уже настоящая динамитная мастерская. Вначале она размещалась в доме на Невском, в той же квартире, где позже, в начале сентября, поселились Морозов и Любатович. Здесь хозяевами квартиры были Г.П.Исаев и А.В.Якимова. В августе динамитная мастерская находилась в Троицком переулке. На этот раз квартиру содержали С.Г.Ширяев и А.В.Якимова.

В течение лета в мастерской было изготовлено около 6 пудов (96 кг) динамита. Его использовали осенью 1879 года для подготовки трех покушений на царя по пути следования его из Крыма в Петербург. Все три покушения оказались безуспешными.

Ширяев участвовал в этих покушениях в качестве техника. Вернувшись в Петербург, он остановился в меблированных комнатах на Гончарной улице. В ночь с 3 на 4 декабря в доме был произведен повальный обыск. В руки полиции попали сразу два народовольца, остановившиеся здесь независимо друг от друга: Мартыновский с подпольным паспортным бюро и Ширяев.

Неизменной хозяйкой всех динамитных мастерских «Наро-

дной воли» до 1 марта 1881 года была Анна Васильевна Якимова. Уже на «процессе 193-х» многим запомнилась эта высокая блондинка с длинной белой косой.

Впервые Якимову арестовали в 17 лет, когда она была сельской учительницей и вела пропаганду. Ко времени последнего ареста, незадолго до октябрьского переворота, ей шел уже шестой десяток.

Якимова выполняла работу, связанную с изготовлением взрывчатых веществ.

С января по весну 1880 года адрес динамитной мастерской: Большая Подъяческая, дом 37. Со стороны улицы это четырехэтажный дом, но со стороны двора он имеет пять этажей. Квартира 27, в которой была мастерская, расположена на пятом этаже, частью в лицевом доме, частью в правом дворовом флигеле. В квартире были три комнаты, кухня, коридор, туалет, к ней примыкал чердак. Три окна трех комнат обращены во двор. В световой колодец выходили окна чердака, кухни и второе окно одной из комнат — гостиной. Эта квартира стала известной властям через 9 месяцев после того, как была оставлена народовольцами.

Хозяева квартиры, А.В.Якимова и Г.П.Исаев, жили под фамилиями Давыдовой и Еремеева. Работе мастерской помогали, доставляли материалы Т.И.Лебедева, А.П.Корба, О.С.Любатович.

Главными техниками здесь были Кибальчич и Исаев.

По своим склонностям агент Исполнительного комитета Николай Иванович Кибальчич был скорее кабинетным ученым, чем революционером-практиком; ему, как правило, принадлежала общая идея в решении технических задач. Как теоретик он не имел себе равных, всегда мог предложить и

рассчитать несколько проектов для тех или иных условий. В роли же исполнителя он не отличался ловкостью.

Главный техник «Народной воли» был литератором. Под фамилией «Самойлов» он печатался в легальных журналах «Слово» и «Русское богатство» и жил на заработок от литературного труда.

Выступал он и в нелегальной прессе. Ему принадлежит теоретическая статья о соотношении политической и экономической борьбы в революции, помещенная в пятом номере «Народной воли» за подписью «Дорошенко».

Сосредоточенный на научных идеях, в обычной жизни он был очень непрактичным.

Основная техническая работа падала на долю Григория Прокофьевича Исаева. Два года учебы на естественном отделении университета и один год в Медико-хирургической академии дали ему знания в области химии, необходимые для работы в мастерской. По выражению В.Н.Фигнер, Кибальчича можно было назвать «мыслью», а Исаева «руками» Исполнительного комитета в его террористической деятельности. Натуры разные и даже противоположные, они взаимно дополняли друг друга. Мысль, поданную Кибальчичем, Исаев тотчас подхватывал. «Личное самоотречение не есть отречение от личности, — объяснял Исаев, — а только отречение от своего эгоизма».

Динамит, изготовленный в мастерской на Большой Подъяческой, использовался для состоявшегося в феврале 1880 года покушения на царя в Зимнем дворце.

Организатор этого покушения Степан Николаевич Халтурин, столяр по профессии, один из создателей «Северного

союза русских рабочих», пользовался большим влиянием в среде друзей по партии. Поначалу Халтурин был решительным противником террора. После каждого покушения росли полицейские репрессии, множились обыски, аресты, ссылки. «Чистая беда, — восклицал Халтурин, — только-только наладится у нас дело — хлоп! Шарахнула кого-нибудь интеллигенция, и опять провалы. Хоть немного бы дали вы нам укрепиться!».

Но распространенное тогда мнение о том, что «падет царь, падет и царизм, наступит новая эра, эра свободы», одержало верх. Когда Халтурин услышал от знакомых рабочих о возможности поступить в Зимний дворец и, следовательно, подготовить покушение на царя, он сделал выбор: «... смерть Александра II принесет с собою политическую свободу... Тогда у нас будут не такие союзы. С рабочими же газетами не нужно будет прятаться».

С сентября 1879 года Халтурин уже работал во дворце. Ему удалось поселиться в подвальном помещении той стороны дворца, которая обращена к Адмиралтейству. В первом этаже над этим и соседними помещениями располагалась гауптвахта, а во втором — «желтая комната» — царская столовая. Окна всех этих помещений выходят во двор. Вероятно, в январе, когда начала работать динамитная мастерская, Халтурин пронес во дворец динамит и хранил его в большом сундуке, которым предусмотрительно обзавелся заранее.

5 февраля 1880 года во дворце ждали гостя — принца Гессенского. На 6 часов был назначен обед в «желтой комнате».

Вечером, когда в подвальном помещении никого не было, Халтурин поджег фитиль, запер дверь и ушел. Около дворца его ждал Желябов. «Готово», — произнес Халтурин. В начале седьмого часа раздался оглушительный взрыв. Гауп-

твахта была разрушена. Однако цель оказалась не достигнута. Между первым и вторым этажами были двойные своды. Нижний свод был пробит, верхний только потревожен. В столовой поднялся паркет, появились трещины в стене, вылетели отдушины калориферного отопления. К тому же царя в столовой еще не было: гость запоздал, и обед не начинался.

Халтурин был уведен на Большую Подъяческую. Измученный, он, едва стоя на ногах, только спросил: «Есть ли здесь оружие? Я ни за что не сдамся живым». «О, сколько угодно», — отвечала Якимова.

Некоторое время Халтурин укрывался в этой квартире. Хозяева ее — «Давыдова» и «Еремеев» — с целью конспирации поддерживали знакомство со старшим дворником. Они разрешили ему отпраздновать в их квартире именины и сами были приглашены в качестве гостей. Все подозрительное в квартире спрятали. Халтурина, одев в шубу, поместили на чердаке. Исаев и Якимова «веселились» вместе с гостями, среди которых был и околоточный надзиратель, а из окна чердака, находившегося против окна гостиной, через световой колодец смотрел на них разыскиваемый полицией Халтурин.

Вскоре Халтурин перебрался в Москву и действовал там среди рабочих. Весной 1881 года он стал членом Исполнительного комитета.

Взрыв в Зимнем дворце потряс общественные круги России и за границей. «Народная воля», созданная всего полгода назад, приобрела огромную известность. Ни одним участник покушения не был арестован. Исполнительный комитет казался могущественным и неуловимым.

Правительство было в растерянности, повелитель 70 мил-

лионов оказался достижимым для террористов в собственном дворце.

«Страшное чувство овладело всеми нами, — заносил в дневник наследник престола. — Что нам делать?» Фантастические слухи об ожидаемых взрывах ползли по столице. Дворники советовали горожанам запастись водой на случай взрыва водопровода. Панический страх заставлял одних уезжать из Петербурга, а других — переводить капиталы за границу.

Застой дел был отмечен на бирже, курс упал.

Власти ожидали к 19 февраля — дню отмены крепостного права и 25-летию царствования Александара II — открытого выступления.

К власти были призван генерал, граф М.Т.Лорис-Меликов. В качестве начальника Верховной распорядительной комиссии он получил диктаторские права для подавления террористов. Граф повел новую линию — не голого насилия, а сочетания жестоких мер против с привлечением на сторону правительства «благомыслящих».

Продолжалась подготовка покушений на Александра II. Весной 1880 года были начаты, но затем свернуты приготовления в Одессе. Летом этого же года в Петербурге предполагалось взорвать Каменный мост через Екатерининский канал на Гороховой улице. По этому мосту царь проезжал, направляясь из Зимнего дворца в Царское Село и обратно. Покушение не состоялось.

Осенью 1880 года начались приготовления к покушению, ставшему последним.

На этот раз динамитная мастерская была устроена на Об-

водном канале. Мастерская не была открыта полицией. Квартиру содержали Н.И.Кибальчич и А.В. Якимова, в качестве бедной родственницы «хозяев» выступала Ф.А.Морейнис. В последние недели Якимова практически уже не жила в мастерской, так как ей было дано другое задание. Но иногда она заглядывала, с таким расчетом, чтобы дворник, приносивший по утрам дрова, мог ее видеть. Приходящими работниками были А.И.Баранников и Н.А.Саблин. Исаев уже не мог работать в полную силу. Однажды — это было в Одессе — он чистил трубочку, полученную с Охотинского порохового завода, а в ней оказалась гремучая ртуть. Произошел взрыв, и Исаеву оторовало три пальца.

В мастерской на Обводном канале чуть не произошла катастрофа. Дело было вечером. Находившаяся дома одна, Морейнис услышала треск, шипение, и затем из комнаты, где была лаборатория, появились едкие желтые пары. Керосиновая лампа в кухне погасла. В волнении Морейнис то выскакивала не лестницу, то возвращалась в кухню и высовывала голову в форточку, чтобы глотнуть воздуха. Каждую минуту мог произойти взрыв, а она не знала, что предпринять.

Выручил случай. Якимова пришла в неурочный час. Она бросилась в мастерскую и вынула пробки из четвертных (3 литра) бутылей с кислотами. По ошибке бутылки закрыли, поэтому они нагрелись, а одна из них лопнула. Подоконник обуглился, шторка истлела. На следующий день явился дворник, чтобы осмотреть комнату: в нижний этаж пролилась какая-то жидкость, от которой позеленел карниз. Морейнис наскоро придумала: она готовила больной хозяйке ванну, пролила лекарство, ее очень ругали, если дворник войдет в комнату, ее опять будут ругать и т.п.

Ее мольбы и добрые отношения с дворником спасли положение: он ушел, не зайдя в комнату.

В декабре работа была окончена, квартиру очистили и многие народовольцы, в том числе А.И.Желябов, С.Л.Перовская, А.В.Якимова, Н.А.Саблин, Г.М.Гельфман, П.С.Ивановская, М.Р.

Ланганс, Л.Д.Терентьева, М.Ф.Грачевский, Н.И.Кибальчич, Г.П.Исаев, Ф.А.Морейнис — всего человек 15, — встречали здесь Новый 1881 год.

За последний перед 1 марта год это был, вероятно, единственный праздник. Гостей предупреждали: «Господа, сегодня вечер без дел». Недоумение появилось на лицах: о чем же и говорить?

Пели хором. Звучали тосты за смерть тиранам. Потом начались танцы. Исаев, Саблин и Желябов плясали так, что нижние жильцы, несмотря на Новый год, прислали узнать, что такое у них происходит.

Осенью 1880 года народовольцы создали группу, которая стала следить за выездами царя из Зимнего дворца для определения времени и маршрутов его поездок. Группа состояла из учащейся молодежи, в нее входило шесть человек: И.И.Гриневицкий, А.В.Тырков, П.В.Тычинин, Е.Н.Оловенникова, Е.М.Сидоренко и Н.И.Рысаков, а руководила ею С.Л.Перовская, которая и сама участвовала в наблюдениях. Каждый день дежурили по очереди два человека. Члены группы собирались еженедельно, сообщали Перовской о результатах наблюдений и получали расписание дежурств на следующие дни. Их встречи происходили у Тычинина, на Большой Дворянской, 8, у Е.Оловенниковой, жившей в одном из домов во дворе дома N58-60 на Набережной Мойки.

Исполнительный комитет образовал группу техников для выработки наиболее верного способа покушения. В нее,

кроме Н.И.Кибальчича и Г.П.Исаева, вошли М.Ф.Грачевский и Н.Е.Суханов. Из предложенных ею способов Комитет остановился на двух: взрыве мины и метательных снарядах.

Местом предстоящих событий должна была стать Малая Садовая улица. Именно по ней в воскресные дни нередко проезжал Александр II, направляясь в Михайловский манеж. И на ней же подыскал А.И.Баранников подвальное помещение, удобное для устройства минного подкопа.

Принятый план был таков: заложить мину на Малой Садовой улице и взорвать ее в момент проезда царя; если он окажется невредимым, в дело вступят метальщики, поставленные по концам улицы, руководителем метальщиков стал Желябов; если и это не привело бы к цели, Желябов должен был действовать кинжалом.

Подвал, на котором остановился выбор Комитета, находился в доме Менгдена, на Малой Садовой улице, 8. Это второй дом от угла Невского проспекта. Здание сохранилось до настоящего времени, но в 1900-х годах отчасти было перестроено владельцем Г.Г.Елисеевым, появился шестой этаж, был обогащен фасад дома, расширены окна первого этажа, гранитный цоколь закрыл окна подвальных помещений.

Подвал, освобожденный ввиду ремонта, предназначался для торговли. Это и привлекло народовольцев: здесь можно было открыть магазин.

Заключив в начале декабря 1880 года контракт с управляющим домом, будущие хозяева лавки стали ждать окончания ремонта. Содержать магазин Исполнительный комитет поручил А.В.Якимовой и Ю.Н.Богдановичу.

Юрий Николаевич Богданович с начала 1870-х годов учас-

твовал в движении народников. Хорошо знавшая Богдановича В.Н.Фигнер рекомендовала его на роль торговца, имея в виду его практичность, находчивость и подходящие внешние данные. Он был широколицый, рыжебородый, добродушный, всегда готовый на шутку. Под стать ему была и Якимова, с ее вятским выговором на «о» и вполне демократическим видом. Но в торговле оба понимали мало, и соседние лавочники сразу увидели, что новички им не помеха.

В начале января 1881 года Якимова и Богданович поселились на Малой Садовой улице. У входа в подвал появилась вывеска: «Склад русских сыров Е.Кобозева». У них было три помещения: лавка, соседняя с нею жилая комната и склад, обращенный во двор. Наружную стену жилой комнаты обшили деревянной панелью под ясень, якобы от сырости. По ночам панель под окном снимали и начинали рыть подземную галерею. Действовать нужно было тихо, так как поблизости находился пост городового. Работали по два человека в смену в тяжелейших условиях. При свечке, сидя или лежа, подкопщик рыхлил землю ручным буравом, выбирал и складывал ее в мешок. Встать он не мог, так как галерея имела всего 80-90 сантиметров в диаметре, снизу выступала подпочвенная вода, а сверху могли обрушиться тротуар и мостовая. Мешок с землей напарник за веревку вытаскивал в комнату. Землю ссыпали в пустые бочки из-под сыров, в угол склада, прикрывая углем и сеном, в диван в жилой комнате, но на улицу ее не выносили.

В устройстве подкопа участвовали Богданович, Желябов, Тригони, Лангас, Фроленко, Баранников, Колодкевич, Суханов, Исаев, Саблин. Они работали с огромным напряжением. И, хотя имена их держались в тайне, остальные узнавали их по усталым, осунувшимся лицам. Начало сдавать даже богатырское здоровье Желябова: появилась бессонница, случались обмороки.

Несмотря на ночные работы и другие приготовления к покушению, он по-прежнему продолжал бывать у студентов, агитировал рабочих, встречался с военными.

Во второй половине февраля подкоп был закончен. Немало потрудились над снарядами Кибальчич, Грачевский и Исаев. К середине февраля отладили конструкцию бомб, и в Парголове состоялись их испытания. На них присутствовали кроме Кибальчича и Желябова металльщики.

В группу металльщиков, сформированную Желябовым, входило четыре человека: студенты И.И.Гриневицкий и Н.И.Рысков, рабочий Т.М.Михайлов и окончивший ремесленное училище И.П.Емельянов. Их подготовка была недолгой. В специально устроенной квартире, которую содержали Г.М.Гельфман и Н.А.Саблин, в доме N5 на Тележной улице, Н.И.Кибальчич объяснял металльщикам устройство снаряда.

28 февраля последней проверке подверглись запалы. Кибальчич, Гриневицкий, Михайлов и Рысаков ездили за Смольный монастырь. В пустынном месте Т.Михайлов бросил на дорогу снаряд, наполненный песком вместо гремучего студня. Раздался негромкий хлопок, и крышка снаряда отскочила: заряд сработал.

Итак, к концу февраля 1881 года все было готово.

К тому времени значительно поредели ряды членов Исполнительного комитета. Почти половина их — 13 из 29 — выбыли из строя. Был казнен А.А.Квятковский, осуждены С.Г.Ширяев, Н.К.Бух, А.И.Зунделевич, С.А.Иванова, умер В.В.Зеге фон Лауренберг, уехали за границу О.С.Любатович и Н.А.Морозов.

28 ноября 1880 года был арестован А.Д.Михайлов. Страж

порядка в организации, мастер конспирации, он был схвачен из-за собственной неосторожности. Отдав карточки осужденных для пересъемки в несколько фотографий, он зашел в одну из них справиться о заказе. Ему показалось, что визит его встречен подозрением. Михайлов рассказал об этом друзьям, и они категорически запретили ему появляться в фотографии. Тем не менее через несколько дней, просто оказавшись рядом, он подумал, что ошибся в своих подозрениях, и все-таки решил получить заказ.

Когда он вышел из фотографии Таубе, околоточный последовал за ним. Михайлов пытался скрыться через проходной двор — не удалось. На углу Коломенской и Разъезжей, когда он пытался сесть на извозчика, его арестовали. «Простите, милые. Простите мне риск, который обошелся так дорого», — писал Михайлов в первом письме, нелегально переданном из тюрьмы.

В январе 1881 года прошла волна арестов.

27 февраля в 5 часов вечера Перовская и Желябов вмест вышли из дома, взяли извозчика и доехали до Публичной библиотеки. Отсюда они разошлись по своим делам.

Когда вечером 27 февраля Желябов не вернулся домой, Перовская поняла, что он арестован. На следующий день из квартиры было унесено все ценное имущество организации, и Перовская покинула ее.

Встретились Перовская и Желябов через месяц, в зале суда.

В начале 1881 года главная конспиративная квартира Исполнительного комитета размещалась в трехэтажном доме номер 25/7, на углу Вознесенского проспекта и Екатерининского канала. На этот раз устройство центральной квартиры

было поручено В. Фигнер и Исаеву. 9 января они прописались в квартире номер 8 под фамилией «Кохановских».

Из квартиры на Вознесенском проспекте осуществлялось руководство последним покушения на царем.

Ликвидация квартиры была вызвана арестом Исаева. 1 апреля он не вернулся домой — его взяли на улице. Фигнер была уверена, что адреса своего он не назовет, и не спешила покинуть квартиру. На следующий день она принялась увязывать скопившиеся у них ценные комитетские вещи, шрифт, паспортное бюро, динамит, оборудование химической лаборатории. Явившиеся по ее зову забрали большую часть вещей. Последние два узла унесли Ивановская и Терентьева. Фигнер провела здесь еще одну ночь. Утром 3 апреля Исаева опознали дворники дома. Когда полиция явилась в квартиру, самовар и угли в печке были еще теплыми.

(Баранова А.И., Ямщикова Е.А., Народовольцы в Петербурге. Л., 1984).

ДВЕ ДУШИ АЛЕКСАНДРА II

П.А.Кропоткин — теоретик и идеолог русского анархизма—рассказал о личности царя Александра II и его смерти в «Воспоминаниях революционера».

«Боевым кличем революционеров стало: «Защищайтесь! Защищайтесь от шпионов, втирающихся в кружки под личной дружбы и выдающих потом направо и налево по той простой причине, что им перестанут платить, если они не будут доносить. Защищайтесь от тех, кто зверствует над заключенными! Защищайтесь от всемогущих жандармов!» Три

видных правительственных чиновника и два или три мелких шпиона погибли в этом новом фазисе борьбы.

Генерал Мезенцев, убедивший царя удвоить наказание после приговора по делу «ста девяноста трех», был убит в Петербурге среди белого дня.

Один жандармский полковник, виновный еще в худшем, подвергся той же участи в Киеве, а в Харькове был убит генерал-губернатор, мой двоюродный брат Дмитрий Кропоткин, когда он возвращался из театра. Центральная тюрьма, где началась голодовка и где прибегли к искусственному кормлению, находилась в его ведении.

В сущности, он был не злой человек; я знаю, что лично он скорее симпатизировал политическим, но он был человек бесхарактерный, притом придворный, флигель-адъютант царя, и поэтому предпочел не вмешиваться, тогда как одно его слово могло бы остановить жестокое обращение с заключенными. Александр II любил его, и положение его при дворе было так прочно, что его вмешательство, по всей вероятности, было бы одобрено в Петербурге.

— Спасибо! Ты поступил согласно моим собственным желаниям, — сказал ему царь в 1872 году, когда Д.Н. Кропоткин явился в Петербург, чтобы доложить о народных беспорядках в Харькове, во время которых он мягко поступил с бунтовщиками.

Но теперь он одобрил поведение тюремщиков, и харьковская молодежь до такой степени была возмущена обращением с заключенными, что по нем стреляли и смертельно ранили.

Тем не менее личность императора оставалась еще в сторо-

не, вплоть до 1879 года на его жизнь не было покушений. Слава освободителя окружила его ореолом и защищала его неизмеримо лучше, чем полчища жандармов и сыщиков. Если бы Александр II проявил тогда хотя малейшее желание улучшить положение дел в России, если бы он признал хотя одного или двух из тех лиц, с которыми работал во время периода реформ, и поручил им расследовать общее положение страны или хотя бы положение одних крестьян; если бы он проявил малейшее намерение ограничить власть тайной полиции, его решение приветствовали бы с восторгом.

Одно слово могло бы снова сделать Александра II «освободителем», и снова молодежь воскликнула бы, как Герцен в 1858 году: «Ты победил, Галилеянин!» Но точно так же, как во время польской революции пробудился в нем деспот, и, подстрекаемый Катковым, он не нашел другого выхода, как виселицы, так точно и теперь, следуя внушениям того же злого гения — Каткова, он ничего не придумал, кроме назначения особых генерал-губернаторов с полномочием вешать.

Тогда, и только тогда, горсть революционеров — Исполнительный Комитет, поддерживаемый, однако, растущим недовольством среди образованных классов и даже среди приближенных к царю, объявил ту войну самодержавию, которая, после нескольких неудачных покушений, закончилась в 1881 году смертью Александра II.

Два человека жили в Александре II, и теперь борьба между ними, усиливавшаяся с каждым годом, приняла трагический характер. Когда он встретился с Соловьевым, который выстрелил в него и промахнулся, Александр II сохранил присутствие духа настолько, что побежал к ближайшему подъезду не по прямой линии, а зигзагами, покуда Соловьев продолжал стрелять. Таким образом он остался невредимым. Одна пуля только слегка разорвала шинель. В день своей

смерти Александр II тоже проявил несомненное мужество.

Перед действительной опасностью он был храбр, но он беспрерывно трепетал пред призраками, созданными его собственным вображением. Единственно, чтобы охранить свою императорскую власть, он окружил себя людьми самого реакционного направления, которым не было никакого дела до него, а просто нужно было удержать свои выгодные места.

Без сомнения, он сохранил привязанность к матери своих детей, хотя в то время он был уже близок с княжной Юрьевской-Долгорукой, на которой женился немедленно после смерти императрицы.

— Не упоминай мне про императрицу: мне это так больно, — говорил он не раз Лорис-Меликову.

А между тем он совершенно оставил Марию Александровну, которая верно помогала ему раньше, когда он был освободителем. Она умирала в Зимнем дворце в полном забвении.

Хорошо известный русский врач, теперь уже умерший, говорил своим друзьям, что он, посторонний человек, был возмущен пренебрежением к императрице во время ее болезни.

Придворные дамы, кроме двух статс-дам, глубоко преданных императрице, покинули ее, и весь придворный мир, зная, что того требует сам император, заискивал пред Долгорукой. Александр II, живший в другом дворце, делал своей жене ежедневно лишь короткий официальный визит.

Когда Исполнительный Комитет свершил смелую попытку взорвать Зимний дворец, Александр II сделал шаг, до того

беспримерный. Он создал род диктатуры и облек Лорис-Меликова чрезвычайными полномочиями. Этому генералу, армянину родом, Александр II уже раньше давал диктаторские полномочия, когда в Ветлянке, в низовьях Волги, появилась чума и Германия пригрозила мобилизовать свою армию и объявить Россию под карантином, если эпидемия не будет прекращена. Теперь, когда Александр II увидал, что он не может доверяться бдительности даже дворцовой полиции, он дал диктаторские права Лорис-Меликову, а так как Меликов считался либералом, то новый шаг истолковали в том смысле, что скоро созовут Земский Собор. Но после взрыва в Зимнем дворце новых покушений немедленно не последовало, а потому Александр II опять успокоился, и через несколько месяцев, прежде чем Меликов мог выполнить что бы то ни было, он из диктатора превратился в простого министра внутренних дел.

Внезапные припадки тоски, во время которых Александр II упрекал себя за то, что его царствование приняло реакционный характер, теперь стали выражаться сильными пароксизмами слез.

В иные дни он принимался плакать так, что приводил Лорис -Меликова в отчаяние. В такие дни он спрашивал министра: «Когда будет готов твой проект конституции?» Но если два-три дня позже Меликов докладывал, что органический статут готов, царь делал вид, что решительно ничего не помнит. «Разве я тебе говорил что-нибудь об этом? — спрашивал он. — К чему! Предоставим это лучше моему преемнику. Это будет его дар России».

Когда слух про новый заговор достигал до Александра II, он готов был предпринять что-нибудь, но когда в лагере революционеров все казалось спокойным, он прислушивался к нашептываниям реакционеров и оставлял все, как было

прежде. Лорис-Меликов со дня на день ждал, что его попросят в отставку.

В феврале 1881 года Лорис-Меликов доложил, что Исполнительный Комитет задумал новый заговор, план которого не удается раскрыть, несмотря на самые тщательные расследования.

Тогда Александр II решил созвать род совещательного собрания из представителей от земств и городов. Постоянно находясь под впечатлением, что ему предстоит судьба Людовика XVI, Александр II приравнивал предполагавшуюся «общую комиссию» тому собранию нотаблей, которое было созвано до Национального Собрания 1789 года.

Проект должен был поступить в Государственный совет; но тут Александр II стал снова колебаться. Только утром первого марта 1881 года, после нового, серьезного предупреждения со стороны Лорис-Меликова об опасности, Александр II назначил следующий четверг для выслушивания проекта в заседании Совета министров. Первое марта падало на воскресенье, и Лорис-Меликов убедительно просил царя не ездить на парад в этот день ввиду возможности покушения.

Тем не менее Александр II поехал. Он желал увидеть великую княжну Екатерину Михайловну, дочь его тетки Елены Павловны, которая в шестидесятых годах была одним из вождей партии реформ, и лично сообщить ей приятную весть, быть может как акт покаяния перед памятью Марии Александровны. Говорят, царь сказал великой княжне: «Я решил созвать собрание именитых людей».

Но эта запоздалая и нерешительная уступка не была доведена до всеобщего сведения; на обратном пути из манежа Александр II был убит.

Известно, как это случилось. Под блиндированную карету, чтобы остановить ее, была брошена бомба. Несколько черкесов из конвоя была ранены. Рысакова, бросившего бомбу, тут же схватили. Несмотря на настоятельные убеждения кучера не выходить из кареты — он утверждал, что в слегка поврежденном экипаже можно еще доехать до дворца, — Александр II все-таки вышел. Он чувствовал, что военное достоинство требует посмотреть на раненых черкесов и сказать им несколько слов. Так поступал он во время русско-турецкой войны, когда, например, в день его именин сделан был безумный штурм Плевны, кончившийся страшной катастрофой.

Александр II подошел к Рысакову и спросил его о чем-то, а когда он проходил затем совсем близко от другого молодого человека, Гриневецкого, стоявшего тут же, на набережной, с бомбою, тот бросил свою бомбу между обоими так, чтобы убить и себя и царя. Оба были смертельно ранены и умерли через несколько часов.

Теперь Александр II лежал на снегу, истекая кровью, оставленный всеми своими сторонниками! Все исчезли. Кадеты, возвращавшиеся с парада, подбежали к умирающему царю, подняли его с земли, усадили в сани и прикрыли дрожащее тело кадетской шинелью, а обнаженную голову — кадетской фуражкой. Да еще один из террористов с бомбой, завернутой в бумагу, под мышкой, рискуя быть схваченным и повешенным, бросился вместе с кадетами на помощь раненому...

Человеческая природа полна таких противоположностей.

Так кончилась трагедия Александра II. Многие не понимали, как могло случиться, чтобы царь, сделавший так много для России, пал от руки революционеров. Но мне пришлось

видеть первые реакционные проявления Александра II и следить за ними, как они усиливались впоследствии; случилось также, что я мог заглянуть в глубь его сложной души; увидать в нем прирожденного самодержца, жестокость которого была только отчасти смягчена образованием, и понять этого человека, обладавшего храбростью солдата, но лишенного мужества государственного деятеля, человека сильных страстей, но слабой воли, — и для меня эта трагедия развивалась с фатальной последовательностью шекспировской драмы.

Последний ее акт был ясен для меня уже 13 июня 1862 года, когда я слышал речь, полную угроз, произнесенную Александром II перед нами, только что произведенными офицерами, в тот день, когда по его приказу совершились первые казни в Польше.

Дикая паника охватила придворные круги в Петербурге.

Александр III, который, несмотря на свой колоссальный рост, не был храбрым человеком, отказался поселиться в Зимнем дворце и удалился в Гатчину, во дворец своего прадеда Павла I. Я знаю это старинное здание, планированное как вобановская крепость, окруженное рвами и защищенное сторожевыми башнями, откуда потайные лестницы ведут в царский кабинет. Я видел люк в кабинете, через который можно бросить неожиданно врага в воду — на острые камни внизу, а затем тайные лестницы, спускающиеся в подземные тюрьмы и в подземный проход, ведущий к озеру. Тем временем подземная галерея, снабженная автоматическими электрическими приборами, чтобы революционеры не могли подкопаться, рылась вокруг Аничкова дворца, где Алекссндр III жил до восшествия на престол.

(Кропоткин П. А. Записки революционера).

ФРАНЦУЗСКАЯ ПОЛИЦИЯ И БОМБЫ

Париж, 9 декабря 1893 года. Вокруг Бурбонского дворца масса полицейских, осматривающих каждого, кто входит в здание.

В большом зале дворца, традиционном месте заседаний национального собрания, вот уже несколько часов депутаты обсуждают новые проекты, направленные, как утверждают, против уголовников и анархистов.

Однако любому депутату совершенно ясно, что они легко могут быть применены не только против уголовников и анархистов-бомбометателей, но и против радикальных демократов, социалистов и деятелей профсоюзов. В палате депутатов со времени последних выборов заседали также двенадцать представителей рабочей партии, которые отлично знали, что такое юстиция, и консерваторам, являющимся инициаторами нового законопроекта, отстоять свою точку зрения было бы не так-то легко.

В 16 часов на галерее, растолкав локтями публику, к барьеру протиснулся бедно одетый молодой человек. Он внимательно оглядел зал. На трибуне пылко жестикулировал очередной оратор. Депутаты шушукались между собой и время от времени бросали в его адрес — кто язвительные реплики, а кто слова одобрения.

Вдруг юноша размахнулся и метнул вниз какой-то круглый предмет. Хлопнул взрыв, запахло порохом, раздались громкие крики и проклятья.

Плечи бомбиста разочаровано опустились: как видно, он ожидал большего эффекта. Однако он тут же сумел взять себя в руки, и, воспользовавшись сумятицей, пустился в бегство.

В отеле террориста .уже ждала полиция. Особого вреда его бомба не нанесла. Депутаты в основном отделались легким испугом. Даже те из них, которые оказались в непосредственной близости от взрыва, получили лишь небольшие царапины. Через четверть часа после происшествия дебаты вспыхнули с новой силой.

Молодого человека, который метнул бомбу в Бурбонском дворце, звали Огюст Вайян. Ему едва исполнилось 23 года, и он был анархистом.

Анархизм — течение, не признающее никакого государственного порядка и отрицающее организованную борьбу — приобрел во Франции 80-х годов прошлого столетия заметное влияние. В Париже долгое время жили известные вожди анархистов Кропоткин, Бакунин и Прудон. Проповедуя устно и письменно свое учение, они находили многочисленных приверженцев, в первую очередь среди студентов, радикальной мелкой буржуазии и в кругах интеллигенции. В Париже, Марселе, Лионе появилось с десяток анархистских газет, таких, как «Голодные», «Социальная борьба», «Революционное дело», которые прямо или косвенно пропагандировали анархистские методы борьбы и индивидуальный террор. Так, газета за 27 июля 1884 года писала: «Мелкие действия нередко выливаются в большие дела. Поэтому мы от всего сердца рукоплещем, когда в очередной раз узнаем, что некий буржуа или начальник свалился в пыль с ножом в боку».

21 октября 1878 года в Германии вступил в силу пресловутый закон против общественно опасных устремлений социал-демократии. В 1892 году Папа Лев XIII издал свою, направленную против террористического движения энциклику «Рерум новарум».

Однако чрезвычайными законами и энцикликами это дви-

жение было не остановить. В большинстве европейских стран уже имелись политические рабочие партии и профсоюзы, в парламентах которых, пока еще немногих, европейских государств заседали социал-демократы.

Власти совершенствовали свои методы борьбы и наряду со стародавней техникой репрессий все шире использовали демагогию и клевету. Например, французская пресса (да и не только французская), сознательно искажая действительность, затушевывая диаметральные противоположности между анархизмом и социализмом, ставила знак равенства между анархистскими методами и социалистами, настраивала мелкую буржуазию и крестьянство — основнуюю массу избирателей — против социалистического движения.

Чем более кровавыми становились лозунги анархистов, чем скандальнее их выступления и чем бессмысленнее покушения, тем легче было властям нажить на этом политический капитал.

Уже из-за одного этого французская полиция с самого начала уделяла большое внимание анархистским группам и одиночкам, что означало не только выслеживание анархистов и внедрение в их круги своих агентов, но и финансовую поддержку их деятельности (через провокаторов).

Большим докой по этой части был парижский префект полиции Андрье, тот самый, который пренебрежительно отмахнулся от предложения Бертильона о введении естественно — научных методов в борьбу с преступностью. Верный наследник полицейских методов, он начал засылать своих агентов в анархистские кружки с самого из зарождения. Так, Андрье узнал о целях анархистов и об их враждебности организованному рабочему движению. И вот здесь-то, в полумраке джунглей анархистской пропаганды и

деятельности, он углядел возможность выковать оружие против самого опасного, как он считал, врага системы: против организованной политической борьбы. Опасаясь упустить столь заманчивый случай, Андрье немедленно поручил своему агенту Серро начать выпуск анархистской газеты «Социальная революция» и сам финансировал это предприятие.

Вскоре эта выходящая на анархистско-полицейском жаргоне газета стала не только важнейшим осведомительным центром, но и самым драгоценным для полиции агентом-провокатором. Позднее в своих мемуарах Андрье самодовольно откровенничал: «Дать анархистам газету — было все равно, что установить телефонную связь между гнездом заговорщиков и рабочим кабинетом префекта полиции».

Правда, первое время французские анархисты больше довольствовались яростными угрозами да левыми фразами. Полиции же и правительству требовались очевидные и по возможности сенсационные действия. Полиции пришлось потрудиться и над этим, Андрье поручил своему агенту Серро организовать какое-либо внешне эффектное покушение, являясь тем самым инициатором одного из первых анархистских выступлений в Париже.

С ведома Андрье «анархист» из полиции Серро предложил своим друзьям поднять на воздух памятник Адольфу Тьеру, который был установлен на аллее Сен-Жермен с трогательным посвящением: «Освободителю страны». Префект Андрье выделил для этого (хотя и анонимно) даже бомбы. «Я, не колеблясь, решил пожертвовать «освободителем страны» ради спасения Бурбонского дворца», — заявил впоследствии этот убежденный националист. Однако Андрье поскупился и отпустил Серро некачественный динамит, так что бомбочка, которая должна была взорвать каменный пьедестал «осво-

бодителя», в память о себе оставила на нем всего лишь темное пятно.

Таким образом, провокация Андрье оказалась бесполезной, вследствие чего он предпочел дело замять и репрессий не применять. Да и что, собственно, он мог бы поставить в вину бомбометателям? «Самое большее, их могли бы приговорить к 15 франкам денежного штрафа за нарушение тишины», — писал он впоследствии.

Преемники Андрье были более искусными. За истекшее время французская полиция не только освоила новейшие достижения антропологии, но и научилась отлично управляться с бомбами. Остались «отпечатки пальцев» полиции и на детонаторе бомбы, взорванной в декабре 1893 года в Бурбонском дворце.

Правда, Ваяйн не было человеком полиции или таким агентом-провокатором, как Серро, а убежденным анархистом, кипящим злобой при виде нищеты и лишений — постоянных спутников всей его жизни. Увлеченный громкими лозунгами и писаниями анархистов, он не искал путей в организованной политике, а свято верил, что для спасительного переворота вполне достаточно нескольких сенсационных насильственных акций, которые встряхнут угнетенные массы и властно позовут их в поход против угнетателей.

Короче говоря, не понимая реальных закономерностей общественного развития, Ваяйн создал себе некую ирреальную, субъективную схему мироздания и жил, как в шорах.

В 1893 году, возвратясь из Америки во Францию и найдя свою семью в крайне тяжелых материальных условиях, он пришел к твердому решению совершить террористический акт.

Мысль взорвать бомбу в Бурбонском дворце целиком поглотила его. Однако осуществить свое намерение Вайян пока не мог по той простой причине, что у него не было денег на динамит. Это и оказалось тем самым крючком, на который его поймала полиция.

У полиции Вайян уже давно был на примете. За ним начали следить еще до отъезда в Америку, а по возвращении не оставляли без наблюдения буквально ни на минуту.

Вот почему не избежал внимания полиции и план взрыва в Бурбонском дворце. Еще 17 марта 1893 года парижская полицейская префектура была оповещена о том, что готовится нападение на Национальное собрание.

Лучшего времени для такого покушения — события, которое, несомненно, привлекало внимание общественности, было не найти.

Срочно нужна была сенсация, затмившая бы собой все толки и пересуды по поводу разразившегося в ноябре 1892 года панамского скандала.

Эта единственная в своем роде парламентская афера с подкупом и взятками, разоблачившая коррупцию депутатов и министров, стоила мелким владельцам акций всех их сбережений и вылилась впоследствии в шумный процесс. Данное дело, в котором было замешано 510 парламентариев и представителей правительства, нанесло тяжелый урон доверию избирателей к правительству и парламенту и подняло на щит оппозицию.

Оппозиция, естественно, могла оказать большое влияние на законодательство. Итак, в этой ситуации шумный террористический акт против парламента сослужил бы правительст-

ву добрую службу сразу в двух аспектах. Он, во-первых, отвлек бы внимание общественности от упомянутого уже скандала, а во-вторых, поднял бы престиж правительства и парламента и придал бы дополнительную силу его идеям (в частности, относительно реформы уголовного судопроизводства).

Еще бы! Какой легковерный избиратель откажет в доверии мужам, которые под градом рвущихся бомб невозмутимо продолжают дебатировать на благо отечества?

Так или иначе, но своим покушением Вайян добился единственно того, что спорные законопроекты быстро были одобрены. Таким образом, пользу из всего этого извлекли лишь консервативные, проводящие жесткий курс силы.

Огюст Вайян утверждал потом на суде, что не имел соучастников. И это было правдой. Он на самом деле действовал в одиночку. Однако у него, определенно, были сообщники или по меньшей мере один сочувствующий, без помощи которого он никогда бы к этому покушению не подготовился. Был, наверное, человек, который доставил ему деньги на бомбу, а может даже и ее детали. Ведь сам Вайян был нищ. Суду присяжных он объяснил, что один взломщик, имя которого он назвать отказался, дал ему 100 франков, и он смог таким образом приобрести требуемые для бомбы части.

Обвинитель и суд этим удовлетворились. Более того, версия Вайяна была им очень на руку: ведь она доказывала, как тесна связь меду уголовниками и анархистами.

И снова нашелся полицейский, который много лет спустя выдал все тайны, — полицейский комиссар Эрнест Рейно. В своих записках под названием «Сувенир де полис» он, к великой досаде своего шефа, простодушно рассказал о том,

что один анархист из окружения Вайяна, которого полицейская служба сделала своим агентом, сообщил полиции обо всех подробностях планируемой акции. От него же полицейское руководство узнало о финансовых трудностях Вайяна. Тогда и было решено «помочь» террористу: через этого агента ему передали недостающие детали для бомбы. Недалекий и скаредный Андрье распорядился всего-то навсего взорвать «освободителя», зато уберечь Бурбонский дворец.

У его преемников натура была куда шире: они взяли прицел на сам дворец.

Это разоблачение оказалось, естественно, крайне неприятным. Ведь полиция была твердо уверена, что все концы надежно спрятаны в воду. «Авторитетным источником», из которого Рейно почерпнул свою информацию, был некий Жако, который сам играл тогда в этой афере какую-то роль. В свое время за «хорошую» память его признали душевнобольным и упрятали в психиатрическую больницу. Хотя больничные врачи не нашли в поведении Жако серьезных отклонений от нормы и согласны были его отпустить, он вынужден был оставаться там до тех пор, пока дело не поросло травой забвения.

Полицейского же комиссара Рейно так вот просто поместить в сумасшедший дом было нельзя. Пришлось дать официальное опровержение. Тем не менее все опровержения были не в состоянии скрыть один непреложный факт: взорванная Вайяном бомба с самого начала был устроена так, что не могла причинить дворцу сколь-нибудь серьезных повреждений или убить кого-либо из присутствующих.

Кроме того, в секретных досье, весьма надежно хранимых от чужих глаз, содержатся два важных свидетельства достоверности утверждений Рейно.

Во-первых, действительно, 7 декабря 1893 года, то есть за два дня до исполнения акции уведомлен был парижский префект полиции о запланированном анархистами взрыве в Бурбонском дворце и о том, что «при нынешнем положении вещей прокуратура не может пока начать никакого полезного делу судебного следствия и полагает целесообразным ограничиться полицейскими мероприятиями, которые исключили бы всякую попытку подобного рода».

По агентурным данным покушение 7 декабря уже должно было состояться. Итак, 7 декабря! В тот самый день, когда прокурор якобы не мог начать «никакого полезного делу расследования».

Вместо того чтобы немедленно воспрепятствовать известному ей бомбисту совершить преступление, дирекция Сюртэ Женераль спокойно передоверяет это полицейской префектуре, причем рекомендует обойтись исключительно общими мерами безопасности.

Во-вторых, то, насколько мало была заинтересована Сюртэ в предотвращении взрыва бомбы, видно из организации полицейской слежки за Вайяном. Последнее агентурное донесение о нем датировано опять-таки 7 декабря 1893 года, то есть временем, когда бомба была давно изготовлена и в любой момент могла быть пущена в ход.

Тем не менее полиция спохватилась только после взрыва, получив при этом еще и благодарность за быструю поимку преступника.

Вайяну во всей этой комедии с бомбой под режиссурой полиции выделили роль злодея, которого перехитрили. Суд над ним был недолог. Несколько недель спустя, 5 февраля 1894 года, он расплатился за свой взрыв головой.

По его следам пошли другие анархисты, которых провоцировали и выдавали новые Серро и Жако, направляемые и управляемые, в свою очередь, новыми шефами Сюртэ и префектами. Дело Вайяна наглядно доказало, что полицейская наука — понятия вовсе не взаимоисключающие.

Ставка на науку отнюдь не отменяет сыскные методы, а только дополняет и совершенствует их. Оба эти направления и в наши дни являются равномерными составными частями деятельности секретных служб с той лишь разницей, что сама работа шпиков и провокаторов теперь во многом облегчилась за счет совершенствования полицейской техники.

(Файкс Г. Большое ухо Парижа. М.,1981).

«ВЕЛИКИЙ ТЕРРОРИСТ» БОРИС САВИНКОВ

Борис Викторович Савинков родился в семье «интеллигентного и честного», как позднее вспомнит мать, варшавского судьи в январе 1879 года. Едва поступив в Петербургский университет, уже в 1898 году, вслед за арестованным старшим братом, он попадает в тюрьму. Попадает ненадолго, в отличие от брата, наказанного жестоко: ссылка в далекую сибирскую глухомань, где в конце концов, не выдержав одиночества и впав в тяжелую депрессию, он покончил жизнь самоубийством.

Отец, признанный в провинции заступник «униженных и оскорбленных», человек чести и долга, получив известие об аресте сыновей, оказался навсегда выбитым из колеи привычной жизни. Не в силах смириться с несоответствиями и жестокостями века, не перенеся тяжелых нравственных пе-

реживаний, он сошел с ума и вскорости скончался.

Борис, будущий «великий террорист», после первого ареста не отступился от начатого — уже в 1902 году он попадает в ссылку в Вологду по делу санкт-петербургской социал-
демократической группы. Но с «эсдеками» ему не по пути.
Тогда же, вероятно, осознает он свою «миссию» — он призван для ДЕЛА!

Бежав из ссылки, он скоро оказывается в Женеве в штаб-
квартире эсеров, где «скромно, но твердо» заявляет Азефу,
что «хочет работать в терроре». Провокатор, лидер партии
эсеров — одна из самых отвратительных и загадочных фигур
русского освободительного движения: шпион охранки, безжалостно отправлявший на заведомую гибель своих «сото-
варищей», и вместе с тем, руководитель и мозговой центр
эсеров — Азеф, человек проницательный, исключительно
умный и волевой, сумел разгадать в сидящем перед ним
молодом революционере нужного человека.

Савинков организует убийства министра внутренних дел
В.К.Плеве и московского ганерал-губернатора великого князя
Сергея Александровича. Он проявляет чудеса конспирации,
своей железной волей выковывает ядро, а по сути партию в
партии -группу «боевиков-террористов», действующую спло-
ченно, активно, тайно, порой самовольно, без разрешения
женевского центра, выносящую смертные приговоры руководителям царского правительства, готовящую покушение
на самого императора. Он отправляет на смерть «бомбис-
тов», и они идут убивать, идут, готовые к собственной смерти.
Их письма из тюрьмы полны сознания правоты выполнения долга и... любви к пославшему их на смерть Борису
Савинкову.

Он обладал не просто даром убеждения, он, вероятно, ощу-

щал себя пророком, вершителем судеб России и чувство это умел передать и передавал шедшим за ним. Он был честен и непримирим, его аскетическая, почти безумная вера ломала, подчиняла, покоряла людей.

Арестованный в 1906 году, он ждет в одиночке смертной казни. Не здесь ли впервые задумывается он о напрасно пролитой крови? Террор себя не оправдал, революция идет на убыль... Ему удается бежать. В 1907 году из-за разногласия с руководством он выходит из партии эсеров. Натура творческая, истинно одаренная, он в годы смятений, поисков оправдания содеянному становится писателем.

В 1909 году выходит его повесть «Конь бледный», схожая по основной идее с «Конем вороным». Разочарование, усталость гнетут автора.

После октябрьского переворота Борис Савинков — «великий террорист» — жил и работал в Париже. Репрессивные органы новой власти не могли оставить Савинкова в покое, он представлял для них реальную угрозу. Под руководством Дзержинского органы ГПУ наметили провести операцию под условным названием «Синдикат» для установления связи с «Савинковыми» центрами в Париже, в Варшаве и Вильне через якобы существующую антисоветскую организацию. Дзержинский ставил своей целью выманить Бориса Савинкова из Парижа на свою территорию, где «великий террорист» сразу попадет в кровавые лапы ГПУ.

Летом 1922 года при нелегальном переходе советско-польской границы был задержан один из видных деятелей «Союза защиты Родины и свободы» Шешеня, направлявшийся на территорию Советского Союза в качестве эмиссара Савинкова для установления связи с ранее посланными в Москву и Смоленск Зекуновым и Герасимовым. Пройдя психичес-

кую и физическую обработку в кабинетах и подвалах ГПУ, Шешеня дал подробнейшие показания о «Союзе», выдал известные ему явки, сообщил, что был личным адъютантом Савинкова.

На основании показаний Шешени были задержаны Зекунов и Герасимов. После проведенного следствия Герасимов был расстрелян. Зекунов отрекся от принадлежности к «Союзу», и сотрудники ГПУ предоставили ему возможность «очиститься». Возможность «очиститься» получил и Шешеня.

Учитывая благоприятные условия, сложившиеся для проникновения в зарубежные организации, Дзержинский и Менжинский решили отправить в Варшаву вместе с Зекуновым чекиста Федорова под видом одного из активных деятелей антисоветской организации. В Варшаве Федоров передал руководителям областного комитета «Союза» доклад Шешени о «проделанной работе». Варшавский областной комитет решил вступить в переговоры с московской организацией и послать туда своего представителя Фомичева.

11 июня 1923 года Федоров в сопровождении Фомичева выехал в Париж. После прибытия в Париж 14 июля 1923 года состоялась встреча Федорова и Фомичева с Борисом Савинковым у него на квартире, на улице Де Любек N32. Он очень радушно принял Федорова, подробно расспрашивал о положении дел в России.

На одной из последующих встреч Савинков представил своих ближайших помощников: полковника Павловского, супругов Деренталь и известного разведчика Сиднея Рейли.

В августе 1923 года Павловский прибыл из Парижа в Польшу, 17 августа перешел советско-польскую границу. 16 сентября 1923 года ночью явился на квартиру к Шешене. Вел

себя крайне настороженно, в разговоре пытался выяснить, не являются ли сообщения о «московской организации» уловкой ГПУ (интуиция не обманывала опытного конспиратора).

О прибытии эмиссара Савинкова начальник контрразведывательного отдела ГПУ И.Артузов поставил в известность Дзержинского. Было принято решение арестовать Павловского (за ум, проницательность и близость к разгадке большевистской провокации).

На следующий день его пригласили через Шешеню на квартиру одного из сотрудников ГПУ, выступающего в роли члена московской организации, где и арестовали.

В это время Савинков находился в Лондоне, где вел переговоры с представителями английской разведки о финансировании его организации. В ожидании его возвращения Федоров встретился в Париже с Рейли, проявившим усиленный интерес к положению в Советской России. Позднее Федоров рассказывал, что английский разведчик явно стремился как можно больше узнать о «московской организации» «НСЗР и С» и в осторожной форме давал понять, что он не прочь приехать в подходящий момент в Москву.

Прибыв в Париж, Федоров имел с Савинковым несколько встреч, в ходе которых в самых ярких красках обрисовал обстановку в Москве и работу «московской организации». Рассказы Фомичева и Федорова о ранении Павловского как причине его задержки,видимо, успокоили Савинкова, и он решил ехать в Москву.

12 августа 1924 года по прибытии из Парижа в Варшаву Савинков поставил в известность о своем решении Философова, Арцыбашева и Шевченко.

В Варшаве остановились в малозаметной гостинице, где Савинков с помощью грима несколько изменил свою внешность. 15 августа вместе с четой Деренталь и Фомичевым с фальшивыми паспортами на имя В.И.Степанова он перешел польско-советскую границу.

На границе их встретил Федоров, выехавший из Варшавы на день раньше, и ответственные сотрудники ОГПУ Пиляр, Пузицкий и Крикман. Пиляр выступал в роли командира пограничной заставы, «сочувствовавшего «организации». А Пузицкий и Крикман как члены «московской организации».

За несколько километров до Минска все переоделись в заранее приготовленные новые костюмы. В целях конспирации вся группа разделилась на три подгруппы. Савинкова и Любовь Деренталь сопровождал Пузицкий, А. Деренталь — Федоров, а Фомичева — Крикман.

Первые две группы должны были независимо друг от друга двигаться в Минск и встретиться на Захарьевской улице в доме N33 в заранее подготовленной квартире.

Третья группа должна была остановиться в одной из гостиниц Минска, где их ожидал прибывший туда Шешеня.

При входе в предместье города между 6 и 7 часами утра 16 августа 1924 года Борис Савинков резко изменился по сравнению с тем, каким он был в пути на тачанке среди тихих трактов. Он сделался замкнутым, более официальным и настороженным.

Нанятый на одной из площадей Минска экипаж быстро покатил по главной улице мимо зданий ЦК Компартии Белоруссии и полномочного представительства ОГПУ. Не доезжая двух домов до квартиры, экипаж остановился. Ког-

да Пузицкий расплачивался с извозчиком, мимо проехал в пролетке пограничник и почему-то внимательно посмотрел в сторону группы.

Заметил это Савинков или нет, а может быть, в нем вспыхнул инстинкт старого конспиратора и подпольщика, но он выпрямился, приподнял голову, приоткрыл рот и, пронзительно взглянув на своего проводника, протяжно, отчеканивая каждое слово, спросил: «А куда мы идем?» Пузицкий ответил: «В одну квартиру». Он приподнял с тротуара чемоданчик, повернулся и направился в парадное дома N33.

Как только Савинков и супруга Дикгофа-Деренталя вошли в квартиру, они сразу же были арестованы.

Так была закончена тщательно разработанная операция «Синдикат».

В 1923 году в Париже Борис Савинков под литературным псевдонимом В.Ропшин написал повесть « Конь Вороной». Профессиональный террорист искал спасения в литературе! Предисловие к своей книге Савинков писал уже в тюрьме: «Я описывал либо то, что переживал сам, либо то, что мне рассказывали другие.

Эта повесть не биографична, но она не измышление».

«Великий террорист» писал: «6 августа 1923 года.

Цветут липы. Земля обрызгана бледно-желтыми, душистыми лепестками. Зноем томится лес, дышит земляникой и медом. Неторопливо высвистывает свою песню удод, неторопливо скребутся поползни в сосновой коре, и звонко в тающих облаках кричит невидимый ястреб. Днем — бестревожная жизнь, ночью — смерть.

Ночью незаметно шелохнется трава и зашуршит листьями орешник. Что-то жалостно пискнет... Жалкий тот, предсмертный, писк. Я знаю: в лесу совершилось убийство».

27 августа 1924 года, после ареста в Минске, Борис Савинков предстал перед Военной коллегией Верховного суда СССР.

Его слова повергли в транс мировую общественность.

— Я, — заявил он, — признаю безоговорочно Советскую власть и никакую другую. И каждому русскому... человеку, который любит родину свою, я, прошедший всю эту кровавую и тяжкую борьбу с вами, я, отрицавший вас, как никто, я говорю ему: если ты... любишь свой народ, то преклонись перед рабочей и крестьянской властью и признай ее без оговорок.

Он признал власть. Признал, потому что подчинился, раздавленный был силой сильнее его, и он, всю жизнь уважавший по-настоящему только силу, сдался перед очевидным, раскрывшимся ему еще в моменты работы над «Конем Вороным».

Военная коллегия вынесла ему смертный приговор, вскоре, учитывая «чистосердечное признание», замененный десятью годами тюремного заключения. Дзержинскому было жаль «брата по духу».

В тюрьме Савинков работал — писал статьи, рассказы, предисловие к повести, вышедшей затем в государственном издательстве «Прибой», посылал письма бывшим сотоварищам, призывая их покончить с ненужной, обреченной борьбой. Он опять каялся, теперь уже публично, честно, но... перенести десять лет бездействия он не мог.

Дзержинский, видимо, очень хотел, чтобы прославленный своими подвигами эсер, террорист Савинков, заманенный ГПУ в 1924 году из Польши на советскую территорию, не сидел в тюрьме, а на свободе нес полезную работу. С явным расчетом на сенсацию, Дзержинский с улыбкой, в апреле 1925 года, говорил кое-кому в ВСНХ:

— Догадайтесь, что это за человек, которого в сущности нужно было расстрелять еще в прошлом году, и которого вы скоро можете увидеть у нас в ВСНХ? Догадайтесь! Не знаете? Так я вам скажу. Это — Савинков. Хочу посадить его в главную бухгалтерию ВСНХ в роли самого маленького счетовода. Он мне говорил, что хочет работать, что примется за любую работу, посмотрим, что из этого выйдет.

Намерение Дзержинского не осуществилось. Политбюро категорически высказалось против освобождения Савинкова.

7 мая 1925 года, через восемь месяцев после вынесения приговора, Савинков обратился к Дзержинскому с письмом, требуя немедленного освобождения. Этот документ во многих отношениях характерен для 1925 года вообще, а не только для кающегося террориста. Савинков хотел работать в советском хозяйстве, как уже в нем «честно» работали десятки тысяч людей, прежде бывших убежденными противниками октябрьского переворота. Вот это письмо: «Гражданин Дзержинский!

Я знаю, что вы очень занятый человек, но я все-таки вас прошу уделить мне несколько минут внимания. Когда меня арестовали, я был уверен, что может быть только два исхода. Первый, почти несомненный — меня поставят к стенке, второй — мне поверят и, поверив, дадут работу. Третий исход, т.е. тюремное заключение, мне казался исключением: преступления, которые я совершил, не могут караться

тюрьмою, «исправлять» меня уже не нужно. Меня исправила жизнь. Так был поставлен вопрос в беседах с гр. Менжинским, Артузовым и Пиляром: либо расстреливайте, либо дайте возможность работать, я был против вас, теперь я с вами.

Быть «серединка на половинку», ни «за», ни «против», т.е.

сидеть в тюрьме или сделаться обывателем, я не могу. Мне сказали, что мне верят, что я вскоре буду помилован, и что мне дадут возможность работать. Я ждал помилования в ноябре, потом в январе, потом в феврале, потом в апреле. Итак, вопреки всем беседам и всякому вероятию, третий исход оказался возможным. Я сижу и буду сидеть в тюрьме, когда в искренности моей едва ли остается сомнение и когда я хочу одного: эту искренность доказать на деле.

Я помню ваш разговор в августе. Вы были правы: недостаточно разочароваться в белых или зеленых, надо еще понять и оценить красных. С тех пор прошло немало времени. Я многое передумал в тюрьме и мне стыдно сказать — многому научился. Я обращаюсь к вам, гражданин Дзержинский, — если вы верите мне, освободите меня и дайте работу, все равно какую, пусть самую подчиненную. Может быть, и я пригожусь: ведь когда-то и я был подпольщиком и боролся за революцию. Если вы мне не верите, то скажите мне это, прошу вас, ясно и прямо, чтобы я в точности знал свое положение.

С искренним приветом Б.Савинков».

Но тюремная администрация, принявшая письмо, разубедила узника, сказав, что помилование невозможно. Дзержинский к тому времени не имел былой власти. Любимое детище ВЧК породило ГПУ, которое готово было съесть своего создателя, но не успело...

Тогда, воспользовавшись отсутствием оконной решетки в комнате, где он находился по возвращении с прогулки, Борис Викторович Савинков выбросился из окна пятого этажа во двор и разбился насмерть.

(Иванов А.Неизвестный Дзержинский. М.,1994).

УБИЙСТВО ПЛЕВЕ

Убийство Плеве было осуществлено членами боевой организации эсеров только с третьей попытки.

О подготовке акта, о своих друзьях по партии, о двух неудачных покушениях и о завершении акции Борис Савинков рассказал в «Воспоминаниях террориста». Воспоминания Савинкова написаны от первого лица.

— Знаешь, — говорил Каляев мне в Харькове, — я бы хотел дожить до того, чтобы видеть: вот, смотри — Македония. Там террор массовый, там каждый революционер — террорист. А у нас? Пять, шесть человек, и обчелся... Остальные в мирной работе. Но разве с.-р. может работать мирно? Ведь с.-р. без бомбы уже не с.-р. И разве можно говорить о терроре, не участвуя в нем? О, я знаю, по всей России разгорится пожар. Будет и у нас своя Македония. Крестьянин возьмется за бомбу. И тогда — революция...

В Университетском саду происходили все наши совещания.

Азеф предложил следующий план. Мацеевский, Каляев и убивший в 1903 году уфимского губернатора Богдановича Егор Олимпиевич Дулебов, нам тогда еще незнакомый, должны были наблюдать за Плеве на улице: Каляев и один вновь

принятый товарищ — как папиросники, Дулебов и И. Мацеевский — в качестве извозчиков.

Я должен был нанять богатую квартиру в Петербурге, с женой — Дорой Бриллиант и прислугой: лакеем — Сазоновым и кухаркой — одной старой революционеркой, П.С.Ивановской. Цель этой квартиры была двоякая. Во-первых, предполагалось, что Сазонов-лакей и Ивановская-кухарка могут быть полезны для наблюдения, и, во-вторых, я должен был приобрести автомобиль, необходимый, по мению Азефа, для нападения на Плеве. Учиться искусству шофера должен был Боришанский.

Я усиленно возражал Азефу против покупки автомобиля. Я признавал значение конспиративной квартиры и для наблюдений, и для хранения снарядов, но я не видел цели в приобретении автомобиля. Мне казалось, что пешее нападение на Плеве, при многих метальщиках, гарантирует полный успех и что, наоборот, автомобиль может скорее обратить на себя внимание полиции.

Азеф не очень настаивал на своем плане, но все-таки предложил мне нанять квартиру и устроиться в Петербурге.

Я снял квартиру на улице Жуковского, дом номер 31, кв. 1, у хозяйки-немки. Я играл роль богатого англичанина. Дора Бриллиант — бывшей певицы из «Буффа». На вопрос о моих занятиях я сказал, что я представитель большой английской велосипедной фирмы. Впоследствии поверившая вполне нам хозяйка не раз приходила в мое отсутствие к Доре и начинала ее убеждать уйти от меня на другое место, которое хозяйка ей уже подыскала. Она жалела Дору, спрашивала ее, сколько денег я положил на ее имя в банк, и удивлялась, что не видит на ней драгоценностей. Дора отвечала, что она живет со мною не из-за денег, а по любви.

Такие визиты были довольно часты.

Живя в этой квартире, я близко сошелся с Бриллиант, Ивановской и Сазоновым и узнал их. Молчаливая, скромная и застенчивая Дора жила только одним — своей верой в террор. Любя революцию, мучаясь ее неудачами, признавая необходимость убийства Плеве, она вместе с тем боялась этого убийства. Она не могла примириться с кровью, ей было легче умереть, чем убить. И все-таки ее неизменная просьба была — дать ей бомбу и позволить быть одним из метальщиков. Ключ к этой загадке, по моему мнению, заключается в том, что она, во-первых, не могла отделить себя от товарищей, взять на свою долю, как ей казалось, наиболее легкое, оставляя им наиболее трудное, и, во-вторых, в том, что она считала своим долгом переступить тот порог, где начинается непосредственное участие в деле: террор для нее, как и для Каляева, окрашивался прежде всего той жертвой, которую приносит террорист. (Дора в конце концов попала в психиатрическую лечебницу, прим. редактора).

Эта дисгармония между сознанием и чувством глубоко женственной чертой ложилась на ее характер. Вопросы программы ее не интересовали. Быть может, из своей комитетской деятельности она вышла с известной степенью разочарования. Ее дни проходили в молчании, в молчаливом и сосредоточенном переживании той внутренней муки, которой она была полна. Она редко смеялась, и даже при смехе глаза ее оставались строгими и печальными. Террор для нее олицетворял революцию, и весь мир был замкнут в боевой организации.

Быть может, смерть Покотилова, ее товарища и друга, положила свою печать на ее и без того опечаленную душу.

Сазонов был молод, здоров и силен. От его искрящихся глаз

и румяных щек веяло силой молодой жизни. Вспыльчивый и сердечный, с кротким, любящим сердцем, он своей жизнерадостностью только еще больше оттенял тихую грусть Доры Бриллиант.

Он верил в победу и ждал ее. Для него террор тоже прежде всего был личной жертвой, подвигом. Но он шел на этот подвиг радостно и спокойно, точно не думая о нем, как он не думал о Плеве.

Революционер старого, народовольческого, крепкого закала, он не имел ни сомнений, ни колебаний. Смерть Плеве была необходима для России, для революции, для торжества социализма. Перед этой необходимостью бледнели все моральные вопросы на тему о «не убий».

Ивановская прожила свою тяжкую жизнь в тюрьме и ссылках.

На ее бледном, старческом лице светились ясные, добрые материнские глаза. Все члены организации были как бы ее родными детьми. Она любила всех одинаково, ровной и тихой, теплой любовью. Она не говорила ласковых слов, не утешала, не ободряла, не загадывала об успехе или неудаче, но каждый, кто был около нее, чувствовал этот несякаемый свет большой и нежной любви.

Тихо и незаметно делала она свое конспиративное дело, и делала артистически, несмотря на старость своих лет и на свои болезни. Сазонов и Дора Бриллиант были ей одинаково родными и близкими.

Наше наблюдение шло своим путем. Мацеевский, Дулебов и Каляев постоянно встречали на улице Плеве. Они до тонкости изучили внешний вид его выездов и могли отличить его карету за сто шагов.

Особенно много сведений было у Каляева. Он жил в углу на краю города, в комнате, где кроме него ютились еще пять человек, и вел образ жизни, до тонкости совпадающий с образом жизни таких же, как и он, торговцев вразнос. Он не позволял себе ни малейших отклонений. Вставал в шесть часов и был на улице с восьми утра до поздней ночи.

У хозяев он скоро приобрел репутацию набожного, трезвого и деловитого человека. Им, конечно, и в голову не приходило заподозрить в нем революционера.

Плеве жил тогда на даче, на Аптекарском острове. И по четвергам выезжал с утренним поездом к царю, в Царское Село.

Главное внимание при наблюдении и было сосредоточено на этой его поездке и еще на поездке в Мариинский дворец, на заседания комитета министров, куда Плеве ездил по вторникам.

Все члены организации, т.е. Мацеевский, Каляев, Дулебов, вновь приехавший Боришанский и очень часто кто-либо из нас — Дора, Ивановская, Сазонов или я, — наблюдали в эти дни. Но Каляев не ограничивался только этим совместным и планомерным наблюдением. У него была своя теория выездов Плеве, и ежедневно, выходя торговать на улицу, он ставил себе задачу встретить карету министра.

По мельчайшим признакам на улице: по количеству охраны, по внешнему виду наружной полиции — приставов и околоточных надзирателей, по тому напряженному ожиданию, которое чувствовалось при приближении министерской кареты, Каляев безошибочно заключал, проехал ли Плеве по этой улице или еще проедет. С лотком за плечами, на котором часто менялся товар — яблоки, почтовая

бумага, карандаши, — Каляев бродил по всем улицам, где, по его мнению, мог ездить Плеве.

Редкий день проходил без того, чтобы он не встретил его карету. Описывая ее он давал не только самое точное описание масти и примет лошадей, наружности кучера и чинов охраны, но и деталей самой кареты. В его устах детали эти принимали характер выпуклых признаков.

Он знал не только высоту и ширину кареты, ее цвет и цвет колес, но и подробно описывал подножку, ручку дверец, вожжи, фонари, козлы, оси, оконные стекла.

Когда царь переехал в Петергоф и Плеве стал ездить вместо Царскосельского вокзала на Балтийский, Каляев первый установил маршрут и отклонения от этого маршрута. Кроме того, он знал в лицо министреских филеров и безошибочно отличал их в уличной толпе.

В общем, систематическое наблюдение привело нас к уверенности, что легче всего убить Плеве в четверг, по дороге с Аптекарского острова на Царскосельский вокзал.

Было одно братство, жившее одной и той же мыслью, одним и тем же желанием. Сазонов был прав, определяя впоследствии в одном из писем ко мне с каторги нашу организацию такими словами: «Наша Запорожская Сечь, наше рыцарство было проникнуто таким духом, что слово «брат» еще недостаточно ярко выражает сущность наших отношений».

Наученные опытом 18 марта, мы склонны были преувеличивать трудности убийства Плеве. Мы решили принять все меры, чтобы он, попав однажды в наше кольцо, не мог из него выйти.

Всех метальщиков было четверо.

Первый, встретив министра, должен был пропустить его мимо себя, заградив ему дорогу обратно на дачу. Второй должен был сыграть наиболее видную роль, ему принадлежала честь первого нападения. Третий должен был бросить свою бомбу только в случае неудачи второго — если бы Плеве был ранен или бомба второго не разорвалась. Четвертый, резервный метальщик должен был действовать в крайнем случае: если бы Плеве, прорвавшись через бомбы второго и третьего, все-таки проехал бы вперед, по направлению к вокзалу. Способ самого действия бомбой был тоже предметом подробного обсуждения. Был, конечно, неустранимый риск, что метальщик промахнется, перебросит или не добросит снаряд.

Во время этого обсуждения Каляев, до тех пор молчавший и слушавший Азефа, вдруг сказал:

— Есть способ не промахнуться.

— Какой?

— Броситься под ноги лошадям.

Азеф внимательно посмотрел на него:

— Как броситься под ноги лошадям?

— Едет карета. Я с бомбой кидаюсь под лошадей. Или взорвется бомаба, и тогда остановка, или, если бомба не взорвется, лошади испугаются — значит, опять остановка. Тогда уже дело второго метальщика.

Все помолчали. Наконец Азеф сказал:

— Но ведь вас наверно взорвет.

— Конечно.

План Каляева был смел и самоотвержен. Он действительно гарантировал удачу, и Азеф, подумав, сказал:

— План хорош, но я думаю, что он не нужен. Если можно добежать до лошадей, значит, можно добежать и до кареты, значит, можно бросить бомбу и под карету или в окно. Тогда, пожалуй, справится один.

На таком решении Азеф и остановился. Было решено также, что Каляев и Сазонов примут участие в покушении в качестве метальщиков.

После одного из таких совещаний я пошел гулять с Сазоновым по Москве. Мы долго бродили по городу и наконец присели на скамейку у храма Христа-спасителя, в сквере. Был солнечный день, блестели на солнце церкви.

Мы долго молчали. Наконец я сказал:

— Вот, вы пойдете и, наверно, не вернетесь...

Сазонов не отвечал, и лицо его было такое же, как всегда: молодое, смелое и открытое.

— Скажите, — продолжал я, — как вы думаете, что будем мы чувствовать после... после убийства?

Он, не задумываясь, ответил:

— Гордость и радость.

— Только?

— Конечно, только.

И тот же Сазонов впоследствии мне писал с каторги: «Сознание греха никогда не покидало меня». К гордости и радости примешалось еще другое, нам тогда неизвестное чувство.

В Сестрорецк ко мне приехала Дора Бриллиант. Мы ушли с нею в глубь парка, далеко от публики и оркестра. Она казалась смущенной и долго молчала, глядя прямо перед собою своими черными опечаленными глазами.

— Веньямин!

— Что?

— Я хотела вот что сказать...

Она остановилась, как бы не решаясь окончить фразу.

— Я хотела... Я хотела еще раз просить, чтоб мне дали бомбу.

— Вам? Бомбу?

— Я тоже хочу участвовать в покушении.

— Послушайте, Дора...

— Нет, нет не говорите... Я так хочу... Я должна умереть...

Я старался ее успокоить, старался доказать ей, что в ее участии нет нужды, что мужчина справится с заданием метания бомбы лучше, чем она; наконец, что если бы ее участие было необходимостью, то — я уверен — товарищи обратились бы к ней. Но она настойчиво просила передать ее просьбу Азефу, и я должен был согласиться.

Вскоре приехали Сазонов и Азеф, и мы опять собрались вчетвером на совещание.

На этот раз Каляева не было, зато присутствовал Швейцер. Я передал товарищам просьбу Бриллиант.

Наступило молчание. Наконец Азеф медленно и, как всегда, по внешности равнодушно сказал:

— Егор, как ваше мнение?

Сазонов покраснел, смешался, развел руками, подумал и сказал нерешительно:

— Дора такой человек, что если пойдет, то сделает хорошо... Что же я могу иметь против? Но...

Тут голос осекся.

— Договаривайте, — сказал Азеф.

— Нет, ничего... Что я могу иметь против?

Тогда заговорил Швейцер. Спокойно, отчетливо и уверенно он сказал, что Дора, по его мнению, вполне подходящий человек для покушения и что он не только ничего не имеет против ее участия, но, не колеблясь, дал бы ей бомбу.

Азеф посмотрел на меня:

— А вы, Веньямин?

Я сказал, что я решительно против непосредственного участия Доры в покушении, хотя также вполне в ней уверен.

Я мотивировал свой отказ тем, что, по моему мнению, женщину можно выпускать на террористический акт только тогда, когда организация без этого обойтись не может. Так как мужчин довольно, то я настойчиво просил бы ей отказать.

Азеф, задумавшись, молчал. Наконец, он поднял голову:

— Я не согласен с вами... По-моему, нет основания отказать Доре... Но, если вы так хотите.. Пусть будет так.

15 июля между 8 и 9 часами я встретил на Николаевском вокзале Сазонова и на Варшавском — Каляева. Они были одеты так же, как и неделю назад: Сазонов — железнодорожным служащим, Каляев — швейцаром. Со следующим поездом с того же Варшавского вокзала приехали из Двинска, где они жили последние дни, Боришанский и Сикорский.

Пока я встречал товарищей, Дулебов у себя на дворе запряг лошадь и проехал к Северной гостинице, где жил тогда Швейцер. Швейцер сел в его пролетку и к началу десятого часа раздал бомбы в установленном месте — на Офицерской и Торговой улицах за Мариинским театром. Самая большая, двенадцатифунтовая бомба предназначалась Сазонову. Она была цилиндрической формы, завернута в газетную бумагу и перевязана шнурком. Бомба Каляева была обернута в платок.

Каляев и Сазонов не скрывали своих снарядов. Они несли их открыто в руках. Боришанский и Сикорский спрятали свои бомбы под плащи.

Передача на этот раз прошла в образцовом порядке. Швейцер уехал домой, Дулебов стал у технологического института по Загородному проспекту. Здесь он должен был ожи-

дать меня, чтобы узнать о результатах покушения. Мацеевский стоял со своей пролеткой на Обводном канале. Остальные, т.е. Сазонов, Каляев, Боришанский, Сикорский и я, собрались у церкви Покрова на Садовой.

Отсюда метальщики один за другим, в условленном порядке — первым Боришанский, вторым Сазонов, третьим Каляев и четвертым Сикорский — должны были пройти по Английскому проспекту и Дровяной улице к Обводному каналу мимо Балтийского и Варшавского вокзалов, выйти навстречу Плеве на Измайловский проспект.

Время было рассчитано так, что при средней ходьбе они должны были встретить Плеве по Измайловскому проспекту от Обводного канала до 1-й роты. Шли они на расстоянии сорока шагов один от другого. Этим устранялась опасность детонации от взрыва.

Боришанский должен был пропустить Плеве мимо себя и затем загородить ему дорогу обратно на дачу. Сазонов должен был бросить первую бомбу.

Был ясный солнечный день. Когда я подходил к скверу Покровской церкви, то увидел такую картину. Сазонов, сидя на лавочке, подробно и оживленно рассказывал Сикорскому о том, как и где утопить бомбу.

Сазонов был спокоен, и, казалось, совсем забыл о себе.

Сикорский слушал его внимательно. В отдалении на лавочке с невозмутимым, по обыкновению, лицом сидел Боришанский, еще дальше, у ворот церкви, стоял Каляев и, сняв фуражку, крестился на образ.

Я подошел к нему:

— Янек!

Он обернулся, крестясь:

— Пора?

Я посмотрел на часы. Было двадцать минут десятого.

— Конечно, пора. Иди.

С дальней скамьи лениво встал Боришанский: он не спеша пошел к Петергофскому проспекту. За ним поднялись Сазонов и Сикорский. Сазонов улыбнулся, пожал руку Сикорскому и быстрым шагом, высоко подняв голову, пошел за Боришанским. Каляев все еще не двигался с места.

— Янек.

— Ну, что?

— Иди.

Он поцеловал меня и торопливо, своей легкой и красивой походкой, стал догонять Сазонова. За ним медленно пошел Сикорский. Я проводил их глазами. На солнце блестели форменные пуговицы Сазонова. Он нес свою бомбу в правой руке между плечом и локтем. Было видно, что ему тяжело нести.

Я повернул назад по Садовой и вышел по Вознесенскому на Измайловский проспект с таким расчетом, чтобы встретить метальщиков на том же промежутке между Первой ротой и Обводным каналом.

Уже по внешнему виду улицы я догадался, что Плеве сейчас

проедет. Пристава и городовые имели подтянутый и напряженно выжидающий вид. Кое-где на углах стояли филеры.

Когда я подошел к седьмой роте Измайловского полка, я увидел, как городовой на углу вытянулся во фронт. В тот же момент на мосту через Обводной канал я заметил Сазонова. Он шел, как и раньше, — высоко подняв голову и держа у плеча снаряд.

И сейчас же сзади меня раздалась крупная рысь, и мимо промчалась карета с вороными конями. Лакея на козлах не было, но у левого заднего колеса ехал сыщик, как оказалось впоследствии, агент охранного отделения Фридрих Гартман. Сзади ехали еще двое сыщиков в собственной запряженной вороным рысаком пролетке. Я узнал выезд Плеве.

Прошло несколько секунд. Сазонов исчез в толпе, но я знал, что он идет теперь по Измайловскому проспекту параллельно Варшавской гостинице. Эти несколько секунд показались мне бесконечно долгими. Вдруг в однообразный шум ворвался тяжелый и грузный, странный звук. Будто кто-то ударил чугунным молотом по чугунной плите. В ту же секунду задребезжали жалобно разбитые в окнах стекла. Я увидел, как от земли узкой воронкой взвился столб серо-желтого, почти черного по краям дыма.

Столб, этот, все расширяясь, затопил на высоте пятого этажа всю улицу.

Он рассеялся так же быстро, как и поднялся. Мне показалось, что я видел в дыму какие-то черные обломки.

В первую секунду у меня захватило дыхание. Но я ждал взрыва и поэтому скорей других пришел в себя. Я побежал наис-

кось через улицу к Варшавской гостинице. Уже на бегу я слышал чей-то испуганный голос: «Не бегите — будет еще взрыв...» Когда я подбежал к месту взрыва, дым уже рассеялся, пахло гарью. Прямо передо мной, шагах в четырех от тротуара, на запыленной мостовой я увидел Сазонова. Он полулежал на земле, опираясь левой рукой о камни и склонив голову на правый бок. Фуражка слетела у него с головы, и его темно-каштановые кудри упали на лоб. Лицо было бледное, кое-где по лбу и по щекам текли струйки крови. Глаза были мутны и полуоткрыты. Ниже, у живота, начиналось темное кровавое пятно, которое, расползаясь, образовало большую багряную лужу у его ног.

Я наклонился над ним и долго всматривался в его лицо.

Вдруг в голове мелькнула мысль, что он убит, и тотчас же сзади себя я услышал чей-то голос:

— А министр? Министр? Говорят, проехал.

Тогда я решил, что Плеве жив, а Сазонов убит.

Я все еще стоял над Сазоновым. Ко мне подошел бледный, с трясущейся челюстью полицейский офицер (как я узнал потом, лично мне знакомый пристав Перепелицын). Слабо махая руками в белых перчатках, он растерянно и быстро заговорил:

— Уходите... Господин, уходите...

Я повернулся и пошел прямо по мостовой по направлению к Варшавскому вокзалу. Уходя, я не заметил, что в нескольких шагах от Сазонова лежал изуродованный труп Плеве и валялись обломки кареты. Навстречу мне с Обводного канала бежал народ: толпа каменщиков в пыльных кирпичной

пылью фартуках. Они что-то кричали. По тротуарам бежали толпы народа. Я шел наперерез этой толпе и помнил одно:

— Плеве жив. Сазонов убит.

Я долго бродил по городу, пока машинально не вышел к технологическому институту. Там все еще ждал меня Дулебов. Я сел в его пролетку.

— Ну, что? — обернулся он ко мне.

— Плеве жив...

— А Егор?

— Убит.

У Дулебова странно перекосились глаза и вдруг запрыгали щеки. Но он ничего не сказал. Минут через пять он снова обернулся ко мне:

— Что теперь?

— На обратном пути в четыре часа.

Он кивнул головой. Тогда я сказал:

— В три часа я передам вам снаряд. Будьте опять у технологического института.

Простившись с ним, я пошел в Юсупов сад, где в случае неудачного покушения должны были собраться оставшиеся в живых метальщики. Я надеялся, что не все они арестованы и что бомбы их целы.

Я хотел устроить второе покушение на Плеве на его обратном пути из Петергофа на дачу. Нам было известно, что он обычно возвращается от царя между 3 и 4 часами. Метальщиками должны были быть Дулебов, я и те, кто остался в живых.

В Юсуповом саду я не нашел никого.

Каляев шел за Сазоновым все время, сохраняя дистанцию в сорок шагов. Когда Сазонов взошел на мост через Обводной канал, Каляев увидел, как он вдруг ускорил шаги. Каляев, понял, что он заметил карету.

Когда Плеве поравнялся с Сазоновым, Каляев был уже на мосту и с вершины видел взрыв, видел, как разорвалась карета.

Он остановился в нерешительности. Было неизвестно, убит Плеве или нет, нужно бросать вторую бомбу или она уже лишняя. Когда он так стоял на мосту, мимо него промчались, волоча обломки колес, окровавленные лошади. Побежали толпы народа. Видя, что от кареты остались одни колеса, он понял, что Плеве убит. Он повернул к Варшавскому вокзалу и медленно пошел по направлению к Сикорскому.

По дороге его остановил какой-то дворник.

— Что там такое?

— Не знаю.

Дворник посмотрел подозрительно.

— Чай, оттуда идешь?

— Ну, да, оттуда.

— Так как же не знаешь?

— Откуда знать? Говорят, пушку везли, разорвало...

Каляев утопил в прудах свою бомбу и, по условию, с 12-часовым поездом выехал из Петербурга в Киев. Боришанский слышал взрыв позади себя, осколки стекол посыпались ему на голову. Боришанский, убедившись, что Плеве обратно не едет, так же как и Каляев, утопил свой снаряд и уехал из Петербурга.

Сикорский, как мы и могли ожидать, не справился со своей задачей. Вместо того чтобы пойти в Петровский парк и там, взяв лодку без лодочника, выехать на взморье, он взял у горного института ялик для переправы через Неву и на глазах яличника, недалеко от строившегося броненосца «Слава», бросил свою бомбу в воду.

Яличник, заметив это, спросил, что он бросает? Сикорский, не отвечая, предложил ему 10 рублей. Тогда яличник отвел его в полицию.

Бомбу Сикорского долго не могли найти, и его участие в убийстве Плеве осталось недоказанным, пока наконец уже осенью рабочие рыбопромышленника Колотилина не вытащили случайно неводом эту бомбу и не представили ее в контору Балтийского завода.

На застав никого в Юсуповом саду, я пошел в бани на Казачьем переулке, спросил себе номер и лег на диван. Так пролежал я до двух часов, когда, по моим расчетам, наступило время отыскивать Швейцера, приготовиться ко второму покушению на Плеве. Выходя на Невский, я машинально купил у газетчика последнюю телеграмму, думая, что она с театра военных действий.

На видном месте был отпечатан в траурной рамке портрет Плеве и его некролог.

В начале одиннадцатого часа раненый Сазонов был перенесен в Александровскую больницу для чернорабочих, где в присутствии министра юстиции Муравьева ему была сделана операция. На допросе, он, согласно правилам боевой организации, отказался назвать свое имя и дать какие бы то ни было показания.

Из тюрьмы он прислал нам следующее письмо: «Когда меня арестовали, то лицо представляло сплошной кровоподтек, глаза вышли из орбит, был ранен в правый бок почти смертельно, на левой ноге оторваны два пальца и раздроблена ступня. Агенты под видом докторов будили меня, приводили в возбужденное состояние, рассказывали ужасы о взрыве. Всячески клеветали на «еврейчика» Сикорского... Это было для меня пыткой!

Враг бесконечно подл, и опасно отдаваться ему в руки раненым. Прошу это передать на волю. Прощайте, дорогие товарищи. Привет восходящему солнцу — свободе!

Дорогие братья-товарищи! Моя драма закончилась. Не знаю, до конца ли верно выдержал я свою роль, за доверие которой мне я приношу вам мою величайшую благодарность. Вы дали мне возможность испытать нравственное удовлетворение, с которым ничто в мире не сравнимо. Это удовлетворение заглушало во мне страдания, которые пришлось перенести мне после взрыва».

Сазонов, как и Сикорской, после приговора был заключен в Шлиссельбургскую крепость. По манифесту 17 октября 1905 года срок каторжных работ был им обоим сокращен. В 1906 году они были переведены из Шлис-

сельбурга в Акатуйскую каторжную тюрьму.

(Савинков Б. Воспоминания террориста. М.,1991).

ТАТЬЯНА ЛЕОНТЬЕВА

В «Воспоминаниях террориста» Борис Савинков создал целый ряд портретов членов боевой организации партии эсеров. Среди них — Татьяна Леонтьева.

«Белокурая, стройная, с светлыми глазами, она по внешности напоминала светскую барышню, какою она и была на самом деле. Она жаловалась мне на свое тяжелое положение: ей приходилось встречаться и быть любезной с людьми, которых она не только не уважала, но и считала своими врагами, — с важными чиновниками и гвардейскими офицерами, в том числе с знаменитым впоследствии усмирителем московского восстания, тогда еще полковником семеновского полка Мином.

Леонтьева, однако, выдерживала свою роль, скрывая даже от родителей свои революционные симпатии. Она появлялась на вечерах, ездила на балы и вообще всем своим поведением старалась не выделяться из барышень ее круга.

Она рассчитывала таким путем приобрести необходимые нам знакомства. В этой трудной роли она проявила много ума, находчивости и такта, и, слушая ее, я не раз вспоминал о ней отзыв Каляева при первом его с ней знакомстве: «Эта девушка — настоящее золото».

Мы встретились с ней на улице и зашли в один из больших ресторанов на Морской. Рассказав мне о своей жизни и о

своих планах, она робко спросила, как было устроено покушение на великого князя Сергея (генерал-губернатора Москвы).

В нескольких словах я рассказал ей нашу московскую жизнь и самый день 4 февраля, не называя, однако, имени Каляева (террориста по кличке «Поэт», совершившего убийство).

Когда я окончил, она, не подымая глаз, тихо спросила:

— Кто он?

Я промолчал.

— «Поэт»?

Я кивнул головой.

Она откинулась на спинку кресла — и вдруг, как Дора 4 февраля, неожиданно зарыдала. Она мало знала Каляева и мало встречалась с ним, но и эти короткие встречи дали ей возможность в полной мере оценить его.

В Леонтьевой было много той сосредоточенной силы воли, которою была так богата Бриллиант. Обе они были одного и того же, «монашеского» типа. Но Дора Бриллиант была печальнее и мрачнее; она не знала радости в жизни, смерть казалась ей заслуженной и долгожданной наградой.

Леонтьева была моложе, радостнее и светлее. Она участвовала в терроре с тем чувством, которое жило в Сазонове, — с радостным сознанием большой и светлой жертвы. Я убежден, что, если бы ее судьба сложилась иначе, из нее выработалась бы одна их тех редких женщин, имена которых остаются в истории как символ активной женственной силы

Мы высоко ценили Леонтьеву, но, не видя ее, не могли знать, насколько она оправилась от своей болезни. Посоветовавшись с Азефом, я написал ей письмо, в котором просил ее пожить за границей, отдохнуть и поправиться. По поводу этого письма произошло печальное недоразумение. Леонтьева поняла мое письмо как отказ ей в работе, т.е. приписала мне то, что я не только не думал, но и думать не мог. Леонтьева была всегда в моих глазах близким товарищем, и для меня был вопрос только в одном: достаточно ли она отдохнула после болезни.

Поняв мое письмо как отказ боевой организации, она примкнула к партии социалистов-максималистов. В августе 1906 года в Швейцарии, в Интерлакене, во время завтрака она выстрелила в старика, сидевшего за соседним столом.

Она стреляла в уверенности, что перед нею бывший министр внутренних дел П.Н.Дурново. Произошла ошибка: старик оказался не Дурново, а французом по фамилии Мюллер.

Покушение это не было личным делом Леонтьевой. Оно было организовано максималистами, и ответственность за печальную ошибку не может ложиться на нее целиком.

А в марте 1907 года Леонтьеву судили в Туне швейцарским судом и приговорили к четырем годам тюремного заключения».

МАКСИМИЛИАН ШВЕЙЦЕР

Швейцер под фамилией Артура Генри Мюр Мак-Куллоха погиб в ночь на 26 февраля 1905 года в гостинице «Бристоль» в Петербурге такой же смертью, какой умер

Покотилов 31 марта 1904 года в Северной гостинице. Он заряжал бомбы для покушения на великого князя Владимира Александровича.

Официальный документ так описывает смерть Швейцера: «В ночь на 26 февраля в С.-Петербурге, в меблированных комнатах «Бристоль», помещающихся в доме номер 39-12, на углу Морской и Вознесенского проспекта, произошел приблизительно часа в 4 утра взрыв в комнате номер 27. Силой взрыва в означенном доме, по фасаду, обращенному к Исаакиевскому скверу, во всех четырех этажах выбиты стекла в 36 окнах. Прилегающая часть Вознесенского проспекта (панель и часть мостовой) в беспорядке завалена досками, кусками мебели разными вещами, выброшенными силой взрыва из разрушенных помещений. Часть этих вещей перекинуло через всю ширину проспекта (37 шагов) в Исаакиевский собор, в котором на протяжении 16 шагов повалило даже чугунную решетку в трех пролетах.

Взрывом произведено более или менее значительное разрушение в прилегающих к комнате 27 номерах 25, 26 и 24-ом, в коридоре, соединяющем эти номера, а также в прилегающем к 27-ому ресторане Мишель. Заметное разрушение произвел взрыв в меблированных комнатах в третьем этаже, расположенных над комнатой номер 27, а также в комнатах, расположенных в первом этаже.

Номер 27 носил следы полного разрушения, состоял он из комнаты в 6 аршин 5 вершков вышины, с двумя окнами и дверью в коридор. Стены в этой комнате оказались частью разрушенными, частью выпученными наружу.

Штукатурка потолка и карнизов растрескалась и местами обвалилась. В окнах все стекла и рамы выбиты и разрушены. Подоконник и часть рамы окна, ближайшего к ресто-

рану Мишеля, обуглены, как равно и обои в этом месте.

В амбразуре второго окна, на штукатурке откосов и в остатках рамы имеются выбоины, а откос окна забрызган кровью.

Печка частью разрушена. Пол комнаты сплошь покрыт обломками деревянной перегородки, отделявшей соседний номер, штукатурки и мебели.

Металлическая кровать с двумя матрацами, стоявшая у капитальной стены, отделявшей ресторан Мишель, в беспорядке и засыпана штукатуркой, на ней в скомканном виде лежали две подушки, две простыни, два байковых одеяла, номер газеты «Neue Freie Presse» от 24 февраля и книги на французском языке. У капитальной стены, прилегающей к световому дворику, стояли комод и шкаф, от которых после взрыва остались только обломки задних стен.

У капитальной стены, выходящей на Вознесенский проспект, стояли: письменный стол, трюмо и этажерка, но от этих вещей не осталось даже следа. У капитальной стены, в том месте, где находились комод и шкаф, на груде обломков досок и мебели, в расстоянии одного аршина от стены, лежал обезображенный труп мужчины.

Голова его, обращенная к окнам, откинута назад, так что открыта шея, лицо обращено прямо к окнам. Туловище лежит спиной книзу. Грудная полость совершенно открыта спереди, в правой ее половине ничего нет. Позвоночник в грудной и отчасти в брюшной полости открыт. Из левой половины грудной полости видны оба легкие. В связи с головой сохранились части плечевого пояса с прилегающими мышцами, а также руки без кистей и части предплечья.

Брюшная полость совершенно разорвана; сердце было не найдено среди обломков мышц в области левого плечевого сустава.

Правая нога с частью таза лежит паралелльно туловищу, на ней имеются остатки нижнего белья. Левая нога с частью тазовой кости лежит на разрушенной стене, служившей перегородкой между 26 и 27 номерами.

Части пальцев и мягких частей тела были найдены в Исаакиевском сквере. В комнате номер 27 были найдены вещи, принадлежавшие погибшему от взрыва: иностранный паспорт на имя великобританского подданного Артура Генри Мюр Мак-Куллоха и различные предметы, составляющие, по-видимому, части разорвавшегося снаряда. Эти последние были исследованы экспертом, который, на основании результатов исследования, дал следующее заключение: взорвавшийся снаряд был устроен так, что мог употребляться, как метательный снаряд. Оболочка его была легкая, из жести, 0,3 мил., разрывной заряд снаряда составлял магнезиальный динамит, приближающийся по силе к гремучему студню, наиболее сильному из нитроглицериновых препаратов.

Взрыв произошел от взрывчатого вещества детонатора, помещенного в детонаторской трубке снаряда, по-видимому, гремучей ртути. Сам снаряд мог быть значительных размеров для ручного снаряда и допускал наполнение зарядом взрывчатого вещества в количестве 4 - 5 фунтов.

... Судя по расположению наиболее глубоких и обширных повреждений в области передней поверхности туловища и на нижнем отделе верхних конечностей, принимая во внимание расположение ожогов, следует полагать, что в момент взрыва покойный был обращен ближе всего передней и

нижней частью туловища к снаряду, например, если он стоял у стола, на котором разорвался снаряд.

Судя же по остаткам одежды на трупе, можно думать, что в момент взрыва покойный был одет только в белье.

Взрыв, по-видимому, произошел у окна, и силою взрыва тело Мак-Куллоха было брошено на противоположную капитальную стену и вверх, где имеются обильные следы крови в виде мазков и брызг, оттуда, в силу тяжести, оно упало на место, где было найдено. Смерть наступила моментально?»

Максимилиан Ильич Швейцер родился 2 октября 1881 года в Смоленске в зажиточной купеческой семье. В 1889 году он поступил в смоленскую гимназию и уже учеником седьмого класса принял участие в революционной работе.

По окончании курса гимназии он в 1897 году уехал в Москву, в университет, где слушал лекции на естественном отделении физико-математического факультета.

В 1899 году он был сослан по студенческому делу в Якутскую область, по возвращении откуда отбывал надзор у родителей в Смоленске. В ссылке его убеждения окончательно определились, и он тогда уже мечтал о поездке за границу для изучения химии взрывчатых веществ. Тогда же он примкнул к партии социалистов-революционеров.

В 1903 году он уехал за границу и вступил в боевую организацию, где и работал до самой смерти.

Сохранилось характерное письмо его к матери из Сибири.

Родители его подали в 1902 году прошение о помиловании его. Он был, конечно, против такого прошения и от-

ветил на него официальным отказом от всякого снисхождения, посланным им в департамент полиции.

Об отказе он и пишет в своем письме:

«Мача, 14 сентября 1902 года».

Дорогая мама!

Сегодня получил твое письмо от 13 августа, и очень, очень мне было больно читать его, больно было мне, во-первых, от того, что ты меня так поняла, а во-вторых, и от того, что я доставляю тебе столько горя.

Напрасно ты думаешь, что я из-за холода позабыл тебя.

Наоборот, теперь я еще более почувствовал, как ты мне дорога.

Ни холода, ни многие годы не заставят меня позабыть тебя, но как бы я тебя ни любил, как бы не был привязан к тебе, иначе я поступить не мог.

Я знал, что доставлю тебе своим поступком большое горе, и не недостаток мужества, как ты пишешь, было то, что я не известил тебя прямо об этом, а просто хотел, чтобы тебе сообщили это известие помягче.

Мне хотелось бы поговорить о наших отношениях; дорогая мама. Ты и папа меня горячо любите, хотите мне больше, чем кто-либо, добра. Я горячо люблю вас и привязан, только не умею проявлять эту любовь так, как другие, я тоже не хочу себе зла и желаю себе только хорошего.

Казалось бы, между нами не может быть никаких разногла-

сий, но дело в том, что добро-то мы понимаем различно. Вы выросли в одних условиях, я в других.

Вы желаете мне хорошую жену, большое состояние, безмятежное семейное счастье, положение в обществе. Что касается меня, то я чувствовал бы себя несчастным от такой жизни. Я не мог бы прожить так и один год, и я добро понимаю иначе, чем вы.

Вот почему между нами так часто проходят облака, вот почему мне так часто приходится заставлять тебя страдать.

Мамочка, как ты не понимаешь, что то, что я делаю, доставляет мне удовольствие. Это одно из условий счастья, и раз ты мне желаешь добра, ты не должна горевать. Когда я послал прошение от 12 июля, у меня камень свалился с сердца и я почувствовал сильное облегчение. И если бы, благодаря твоему прошению о помиловании, меня вернули бы, в то время, как все мои товарищи оставались бы здесь, я бы не мог смотреть в глаза ни одному честному человеку и я почувствовал бы себя крайне несчастным. Не знаю, доставило ли бы тебе, мама, такое мое положение удовлетворение.

Я не касаюсь здесь общих вопросов, побудивших меня подать это прошение. Если, мама, я буду поступать во всем так, как ты лично хочешь, мне придется ломать себя.

Будем же, мама, любить друг друга по-прежнему, и позволь мне, мама, жить так, как я хочу.

Лишь при последнем условии я могу быть счастлив. И ведь этого ты хочешь. Брось, мама, в сторону 3,5 года — срок небольшой, пролетит быстро. И я вернусь к тебе таким же, как и раньше, только более старший и в разлуке более оценивший твою любовь ко мне и тебе самой.

Этот же случай тут только крепче свяжет нас друг с другом.

До свидания, дорогая мама, целую тебя крепко. Твой горячо любящий тебя

М.Швейцер».

АФАНАСИЙ МАТЮШЕНКО – БЫВШИЙ КОМАНДИР БРОНЕНОСЦА «КНЯЗЬ ПОТЕМКИН-ТАВРИЧЕСКИЙ»

Борис Савинков вспоминал об Афанасии Матюшенко.

«В Женеве я познакомился с минно-машинным квартирмейстером Афанасием Матюшенко, бывшим командиром революционного броненосца «Князь Потемкин-Таврический».

Придя летом 1905 года с восставшим кораблем в румынский порт Константу и убедившись, что его товарищи-матросы не будут выданы русским властям, он поехал в Швейцарию, но не примкнул ни к одной из партий.

Впоследствии он определенно склонился в сторону анархизма. Гапон вел с ним сложную интригу. Он хотел привлечь его в свой полумифический «Рабочий Союз». На первых порах интрига эта имела успех.

Вскоре после моего приезда в Женеву Матюшенко зашел ко мне на дом. На вид это был обыкновенный серый матрос, с обыкновенным серым скуластым лицом и с простонародной речью.

Глядя на него, нельзя было поверить, что это он поднял восстание на «Потемкине», застрелил собственной рукой

нескольких офицеров и сделал во главе восставших матросов свой знаменитый поход в Черном море.

Придя ко мне, он с любовью заговорил о Гапоне:

— А батюшка-то вернулся.

— Вернулся?

— Да. Два месяца в Петербурге прожил, «Союз» устроил.

— Кто вам сказал?

— Да он и сказал.

Гапон сказал Матюшенко неправду. Я знал, что Гапон в Петербурге не был, а, прожив в Финляндии дней десять, вернулся за границу, причем никакого «Союза» не учредил, а ограничился свиданием с несколькими рабочими.

Я не сказал, однако, об этом Матюшенко. Он продолжал:

— Эсеры... Эсдеки... надоели мне эти споры, одно трепание языком. Да и силы в вас настоящей нету. Вот у батюшки дела так дела...

— Какие же у него дела?

— А «Джон Крафтон»?

— Какой «Джон Крафтон»?

— Да корабль, что у Кеми взорвался.

— Ну?

— Так ведь батюшка его снарядил.

— Гапон?

— А то кто же? Он и водил, он и во время взрыва на корабле находился. Едва-едва жив остался.

Гапон никакого отношения к экспедиции «Джона Крафтона» не имел. Действительно, из денег, пожертвованных в Америке, часть должна была пойти на гапоновский «Рабочий Союз», в виде оружия, но этим и ограничивалось «участие» Гапона.

— Вы уверены в этом?

— Еще бы: сам батюшка говорил!

— Гапон говорил вам, что он был на корабле?

— Да, говорил: и я, говорит, в Ботническом море был. Едва спасся.

— Вы хорошо помните?

— Ну конечно.

Не оставалось сомнения, что Гапон не брезгует никакими средствами, чтобы привлечь в свой «Союз» Матюшенко. Но я все-таки еще ничего не сказал последнему. Насколько же скептически Матюшенко относился к революционным партиям, видно из следующего его характерного письма к В.Г.С. из Бухареста: «... Поймите, что вся полемика, которая ведется между партиями, страшно меня возмутила. Я себе представить не могу, за что они грызутся, черт бы их забрал. И рабочих ссорят между собой, и сами грызутся. Вы знаете мое

положение в Женеве, что я совершенно один. Все как будто любят и уважают, а на самом деле видят во мне не товарища, а какую-то куклу, которая механически танцевала и будет еще танцевать, когда ее заставят.

Иной говорит: вы мало читали Маркса, а другой говорит, нужно читать Бебеля.

Для них непонятно, что каждый человек может мыслить так же сам, как и Маркс. Сидя в Женеве, я бы окончательно погряз в этих ссорах. Там партии ссорятся, чье дело на «Потемкине», а здесь люди сидят без работы и без хлеба, и некому пособить.

Чудно: что сделали, то нужно, а кто сделал, те не нужны».

Он был, конечно, прав. За границей было много ненужных трений, и для него, матроса, глубоко верящего в революцию, эмигрантские разговоры были чужды и непонятны.

Гапон ловко пользовался этим настроением его. Несколько позже, когда обнаружился обман Гапона, и Матюшенко, возмущенный, отдалился от него, я как-то задал ему такой вопрос:

— А скажите, Илья Петрович (так звали Матюшенко за границей), какое вам дело до всяких этих споров?

— Да никакого, конечно.

— Так зачем вы слушаете их?

— А что же мне делать?

— Как что? Дело найдется.

Матюшенко исподлобья взглянул на меня:

— Какое дело?

— Террор, Илья Петрович.

— Террор? Террор — верно, настоящее дело. Это не языком трепать... Да не для меня это.

— Почему?

Он задумался.

— Массовый я человек, рабочий... Не могу я в одиночку. Что хотите, а не могу.

Я, конечно, не убеждал его. Впоследствии он уехал в Америку, а еще позже, летом 1907 года, был арестован в гор. Николаеве с бомбами. Его судили военным судом и тогда же повесили.»

МАРИЯ БЕНЕВСКАЯ

Еще один портрет из коллекции Савинкова — Мария Беневская.

«Мария Беневская, знакомая мне еще с детства, происходила из дворянской семьи. Румяная, высокая, со светлыми волосами и смеющимися голубыми глазами, она поражала своей жизнерадостностью и весельем. Но за этой беззаботной внешностью скрывалась сосредоточенная и глубоко совестливая натура.

Именно ее, более чем кого-либо из нас, тревожил вопрос

о моральном оправдании террора. Верующая христианка, не расстававшаяся с Евангелием, она каким-то неведомым и сложным путем пришла к утверждению насилия и к необходимости логичного участия в терроре.

Ее взгляды были ярко окрашены ее религиозным сознанием, и ее личная жизнь, отношение к товарищам по организации носили тот же характер христианской незлобности и деятельной любви. В узком смысле террористической практики она сделала очень мало, но в нашу жизнь она внесла струю светлой радости, а для немногих — и мучительных моральных запросов.

Однажды в Гельсингфорсе я поставил ей обычный вопрос:

— Почему вы идете в террор?

Она не сразу ответила мне. Я увидел, как ее голубые глаза стали наполняться слезами. Она молча подошла к столу и открыла Евангелие.

— Почему я иду в террор? Вам неясно? «Иже бо аще хочет душу свою спасти, погубит ю, а иже погубит душу свою мене ради, сей спасет ю».

Она помолчала еще.

— Вы понимаете, не жизнь погубит, а душу...»

(Савинков Б. Воспоминания террориста. М.,1991).

ВЫСТРЕЛЫ, КОТОРЫЕ РАЗВЯЗАЛИ ПЕРВУЮ МИРОВУЮ ВОЙНУ

Гаврило Принсип родился в 1895 году в сельской местности близ границы Боснии и Далмации. Это был голубоглазый молодой человек с черными как смоль волосами, весьма образованный для своего возраста.

Принсип был способным студентом, хорошо знал сербохорватскую литературу, но голова юноши была забита множеством цитат из анархистских прокламаций. Как и многие его сверстники, увлеченные революционной деятельностью, Гаврило Принсип не употреблял алкоголя и не интересовался девушками.

Всю свою энергию молодой патриот отдавал борьбе за свободу любимой Боснии, за ее независимость от империи Габсбургов. Уверенный в том, что действует во имя и на благо народа, убийца наследника австрийского престола не предугадал, что его выстрелы отзовутся эхом Первой мировой войны.

В 1914 году Европа истыпывала политическую нестабильность, и наиболее остро это проявлялось на Балканах. Босния, насильно присоединенная к некогда могущественной Автро-Венгрии, требовала автономии, а соседняя Сербия изо всех сил пыталась отстоять свою хрупкую независимость.

Десятилетиями императору Францу-Иосифу удавалось сохранять мнимое благополучие в его огромной развивающейся империи, сталкивая лбами соперничающие между собой регионы. Однако в 1914 году престарелому императору было уже 84 года, и большая часть его полномочий была передана наследному эрцгерцогу Францу Фердинанду.

Эрцгерцог считался генеральным инспектором вооруженных сил империи и именно в этом качестве посетил столицу Боснии город Сараево — в 1914 году.

Путешествуя по Балканам, Франц Фердинанд не мог не ощущать враждебного отношения к своей персоне со стороны местного населения и должен был понимать рискованность такой поездки.

Ходили слухи о планируемом убийстве. О них узнал даже Иован Иованович, сербский министр в Вене. Иованович предупредил эрцгерцога о грозившей ему опасности, но тот отмахнулся, и 24 июня вместе со своей супругой, графиней Софией, отправился на юг.

В Сараево группа молодых людей, задумавших убить эрцгерцога, заканчивала последние приготовления. Лидером заговорщиков был 19-летний студент Гаврило Принсип, его сообщниками — 18-летние Неделько Кабринович и Трифко Грабец.

Еще весной 1914 года, когда все трое учились в Белграде, им стало известно о предполагаемом приезде эрцгерцога в Сараево. Заговорщики обсудили план убийства и с этой целью вступили в сербское тайное общество «Жизнь или смерть», возглавляемое полковником Драгутином Димитриевичем, известным как полковник Апис.

Террористы снабдили их револьверами, боеприпасами, бомбами и организовали безопасный переход через границу Сербии в Боснию. Принсипа и его сообщников познакомили с другой террористической группой, куда входили молодой преподаватель Данило Илич и студент Цветко Попович.

Эрцгерцог и его свита провели ночь на 28 июня 1914 года

в отеле «Босния» в Илидце, в полусотне километров юго-западнее Сараево. В соответствии с программой высокий гость должен был присутствовать на приеме в городской ратуше, а затем планировалась поездка по городу для осмотра его достопримечательностей.

Утром вереница автомобилей медленно катила по набережной реки Милячка. Толпы народа приветствовали высоких гостей, размахивая австрийскими флагами. Один из зрителей, а это был Неделько Кабринович, попросил полицейского показать автомобиль эрцгерцога. Не успел полицейский ответить, как увидел летящую в автомобиль гранату.

Водитель успел нажать на педаль газа, граната отскочила от брезентового верха кабины и разорвалась под колесами второго автомобиля.Кабринович бросился в реку, но его вытащили и арестовали.

Эрцгерцог не придал особого значения этому инциденту и настоял на продолжении намеченной программы. После обеда в городской ратуше вереница автомобилей двинулась по набережной в обратном направлении.

Где-то на середине пути водитель переднего автомобиля сбился с пути и повернул направо, на улицу Франца-Иосифа.

Кто-то из группы сопровождения приказал водителю затормозить. Кортеж на малой скорости задним ходом попытался выбраться из пробки. Автомобиль эрцгерцога остановился напротив гастрономического магазина «Мориц Шиллер деликатессен», где как раз в этот момент случайно оказался Гаврило Принсип. Террорист выхватил револьвер и дважды выстрелил в эрцгерцога.

Первая пуля поразила графиню Софию, вторая застряла в

позвоночнике ее мужа. Он еще успел повернуться к жене со словами: «София, София, не умирай. Останься жить для наших детей...» Но через несколько минут оба скончались.

К суду было привлечено 25 человек, и среди них — Илич, Грабец и Попович. Судебное заседание длилось неделю, после чего был объявлен приговор. Илич, признанный руководителем заговорщиков, приговаривался к смертной казни; Принсип, Кабринович и Грабец — к двадцати годам каторжных работ, Попович — к тридцатилетнему заключению.

Для большинства осужденных это означало медленную смерть.

Так и случилось. Кабринович и Грабец умерли от туберкулеза и недоедания через два года. Принсип, который произвел смертельные выстрелы, дожил до 1918 года. И только Поповичу удалось отсидеть срок и выйти на свободу уже пожилым человеком.

(Преступления века. Популярная Энциклопедия. Авт.-сост. А.Холл.Мн.: «Интер-Дайджест»,1995).

ИЗ ТЕРРОРИСТОВ — В ЧЕКИСТЫ

Левые эсеры были единственной партией, с которой большевики разделили после октябрьского переворота власть и создали правительственную коалицию. Ленин отмечал «громадную преданность революции, обнаруженную целым рядом членов этой партии, которые проявляли всегда очень много инициативы и энергии».

К июню 1918 года в отношениях между партиями большевиков и левых эсеров назрел кризис.

В мае 1918 года Советским правительством были приняты законы о продовольственной диктатуре и комитетах бедноты.

Народному комиссариату продовольствия, который возглавлял А.Д.Цюрюпа предоставлялись чрезвычайные полномочия для закупки хлеба у крестьян. Изъятием хлеба у крестьян занимались «продовольственные отряды», созданные из городских рабочих.

В стране был голод. Большевики стремились справиться с продовольственным кризисом за счет крестьян. Хлеб закупался по «твердым» ценам. Непопулярные методы, использованные большевиками в деревне, отозвались эхом крестьянских восстаний.

Сельские Советы были разогнаны, вместо них насаждались комбеды. Комбеды стали опорными пунктами диктатуры пролетариата в деревне. Комитеты крестьянской бедноты занимались учетом и распределением хлеба, сельскохозяйственных орудий, отнятых совместно с продовольственными отрядами у зажиточных крестьян.

Левые эсеры не поддерживали репрессивных мер, проводимых большевиками в деревне. Левые эсеры выступали за гибкую политику цен на сельскохозяйственные продукты. Влияние партии левых эсеров росло. Эта партия могла бороться за голоса избирателей, оппонировать большевикам во ВЦИК и на съездах Советов.

Выступая на пятом съезде Советов Ленин заявил: «Тысячу раз будет неправ тот, тысячу раз ошибается тот, кто позволит себе хоть на минуту увлечься чужими словами и сказать, что это борьба с крестьянством, как говорят иногда неосторожные или невдумчивые из левых эсеров. Нет, это борьба с ничтожным меньшинством деревенских кулаков».

Левые эсеры выступали против заключения мира с Германией.

Весной 1918 года в знак протеста против подписания Брестского мира левые эсеры вышли из состава Советского правительства.

С целью срыва заключения сепаратного мира с Германией ЦК левых эсеров вынес свое решение — смертный приговор немецкому послу графу Вильгельму Мирбаху.

Убийца Мирбаха Блюмкин писал перед совершением террористического акта письмо: «Я, прежде всего, противник сепаратного мира с Германией, и думаю, мы должны сорвать этот постыдный для России мир каким бы то ни было способом, вплоть до единоличного акта, на который я решился».

«6 июля около 3-х часов дня левые эсеры — сотрудники ВЧК — Блюмкин и Андреев с документами, подписанными председателем ВЧК Дзержинским, проникли в здание немецкого посольства и убили немецкого посла Мирбаха.

6 июля Блюмкин пошел к Лацису и взял у него дело Мирбаха — на время, сделать несколько выписок. Затем — в канцелярию, где секретарь привычно выдала ему бланк комиссии. В своем кабинете Блюмкин сел на «ундервуд» и отбил следующий текст: «Всероссийская чрезвычайная комиссия по борьбе с контрреволюцией уполномочивает ее члена, Николая Андреева войти непосредственно в переговоры с господином германским послом в России графом Вильгельмом Мирбахом по делу, имеющему непосредственное отношение к самому господину германскому послу».

Подпись секретаря ВЧК Ксенофонтова подделал сам Блюмкин, подпись Дзержинского — Прошьян, который исполнял в подготовке акции роль, так сказать, технического

директора. Печать к «мандату» приложил Вячеслав Александрович, заместитель Дзержинского. Он же черкнул записку в гараж с приказом предоставить в распоряжение Блюмкина автомобиль: только после этого Блюмкин сообщил ему о потаенном смысле этих приготовлений.

Сев в автомобиль, Блюмкин отправился к себе в гостиницу «Элит», где переоделся, и двинулся к Прошьяну, проживавшему в первом доме Советов; у Прошьяна его дожидался Андреев. Дать последние указания, вручить Блюмкину бомбу и револьверы было делом нескольких минут.

... Около четырнадцати часов два молодых человека с одинаковыми портфелями вышли из подъезда первого дома Советов и уселись в машину. Кроме шофера, полагавшего, что предстоит обычное задание, в ней находился так и оставшийся безымянным черноморский матрос из отряда Попова. Вооруженный бомбой, он понимающе кивнул двум террористам. Блюмкин наклонился к шоферу и твердым голосом приказал: «Вот вам кольт и патроны, езжайте тихо, у дома, где остановимся, не прекращайте все время работы мотора; если услышите выстрел, шум, будьте спокойны».

Привыкший ничему не удивляться, шофер молчаливо повиновался.

Машина, несущая смерть, тронулась.

Через 16 минут молодые люди стояли у двери посольства.

На знак вышел немец-швейцар. Блюмкин долго объяснялся с ним на плохом немецком языке. Наконец, понял, что господа обедают.

Их усадили на диванчик и попросили подождать.

Вскоре к ним вышел советник посольства граф Бассевитц.

Ознакомившись с мандатами, он поклонился и ушел. Почти сейчас же вслед за ним появились старший советник Рицлер и переводчик Мюллер.

— Вы от Дзержинского?

— Да.

— Пожалуйста.

Гостей провели в гостиную и усадили в кресла. Ссылаясь на текст мандата, Блюмкин настаивал на личном свидании с графом Мирбахом. После небольшой дискуссии доктор Рицлер направился на второй этаж — в кабинет посла.

Разговор с графом Мирбахом длился не более 5 минут и до того момента, пока доктор Рицлер не предложил прекратить переговоры с тем, чтобы дать письменный ответ через заместителя наркоминдел Карахана.

Николай Андреев, до сих пор не принимавший участия в разговоре, спросил: «Наверное, господа желают знать, какие меры будут приняты по делу Роберта Мирбаха» (незадолго до этого арестованного родственника посла). Очевидно, это был сигнал к открытию боевых действий, ибо тотчас Блюмкин со словами: «Это я вам сейчас покажу» опустил руку в портфель, выхватил револьвер и выстрелил сначала в Мирбаха, затем в Мюллера и Рицлера.

Далее показания участников и свидетелей драмы расходятся: Блюмкин. Они упали. Я прошел в зал.

Мюллер. Мы были так поражены, что остались сидеть в креслах.

Блюмкин. В это время Мирбах встал, и, согнувшись направился в зал, за мной. Подойдя к нему вплотную, Андреев на пороге, соединяющем комнаты, бросил себе и ему под ноги бомбу.

Она не взорвалась.

Рицлер. Граф Мирбах вскочил, бросился в большой зал, куда за ним последовал спутник делегата (Блюмкина), между тем как тот под прикрытием мебели продолжал стрелять в нас, а потом кинулся за графом.

Блюмкин. Тогда Андреев толкнул Мирбаха в угол (тот упал) и стал извлекать револьвер... Я поднял лежавшую бомбу и с сильным разбегом швырнул ее. Теперь она взорвалась необычайно сильно. Меня швырнуло к окнам, которые были вырваны взрывом.

Мюллер. Последовал взрыв первой бомбы, брошенной в зал со стороны окон... Оглушительный грохот раздался в вследствие падения штукатурки стен и осколков разгромленных оконных стекол.

Вероятно, отчасти вследствие давления воздуха, отчасти инстинктивно доктор Рицлер и я бросились на пол. После нескольких секунд мы бросились в зал, где граф Мирбах, обливаясь кровью из головной раны, лежал на полу, в некотором отдалении от него лежала невзорвавшаяся бомба.

Блюмкин. Я увидел, что Андреев бросился в окно. Механически и инстинктивно подчиняясь ему, его действию, я бросился за ним. Когда прыгнул, сломал ногу. Андреев уже был на той стороне ограды, на улице садился в автомобиль. Едва я стал карабкаться по ограде, как из окна начали стрелять.

Меня ранило в ногу, но все-таки я перелез через ограду, бросился на панель и дополз до автомобиля.

Мюллер. Выбежавшие из дверей подъезда слуги крикнули страже стрелять, по последняя стала стрелять слишком поздно и этим дала возможность скрыться безнаказанно убийцам.

Б.Бажанов, бежавший на Запад секретарь Сталина, полагает (ссылаясь на рассказ Биргера, двоюродного брата Блюмкина), что дело было вовсе не так: «Когда Блюмкин бросил бомбу и с чрезвычайной поспешностью бросился в окно, причем повис штанами на железной ограде в очень некомфортабельной позиции, сопровождающий его матросик не спеша ухлопал Мирбаха, снял Блюмкина с решетки, погрузил в грузовик и увез».

(Иванов А. Неизвестный Дзержинский. Мн., 1994).

Совершив террористический акт, эсеры скрылись в особняке в Трехсвятительском переулке, у Покровских ворот, где размещался штаб одного из отрядов ВЧК, которым командовал Попов.

Председатель ВЧК Дзержинский прибыл в отряд Попова, чтобы арестовать террористов, но был сам арестован вместе с сопровождающими его чекистами.

Вслед за арестом председателя ВЧК эсеры арестовали председателя Моссовета Смилдовича, захватили здание ВЧК на Лубянке 11 и арестовали находившихся там чекистов-большевиков. Сделать это было нетрудно — охрану здания нес отряд чекистов-эсеров.

Из членов коллегии ВЧК удалось захватить только Лациса, все остальные находились в Большом театре на Пятом съезде Советов.

Пока шел съезд, левые эсеры захватили Главный почтамт и разослали по всей стране телеграммы о захвате власти, дали несколько орудийных выстрелов по Кремлю и отправили делегацию на съезд.

Узнав об аресте Дзержинского, Ленин заявил, что если хоть один волос упадет с его головы, то левые эсеры заплатят за это «тысячью своих голов». Немедленно была арестована вся левоэсеровская фракция съезда вместе с ее лидером — Марией Спиридоновой. В районах Москвы были мобилизованы большевистские рабочие отряды.

Мятеж левых эсеров был ликвидирован 7 июля 1918 года.

Секретарь Сталина не зря обращался в своих мемуарах к личности Блюмкина, ведь Блюмкин был именно тем человеком, которому было поручено убить бежавшего Бажанова в Париже.

Бажанов мог бы насчитать множество случаев, когда его жизнь подвергалась опасности, но о которых нельзя было с полной уверенностью сказать, что они были подстроены ОГПУ. Наряду с этим, он насчитывал с десяток настоящих покушений, например, попытку подстроить автомобильную аварию или нападение какого-то испанского анархиста, вооруженного ножом. Другие явные попытки разделаться с Бажановым были задуманы более тонко.

Так, на него однажды натравили темпераментного и ревнивого мужа некой дамы, с которой Бажанов якобы находился в связи.

Дело по чистой случайности не кончилось убийством...

Как-то Сталин направлял во Францию одного из самых

известных чекистов-убийц — Якова Блюмкина. Любопытно, что Бажанов, еще, на одном из первых допросов охарактеризовал этого человека как самого опасного террориста международного масштаба. История Блюмкина, его возвышения и падения — наглядный пример, характеризующий кровавую и предательскую сущность большевизма.

Карьера Блюмкина началась в 1917 году. Он сделался тогда членом партии левых эсеров, слившейся вскоре с большевиками и показавшей себя во многом даже более фанатичной, что они. Этот альянс с большевиками распался в 1918 году в связи с заключением Брест-Литовского мира. Левые эсеры осудили Брест-Литовск как небывалое предательство дела революции и решили, что их партии пришло время взять власть в свои руки, свергнув большевиков. Сигналом к восстанию должно было стать убийство немецкого посла в Москве — графа Мирбаха. Эта акция была поручена Блюмкину.

Хотя фактически убийство совершал никому не известный матрос, убийцей посла Мирбаха считается Яков Блюмкин, что и зафиксировано в «анналах истории». Вначале этот подвиг не принес Блюмкину никаких лавров, скорее напротив. Мятеж эсеров был подавлен. Блюмкина объявили вне закона, впрочем, вскоре, спасая свою жизнь, он решил помириться с победителями-большевиками. В Москве его провели через процедуру показного суда и вынесли за убийство Мирбаха предельно мягкий приговор.

Осенью 1919 года Блюмкин снова был уже на свободе и действовал вдали от Москвы — в северной части Персии, на этот раз в качестве советника при коммунистическом бандите Качук-хане.

С 1923 года он опять становится исполнителем «особых

заданий» — террористом иностранного отдела ОГПУ. На первом этапе своей экзотической карьеры Блюмкин изменил внешность, отрастив бороду и усы. Теперь ему было поручено наладить подрывную деятельность ОГПУ на Среднем Востоке, с базой в Палестине. Под новым псевдонимом — Моисей Гурфинкель — Блюмкин организовал тут нелегальную штаб-квартиру под видом прачечной, открытой в Яффе. Отсюда Блюмкина отозвали в Москву, чтобы послать командовать отрядом головорезов ОГПУ в Закавказье: необходимо было срочно подавить восстание, вспыхнувшее в Грузии.

После кровавой расправы с восстанием Блюмкин был с аналогичным заданием переброшен в Монголию.

Именно этот профессиональный убийца и был послан во Францию, чтобы ликвидировать, наконец, Бажанова. Это ему не удалось, но Сталин не признавал подобных провалов, и, должно быть, в Кремле было доложено, что все в порядке. Чтобы деморализовать подпольную оппозицию внутри страны и напугать тех, кто мог бы последовать примеру Бажанова, чекисты распространили слух, что Блюмкин покончил с Бажановым. Этот слух оказался очень живучим; даже много лет спустя Солженицын в «Архипелаге ГУЛАГ» пишет о Блюмкине: «Его держали, видимо, для ответственных мокрых дел. Как-то, на рубеже 30-х годов, он ездил в Париж тайно убить Бажанова (сбежавшего сотрудника секретариата Сталина) — и успешно сбросил того с поезда ночью». Инцидент с поездом действительно имел место, но и это покушение на жизнь Бажанова провалилось. Бажанов так никогда и не столкнулся лицом к лицу с Блюмкиным, но ему удалось выяснить, что Блюмкин завербовал в Париже человека, лично заинтересованного в ликвидации беглеца. Этим человеком был Максимов, благополучно доставленный Бажановым на Запад и живший здесь под новым фальшивым именем. Теперь, пробыв в Париже всего год или два,

Максимов снова начал служить ОГПУ. Он был, кстати, двоюродным братом Блюмкина.

Бажанов ничуть не удивился, узнав о вероломстве Максимова. Он всегда считал, что Максимов продажен, как почти все представители его профессии. Приходилось учитывать и то обстоятельство, что, не обладая ни умом, ни обаянием, ни писательскими или какими-нибудь иными способностями, Максимов чувствовал себя с Париже одиноким и никому не нужным. А тут вдруг о нем вспомнили, он снова понадобился родному ОГПУ и мог рассчитывать на прощение, если окажется на высоте порученного задания.

Не приходится удивляться и тому, что, со своей стороны, Бажанов испытал известное удовлетворение, узнав о печальном конце Якова Блюмкина, а затем Максимова. Рассказом о судьбе этих двух гэпэушников мы и закончим наше повествование о Бажанове.

20 января 1929 года главному сопернику Сталина Льву Троцкому, который уже год как жил в ссылке в Алма-Ате, было приказано вместе с семьей покинуть пределы Советского Союза.

Он направляется в Турцию. Турецкие власти предоставили в его распоряжение захолустную виллу в Бююк-Ада, на Принцевых островах (в Мраморном море), до которых можно было добраться только пароходом.

Но избавиться от влияния Троцкого было значительно труднее, чем удалить его лично. Он продолжал оставаться центром притяжения для многих коммунистов вплоть до самой смерти, последовавшей десятилетие спустя (и даже после смерти). Из всех стран мира в Бююк-Ада прибывали люди с одной только целью — повидаться с Троцким. Среди та-

ких гостей оказался и Яков Блюмкин, который в то время был руководителем агентуры ОГПУ в Стамбуле.

Напомним, что Блюмкин начал свою революционную карьеру как левый эсер и какое-то время находился в оппозиции к большевикам. Возможно, в нем снова вспыхнул давний политический идеализм, и ему по-прежнему, как в годы юности, импонировал фанатик революции Троцкий. Может быть, была тут и какая-нибудь иная причина, но, во всяком случае, Блюмкин согласился доставить Троцкому секретное послание из Советской России, написанное сторонниками изгнанного деятеля.

Летом 1929 года он вернулся в Москву. Его уже подозревали в симпатиях к Троцкому, однако день массовой кровавой расправы с троцкистами еще на наступил. Ветерана революции, да к тому же находящегося на блестящем счету в ОГПУ, нельзя было арестовать просто так, на основании слухов. Его шеф Ягода решил добыть необходимые доказательства. Зная слабость Блюмкина к прекрасному полу, он предложил Лизе Горской, одной из самых неотразимых женщин-агентов ОГПУ, вступить в связь с Блюмкиным и попытаться выведать у него секретные данные.

Можно предположить, что Лиза «обслуживала» не только Блюмкина, но и их общего шефа Ягоду. Как бы там ни было, Блюмкин не только откровенно рассказал ей все подробности своего путешествия на Принцевы острова, но и пытался завербовать ее в сторонники Троцкого. Так Ягода получил подтверждение, которого ему недоставало. Где-то в конце августа или в начале сентября 1929 года он нанес удар: в одно прекрасное утро оперативники ОГПУ подъехали к московской квартире Блюмкина точно в тот момент, когда он вместе с Лизой отъезжал из дома, направляясь на вокзал — выполнять очередное служебное задание. Последо-

вала короткая погоня по московским улицам, выстрелы —
и Блюмкин сдался.

Якову Блюмкину было всего тридцать лет. Бывшие коллеги
расстреляли его в подвале московской тюрьмы.

(Брук-Шеперд Гордон. Судьба советских перебежчиков.

Иностранная литература, N 6, 1990)

ПОКУШЕНИЯ НА «ВОЖДЯ МИРОВОГО ПРОЛЕТАРИАТА»

В 1918 году эсеры начали вооружённую борьбу против советской власти, которая по своей сути являлась дик-
татурой партии большевиков.

Вооружённая борьба против Советов закончилась достаточно
быстро и безуспешно.

Большевики победили в гражданской войне. После этого
началась борьба с идеями. Борьба идей — нормальное явление, но только не для партии диктаторского типа. Коммунисты ставили перед собой цель — не допустить смычку
недовольного народа с оппозиционнными партиями.

Решение провести процесс против лидеров ПСР было принято ЦК РКП (б) в декабре 1921 года, по предложению председателя ЧК Феликса Дзержинского.

В центре внимания на процессе стояло покушение Фанни
Каплан на Ленина во время его выступления на заводе Михельсона.

Главным «вещдоком» на процессе против эсеров был нистолет, из которого стреляли в Ленина.

Официальное объявление о предстоящем процессе было опубликовано в печати в феврале 1922 года. Незадолго до этого в Берлине появилась брошюра бывшего эсера Григория Семенова. В своей брошюре он «разоблачал» товарищей по партии: ПСР якобы составила заговор против Советской власти вместе с русскими контрреволюционными организациями и с представителями Антанты, получала от них деньги, готовила мятежи и, самое важное, не исключала из своей деятельности террор. В частности, по словам Семенова, ПСР организовала покушение Фанни Каплан на Ленина 30 августа 1918 года.

«Разоблачения» Семенова, опубликованные в советской печати, спустя несколько дней были подтверждены и дополнены его близкой сотрудницей Лидией Коноплевой. Есть основание предполагать, что Семенов и Коноплева написали свои статьи по поручению ЧК (с февраля 1922 года — ГПУ). Вслед этому ГПУ объявило, что руководители ПСР, которые уже несколько лет сидели в тюрьме, будут преданы суду.

Большевистское руководство не собиралось вести непредвзятого судебного расследования. Это очевидно из инструкций, данных Лениным за неделю до объявления о процессе народному комиссару юстиции Курскому: «Ни малейшего упоминания в печати о моем письме быть не должно». Ленин настаивал на организации ряда «образцовых процессов» с целью усиления репрессий против меньшевиков и эсеров, образцовых «по разъяснению народным массам, через суд и через печать, значения их», «образцовых, громких, воспитательных процессов», сопровождаемых значительным шумом в печати. Ведь «воспитательное значение судов громадно».

Судьи должны были руководствоваться «революционным правосознанием», «считаться не только с буквой, но и с духом» коммунистического законодательства и не отступить перед приговором к расстрелу. Партия должна была воздействовать на судей и «шельмовать и выгонять» тех, которые поступали иначе. Таким образом, целью процесса эсеров не было выявление правды — он должен был служить средством пропаганды против политических противников.

Следствие вел чекист Яков Агранов. Методы следствия в сравнении с 30-ми годами еще очень «гуманные», но уже используются и давление, и угрозы. И еще любопытный штрих к картине советской «законности» — эсеров судили по законам, которые не существовали при совершении их деяний, так как новый Уголовный кодекс вступил в силу лишь за неделю до начала процесса.

Объявление о процессе эсеров вызвало реакцию в международном социалистическом движении. Эсеры и меньшевики в эмиграции требовали от Второго Интернационала поддержать подсудимых. Обе организации во время международной социалистической конференции в апреле 1922 года в Берлине добились от Коммунистического Интеранационала определенных гарантий. В частности, им было обещано, что подсудимые не будут приговорены к смертной казни. Второй Интернационал в качестве защитников послал в Москву известных социалистов Эмиля Вандервельде и Артура Вотеса из Бельгии, Курта Розенфельда и Теодора Либкнехта (брата Карла Либкнехта) из Германий. Большевики оскорбились таким «давлением». И выставили в противовес «своих», проверенных членов Коминтерна (например, Клару Цеткин). Таким образом, процесс эсеров превратился в своего рода выяснение отношений между коммунистами и социалистами на международной арене. Процесс эсеров проходил в Колонном зале Дома Союзов в

центре Москвы с 8 июня по 7 августа. Заседания шли шесть дней в неделю, с полудня до 17 часов и вечером с 19 до полуночи. В нем принимали участие некоторые высокопоставленные большевики.

Председателем трибунала был Георгий Пятаков, государственным обвинителем — Николай Крыленко, по левую и правую руку от первого красного покурора восседали первые красные интеллигенты Анатолий Луначарский и Михаил Покровский.

Перед судом предстали двенадцать членов Центрального комитета ПСР и десять рядовых членов партии. Из них самые известные — Абрам Гоц и Евгений Тимофеев. Все они, по меньшей мере, уже два года отсидели в тюрьме. В число обвиняемых следственными органами были включены еще двенадцать находившихся на свободе бывших эсеров (Григорий Семенов, Лидия Коноплева и др.). Их ролью, по сочиненному сценарию, было признать свою вину и обвинить своих бывших товарищей по партии. Этих обвиняемых «второй группы», защищали Николай Бухарин, Михаил Томский и другие, то есть защитники «второй группы» на самом деле выступали обвинителями «первой группы».

Защитниками обвиняемых «первой группы» выступали вышеупомянутые западные социалисты и несколько видных русских адвокатов: Николай Муравьев, Александ Тагер, Владимир Жданов и другие.

С первого дня процесса возникли конфликты между ними и трибуналом. Вандервельде и его коллеги ссылались не только на советские законы, но и на берлинское соглашение между Социал-интеранационалами и Коминтерном, согласно которому обвиняемые не могут быть приговорены к смертной казни. Защите сразу стало понятно, что три-

бунал не слишком озабочен соблюдением правовых норм. Большая часть просьб обвиняемых и защитников была отклонена. Трибунал вызвал значительно меньше свидетелей защиты, чем свидетелей обвинения. Четыре защитника, которые были приглашены по просьбе обвиняемых, судом не были допущены. Публика в зале оказалась соответствующе подготовлена и постоянно издевалась над обвиняемыми и защитниками. Кроме того, суд не считал себя связанным берлинским соглашением. Западные социалисты после первой недели пришли к выводу, что их присутствие на суде бессмысленно, и уехали, предоставив подзащитным «выкручиваться» самим (что, по всей вероятности, вполне отвечало духу социалистической морали).

20 июня перед зданием суда проходила огромная демонстрация, организованная Коммунистической партией. По данным советской печати, в ней участвовали 300 000 человек. Демонстранты требовали смерти обвиняемых; к ним обращались председатель трибунала Пятаков и государственный обвинитель Крыленко. На вечернем заседании, несмотря на протест защитников, суд пустил в зал демонстрантов, которые при поддержке публики продолжили свой митинг. В течение двух с половиной часов, до глубокой ночи, они обвиняли подсудимых в чем попало и требовали смертной казни.

На следующем заседании защитники опротестовали происходящее. Они указали, что суд грубо нарушал правопорядок, и потребовали прекращения процесса, возобновления его при другом составе трибунала. Суд отверг протест и ответил оскорблениями и угорозами в адрес защитников, после чего защитники отказались участвовать в судебном процессе. Их за это на несколько месяцев посадили в тюрьму, а потом административным путем выслали из Москвы.

После этого обвиняемые «первой группы» сами взяли на себя

защиту. Но их цели отличались от целей адвокатов. Предотвратить смертный приговор не было их первой заботой. Они также не стремились к исключительно юридической защите — процесс, на их взгляд, был методом политической борьбы. Если большевики смотрели на процесс как на политическую демонстрацию против эсеров, то эсеры, наоборот, хотели превратить процесс в политическую демонстрацию против диктатуры большевиков, обвинить обвинителей.

В центре внимания на процессе стояло покушение Фанни Каплан на Ленина: обвинительное заключение, базируясь на показниях Семенова и других, гласило, что покушение было совершено по поручению членов ЦК ПСР. Подсудимые отрицали обвинение. Хотя доказательства были на стороне обвиняемых, суд все же принял версию Семенова.

По версий Семёнова, в эсеровских партийных организациях культивировались террористические методы. Эсеры Гоц, Ратнер и Чернов неоднократно выступали с заявлениями о необходимости террора. За применение террора высказывались целые эсеровские организации (петроградская, харьковская).

Наконец, в феврале 1918 года ЦК партии эсеров официально обсуждал этот вопрос. На заседании выявились две точки зрения: одни (В.М.Чернов и др.) высказывались за террор, другие (М.С.Сумгин) — считали невозможным применение террора против Советского правительства и большевиков. Победили сторонники террора. Однако принятое решение держалось в секрете. На суде эсеровские руководители уверяли, что ЦК партии принял большинством голосов отрицательное решение о терроре.

Первые попытки организовать антисоветский террор предпринимались отдельными эсерами и местными эсеровскими партийными организациями. В частности, в Петрограде

зародился план — устроить взрыв поезда Совнаркома во время переезда правительства из Петрограда в Москву, а эсеровская активистка Коноплева обещала совершить покушение на В.И.Ленина.

Замысел у сотрудницы петроградского комитета партии эсеров Коноплевой возник в феврале 1918 года. О своем намерении она сообщила руководителю военной работы при ЦК партии эсеров Б.Рабиновичу и члену ЦК А.Гоцу. Заботясь о том, чтобы партия не несла ответственности за покушение, Коноплева предложила придать покушению форму «индивидуального акта». Это означало, показывала позже на суде Коноплева, что «акт должен совершиться с ведома партии, с ведома ЦК, но я, идя на это дело, не должна была заявлять, что это делается от имени партии, и даже не должна была говорить, что являюсь членом партии».

Рабинович и Гоц от имени партии санкционировали задуманное Коноплевой покушение. В марте Коноплева вместе с приглашенным ею эсером Ефимовым выехала из Петрограда в Москву для осуществления своего замысла. В организации слежки за В.И.Лениным, добывании оружия, финансировании «предприятия» Коноплевой оказывали содействие находившиеся в Москве члены ЦК партии эсеров В.Рихтер и Е.Тимофеев.

ЦК партии эсеров старался организовать дело так, чтобы на него не пала ответственность за террористический акт. Гоца, который приехал в Москву, очень испугало впечатление, произведенное на него Коноплевой. Она выглядела «душевно удрученным и морально разбитым человеком». Такой человек мог, конечно, «подвести».

Гоц, согласно его показаниям, сказал Коноплевой: «Бросьте не только вашу работу, которую вы ведете, но бросьте вся-

кую работу и поезжайте в семью отдохнуть».

На этот раз покушение на жизнь В.И.Ленина не состоялось.

В мае 1918 года начальник эсеровской боевой дружины в Петрограде Семенов предложил образовать при ЦК партии «центральный боевой отряд» и начать организованный террор против представителей Советской власти. Члены ЦК партии Гоц и Донской, с которыми Семенов вел переговоры об этом, дали от имени партии санкцию на образование такого отряда под начальством Семенова. Тот привлек в отряд эсеров, которые и раньше действовали в этом же направлении (Коноплеву, Иванову-Иранову, Усова, Сергеева и других), и отряд начал свою работу.

Решено было убить В.Володарского, М.Урицкого и других.

Эти цели были тайно санкционированы членами ЦК эсеровской партии. В результате 20 июня был убит В.Володарский.

Не скрывая своей ответственности за это, начальник отряда Семенов на суде показал: «Когда один из моих боевиков — Сергеев — направился на очередную слежку на Обуховскую дорогу, он спросил меня, что, если будет случайная возможность легко произвести покушение, как быть? Я указал что... вопрос ясен, тогда нужно действовать, поскольку вопрос санкционирован ЦК, а время и день действия, бесспорно, принадлежит боевой организации... Как раз такая возможность представилась, и товарищ Володарский был убит. Сергееву удалось благополучно бежать».

Не имея возможности опровергнуть показания Семенова и других членов его отряда, подсудимые — члены ЦК и их единомышленники из эмигрантской группы — вынуждены были признать, что они знали об убийстве В.Володарского

членом эсеровской боевой группы Сергеевым, который «не стерпел», встретившись случайно с В.Володарским. Тем не менее 22 июня 1918 года Гоц от имени петроградского бюро ЦК партии эсеров опубликовал дезориентирующее извещение о том, что «ни одна из организаций партии к убийству комиссара до делам печати Володарского никакого отношения не имеет».

Центральный комитет партии социалистов-революционеров сохранил террористическую группу Семенова и после убийства Володарского, лишь перебазировав ее в Москву. Группа продолжала террористическую работу, готовя покушение на жизнь В.И.Ленина.

30 августа 1918 года Ленин был тяжело ранен в результате покушения Фанни Каплан.

Через 4 года на суде показаниями участников «центрального боевого отряда» при ЦК партии эсеров Семенова, Коноплевой, Усова, Федорова-Козлова, Зубкова, Ставской, а также Дашевского и других было установлено, что покушение на жизнь В.И.Ленина являлось делом «отряда». Они заявили, что члены ЦК Гоц и Донской и июле 1918 года санкционирвали великое покушение.

На суде выяснились такие подробности. Террористка Каплан начала готовить покушение еще в феврале-марте 1918 года, приехав специально для этого в Москву. Она считала, что «будничной работой» сейчас заниматься не время, нужно «вспомнить старые заветы партии», и организовала небольшую эсеровскую террористическую группу для совершения покушения на жизнь В.И.Ленина.

Осуществить тогда этот план Каплан не удалось, она совершила покушение только после вступления в отряд Семенова.

«Центральный боевой отряд» Семенова, переехавший в Москву, насчитывал в то время около 15 человек. Каплан была принята в состав отряда по рекомендации члена военной комиссии партии эсеров Дашевского. В начале июля он узнал о твердом намерении Каплан совершить террористический акт против Ленина.

Дашевский считал необходимым, чтобы такого рода покушения, могущие иметь серьезнейшие последствия, совершались под контролем и руководством ЦК. Поэтому он решил связать Каплан с Семеновым, работа которого санкционировалась и проходила под контролем ЦК.

Отряд Семенова деятельно готовил покушение. В то время в Москве еженедельно по пятницам проходили митинги на предприятиях города, и В.И.Ленин часто выступал на них. Заговорщики разделили город на части и назначили исполнителей, которые должны были стрелять в Ленина, когда он прибудет на митинг.

На крупные предприятия посылались дежурные террористы, которые при появлении Ленина должны были сообщить об этом исполнителю.

Один из членов террористической группы, подсудимый Усов, говорил на суде: «Все наши руководящие лица: Семенов, Елена Иванова и Коноплева — категорически настаивали, чтобы убийцей Ленина непременно был рабочий. Это, мотивировали они, послужило бы большей агитацией против Коммунистической партии...». Кроме Усова, исполнителями террористического акта были назначены Федоров-Козлов, Каплан и Коноплева.

Усов, встретив на одном из митингов В.И.Ленина, не смог выполнить задуманное. На суде он объяснил это так: « Ле-

нин был встречен громом аплодисментов и восторженными криками, и конечно, вырвать Бога у полуторатысячной рабочей массы я... не решился. Я стрелять не стал.» Так же поступил в другом случае и Федоров-Козлов.

Говорят, что Ленин обладал особого рода магнетизмом. Таким, что под влияние его сильной воли попали даже террористы, которые как на сеансе гипноза отказывались от собственных планов, подарив пролетарскому диктатору жизнь. «Хоть я просто переплётчик, но всегда боялся массовых сборищ — митингов, собраний (а я, конечно, был членом той партии, которая «ум, честь и совесть эпохи», демонстраций... Всё это напоминало массовый психоз. Мне совсем не хотелось быть психом, не хотелось растворять свою личность в «народных массах,»которые следуют за своими вождями безвольно, как крысы за крысоловом, играющем на дудке.» 30 августа на заводе Михельсона дежурил член террористической группы Новиков, который и сообщил Каплан о приезде Ленина. Она явилась на завод.

Когда Ленин, окруженный рабочими, выходил из помещения, где только что закончилось собрание, Новиков умышленно споткнулся и застрял в двери, сдерживая выходящих людей. В это время Каплан произвела выстрелы.

Семенов рассказывал: «После покушения на Ленина в газетах появилось сообщение от московского бюро ЦК о том, что партия эсеров непричастна к этому покушению. Это произвело на наш отряд впечатление ошеломляющее... Я предложил, чтобы кто-нибудь из боевиков вместе со мной пошел бы к Донскому...

Донской сказал, что партия обратно не возьмет этого решения, что сейчас идет красный террор, что если мы это решение возьмем обратно, то вся партия в целом будет

подвергнута разгрому... Он сказал, что единственная возможность, которая осталась, — эта мысль ему понравилась, — действовать как народные мстители, черные маски, вот это дело хорошее, тут партия будет в стороне, и, с другой стороны, капитал приобретем, удар основательный нанесем Советской власти...».

Причастность членов ЦК партии эсеров к покушению на жизнь В.И.Ленина подтвержадали другие данные. Донской, Гоц, Тимофеев, Морозов признали на суде, что Каплан являлась членом их партии, и подтвердили, что эсеровские боевики, уверенные в том, что ЦК партии санкционировал применение террора, выражали свое возмущение отказом признать покушение 30 августа «партийным делом».

Коноплева рассказала о своей беседе в июле 1918 года с Гоцем, который говорил: «Сейчас нужны террористические акты на Ленина и других... Партия эти акты если сейчас не признает, то она их позже признает». Коноплева также рассказала, что член ЦК партии Донской предложил Новикову, участвовавшему в покушении, написать воспоминания об этом с тем, чтобы оставить их в архиве партии. А позже, весной 1919 года, член ЦК партии Морозов приобрел карточку Каплан для партийного архива.

Когда Морозова спросили на суде, для чего ему понадобилась карточка Каплан, он сказал: «Я был секретарем, и все бумаги, которые имели касательство к партии, я всегда собирал».

Так эсеровские лидеры, официально отрицая причастность своей партии к покушению, фактически руководили им.

На суде установили, что Каплан стреляла из револьвера, данного ей Семеновым — командиром эсеровского «централь-

ного боевого отряда». Вот почему в 1918 году Каплан упорно не отвечала на вопросы следователей о том, где она взяла браунинг.

Теперь стало понятно и то, почему у Каплан в портфеле находился железнодорожный билет Томилино-Москва.

Из показаний участников семеновского отряда выяснилось, что на даче в Томилино находилась конспиративная квартира отряда и там неоднократно бывала Каплан, приезжавшая из Москвы.

Верховный революционный трибунал после 50-дневного тщательного судебного разбирательства приговорил членов ЦК партии социалистов-революционеров А.Р.Гоца, Д.Д.Донского, Л.Я.Герштейна, М.Я. Гендельмана-Грабовского, М.А.Лихача, Н.Н.Иванова, Е.М.Ратнер-Элькинд, Е.М.Тимофеева, членов различных руководящих органов партии С.В.Морозова, В.В.Агапова, А.И.Альтовского, члена ЦК партии народных социалистов В.И.Игнатьева и членов «центрального боевого отряда при ЦК партии эсеров» Г.И.Семенова, Л.В.Коноплеву и Е.А. Иванову-Иранову к расстрелу.

Десятерых подсудимых — ответственных деятелей партии эсеров, в том числе членов ЦК Д.Ф.Ракова, Ф.Ф.Федоровича и М.А.Веденяпина, а также непосредственных участников террористической и боевой деятельности партии эсеров П.Т.Ефимова, К.А.Усова, Ф.В.Зубкова, Ф.Ф.Федорова-Козлова, П.Н.Пелевина, И.С.Дашевского, Ф.Е.Ставскую — к разным срокам тюремного заключения. Двое подсудимых — Г.М.Ратнер и Ю.В.Морачевский — были оправданы. Вместе с тем, Верховный трибунал обратился в Президиум ВЦИК с ходатайством об освобождении осужденных Семенова, Коноплевой, Ефимова, Усова, Зубкова, Федорова-Козлова, Пелевина, Ставской, Дашевского и Игнатьева от наказания, так как

10 Зак. 323

нашел, что эти подсудимые заблуждались при совершении ими тяжких преступлений, а затем вполне осознали всю их тяжесть, поняли контрреволюционную роль партии эсеров, вышли из нее и из стана врагов рабочего класса.

Убийство М.С.Урицкого тоже было партийной загадкой для большевиков. Исполнитель этого преступления — Л.Каннегисер — был пойман, расстрелян, но возникал вопрос: кто его сообщники?

Как известно, в тот самый день, когда в Петрограде был убит М.С.Урицкий, 30 августа 1918 года, в Москве на заводе Михельсона Каплан стреляла в Ленина и тяжело ранила его.

Естественно было предположить, что совершенные в один день в Петрограде и Москве покушения представляют собою акты организованного террора и были подготовлены одной политической группой. При расследовании выяснилось, что Каплан в прошлом была анархисткой, затем эсеркой, а Каннегисер состоял в партии народных социалистов. Центральный комитет партии правых эсеров и другие социалистические партии выступают с официальными публичными заявлениям о том, что их организации не имеют никакого отношеция к убийству М.С.Урицкого и покушению на жизнь В.И.Ленина. Еще раньше они заявляли то же по поводу убийства В.Володарского. Конкретных данных, опровергающих утверждения этих партий, ВЧК не имела.

Чрезвычайная комиссия обратила внимание на связи убийцы М.С.Урицкого с Филоненко. В сообщении Петроградской чрезвычайной комиссии указывалось, что Каннегисер являлся родственником Филоненко. Этот интерес к Филоненко не был случайным.

М.М.Филоненко, по образованию инженер, поручик царс-

кой армии. Он был человеком огромного честолюбия, склонным к авантюрам, Керенский назначил его военным комиссаром Временного правительства.

Материалы судебного процесса по делу эсеров выявили более подробные данные о личности Каннегисера. Как выяснилось, последний постоянно вращался среди антисоветски настроенных офицеров и юнкеров, участвовал в подпольных военных группировках, создававшихся в Петрограде.

Он являлся сторонником активных методов борьбы с Советской властью. Член ЦК партии народных социалистов В.И.Игнатьев показал, что Каннегисер, как член партии народных социалистов, предложил ему использовать в партийных интересах военные группы, в которых он работал. «Приблизительно в конце марта, — рассказывал Игнатьев, — ко мне явился... Каннегисер, который предоставил мне определенные рекомендации от знакомых мне лиц и после некоторого разговора предложил мне сорганизовать или, вернее, оформить уже существующую организацию беспартийного офицерства, которая поставила своей задачей активную борьбу против Советской власти.

Он сказал, что свыше 100 человек разбиты по разным районам города. Город разделен на комендатуры. Я осведомился, каково политическое кредо этой группировки. Ответ получил такой, что они стоят на точке зрения идейного народоуправства. Затем мы более детально обсудили этот вопрос... Я просил более ответственных руководителей (организации) и комендантов прийти ко мне на совещание. Около полумесяца пошло на эту организационную работу». В конце концов, офицерские военные группы, в которых участвовал Каннегисер, перешли в ведение партии народных социалистов, и член ЦК этой партии Игнатьев взял на себя политическое руководство ими.

Между тем в городе существовали и военные группы правых эсеров. Впоследствии все городские военные группы слились в единую организацию, ставшую военным костяком «Союза возрождения России».

В районах Петрограда были созданы низовые объединенные военные организации «Союза» — военные комендатуры, большая часть которых возглавлялась правыми эсерами. Комендантом же Выборгского района был Каннегисер.

Игнатьев рассказал, что Каннегисер предлагал ему вступить от имени партии народных социалистов также в связь с действовавшей в городе самостоятельной организацией Филоненко. «Каннегисер неоднократно говорил мне, — показывал Игнатьев, — о своих личных связях с Филоненко, о своей прошлой работе с ним, о встречах с ним в период своей работы в «Союзе возрождения».

От встречи с Филоненко я отказался, от вхождения в связь с его организацией уклонялся, так как, по моей информации, организация его носила правый уклон и слишком личный характер, служила не для достижения общих целей, а для честолюбивых устремлений Филоненко к власти... Непременным уловием для совместной работы с его организацией ставилось признание Филоненко в качестве будущего премьера и военного министра». Отвечая на вопрос о причастности Филоненко к убийству М.С.Урицкого, Игнатьев сообщил на следствии, что он встречался с Филоненко в Архангельске во время господства там «союзных» оккупантов, при этом «во время разговора с Филоненко у последнего пробегала мысль о том, что он что-то знает по делу убийства Урицкого, но, скорее, был склонен приписать ее желанию похвастаться своей актуальностью в борьбе с большевиками перед правыми кругами и союзниками, с которыми Филоненко был тесно связан».

Новые данные о личности Каннегисера, его связях с право-эсеровскими организациями были рассмотрены следственными органами, которые пришли к выводу, что они, однако, недостаточны для определенных суждений. В обвинительном заключении по делу правых эсеров указывалось: «Следствием установлено, что Каннегисер находится в тесной связи с организацией партии с.-р., входил в организацию Филоненко и в свое время был одним из назначенных военных комендантов партии с.-р. в Выборгском районе при подготовке попытки восстания и был на одном из заседаний военного штаба на Невской заставе».

В 1926 году в эмигрантском сборнике «Голос минувшего на чужой стороне», издававшемся в Париже под редакцией С.П.Мельгунова и В.А.Мякотина, была опубликована статья-воспоминание под названием «Белые террористы». Автор статьи, бывший капитан лейб-гвардии Преображенского полка, принимавший участие в борьбе с большевиками в Петрограде, скрывавшийся за инициалами «Н.Н.», рассказал в ней о Каннегисере и об обстоятельствах убийства М.С.Урицкого.

По словам автора, в мае 1918 года по приглашению Каннегисера он вступил в террористическую группу, возглавляемую Филоненко, которая поставила своей целью «истребление видных большевистских деятелей».

«Слежка подвигалась медленно, — писал «Н.Н.», — хотя Каннегисеру и удалось проследить Урицкого до его квартиры, но оказалось, что он почти не бывал дома, оставаясь даже ночевать в ЧК.

Вторым препятствием являлась малолюдность улицы. Я выходил на слежку несколько раз в роли разносчика папирос, но безрезультатно, и первоначальный план — убить Уриц-

кого у его квартиры — нам пришлось оставить. Вскоре через Филоненко были получены сведения, что Урицкий едет на совещание в Москву. Эти сведения ему удалось добыть, пробравшись под видом маляра в саму ЧК».

Но и замысел убить Урицкого на вокзале не был проведен в жизнь (Урицкий не поехал в Москву). Тогда в организации возник новый проект.

«На одном совещании, — продолжал автор, — Филоненко было предложено несколько изменить тактику. Представлялось возможным произвести террористический акт над целой группой лиц.

Филоненко удалось достать 5 баллонов с сильной кислотой, которые, по его плану, должны были быть разбиты на предполагавшемся в скором времени Всероссийском съезде Советов, результатом чего явилась бы смерть если не всех, то большинства собравшихся».

Автор подробно рассказал, как шли приготовления к этому акту, как чекисты арестовали рассказчика, как Урицкий допрашивал его и отпустил на свободу под подписку о том, что он не будет в дальнейшем заниматься контрреволюционной деятельностью.

Далее анонимный автор писал: «После выхода из ЧК я не принимал уже активного участия в органзации, так как вскоре уехал из Петербурга. Работа же там шла своим чередом. Каннегисеру наконец удалось проследить Урицкого и... он убил его 4 выстрелами в упор».

Владимир Ленин должен был выступать в этот день на заводе Михельсона. Соратники, узнав о гибели Урицкого, пытались удержать, отговорить его от поездки на митинг.

Чтобы их успокоить, вождь пролетариата сказал за обедом, что, может, он и не поедет, а сам вызвал машину и уехал. Разве могло что-нибудь остановить Ленина? Он был безгранично самоуверен, как и все, кто наделён природной способностью манипулировать людьми.

А в это время среди толпы рабочих завода, носящего впоследствии имя Ильича, затаились террористы. После окончания митинга Ленин, сопровождаемый криками рабочих, вышел на улицу, направился к машине и... упал, пронзенный пулями террористки Каплан.

ЗАГАДКА СМЕРТИ ФАННИ КАПЛАН

Верный ленинец — комендант Кремля П.Мальков в своих не самых правдивых мемуарах свидетельствовал: « Я работал у себя в комендатуре, как вдруг тревожно, надрывно затрещал телефон. В трубке послышался глухой, прерывающийся голос Бонч-Бруевича:

— Скорее подушки. Немедленно.Пять-шесть обыкновенных подушек. Ранен Ильич... Тяжело...

— Ранен Ильич?.. Нет! Это невозможно, этого не может быть! Владимир Дмитриевич, что же вы молчите? Скажите, рана не смертельна? Владимир Дмитриевич!..

Отшвырнув в сторону стул и чуть не сбив с ног вставшего навстречу дежурного, я вихрем вылетел из комендатуры и кинулся в Большой дворец. Там, в гардеробной Николая II, лежали самые лучшие подушки.

Ворвавшись во дворец, ни слова не отвечая на расспросы

перепугавшихся служителей, я вышиб ногой запертую на замок дверь гардеробной, схватил в охапку несколько подушек и помчался на квартиру Ильича.

В коридоре около квартиры растерянно толпился народ: сотрудники Совнаркома, кое-кто из наркомов. Обхватив руками голову, упершись лбом в оконное стекло, в позе безысходного отчаяния застыл Анатолий Васильевич Луначарский...

Всегда плотно прикрытая дверь в квартиру Ильича стояла раскрытой настежь: возле двери, загораживая собою вход, держа винтовку наперевес, замер с каменно-неподвижным лицом часовой.

Увидев меня, он посторонился, и я передал находившемуся в прихожей Бонч-Бруевичу принесенные мною подушки.

Потянулись томительные, долгие минуты. Я стоял, словно прикованный, не в силах сдвинуться с места, уйти от этой двери. Взад и вперед проходили, пробегали люди, а я все стоял и стоял...

Вот в квартиру Ильича вбежала Вера Михайловна Бонч-Бруевич, жена Владимира Дмитриевича, чудесная большевичка и опытный врач. Ни на кого не глядя, ни с кем не здороваясь, стремительно прошел необычно суровый Яков Михайлович Свердлов. В конце коридора показалась, поддерживаемая под руку кем-то из наркомов, сразу постаревшая Надежда Константиновна.

Она возвращалась с какого-то заседания и до приезда в Кремль ничего, ровно ничего не знала. Все расступились. Прерывисто дыша, с трудом передвигая внезапно отяжелевшие ноги, Надежда Константиновна скрылась за дверью.

Наконец появился профессор Минц, еще кто-то из крупнейших специалистов... Наступил вечер, надвигались сумерки, надо было расходиться, а толком все еще никто ничего не знал, не мог сказать, что с Ильичем, насколько опасны раны, будет ли он жив.

Я вернулся в комендатуру, но работать не мог. Все валилось из рук. Мозг упорно сверлила одна неотступная мысль: как-то сейчас он, Ильич?

Ночь прошла без сна, да и думал ли кто-нибудь в Кремле в эту ночь о сне? Несколько раз за ночь я отправлялся к квартире Ильича. Все так же неподвижно стоял перед дверью часовой. Царила глубокая, гнетущая тишина. Там, в глубине квартиры, в комнате Ильича, шла упорная борьба со смертью, борьба за его жизнь. Там были Надежда Константиновна и Марья Ильинична, профессора и сестры.

Как хотелось в эти минуты быть рядом с ними, хоть чем-нибудь помочь, хоть как-то облегчить тяжкие страдания Ильича!

Казалось, будь от этого хоть какая-нибудь, самая малая польза, самое ничтожное облегчение, всю свою кровь до последней капли, всю жизнь до последнего дыхания я отдал бы тут же, с радостью, с восторгом. Да разве один я?

Но сделать я ничего не мог, даже в мыслях не решался переступить заветный порог и уныло бродил из конца в конец пустынного коридора мимо обезлюдевшей в ночные часы приемной Совнаркома, мимо дверей в кабинет Ильича.

Из-под этой двери, за которой еще сегодня днем звучал такой знакомый, такой бодрый голос, в полутемный коридор пробивался слабый свет. Там, за столом Ленина, склонившись

над бумагами, бодрствовал Яков Михайлович Свердлов.

Жизнь продолжалась. Пульс революции дал глубочайший перебой, но ничто не могло остановить его мощного биения.

Уже в день покушения на Владимира Ильича, 30 августа 1918 года, было опубликовано знаменитое воззвание Всероссийского Центрального Исполнительного Комитета «Всем, всем, всем», подписанное Я.М.Свердловым, в котором объявлялся беспощадный массовый террор всем врагам революции.

Через день или два меня вызвал Варлам Александрович Аванесов.

— Немедленно поезжай в ЧК и забери Каплан. Поместишь ее здесь, в Кремле, под надежной охраной.

Я вызвал машину и поехал на Лубянку. Забрав Каплан, привез ее в Кремль и посадил в полуподвальную комнату под Детской половиной большого дворца.

Команата была просторная, высокая. Забранное решеткой окно находилось метрах в трех-четырех от пола. Возле дверей и против окна я установил посты, строго наказав часовым не спускать глаз с заключенной. Часовых я отобрал лично, только коммунистов, и каждого сам лично проинструктировал. Мне и в голову не приходило, что латышские стрелки могут не усмотреть за Каплан, надо было опасаться другого: как бы кто из часовых не всадил в нее пулю из своего карабина.

Прошел еще день-два, вновь вызвал меня Аванесов, предъявил постановление ВЧК: Каплан — расстрелять, приговор привести в исполнение коменданту Кремля Малькову.

— Когда? — коротко спросил я Аванесова.

У Варлама Александровича, всегда такого доброго, отзывчивого, не дрогнул на лице ни один мускул.

— Сегодня. Немедленно.

— Есть!

Да, подумалось в тот момент, красный террор — непустые слова, не только угроза. Врагам революции пощады не будет!

Круто повернувшись, я вышел от Аванесова и отправился к себе в комендатуру. Вызвав несколько человек латышей-коммунистов, которых лично хорошо знал, я их обстоятельно проинструктировал, и мы отправились за Каплан.

По моему приказу часовой вывел Каплан из помещения, в котором она находилась, и мы приказали ей сесть в заранее подготовленную машину.

Было 4 часа дня 3 сентября 1918 года. Возмездие свершилось. Приговор был исполнен. Исполнил его я, член партии большевиков, матрос Балтийского флота, комендант Московского Кремля Павел Дмитриевич Мальков, собственноручно.

И если бы история повторилась, если бы вновь перед дулом моего пистолета оказалась тварь, поднявшая руку на Ильича, моя рука не дрогнула бы, спуская курок, как не дрогнула она тогда...».

На следующий день, 4 сентября 1918 года, в газете «Известия» было опубликовано краткое сообщение: «Вчера, по постановлению ВКЧ, расстреляна стрелявшая в тов. Ленина правая эсерка Фанни Ройд (она же Каплан)».

Жизнь и смерть Фанни Каплан — загадка. Есть сведения, что и звали то её вовсе не Фанни, а Дора.

Британский агент Роберт Брюс Локкарт писал в своём дневнике: «В пятницу 30 августа Урицкий был убит Каннегисером, а вечером того же дня молодая еврейская девушка Дора Каплан стреляла в Ленина. Одна пуля попала в лёгкое, над сердцем. Другая попала в шею, близко от главной артерии...» Нет ничего удивительного в этой путанице с именами. Дора или Фанни — какая разница. Жившие в конспирации профессиональные революционеры сами забывали свои настоящие имена. Вы лучше вспомните, кто нами руководил... Кто из вождей осуществлял руководство массами под именем, данным ему при рождении родителями? Большинство пользовались партийными кличками и псевдонимами. Своеобразная игра? Прятки? От кого?

Летом 1994 года по радио «Маяк» передавали сенсационные воспоминания историка, в своё время работавшего в карательных органах. Голос пожилого человека объяснял, что утверждение коменданта Кремля П.Малькова о том, что он собственноручно застрелил Фанни Каплан и сжег с помощью Демьяна Бедного, — ложно.

Историк (бывший советский прокурор) рассказывал, что комендант Кремля вернулся из ссылки сломленным, на него оказывали давление, и писал он свои мемуары под чужую диктовку. Последнее не вызывает сомнений. Хотя диктовал, может, и сам Мальков, но коррективы и акценты, конечно, вносили и расставляли другие люди.

Выступающий утверждал, что Фанни Каплан не была расстреляна осенью 1918 года. До 1939 года она якобы содержалась в одном из лагерей под Свердловском в особо секретной камере со всеми удобствами. Кому и зачем понадобилось

это тайное оружие в виде террористки, покушавшейся на Ленина — абсолютно не ясно.

Но все-таки в данном случае мы склонны больше верить Павлу Дмитриевичу, рука которого не дрогнула, спуская курок.

«ТЕРРОРИСТЫ БУДУТ СЧИТАТЬ НАС ТРЯПКАМИ!»

«2 сентября ВЦИК, заслушав сообщение Я.М.Свердлова о покушении на жизнь В.И.Ленина, принял резолюцию, в которой предупреждал прислужников российской и союзнической буржуазии, что за каждое покушение на деятелей советской власти будут отвечать все контрреволюционеры и их вдохновители.

«На белый террор врагов рабоче-крестьянской власти, — говорилось в резолюции, — рабочие и крестьяне ответят массовым красным террором против буржуазии и ее агентов». Народный комиссар внутренних дел Г.П.Петровский подписал приказ, в котором требовал от местных властей положить конец расхлябанности и миндальничанию с врагами революции, применяющими массовый белый террор против рабочих и крестьян.

В приказе предлагалось взять из буржаузии и офицерства заложников и при дальнейших попытках контрреволюционных выступлений в белогвардейской среде принимать в отношении заложников репрессии, подтверждая законность применения красного террора.

Совет Народных Комиссаров объявил 5 сентября 1918 года,

что все лица, причастные к белогвардейским организациям, заговорам и мятежам, подлежат расстрелу».

Итак, красный террор получил как бы законодательное обоснование. И еще обратим внимание на логику большевиков: если 1 сентября «выстрел в Ленина ВЧК с полным основанием расценила как преступление против рабочего класса в целом», класса, понятно, многочисленного, то на другой день в приказе Петровского уже клеймится «массовый белый террор против рабочих и крестьян».

За сутки к рабочим прибавились и крестьяне. Видимо, массовость белого террора катасторофически нарастала. А на массовый белый террор надо отвечать массовым же красным террором. Логично.

Надо только привыкнуть к мысли, что выстрел в Ленина равнозначен стрельбе по рабочм и крестьянам «в целом».

О терроре стоит сказать немного подробнее. Вот, например, гневное послание Ленина председателю Петроградского совета Зиновьеву. Письмо написано 26 июня 1918 года, то есть спустя пять дней после убийства Володарского и за два месяца до выстрелов Каннегисера и Каплан.

«Т.Зиновьеву и другим членам ЦК.

Также Лашевичу.

Тов. Зиновьев! Только мы сегодня услыхали в ЦК, что в Питере рабочие хотели ответить на убийство Володарского массовым террором и что вы (не Вы лично, а питерские цекисты или пекисты) удержали.

Протестую решительно!

Мы компрометируем себя: грозим даже в резолюциях Совдепа массовым террором, а когда до дела, тормозим революционную инициативу масс, вполне правильную.

Это не-воз-мож-но!

Террористы будут считать нас тряпками. Время архивоенное.

Надо поощрять энергию и массовидность террора против контрреволюционеров, и особенно в Питере...

Привет Ленин.

P.S. Отряды и отряды: используйте победу на перевыборах.

Если питерцы двинут тысяч 10-20 в Тамбовскую губернию и на Урал и т.п., и себя спасут, и всю революцию, вполне и наверное. Урожай гигантский, дотянуть только несколько недель».

Причинная связь между ожидаемым урожаем и необходимостью террора выражена в этом письме достаточно ясно. Ведь не собирать урожай, а отбирать его в Тамбовской губернии и на Урале должны были 10-20 тысяч питерцев.

Итак, была дана команда, и «красный террор» начался.

В Киеве, например, расстреливаемых заставляли ложиться ничком на кровавую массу, покрывавшую пол, стреляли в затылок и размозжали череп. Заставляли ложиться одного на другого, еще только что пристреленного. Выпускали намеченных к расстрелу в сад и устраивали там охоту на людей.

В отчете киевских сестер милосердия регистрируются такие

факты. В «лунные, ясные летние ночи», «холеный, франто-ватый» комендант губ.ЧК Михайлов непосредственно сам охотился с револьвером в руках за арестованными, выпущен-ными в голом виде в сад.

Французская писательница Одетта Кён, считающая себя ком-мунисткой и побывавшая по случайным обстоятельствам в тюрьмах ЧК в Севастополе, Харькове и Москве, рассказыва-ет в своих воспоминаниях со слов одной из заключенных о такой охоте за женщинами даже в Петрограде (она отно-сит этот, казалось бы, маловероятный факт к 1920г.!) В той же камере, что и эта женщина, было заключено еще 20 жен-щин-контрреволюционерок, ночью за ними пришли солда-ты. Вскоре послышались нечеловеческие крики, и заключен-ные увидели в окно, выходящее во двор, всех этих 20 женщин, посаженных на дроги. Их отвезли в поле и прика-зали бежать, гарантируя тем, кто прибежит первым, что они не будут расстреляны. Затем они были все перебиты...

В Брянске, как свидетельсвует С.М.Волковский в своих вос-поминаниях, существовал «обычай» пускать пулю в спину после допроса. В Сибири разбивали головы «железной ко-лотушкой»... В Одессе — свидетельствует одна простая жен-щина в своих показаниях — «во дворе ЧК под моим окном поставили бывшего агента сыскной полиции. Убивали ду-биной или прикладом. Убивали больше часа. И он все умо-лял пощадить».

В Екатеринославе некий Валявка, расстрелявший сотни «кон-трреволюционеров», имел обыкновение выпускать «по де-сять-пятнадцать человек в небольшой, специальный забором огорожденный двор». Затем Валявка с двумя-тремя товари-щами выходили на середину и открывали стрельбу.

В том же Екатеринославе председатель ЧК «тов. Трепалов»

ставил против фамилий, наиболее ему не понравившихся, сокращенную подпись толстым карандашом «рас», что означало — расход, т.е. расстрел; ставил свои пометки, так что трудно было в отдельных случаях установить, к какой собственно фамилии относятся буквы «рас». Исполнители, чтобы не «копаться» (шла эвакуация тюрьмы), расстреливали весь список в 50 человек по принципу: «вали всех».

Петроградский орган «Революционное Дело» сообщал такие подробности о расстреле 60 по Таганцевскому делу.

«Расстрел был произведен на одной из станций Ириновской ж.д. Арестованных привезли на рассвете и заставили рыть яму.

Когда яма была наполовину готова, приказано было всем раздеться. Начались крики, вопли о помощи. Часть обреченных была насильно столкнута в яму, и по яме была открыта стрельба.

На кучу тел была загнана и остальная часть и убита тем же манером. После чего яма, где стонали живые и раненые, была засыпана землей».

Вот палачи московские, которые творят в специально приготовленных подвалах с асфальтовым полом с желобком и стоком крови свое ежедневное кровавое дело.

Три палача: Емельянов, Панкратов, Жуков, все члены российской коммунистической партии, живущие в довольстве, сытости и богатстве.

Они, как и все вообще палачи, получают плату поштучно: им идет одежда расстрелянных и те золотые и прочие вещи, которые остались на заключенных.

Они выламывают у своих жертв золотые зубы, собирают золотые кресты...».

С.С.Маслов рассказывает о женщине-палаче, которую он сам видел. «Через 2-3 дня она регулярно появлялась в Центральной Тюремной больнице Москвы (в 1919 г.) с папиросой в зубах, с хлыстом в руках и револьвером без кобуры за поясом. В палаты, из которых заключенные брались на расстрел, она всегда являлась сама.

Когда больные, пораженные ужасом, медленно собирали свои вещи, прощались с товарищами или принимались плакать каким-то страшным воем, она грубо кричала на них, а иногда, как собак, била хлыстом... Это была молоденькая женщина... лет 20-22».

Были и другие женщины-палачи в Москве.

С.С.Маслов как старый деятель вологодской кооперации и член Учредительного собрания от Вологодсклой губ., хорошо осведомленный о вологодских делах, рассказывает о местном палаче (далеко не профессионале) Ревекке Пластининой (Майзель), когда-то скромной фельдшерице. Она собственноручно расстреляла 100 человек.

В Вологде чета Кедровых — добавляет Е.Д.Кускова, бывшая в это время там в ссылке — жила в вагоне около станции. В вагонах проходили допросы, а около вагонов — расстрелы.

При допросах Ревекка била по щекам обвиняемых, орала, стучала каблуками, иступленно и кратко отдавала приказы: «К расстрелу! К стенке!» «Я знаю до десяти случаев, — говорит Маслов, — когда женщины добровольно «дырявили затылки». О деятельности в Архангельской губ. весной и летом 1920 года этой Пластининой-Майзель, которая была

женой знаменитого Кедрова, сохранились и такие воспоминания: «После торжественных похорон пустых, красных гробов началась расправа Ревекки со старыми партийными врагами. Она была большевичка. Эта безумная женщина, на голову которой сотни обездоленных матерей и жен шлют свое проклятие, в злобе превзошла всех мужчин ВЧК.

Она вспоминала все меленькие обиды семье мужа и буквально распяла эту семью, а кто остался не убитым, тот был убит морально. Жестокая, истеричная, безумная. Она придумала, что белые офицеры хотели привязать ее к хвосту кобылы и пустить лошадь вскачь.

Уверовав в свой вымысел, она едет в Соловецкий монастырь и там руководит расправой! Вместе со своим новым мужем Кедровым. Дальше она настаивает на возвращении всех арестованных комиссией Эйдука из Москвы, и их по частям увозят на пароходе в Холмогоры, усыпальницу русской молодежи, где, раздев, убивают их на баржах и топят в море.

Целое лето город стонал под гнетом террора.

« Как ни обычна «работа» палачей — наконец, человеческая нервная система не может выдержать. И казнь совершают палачи преимущественно в опьяненном состоянии — нужно состояние «невменяемости», особенно в дни, когда идет действительно своего рода бойня людей. В Бутырской тюрьме даже привычная к расстрелу администрация, начиная с коменданта тюрьмы, всегда обращалась к наркотикам (кокаин и пр.), когда приезжал так называемый «комиссар смерти» за своими жертвами и надо было вызывать обреченных из камер.

«Почти в каждом шкафу, — рассказывает Нилостонский про Киевские чрезвычайки, — почти в каждом ящике нашли мы

пустые флаконы из-под кокаина, кое-где даже целые кучи флаконов».

В состоянии невменяемости палач терял человеческий образ.

«Один из крупных чекистов рассказывал, — передает авторитетно свидетель, — что главный (московский) палач Мага, расстрелявший на своем веку не одну тысячу людей, как-то закончив «операцию» над 15-20 людьми, набросился с криком «раздевайся, такой-сякой» на коменданта тюрьмы Особого Отдела ВЧК Попова, из «любви к искусству» присутствовавшего при этом расстреле. «Глаза, налитые кровью, весь ужасный, обрызганный кровью и кусочками мозга, Мага был совсем невменяем и ужасен», — говорил рассказчик. «Попов струсил, бросился бежать, и только счастье, что своевременно подбежали другие и скрутили Мага»...

И все-такие психика палача не всегда выдерживала. В отчете сестер милосердия Красного Креста рассказывается, как иногда комендант ЧК Авдохин не выдерживал и исповедывался сестрам. «Сестры, мне дурно, голова горит... Я не могу спать... Меня всю ночь мучают мертвецы»...

«Когда я вспоминаю лица членов ЧК: Авдохина, Терехова, Осмолова, Никифорова, Угарова, Абнавера или Гусига, я уверена, — пишет одна из сестер, — что это были люди ненормальные, садисты, кокаинисты — люди, лишенные образа человеческого».

В психиатрических лечебницах зарегистрирована как бы особая «болезнь палачей» — мучащая совесть и давящие психику кошмары захватывают виновных в пролитии крови.

Одно время ГПУ пыталось избавиться от этих сумасшедших путем расстрела их, и несколько человек таким способом

были избавлены от кошмара душивших их галлюцинаций.

Просмотрите протоколы Деникинской комиссии, и вы увидите, высшие чины ЧК, не палачи по должности, в десятках случаев производят убийства своими руками. Одесский Вихман расстреливает в самих камерах по собственному желанию, хотя в его распоряжении было шесть специальных палачей. Атарбеков в Пятигорске употреблял при казни кинжал. Роверр в Одессе убивает в присутствии свидетеля некоего Григорьева и его двенадцатилетнего сына...

Другой чекист в Одессе «любил ставить свою жертву перед собой на колени, сжимать голову приговоренного коленями и в таком положении убивать выстрелом в затылок». Таким примерам нет числа...

Смерть стала слишком привычна. Мы говорили уже о тех циничных эпитетах, которыми сопровождают обычно большевисткие газеты сообщения о тех или иных расстрелах. Так упрощенно-циничной становится вся вообще терминология смерти: «пустить в расход», «разменять», «идите искать отца в Могилевскую губернию», «отправить в штаб Духонина», «сыграл на гитаре», «больше 38-ми я не смог запечатать», т.е. собственноручно расстрелять, или еще грубее: «нацокал», «отправить на Машук — фиалки нюхать»; комендант петроградской ЧК громко говорит по телефону жене: «Сегодня я везу рябчиков в Крондштадт».

Так же упрощенно и цинично совершается, как много раз уже отмечали, и самая казнь. В Одессе объявляют приговор, раздевают и вешают на смертника дощечку с номером. Так, по номерам и вызывают. Заставляют еще расписываться в объявлении приговора.

В Одессе нередко после постановления о расстреле обхо-

дили камеры и собирали биографические данные для газетных сообщений.

Эта «законность» казни соблюдается в Петрограде, где о приговорах объявляется в особой «комнате для приежающих».

Орган Центрального Комитета коммунистической партии «Правда» высмеивал сообщения английской печати о том, что во время казни играет оркестр военной музыки. Так было в дни террора в 1918 году. Так расстреливали в Москве царских министров, да не их одних. Тогда казнили на Ходынском поле и расстреливали красноармейцы.

Красноармейцев сменили китайцы. Позже появился как бы институт наемных палачей — профессионалов, к которым время от времени присоединялись любители-гастролеры.

Ряд свидетелей в Деникинской комиссии рассказывают о расстрелах в Николаеве в 1919 году под звуки духовной музыки.

В Саратове расстреливают сами заключенные (уголовные) и тем покупают себе жизнь. В Туркестане — сами судьи. Утверждают свидетели, что такой же обычай существовал в Одессе в губернском суде — даже на ЧК. Я не умею дать ответа на вопрос, хорошо или плохо, когда приводит казнь в исполнение тот, кто к ней присудил...

К 1923 году относится сообщение о том, как судья В. непосредственно сам убивает осужденного: в соседней комнате раздевают и тут же убивают... Утверждают, что в Одессе в ЧК в 1923 году введен новый, усовершенствованный способ расстрела.

Сделан узкий, темный коридор с ямкой в середине. С бо-

ков имеются две бойницы. Идущий падает в яму и из бойниц его расстреливают, причем стреляющие не видят лица расстреливаемого.

Не могу не привести еще одного описания расстрелов в московской ЧК, помещенного в N4 нелегального бюллетеня левых с.-р. Относится это описание к тому времени, когда «велись прения о правах и прерогативах ЧК и Рев. Трибунала». т.е. о праве ЧК выносить смертные приговоры. Тем характернее картины, нарисованные пером очевидцев: «Каждую ночь, редко когда с перерывом, водили и водят смертников «отправлять в Иркутск». Это ходкое словечко у современной опричнины. Везли их прежде на Ходынку. Теперь ведут сначала в N11, а потом из него в N7 по Варсонофьевскому переулку. Там вводят осужденных — 30-12-8-4 человека (как придется) — на 4-й этаж. Есть специальная комната, где раздевают до нижнего белья, а потом раздетых ведут вниз по лестницам.

Раздетых ведут по снежному двору, в задний конец, к штабелям дров и там убивают в затылок из нагана.

Иногда стрельба неудачна. С одного выстрела человек падает, но не умирает. Тогда выпускают в него ряд пуль, наступая на лежащего, бьют в упор в голову или грудь.

10-11 марта Р.Олехновскую, приговоренную к смерти за пустяковый поступок, который смешно карать даже тюрьмой, никак не могли убить. 7 пуль попало в нее, в голову и грудь. Тело трепетало. Тогда Кудрявцев (чрезвычайник из прапорщиков, очень усердствовавший, недавно ставший «коммунистом», взял ее за горло, разорвал кофточку и стал крутить и мять шейные хрящи. Девушке не было 19 лет.

Снег на дворе весь красный и бурый. Все забрызгано кру-

гом кровью. Устроили снеготаялку, благо — дров много, жгут их на дворе и улице в кострах полсаженями. Снеготаялка устроила кровавые жуткие ручьи.

Ручей крови перелился чрез двор и пошел на улицу, поперек в соседние места. Спешно стали закрывать следы. Открыли какой-то люк и туда спускают этот темный страшный снег, живую кровь только что живших людей...»

(Мельгунов Т. Красный террор в России. М., 1992)

«В Киеве чрезвычайка находилась во власти латыша Лациса. Его помощниками были изверги Авдохин, «товарищ Вера», Роза Шварц и др. девицы. Здесь было полсотни чрезвычаек, но наиболее страшными были три, из которых одна помещалась на Екатерининской ул., N16, другая — на Институтской ул., N409 и третья — на Садовой ул., N5. В одном из подвалов чрезвычайки, точно не помню какой, было устроено подобие театра, где были расставлены кресла для любителей кровавых зрелищ, а на подмостках, т.е. на эстраде, которая должна была изображать собою сцену, производили казни.

После каждого удачного выстрела раздавались крики «браво», «бис» и подносились бокалы шампанского. Роза Шварц лично убила несколько сот людей, предварительно втиснутых в ящик, на верхней площадке которого было проделано отверстие для головы.

Но стрельба в цель являлась для тех девиц только шуточной забавой и не возбуждала уже их притупившихся нервов. Они требовали более острых ощущений... выкалывали иглами глаза, или выжигали их папиросой, или же забивали под ногти тонкие гвозди.

В Киеве шепотом передавали любимый приказ Розы Шварц...

когда уже нельзя было заглушить душераздирающих криков истязаемых.

«Залей ему глотку горячим оловом, чтобы не визжал, как поросенок...» И этот приказ выполняли с буквальной точностью».

«Применялись в киевских чрезвычайках и другие способы истязания. Так, например, несчастных втискавали в узкие деревянные ящики и забивали их гвоздями, катая ящик по полу».

В Москве был «садист Орлов, специальностью которого было расстреливать мальчиков, которых он вытаскивал из домов, или ловил на улицах».

«В Одессе: Вера Гребенщикова лично застрелила 700 человек. Использовали линейный корабль «Синоп» и «Алмаз», прикрепляли железными цепями к толстым доскам и медленно, постепенно продвигали, ногами вперед, в корабельную печь...

Чекисты Ямбурга на кол посадили офицеров Нарвского флота.

В Киеве жертву клали в ящик с разлагающимися трупами, потом объявляли, что похоронят заживо. Ящик зарывали, через полчаса открывали и тогда производили допрос. Удивительно ли, что люди действительно сходили с ума?»

Князь Н.Д.Жевахов. Воспоминания. Королевство С.Х.С., 1927.т.2).

(Н.Д.Жевахов — тов. Обер-Прокурора св.Синода; воспоминания охватывают март 1917 — январь 1920 г.г.)

«ПРОФЕССИОНАЛЬНЫХ ПОКУШЕНИЙ НА ТОВАРИЩА СТАЛИНА НЕ БЫЛО!»

Одна из самых страшный тайн советской эпохи — покушение на ее вождей. Сегодня кое-что стало известно о нападениях одиночек « с нездоровой психикой» на Хрущева, Брежнева, Андропова. Однако покушения на «товарища Сталина» так и остались в тени.

Генерал-лейтенант Кирилл Москаленко:

В первых числах ноября 1942 года я был вызван в Ставку на совещание. Закончив дела в Генштабе, зашел к Г.К.Жукову поинтересоваться, нет ли каких поручений. Георгий Константинович выглядел до крайности озабоченным и не скрывал этого. Неожиданно он предложил мне:

— Оставайтесь в Москве до 7-го. Посмотрите военный парад на Красной площади в столь необычайной обстановке, кое-что вместе обсудим...

Когда утром 7 ноября я вышел из «эмки» на набережной Москва-реки, со стороны Васильевского спуска, ко мне подошли два офицера НКВД и с непроницаемыми лицами козырнули: — Извините, генерал, но таков порядок: предлагаем вам оставить личное оружие в машине.

У меня в голове мелькнуло: «Наверняка здесь, в Москве, что-то стряслось. Такого еще не бывало!».

Покосил глазами по сторонам: так и есть! Трясли не только меня, но и всех других военных, выходивших из машин. И только поздней ночью, с глазу на глаз, Жуков успел шепнуть мне, что какой-то мерзавец совершил нападение на товарища Сталина.

Нотариус Лев Левицкий:

В этот злосчастный вечер я возвращался из Замоскворечья, с именин моего брата, работника одного из Наркоматов. Решив сократить путь, я направился к дому через спуск у храма Василия Блаженного и далее напрямик, через Красную площадь. Уже успел поравняться с Лобным местом, как впереди, — мне показалось, что от здания бывшей городской думы, — раздались гулкие в ночной тишине выстрелы.

Извините за откровенность, но что прикажете делать в этой обстановке мне — бедному, несчастному гражданину? Который в своей жизни не только ни с кем не воевал, но даже не зарезал цыпленка? Короче говоря, от этой стрельбы я для себя ничего хорошего не ожидал и счел за благо рухнуть на брусчатку мостовой.

В нескольких шагах впереди меня, со стороны Спасской башни, на бешеной скорости пронесся автомобиль и скрылся на улице Куйбышева.

Тут послышались шаги, вокруг меня суетились какие-то товарищи с револьверами в руках, все в военной фороме.

— Товарищ майор! — крикнул один из них. — Здесь вот еще один соучастник!

Меня за шиворот подняли с земли, заломали руки за спину, связали и втолкнули в подъехавший крытый автомобиль.

Продержали месяца три в «Бутырках». Допрашивали непрерывно, причем почти все время — по ночам. Перед первым допросом в кабинете следователя меня бегло осмотрел очень крупный начальник и сказал заполнившим кабинет командирам:

— Вы с этой дряхлятиной поосторожнее! Он нам нужен живым!

А месяца через три случилось невероятное: с меня (кстати говоря, тоже ночью) взяли расписку «о неразглашении» и... выпустили с миром! И что за напасть: тоже глубокой ночью, когда трамваи уже давно не ходили. Мне ничего не оставалось, как до рассвета переминаться с ноги на ногу у входа в тюрьму, чтобы по дороге не нарваться на новые выстрелы.

Полковник КГБ в отставке Михаил Яремич:

Профессиональных покушений на товарища Сталина не было.

В первую очередь, это наша, чекистов, заслуга: мы его берегли, как отца родного! Кроасноармейца Дмитриева, пальнувшего в Иосифа Виссарионовича осенью 42-го, я вообще в расчет не беру. Четыре выстрела из трехлинейки, пронесенной в центр города из-за недосмотра неопытной милиции. Да еще не прицельно, а так, от фонаря, в белый свет, как в копеечку. Нет, это не серьезное нападение, а детсадовская шутка.

Правда, время тогда, в начале войны, было суровое: приняли выходку этого плоскостопого вояки за теракт, провели следствие.

Установили, что целью стрельбы действительно было покушение на товарища Сталина. Тем более, что сам Дмитриев во всем сознался. Залепили ему расстрел по приговору военной коллегии Верховного Суда.

(Алиби N 14, 1995)

«НА КРАСНОЙ ПЛОЩАДИ СТРАШНАЯ НЕПРИЯТНОСТЬ»

Из воспоминаний генерал-полковника М.С.Докучаева, бывшего начальника 9-го Главного управления КГБ СССР.

Война еще более усилила фактор подготовки и проведения террористических актов против Сталина и его соратников в целях нанесения удара по советскому руководству и стране не только на фронте, но и в тылу. В эти годы были задуманы, тщательно готовились и проводились дерзкие акты по физическому уничтожению руководителей нашей страны, высоких военачальников, ученых и других известных советских деятелей.

В 1941 году террорист несколько дней осуществлял наблюдение на Красной площади за работой сотрудников служб безопасности при проезде из Кремля и по улице Куйбышева автомашин с руководителями партии и правительства. Он примелькался службе охраны, и его стали принимать за своего сотрудника; 6 ноября его привезли на Красную площадь на автомашине с оружием, и он представился сотрудникам безопасности как назначенный на этот участок для усиления охраны в предпраздничные дни.

Когда из Кремля вышла машина с А.И.Микояном, этот террорист вскочил вовнутрь Лобного места и открыл огонь по автомашине. Он стрелял метко и расчетливо, но пули его оружия отскакивали от брони автомобиля. Водитель, почувствовав удары по стеклам, быстро свернул к Васильевскому спуску и ушел от обстрела.

В борьбу с террористом вступили чекисты: майор госбезопасности Степин, капитан Цыба и сержант Вагин. В перестрелке был тяжело ранен в ногу майор Степин (впослед-

ствии генерал-майор, скончался 11 сентября 1989 года). Однако капитан Цыба успел метнуть гранату вовнутрь Лобного места и тяжело ранил бандита. Цыба и Вагин бросились туда и схватили его. Впоследствии он скончался, так и не сказав, кто он такой и по заданию кого совершил этот террористический акт.

За свои подвиги в борьбе с терроризмом майор Степин был награжден орденом Красного знамени, а капитан Цыба и сержант Вагин — орденами Красной Звезды.

Шестого ноября 1942 года в 16 часов начальнику отдела СМЕРШ московского корпуса ПВО полковнику Масленникову позвонили из Управления НКВД г.Москвы: «На Красной площади задержан на месте преступления боец стрелкового полка ПВО Дмитриев. Он сделал попытку террористического акта — стрелял по правительственным машинам из засады у памятника Минину и Пожарскому».

Москва готовилась встретить 24-ю годовщину Октябрьской революции. Серые холодные дома, занавешенные окна, ежедневный вой сирен воздушной тревоги, пулеметные очереди, артиллерийские разрывы в небе в перекрестье прожекторов.

В тот день я сидел в кабинете в здании бывшего Наркомата заготовок в Уланском переулке, где размещался штаб Московского корпуса ПВО. Я работал старшим оперуполномоченным особого отдела корпуса. Зашел секретарь отдела и сказал, чтобы я срочно явился к Масленникову. Без всяких предисловий тот приказал мне вызвать оперуполномоченного Долбилина с материалами на рядового Н-ского стрелкового полка Дмитриева. Потом, помедлив, добавил: — На Красной площади страшная неприятность...

Долбилин явился минут через тридцать и наскоро расска-

зал мне о происшедшем. Из засады у памятника Минину и Пожарскому боец Дмитриев несколько раз выстрелил по машинам, выезжавшим из Спасских ворот. Одна пуля разбила фару в машине Микояна. Люди, к счастью, не пострадали. Дмитриева тут же схватили дежурившие на Красной площади работники НКВД.

Незадолго до этих событий Дмитриев был переведен из зоны охраны Рублевского водохранилища в свой полк в Москву. В день покушения дежурил в гараже полка, расположенном недалеко от Красной площади.

Дмитриев родился В Москве в 1910 году в рабочей семье, родители его проживали в Москве, до этих пор никакими компрометировавшими его материалами органы не располагали.

Случившееся потрясло меня. Стрелять по правительству, когда враг на подступах к городу! Все руководство страны для нас умещалось тогда в родном слове — Сталин. Первый вывод напрашивался сам собой: значит, есть организация, которая сумела это совершить.

Вскоре вместе с Масленниковым мы были в здании НКВД. Привели Дмитриева. Среднего роста, среднего телосложения, круглолицый и темноволосый. Передо мной стоял мой ровесник. Растерянности или страха на его лице на было.

Первый вопрос задал начальник Управления НКВД Евсеичев:
— Что вас заставило совершить это преступление?

Дмитриев отвечал твердым голосом, полный уверенности в правоте своих действий. Я хорошо запомнил его слова.

— До войны, в газетах, по радио, в выступлениях руково-

дителей всегда говорилось, что если начнется война, мы будем воевать на территории противника. Немец все дальше лезет, смотрите, уже до Москвы дошел. Поэтому я решил совершить свой суд за обман народа.

— Вы руководствовались своим мнением или выполняли чье-то задание? — спросил Евсеичев.

— Это было мое собственное решение.

Никто из нас не верил, что человек может решиться на такой отчаянный поступок в одиночку, но Дмитриев категорически отрицал свою принадлежность к какой-либо организации.

В тот же день я отправился к месту прежней службы Дмитриева в Рублево. Командир и сослуживцы Дмитриева отзывались о нем только положительно. В допросах прошла вся ночь. Вернувшись в Москву утром 7 ноября, я пошел к Масленникову, но тот был в отъезде, и заместитель начальника отдела Фетисов разрешил мне отдохнуть до его возвращения, никуда не отлучаясь.

Но день все же, несмотря на войну, был праздничный, и я решил ненадолго отлучиться и навестить своего сослуживца. Вместе пообедали и выпили по случаю праздника немного спиртного.

Бессонная ночь дала о себе знать, я прилег на диван, попросив товарища разбудить меня через пару часов, и крепко заснул.

Мне снился сон, что меня всюду разыскивает дежурный по отделу. Проснулся. Рядом, на топчане, спал мой товарищ. Часы показывали час ночи.

В ужасе, я побежал в отдел. Оказывается, тут уже подняли тревогу, разыскивая меня, и едва я вошел в кабинет Масленникова, он набросился на меня с бранью... В общем, итогом был мой перевод в другую часть, в особый отдел противовоздушной артиллерийской дивизии и больше к делу Дмитриева я отношения не имел.

Спустя несколько месяцев я узнал, что дело это закончено.

Рядового Дмитриева судили по законам военного времени...

(Кожухов Ф.С. Покушение на Сталина в 41-м году. Совершенно секретно, N 4, 1994).

В СЕНТЯБРЕ 1944 ГОДА ОНИ ЕДВА НЕ ВЗОРВАЛИ СТАЛИНА

5 сентября 1944 года. Ночь. Пустынный перекресток у поселка Карманово Смоленской области. На посту — старший лейтенант милиции Ветров. Он в промокшей шинели. Глаза слипаются от усталости. Его подняли по тревоге: над линией фронта обстрелян немецкий самолет. И Ветров третий час стоит на раскисшей обочине, ведя наблюдение.

Машины, повозки... Тормозит мотоцикл, на котором двое военных — майор и его спутница, младший лейтенант. На груди майора — звезда Героя Советского Союза. Взяв документы, Ветров читает: «Таврин П.И. зам. начальника ОКР «Смерш» 39-й армии, 1-го Прибалтийского фронта». На войне было неписаным правилом: офицерам такого ранга вопросов не задают.

Но Ветров спросил: «Из Прибалтики на мотоцикле доби-

раетесь?». «Это что за вопросы!» — прикрикнул майор. Однако его заносчивость Ветрова не смутила. «Странно, — подумал он. — Всю ночь дождь, а майор и его спутница не промокли». «Прошу вас заехать в Карманово. Нам нужно сделать отметку, что вы выехали из нашей зоны». «Вам тут в тылу делать нечего!» — возмутился майор. Но на подмогу к Ветрову уже бежали сотрудники, дежурившие поодаль.

Все документы Таврина были в порядке. В райотделе НКВД майор показал удостоверение и телеграмму Главного управления «Смерша», по которой выехал в Москву. Тем не менее старлей Ветров, выйдя в другую комнату, сумел через Гжатск связаться — мгновенно! — с Москвой. Было 5 часов утра, но милиционеру быстро ответили: в штабе 39-й армии Таврин не значится, в Москву его не вызывали. Ветров бросился к мотоциклу «майора» и обнаружил в коляске 7 пистолетов, гранаты, мину, оружие неизвестной конструкции, 116 печатей, бланки документов...

На самом деле он был Шило Петр Иванович. Перед войной в Саратове его, бухгалтера, осудили за растрату. В тюрьме Шило сколотил группу и организовал побег. По фиктивным справкам получил документы на Таврина. Был призван в армию. Воевал. В мае 1942 года на фронте его вызвали в особый отдел и спросили: по каким мотивам изменил фамилию? В ту же ночь Шило-Таврин перешел линию фронта и сдался в плен.

Случай в его судьбе. Дождь заливает потолок и стены барака, Петр Шило приносит кипятку простуженному напарнику по нарам Жоре, шоферу из Москвы. Они держатся вместе. Осторожные разговоры по ночам. «Таврин» не поверит, узнав, что перед ним — бывший член Военного совета 24-й армии Георгий Николаевич Жиленков. Вскоре он исчезает из лагеря и становится правой рукой генерала Власова.

Летом 1943 года Шило-Таврин увидел Жиленкова в Летницком лагере. Под музыку, поднявшись на деревянный помост, тот призывал вступить в армию Власова. После «агитки» Петр Шило подошел к Жиленкову. «Я о тебе позабочусь, — скзал бывший сокамерник. — Нам нужны надежные люди».

Из протокола допроса П.И.Шило: «В последдних числах августа 1943 года я был доставлен в Берлин к полковнику СС Грейфе. Он выяснил причины, побудившие меня дать согласие на сотрудничество с германской разведкой, после чего рассказал о заданиях, которые могут быть мне даны для работы на территории СССР. Он сказал, что может использовать меня для разведки, диверсии и террора».

Его готовили в Берлине ровно год. Тщательно продумывали «легенду». Он должен был появиться в Москве как Герой Советского Союза. Кроме Звезды Героя, в немецкой разведке ему выдали орден Ленина, орден Александра Невского, два ордена Красного знамени, орден Красной Звезды и две медали «За отвагу». Образ «героя» продумывали до деталей. В кармане кителя Шило-Таврин будет носить стершийся на сгибах номер «Правды».

Его отпечатали в берлинской типографии. В подлинный номер газеты втиснулся очерк о подвигах Таврина на фронте.

Впрочем, о боевых ранениях в немецкой разведке позаботились тоже. В госпитале под наркозом хирурги сделали на теле Таврина три глубоких надреза.

Из протокола допроса П.И.Шило: «Мне было указано, что мои документы абсолютно надежны и что по ним я могу проникнуть в Москву, не вызвав подозрений.

Обосновавшись в Москве, я должен был, расширяя круг своих

знакомых, устанавливать отличные отношения с техническими работниками Кремля. При этом Краух рекомендовал мне знакомиться с женщинами — стенографистками, машинистками, телефонистками.

Через таких знакомых я должен был выявить маршрут движения правительственных машин, также установить, когда и где должны происходить торжественные заседания...» Вместе с Шило-Тавриным в Москву направилась и его жена Лидия Бобрик-Шилова. Они познакомились в Риге. Ее подготовили как радистку.

Ему не только вручили радиоуправляемую мину большой разрушительной силы, но и доверили новое секретное оружие. Специально для него немецкие конструкторы разработали одну из моделей «фаустпатрона», который еще только готовился в серию.

Из протокола допроса Шило-Таврина: «Я был снабжен специальным аппаратом под названием «панкеркнаке» и бронебойно-зажигательными снарядами к нему. Аппарат портативный и может быть замаскирован в рукаве пальто. В ствол помещается реактивный снаряд, который приводится в действие нажатием кнопки: стрельба произодится снарядами, которые пробивают броню толщиной 45 мм.

«Панкеркнаке» я должен был применить на улице во время прохождения правительственной машины».

С Шило-Тавриным занимаются немецкие психологи. Напор, быстрота реакции, жестокость, способность войти в доверие, лживость, актерское перевоплощение — качества, которые нужны не меньше, чем оружие. Петра Шило привозят в Берлин к известному террористу Отто Скорцени, чьи портреты не сходили с первых полос газет. Он сумел похитить

отстраненного от власти Бенито Муссолини и привезти в Берлин.

Из протокола допроса Шило-Таврина: «В беседе Скорцени объяснил мне, какими личными качествами должен обладать террорист. Он заявил, что если я хочу остаться живым, то должен действовать решительно и смело и не бояться смерти, так как малейшее колебание и трусость могут меня погубить. Весь этот разговор сводился к тому, чтобы доказать мне, что осуществление террористических актов вполне реально, для этого требуется только личная храбрость и при этом человек, участвующий в операции, может остаться живым...» Петр Шило должен был проникнуть на торжественное заседание в Большом театре. Оставить в зрительном зале радиоуправляемую бомбу и уйти. Подать сигнал должна была жена...

Под обломками должны были погибнуть руководители СССР, известные военачальники, директора заводов. Взрыв в Большом театре, считали в Берлине, вызовет хаос в стране и остановит наступление советских войск на фронте.

Все было задумано дерзко и с размахом. Однако до Москвы Таврины не доехали. Их остановили на милицейском посту.

Что стало потом с провалившимися агентами? Их использовали. В Москве поместили на квартиру, откуда Лидия Бобрик передала в Берлин радиограмму: доехали благополучно. И началась радиоигра. Еще полгода в Берлине получали от Таврина донесения типа: «Познакомился с женщиной-врачом, имеет знакомых в Кремлевской больнице».

Таврины оставались в этом доме еще семь лет после войны.

Их адрес был известен в Берлине. Но на связь с ними ни-

кто не пришел. Оба террориста были осуждены и расстреляны в 1952 году.

(Овчинникова Л. В сентябре 44-го они едва не взорвали Сталина. Комсомольская правда. 14 ноября, 1995).

ПОКУШЕНИЕ НА ГИТЛЕРА

После того, как война перенеслась в Германию, стало ясно, что продолжение войны для Германии бессмысленно. Но несмотря на бесцельность сопротивления, нацистская верхушка заставляла громадное большинство своего народа слепо следовать за ней, сражаться и приносить бесчисленные жертвы за безнадежное дело.

И до тех пор, пока Германия еще сражалась, гитлеровская машина власти функционировала, существовала тотальная диктатура. У Гитлера и его единомышленников-маньяков была только одна цель — продлить существование нацистского строя любой кровью.

Все эти события сыграли роль катализатора оппозиционных настроений среди военных. Наиболее прозорливые из них в этот день поняли, что война проиграна, что начался необратимый процесс, который мог завершиться лишь полным крахом рейха. Вместе с нацией чудовищное поражение потерпела и армия. И если военные стали серьезно подумывать о возможности прямого вмешательства в события, то это было не столько результатом возмущения в их среде преступлениями нацизма, сколько попыткой спасти то, что еще можно было спасти. Преступления нацизма совершались у них на глазах на протяжении многих лет, не вызывая стремления попытаться покончить с этим. Страх

перед грозящим поражением, стремление сохранить свои привилегии — вот что выводило военных из привычного равновесия.

Безнадежность дальнейшего сопротивления уже оценили и поняли даже некоторые из тех, кто в свое время привел к власти Гитлера, верил и поддерживал его в предвоенные годы и годы войны. Но теперь к ним пришло разочарование. Уже в 1944 году возникло сильное недовольство Гитлером, которое привело к тому, что в истории называют «Заговором 20 июля 1944 года».

Еще в 1943 году в штабе командования сухопутных сил на Бендлерштрассе существовал план на случай чрезвычайных обстоятельств под кодовым названием «Валькирия». План предусматривал меры, которые должны быть приняты в случае внутренних беспорядков или крупномасштабного саботажа со стороны миллионов иностранцев, которые находились тогда в Германии.

Главная роль, согласно этому плану, отводилась армии резерва, а также частям, расквартированным в столице и вокруг нее — гвардейскому батальону в Берлине и офицерским училищам в его окрестностях. По иронии судьбы, план «Валькирия» был утвержден самим Гитлером.

Поскольку с планом были знакомы многие участники заговора, то ими позднее было разработано секретное приложение к этому плану. Согласно этому приложению, план можно было использовать также для свержения нацистского режима. Приложение предусматривало убийство Гитлера и немедленную организацию нового военного правительства в Берлине, которое должно было с помощью войск вермахта нейтрализовать самые опасные органы нацистского режима: СС, гестапо и СД.

В заговоре 20 июля 1944 года принимали участие абсолютно разные группы людей, с разными программами и убеждениями. Это были реакционеры, которыми руководил бывший бургомистр Лейпцига Герделер и так называемые патриоты, которых возглавил тридцатисемилетний полковник Штауфенберг. Он был потомком семьи, принадлежащей — из поколения в поколение — к военной аристократии. Правнук Гнейзенау по матери, он уверовал в достоинства нацистского режима, сулившего обеспечить возрождение величия Германии. В юности Штауфенберг, будучи штабным офицером, как и многие патриотически настроенные немцы, верил, что Гитлер призван спасти Германию от катастрофических последствий и позора Версальского договора. Состоя при легендарном Роммеле в Северной Африке, он был тяжело ранен, лишился глаза, правой руки и двух пальцев на левой руке. В июне 1944 года он был назначен членом штаба Армии резерва. По своей должности Штауфенберг должен был регулярно являться с докладом лично к Гитлеру.

По инициативе группы, руководимой Штауфенбергом, состоялась встреча между социал-демократами, которые готовились к заговору, и представителями подпольного коммунистического движения в Германии.

Кандидатура Штауфенберга наиболее подходила для осуществления заговора, который предусматривал ликвидацию Гитлера. Он мог сделать это в одну из своих деловых встреч с фюрером. Готовилось несколько вариантов. Две первые попытки — 11 и 15 июля — были отложены в последнюю минуту. К этому времени гестапо производило налеты все более часто, становились регулярными аресты среди военных.

20 июля 1944 года. В этот день в ставке ожидали Муссолини, который после переворота в Италии был арестован и

заключен в крепости в Абруццах, но оттуда его освободила эсэсовская команда, которую возглавил полковник Скорцени. Ничего утешительного своему другу и сообщнику Гитлер сказать не мог и мысль о свергнутом диктаторе действовала на него удручающе. Но ведь отказаться от визита Муссолини он не мог. И фюрер приказал созвать совещание, чтобы обсудить положение на фронтах.

На совещание был снова вызван для доклада полковник Штауфенберг, который должен был дать отчет о резервах. Получив сообщение о назначенном визите к Гитлеру, он решил: будь что будет, на сей раз он расправится с ним.

Побудительные мотивы Штауфенберга четко обрисованы Гизевиусом: «Штауфенберг не желал, чтобы Гитлер увлек с собой в могилу всю армию. Будучи военным человеком до кончиков ногтей, он считал, что спасти армию означало спасти родину...» Успешная высадка войск союзников во Франции и их продвижение в Италии, где был взят Рим, поражение немецких войск на Восточном фронте показали Штауфенбергу, что далее медлить нельзя, поскольку иначе спасать будет уже нечего.

Доклад Штауфенберга был назначен на 12.30.

А пока Гитлер как обычно прогуливал свою овчарку Блоди на территории «особой зоны № 1» — «Волчьего логова». Даже внутри огороженной зоны Гитлера тщательно охраняли: по пятам за фюрером шествовали два вооруженных охранника. Фюрер встал поздно, мысли о предстоящей встрече с Муссолини и положение на фронте не давали ему покоя.

Тревога и дурные предчувствия заставили Гитлера в последнюю минуту дать распоряжение об изменении места про-

ведения совещания: не в бункере, как это было обычно, а в бараке.

Когда Штауфенберг, который должен был по плану подложить бомбу в бункер, приехал в Растенбург, он узнал от генерал-фельдмаршала Вильгельма Кейтеля об изменениях, внесенных фюрером в распорядок дня и изменении места проведения совещания. Но полковник решил не отступать. Однако у него и его помощников оказалось очень мало времени на приготовления. Помогать Штауфенбергу должны были его адъютант фон Хафтен, с которым он приезжал в ставку, а также генералы Штиф и Фельгибель. Генералы должны были немедленно передать в берлинский центр сообщение о гибели Гитлера (а в успехе операции они почти не сомневались), затем вывести из строя систему связи ставки и изолировать ее от внешнего мира. Должность начальника связи ставки занимал Фельгибель. На него заговорщики возлагали особые надежды.

Полковник Штауфенберг выходил для доклада из кабинета Кейтеля. Но ему требовалось время, чтобы привести в действие механизм действия бомбы. Поэтому он под предлогом того, что забыл у Кейтеля свою фуражку, вернулся в штабное помещение и установил механизм бомбы. Теперь каждая минута могла решить исход дела. До взрыва оставалось 10 минут.

Штауфенберг был взволнован, но старался сохранить внешнее спокойствие. Он сказал Кейтелю, что ждет срочного звонка из Берлина и поэтому не может задерживаться. Полковник вошел в зал заседаний. Начальник оперативного отдела генерального штаба Хойзингер заканчивал свой доклад о положении на фронтах.

После него должен был выступать Штауфенберг. Но тут Хойзингер коснулся вопроса о резервах и Кейтель предло-

жил дать слово Штауфенбергу. Полковник замер: если предложение поддержат — ему конец. У него не будет повода уйти с совещания до взрыва бомбы. Но Гитлер велел продолжать доклад Хойзингеру. Тогда Штауфенберг прошел в зал и поставил портфель под стол. Напротив сидел Гитлер. Под предлогом звонка из Берлина, Штауфенберг вышел из барака. Портфель оставался под столом.

В 12 часов 42 минуты в бараке, где находились 24 человека и сам Гитлер, раздался взрыв.

...Мария Илларионовна Васильчикова (по прозвищу Мисси) в 1919 году покинула Россию, была беженкой в Германии, Франции, Литве. Когда в 1939 году разразилась Вторая мировая война, Мисси и ее сестра Татьяна находились в Силезии. Мисси не являлась гражданкой Германии, но с ее знанием пяти европейских языков и секретарским опытом она довольно быстро устроилась на работу — сперва в бюро радиовещания, а затем в Информационном отделе Министерства иностранных дел. Тут она вскоре подружилась с группой убежденных противников гитлеризма, которые впоследствии стали активными участниками заговора. В 1944 году она вела подробный дневник.

«Четверг, 20 июля. ... Граф Клаус фон Штауфенберг, полковник Генерального штаба, положил бомбу у ног Гитлера во время совещания в ставке Верховного главнокомандования в Растенбурге, в Восточной Пруссии. Бомба взорвалась и Адольф погиб. Штауфенберг ждал снаружи до момента взрыва, а потом, увидев, как Гитлера выносят на окровавленных носилках, побежал к своему автомобилю, спрятанному где-то поблизости, и вместе со своим адъютантом Вернером фон Хафтеном поехал на местный аэродром и прилетел обратно в Берлин. Во всеобщей неразберихе никто не заметил его исчезновения.

Прибыв в Берлин, Штауфенберг немедленно явился к О.К.Х. (штаб командования сухопутными силами) на Бендлер-штрассе, который к этому времени был захвачен заговор-щиками и где собрались Готфрид Бисмарк, Хельдорф и многие другие.

Сегодня вечером в шесть предполагалось сделать сообще-ние по радио, что Адольф мертв и сформировано новое пра-вительство.

Новым рейхсканцлером должен был быть Гёрделер, быв-ший мэр Лейпцига. Он связан с социалистами и считает-ся блестящим экономистом. Наш граф Шуленбург (Авт. — Граф Вернер фон дер Шуленбург в 1934—1941 гг. был послом Германии в СССР. Разделял позиции заговорщи-ков, но официально так и не примкнул к ним) или по-сол фон Хассель (Авт. — Барон Ульрих фон Хассель был послом в Италии. Стал активным заговорщиком) будет министром иностранных дел. Первое, что я подумала — что, может быть, не следовало бы ставить лучшие умы во главе того, чему суждено быть всего лишь временным пра-вительством».

И далее в тот же день она записала: «Я пошла умыться. Ло-ремари поспешила наверх. Прошло всего несколько минут, когда я услышала за дверью медленные шаги, и она вошла со словами: «Только что было сообщение по радио: некто граф Штауфенберг пытался убить фюрера, но провидение спасло его...» Что же произошло в ставке?

Итак, в 12.42 бомба взорвалась. Стенограф Гитлера был убит на месте, Брандт — начальник штаба военно-воздушных сил, начальник отдела кадров ОКВ Шмундт умерли от ран. Пред-ставитель Геринга в ставке Гитлера Боденшатц и адъютант Гитлера Боргман были тяжело ранены. Сам Гитлер отделал-

ся легкими ожогами, была парализована его правая рука и на время он потерял слух.

Первое сообщение о взрыве по радио было сделано в 18.25 и не содержало никаких имен. Имя графа Штауфенберга не упоминалось: «Сегодня было совершено покушение на жизнь фюрера с применением взрывчатки... Сам фюрер не пострадал, если не считать легких ожогов и царапин. Он немедленно вернулся к работе и, согласно программе, принял Муссолини для длительной беседы».

Когда Муссолини прибыл в ставку, то увидел совершенно неожиданное зрелище: дым покрывал хаотическое нагромождение балок, разбитого стекла и т.д. Затем состоялся прием, во время которого нацистские главари дружно восхваляли «провидение», спасшее Гитлера.

Сам фюрер воспринял свою невредимость как подарок судьбы, как чудо, которое обязательно должно повлечь за собой перелом в ходе войны. Он обратился к Муссолини со словами: «После моего сегодняшнего спасения от верной смерти, я более чем когда-либо убежден в том, что смогу довести до счастливого конца наше общее дело».

Окрыленный провалом заговора Гитлер развил лихорадочную деятельность: жертвами нацистского террора в эти дни стали тысячи человек. Фюрер засыпал фронт приказами, повелевая удерживать позиции любой ценой.

Люди, которые подозревались в участии и приготовлении заговора, подверглись арестам и допросам. Каждый вечер Гитлер смотрел кинохронику — снятые на пленку допросы, судебные заседания. Пытки и унижения, которым подвергались обвиняемые, вызывали у фюрера чувство удовлетворения, радовали его и пробуждали фантазии.

Из дневника Мисси: «...Готфрид (Авт. — Граф Готфрид фон Бисмарк — внук князя Отто фон Бисмарка. Был гражданским губернатором Потсдама. Стал одним из главарей заговора против Гитлера, несмотря на то, что принадлежал к нацистской партии с момента ее основания) шагал по комнате туда и обратно, туда и обратно. Я боялась взглянуть на него. Он только что вернулся с Бендлерштрассе и повторял: «Этого не может быть! Это обман! Штауфенберг видел его мертвым. Они разыгрывают комедию и используют двойника Гитлера, чтобы оставить все как есть». Он пошел к себе в кабинет позвонить Хельдорфу (Авт. — Граф Вольф-Генрих фон Хельдорф — в 1944 году состоял в чине генерала СА главной полиции Берлина. Несмотря на быстрое продвижение в рядах нацистской партии, к 1944 году стал одним из участников заговора и ярым противником Гитлера).

Готфрид вернулся в гостиную. Он не дозвонился до Хельдорфа, но узнал кое-что: главная радиостанция была упущена — восставшие захватили ее, но не смогли пустить в ход, и теперь она опять в руках эсэсовцев. Однако офицерские училища в пригородах Берлина взялись за оружие и сейчас двинутся на столицу.

И действительно, через час мы услышали, как по Потсдаму грохочут танки Крампницского бронетанкового училища, направляющиеся к Берлину. Мы высунулись в окна, глядя, как они проезжают, и молились. На улицах, практически пустых, никто, похоже, не знал, что происходит. Готфрид все настаивал, что Гитлер не мог уцелеть, что «они» что-то скрывают...

Немного позже по радио объявили, что в полночь фюрер выступит с обращением к германскому народу. Мы поняли, что только тогда узнаем наверняка, обман это или все же нет. И все же Готфрид упорно цеплялся за надежду. Он говорил, что даже если Гитлер действительно жив, его ставка

в Восточной Пруссии так далека от всего, что режим все-таки можно свергнуть прежде, чем он снова вернет себе контроль над самой Германией...

С наступлением ночи распространились слухи о том, что восстание развертывается не столь успешно, как на это надеялись. Кто-то позвонил с аэродрома: «Военно-воздушные силы не присоединились». Они требовали личного приказа Геринга или самого фюрера. Тогда и Готфрид высказался скептически — впервые за все время. Он сказал, что такие вещи надо делать быстро: каждая потерянная минута наносит делу непоправимый урон. Тем временем полночь давно прошла, а Гитлер все еще не выступал».

Гитлер выступал по радио в час ночи 21 июля. Он сказал, что маленькая клика тщеславных, бесчестных и преступно-глупых офицеров, не имеющих ничего общего с германскими вооруженными силами, а тем более с германским народом, создала заговор с целью устранить его и одновременно свергнуть Верховное командование вооруженных сил.

Бомба, подложенная графом фон Штауфенбергом, взорвалась в двух метрах от него и серьезно ранила несколько преданных сотрудников, одного смертельно. Сам он остался цел и невредим. Он рассматривает это как подтверждение воли провидения, желающего, чтобы он продолжал дело всей своей жизни — борьбу за величие Германии. Теперь эта крошечная кучка преступных элементов будет безжалостно истреблена. А затем следовали распоряжения по восстановлению порядка.

21 июля утром танки из Крампница возвращались в свои казармы, так ничего и не добившись. А ведь именно курсанты Крампницкого бронетанкового училища были одной из тех частей, которые, по расчетам заговорщиков, со-

гласно секретному приложению к плану «Валькирия», должны были захватить Берлин. Когда им сообщили, что Гитлер мертв, они, действуя по плану, двинулись на Берлин, и заняли предписанные им позиции. Но когда их командир, непричастный к заговору, узнал, что Гитлер цел и невредим, и что это «некоторые офицерские круги» предприняли «путч», то он сам собрал свои танки и повел их обратно в казармы.

После выступления Гитлера по радио Мария Васильчикова (Мисси) сделала следующую запись: «В два часа утра заглянул Готфрид и сказал упавшим голосом: «Сомнений нет, это был он».

Итак, Гитлер жив. Что же произошло? Почему провалился так четко отработанный план? Ни у кого не было сомнения, что фюрер погибнет от взрыва бомбы. Кто же виноват в промахе? Что его спасло?

Ежедневные совещания Гитлера, которые обычно проводились в бункере, были перенесены в наземное деревянное помещение, стены которого при взрыве бомбы рассыпались, это дало возможность выхода значительной части энергии взрыва. Поскольку Штауфенберг был однорук и мог завести запал только одной бомбы, а первоначальный план предусматривал разместить в его портфеле две бомбы, то взрыв оказался значительно более слабой силы. Когда Штауфенберг вышел из комнаты, сказав, что у него срочный разговор с Берлином, штабной офицер Брандт, нагнувшись над одной из карт, передвинул портфель в котором лежала бомба, на другую сторону тяжелых деревянных козел. Это, видимо, тоже смягчило силу удара после взрыва.

Согласно плану, генерал Фельгибель (Авт. — Начальник связи Гитлера) после взрыва должен был сообщить о смерти Гит-

лера генералу Ольбрихту в Берлин. После этого он оборвет всякое сообщение между Растенбургом, где проводилось совещание, и внешним миром. Но каково же было его удивление, когда он увидел, как Гитлер выбирается из развалин — весь в пыли, немного поцарапан, в растрепанном костюме — но живой. Сообщение Фельгибеля было следующим: «Произошла ужасная трагедия... Фюрер жив...».

Осторожность не спасла Фельгибеля — эсэсовцы тут же перехватили его канал связи.

Штауфенберг не видел, что произошло после взрыва. После того, как раздался оглушительный грохот и здание рухнуло, превратившись в облако пламени и дыма, Штауфенберг и его адъютант Хафтен, беседовавшие в отдалении, вскочили в свой автомобиль и, не дав прийти в себя часовым пропускных пунктов, которые уже получили сигнал тревоги, помчались на аэродром, а оттуда улетели в Берлин.

В Растенбурге теперь была известна личность несостоявшегося убийцы и по всей Германии передавались приказы об аресте Штауфенберга.

Самолет Штауфенберга приземлился в 15.50 на отдаленном военном аэродроме. Адъютант пошел звонить, чтобы узнать, почему на месте нет машины. Когда Хафтен позвонил на Бендлерштрассе, Ольбрихт спросил у него, погиб ли Гитлер. Он получил положительный ответ и дал приказ о вводе в действие плана «Валькирия». Но пока Штауфенберг и Хафтен добирались до штаба, генералу Фромму стало известно, что покушение было безуспешным, о чем он и сообщил Штауфенбергу.

Это сообщение привело Штауфенберга в ярость. Он стал кри-

чать, что Гитлер мертв, он сам подложил бомбу. К тому же все равно поздно — план «Валькирия» уже введен в действие.

— По чьему приказу? — возмутился Фромм.

— По нашему, — ответили Ольбрихт и Штауфенберг.

Бледный от гнева и страха за свою судьбу, Фромм приказал Штауфенбергу застрелиться, а Ольбрихту — отменить распоряжение о введении плана «Валькирия». Но те тут же разоружили Фромма и посадили под арест в его же собственном кабинете.

Пути назад не было. Из штаба командования сухопутных сил на Бендлерштрассе начали поступать приказы «Валькирии» различным военным штабам. Но в это время уже шли приказы об ответных мерах.

На Бендлерштрассе начали собираться другие участники заговора. Генерал Бек, фельдмаршал Эрвин фон Вицлебен, которого заговорщики наметили на командующего вооруженными силами, граф Хельдорф, Готфрид Бисмарк и другие. Никто не знал, что делать дальше. Неразбериха усиливалась.

По личному приказу Гитлера на Бендлерштрассе был отправлен полковник Ремер. Он должен был восстановить там порядок.

Верные Гитлеру офицеры захватили здание и арестовали заговорщиков.

Генералу Беку было позволено покончить с собой, но у него не хватило на это силы. После двух неудачных попыток застрелиться, его прикончил унтер-офицер. Ольбрихт, начальник штаба полковник Мерц фон Квирнхайм, Штауфен-

берг и Хафтен после военно-полевого суда были расстреляны во дворе при свете фар. Штауфенберг выкрикнул: «Да здравствует наша святая Германия!».

Трупы сначала похоронили на кладбище. Но на следующий день по приказу Гитлера их эксгумировали, сорвали с них форму, ордена и сожгли, рассеяв пепел по ветру.

За считаные дни после неудавшегося переворота были арестованы жена, дети, мать Штауфенберга, а также его теща, братья, дядья и их жены. Все они были расстреляны.

Обращаясь к нацистским гауляйтерам 3 августа, Гиммлер так оправдывал эти меры: «Пусть никто не говорит нам, что это большевизм. Нет, это не большевизм, это древний германский обычай... Когда человека объявляли вне закона, то говорили: этот человек предатель, у него дурная кровь, в ней живет предательство, она будет истреблена. И... вся семья, включая самых отдаленных родственников, истреблялась. Мы разделаемся со Штауфенбергами вплоть до самых отдаленных родственников...».

С арестованными обращались особенно жестоко. Пытки были просто невыносимы: чаще всего использовалось завинчивание пальцев. Вспомнили даже о средневековой «дыбе». Но надо отметить, что «сломались» немногие.

В заговоре участвовали высшие офицеры, начиная с главнокомандующего Западным фронтом фельдмаршала Ганса фон Клюге и военного губернатора Франции генерала Генриха фон Штюльпнагеля. Последний, правда, узнав, что Гитлер жив, приказал освободить 1200 важнейших чинов из СС, которые были арестованы ранее по его же приказу.

Фельдмаршал Роммель, долгое время один из любимых ге-

нералов Гитлера, неоднократно подвергался агитации заговорщиков и сочувствовал их целям. После высадки союзников в Нормандии он отправил Гитлеру ультиматум с требованием немедленно прекратить войну на Западе. Через два дня, когда он возвращался с нормандского фронта, его автомобиль обстреляли самолеты союзников и он получил тяжелое ранение. Пока он выздоравливал дома в Германии, стали известны его контакты с заговорщиками. 14 октября он получил ультиматум: покончить с собой или быть арестованным и судимым вместе с семьей. Роммель выбрал первое — он принял яд.

Большую часть заговорщиков содержали в тюрьме Лертерштрассе, построенной в 1840-ом году. Здание состояло из четырех корпусов. Один — военная тюрьма — подчинялся вермахту, а два других перешли в ведение гестапо и использовались для содержания политических заключенных.

Охрана состояла из обыкновенных тюремных надзирателей, но за ними, в свою очередь, присматривали эсэсовцы — в основном фольксдойче (немцы, родившиеся за пределами Германии и эмигрировавшие в Третий рейх), приученные к жестокости операциями против партизан в России. Убирали камеры, разносили еду вспомогательные служащие.

От заката до рассвета в камерах горел свет — если только над головой не было бомбардировщиков. Пока охрана укрывалась в убежище, узники оставались запертыми в своих камерах. Многие из них погибли при бомбежках. Оставшиеся в живых узники позже говорили, что среди падающих бомб их охватывало чувство безопасности — это были единственные моменты, когда за ними не наблюдали.

Казнили заговорщиков в тюрьме Плётцензее, которая находилась недалеко от Лертерштрассе. Поскольку обычно в

Германии казнили путем отсечения головы и виселиц не было, то к железной балке в камере для казней прикрепили обыкновенные крюки для подвешивания мясных туш.

На казнях присутствовал Главный прокурор рейха, несколько охранников, два кинооператора и палач с двумя своими помощниками. На столе стояла бутылка с бренди. Осужденных вводили по одному: палачи одевали им на шею узел. Чтобы смерть наступала не от перелома шеи, а от медленного удушения, Гитлер распорядился заменить веревку фортепианной струной. Некоторые жертвы бились и дергались по двадцать минут, а рядом стрекотали кинокамеры, палачи отпускали непристойные шуточки. Потом кинопленку передавали в ставку Гитлера для просмотра.

До сих пор историки спорят насчет точного количества жертв заговора 20 июля. Согласно официальным нацистским источникам, сразу после мятежа было арестовано около 7000 человек. В 1944 году было казнено 5764 человека, а в оставшиеся пять месяцев нацистского правления в 1945 году — еще 5684. Из этого огромного количества жертв только около 160—200 человек непосредственно были замешаны в заговоре. Из них: 21 генерал, 33 полковника и подполковника, 2 посла, 7 дипломатов высших рангов, один министр, 3 государственных секретаря, начальник уголовной полиции и ряд высших чиновников, губернаторов провинций и крупных полицейских чинов.

Уже будучи в Вене, Мария Васильчикова 6 сентября 1944 года вспомнит свой последний день в Берлине и сделает запись в дневнике: «Когда кухарка Марта будила меня сегодня утром, она проворчала: «В моей молодости такого не бывало, но это 20 июля все поставило вверх дном!».

...Заговор 20 июля 1944 г. в разные времена привлекал вни-

мание не только историков, но и людей других специальностей. Например, технических работников. Существовало много версий.

Вот одна из них: «Меня, как специалиста по использованию взрывчатых веществ, не все в этой истории устраивало. А потому изложу свою, наверняка спорную, но более достоверную версию.

Во время взрыва Гитлер был убит. В дальнейшем роль его исполнял двойник.

За одно я могу поручиться: любой человек, который находился на расстоянии полутора-двух метров от взрыва одного килограмма взрывчатки, даже самой слабенькой (расчетное безопасное расстояние при такой величине заряда — 15 метров), не смог бы в течение многих дней, даже недель не только говорить, но и слышать: у него лопнут барабанные перепонки, он будет сильно контужен. Не мог Гитлер разговаривать с Ремером, тем более по телефону. Это исключено. Другое дело — обращение Гитлера к народу вечером того же дня. Это была просто звукозапись. В Германии уже тогда существовали кассетные магнитофоны или просто рекордеры для записи на пластинки. Да и на мистификации фашисты были большими мастаками.

Полагаю, что это основной прокол гитлеровцев, которые просто не успели тщательно продумать правдоподобную версию фальсификации. Что такое взрыв одного килограмма взрывчатого вещества? В одной ручной гранате типа РГД содержится 75 граммов взрывчатки, да еще послабее гексита. Таким образом, взрыв, который осуществил Штауфенберг, был очень мощным и эквивалентным взрыву 15 ручных гранат.

Перед Кейтелем и его командой встал вопрос: что делать?

Двойников у Гитлера, впрочем, как и других диктаторов, опасающихся «благодарности» своего народа, хватало. Я не располагаю документами или фотографиями Гитлера до и после покушения.

Воспользуюсь немецкими официальными данными. После покушения он стал сутулиться, что при росте 158 сантиметров, как и всем людям низкого роста, несвойственно. Стал намного реже публично выступать; совершенно на другом месте стал складывать ручки.

Для оппонентов моей версии сразу хочу подарить пару доводов, опровергающих ее. После взрыва уцелели два генерала. Но, возможно, они после своего доклада отошли к окнам и благополучно вылетели из них вместе с рамами.

Мне представляется, что после покушения, когда Гитлер все-таки был убит, его роль играл двойник, под неустанным надзором фашистской верхушки, жизнь и благополучие которой целиком зависели от него».

Вот такова одна из версий. Кто знает, может когда-нибудь она найдет документальное подтверждение.

ОПЕРАЦИЯ «БОЛЬШОЕ ОСВОБОЖДЕНИЕ»

Вечером 19 октября 1977 года в журналистких кругах Франции и ФРГ распространился слух о том, что найден труп Ганса-Мартина Шлейера. Новость об убийстве председателя Федерального объединения союза немецких работодателей (БДА) через несколько часов подтвердили агентства ДПА и Франс Пресс. Редакция «Либерасьон» верхнеэльзасского города Мюльхаузена и бюро ДПА в Штут-

ттарте получили «коммюнике» «отряда Зигфрида Хаузнера» следующего содержания: «43 дня спустя мы оборвали жалкое и продажное существование Ганса-Мартина Шлейера. Господин Шмидт, пытаясь удержаться у власти, с самого начала спекулировал жизнью Шлейера. Он может забрать его труп в Мюльхаузене на улице Шарля Пегю в зеленом «Ауди 100G1» с номерами города Бад-Хомбург».

В узком переулке между вокзалом и больницей оперативная группа французской полиции обнаружила машину. Она стояла у предназначенного на снос дома, где обитали лишь несколько бродяг. По их показаниям, «Ауди» стояла здесь уже несколько дней.

Машину отправили в полицейское управление на экспертизу.

Немедленно подключилась к расследованию и уголовная полиция ФРГ: сотрудники Федерального ведомства выехали в Мюльхаузен. А их коллеги в Висбадене установили, что одна западногерманская газета 5 и 8 октября помещала объявление о продаже автомашины марки «Ауди» с этим номером за 2 тысячи 900 марок. По предположению полиции, покупателем был некий Кристиан Клар — давно разыскиваемый террорист, подозреваемый в причастности к убийствам генерльного федерального прокурора Бубака и банкира Понто.

Объявленный в ФРГ и во Франции розыск преступников велся с размахом.

Убийство Шлейера явилось последним актом кампании террора и насилия, начатой в Кельне 5 сентября 1977 года небольшой группой политических экстремистов анархистского толка.

Вечером того дня, когда было совершено похищение, в

черном «Мерседесе», кроме Шлейера и его шофера, сидел сотрудник службы безопасности. Они ехали по району Браунсфельд в Кельне.

Сзади на машине штуттгартского земельного ведомства уголовной полиции их сопровождали еще двое сотрудников службы безопасности.

Поворот с Фридрих-Шмидтштрассе на Винсенс-Штатсштрассе оказался роковым. Сделав его, обе машины вынуждены были остановиться. Желтый «Мерседес», стоявший поперек проезжей части, и детская коляска слева, у тротуара, блокировали дорогу.

Все произошло в течение четырех минут. Из стоявшего на левой стороне улицы автобуса «Фольксваген» выскочили пятеро вооруженных неизвестных и устремились к машине. Загремели выстрелы. Шлейера вытащили из автомобиля и втолкнули в автобус, который тут же умчался на бешеной скорости. Его попытался догнать шофер такси, видевший все происшедшее. Однако из-за красного сигнала светофора на следующем перекрестке он вынужден был прекратить преследование.

Три сотрудника службы безопасности и шофер были убиты.

Свидетели вызвали полицию. В 17 часов 36 минут на место происшествия прибыли две радиофицированные патрульные машины.

А переданный через минуту сигнал тревоги обязывал перекрыть все улицы в радиусе 20 километров.

Оцепив место происшествия, полицейские ждали уголовную полицию. Воинствующие анархисты, именующие себя «Фрак-

ция Красной Армии» — «Роте Армее Фракцион» (РАФ), были известны в начале 70-х годов как группа «Баадер — Майнхоф». Похищение Шлейера явилось началом уже четвертой скандальной акции, предпринятой ими в течение полугода.

7 апреля 1977 года лидер этой группы Ульрика Майнхоф застрелила в Карлсруэ генерального прокурора ФРГ Зигфрида Бубака, его шофера и сотрудника службы безопасности. Бубак возглавлял расследования деятельности главарей РАФ. Его твердость и беспощадность при судебных разбирательствах, когда дело касалось «защиты конституции», были общеизвестны.

Очередной жертвой террористов стал председатель правления Дрезденского банка Юрген Понто. Он был застрелен 30 июля 1977 года.

Затем по плану лидеров РАФ следовал обстрел разрывными патронами здания генеральной федеральной прокуратуры в Карлсруэ из квартиры, находящейся напротив. Однако намеченное на 25 августа 1977 года преступление удалось предотвратить.

По сообщениям западных агентств, в период с 1971 года до начала октября 1977 года в результате террористических актов в ФРГ было убито 30 человек, в том числе 10 террористов. 105 ранено и 14 захвачено в качестве заложников. Отдел по борьбе с терроризмом Федерального ведомства уголовной полиции (БАК) ставит в вину террористическим группировкам всех мастей 36 покушений на убийство и 45 попыток совершить преступление с применением взрывчатых веществ.

Все эти бессмысленные действия нанесли огромный вред. Они дают повод властям все более ощутимо ограничивать

демократические гражданские права и свободы. На совести террористов и небывалое наращивание мощи авторитарной государственной власти, усиление ее органов безопасности. Похищение Шлейера также внесло свою лепту в этот процесс. Кроме того, оно окружило этого человека ореолом мученика, хотя к лику святых его менее всего можно было причислить.

Похищенный, а впоследствии убитый Ганс-Мартин Шлейер родился в 1915 году в семье председателя земельного суда. Уже в 1931 году, за два года до прихода фашистов к власти, он стал членом Гитлерюгенда. Несколько позднее вступил в НСДАП, а затем и в ряды СС (членский билет N227014). Изучая право в Гейдельберге, дослужился до руководителя имперской национал-социалистической студенческой организации. А в мае 1937 года донес на ректора университета Фрейбурга, профессора, д-ра Метца за отказ дать разрешение вождю германских студентов выступить в университете.

Год спустя, после аннексии Австрии, студенты Инсбрукского университета получили в лице Шлейера ярого проповедника фашистской идеологии. На том же поприще он подвизался и в Карловом университете Праги. А с 1941 года на совести Шлейера как руководителя канцелярии президиума «Центрального союза промышленности Богемии и Моравии» была эксплуатация мощностей чешской промышленности для нужд гитлеровской военной экономики.

Находясь всегда на стороне крайне правых, Шлейер и после 1945 года не изменил себе — вступил в ХДС, заседал в наблюдательных советах, в 1959 году стал членом правления Даймлер-Бенц АГ, и, наконец, в 1976 году — председателем Федерального объединения союза немецких работодателей (БДА) и Федерального объединения германской

промышленности (БДИ). Шлейер всегда отличался жестокостью и непреклонностью.

Так, его «твердую руку» почувствовали забастовавшие в 1963 году рабочие земли Баден-Вюртемберг, требовавшие повышения заработной платы. Они подверглись беспощадным увольнениям.

Последовательный противник права профсоюзов на участие в принятии совместных с администрацией решений, Шлейер подавал жалобу в Федеральный Конституционный суд на и без того уже ограниченный закон правительства ФРГ о данных полномочиях рабочим профессиональных организаций.

5 сентября этот человек попал в руки РАФ. Около 18 часов агентство ДПА сообщило о похищении Шлейера.

Кельнское похищение не было сюрпризом. Задолго до этого события осведомители информировали Федеральное ведомство уголовной полиции о готовящемся скандальном покушении, так называемом «Большом освобождении». И целью его было освобождение приговоренных 28 апреля 1977 года к пожизненному заключению и отбывающих наказание в тюрьме Штаммхейм лидеров РАФ: Андреас Баадера, Яна Карла Распе и Гудрун Энслин.

Поэтому логично, что сразу после исчезновения Шлейера были приняты серьезные меры предосторожности. Караульные посты в Штаммхейме и других тюрьмах, где находились члены РАФ, усилили военными полицейскими патрулями. В правительственный квартал Бонна ввели бронетранспортеры и вооруженные пулеметами части федеральной пограничной охраны. Предприняли дополнительные меры по охране некоторых политических деятелей.

Провели совещания большого и малого кризисных штабов. В тюрьмах сотрудники уголовной полиции тщательно обыскали камеры членов РАФ. Сначала ограничили, а затем и вовсе прервали контакты заключенных с внешним миром, включая и их связи с адвокатами. Арестованные перестали получать газеты, слушать радио и смотреть телевизор. От остальных узников они были изолированы с самого начала.

Прошли обыски в канцеляриях адвокатов, защищавших на процессе анархистов, в кварталах множества граждан. Глупейший донос или просто безобидный намек являлись поводом для тщательной проверки даже самых безупречных лиц.

Федеральный министр внутренних дел Майхофер передал расследование дела в БКА. Его президент Герольд и шеф ведомства уголовной полиции земли северный Рейн-Вестфалия Хамахер взяли на себя руководство операцией. Кроме того, в Кельне создали боевой клуб, координирующий розыск.

6 сентября похитители вновь потребовали от федерального правительства прекращения расследования. Вторым их условием было освобождение одиннадцати названных поименно заключенных с тем, чтобы они смогли вылететь в «любую страну по их выбору».

Требовалось вручить каждому денежную сумму в размере 100 тысяч марок и позволить вылететь 7 сентября в 12 часов из франкфуртского аэропорта в сопровождении пастора Ниемеллера и швейцарского адвоката, генерального секретаря международной федерации по правам человека Пайота. В случае невыполнения их требований террористы угрожали убить Шлейера.

Письмо заканчивалось следующими словами: «Мы исходим из того, что Шмидт, продемонстрировавший в Стокгольме

способность быстро принимать решения, постарается также без промедления определить свое отношение к этому оплывшему жиром магнату, снимающему сливки с национальной экономики.

6.9.77. Бригада «Зигфрид Хаузнер», РАФ».

Среди одиннадцати заключенных, которых требовали освободить террористы, наряду с Андреасом Баадером, Яном Карлом Распе и Гундрун Энслин речь шла об Ирмгард Меллер, приговоренной в 1976 году за «членство в уголовной организации» к 4 с половиной годам тюрьмы, о Венере Беккер, приговоренной в 1974 году к 6 годам наказания для несовершеннолетних. Затем перечислялись: Гюнтер Зонненбург, обвиненный за участие в покушении на Бубака и тяжело раненый в голову во время ареста, Карл-Гейнц Деллво, Ганна Элизабет Краббе и Бернард Мария Резнер, арестованный в апреле 1975 года после налета на посольство ФРГ в Стокгольме, Вернер Хоппе, схваченный в 1972 году после перестрелки с полицией в Гамбурге и приговоренный к десяти годам заключения, Ингрид Шуберт, приговоренная в 1971 году к шести годам за попытку освобождения заключенных и в 1974 году к последующим тринадцати годам тюрьмы за три налета на банки.

Похитители потребовали предать их ультиматум гласности, опубликовать в прессе и объявить по телевидению.

Но Федеральное ведомство уголовной полиции не решалось на такой шаг. 7 сентября во время телевизионной передачи у террористов потребовали «несомненного доказательства» того, что Шлейер еще жив. В ответ на это похитители прислали видеопленку, на которой был снят президент БДА.

Шлейер держал в руках белую доску со словами «пленник

РАФ». Были также переданы ответы на вопросы полиции, чтобы не было сомнений в подлинности ультиматума.

В конце сентября — начале октября, несмотря на предостережение террористов, полиция вновь активизировала розыск, применение которого в определенных случаях могло бы искусственно вызвать хаос в уличном движении. Во время операции «Красный свет» все светофоры нужно было молниеносно переключить на «красный» и блокировать все движение.

8 октября одна парижская газета опубликовал написанное от руки письмо Шлейера, где он призывал федеральное правительство принять срочное решение. В письме лежала фотография: «31 день в плену РАФ».

Далее события развертывались следующим образом.

13 октября, в четверг, ровно в 12 часов 55 минут с аэродрома в Пальма де Мальорка поднялся самолет авиакомпании «Люфтганза» «Ландсхут» — Боинг-737. Он взял курс на Франкфурт-на-Майне. Самолет должен был приземлиться в 15 часов 10 минут на аэродроме Франкфурта-на-Майне. Однако там его не дождались. Уже около двух часов дня диспетчер миланского аэропорта доложил об отклонении этого самолета от курса. Он приземлился в Риме в 15 часов 45 минут. Непосредственно после прибытия в Рим некий Вальтер Мохамед передал сообщение с борта «Ландсхута». Он заявил, что самолет, 86 пассажиров и 5 членов экипажа захвачены группой террористов. Их отпустят лишь только после освобождения находящихся в немецких тюрьмах «товарищей». В противном случае заложники будут убиты.

Боннскому правительству сразу же сообщили эту новость.

На аэродром выехал сотрудник посольства ФРГ в Риме. Но террористы никого не подпустили к самолету. Однако командиру экипажа Шуману удалось переправить «на волю» шифрованное послание.

Оказавшиеся в пакете четыре сигареты позволили специалистам Федерального ведомства уголовной полиции определить число бандитов. Но кто они, не представляли.

Вначале предполагали — арабы, потом — два араба и два немца. Среди террористов были две женщины. В пятницу утром в 2 часа 32 минуты угнанный самолет приземлился в Бахрейне. Террористы потребовали выпустить на свободу 9 немецких заключенных группы «Баадер-Майнхоф» и двоих арабов — Махди и Хассейна, отбывающих наказание в Турции, в стамбульской тюрьме.

Уже час спустя они полетели дальше и около шести прибыли в Дубай. Теперь террористы настивали на освобождении уже одиннадцати немцев. Кроме того, они запросили 15 миллионов американских долларов. А от правительства ФРГ потребовали немедленного начала переговоров с Социалистической Республикой Вьетнам и Йеменом по поводу предоставления политического убежища освобожденным.

Остальные условия этого ультиматума (самолет с немцами — членами РАФ на борту должен лететь через Стамбул, чтобы забрать обоих арабов; все арестанты достигают конечной цели своего маршрута к воскресенью, 16 октября 1977 года. Срок ультиматума истекал в 8 часов. В противном случае террористы угрожали убить Шлейера и заложников. Затем они предупредили правительство ФРГ о полном прекращении контактов.

После угона самолета вновь объявился «отряд Зигфрида-

Хаузнера». Он заявил, что присоединяется к ультиматуму «отряда Мученика Калимета», выполняющего «операцию Кофр Каддум». Поэтому осознает необходимость в сопровождении освобожденных пастором Ниемеллером и адвокатом Пайотом.

В ночь с пятницы на субботу в Дубай прибыл государственный министр Вишневски для переговоров с местным правительством и террористами.

В это время в ФРГ семья похищенного президента Федерального объединеня союзов немецких работодателей на свой страх и риск вступила в контакт с РАФ, родственники пытались выкупить Шлейера за 15 миллионов американских долларов. Это стало известно полиции. Сотрудник службы безопасности сорвал переговоры, намеренно предав гласности предстоящую сделку.

Деньги должны были передать 14 октября в отеле «Интерконтиненталь» во Франкфурте-на-Майне. К назначенному сроку там собралось множество репортеров и сотрудников уголовной полиции. Похитители не появились.

В 10 часов 30 минут Федеральное ведомство уголовной полиции сообщило две новости. Во-первых, попытка передать деньги сорвалась. И, во-вторых, у адвоката Пайота имется новая информация для похитителей.

Жизни Шлейера, пассажиров и экипажа самолета «Ландсхут» были в руках Федерального правительства.

В воскресенье 15 октября в 11 часов 25 минут пилот захваченного самолета попросил федерального канцлера учесть в своем решении, что речь идет о жизни пассажиров, в том числе женщин и детей. Через несколько часов сын Шлей-

12 Зак. 323

ера Ганс-Эберхард обратился в федеральный Конституционный суд с ходатайством о принятии временного распоряжения, которое заставило бы власти выполнить ультиматум террористов. В Бонне на специальное заседание срочно собрался кабинет правительства. В стране стало известно намерение правительства силами ГСГ9 взять штурмом захваченный самолет «Люфтганзы». В 17 часов 41 минуту государственный министр Вишневски опроверг этот слух. А группа ГСГ9 тем временем находилась уже в Анкаре.

Вечером, около половины восьмого, турецкие власти заявили о своем согласии выполнить требование террористов, но лишь в том случае, если правительство ФРГ поступит аналогичным образом.

Пока в Бонне, уже третий раз за этот день, совещался под председательством федерального канцлера Шмидта «малый кризисный штаб», в Карлсруэ первый сенат федерального Конституционного суда отклонил просьбу Ганса-Эберхарда Шлейера. Опасались, что, отдав требуемое распоряжение, сенат окажет содействие успеху террористов. Таким образом, тактика правительства практически была одобрена самым высшим судебным органом.

«Отряд Мученика Калимета» тем временем согласился на отсрочку ультиматума до 13 часов в воскресенье 16 октября.

Однако Бонн не предпринимал никаких мер для выполнения требований.

За сорок минут до истечения нового срока «Ландсхут» вылетел из Дубая и около трех часов ночи приземлился в столице Сомали — Могадишо. Подаренная бандитам очередная отсрочка позже была вновь продлена. Однако террористы, демонстрируя свою решительность, выброси-

ли из самолета труп убитого несколькими часами раньше командира экипажа «Ландсхута» Юргена Шумана.

Государственный министр Вишневски сразу же вылетел в Африку для тайных переговоров с правительством Сомали. Вместе с ним в спецсамолет сели руководитель отдела по борьбе с терроризмом Федерального ведомства уголовной полиции, шеф группы ГСГ9 — Вегенер и другие эксперты органов безопасности. Находящаяся в это время на Крите группа ГСГ9 получила приказ лететь в Могадишо.

На аэродроме в Могадишо Вишневски удалось с помощью психолога установить контакт с террористами. Вопросы и неопределенные обещания помогли выиграть время до наступления темноты.

Под покровом ночи приземлилась группа ГСГ9. А в 23 часа 50 минут Вишневски отдал приказ к штурму самолета. Через 10 минут спецгруппа, забросив «ослепляющую гранату» в носовую часть «Ландсхута», взорвала двери и ворвалась в салон.

Семь минут спустя «операция Кофр Каддум» закончилась полным поражением террористов. Трое террористов были убиты, четвертая — женщина — тяжело ранена. Несколько заложников и один солдат получили легкие ранения.

В 0 часов 12 минут Вишневски доложил в Бонн: «Работа выполнена». В 0 часов 31 минуту агентство ДПА передало в эфир: «ГСГ9 освободила заложников». Люди вздохнули с облегчением.

А 8 часов спустя, 18 октября 1977 года в 8 часов 35 минут, ДПА сообщило озадачивающую новость: «Баадер и Энслин покончили жизнь самоубийством». Вскоре стало известно, что умер также Ян Карл Распе, и Ирмгард Меллер находит-

ся в тяжелом состоянии из-за многочисленных ножевых ран. Итак, все руководство РАФ, так называемое «твердое ядро», было метртво. Ульрика Майнхоф, как известно, повесилась 9 мая 1976 года в своей камере, в тюрьме Штаммхайм.

Вероятно, то, что произошло на самом деле в Штаммхайме в ночь освобождения заложников, навсегда останется тайной. Сразу же после сообщения о смерти лидеров РАФ было высказано подозрение, что умерли они не доброй воле. Из первых служебных донесений происшедшее выглядит так: в 7 часов 41 минуту надзиратели нашли в камере заключенного Распе с огнестрельной раной головы.

Они вызвали транспорт для перевозки раненого в тюремную больницу и лишь затем около 8 часов осмотрели камеры других арестованных. Было обнаружено, что Андреас Баадер и Гудрун Энсли совершили «самоубийство». А Ирмгард Меллер нанесла себе множество ран в грудь хлебным ножом.

Сам момент и детали происшедших событий заставили сомневаться в официальном сообщении. Причиной смерти Баадера и Распе, скончавшегося в 9 часов 40 минут в больнице, были огнестрельные раны головы. Пистолеты нашли рядом с телами. У Баадера обнаружили рану от «выстрела в затылок» у основания черепа.

Распе скончался от сквозного пулевого ранения в правый висок. Баадер умер от так называемого асбсолютного выстрела в упор, т.е. пистолет в момент нажатия курка касался кожи. В случае с Распе нельзя утрерждать то же самое. Однако с уверенностью можно сказать: стреляли с близкого расстояния к голове.

Гудрун Энслин повесилась на кабельном проводе, закреп-

ленном на окне камеры. Таковы данные медицинского осмотра, подтвержденные адвокатами умерших. Защитник Баадера — Хельдман допустил даже, что его подзащитный мог сам выстрелить себе в затылок.

(Файкс Г. Полиция возвращается. М.,1983).

УЖЕ В ПЯТЬ ЛЕТ ОН ПОЧУВСТВОВАЛ ПРОЯВЛЕНИЕ НЕСПРАВЕДЛИВОСТИ

Он родился в семье, в которой славили ирландских героев, поднявших восстание против Англии в начале столетия и завоевавших независисмость в южной части страны.

Догерти вспоминал, что уже в пять лет почувствовал первые проявления несправедливости. «Я помню, как пошел в школу и стал учить английский вместо нашего национального языка. По истории мы проходили то, что нам навязывали. Главным образом это была история Тюдоров и других королевских династий Англии. О нашей стране нам ничего не говорили.

Когда мы изучали географию, нам показывали карту Англии, Шотландии и Уэльса, Европы, Соединенных Штатов, но ни разу мы не видели карту своей собственной страны. Это ведь оскорбительно. Я знал больше о Бирмингеме и Манчестере, чем о своем городе и прекрасных землях, раскинувшихся вокруг него».

Увлечение оружием вскоре привело Догерти в лапы ИРА — незаконного боеспособного партизанского формирования. В четырнадцать лет он уже преступил закон, участвуя в ограблении со взломом и кражах. Тогда же примкнул к мо-

лодежному крылу ИРА. С ненавистью к британским войскам на его земле, Догерти был очень желанным рекрутом.

В отдаленных районах Великобритании и на западном побережье Ирландии он прошел пропагандистскую обработку и тренировку, которые укрепили его дух и дали в руки оружие, превратив в активного боевика.

Он стал профессиональным информатором ИРА, орудовавшей на улицах Белфаста: предупреждал о приближении полиции или армейских патрулей, заманивал солдат в засады и участвовал в операциях по срочной переброске террористов в «горячие точки» страны.

Он также стал членом команды «наколенников», успевших завоевать дурную славу. Эти группы патрулировали танцевальные залы и питейные заведения, верша скорый суд и расправу над теми, кого уличали в пьянстве, наркомании или во враждебном отношении к ИРА. Догерти впоследствии заявил, что он представлял из себя нечто большее, чем борец за «общественную нравственность», отстаивал национальные интересы «всеми доступными средствами».

Армия пыталась выкорчевать и сдержать терроризм, который захлестывал страну. На глазах Догерти солдаты в полночь вытащили из постели всю его семью, а его самого офицер разведки долго допрашивал о членстве в юниорской организации ИРА. 22 января 1972 года, когда ему исполнилось семнадцать, Догерти без суда и следствия интернировали в один из британских лагерей.

Он заявил, что подвергался пыткам в лагере Гирдвуд. В то время как наблюдатели комиссии по правам человека пришли к выводу, что некоторые террористы действительно подвергались грубому и бесчеловечному обращению в лагерях для

интернированных, у Догерти не было никаких оснований утверждать, что с ним плохо обращались. И конечно же, он никогда не подвергался воздействию электрошоком, который, по его словам, широко применялся в лагере.

Выйдя из лагеря, Догерти вступил в ИРА и поклялся в верности терроризму, положив руку на Библию, на револьвер и на трехцветный флаг. Так он стал волонтером роты «Си», входящей в третий батальон Ирландской республиканской армии. В начале семидесятых от деятельности подобных подразделений страдало прежде всего население: от беспорядочных взрывов бомб, от убийств на религиозной почве, от бесчисленных расстрелов охранников и полицейских.

Догерти ни разу не был обвинен в убийстве, хотя сотрудники службы безопасности имели достаточно подозрений. Только один раз, в 1973 году, после трех месяцев службы в ИРА полиция задержала его за ношение стартового пистолета, которым он, бывало, пугал местную молодежь.

После освобождения, накануне Рождества этого же года, ему приказали явиться в третий батальон для выполнения активных действий. Он должен был оставаться «на ходу». Боссы ИРА уже имели на него свои виды.

Его группе предписывалось убивать полицейских и солдат, применяя мощное оружие, полученное из Америки. И опять Догерти не были предъявлены обвинения в нападениях.

Инцидент, из-за которого его заочно приговорили к пожизненному заключению за убийство, произошел примерно в середине 1980 года. Тогда боссы из ИРА приказали Догерти напасть на первый же британский армейский патруль, который появится возле дома на Энтрим-роуд, выбранного его группой для засады.

Догерти знал, что военные автомобили постоянно курсируют по этой улице, и надеялся выбрать здесь хорошую цель.

К этому времени Догерти и его банда уже пролили немало крови в операциях ИРА.

Догерти лично составил план операции и распорядился поставить пулемет в одном окне, а из другого вести огонь из винтовок и револьверов. Он поручил члену группы вечером накануне засады угнать автомобиль, чтобы приехать самим и подвезти оружие. Он также приказал взять в заложники семью в доме, где они собирались захлопнуть ловушку.

Все это входило в арсенал приемов ИРА при убийствах. Но Догерти и его дружки не знали, что армейская разведка уже держит их в поле зрения. Служащие 14-й разведывательной роты через осведомителя узнали о засаде, запланированной на 2 мая 1980 года. Подразделению специальной службы были даны подробные инструкции по захвату террористов.

В ночь, предшествующую засаде, волонтеры ИРА угнали голубой фургон и передали его группе Догерти, которая загнала его во двор дома N371 по Энтрим-роуд. Автомобиль предназначался для отхода группы.

На следующее утро в доме остались только девятнадцатилетняя Розмари Комерфорд и ее двухлетний сын.

Она вспомнила: «В 10.30 утра в дверь постучали, и я открыла. Передо мной стояли двое мужчин, и один из них сказал, что они из Ирландской республиканской армии. Говоривший направил на меня револьвер и добавил, что они хотят захватить дом и держать меня с сыном в качестве заложников. Затем он отвел нас в спальню, находящуюся в тыльной части дома. Его молчаливый товарищ остался с нами.

Думаю, в кармане у него было оружие. Я слышала, как тот человек ходил по дому. Около 12.30 пополудни позвонила в дверь моя сестра Тереза, и человек, сидевший с нами, приказал мне посмотреть, кто пришел. Он распорядился впустить сестру и сказал, что она тоже останется в спальне. Потом пришел мой муж Герард, и все повторилось».

В два часа дня, когда Догерти и другие террористы заняли в оккупированном доме позицию с отличным обзором, капитан Герберт Уэстмакотт, тридцати четырех лет, и его группа двигалась к месту засады. Ветеран спецслужбы и его люди прошли специальную подготовку ведения борьбы с террористами в городских условиях. Они были асами своего дела, но на сей раз ошиблись в определении точного входа в дом, что дало боевикам, находившимся внутри, время для спасения. Боевики первыми открыли огонь, и капитан Уэстмакотт упал в лужу крови. Британское правительство позднее обвинит Догерти в убийстве капитана Уэстмакотта.

Лабораторный анализ одежды, сделанный позднее, показал, что из всей банды, состоявшей из четырех человек, только у Догерти были специфические следы, свидетельствовавшие о том, что это он стрелял из пулемета, из которого был убит капитан Уэстмакотт.

Попавшие в западню, Догерти и его люди планировали какое-то время продержаться, а затем, прежде чем бойцы спецслужбы предпримут атаку на их позиции, забросать нападающих гранатами. Но как нарочно, словно англичане хотели разочаровать пропагандисткую машину ИРА, уповавшую на жестокость, они дали шанс убийцам, находившимся внутри. По просьбе Догерти, после того как бойцы спецслужбы продержали их несколько часов в окружении, в дом был приглашен священник для надлюдения за их сдачей.

Британские специалисты, проводившие допрос, намеревались сломить Догерти. Они знали, что он активный боевик ИРА, который, возможно, убивал и раньше. Но тот был хорошо натаскан своими инструкторами для игры в кошки-мышки. На каждый вопрос, на который он не мог ответить, следовал ответ вопросом. Догерти был убежденным республиканцем, он с любовью вспоминал о медалях своего дедушки, завоеванных еще в начале столетия в войне против Англии.

Его ответы во время допросов — это что-то среднее между бравадой и глухим молчанием, между надменностью и сквернословием.

Надлом произошел только тогда, когда упомянули имя его матери. Он заявил, что хотел выйти из движения, но это ему не удалось, что хотел только одного — чтобы жизнь Ирландии стала свободной. Как и другие боевики ИРА, Догерти считал Англию злым роком его родины, веками страдающей под игом «владычицы морей».

Это убеждение постоянно укреплялось ожесточенной антибританской пропагандой и кровавыми конфликтами между католиками и протестантами — представителями основных религиозных конфессий в Северной Ирландии.

19 июня 1981 года Догерти одежал-таки столь необходимую его руководителям победу: поднялась страшная шумиха, вызванная его успешным побегом из тюрьмы вместе с семью боевиками.

Используя оружие, тайно доставленное в камеру сторонниками ИРА, они одолели охрану и переоделись в их форму, сумели беспрепятственно пройти контрольные пункты на пути к служебному выходу из тюрьмы. На улице произошла

перестрелка между силами безопасности и группой ИРА, посланной подобрать беглецов, Догерти благополучно прибыл в свои пенаты. Но ни дома, ни у друзей ему жить было нельзя, ведь именно здесь британские службы искали бы его в первую очередь.

Он прятался в домах сторонников ИРА, официально не значившихся в списках ни одной террористической организации. Через несколько дней его переправили через границу с Ирландской Республикой, в самый отдаленный район. Проведя несколько месяцев в ожидании, он услышал новость из Белфаста, что судья кассационного суда Хаттон признал его виновным в убийстве и заочно приговорил к пожизненому заключению, проинформировав министра внутренних дел, что Догерти должен отсидеть в тюрьме как минимум тридцать лет.

Это решение ударило по его славе «великого беглеца», как теперь его называли сторонники республиканцев. Хозяева в Белфасте знали, что поисковые службы перевернут все вверх дном, чтобы найти убийцу, поэтому решили дать ему новое имя и переправить в Америку, где многолюдная ирландская община, которая ежегодно жертвовала миллионы долларов на ведение войны, бралась обеспечить его безопасность. Догерти оставил Ирландию под именем Генри Дж.О'Рейли в феврале 1982 года, готовый «похоронить» себя до тех пор, пока боссы не призовут его на службу, когда улягутся страсти.

В Нью-Йорке Догерти сначала получил работу в строительной компании и снял квартиру в семье ирландца, симпатизировавшего республиканцам Ольстера. Позже ему пришлось поработать и чистильщиком обуви, и коридорным в отеле. По поддельному документу он даже умудрился устроиться барменом в бар Клэнси на Манхэттене. Здесь

вместе с чаевыми он зарабатывал до 120 долларов в день и считал, что его дела идут хорошо. Он заимел подружку, удобную квартиру в Нью-Джерси и с легкостью приспособился к жизни без строгой дисциплины ИРА. И думал,что ему все удалось.

Власти так и не нашли достаточно убедительных мотивов для депортации Догерти.

Во время слушания в сентябре 1990 года, после дюжины судебных решений в его пользу, террорист Догерти дал классическое «двойное объяснение» убийства Уэстмакотта. Он сказал: «Это убийство должно было оказать давление на британское правительство и вынудить его пойти на переговоры. А также показать британскому правительству, что его присутствие на севере Ирландии не оправдано ни с политической, ни с военной точки зрения. Оно не должно подавлять ИРА, потому что ИРА выживет и нанесет ответный удар».

И это было сказано человеком, заявившим американскому суду, что он вышел из организации еще в 1982 году!

До 1992 года ни один политический узник не содержался так долго в тюрьме по единственному обвинению — за нелегальный въезд в Америку. На Белый дом, теперь занятый администрацией Буша, по-прежнему оказывалось давление из здания на Даунинг-стрит, ключи от которого перешли в руки Джона Мэйджора.

В феврале 1992 года дело Джо Догерти было передано в Верховный суд США. Догерти настаивал на иммиграционном слушании в отдельном суде, надеясь получить вожделенное политическое убежище. Но через девять лет после первого ареста и заключения преступника правосудие, наконец, восторжествовало.

Верховный суд отклонил все дальнейшие слушания.

19 февраля к Догерти пришли, чтобы, по его же собственным словам, «привести в исполнение приговор в преисподней британской тюрьмы».

Из тюрьмы в штате Кентукки преступник был отправлен в Северную Ирландию, где были люди ИРА, отбывающие сроки в Белфастской тюрьме на Крумлин-роуд, откуда он совершил свой знаменитый побег; они встретили его тортом и чаем.

(Авт.-сост. Холл А. Преступления века. Популярная энциклопедия. Мн.: «Интер Дайджест», 1995).

ИЛЬИЧ, КОТОРОГО МЫ НЕ ЗНАЛИ

Его подлинное имя — Ильич Рамирес Санчес. Более известен как Карлос или Шакал Карлос.

Кто-то говорил, что он родился в Сантьяго-де-Чили.

Кто-то утверждал, что в столице Колумбии Боготе. Разведывательные службы некоторых стран считали его родиной Израиль. Другие специалисты с этим не соглашались и оспаривали место рождения — от США до СССР.

В четырнадцать лет Карлос возглавлял молодежное коммунистическое движение в Каракасе, Венесуэла. Он был завербован КГБ раньше, чем ему исполнилось пятнадцать лет.

30 мая 1972 года. Двадцать семь человек были убиты и шестьдесят девять ранены, когда трое членов «Красной Армии Японии» открыли огонь из автоматов в аэропорту «Лод»,

Тель-Авив. Нападение организовал Карлос. Двое из нападавших убиты в перестрелке с израильскими силами безопасности. Третий захвачен в тюрьму. Карлос скрылся.

5 сентября 1972 года во время Олимпиады в Мюнхене Карлос возглавляет арабскую группу «Черный сентябрь» в нападении на израильскую команду. Через 24 часа израильские спортсмены были убиты. Несмотря на то, что некоторые из нападавших погибли, часть — ранены и захвачены, Карлос скрылся невредимым.

28 сентября 1973 года. Двое арабских террористов садятся в поезд Москва — Вена под названием «Экспресс Шопена» в Братиславе (Чехословакия). Когда поезд прибывает в Маршегг на австрийской стороне границы, они достают автоматы и ручные гранаты и захватывают четверых заложников. Они требуют, чтобы Австрия закрыла крепость Шенау, транзитный лагерь для евреев, покидающих Россию.

Австрия выполняет их требования, и оба араба вылетают в Ливию. Решение австрийского канцлера Бруно Крайски принять предложение террористов вызывает шум во всем мире. Человеком, который спланировал и организовал акцию, был Карлос.

По мере того, как увеличивалось число нанимателей, все труднее становилось определить, на какую же конкретно спецслужбу он работал. Если массовое убийство в «Лоде» и Мюнхене лежит на совести палестинцев, то кто же тогда застрелил югославского вице-консула и Лионе в марте 1974 года десятью пулями из автомата? На кого работал Карлос в Париже 19 декабря 1974 года, когда военный атташе Уругвая полковник Рамон Тробаль упал мертвым на подземной стоянке, пораженный шестью пулями?

К середине 1975 года специалисты по борьбе с терроризмом с нарастающей обеспокоенностью спрашивали в средствах массовой информации: не является ли Шакал Карлос советским террористом, вышедшим из-под контроля?

В декабре 1975 года он прошел через стеклянные двери штаб-квартиры ОПЕК в Вене по заданию ливийского лидера Каддафи. Специалисты не понимали, зачем Карлосу понадобилось захватывать заложниками министров нефтяной промышленности стран ОПЕК. Страх и растерянность, испытанные министрами, — именно то, чего хотел Каддафи. Он заплатил за это Карлосу двадцать миллионов долларов.

Карлос — человек, имеющий явки, оружие и женщин в дюжине городов мира, нуждается в любом убежище по мере того, как охота на него разгорается. Сообщение о том, что его точно видели в Южном Чили, оспаривалось другими, по которым в то же самое время он был в Боготе, Лондоне, на Кубе, в Ливии, Бейруте, Израиле.

Количество сообщений о том, что его видели, равнялось только количеству сообщений о его смерти. Ни один человек не читал так часто свои некрологи. Мало кто своими действиями, подлинными или вымышленными, вызывал такой ужас.

Карлос начал 1976 год исчезновением из самолета австрийской авиакомпании в Алжире, набитого захваченными министрами нефтяной промышленности, а закончил его исчезновением в зимнем тумане в другом аэропорту, во Франкфурте. Между этими двумя событиями он не терял времени даром.

23 марта 1976 года. Египетские источники сообщают, что в настоящее время Карлос работает на Ливию, где признан-

ным лидером является полковник Каддафи. Молодой агент КГБ Карлос занимается не экспортом нефти, а диверсиями, похищениями и убийствами.

8 мая 1976 года. Королевская Конная полиция Канады распространяет тысячи листовок с портретом Карлоса. Под тремя фотографиями содержится предельно «краткая характеристика» — «чрезвычайно опасен». Это — год Олимпийских игр в Канаде, и ощущается страх перед тем, что совершенное Карлосом в Мюнхене в 1972 году может повториться в Монреале.

27 июня 1976 года. Рейс «Эр Франс» номер 139 Тель-Авив — Париж с более чем двумястами пятьюдесятью пассажирами на борту и экипажем захвачен вскоре после вылета из Афин. Угонщики, возглавляемые немцем по имени Вильфрид Безе, представляются как «Группа имени Че Гевары «коммандос» вооруженных сил освобождения Палестины». Вся операция была подготовлена и спланирована Карлосом.

С помощью военной акции, наэлектризовавшей мир, израильское правительство осуществляло спасательную операцию, достигшую удивительного успеха. Израильские десантники высадились в угандском аэропорту Энтеббе, где удерживались захваченный лайнер и пассажиры. Они штурмовали здание аэропорта и освободили группу заложников, в основном евреев. Только один израильский военнослужащий был убит, командир десантников лейтенант Джонатан Нетаньяху.

Все террористы полегли на взлетной полосе аэропорта Энтеббе. Кроме одного — Шакал Карлос снова ускользнул.

В сентябре — сенсационная новость: Карлос получил в свое распоряжение миниатюрную атомную бомбу. В ноябре

официальные представители США выражают опасение, что Карлос имеет определенное количество газа «табун» — нервно-паралитического действия.

Четыре всадника Апокалипсиса приобрели пятого коллегу.

В 1979 году его имя было связано с ныне покойным шахом Ирана. Аятолла Садех Хакли объявил из Кума, что фундаменталисты вели переговоры с Карлосом об убийстве шаха. ЦРУ прямо намекнуло Карлосу, что убийство шаха в его мексиканском убежище вызовет для него неприятности. Шаху позволили умереть естественной смертью.

Бывшему никарагуанскому диктатору Анастазио Сомосе повезло меньше. Карлос встретился с ним в центре Асунсьона, Парагвай, 9 сентября 1980 года и убил его. Благодаря тому странному положению вещей, когда мораль средств массовой информации перекрывается политическими нуждами, многие приветствовали это убийство.

Они не так радостно приветствовали следующую цель Карлоса — недавно избранного президента США Рональда Рейгана.

Перед избранием Рейгана Карлос практически почти в одиночку обеспечивал непереизбрание президента Картера на второй срок. Он спланировал захват американского посольства в Тегеране и пленение заложников, доведя самую могучую державу в мире до полной импотенции. Кризис с заложниками и неспособность президента Картера разрешить его оказались решающими для избрания Рейгана.

Теперь, оказав фактическую помощь избранию Рейгана, Карлос, действуя в интересах ливийского правителя Каддафи, планировал в декабре 1981 года проникнуть в США из Мексики с небольшой группой профессиональных убийц,

чтобы убить преемника Картера. МОССАД и ЦРУ дали «утечку сведений» о заговоре в американские средства массовой информации, и последовавший шум в печати вынудил Карлоса отказаться от покушения.

Через несколько месяцев после отказа от попытки покушения на президента США Карлос совершил выдающийся даже для своего послужного списка «подвиг». В апреле 1982 года он оказался в Лондоне, где руководил покушением на посла Израиля Шломо Арогова. Посол, несмотря на серьезное ранение, выжил.

Израиль в ответ на покушение вторгся в Ливан. Вначале утверждали, что цель вторжения — установить стабильные и безопасные границы, но скоро всему миру стало ясно, что истинной целью было полное уничтожение Организации освобождения Палестины, штаб-квартира которой находилась в то время в Бейруте.

Ясир Арафат и его сторонники были вынуждены покинуть страну в середине сентября. Вслед за этим ливанская армия обнаружила доказательства того, что в лагере беженцев Бурж-Иль-Баражнех среди последних палестинских бойцов, покинувших его, был Карлос, скрывшийся морем в Тунис.

К концу 80-х годов слава легендарного Карлоса продолжала расти. 14 августа 1990 года, по сведениям ряда национальных разведслужб, стало известно, что иракский диктатор Саддам Хусейн, вторгшийся в Кувейт, готовил террористические акты с помощью Карлоса. Объектами были иракские диссиденты, обосновавшиеся в Лондоне и других европейских странах. Широкий ассортимент оружия, имевшийся в распоряжении Шакала, включал химические средства. Как было установлено, Карлос имел заключительные встречи с Саддамом Хусейном в Багдаде.

Длинная цепочка связей с членами левоэкстремистских организаций в Италии, Франции, Алжире привела журналиста Дэвида Яллопа в Бейрут. Там он впервые встретился с Карлосом на конспиративной квартире.

«В комнате было человек восемь. Некоторые сидели на лавках, другие лежали вдоль стен. Судя по табачному дыму, который густо висел в воздухе, они были здесь уже давно. Когда мы вошли, один из них встал, затем подошел с протянутой рукой. Другие уставились на меня.

— Меня зовут Карлос.

Мы пожали друг другу руки.

— Я — Дэвид Яллоп.

— Да, я знаю.

Он повернулся к остальным и заговорил по-арабски.

Они вышли из комнаты, оглядываясь на меня. Карлос проводил меня к креслу, и мы сели.

Он выглядел совсем как постаревший вариант фотографий из моего портфеля — снятых до того, как он стал известен всему миру, — только сейчас у него были большие густые усы.

Он также располнел. Я прикинул, что в нем килограммов девяносто пять.

Минут пять — десять мы разговаривали о том — о сем. Это было вполне по-арабски. Очень часто в дальнейшем, когда мне приходилось беседовать с кем-либо на Ближнем Востоке — с Арафатом в Тунисе, Каддафи в Триполи или с

палестинским беженцем в лагере, — я вспоминаю эти первые десять минут.

А потом...

— В вашем чемоданчике, кроме записей, есть магнитофон?

— Да. Но он пока не включен.

— Конечно, нет. Вы же не глухой человек. Боюсь, что не позволю вам записывать этот разговор. Но можете делать любые рукописные записи.

— Я понимаю это. Но вы оставляете для меня одну проблему. Мне нужно доказательство, что вы — Карлос.

— То, что я вам расскажу о себе, не может исходить ни от кого другого.

— Достаточно убедительно, но мне нужно какое-нибудь определенное доказательство. В прошлом, когда вы брали на себя ответственность за конкретную акцию, вы иногда оставляли на записке свои отпечатки пальцев. Меня это устроит. Никто не скажет, что ваши отпечатки пальцев фальшивые.

— Мы с вами поладим. Вы хотите, чтобы я рассказал вам историю своей жизни?

— Да.

— Я готов отдать свою историю в том виде, как она есть, в ваши руки.

Я спросил его, почему он готов довериться мне.

Он откинулся в своем кресле и улыбнулся:

— Отдать мою историю в ваши руки — это пустяк. Вы отдаете в мои руки вашу жизнь.

... Компартия Венесуэлы согласилась стать спонсором обучения Ильича и его брата Ленина в Университете имени Патриса Лумумбы. Университет был основан в 1961 году, в тот же год, когда человек, имя которого он носит, премьер-министр Конго, был убит ЦРУ.

В то время, когда братья Рамирес поступили туда, преподавательский состав включал приблизительно 120 человек, около восьми процентов из которых были профессорами или докторами наук. Много лет это являлось важным вкладом Советского Союза в образование «третьего мира».

Две трети из примерно 6000 студентов прибывали в основном из Азии, Африки, Латинской Америки, одну треть составляли советские студенты.

Все проректоры по учебной части и работе со студентами-иностранцами были сотрудниками КГБ. Студенты-иностранцы размещались в общежитии, по трое в комнате, каждый третий студент всегда был русским. По прибытии студенты тщательно изучались сотрудником КГБ, и те, кто считался «перспективными», разрабатывались дальше. За остальными просто следили, обычно при помощи того самого третьего в комнате, делались периодические донесения, и студенты непрерывно «переоценивались».

В этот странный мир осенью 1968 года приехали братья Рамирес — не из бедности и отсталости «третьего мира», а из шумного Лондона. В отличие от многих своих однокурсников Ильич и Ленин не имели опыта лагерей беженцев

на Ближнем Востоке. Им были незнакомы голод и нищета, как многим их коллегам из Африки, они не испытали жизни при тоталитарном режиме, в отличие от новых друзей из стран Варшавского пакта.

— Мой отец всегда учил нас задавать преподавателям вопросы, если мы чувствовали, что какое-либо из высказанных мнений... как это сказать... сомнительно. В Москве мы задавали вопросов много.

— Они должны были считать вас подрывным элементом.

— Они считали некоторых из нас, включая меня, головной болью.

Мы быстро приближались к другому «минному полю» в нашей беседе. Вместо того, чтобы вмешиваться в ее течение, сделал обходной маневр.

— Ваш отец был также человеком, который учил вас, что Маркс и Ленин были людьми, оказавшими величайшее воздействие на историю человечества. Вот вы оказались в 1968 году в Советском Союзе. Выглядело ли это в некотором роде как возвращение на «историческую родину»?

— Не так заметно, но мы, конечно, стремились узнать действительность. Увидеть своими глазам советский образ жизни.

Мы много читали о нем, многое узнавали от нашего отца. Теперь мы имели возможность на практике испытать коммунистический образ жизни.

— И насколько действительность соответствовала теории?

— Очень плохо. Жизнь в России, а именно в Москве в период между 1968 годом и 1970, имела очень мало общего с

учением Ленина. Я не говорю о простых людях. Я имею в виду власти. Они были абсолютно закостенелыми. В Москве впервые узнал, что означает «следование линии партии»: «Сегодня вечером вы должны присутствовать на собрании компартии Венесуэлы. В·субботу после обеда вы должны присутствовать на собрании Ассоциации латиноамериканских студентов. Вы не можете выезжать из города без разрешения». И так далее...

— И какова была ваша реакция на эти инструкции?

— Послушайте, мне было девятнадцать лет, когда я поехал в Россию. Москва полна красивых молодых женщин, ищущих развлечений. Какой должна была, по-вашему, быть моя реакция? При выборе между обсуждением линии партии по вопросу о повстанческих действиях и приятным времяпрепровождением с музыкой, женщиной и бутылкой водки политическая дискуссия занимала очень низкое место в списке моих предпочтений.

В то время как большинство студентов Университета Патриса Лумумбы перебивались на ежемесячные советские стипендии в 90 рублей (в то время это было приблизительно 90 фунтов стерлингов), братья Рамирес регулярно получали чеки на две-три сотни долларов от своего отца, которые они щедро тратили на «сладкую жизнь» не только для себя, но и для всех своих друзей.

Когда власти хмурились, а КПВ возражала, Хосе игнорировал признаки опасности, отметал их возражения в сторону и продолжал присылать деньги своим сыновьям.

В марте 1969 года университет переписал двести студентов за демонстрацию и беспорядки перед иностранным посольством.

Среди них был Ильич, которого также обвиняли в «хулиганских действиях» и «нанесении ущерба личной собственности».

Все началось, когда около тридцати иранских студентов пролучили уведомление от своего посольства, что их паспорта не будут продлены. У некоторых изъяли старые паспорта. Таким образом, они были лишены шахским режимом своего гражданства и брошены в Москве.

Демонстрацию запланировали на экстренном собрании студентов, и 11 марта более двухсот студентов устроили столкновение с милицией и КГБ перед иранским посольством. По западным стандартам, столкновение было легким. Никого не застрелили.

Никого не били без причины. Для Москвы тех времен это было сенсацией. Трамваи со студентами останавливались до того, как они достигали района посольства Ирана, и многих, включая Ленина, бесцеремонно выталкивали наружу.

Ильича, с его светлой кожей и в меховой шапке, приняли за местного жителя и отпустили. Он попал в центр демонстрации, когда события уже кипели. Из портфеля его товарища, которого схватила милиция, выпала на снег большая бутылка чернил. Ильич подобрал ее и бросил, целясь в здание иранского посольства. Он вспомнил этот эпизод:

— Я промахнулся. Бутылка чернил угодила прямо в окно частной квартиры.

Ильича милиционеры подхватили под руки и забросили в милицейский фургон вместе с другми арестованными студентами.

Несколько недель у него на предплечьях оставались ссадины.

В конце концов милиция освободила студентов со строгим предупреждением, которое было продублировано университетскими властями.

К концу первого года учебы Ильич и Ленин успешно сдали экзамены за подготовительный курс русского языка и были зачислены на основной курс. Оба решили, что пришло время расслабиться.

— Мы запрыгнули в экспресс «Москва — Копенгаген», а оттуда отправились в Амстердам. У Ленина была гитара, а у меня — отличное настроение.

В то время, как и сейчас, Амстердам мог многое предложить своим гостям. Некоторых привлекали полотна Ван Гога в Рийксмузеуме, других — каналы, пересекающие город. Ильич с братом искали других развлечений.

— Секс, наркотики и рок-н-рол. Я помню вечер, когда мы, не успев приехать, отправились послушать музыку в «Парадизо». Я не могу воспроизвести ни одной ноты. Ленин — с голосом и действительно хорошо играет на гитаре. Кто-то дал мне «косяк» затянуться. Остаток вечера я помню смутно, кроме того, что мы спали на Дам-Сквер. Мы выглядели хуже, чем персонажи «Ночного дозора» Рембранда. На следующий вечер я отправился за «товаром» в район красных фонарей.

— Вы чего-нибудь купили?

Он рассмеялся:

— Эти девушки не дают в кредит.

Вернувшись осенью для продолжения учебы, они удвоили

свои усилия за пределами аудитории. Ильич познакомился с кубинкой по имени Соня Марина Ориола, и у них начался роман. Были еще и водка, и песни под гитару, и интриги университетской политики.

Братьям Рамирес велели следовать линии партии, но они не любили выполнять приказания, особенно своих земляков-венесуэльцев.

Ильич считал, что им нужен родительский совет отца, находящегося за многие тысячи миль от них, в Каракасе.

Он пошел в медпункт с жалобой на сильные боли в животе и попросил разрешения вернуться в Лондон, чтобы его мать могла следить за лечением...

Вернувшись в Москву в середине февраля, Ильич, уверенный в отцовской поддержке, стал еще более активен в своем конфликте с КПВ, с преподавателями и вообще с чиновниками. Ранней весной его известили, что он официально осужден организацией КПВ в Москве, которая донесла в Каракас о своих проблемах с ним. Примерно в то же время Соня сообщила ему, что беременна.

Не обращая особого внимания на эти трудности, Ильич продолжал организовывать собрания своей теперь уже не настолько тайной ячейки венесуэльцев.

До того, как их раскрыли, они разработали секретный план: во время летних каникул 1970 года поехать на Ближний Восток для обучения методам ведения партизанской войны.

В конце июня руководство КПВ в Каракасе отреагировало на жалобы ортодоксальной части венесуэльских студентов и прекратило свою спонсорскую деятельность в отношении

как Ильича, так и Ленина. Это неизбежно повлекло к пре-
кращению учебы, и через несколько дней их вызвали в кабинет ректора университета.

После того, как был зачитан казавшийся бесконечным список
их прегрешений, братьям сообщили, что они исключены.

Через пятнадцать лет, когда Карлос вспоминал об этом со-
бытии, все еще была заметна обида. Опять его ответы опережали мои вопросы.

— Ленин был очень расстроен исключением. Он обвинял
меня.

Он очень хотел получить университетский диплом. Он хотел вернуться в Венесуэлу инженером, а не партизаном. Я
хотел помочь революции в нашей стране. Я сказал ему, что,
прежде чем строить новое, нужно снести старое.

— Многие писали, что вы получили для этого подготовку
в Советском Союзе.

— Опять выдумки.

— Вы имели контакты с военной кафедрой?

— Нет, я не имел с ними контактов,— он на мгновение за-
молчал, глядя на меня немигающими глазами. — Я не знал,
что вы говорите по-русски.

— Нет, я не говорю. Просто знаю это странное название.

Он посмотрел на свои массивные наручные золотые часы,
затем быстро заговорил на непонятном русском языке. Я
смотрел на него, не понимая. Карлос улыбнулся:

— Если бы я прошел подготовку в Москве или где-нибудь еще в Советском Союзе, тогда зачем мне нужно было ехать на Ближний Восток учиться у палестинцев? Вспомните, что наш план был вернуться в Венесуэлу после подготовки. Советские были категорически против Дугласа Браво и повстанцев. Вот почему нам требовалось ехать на Ближний Восток.

— А что случилось с Соней?

— Ее отчислили. Она вернулась в Гавану, и наш ребенок, девочка, родился там.

— Вы ее видели после того, как оставили университет?

— Нет. Некоторое время мы переписывались. Я отправлял посылки для нашей дочери через кубинское посольство. Потом — ничего. Она даже не сообщила имя нашей дочери. Возможно, после всего случившегося так оно лучше.

Прежде чем мы продолжили обсуждать его приключения на Ближнем Востоке, я решил кое-что узнать.

— Вы только что обратились ко мне по-русски. Я не понял, что вы говорили мне.

Он встал во весь рост.

— Я хотел посмотреть, не владеете ли вы русским.

Я кивнул и улыбнулся.

— Ну, что-то вроде: «Я думаю, что вы — агент КГБ и через пять минут вас выведут и расстреляют».

Я перестал улыбаться и делать записи. Карлос снова сел.

На столе между нами стояла корзина, доверху наполненная пачками сигарет. Он взял пачку «Мальборо», открыл ее и предложил мне сигарету.

Я не курил уже почти два года, но автоматически взял и прикурил. Я чувствовал себя не в своей тарелке.

Когда он заговорил, его голос звучал успокаивающе:

— Все в порядке. Я просто хотел посмотреть на вашу реакцию.

— Мне повезло, что я не говорю по-русски?

— Да.

(Яллоп Д., Ильич, которого мы не знали. Перевод с английского А.Минина. Совершенно секретно. N9, 1994).

ОСКАЛ «СЕРОГО ВОЛКА»

Желание Папы Иоанна Павла II общаться с паствой без охраны сделало его мишенью для убийцы. То ли по счастливой случайности, то ли по Божьей милости, но Папа выжил и простил человека, который покушался на его жизнь.

С самого начала своей деятельности в Ватикане Папа Иоанн Павел II чаще обращался к народу, чем его предшественники. Демократизм и доступность главы католической церкви принесли ему огромную популярность. Но это же, без сомнения, и подвергало его жизнь неоправданному риску.

13 мая 1981 года Иоанн Павел II медленно продвигался в

своем автомобиле с открытым верхом сквозь плотный людской коридор на площади святого Петра в Риме. Во время этой еженедельной встречи с верующими он благословлял толпы народа, стекавшегося сюда, чтобы увидеть верховного иерарха.

Внезапно прогремели шесть выстрелов, и Святой отец, обливаясь кровью, упал на руки своего секретаря.

Один из свидетелей так описывает эту сцену: «Я увидел две струйки на белой шелковой одежде Святого отца». Другой рассказывает: «После того, как он упал, лицо его исказилось от боли. Но гримаса быстро исчезла, и лицо стало спокойным».

Пока раненого спешили доставить в больницу, полиция окружила стрелка, который все еще сжимал в руке пистолет, и арестовала его. Папе пришлось перенести четырехчасовую операцию. Несмотря на то, что выстрелы были сделаны почти в упор, ни одна из пуль не задела жизненно важных органов, и жизнь главы католической церкви была вне опасности.

Вскоре удалось установить личность стрелявшего. Это был 23-летний турок Мехмед Али Агджа, член подпольной террористической организации «Серые волки». Незадолго до появления в Риме Агджа сбежал из застенков турецкой тюрьмы, где отбывал наказание за убийство редактора прогрессивной стамбульской газеты «Мюллиет». Правоверный мусульманин, Агджа был против запланированного визита главы католической церкви в Турцию. «Западный империализм, — заявил он, — решил отправить в Турцию под личиной религиозного лидера вождя крестоносцев Иоанна Павла II».

62-летний иерарх быстро и полностью оправился от ран.

22 июля 1981 года в Риме состоялся суд на Агджой. Преступник был признан виновным и приговорен к пожизненному тюремному заключению. Два года спустя Иоанн Павел II посетил его в римской тюрьме Ребиббия. Агджа упал на колени перед Святым отцом, поцеловал его руку и попросил прощения, которое тут же и было ему даровано.

Через час Папа Римский вышел из камеры Агджи заметно взволнованным и сказал: «Я беседовал с одним из наших братьев, которому полностью доверяю. О чем мы говорили — пусть это останется между нами».

(Авт.-сост. Холл А., Преступления века. Популярная энциклопедия. Мн.: «Интер-Дайджест», 1995).

ПУЛИ ОТ СОБСТВЕННЫХ ТЕЛОХРАНИТЕЛЕЙ

Должность премьер-министра Индии никогда не была легкой.

Огромный субконтинент с многочисленным населением изобилует не только замечательными памятниками древней культуры, но и острейшими проблемами: нищетой, болезнями, коррупцией, этническими и религиозными конфликтами.

В 1984 году все эти проблемы, стоявшие перед Индирой Ганди, осложнились сепаратистскими настроениями среди сикхов, населяющих штат Пенджаб. Премьер-министру не раз докладывали, что сикхские экстремисты, требующие отделения от страны этого штата, накапливают оружие и боеприпасы в «Золотом храме» города Амритсар. Это было опасно не только потому, что оружие предназначалось для

насильственных действий, но и потому, что оно оскверняло национальную святыню.

Экстремистов необходимо было разоружить и выгнать из храма как по политическим, так и по религиозным причинам.

В военном отношении эта операция оказалась успешной: экстремистов удалось выбить из храма. Но в глазах общественности она потерпела неудачу. Один из биографов Индиры Ганди так описывает реакцию местного населения на штурм «Золотого храма»: «Для большинства сикхов военная реакция, в результате которой храм сильно пострадал, усугубилась большим количеством человеческих жертв. Сикхские террористы поклялись отомстить.

Не проходило дня, чтобы они не угрожали смертью премьер-министру, ее сыну и внукам».

Индира Ганди не сомневалась, что ее жизнь в опасности.

Премьер-министру не раз предлагали убрать из личной охраны всех сикхов, но эта мера предосторожности, по-видимому, показалась главе правительства излишней.

Беант Сингх в охране служил премьер-министру около десяти лет и сопровождал Индиру Ганди в нескольких поездках за границу. Но она не знала о том, что Беант Сингх имел тесные связи с группой сикхских экстремистов — с теми, кто поклялся отомстить за осквернение «Золотого храма». Неудивительно, что этот человек оказался самой подходящей кандидатурой на роль убийцы Индиры Ганди.

Религиозный фанатизм оказался сильнее личной преданности: Беант Сингх согласился выполнить задание заговорщиков. Он нашел соучастника в лице Сатванта Сингха, моло-

дого полицейского, недавно зачисленного в службу безопасности премьер-министра.

Индира Ганди понимала, что ее жизни угрожает опасность.

30 октября 1984 года, за день до гибели, она говорила: «Сегодня я жива, а завтра, может быть, и нет... Но каждая капля моей крови принадлежит Индии». Это были слова, признесенные мужественным и благородным человеком.

На утро 31 октября у премьер-министра была запланирована встреча, которой Индира Ганди ожидала с особым удовольствием, — телеинтервью с известным английским писателем, драматургом и актером Питером Устиновым. Она долго выбирала наряд, остановилась на шафранового цвета платье, которое по ее мнению должно было эффектно смотреться на экране. Поколебавшись, сняла пуленепробиваемый жилет, посчитав, что он ее полнит. Простительное в иной ситуации проявление чисто женского тщеславия на этот раз стало фатальным.

Беант Сингх и Сатвант Сингх стояли на одном из постов, расположенных вдоль дорожки, ведущей из резиденции премьер-министра к ее офису. Именно туда и направлялась в сопровождении охраны Индира Ганди. Подойдя к охранникам-сикхам, она приветливо улыбнулась. Выхватив пистолет, Беант Сингх трижды выстрелил в премьер-министра. Одновременно Сатвант Сингх прошил тело Индиры Ганди автоматной очередью.

Убийцы были тут же схвачены открывшей ответную стрельбу охраной. Беант Сингх закричал: «Я сделал, что хотел, теперь вы делайте, что хотите». Ему не удалось увернуться от пуль — одна оказалась смертельной. Второй убийца был ранен, но выжил.

13 Зак. 323

В то время, как Индира Ганди умирала от пуль собственных телохранителей, Питер Устинов и его съемочная группа ожидали встречи с премьер-министром. Один из этих людей вспоминает: «Я услышал три одиночных выстрела, а затем автоматную очередь.

Видно, убийцам хотелось выполнить свою задачу на все сто процентов. Они не оставили жертве ни единого шанса...» Взрывом возмущения ответила Индия на злодейское убийство премьер-министра. Народный гнев обрушился на сикхов. По всей стране прокатилась волна стихийных выступлений против сикхских экстремистов, сопровождаемая насилием. Власти пытались защитить невиновных, но в течение последующих недель жертвами бесчинств стали сотни жителей Пенджаба. Правительство так и не узнало, кто отдал приказ убить Индиру Ганди. Многие до сих пор уверены в том, что это дело рук двух фанатов-одиночек.

В историю своей страны Индира Ганди вошла не только как первая женщина, возглавлявшая в течение многих лет правительство Индии. Умный и энергичный политик, она много сделала для укрепления международного авторитета государства, ставшего одним из лидеров Движения неприсоединения к военным блокам. И сегодня имя Индиры Ганди с уважением произносится на ее родине и во всем мире.

ЦВЕТЫ, НЕСУЩИЕ СМЕРТЬ

В 1984 году, после гибели Индиры Ганди, он стал преемником своей матери на посту премьер-министра Индии. Раджив Ганди возглавлял правительство страны в течение пяти лет, пока не утратил власть в 1989 году. Два года спустя он снова включился в предвыборную кампанию. И

все говорило о предстоящем успехе молодого, энергичного и обаятельного политика.

Избиратели из разных слоев общества отмечали, что это был новый Раджив Ганди. В прошлом он нередко подвергался упрекам со стороны прессы и политических соперников за то, что не владеет искусством общения с народом. Раджив Ганди отчаянно пытался улучшить свой политический имидж. И добился своего.

Обозреватель газеты «Индия тудей» так характеризовал новый подход молодого политика к избирательной кампании: «Для свергнутого властителя, пытающегося восстановить свое правление, Раджив Ганди не смог бы сделать ничего лучше, чем он сделал: без охраны, без той отчужденности и высокомерия, которые у него бывали в прошлом, демонстрируя неизвестную доселе доброжелательность в общении с людьми, он прочно завоевал их симпатии.

Люди стремились увидеть его, пожать ему руку, пообщаться с ним...» Обновленный имидж Раджива Ганди обеспечил ему поддержку со стороны различных общественных групп, но и таил в себе определенную опасность. В 1991 году в Индии сложилась напряженная обстановка. Казна, разоренная за годы правления коррумпированного правительства, была пуста. Обострилось региональное и религиозное соперничество, которое привело к появлению множества радикальных групп. Наиболее агрессивной из них была националистическая организация «Тигры Тамил-Илама», которой очень не нравилась перспектива прихода к власти сильного лидера.

В открытости Раджива во время избирательной кампании они увидели возможность избавить Индию от династии Ганди раз и навсегда.

21 мая 1991 года Раджив Ганди и его сотрудники выехали на автомобилях из мадрасского аэропорта в направлении большого городка Шриперумбудур, где лидер партии Индийский национальный конгресс должен был выступать с речью на предвыборном митинге.

Местной полиции и агентам службы безопасности показалось весьма ненадежным предполагаемое место выступления — открытая трибуна.

Обеспечить безопасность оратора было невозможно, так как толпа практически окружала помост со всех сторон и люди могли стоять на расстоянии вытянутой руки от лидера. Но все это согласовывалось с новым имиджем Раджива, и он отверг возражения охраны.

Уязвимость места выступления не ускользнула от внимания террористов. О митингах было объявлено заблаговременно, и группа решила, что ей представилась идеальная возможность для убийства вероятного премьер-министра. Заговорщики решили действовать наверняка и поручили совершить покушение готовым на смерть религиозным фанатикам. Для выполнения этой задачи были завербованы молодые тамильские женщины — Дхану и Шубха: террористкам выдали начиненные взрывчаткой пояса, превратив их в живые бомбы.

Утром 21 мая убийцы легко смешались с огромной толпой собравшихся на центральной площади городка. Когда появился Раджив Ганди, толпа хлынула навстручу гостю с традиционными гирляндами цветов. Дхану пробилась сквозь толпу, протянула цветочную гирлянду и склонилась в балгочестивом поклоне. В то же время раздался оглушительный взрыв. Раджив Ганди и еще несколько человек, включая убийцу, погибли на месте.

Тело убитого политического лидера было кремировано на священном холме Шакти Стхал, в нескольких метрах от места кремации его матери. Двое организаторов злодейского убийства Раджива Ганди, принадлежащие к экстремистской националистической группировке «Тигры Тамил-Илама», были выслежены.

Полиция окружила дом, где укрывались заговорщики, но один из них застрелился, а другой принял яд.

(Авт.-сост. Холл А., Преступления века.Популярная энциклопедия. Мн.: «Интер-Дайджест»,1995).

ЖИВЫЕ БОМБЫ

Строжайшие и даже изощренные меры безопасности, принимаемые властями Израиля против палестинских террористов, не оставляют, казалось бы, никакого шанса на продолжение преступных вылазок.

Но террористы нашли выход: едва ли не все терактаты за 1995 год осуществляются самоубийцами, а с таким видом терроризма бороться труднее всего, если возможно вообще.

Вот одна из них — взрыв рейсового автобуса в пригороде Тель-Авива — была совершена камикадзе. Человек вошел в салон, и взорвал спрятанную под одеждой адскую бомбу, унеся за собой на тот свет пятерых пасажиров и ранив 32 других.

Подобным же спообсом устраивались теракты на автобусной станции в январе 1995 года в городе Натания (19 убитых и 65 раненых), в ноябре 1994 — на военном посту у

поселения Нецарим в секторе Газа (трое убитых), в октябре — в Тель-Авиве (23 погибших).

Активизация исламистов-камикадзе прямо связывается с группой смертников из 70 человек, о создании которой осенью 1994 года объявил в Дамаске доктор Фатхи Шкаки — главарь террористического формирования организации «исламский джихад», соперничающей с фундаменталистами из организации ХАМАС в противодействии израильско-палестинскому урегулированию. В составе ХАМАС тоже есть свое «военное крыло» подобного толка — так называемые «бригады Изэддина Касема». Именно к ним относится поставленный первым в списке разыскиваемых израильтянами террористов 29-летний электрик Яхья Айяш, получивший кличку Мухандес (Инженер) за то, что готовит взрывные устройства для идущих на задание «живых бомб».

Кто они, эти люди? Газета «Едион ахронот» так рисует портрет палестинского камикадзе: «Как правило, он холост, возраст — от 18 до 27 лет, из бедной семьи, чаще всего малообразованный или неграмотный. Он или его семья пострадали от оккупации, их унижали поселенцы или солдаты».

Газета приводит конкретные примеры. Так, на глазах у будущей «живой бомбы» девушки Айман Рушди израильские солдаты изуродовали прикладами ее мать.

20-летний Хишам Хамад, совершивший упомянутый выше теракт в Газе, восемь месяцев сидел в тюрьме за то, что бросал камни в патруль, а занялся этим после того, как израильские солдаты убили его друга Али. В тюрьме Хишам попал под влияние шейхов-исламистов, которые потом послали его на смерть.

Перед уходом на самоубийственное задание Хишам записал на аудикассету прощальные слова: «Дорогие родители, друзья, мои глаза наполняются слезами, а сердце печалью при мысли о том, что я вас покидаю. Простите меня, но встреча с Аллахом лучше, чем эта унизительная жизнь. Никогда не будет мира с убийцами пророков, с сыновьями обезьян и свиней, которые украли наши земли. Боритесь с ними, становитесь мучениками — и вы будете вознаграждены новой достойной жизнью».

«Это результат промывки мозгов», — убежден доктор Ияд Сарадж, руководитель программы психиатрической помощи в секторе Газа. Описывая, как она происходит, парижская газета «Монд» приводит слова подобного Хишаму молодого палестинца — кандидата в террористы: «Шейх обещал мне, что после моей жертвенной гибели я попаду прямо в рай. У меня будет 72 жены-девственницы, я буду сидеть по правую руку от Аллаха.

Всем десяти членам моей семьи гарантирована встреча со мной в раю».

Ислам, как и другие мировые религии, запрещает и осуждает самоубийство, почему же шейхи-хамасовцы берут на себя роль «ангелов смерти», посылая молодежь на верную гибель? «Монд» приводит «теологическое» обоснование, которое сформулировал один из лидеров ХАМАС имам Ахмед Баха: «Такие действия не являются самоубийством, мы называем их акциями джихада. Коран рекомендует джихад в борьбе против врага. Аллах разрешает отвечать врагу ударом на удар. Это месть Аллаха, а не человека. Именно он выбирает героя, который принесет себя в жертву, и никто больше. Воля Аллаха должна исполняться».

Утром в день своей смерти Хишам весь сиял, рассказывали

его родственники корреспонденту газеты «Монд». Парень принял душ, тщательно побрился и надел свои любимые белые джинсы.

Братья подшучивали: «Уж не на свадьбу ли собрался Хишам?» «Я пойду помолюсь», — сказал он.

И больше его никто не видел. Даже мертвым. Хишама разнесло на куски, когда он взорвал себя, подъехав на велосипеде к ничего не подозревающим израильским солдатам.

На митингах исламистов камикадзе превозносятся как герои.

Их портреты изображены на почтовых открытках, брелоках, платках. О них слагаются песни. На символических похоронах Айман Рушди (символических потому, что хоронить было нечего) рок-группа «Мученики» из десятка бородатых музыкантов исполняла песню, в которой звучали слова: «О, Айман, ты возлюбленная Эль-Кудса (Иерусалима), ты сейчас в раю».

(Труд, 1995.)

В АМЕРИКЕ С ТЕРРОРИСТАМИ НЕ СЧИТАЮТСЯ

Автобус с 15 школьниками был захвачен террористом в центре сверхблагополучного американского курорта Майами.

... Все машины на трассе вдруг враз замерли, как зимние мухи: в сопровождении невероятного количества полицейских машин мимо роскошных вилл и сияющих небоскребов летел желтенький школьный автобус.

8.30 утра. Над знаменитыми пляжами Майами завис полицейский вертолет. Десятки тысяч туристов штата Флорида, где невозможно думать ни о каких проблемах, еще дружно спят и не знают, почему в Майами-Бич мчатся обезумевшие от ужаса родители детей, захваченных террористом в четверг утром.

«Дети предположительно живы», — неуверенно повторял испуганный теледиктор.

Обычный американский автобус, который забирает американских детей по дороге в школу. С обычной плановой остановкой. Дети, правда, в этой школе проблемные, с физическими недостатками (вот почему мама мальчика Даниэля Костелланоса помогала ему подняться на ступеньку). И в этот момент некто втолкнул их в автобус, где сидели еще десять детей в возрасте от шести до девяти лет, и приказал водителю гнать.

И начался этот изнурительный 75-минутный марафон, притянувший к экранам телевизоров всю флоридскую публику.

Водитель — женщина, Алисия Чапман, эмигрировавшая с Кубы тридцать лет назад, вела себя мужественно и даже попыталась наладить радиосвязь с диспетчерской.

Угонщик сделал знак: все выключить. Тогда офицер полиции исхитрился на полном ходу швырнуть в открытое окно кабины водителя радиотелефон. Получилось. Так мир узнал, что террорист угрожает бомбой и приказывает отвезти его… в самый престижный в Майами ресторан «Каменный краб». Здесь у отстроенного в средневековом стиле ресторана с башенками и трогательными алыми розочками на балконах, их уже ждали.

Сначала один офицер, Дерингер, выстрелил в угонщика че-

рез стекло. Осколки разлетелись по салону так, что одного мальчика после освобождения пришлось везти в больницу. Потом другой офицер, Фернандес, ворвавшись в автобус, снова дважды выстрелил, приняв за бобму какой-то баллон на полу.

В Америке с террористами не считаются. Это был конец.

Вся операция заняла три минуты. Собственно, никто и не понял — чего именно человек хотел.

Детей, некторые из которых не могут ходить, полицейские выносили на руках. Было неправдоподобно, оглушительно тихо.

Заплакали дети много позже, когда увидели родителей. А на видеопленках остались их смертельно перепуганные, застывшие лица.

Что заставило пойти на этот шаг Каталино Сэнга, известного под именем Ник, эмигранта китайского происхождения из Доминиканской Республики?

Дела у 42-летнего отца двух взрослых дочерей, казалось бы, шли совсем неплохо. Да тут навалилось все сразу: плохие отношения с женой, смерть нескольких близких родственников, а главное — счет в 15 639 долларов из Департамента государственных сборов — как бы его долг государству за 1991 — 1993 годы.

Короче, пришел Ник в среду в ресторан «Каменный краб», где он семь лет проработал официантом, психанул в самом разгаре вечера, повернулся и объявил, что уходит. Официанты — его сотоварищи — рассказывают, что вел он себя очень странно, разговаривал с собой и был ужасно подавлен. Все — от соседей и друзей до известных в Майами юристов — дают ему самые блестящие характеристики. Ут-

ром, как добропорядочный христианин, пошёл в церковь. Перешёл через дорогу. И увидел школьный автобус...

...Когда труп вытащили из салона, выяснилось, что никакой бомбы в автобусе не было и что баллон, который полиция приняла за взрывчатое устройство, был с обыкновенным кислородом: у кого-то из захваченных им больных детей были проблемы с дыханием.

Тело террориста еще долго лежало под желтым полицейским пластиком и тропическим солнцем.

(Сапожникова Г., Помолившись, террорист захватил автобус с детьми. Комсомольская правда. 4 ноября 1995).

ВЕРСИИ УБИЙСТВА ПРЕМЬЕР-МИНИСТРА ИЗРАИЛЯ

Осень 1995 года.

Кто виноват, что под носом у самой хваленой службы безопасности в богопослушном государстве возникла и существует организация рабочих, интеллигентов и крестьян? Что делать? Многие в Израиле ищут ответы на эти вопросы.

Служба безопасности Шабак, впрочем, продолжает настаивать на том, что Игаль Амир был убийцей-одиночкой, фанатиком, а не политиком. Но основана эта уверенность главным образом на заявлении самого Игаля, что помогал ему только Бог.

Конечно, имея такого сообщника, можно решиться на все. Однако полицейское ведомство в лице министра Моше

Шахаля убежденно, что дело не так просто, и раскручивает террористическую организацию.

Согласно их версии, убийство Рабина было лишь звеном.

В случае продолжения вывода израильских войск с палестинских территорий планировались теракты против арабов. Цель — полное отторжение «своих» от «чужих». Осенью 1995 года число задержанных постоянно меняется: одних отпускают, а новых подозреваемых арестовывают. Выявлено восемь человек — возможно, причастных к преступлению. Идут интенсивные допросы брата Игаля Амира — Хагайа. Пока под стражей находятся студент Охед Скорник, а также некий Михаил Эпштейн, который сболтнул в компании, что слышал о готовящемся покушении на Рабина. Слышал, да не донес.

После нескольких дней отсидки переведен под домашний арест лидер крайне правых Авишай Равив. Поблажку властей объясняют тем, что Равив был по совместительству нештатным осведомителем в Шабаке.

Большинство задержанных знали убийцу по совместной учебе в Бар-Иланском университете или же служили вместе с ним в бригаде «Голани». Хотя, казалось бы, в Израиле никого сегодня уже ничем не удивишь, но арест Маргалит Харшефи все же стал сенсацией.

20-летняя студентка Бар-Илана подозревается в идейном руководстве террористами.

Атаманша, если она таковой является — кареглазая, с толстой косой, — даже в наручниках не выпускает из рук молитвенника. Братья Амир дружно признавали ее авторитет.

На допросах Хагай Амир рассказывает историю, опровергающую заявление его брата о том, что он был убийцей-одиночкой.

Первоначально братья планировали совершить покушение на премьера в тель-авивском доме. Они якобы хотели залить в водопроводную систему нитроглицерин и взорвать здание вместе с обитателями.

Потом верх взял вариант « выстрела на поражение». Как утверждает Хагай, они с братом облазили все уголки близлежащих улиц в поисках удобной позиции для покушения из снайперской винтовки. При обыске дома семьи Амиров и двора полицейские действительно нашли взрывчатку и патроны, спрятанные в тайниках в стене и детских качелях. Целый склад оружия армейского образца был конфискован еще у двух студентов Бар-Илана.

По истечении траура по премьеру заговорил известный раввин Бен-Венун. Он назвал имена раввинов Нахума Рабиновича и Дева Лиора, которые поставили свои имена под религиозным посланием, зачислившим Ицхака Рабина во враги народа и религии. Фактически послание развязало руки фанатикам, вынесшим смертный приговор премьеру. Нежданно-негаданно подфартило и десяткам израильских фотокорреспондентов: не успев снять покушение, они упорно, но доселе тщетно дежурили на месте трагедии. И вдруг — о, миг удачи! Черная рубашка, бронежилет, наручники, цепью скованные с запястьем следователя. Для судебного эксперимента полиция доставила на место преступления Игаля Амира. Ровно в 2 часа 30 минут в лучах фар и вспышках блицев Игаль бросается к идущему к машине полицейскому.

Амир выхватывает пистолет и громко, пожалуй, даже весело восклицает: «Пак, пак, пак!».

В стране на всякий случай создан штаб по борьбе с разжиганием национальной розни и подстрекательством, объявлены вне закона шовинистические и террористические организации. Газеты день за днем публикуют призыв ко всем, что-либо знающим о террористах, обращаться в полицию. А народ продолжает гадать: как мог еврей поднять руку на еврея? Впрочем, прецедента убийство премьера не создало — братьев Игаль намного опередили сыновья Адама и Евы. Земледелец Каин убил своего брата скотовода Авеля...

(Гричер А. Кареглазая мадонна прокляла премьера Рабина? Комсомольская правда. 23 ноября 1995).

ЯДЕРНЫЙ ТЕРРОРИЗМ?

Корреспонденту «Комсомольской правды» удалось получить эксклюзивное интервью в одном из самых «закрытых» ведомств государства. На вопросы «КП» ответил заместитель начальника Главного управления по защите информации, ядерных материалов и объектов Министерства Российской Федерации по атомной энергии Виктор Рощин.

— Виктор Дмитриевич, что собой представляет ядерный терроризм?

— Как ни странно, но пока нет четкого юридического определения ни у нас, ни в мире. О ядерном терроризме больше пишут и говорят журналисты, чем специалисты. Но, видимо, это понятие включает в себя попытки воздействия обычными средствами на объекты ядерного оружейного комплекса, АЭС, ядерные боеприпасы с целью их уничто-

жения, стремление к их захвату с целью шантажа или использование радиоактивных материалов для совершения терактов.

И то, и другое, и третье, чревато катастрофическими последствиями для человечества.

— Чеченские террористы сейчас стращают возможностью использования на территории России ядерного оружия. Насколько это вероятно?

— Это попросту невероятно. Я думаю, Басаев блефует. В России действует высоконадежная система охраны и защиты ядерных объектов, боеприпасов и материалов.

В Министрстве по атомной энергии разработан целый комплекс защитных мероприятий, способных во взаимодействии с МО, МВД и ФСБ предотвратить любую «нештатную» ситуацию.

— Откуда тогда столько сообщений о кражах и продажах радиоактивных материалов в России?

— С июля 1991 года по 1995 год на объектах Минатома было более 20 фактов хищения и незаконого оборота ядерных материалов. 19 человек осуждены. Но во всех этих случаях речь шла о краже энергетических компонентов, непригодных для изготовления ядерного оружия. Еще деталь: для хранения и перевозки воры пользовались подручными средствами, но ни один штатный контейнер не был похищен. Все эти компоненты, кстати, Россия официально продает по коммерческим ценам, которые в десятки раз ниже, если судить по сообщениям прессы, контрабандных.

— Как конкретно осуществляется охрана ядерных объектов?

— Вы хотите растиражировать на весь мир подсказку возможным террористам? Комплекс защитных мер — государственная тайна...

Могу сказать только то, что она отвечает рекомендациям МАГАТЭ и что вокруг каждого ядерного объекта не менее трех рубежей охраны, оборудованных различными по физическим признакам действия техническими средствами.

Большинство из приборов и систем охраны разработано на нашем «родном», минатомовском, специализированном научно-производственном объединении. Техника — экстракласса, что признано и зарубежными специалистами. Наши объекты надежно защищают внутренние войска МВД.

— Может ли посторонний человек попасть на объекты Минатома?

— Это исключено.

— Сбросить бомбу на АЭС с самолета?

— Наши объекты надежно прикрыты с суши, моря и воздуха.

Есть государственная программа защиты, в ней «связаны» действия многих ведомств. Совершенно нереально и пытаться захватить ядерное оружие во время его транспортировки: в Министерстве обороны и в МВД есть специализированные подразделения, которые дадут отпор любым посягательствам террористов.

Скажу больше. Система защиты разрабатывалась как противодействие силам спецназначения, как тогда говорилось, вероятного противника: обученным людям, за которыми стоит государство. Не думаю, что найдутся доморощенные

террористы, способные прорвать наши «бастионы».

— Но никто не думал и о том, что сотня террористов сможет захватить Буденновск. Допустим, в руки того же Басаева попала атомная бомба.

— Такую возможность можно рассматривать только как гипотетическую. Ну ладно, допустим... Ну и что он сможет с ней сделать? Есть у нас термин: «безопасность оружия». Внутреннее устройство любого ядерного боеприпаса позволяет ему быть страшным оружием в руках государства и железной болванкой в руках непосвященного человека.

— Хорошо, а если ножовкой по металлу бомбу распилит?

— И в этом случае ядерного взрыва не произойдет. «Пильщик» в лучшем случае станет импотентом, в худшем — безвременно скончается. Правда может быть локальное загрязнение небольшого участка местности.

— Были ли ядерные объекты на территории Чечни?

— В Чеченской республике был один «могильник» отработавших свой срок слабых источников ионизирующих излучений, применявшихся в промышленности и медицине. Все данные о нем мы еще в декабре 1994 года передали специалистам Минобороны.

Впрочем, остеклованными, помещенными в специальные контейнеры отходами можно запугать только совершенно слабонервных людей.

— Кроме объектов Минатома, радиоактивные материалы есть в промышленности, у медиков.

— Мы начинаем говорить об очень низкообогащенных радиоактивных материалах и слабых источниках радиации. Представьте, на Красной площади стоит человек с автоматным патроном в руке и грозится взорвать Кремль.

— В общем и целом, «спи спокойно, родная страна»?

— В «общем и целом». Да, за 50 лет работы отрасли безопасность объектов была обеспечена надежно. О чем можно бы «поплакаться» — страна дает нам сейчас мало денег на совершенствование системы защиты и охраны ядерных объектов. Держимся мы пока уверенно, но надо развивать и дальше охрану ядерного комплекса, идти в ногу со временем.

Недавно на Курской АЭС провели учения «Атом-95». Отрабатывались действия по антитеррору. «Террористам» не повезло...

С началом событий в Чечне Минатом, Минобороны, МВД и ФСБ работают в режиме «усиления».

(Хохлов А. Сможет ли Шамиль Басаев украсть атомную бомбу? Комсомольская правда. 22 июля 1995).

ЧАСТЬ III. ШПИОНЫ

ПРЕДИСЛОВИЕ

Секретные службы существовали в разные времена у разных народов. По расчетам американского исследователя Роуана, секретной службе не менее чем 33 века. Точнее сказать, она существует столько же времени, сколько существуют войны. Чтобы победить врага, надо его знать.

Шпионаж, будучи явлением историческим, в разные времена принимал различные формы.

Типы и характеры шпионов менялись в зависимости от общественного и государственного строя, которому служили.

Менялись в историческом развитии типы шпионов, менялись средства и приемы разведки, менялись объем и масштабы деятельности секретной службы. Но при всех условиях секретная служба оставалась важнейшей составной частью военного дела и международных отношений.

Шпионы не прекращали своей деятельности и в мирное время.

На заре истории государственная и военная тайна была тайной всего государства. Все боялись постороннего взора. Чужеземца не пускали в глубь страны. «Вы соглядатаи, вы пришли выглядеть наготу земли сей», — эта библейская формула была обычной для древности.

Древняя Русь подозревала в каждом заезжем иностранце шпиона.

Китайцы обнесли свою страну стеной, чтобы внутрь не проник чужой взор. Государственной тайной было окружено все: общественный строй, форма правления, примитивная экономика, вооружение, обряды. При таком положении вещей любой человек становился носителем тайны. С другой стороны, любой путешественник в чужие края становился шпионом.

В абсолютных монархиях феодальной Европы шпионаж был распространен в придворных кругах. В это время принципом государственного управления стала формула Людовика XIV: «Государство — это я». Государственная тайна тоже была тайной государя. Узнать ее мог тлько тот, кто близко стоял к трону. Шпион должен был войти в доверие к монархам и их министрам. Кадры шпионов формировались в это время преимущественно из дворянских кругов. Высокая оплата услуг не являлась главным стимулом. Увлекал авантюризм профессии.

Из индвидуального искусства интриги деятельность секретных служб давно переросла в сферу деятельности, в которой задействована масса людей и новейшей техники.

Меняется отношение общества к тем, кто несет секретную службу. Пара слов «шпион — разведчик», в принципе, синонимична, но слову «шпион» всегда придается нелестный оттенок, а слово «разведчик» окружено уважением. Как говорится, главное — точка зрения. Кому — шпион, а нам — разведчик... Или все наоборот...

Что можно считать шпионской деятельнстью? Тоже спорный вопрос. Р.Роуан писал: «Деятельность всякого шпиона, будь он любитель, наемник или профессионал, в военное или мирное время, является секретной службой. Любое поручение, выполняемое агентом, может быть отнесено к категории секретной службы.

Секретная служба — это не только оружие тирании или оплот правительств и армий. Она по праву превратилась в закулисный, подспудный метод международной борьбы. Многие знаменитые столкновения соперничающих между собой разведок вполне могут быть уподоблены сражениям». Слова эти были написаны в 1937 году, но время (Вторая мировая война и послевоенные международные отношения) не опровергло их.

Секретные службы существовали и будут существовать, развиваться и совершенствоваться в различных формах.

Что будет представлять из себя «разведка будущего»? Никто не знает...»

МИТРИДАТ IV ПОНТИЙСКИЙ

Историки не из одной лести дали организатору шпионажа, царю-завоевателю Митридату IV Понтийскому, прозвище «Великого». Сколь ни странно было для царствующей особы лично выступать в роли секретного агента, но для столь подозрительного и жестокого человека такое занятие являлось обычным делом; и дела Митридата могут служить классическим примером своекорыстия тирана. Он сочетал в себе хитрость шпиона с неутомимостью жестокого деспота.

Он взошел на престол одиннадцатилетним мальчиком, и Понтийский трон сразу же оказался для него слишком неудобным. По-видимому, его мать несколько раз покушалась на жизнь своего сына. Царь-отрок настолько боялся своей матери, что бежал в горы, где вел жизнь охотника. Набравшись, наконец, смелости, он вернулся в Синоп, заключил

свою мать в темницу и умертвил младшего брата; это была лишь небольшая демонстрация его возможностей и наклонностей.

Находясь в изгнании, он странствовал по Малой Азии в одежде служителя при караване; тогда он изучил двадцать два языка. Он посетил земли многих племен, изучал их обычаи и разведывал их военные силы. Устранив мать и брата, он взошел на престол. Годы, проведенные в изгнании, пробудили в нем жажду завоеваний, когда он вторично направился в Малую Азию, то повел за собой хорошо обученную и сильную армию.

Как шпион, Митридат был так обо всем осведомлен, что не питал доверия решительно ни к кому. До начала своей восемнадцатилетней борьбы с римскими полководцами Суллой, Лукуллом и Помпеем он успел умертвить свою мать, брата и сестру.

Позднее, чтобы врагам не достался его гарем, он приказал убить всех своих наложниц.

В Малой Азии он истребил свыше 100 000 римских подданных.

Он избежал расплаты за эту бойню: Сулла согласился на постыдный мир, чтобы получить возможность спешно перебросить свои легионы обратно в Рим, разбив Мария в битве у Коллинских ворот и возобновить расправу со сторонниками Мария. В последней из митридатовых войн владыка Понта противопоставлял свое военное искусство Помпею и Лукуллу поочередно; далеко не будучи разбит грозными полководцами, он сумел интриговать против Рима до конца своих дней, когда, покинутый всеми, он принял большую дозу сильнодействующего яда.

РАЗВЕДЧИКИ ЭПОХИ ЧИНГИС-ХАНА

«Золотой император Катэя» имел несторожность попросить у Чингис-хана помощи в своей непрекращавшейся войне против старой династии Сун в Южном Китае. Чепе-Нойон был послан с отрядом конницы сражаться совместно с китайцами и одновременно ознакомиться с богатствами страны. Вскоре после возвращения этой шпионской экспедиции Чингис-хан начал готовиться к вторжению в Китай, — это было его первое покушение на цивилизованную и сильную державу. Начал он кампанию с того, что отправил на «Великую стену» шпионов и разведчиков, которые должны были захватить и привести осведомителей.

Шпионаж и хитрость играли видную роль в завоевании монголами Китая. Однажды Чепе сделал вид, что бросает своей обоз, затем быстро вернулся и разгромил китайский гарнизон, вышедший из неприступной крепости, чтобы захватить брошенные повозки, припасы и другие трофеи.

В 1214 году Субудаю было поручено изучить положение в Северном Китае. Талантливый молодой командир фактически исчез на несколько месяцев, лишь изредка посылая рапорты о состоянии своих лошадей. Но когда он вернулся, то привез с собой изъявление покорности Кореей. Не встречая серьезного сопротивления, он попросту продвигался вперед (как позднее в Европе), пока не приходил в новую страну и не подчинял ее себе. Наступающая монгольская армия всегда имела в своем составе переводчиков («мандаринов») для организации управления захваченными районами и коммерсантов, которых можно было использовать в качестве шпионов. Эти «коммерсанты» вербовались из разных народов.

Когда конные орды Чингис-хана наступали в Китае или в странах ислама, впереди каждой колонны двигались патру-

ли и разведчики, но и их опережали торговцы-шпионы, которые группами по два-три человека усердно собирали всякого рода сведения.

Помимо коммерсантов, действовавших как шпионы, или шпионов, выдававших себя за коммерсантов, в монгольских армиях имелись разнообразные типы наемников-солдат, стекавшихся со всех концов Европы. Слава монгольских завоевателей постоянно привлекала авантюристов, стремившихся нажиться в рядах армии победителей. Иностранцы, наделенные военными способностями, служили в армии Чингис-хана или в войсках его наследников. Одной экспедицией монголов командовал английский рыцарь, дослужившийся до высокого поста в армии азиатского деспота.

Чингис-хан, обычно пользовавшийся услугами шпионов, понимал, однако, опасность контршпионажа и жестоко расправлялся с теми, кого разоблачал как вражеских лазутчиков.

В завоевательских планах, которые проводились монгольскими полководцами с неизменным успехом вплоть до 1270 года, когда мамелюки(личная гвардия магометанских государей и наместников Египта) остановили их наступление на Египет, предусматривались также засылка шпионов и захват пленных в качестве осведомителей; этих пленных допрашивали для получения информации, которую можно было бы использовать при проверке данных, доставленных шпионами.

ДАНИЕЛЬ ДЕФО — СЕКРЕТНЫЙ АГЕНТ КОРОНЫ

Творец бессмертной книги об искателе приключений Робинзоне Крузо признался, что королева Анна использо-

вала его для «некоторых почетных, хотя и секретных услуг». Это было сказано слишком скромно, ибо Даниель Дефо — один из крупнейших профессионалов секретной службы. Он как бы олицетворял собой совершеннейшую секретную службу в период царствования последней представительницы Стюартов в Великобритании.

Дефо, мастер приключенческой фантастики, журналист и романист — напомним его «Дневник чумного года» или повесть «Мемуары рыцаря», описывающую страшное опустошение Магдебурга, — написал за свою плодотворную и полную событий жизнь сотни печатных листов; но ни одной строчки он не посвятил своей карьере секретного агента короны.

Эта сдержанность, о которой любознательное потомство может только сожалеть, и является доказательством того, что Дефо должен стоять в первых рядах тайных эмиссаров. Она явно обнаруживает ловкого, искусного агента; ибо даже лучшие из них, живя скрытно и действуя в течение многих лет, никогда не возвышались над обычной осторожностью.

Когда королева Анна в 1710 году сместила лорда Годолфина, он, передавая управление делами Англии своему преемнику Харли, лично рекомандовал новому министерству Дефо как надежного и предприимчивого политического агента. Дефо так хорошо служил правительству вигов особенно в Шотландии и в убежищах якобитов, куда он часто являлся под чужой личиной, что пришедшие к власти тори (тори или тории — английская политическая партия, переродившаяся в современную консервативную партию; возникла в эпоху Английской революции XVII века. Приблизительно в ту же эпоху возникла партия вигов, предшественников либеральной партии XIX века. В Америке в эпоху революционных войн ториями называли сторонников союза с Англией) благоразумно решили использовать его бесспорные дарования.

Дефо было 49 лет, когда «Робинзон» широко прославлял его имя; молодые годы Дефо полны приключений. Он дважды сидел в тюрьме; в 1703 году он был выставлен к позорному столбу: злобные современники распространили даже слух, будто ему публично обрезали уши.

Всего этого нет в «материалах» о нем. Талантливая рука, сумевшая живописать Молли Флендэрс, пирата Эйвери, разбойников Шеппарда и Джонатана Уайльда, не подвергла опасности обнародования секреты английского правительства.

Мы назвали этого образцового шпиона почти совершенным воплощением секретной службы в одном лице: такое утверждение можно легко обосновать, хотя его собственных свидетельств на этот счет не имеется. Даниель Дефо посещал Ньюингтонгскую академию, руководимую неким мистером Мортоном, где одним из его соучеников был тот самый Сэмюель Уэсли, который основал методизм.

Трое школьных друзей Дефо были повешены за участие в заговоре герцога Монмута. Есть основания полагать, что эти казни кое-чему научили Дефо, ибо в дальнейшем он всегда старался сотрудничать лишь с побеждающей стороной и быть полезным всесильным министрам.

То была смутная эпоха войн, якобитских заговоров и угрозы восстаний; столь одаренный человек, как Дефо, рисковал жизнью, отдаваясь политической секретной службе. Памфлеты он пек, как блины, с изумительной быстротой и ясностью изложения. Он заполнял своими статьями три, а иной раз и четыре страницы газет сразу: ежемесячное издание, чуть не в 100 страниц, еженедельное и выходящее три раза в неделю.

Время от времени он выпускал и ежедневную газету. Мак-

сим Горький считал «Робинзона Крузо» настольной книгой непобедимых и гордых людей; но прославленные труды Робинзона нам представляются весьма скромными по сравнению с трудолюбием творца эпопеи Робинзона. Шотландия находилась на расстоянии 400 миль; и все же, когда Дефо в одной из своих секретных миссий отправлялся в этот северный край, он продолжал писать и публиковать свои обозрения в Лондоне через день. Даже когда его заперли в Ньюгетскую тюрьму, он не переставал отправлять в типографию свои рукописи.

Дефо был не только неутомимый автор, агент или искусный пропагандист; он представлял собой целую редакцию. Вымышленными были в большинстве не только самые знаменитые из его персонажей, но и сам он отчасти являлся продуктом своего необузданного воображения. Несколько книг он издал анонимно, а своей фамилией подписывал предисловия, в которых рекомендовал эти книги вниманию читающей публики.

В письмах в редакции своих газет он расхваливал себя — и поносил себя в письмах во враждебные издания. Он поправлял себя, цитировал себя, совершал плагиаты из своих собственных трудов, которые приписывал другим. Он смело напоминал в печати себе самому о своем союзе с политическими кругами, скрытно использовавшими его для борьбы с некоторыми мероприятиями правительства.

«ОЧАРОВАТЕЛЬНАЯ КРАСАВИЦА»

В эпоху влияния мадам Помпадур, фаворитки короля Людовика XV, уровень французских секретных агентов пал очень низко.

Все же в середине XVIII века в этой области выдвигается загадочная фигура авантюриста, который был воином и шпионом, дипломатом и шантажистом, и, вероятно, самым талантливым исполнителем женских ролей, какие известны в истории.

Очаровательная красавица, совершившая в 1755 году долгое и трудное путешествие в Россию в качестве тайного курьера и эмиссара Людовика XV, называлась Шарль-Женевьев-Луи-Огюст-Андре-Тимоне д'Эон-де-Бомон — шевалье д'Эон; ему угодно было посетить Петербург под видом мадемуазель Лия де-Бомон и под этой личиной расстроить план врагов Франции, окружавших в ту пору царицу Елизавету.

Международная обстановка тогда вообще была очень сложна, но в России послу Людовика было особенно трудно. Агенты английского короля Георга II были достаточно бесцеремонны, чтобы попасть туда первыми.

Король Георг подозревал, что Франция и Пруссия питают враждебные замыслы против его родины — королевства Ганновер.

Это была эпоха, когда британская корона покупала солдат на любом иностранном рынке, и британский посол при российском дворе предложил канцлеру Бестужеву-Рюмину кругленькую сумму в 50 000 фунтов стерлингов, если тот отдаст ему 60 000 крепостных крестьян в муштровку для участия в войне, цели которой были для них непонятны.

Посол Диккенс подал в отставку и был заменен Вильямом. Новый посол добился конвенции, согласно которой правительство Елизаветы Петровны соглашалось отправить 30 000 солдат в помощь королю Георгу или союзникам Ганновера в обмен на необозначенное в точности количество ан-

глийского золота. Конвенция не вступала в действие немедленно, а лишь после ратификации, которая должна была состояться через два месяца по подписании соглашения.

Узнав об этом от враждебных Англии посредников, Людовик XV решил возобновить дипломатические переговоры с царицей, ход которых мог обесценить договор с англичанами. Все его попытки вступить с Елизаветой в прямое общение потерпели крах благодаря русским, настроенным дружественно к Англии, или агентам, оплачивавшимся англичанами. И когда шевалье де-Валькруасан предпринял решительные шаги к тому, чтобы лично засвидетельствовать царице свое почтение, его арестовали и посадили в крепость, обвинив в шпионаже.

Царица была окружена шпионами партии, возглавлявшейся Бестужевым-Рюминым, который не намерен был дать кому-либо возможность сорвать сделку, заключенную с английским королем.

Юный шевалье д'Эон, которому суждено было в свое время стать предметом не одного знаменитого пари, в детстве своем подавал немало надежд, хотя его мать, по невыясненным причинам, нарядила его девочкой, когда ему было четыре года, и в этом платье он ходил до семи лет.

В юности он отличался как в юридических науках, так и в фехтовальном искусстве. В пору, когда его молодые товарищи только начинали овладевать латынью, он уже имел степень доктора гражданского и церковного права и тотчас же был принят в адвокатуру родного города Тоннера. С виду хрупкий юноша, вызывавший лишь насмешки сорвиголов, посещавших лучшую фехтовальную школу города, д'Эон вскоре обнаружил такое мастерство в обращении со шпагой и рапирой, что его избрали старшиной фехтовального зала.

Гибкий ум, гармонически сочетавшийся со столь же гибким и подвижным телом, заставил шевалье покинуть Тоннер, больше славившийся винами, чем науками или литературой. Он написал трактат о финансах Франции при Людовике XIV, что обратило на него внимание преемника этого монарха. Людовик XV намеревался использовать д'Эона, юриста и фехтовальщика, в своем министерстве финансов, которое нуждалось в ловком и умном работнике, поскольку государство все глубже увязало в трясине долгов; но внезапно возникшая нужда в даровитом секретном агенте выдвинула этого смазливого юношу на пост эмиссара в Московию.

Из всех французов он казался наиболее пригодным к тому, чтобы скрестить оружие с Бестужевым-Рюминым.

Д'Эон и его соучастник по рискованной миссии, некий шевалье Дуглас съехались в Ангальте. Дуглас, как говорили, «путешествовал для здоровья» — ироническая этикетка на французском шпионе, решившемся вложить голову в ледяную пасть петербургского гостеприимства. В поездку «с лечебной целью» Дуглас взял свою «племянницу», прелестную «Лию де-Бомон». Прибыв в Германию из Швеции, Дуглас в целях маскировки своего маршрута отправился в Богемию знакомиться с какими-то рудниками.

Его племянница, как видно не очень интересовавшаяся рудниками, была заядлой любительницей чтения. Молодому д'Эону еще до выезда из Версаля дали красиво переплетенный экземпляр «Духа законов» Монтескье, который остался единственной утехой «мадемуазель Лии», хотя ей, кажется, и нелегко было читать этот труд.

Может быть, эта серьезная молодая женщина заучивала его наизусть?

В роскошном переплете этого томика было спрятано собственноручное письмо Людовика XV к царице Елизавете, приглашавшее ее вступить в весьма секретную переписку с владыкой Франции. Книга таила в себе еще особый шифр, которым царица и ее англофобски настроенный вице-канцлер Воронцов приглашались пользоваться в письмах к Людовику.

Таким образом, д'Эон должен был не только фигурировать в роли женщины и послушной племянницы, но и ни на минуту не выпускать из своих рук драгоценной книги с королевским приглашением и шифром.

Усердную читательницу Монтескье видели во время этого путешествия, ее описывали, как «женщину маленького роста и худощавую, с молочно-розовым цветом лица и кротким, приятным выражением. Мелодичный голос д'Эона еще больше способствовал успеху его маскировки. Он благоразумно разыгрывал из себя не заносчивую, кокетливую и таинственную особу, а сдержанную, застенчивую девушку. Если бы она слишком манила к себе мужчин, это могло бы испортить все дело; и все же есть свидетельства, что «Лиа» влекла их к себе. Придворные живописцы не раз домогались чести писать портрет «мадемуазель де-Бомон». Пришлось уступить кое-кому, и сохранившиеся миниатюрные портреты подтверждают репутацию д'Эона как первого и величайшего шпиона-трансформера.

В Ангальте, где встретились два обманщика для создания маскарадной пары — «дяди и племянницы», д'Эон и Дуглас были благосклонно приняты фешенебельным обществом, их просили даже продлить свой визит. Пришлось сослаться на нездоровье, чтобы ускорить отъезд агентов Людовика в Петербург.

Прибыв, наконец, в столицу Елизаветы, путешественники

остановились в доме Матаэля, француза, занимавшегося не без выгоды международными банкирскими операциями. Никто не допрашивал прелестную «Лию»; но когда к Дугласу приставали с докучными расспросами, с ним делался сильный припадок, он кашлял, а затем начинал распространяться о том, что врач предписал ему пожить некоторое время в холодном климате.

В России было довольно холодно, однако не для «мадемуазель Лии»; зато ее сообщник мало успевал; агенты Бестужева-Рюмина препятствовали этому французскому дворянину слабого здоровья, питавшему явный интерес к торговле мехами. Дуглас носил с собой красивую черепаховую табакерку, с которой не расставался. Под фальшивым дном этой табакерки были спрятаны инструкции французского агента и тайный шифр для его личных донесений. Но Дуглас еще не пользовался им, так как нечего было сообщать, пока «племяннице» не удалось увидеться с Воронцовым и найти вице-канцлера столь расположенным к Франции, как это предсказывали информаторы короля Людовика. Воронцов и представил прелестную «Лию» царице Елизавете.

Елизавета любила лесть, молодежь и удовольствия. И «мадемуазель де-Бомон» оправдала возлагавшиеся на нее ожидания; она представляла французскую молодежь, иноземную веселость; это был ароматный цветок, непостижимым образом занесенный на север из садов короля, царствование которого уже прославилось адюльтером, побив в этом отношении рекорды Франциска I, Генриха IV и Людовика XIV.

Елизавета слышала о знаменитом «Оленьем парке», первом мастерски организованном и систематически пополнявшемся гареме, каким когда-либо располагал король-католик. А тут еще эта невинная, прелестная племянница шевалье Дугласа, так достойно украшавшая собой петербургский двор.

аря своему неподражаемому маскараду д'Эон в одни
стал могущественной «фавориткой» и был назначен
иной», а затем и «чтицей» к престарелой императ-
Ложно наверняка сказать, что первой книгой, которую «Лия» предложила Елизавете, был ее собственный дра-
гоценный экземпляр «Духа законов».

Вскоре британский посол Вильямс доносил лорду Холдернесу в Лондон: «С сожалением должен уведомить, что канцлер (Бестужев-Рюмин) находит невозможным побудить ее величество подписать договор, которого мы так горячо желаем».

Пришло время, когда молодой д'Эон, блестяще выполнив несколько важных дипломатических поручений короля Людовика, был официально отозван в Париж.

Французский король оказался весьма признательным: Д'Эону публично пожаловали годовой доход в 3 000 ливров, его часто назначали дипломатическим представителем. Его посылали и в Россию, и в другие страны, где требовался человек, умеющий разрешать запутанные вопросы. Иногда очаровательной «Лии де-Бомон» опять приходилось пудриться, душиться, завиваться и наряжаться к вящей славе французской дипломатии. Но когда Франция вступила в войну, молодой авантюрист настойчиво пожелал занять свое место в армии. Он был сделан адъютантом герцога де-Брольи, который в качестве начальника королевской секретной службы предпочитал пользоваться его помощью лишь для шпионажа и интриг; но д'Эон отличился, говорят, в одном сражении, доставив обоз со снарядами в критический момент под сильным огнем неприятельских полевых орудий.

В конце концов, он был аккредитован в Лондон как дипломат и на этом новом поприще имел необычайный успех.

14 Зак. 323

«НАПОЛЕОН» ВОЕННОЙ РАЗВЕДКИ

Серьезной исторической фигурой является генер: Савари, министр полиции при Наполеоне. Он прославился как вербовщик, ибо именно он открыл Карла Шульмейстера, бесценного агента-шпиона императора Наполеона, которого можно назвать «Наполеоном военной разведки».

Много лет прошло с той поры, как прекратилась деятельность Шульмейстера; но за весь этот солидный период европейской истории не появлялся более умный или отважный шпион, чем Шульмейстер.

Крайне беззастенчивый, как и сам Бонапарт, он сочетал находчивость и наглость — качества, присущие всем крупным агентам секретной службы, — с такими специфическими качествами, как физическая выносливость, энергия, мужество и ум со склонностью к шутовству.

Он родился 5 августа 1770 года в Ней-Фрейштетте в семье лютеранского пастора. Но вырос он в приятном убеждении, что является потомком старинной и знатной венгерской фамилии, причем для него наступил момент, когда он оказался в состоянии удостоверить свое дворянство, правда, с помощью отлично подделанных документов.

Страсть к элегантности, соответствующей его якобы высокому происхождению, побудила его, как только оказалось возможным, брать уроки у самых видных преподавателей танцев в Европе. Он хотел храбро драться, блистать в обществе, носить орден Почетного легиона; по части ордена он потерпел неудачу. Зато он вознаградил себя успехами в свете, научившись танцевать, как маркиз.

Впрочем, жизнь свою он начал довольно скромно, женив-

шись на уроженке своего родного Эльзаса, носившей фамилию Унгер; после женитьбы он завел бакалейную и скобяную торговлю, от которой получал большой доход, главным образом торгуя контрабандными товарами.

В согласии с традициями пограничной области Эльзаса, он не понимал, как можно, живя так близко к границе, не использовать это обстоятельство для наживы. Уже в семнадцать лет он не постыдился признаться в этом, указывая, что занятие контрабандой требует необычайного мужества и присутствия духа. Позже, добившись известности и огромного состояния как шпион Наполеона, он продолжал заниматься провозом контрабанды. В 1799 году он познакомился с Савари, тогда еще полковником, весьма далеким от титула герцога и поста министра полиции.

Примерно в 1804 году Савари, ставший уже генералом и одним из приближенных царедворцев Наполеона, предложил Шульмейстеру совершить один из самых сомнительных и омерзительных подвигов секретной службы Империи: заманить во Францию герцога Энгиенского, молодого бурбонского принца, который жил в Бадене на содержании у англичан и был малозаметным организатором роялистских интриг.

Наполеон стремился дать урок всем роялистам в лице герцога Энгиенского, полагая, что казнь невинного отпрыска изгнанной династии Капетов послужит устрашающим уроком.

Герцог Энгиенский часто навещал в Страсбурге молодую женщину, к которой был сильно привязан. Шульмейстер проведал об этом и тотчас же послал своих помощников, чтобы увезти эту женщину в Бельфор, где ее держали на вилле близ границы под тем предлогом, что местные власти зарегистрировали ее как подозрительную личность.

Подделав письмо от ее имени, Шульмейстер отправил его к герцогу Энгиенскому; в письме она умоляла вызволить ее из заточения. Любовник немедленно ответил ей. Он полагал, что ему удастся подкупить тех, кто арестовал ее, и они позволят ему похитить ее, поскольку Бельфор расположен неподалеку от территории маркграфства Баденсакского.

Но Шульмейстер уже приготовился; и не успел герцог ступить ногой на французскую землю, как был схвачен и спешно увезен в Страсбург, а оттуда в Венсенн.

Уже через шесть дней после своего ареста герцог был осужден военным судом. Воспользовавшись первой же возможностью, он отправил письмо своей возлюбленной с объяснением причины, по которой он не мог помочь ей.

Она, впрочем, уже сослужила Шульмейстеру службу и была выпущена на свободу, даже не сознавая того, какую роль она поневоле сыграла во всей этой страшной истории.

В ту же ночь молодой герцог был расстрелян, причем палачи заставили его держать фонарь, чтобы им удобнее было целиться.

Говорят, Савари заплатил Шульмейстеру за это дело сумму, соответствующую 3 000 долларов. Так дорого стоил этот каприз Наполеона! Талейран заметил по поводу судебного убийства герцога Энгиенского: «Это хуже, чем преступление; это ошибка!».

Шпионский талант Шульмейстера был как бы создан специально для интриг большого масштаба. Савари, приблизившийся после казни молодого Бурбона к своей заветной цели — обладанию герцогским поместьем, в следующем году представил Шульмейстера самому Наполеону со словами:

ЭНЦИКЛОПЕДИЯ ПРЕСТУПЛЕНИЙ И КАТАСТРОФ

«Вот, ваше величество, человек, составленный сплошь из мозгов, без сердца».

Наполеон, которому предстояло в один прекрасный день сказать Меттерниху: «Я не посчитаюсь с жизнью миллиона немцев!», встретил благосклонной усмешкой эту характеристику единственного в своем роде контрабандиста-шпиона с таким «анатомическим дефектом».

Наполеон любил говаривать: «Шпион — естественный предатель».

Он нередко говорил это Шульмейстеру; однако нет данных, чтобы Наполеон был когда-нибудь предан военным шпионом, хотя сам он тратил крупные суммы на подкуп видных представителей дворянства, торговавших собой на рынках предательства.

После вторичного занятия Наполеоном Вены Шульмейстер был назначен цензором, наблюдавшим за печатью, театрами, издательствами и религиозными учреждениями. На этом поприще он проявил особую и похвальную проницательность, приняв меры к широкому распространению среди народов Австрии и Венгрии сочинений Вольтера, Монтескье, Гольбаха, Дидро и Гельвеция; произведения всех авторов до той поры находились в монархии Габсбургов под строгим запретом, исходившим как от церковной, так и от светской власти.

Наилучшее описание личности Шульмейстера оставлено нам Каде-де-Гассикуром, аптекарем Наполеона: «Нынче утром я встретился с французским комиссаром полиции в Вене, человеком редкого бесстрашия, непоколебимого присутствия духа и поразительной проницательности. Мне любопытно было посмотреть этого человека, о котором я слышал ты-

сячи чудесных рассказов. Он один воздействует на жителей Вены столь же сильно, как иной армейский корпус.

Его наружность соответствует его репутации. У него сверкающие глаза, пронзительный взор, суровая и решительная физиономия, жесты порывистые, голос сильный и звучный. Он среднего роста, но весьма плотного телосложения; у него полнокровный, холерический темперамент.

Он в совершенстве знает австрийские дела и мастерски набрасывает портреты виднейших деятелей Австрии. На лбу у него глубокие шрамы, доказывающие, что он не привык бежать в минуту опасности. К тому же он и благороден: он воспитывает двух усыновленных сирот. Я беседовал с ним о «Затворницах» Ифланда и благодарил его за то, что он дал нам возможность насладиться этой пьесой».

Это было в 1809 году. Шульмейстер, покинув Вену, некоторое время был генеральным комиссаром по снабжению императорских войск в походе. Сколь выгодно ни было право распределения военных поставок и хозяйственных льгот, все же Шульмейстер не соблазнился им и вскоре вернулся к исполнению своих обязанностей шпиона. Тогда он был уже богачом. За несколько лет до этого он купил себе роскошный замок Мейно в родном Эльзасе, а в 1807 году — второе большое поместье близ Парижа; оба они стоили, по нынешним ценам, свыше миллиона долларов.

Хотя в тогдашнем своем положении он вправе был именовать себя «господином де-Мейно» и жить роскошно, как помещик, для императорской военной касты он по-прежнему оставался смелым и ловким секретным агентом.

Он просил своего приятеля, Лассаля, отважного командира легкой кавалерии(вскорости погибшего при Ваграме) уго-

ворить Наполеона пожаловать ему орден Почетного легиона; Лассаль вернулся от императора и сказал Шульмейстеру, что Наполеон наотрез отказал в этом, заявив, что золото — единственная подходящая награда для шпиона.

Последним шансом Шульмейстера явился Эрфуртский конгресс (встреча Наполеона с Александром 1 в Эрфурте в 1808 г.), где присутствовали также короли Баварский, Саксонский, Вестфальский и Вюртембергский), где он, по представлению Савари, был назначен руководителем французской секретной службы. Очевидно, он превзошел самого себя в доставке значительных и разнообразных сведений.

Царь Александр жил и развлекался в Эрфурте; Гете, к которому Наполеон внешне всегда проявлял большое уважение, также находился там и занимался дипломатией, что внушало Наполеону некоторое беспокойство. Шульмейстер писал Савари, что император каждое утро первым делом задает ему два вопроса: с кем виделся в этот день Гете и с кем провел эту ночь царь? Оказывалось, что любая из прелестных спутниц Александра неизменно являлась агентом начальника французской секретной службы.

Менее удалась Шульмейстеру другая задача, выполнения которой требовал Наполеон: слежка за королевой Луизой Прусской. Русский монарх восхищался красивой и безмерно униженной женщиной и был настроен к ней дружественно. Наполеону непременно хотелось еще более унизить королеву, очернив ее, по возможности, в глазах царя; и это грязное дело должен был проделать его главный шпион.

По иронии судьбы, в карьере Карла Шульмейстера в 1810 году наступил неожиданный поворот. В этом году состоялся «австрийский брак» Бонапарта с Марией-Луизой. Господство Наполеона над Веной, для обеспечения которого

Шульмейстер, бесспорно, сделал много, увенчалось бракосочетанием юной герцогини Марии-Луизы с ненавистным ей победителем ее отца. Новая императрица, прибыв в Париж, принесла с собой столь сильные австрийские влияния, что шпион вынужден был удалиться, ему не забыли интриг перед Ульмом и Аустерлицем.

Шульмейстер удалился, но не в лагерь врагов Наполеона, как поступили бы многие люди его профессии, как поступили Талейран и Фуше с меньшим для этого основанием. Шпион, по-видимому, был искренне признателен Наполеону за полученные богатства и поместья.

Он продолжал оставаться рьяным контрабандистом и сторонником контрабандистских прожектов и жил в свое удовольствие в Мейно, где его гостеприимство и благотворительность снискали ему уважение земляков-эльзасцев.

Враждебность австрийцев не проходила вплоть до 1814 года.

После Лейпцигской «битвы народов»(сражение под Лейпцигом 4-7 октября 1813 года между армией Наполеона, с одной стороны, и армиями России, Пруссии и Австрии — с другой) и поражения французов Эльзас был наводнен союзниками, и полк австрийской артиллерии специально послали бомбардировать и разрушить поместье Шульмейстера. Во время «Ста дней»(время правления Наполеона во Франции в 1815 году, когда он бежал с острова Эльбы. Продолжалось с 20 марта по 18 июня) он примкнул к Наполеону, хотя тот пять лет назад и отверг презрительно его услуги.

После того, как Наполеон был разбит при Ватерлоо, его бывшего шпиона арестовали одним из первых, и он спасся только тем, что заплатил огромный выкуп.

Это сильно подорвало материальное положение Шульмейстера, восстанавливать которое пришлось уже не контрабандой, в чем он знал толк, а биржевыми спекуляциями, что для шпиона и контрабандиста является слишком сложной сферой.

Шульмейстер лишился всего.

Пять лет у него ушло на постепенное собирание богатства, десять лет он пользовался значительной властью. Он мог частично сохранять и то, и другое, как это удалось большинству беспринципных бонапартистов; но судьба сбросила его в бездну нищеты, как только кончился «метеорический бег Империи». Ему суждено было прожить еще почти четыре десятилетия (до 1853 года) неимущим, но нельзя сказать чтобы недовольным гражданином Франции, которому правительство разрешило содержать в Страсбурге табачную лавчонку.

«БЕЗУМНАЯ БЕТ» И ДРУГИЕ ДАМЫ

Шпионы активно действовали в Америке во время войны Севера и Юга.

Самым ценным из всех шпионов, боровшихся против южан, была уроженка Юга, мисс Элизабет Ван-Лью, из Ричмонда. С этой бесстрашной женщиной могут соперничать лишь немногие герои всемирной истории секретной службы. Она единственная американка, действовавшая во время войны в тылу противника.

Элизабет Ван-Лью, горячо ненавидевшая рабовладельчество, не гнушалась никакими средстваи, если они были необходимы для успеха ее дела: она выдавала друзей, следила за

соседками и интриговала против вооруженных сил родного штата. Она не только ежечасно рисковала своей жизнью, но и подвергала опасности жизнь своей матери и брата; она растрачивала средства своей семьи и вела свою линию с неукротимым рвением, не раз рискуя стать жертвой самосуда разъяренной толпы.

Элизабет Ван-Лью жила в окружении знати, и все жители Ричмонда в той или иной мере подозревали ее. Некоторые считали ее ненормальной. И она не протестовала против этого, всячески маскируя свою тайную работу, которую легче было осуществить под маской «безумной Бет». Ее спасало то, что уму заядлого виргинца недоступна была сама мысль, чтобы виргинская аристократка могла выступить против дела южан иначе, как будучи совершенно безумной.

Виргинцы говорили, что она нелояльна, что она желает победы Северу, что она выступает против отпадения южных штатов.

Они были уверены и в том, что она яростная аболиционистка, ибо она дала вольную своим рабам-неграм и никогда не скрывала своего отвращения к рабовладельчеству. Ее подозревали еще и в том, что она помогает беглым неграм и содействует побегам «янки» из лагерей военнопленных.

Словом, в период между 1860 и 1865 годами Элизабет Ван-Лью подозревали в чем угодно, только не в том, что она является самым отчаянным и опасным преступником среди «изменников». Ни один офицер или контрразведчик Юга не заподозрил в Элизабет Ван-Лью умелой и изобретательной руководительницы целой шпионской сети.

Никто не подозревал истины; а истина заключалась в словах генерала Гранта, с которыми он обратился к ней от

имени правительства и армии Севера: «Вы слали мне самые ценные сведения, какие только получались из Ричмонда за время войны».

Так как Ричмонд был во время войны столицей южных штатов, то эта похвала главнокомандующего войсками Севера сразу выдвигает Элизабет Ван-Лью в ряды виднейших шпионов-практиков главного штаба.

Она тратила свои личные средства на дело, которое считала защитой чести своей отчизны. Каждый ее шаг был импровизацией и осуществлялся на только в полном одиночестве, но и наперекор многочисленным препятствиям в столице, кишевшей врагами.

Убедительнейшим доказательством ее бесспорного права числиться в ряду лучших солдат передового отряда мировой секретной службы является то, что она, несмотря на выдающуюся роль, сыгранную ею на войне, все детали которой тщательнейшим образом изучены, не только достигла своих целей, но и сумела остаться малоизвестной, скромной женщиной, остаться в тени.

Для проведения самой опасной части своей работы — пересылки сведений — она создала пять секретных точек связи, конечным пунктом которой был штаб генерала Шарпа. Начальным пунктом этой цепи был старинный особняк семьи Ван-Лью в Ричмонде, где она составляла свои шифрованные донесения и укрывала агентов Севера, пробравшихся в город по поручению верховного командования федералистов.

Были дни больших тревог и напряжения, когда ожидаемый федералист не являлся, а доносились лишь слухи об арестованных и расстрелянных «проклятых шпионах-янки». Тогда она ухитрялась отправлять через фронт курьерами своих

собственных слуг, но не прекращала доставки секретных сведений об обстановке в Ричмонде. О том, чтобы она лично пыталась пройти через фронт, данных не имеется.

Элизабет Ван-Лью родилась в Виргинии в 1818 году, но получила образование в Филадельфии, где жила раньше ее мать.

Столица Пенсильвании никогда не вела яростной антирабовладельческой агитации. Сторонники южан насчитывались в ней сотнями, и все же Элизабет вернулась в Ричмонд убежденной и ярой аболиционисткой(аболиционизм — движение за отмену рабства). Одним из проявлений ее новых убеждений явилось освобождение девяти невольников Ван-Лью. Она разыскала также нескольких негров и выкупила их из неволи, чтобы воссоединить с родными, находившимися во владении семьи Ван-Лью.

Среди мелкопоместной знати Юга у нее были, конечно, единомышленники, и потому на не совсем безобидную эксцентричность Бетти Ван-Лью ее друзья и соседи смотрели сквозь пальцы или ограничивались мягким порицанием.

Надо иметь в виду, что в работе Ван-Лью дружеские связи ее семьи играли выдающуюся роль. Главный судья южных штатов Джон Маршалл, пользовавшийся там непререкаемым авторитетом, был интимным другом семьи Ван-Лью. Дженни Линд пела в гостиной виргинского особняка Ван-Лью, где угощали и шведскую писательницу Фредерику Бремер, как и многих американских аристократов.

Ван-Лью, мать и дочь, были щедры, гостеприимны и обаятельны; им не ставилось в укор, что они держались «передовых» взглядов.

Элизабет минул 41 год, когда солдаты морской пехоты под

командованием полковника Роберта Ли штурмовали паровозное депо в Харперс-Ферри и взяли в плен Джона Брауна. Казнь этого старика толкнула ее в лагерь «чудаков» и «фанатиков», поклявшихся уничтожить рабовладение. «С этого момента, — записала она в своем дневнике, — наш народ находится в явном состоянии войны».

И она немедленно взялась за дело, посылая федеральным властям письмо за письмом и информируя их об обстановке, складывавшейся «там, на Юге». Она посылала эти письма почтой; и если кто в Вашингтоне и обратил внимание на ее письма, это был незаметный чиновник, с которым не считалось правительство Бьюкенена.

Природное влечение Элизабет к секретной службе избавило ее от разочарования, когда на первых порах ее старания не встретили достойной оценки. Она продолжала по-прежнему свои наблюдения, посылала донесения, в которых описывала деятельность, развиваемую на Юге врагами единства Соединенных Штатов.

Энтузиаст своего дела, она была достаточно бесстрашна, чтобы на улицах Ричмонда выступать с речами, как ярая аболиционистка.

Современники описывали Элизабет Ван-Лью, как женщину слабого телосложения, невысокого роста, но представительную, как человека очень живого и решительного. Даже вожди Конфедерации были покорены ее обаянием.

С презрением отвергнув возможность прикрыть свою секретную работу маской «лояльной патриотки Юга», она отказалась шить рубашки для солдат Виргинии. Другие женщины Ричмонда шили или вязали, а когда «варвары-янки» приближались к городу, эти мягкосердечные женщины от-

кладывали в сторону иголки и вооружались пистолетами.

Но миссис Ван-Лью не шила и не вязала, а Элизабет, не покладая рук, собирала материал для своих сведений, импровизируя собственную тактику и сообщая Северу почти все, что она узнавала о мобилизации мятежников.

Элизабет и ее мать вскоре после начала войны Севера с Югом занялись помощью раненым военнопленным, посаженным в военную тюрьму. В военном министерстве в Вашингтоне очень быстро заметили: ценность и точность сведений, посылаемых мисс Ван-Лью, не только ничего не потеряли от этой заботы, которую она взвалила на свои плечи, но, наоборот, возросли от ежедневного общения с пленными офицерами и солдатами Севера.

В числе этих пленных офицеров оказался полковник Поль Ривер из 20-го Массачусетского полка, который и после войны был ее преданным другом.

Комендантом омерзительной тюрьмы «Либби» был лейтенант Тодт. Она сумела создать впечатление, что ее благотворительность одинаково простирается как на северян, так и на южан, и когда получила доступ в тюрьму, то нашла в ней неиссякаемый источник военной информации, которую ей передавали шепотом военнопленные-северяне.

Сведения поступали к ней самыми разнообразными путями.

Бумажки с вопросами и ответами были спрятаны в корзинах с продовольствием; в эти бумажки завертывали склянки с лекарствами, пока передачи не были воспрещены из-за роста цен на продукты, вызванного блокадой Севера. В книгах, которые она передавала для прочтения и последующего возврата, некоторые слова незаметно подчеркивались.

Иногда, пока другие арестанты следили за сторожами и часовыми, ей удавалось побеседовать со вновь прибывшими и за несколько минут получить ценные сведения.

Лишь немногие офицеры и солдаты Юга серьезно беспокоили ее своими подозрениями. Ее заботы о благополучии негров были настолько известны, что рядовому южанину она казалась просто «чудачкой». Своими «чудачествами» она поддерживала в окружающих убеждение, что фанатизм ее взглядов — безобидное помешательство.

Нужно отметить, что ее мать, которую никто не считал безумной, вероятно, подвергалась большей опасности, чем Бетти.

Жизнь обеих женщин не раз висела на волоске. Только непрерывные поражения, наносившиеся в течение первых двух лет войны совершавшим грубые промахи генералам северян, спасли Ван-Лью от насилия толпы, в которой неудачи везде пробуждают яростный гнев.

В газетных статьях открыто клеймилось «позорное» поведение мисс Ван-Лью и ее матери. И несмотря на это громогласно и публично преъявленное общественным мнением тяжкое обвинение, офицеры и влиятельные чиновники Юга продолжали посещать гостиную Ван-Лью. Их послеобеденные беседы давали обильную пищу Элизабет; она, как видно, научилась умению штабистов соединять в одно целое разрозненные сведения или присоединять их к информации, полученной из других источников.

Единственным официальным взысканием, которому подвергалась когда-либо «безумная Бет», было лишение права посещать военную тюрьму. Когда это случалось, она наряжалась в свое лучшее платье, брала зонтик и отправлялась

прямо к генералу Уиндеру — начальнику контрразведки южан — или в приемную Джуда Бенджамина, военного министра южан.

Несколько минут хмурых взглядов и мягкого распекания, несколько женских трогательных возгласов — и «безумная Бет» возвращалась домой с разрешением посещать военную тюрьму, подписанным Уиндером, полномочия которого давали ему право подписать ей смертный приговор.

В других случаях кринолин и зонтик являлись помехой, и тогда «безумная Бет» переодевалась сельской батрачкой. Юбка, сшитая из цельного куска материи, ситцевая кофточка, поношенные гамаши из оленьей кожи и огромный коленкоровый чепец — гардероб работницы фермы — были найдены среди ее вещей спустя целое поколение после битвы при Аппоматоксе (эта битва произошла 9 апреля 1865 года. В ней войска южан, были разбиты и капитулировали. Битва решила исход войны в пользу Севера) как единственное вещественное напоминание о многочисленных ночных экспедициях.

Вильям Гилмор Беймер, которому мы обязаны исследованиями, приведшими ко вторичному открытию жизни и деятельности Ван-Лью, прямо указывает, что ее способ подхода к президенту Джефферсону Дэвису в момент, когда он «меньше всего был начеку», свидетельствует, что она была «гениальная шпионка» и руководительница шпионажа.

У нее была молодая негритянка-рабыня необычайного ума, которую она отпустила на свободу за несколько лет до войны.

Она отправила эту девушку на Север и платила там за ее обучение; но когда выявилась угроза войны, мисс Ван-Лью письмом просила Мэри Баусер вернуться в Виргинию. Девушка немедленно приехала, после чего бывшая владелица

стала готовить ее к трудной миссии. Обучив Мэри Баусер, Элизабет Ван-Лью при помощи подложных рекомендаций, о которых мы можем только догадываться, устроила ее на должность официантки в «Белый Дом» Юга, в дом главы конфедератов.

О дальнейшем мы ничего не знаем, ибо ни один из живших когда-либо мастеров шпионажа не охранял так ревниво тайны своих подчиненных, как это делала Ван-Лью. Что слышала Мэри, когда обслуживала президента Дэвиса и его гостей, и что из услышанного она передавала Элизабет? Как удалось ей, не будучи разоблаченной, передавать в салон Ван-Лью то, что она узнала? И были ли ее донесения настолько ценны, насколько этого можно было ожидать, судя по ее местопребыванию? На все эти вопросы мы не имеем ответов.

Очевидно одно: никто так и не догадался о шпионской роли негритянки.

Мисс Ван-Лью не переходила через линию фронта и не рисковала своей жизнью, попадая в окружение зорких врагов; она жила среди своих, в своем доме в Ричмонде, ставшем столицей отколовшихся южных штатов, где ее знал каждый и где ее общественное положение было для нее такой же защитой, как и личина «безумной Бет».

Ее секретные донесения, зашифрованные личным кодом, часто были написаны рукой кого-нибудь из ее слуг. Преданные негры никогда и не подумали бы отказать в чем-либо «мисс Лизабет».

Успех налаженной ею системы связи в немалой степени обуславливался кажущейся обыденностью действий ее чернокожих курьеров.

Вероятно, никто из них не сознавал вполне всей важности работы, маскируемой выполнением обыкновенных хозяйственных поручений.

Раздобыв военные пропуска для своих слуг и рабочих, дававшие им право беспрепятственно цикрулировать между ее домом в городе и фермой Ван-Лью, находившейся в окрестностях Ричмонда, Элизабет поддерживала непрерывное движение посыльных с корзинами между обеими шпионскими станциями: в каждую корзину с яйцами вкладывалась, например, пустая яичная скорлупа со сложенной тонкой бумажкой.

Разбитная молодая девушка, служившая швеей в доме Ван-Лью, сновала взад и вперед через линию фронта у Ричардсона, пронося шпионские донесения, зашитые в образчики ткани или в платье. Чтобы продемонстрировать эффективность своей системы, Элизабет Ван-Лью однажды после обеда нарвала в своем саду букет цветов к утреннему завтраку генерала Гранта.

Однажды мать и дочь Ван-Лью были предупреждены, что в «Либби» подготавливается побег. «Мы приспособили одну из наших гостиных, — писала Элизабет в своем дневнике, — темными одеялами занавесили в ней окна, и в этом помещении небольшой газовый рожок горел все время, днем и ночью, в течение почти трех недель», для беглецов там были даже поставлены кровати.

Все это указывает на то, что дружественное отношение президента Дэвиса, генерала Уиндера и других вожаков южан в известной мере препятствовало проведению официального обыска в доме Ван-Лью и принятию эффективных мер контршпионажа. Женщины, которые в Бельгии или в оккупированных немцами департаментах Франции вздумали

бы в 1914-1918 годах «занавесить свои окна темными одеялами», должны были бы самое большее в течение 48 часов объяснить немецкому фельдфебелю причины такого поступка!..

Упомянутая нами гостиная Ван-Лью, конечно, не была самым секретным помещением в этом виргинском особняке. И биограф мисс Ван-Лью полагает, что ее ссылка на гостиную с занавешенными окнами и необычайным расходом газа является вероятнее всего дымовой завесой, пущенной ею по причинам, известным ей одной. Даже в бережно хранимом от посторонних глаз дневнике мисс Ван-Лью ни одним словом не намекает на существование подлинно секретной комнаты и не упоминает о двери с пружиной в стене, за старинным комодом.

Секретная комната Ван-Лью представляла собой длинную, узкую камеру, расположенную непосредственно позади того места, где скат крыши начинался от плоской кровли задней веранды. Чердак дома была квадратный, и между его западной стеной и скатом крыши находилась комната, в которой во время войны постоянно скрывался какой-нибудь агент или беглец-федералист.

Существование такого убежища подозревалось все время, но ищейки конфедератов не сумели его обнаружить. Маленькая девочка, племянница Элизабет Ван-Лью, обнаружила эту комнату весьма любопытным образом. Она пробралась ночью на чердак, чтобы посмотреть, куда «тетя Бетти» отнесла блюдо с обильной едой.

Загородив рукой свечку, мисс Ван-Лью стояла перед «темным отверстием в стене», из которого бледный мужчина в поношенном синем мундире, с нечесаными волосами и бородой, протягивал руку за пищей.

Если бы не это воспоминание племянницы Элизабет Ван-Лью, опубликованное после ее смерти, секретная комната осталась бы необнаруженной.

В доме этих бесстрашных сторонниц Севера имелась еще секретная ниша, служившая «почтовым ящиком» для шпионских донесений. В библиотеке был железный камин; на каждой стороне его решетки находилось по пилястру, накрытому фигурой лежащего льва. Одна из этих фигур не была наглухо приделана к основанию, и ее можно было поднять, как крышку коробки. Во впадину под этим львом Элизабет «опускала, как в почтовый ящик», свои военные донесения.

Прислуга, начиная стирать пыль с мебели, приближалась к камину, украдкой вынимала донесение и через час относила его на ферму Ван-Лью, за город. Мисс Ван-Лью не давала своим чернокожим курьерам устных секретных поручений, и хотя она чувствовала себя в безопасности от подслушивания, эта необычайная, несколько театральная манера передачи донесений, предназначенных для командования федеральных армий, практиковалась неизменно.

Разоблачить Ван-Лью пытались много раз. Гостей, посещавших дом, просили следить за нею. На нее и ее мать — женщину действительно слабого здоровья, часто заболевавшую от волнений, — доносили. Говорили, что их нужно повесить, дом их сжечь, что их нужно «избегать, как прокаженных».

Военным комендантом заключенных военнопленных был одно время некий капитан Гибс. Каким-то образом Элизабет ухитрилась заполучить этого офицера и его семью в свой дом в качестве постояльцев, и в течение всего времени их проживания у Ван-Лью Элизабет пользовалась этой «протекцией». Когда военное министерство южан, чтобы укрепить свою кавалерию, стало обшаривать конюшни Юга,

Элизабет спрятала свою последнюю лошадь в кабинете, а чтобы заглушить стук копыт, обвязала их соломой.

В доме Ван-Лью встречались шпионы Юга со шпионами Севера, одновременно жили начальник военной тюрьмы и контрабандная породистая лошадь, под стойло которой был отведен кабинет ее хозяйки, служивший и штабом секретной службы, и центром продовольственной помощи военнопленным, и местом организации побегов тех же военнопленных.

На стороне федералистов действовали еще Эмма Эдмонс и Полина Кашмэн, два прославленных агента, рвение которых может быть сравнимо лишь со рвением мисс Бойд или Элизабет Ван-Лью.

Эмма Эдмонс, уроженка Канады, была сестрой милосердия в Нью-Брансуике и шпионкой генерала Мак-Клеллана. Мисс Эдмонс никому не уступала в горячей преданности делу борьбы против рабовладения. В битве у Хановер-Кортхауза она села на коня и в качестве ординарца генерала Керни гарцевала под огнем орудий.

Говорят, что одиннадцать раз тайно пробиралась через фронт как секретный агент северян.

Курьезнейшим эпизодом всей этой войны был случай, когда Эмма Эдмонс в Виргинии замаскировалась под негра. Неизбежным результатом этой маскировки было то, что ее отправили на ночь в негритянские кварталы Йорктауна и в числе других негров гнали работать на укреплениях.

В другом эпизоде она фигурировала в качестве часового, в третьем она даже украла винтовку у конфедерата. Бесправие негров на Юге говорило против маскировки «под не-

гра», и Эмма, учтя свой неудачный опыт, в дальнейшем выдавала себя за ирландку, торгующую вразнос яблоками.

Полина Кашмэн — «Белл Бойд» камберлендской армии — странствовала в своей зоне, которую мародеры, дезертиры, перебежчики и участники недисциплинированных партизанских отрядов делали далеко не безопасной. Она попала в плен, и генерал Брэкстон Юрэгг, сам пользовавшийся услугами многочисленных шпионов, приказал расстрелять ее. Поданная ею просьба о помиловании не была переслана президенту Дэвису в Ричмонд. Спасла ее «апелляция» совсем иного рода. Федералистский генерал Розенкранс наступал так стремительно, нанося поражения войскам Юрэгга, что никто из южан не рискнул замедлить свое отступление, чтобы расстрелять Полину Кашмэн; с другой стороны, не было ни времени, ни лишних транспортных средств, чтобы увезти ее с собой.

Так, находясь буквально на волосок от смерти, она была спасена стремительным наступлением армии, которой она столь бесстрашно служила.

Элизабет Ван-Лью была в числе тех федералистов Ричмонда, чья настойчивость привела к злосчастному «рейду Дельгрена».

Действуя на основании донесений, полученных от нее, отца и сына Филиппсов и других федералистских шпионов, работающих в Ричмонде, командование федеральных армий отправило генерала Хью Джадсона Килпатрика, более известного под именем Киля, вместе со столь же неустрашимым молодым Ультриком Дальгреном, в кавалерийский рейд. Они приблизились к Ричмонду на расстояние пяти миль, и рейд этот не удался только из-за предательства проводника-негра, сбившего отряд «янки» с пути.

Дальгрен, сын видного федерального адмирала, был уже полковником, когда ему еще не было 22 лет, и остался на действительной военной службе даже после произведенной ему ампутации правой ноги ниже колена.

Во время упомянутого рейда он во главе сотни кавалеристов отделился от главных сил и был убит вражеским патрулем.

Считая себя виновниками происшедшего, ричмондские шпионы приняли близко к сердцу это трагическое событие и решили не допустить, чтобы труп Дальгрена затерялся среди 10 000 могил на Оквудском кладбище. Учитывая злобу и страх, которое вызывало у южан одно только имя Дальгрена, шпионы полагали, что южане намерены оставить в безвестности могилу кавелерийского полковника. Они вырыли труп Дальгрена из могилы, которую им указал некий негр; опознать тело полковника было нетрудно по отсутствию ноги. Убедившись в том, что перед ними действительно труп Дальгрена, они вторично похоронили его, но уже в другом месте и в металлическом гробу.

Вопреки предположению шпионов, вожди южан хотели оказать услугу адмиралу Дальгрену и начали разыскивать труп его сына, но до конца войны так и не смогли его обнаружить. Между тем Элизабет Ван-Лью через своих агентов доставила адмиралу локон с головы молодого полковника.

В феврале 1865 года, недель за шесть до заключения мира, один из секретных агентов федералистов привел с собой в Ричмонд, в качестве своего помощника по добыванию информации, англичанина, выдававшего себя за поляка. Годом раньше северяне извлекли много пользы из шпионской поездки в южные штаты профессионального солдата, который, сражаясь в рядах федералистов, был ранен под Гиттесбергом. Это был Ян Собесский, эмигрировавший из

Польши правнук Яна III, польского короля. С 4000 долларов, выданных ему федеральными властями, Собесский, именовавший себя графом Калесским, поехал в Мобил; он двинулся дальше на север, по пути осматривая лагеря, крепости южан.

Он имел беседу с президентом Дэвисом, вице-президентом Стивенсом и другими представителями правительства и даже был приглашен на фронт, к генералу Ли. Когда Собесский через один из портов Мексиканского залива и Гавану вернулся в Вашингтон, у него в кармане оставалось только 332 доллара, а в оправдание затрат он привез ценную информацию.

Очевидно, северяне задумали повторить этот удачный опыт с человеком, говорившим, что он прибыл из Англии, и назвавшим себя поляком. Однако он немедленно по прибытии в Ричмонд выдал южанам своего проводника, федералиста Бабкока и приверженца Севера, называвшего себя Уайтом, с которым он должен был поселиться в одной квартире, а также всех лиц, оказавших ему и Бабкоку помощь в пути.

Когда мисс Ван-Лью узнала об этих арестах, ее охватил страх. Поляк, однако, слишком торопился завоевать своим предательством расположение южан и потому прозевал возможность разоблачить ее и других секретных работников.

Убедившись, что падение Ричмонда — вопрос дней, Ван-Лью просила Бена Бутлера, с которым она поддерживала переписку, прислать ей в Ричмонд федеральный флаг. И через фронт южан ей тайно переправили больший флаг, пополнивший собой коллекцию разнообразных предметов, спрятанных в ее доме. Когда в Ричмонде призошел взрыв пороховых складов и военная эвакуация города была закончена, буйная толпа с факелами ринулась к особняку Ван-Лью,

готовая осуществить непрекращавшиеся в течение четырех лет угрозы.

Элизабет Ван-Лью не растерялась, смело вышла навстречу толпе и, глядя в лицо своим разъяренным соседям, сказала: — Я вас знаю, Том... и вас, Билли... и вас... Генерал Грант будет здесь через час, и если вы причините хоть малейший вред этому дому или кому-нибудь из проживающих в нем, то ваши собственные дома запылают еще до обеда!

Это вразумило толпу, и последняя опасность насилия отпала. Вскоре передовой отряд наступающей армии, в запыленных синих мундирах, ворвался в столицу южан. Еще до его появления Элизабет Ван-Лью, еле мирившаяся с необходимостью хранить в глубокой тайне свою верность Северу, первая подняла над своим домом федеральный флаг, который олицетворял сдачу Ричмонда.

Последующие годы были для Элизабет Ван-Лью мрачными и безотрадными. Президент Грант назначил ее почтмейстером Ричмонда; на службе ее вынуждены были терпеть, но общество подвергло Ван-Лью остракизму (гонению), не смягчавшемуся до самой ее смерти.

Элизабет Ван-Лью не получила ни одного доллара за услуги, оказанные ею армии федералистов; и ей не возместили ни цента тех денег, которые она так щедро израсходовала из собственных средств для дела Соединенных Штатов. Мало того, после ухода президента Гранта со своего поста, она была понижена в должности. Ее сделали мелким чиновником министерства почт, а потом лишили и этого скудного заработка.

Доживая свои последние годы в нищите, она существовала на пенсию, назначенную ей друзьями и родственниками

полковника Поля Ривера, которому она когда-то помогла бежать из вражеского плена и предоставила убежище. И за нею преданно ухаживали верные ей стареющие негры, знамя освобождения которых она первая подняла в Ричмонде.

(Роуан Р. Очерки секретной службы М.,1946).

ШПИОНЫ СТРАНЫ ВОСХОДЯЩЕГО СОЛНЦА

С беспримерным рвением и быстротой навели японцы западный лоск на свою азиатскую цивилизацию; но ни в чем они не проявили столько рвения и способностей подражания, как в организации системы политической полиции и военной секретной службы.

Разведывательные отделы армии и флота образовались задолго до тайной полиции.

В сентябре 1904 года русская охранка арестовала двух японцев, служивших в коммерческих предприятиях Петербурга.

Они много лет проживали в России, и оба оказались офицерами японского флота. Они глубоко вошли в жизнь русского общества, завязали много знакомств и связей в торговых кругах, а через их посредничество вступили в контакт и с личным составом русского флота.

Один из них, чтобы укрепить свое положение решил жениться на русской и даже, приняв православие, добросовестно выполнял все религиозные обряды.

В 1904 году, всего за несколько недель до начала войны

между Россией и Японией, агент русской охранки Манасевич-Мануйлов сумел раздобыть экземпляр шифра, которым пользовалось японское посольство в Гааге.

Японские шифры особенно сложны и трудны из-за сложности языка, который большинству европейцев сам кажется каким-то шифром. Благодаря этому шифру русские получили возможность читать всю дипломатическую корреспонденцию враждебной страны в период быстро нараставших осложнений.

Японцы, однако, в конце концов заподозрили неладное и перешли на другой, еще более трудный шифр.

Опытный чиновник иностранного отдела русской политической полиции генерал Гартинг был командирован в Маньчжурию непосредственно для организации контршпионажа во время военных дел. Его щедро снабдили деньгами. И хотя ему удалось изловить нескольких японских шпионов, превосходство японского шпионажа на Дальнем Востоке осталось непоколебимым до конца войны. В области контршпионажа Россия тоже явно отставала.

Агенты охранки шныряли вокруг каждого японского дипломата или чиновника в Европе; но в военной зоне — от Порт-Артура до сибирской границы — хозяйничали разведчики.

Осенью 1904 года русский солдат, переодевшийся китайцем, был обнаружен вблизи японского лагеря и предан суду по обвинению в шпионаже. Он не оправдывался. Военный суд приговорил его к смерти. Но его мужество, достойное поведение и явная преданность родине произвели глубокое впечатление на всех допрашивавших его офицеров. После того, как приговор был приведен в исполнение, японская разведка отправила в ставку русского главнокомандующе-

го генерала Куропаткина полный отчет о процессе.

В нем откровенно восхвалялись мужество и патриотизм солдата-шпиона. Спустя много месяцев царское правительство опубликовало это хвалебный некролог.

Для успешного ведения шпионажа японцы часто нанимались официантами на кораблях, поварами, лакеями, носильщиками, коридорными в гостиницах, поденщиками или домашней прислугой; это помогало им надежнее маскироваться.

Задолго до войны Порт-Артур кишел японскими шпионами, выдававшими себя за китайцев или маньчжур. По утверждению китайцев, каждый десятый или двенадцатый кули был японцем. Китайская прислуга некоторых полков порт-артурского гарнизона — 1-го Томского, 25-го и 26-го Сибирских стрелковых полков — была завербована японцами. Японскими агентами были и носильщики Ляотяшаньской железной дороги. Всего охотнее японцы — в том числе и крупные офицеры — поступали на тяжелую работу по строительству русских укреплений.

Расположение электросиловых станций и главных линий передачи, «скрытое» расположение прожекторов между укрепленными высотами, расположение минных полей, преграждающих доступ в порт, — все это становилось известным японскому командованию через агентов разведки.

В первые месяцы 1904 года русские задержали двух человек в монгольской одежде, которые оказались японскими офицерами... Они пробирались в Маньчжурию, где намеревались повредить важную телеграфную линию, а также взорвать железнодорожное полотно и причинить возможно больший ущерб расположенным поблизости ремонтным мастерским.

Военный суд приговорил обоих шпионов к лишению воинского звания и к смертной казни через повешение; повешение было заменено расстрелом по приказу генерала Куропаткина, который принял во внимание высокие звания осужденных.

В дальнейшем руководители японского шпионажа посылали с опасными поручениями китайцев, и это оказалось выгодным по многим причинам, в первую очередь потому, что китайцы, как коренные местные жители, вызывали меньше подозрений.

Организация японского военного шпионажа носила печать систематичности, характерной для японской политики в течение долгого времени. Вдоль всего фронта были созданы бюро, руководимые офицерами разведки, контролировавшими всю службу на отведенных им участках. Они выплачивали жалованье, получали и отбирали сообщения и подводили для вышестоящих инстанций итог всему тому, что узнавали.

В русском тылу эти бюро располагали своей агентурой, разумеется, китайской, которая вела работу в городах, на железных дорогах и во всех местах сосредоточения армии Куропаткина.

Каждый шпион, со своей стороны, работал еще с двумя-тремя лицами, в обязанности которых входила доставка японцам собранных им сведений. Эта шпионская организация казалась неуклюжей, но на практике она действовала быстрее какой бы то ни было другой из числа созданных в тылу противника. Глубина русского фронта никогда не превышала 60 верст. И шпион, используя трех гонцов, мог получать срочные запросы и отвечать на них в течение трех-четырех суток, почти непрерывно посылая информацию.

Китайцы, доставлявшие эти опасные сведения, были разносчиками или кули из беднейшего слоя городского населения. За доставку сообщения им платили всего пять рублей, и они были весьма довольны этой платой, не сознавая, какому страшному риску они себя подвергают.

Японцы создали и другой вид шпионажа: группы в три-четыре человека, действовавшие из центральной базы. Каждой такой группе давалось вполне определенное задание — разведать какую-нибудь оборонительную позицию или дислокацию армейского корпуса, а также проследить за движением войск на ограниченном участке фронта. О предстоящей внезапной атаке кавалерийского корпуса Мищенко, предпринятой на Инкоу и железнодорожные коммуникации японцев, ставка фельдмаршала Оямы знала за несколько дней до того, как этот план был сообщен частям, которым было поручено его осуществить.

Эти шпионские группы щедро снабжались средствами, ибо каждая такая группа должна была иметь свой особый центр. Для этой цели обычно избиралась какая-нибудь лавчонка, например булочная, посещаемая всякого рода публикой, в том числе солдатами и офицерами, из разговоров которых можно было почерпнуть немало полезного, и где можно было задавать незначительные вопросы, не возбуждая подозрения. Такого рода шпионажем обычно занимался лишь старший агент группы; прочие же агенты исполняли обязанности конторщиков, официантов, а вне лавки попрошайничали или занимались торговлей вразнос.

Русский же конторщик, работавший на генерала Гартинга и ежемесячно расходовавший небольшое состояние, тоже начал добиваться кое-каких результатов. Главное затруднение заключалось в передаче сведений. Пришлось прибегнуть к новым уловкам и хитростям; наиболее остроумная из них

состояла в том, что шифрованное сообщение вплетали в косу китайского гонца.

Венесуэльский авантюрист Рафаэль де-Ногалес одно время был агентом японской разведки и законспирировался в Порт-Артуре вместе со старым китайцем, которого он называл Вау-Лин. У этого шпиона было несколько полых золотых зубов.

«Каждую ночь, — вспоминает Ногалес, — Лин вычерчивал при свече на грязном полу нашей комнаты план линии окопов, которые он наблюдал в течение дня. После этого он заносил с помощью лупы наши заметки и рисунки на крохотный кусочек чрезвычайно тонкой бумаги, толщиной приблизительно в одну треть папиросной. После прочтения и одобрения мною записанного, Лин сворачивал бумажку, вынимал изо рта один из трех или четырех своих золотых зубов, клал туда шарик, заклеивал зуб кусочком воска и вставлял его на место».

Эти зубные хранилища хитроумного китайца иногда бывали битком набиты; в конце концов, их все же обнаружили.

Это научило японских шпионов не передавать очень важных сведений в письменной форме. Шпиону предлагалось заучить донесение наизусть и передать его на словах только японскому офицеру, заведующему бюро, в котором он служил. Шпион, изображавший из себя кули или разносчика, если он не имел при себе никаких письменных сообщений, был достаточно осторожен, обладал искусством теряться в китайской толпе. Вечно снующий с места на место, он «проваливался» лишь в редких случаях.

Излюбленной уловкой таких «разносчиков» было следующее.

Замаскировавшийся шпион носил в своей корзине товары

разного цвета — черного, коричневого, красного, сер
или белого; цвета эти условно обозначали те или иные i
сковые соединения.

Определенный вид товара мог соответствовать тому или
иному виду оружия. Так, трубочный табак мог обозначать
тяжелые батареи, папиросы — полевые пушки. Чтобы запутать дело, разносчик торговал, например, трубками или
мундштуками. На этих предметах незаметно наносились
надписи китайскими буквами.

Взятые отдельно, эти надписи не имели никакого смысла,
но, будучи расположены в известном порядке, они заклю-
чали в себе обстоятельные донесения.

По словам де-Ногалеса, на японскую службу его завербовал
«исполняющий должность министра Корейской империи»
авантюрист по фамилии Эванс; он послал его в Порт-Артур
продавать вразнос по дешевке швейцарские часы. Очевидно,
этот корейский «советник» и являлся ответственным главой
японского шпионажа в Корее, Порт -Артуре и на Ляодунс-
ком полуострове перед началом русско-японской войны.

(Роуан Р. Очерки секретной службы. М., 1946).

МАТА ХАРИ

Маргарита-Гертруда Маклеод, уроженка Зелле, своей
сценической карьерой и псевдонимом «Мата Хари» («Глаз
утра») обязана была Востоку, и ее известность как шпионки
первой мировой войны явилась в сущности продолжением
ее сценической репутации «яванской храмовой танцовщицы». Как интересной женщине, ей посвящены целые тома

сказывали, сумела вырваться из деревенской глуши Голландии и уехала в Париж искать счастья на артистическом поприще. Ей было тогда 29 лет, и она почти молниеносно добилась успеха и известности.

Богатое воображение, отчаянная решимость и желание блистать (об этом свидетельствуют избранный ею псевдоним и басни о ее рождении и романтическом воспитании, которые она сама всячески пыталась распространять) — вот что было истинной причиной столь поразительной метаморфозы. Она стала куртизанкой, что при избранной ею профессии считалось чуть ли не обязательным.

Надо думать, что Маклеод основательно подготовил ее к этому шагу.

В легендах о Мата Хари он изображался как молодой шотландец, офицер британской армии в Индии, который женился на ней и лелеял до самой своей внезапной смерти, после чего она отправилась в Париж исполнять экзотические танцы. Это была выдумка.

«Гонорары» она получала огромные. И хотя после 1914 года Мари Хари скопила, занимаясь шпионажем, свыше 100 000 марок, она пленяла мужчин до конца своих дней и не бросала своей первоначальной профессии.

Берлин встретил ее не менее гостеприимно, чем Париж, хотя блокада сильно отразилась на германской столице. В день объявления войны французские агенты видели Мата Хари, разъезжающую в компании начальника полиции фон-Ягова, который, впрочем, давно был с ней дружен. Теперь она получила предложение поступить на службу в германскую разведку. Она обладала многими данными, чтобы сделаться ценной шпионкой, но был у нее и большой дефект: она была слишком заметна,

слишком бросалась в глаза. И если бы немцы хорошенько подумали, они тогда же поняли бы, что такой шпион не сможет безнаказанно дейстовать в течение всей войны.

Если бы, как утверждали французы, «Н-21» было условным обозначением немецкой шпионки Мата Хари до августа 1914 года, то чем объяснить ее странное поведение в первые месяцы войны?

Ибо почти на протяжении целого года эта «Н-21» — умная и щедро оплачиваемая шпионка — находилась вдали от театра военных действий и полевой секретной службы. Почему? Неужели только для того, чтобы заставить союзников ломать себе голову над вопросом: когда же она начнет шпионить по-настоящему? В профессиональном шпионаже так не бывает.

Когда она, наконец, вернулась во Францию в 1915 году, то за несколько дней до этого итальянская разведка телеграфировала в Париж: «Просматривая список пассажиров японского пароходства, в Неаполе, мы обнаружили Мата Хари, знаменитую индусскую танцовщицу, собиравшуюся выступить якобы в ритуальных индусских танцах в обнаженном виде. Она, кажется, отказалась от притязаний на индусское происхождение и сделалась берлинкой. По-немецки она говорит с легким восточным акцентом».

Копии этой телеграммы были разосланы во все страны Антанты, как предупреждение об опасной шпионке. Французская контрразведка организовала слежку. Парижская «Сюртэ-Женераль» (охранка) также взяла танцовщицу на подозрение. Полицейская префектура, в которой Мата Хари выдала себя за уроженку Бельгии, сделала на ее бумагах пометку: «Следить». Несмотря на все это, Мата Хари, кажется, умудрилась танцевать даже в скудно освещенном

театре военной секретной службы. В конце концов, ее обвинили во многих серьезнейших нарушениях военных законов Франции.

До 1916 года французская контрразведка была сбита с толку демонстративным поведением этой шпионки. Эта актриса никогда не конспирировалась, ничего не боялась и ничего не скрывала.

Тем труднее было фрацузским властям узнать, каким путем она передавала их военные секреты, факт похищения которых им никак не удавалось доказать. У танцовщицы было много приятелей в дипломатическом мире, в том числе шведский, датский и испанский атташе. Дипломатическая почта нейтральных стран не просматривалась цензурой, было совершенно очевидно, что письма, отправленные Мата Хари за границу, не проходят цензуры.

Дипломатическая почта, по обычаю и международным правилам, была неприкосновенной. Убедившись, что Мата Хари совратила нейтральных атташе, французы решили не останавливаться перед вскрытием мешков с дипломатической почтой. В шведской и нидерландской дипломатической почте нашли серьезнейшие улики для будущего процесса. И все же Мата Хари не была арестована: кое-кто говорил, будто она писала особой тайнописью, оставшейся нерасшифрованной. Доказательств, настолько веских, чтобы они удовлетворили гражданский суд или военный, не нашлось, и так как она находилась в коротких отношениях с такими лицами, как герцог Брауншвейгский, германский кронпринц, голландский премьер ван-ден-Линден и т.п., то важно было найти неопровержимо убедительные улики.

Наконец, было установлено, что она хлопочет о пропуске в Виттель под тем предлогом, что там находится ее бывший

любовник, капитан Маров, потерявший зрение на войне и нуждающийся в ее уходе. Ее привязанность к этому злополучному русскому офицеру не возбудила бы подозрений, но близ Виттеля незадолго перед тем был оборудован новый аэродром, а французы перехватили адресованную германским шпионам шифрованную инструкцию о необходимости получить данные об этом аэродроме.

Надеясь, что теперь Мара Хари окончательно разоблачит себя, французские контрразведчики позаботились, чтобы пропуск ей был выдан. Но она повела себя в Виттеле чрезвычайно осторожно.

Французские власти были вне себя: они чувствовали угрозу, но не могли поймать шпионку с поличным. Тогда возник вопрос: не выслать ли ее? И это было сделано. После того, как ей объявили о высылке, она повела себя, как мелкий шпион-наемник; стала клясться, что никогда не работала на немцев, и заявила о своей готовности поступить на службу во французскую разведку.

Она даже стала хвастать своим влиянием на многих высокопоставленных лиц Германии и вызвалась отправиться туда и добыть сведения нужные французскому генеральному штабу.

Начальник одного из отделов французской контрразведки капитан Жорж Ладук не был удивлен ее бесстыдством, и сделал вид, что верит ей.

Так как она объявила, что генерал-губернатор Бельгии фон-Биссинг с первого же ее взгляда падет к ее ногам, то ей предложили отправиться в Брюссель и выведать все, что удастся; ей сообщили фамилии шести агентов в Бельгии, с которыми она могла немедленно войти в контакт, все они в Париже числились сомнительными агентами благодаря

хроническим преувеличиваниям, которые они допускали в своих рапортах. После прибытия Мата Хари в Брюссель один их этих шести бельгийцев был арестован немцами и расстрелян; это как будто свидетельствовало против танцовщицы.

Казнь агента озадачила французов. Они не получали от него ничего ценного и полагали, что все его донесения пишутся под немецкую диктовку. И если немцы осудили его за шпионаж, — стало быть, он двойной шпион, сообщающий верные сведения их противникам. Через некоторе время это подтвердили англичане, сообщившие, что один из их шпионов был загадочным образом выдан немцам какой-то женщиной.

Стали даже известны приметы этой женщины, но ей все же удалось ускользнуть.

Мата Хари вскоре наскучило прикидываться шпионкой союзников, и она через Голландию и Англию направилась в Испанию.

Если она знала, что английский агент погиб по ее доносу, то решение отправиться в английский порт было с ее стороны либо чудовищной глупостью, либо актом необычайного мужества. Ей дали высадиться и проследовать в Лондон, поскольку, видимо, была уверенность в том, что ее допросят в Скотланд-ярде. И здесь, побив рекорд наглости, проявленный ею в разговоре с Ладу, Мата Хари призналась Базилю Томпсону в том, что она немецкая шпионка, но прибыла в Англию шпионить не в пользу Германии, а в пользу Франции. Начальник уголовно-следственного отдела, рыцарски замаскировав свой скептицизм, посоветовал ей не совать нос куда не следует и разрешил ей отъезд в Германию. Она поблагодарила его за добрый совет, но в Мадриде она оказалась в дружеских отношениях с капитаном фон-Кал-

ле, германским морским атташе и с военным атташе фон-Кроном.

Немцы сократили расходы на секретную службу и даже такие центры германской разведки, как антверпенский и бернский, почувствовали это. По всей линии был отдан приказ об экономии.

Ослепительная Мата Хари, безнадежно скомпрометированная и всеми подозреваемая, была непомерной роскошью, существование которой германская разведка не могла разрешить фон-Калле. Ему послали радиограмму с требованием направить «Н-21» во Францию, Телеграмма была составлена по коду, уже известному французам.

Фон-Калле передал ей приказ, объявив для приманки,что она получит 15000 песет за свою работу в Испании от дружественного ей лица в одной нейтральной миссии. Мата Хари вернулась во Францию, в Париж, где немедленно направилась в отель Плаза-Атенэ на авеню Монтень. На следующий день она была арестована.

После предварительного допроса она была препровождена в Сен-Лазарскую тюрьму и посажена в камеру, ранее занятую мадам Кайо, застрелившей известного редактора.

24 и 25 июля Мата Хари предстала перед военным судом.

Председателем суда был полковник Санпру — полицейский офицер, командовавший республиканской гвардией. Он высказал убеждение в ее виновности. Майор Массар и лейтенант Морне также не питали сомнений на этот счет.

Единственным человеком, думавшим об оправдании, был ее адвокат Клюне. Будучи защитником по назначению, он стал

ее преданным другом и, говорят, великолепно вел это безнадежное дело.

Председатель Санпру начал с обвинения Мата Хари в близких отношениях с начальником берлинской полиции и особенно напирал на 30 000 марок, которые она получила от фон-Ягова вскоре после начала войны. Мата Хари утверждала, что это был дар поклонника, а не плата за секретные услуги.

— Он был моим любовником, — оправдывалась Мата Хари.

— Это мы знаем, — возражали судьи. — Но и в таком случае сумма слишком велика для простого подарка.

— Не для меня! — возразила она.

Председатель суда переменил тактику.

— Из Берлина вы прибыли в Париж через Голландию, Бельгию и Англию. Что вы собирались делать в Париже?

— Я хотела последить за перевозкой моих вещей с дачи в Нейн.

— Ну, а зачем было ездить в Виттель?

Хотя в полицейских донесениях указывалось, что она самоотверженно и любовно ухаживала за потерявшим зрение капитаном Маровым, тем не менее она там сумела свести знакомство со многими офицерами-летчиками.

— Штатские мужчины меня нисколько не интересовали, — следовал ответ. — Мой муж был капитан. В моих глазах офицер высшее существо, человек, всегда готовый пойти на

любую опасность. Если я любила, то всегда только военных, из какой бы страны они ни были.

Когда ей напомнили о предложении сделаться шпионкой в пользу Франции, она слегка заколебалась, но затем сказала, что ей нужны были деньги, так как она хотела начать новую жизнь.

Получала ли она гонорары как знаменитая кокотка или жалованье как высоко ценимая шпионка — в обоих случаях деньги ей посылались на имя «Н-21». Этот номер значился в перехваченном французами списке германских шпионов!

Показания свидетелей носили драматический и одновременно трогательный характер. Мата Хари позволили слушать все, что приводило в своих доводах обвинение. В ее пользу оказывали сильнейшее давление на суд влиятельные частные лица; но Франция в то время еще была под впечатлением агитации пораженцев и волнений на фронте. Поэтому считалось необходимым не церемониться со шпионками. В иной обстановке Мата Хара отделалась бы тюремным заключением.

Президент Пуанкаре отказался помиловать ее или смягчить вынесенный приговор. В Гааге премьер-министр ван-ден-Линден безуспешно умолял королеву подписать обращение в ее пользу.

Утром 15 октября Мата Хари, как обычно, поднялась с постели и оделась. Тюрменый врач подал ей рюмку коньяку. В последнюю минуту она отказалась надеть повязку на глаза. Раздался залп двенадцати винтовок, и все было кончено.

Прошло около восьми лет после казни Мата Хари. Летом 1925 года два французских писателя Марсель Надан и Андре Фаж опубликовали статью (в «Пти журналь» от 16 июля

1925 г.), в которой впервые открыто высказывалось сомнение в виновности танцовщицы. Полные отчеты о ее процессе хранились в тайне. В 1922 году майор Массар в «Парижскихъ шпионках» на основании документальных данных пришел к выводу о полной виновности Мата Хари.

Но для беспристрастных людей, даже во Франции, этот вопрос все же остался открытым.

Жорж дю-Парк рассказывает в своих воспоминаниях, что Мата Хари просила его записать ее мемуары. Познакомился он с ней в бытность свою парижским журналистом, и знакомство это длилось не один год, он навестил ее и в тюремной камере на правах старинного друга, а не чиновника Второго бюро генерального штаба французской разведки, каким он в ту пору стал. Частными литературными делами он уже не имел права заниматься, но когда он доложил о желании осужденной «рассказать все», его начальник граф де-Леден заявил, что все его записи будут переданы Второму бюро, если что-нибудь из сообщенного танцовщицей представит интерес для контрразведки.

Дю-Парк сообщает, что Мата Хари в течение трех часов диктовала ему свои «откровения», явившиеся «обвинительным актом против многих высокопоставленных чинов как английской, так и французской армии».

Впоследствии эти воспоминания были погребены в хорошо охраняемых архивах секретной службы в Париже. Сам дю-Парк обязан был хранить тайну в силу данной клятвы и особенно ввиду своей связи с разведкой..

Между тем в деле Мата Хари французская военная машина показала всю свою предубежденность и склонность к крючкотворству. Во время процесса танцовщицы французская

секретная служба провокационно объявила, что некий член кабинета министров, подписавшийся «М...и», отправил немало писем знаменитой куртизанке.

Генералу Нивелю и его коллегам нужно было оправдаться перед общественным мнением в провале наступления в Шампании и в других своих бездарных действиях. Козлом отпущения, по-видимому, сознательно, был избран Луи Мальви, тогдашний министр внутренних дел, хорошо знакомый с секретной службой, расследованием и надзором, осуществлявшимися гражданским бюро политической полиции.

Вполне возможно, что какой-нибудь из агентов Мальви столкнулся с генералом, связь которого с поставками на армию носила скорее политический, чем патриотический характер. И в виде возмездия французская секретная служба не только допустила, но и поощрила распространение слуха: Мальви — тот самый министр, который предавал Францию немцам при посредстве шпионки-куртизанки!.. Мальви — единственный «М...и» во французском кабинете!

Дело кончилось тем, что министра внутренних дел предали суду. Среди свидетелей, выступивших по этому делу, были четыре бывших премьера Франции. Каждый удостоверял, что Мальви — честный и преданный слуга Республики.

Военные все же требовали его осуждения. Франция воевала, армия главенствовала во всем, поэтому последнее слово в деле Мальви также принадлежало военным.

Сенат приговорил его к семилетней высылке за пределы Франции. Если учесть обстановку, то можно утверждать, что Мальви должен был считать себя счастливым, поскольку ему удалось избежать смертного приговора или ссылки в Кайенну. Но когда раны, нанесенные войной, начал затягивать-

ся, «измена» Мальви была забыта, а его самого амнистировали. Премьер Эдуард Эррио возвратил его к общественной жизни и даже предоставил ему место в своем кабинете.

Наступил день, когда Мальви должен был предстать перед палатой депутатов для реабилитации. Когда он поднялся и заговорил, голоса оппозиции оборвали и заглушили его: «Мата Хари! — с издевкой вопили оппозиционеры. — Мата Хари!... Мата Хари!». Мальви пытался говорить, но ему не дали сказать ни слова.

Здоровье его было подорвано годами испытаний, и он рухнул на пол без чувств. Его унесли и привели в чувство. А тем временем вопли политиканов, травивших его, сменились презрительным хихиканьем. Эррио уверил Мальви в своем неизменном к нему доверии. Но Мальви был нравственно разбит и подал в отставку.

Прошло еще несколько лет, и произошло событие, еще раз ярко осветившее все мелкое лицемерие французской военной клики. В деле Мальви-Мата Хари появилась еще одна пленительная женщина, не танцовщица, не куртизанка и не шпионка, а умная и талантливая журналистка. Она добыла запоздалое признание у одного из тех самых людей, которые погубили министра внутренних дел Мальви.

На этот раз сознался настоящий «М...и» — генерал Мессими, бывший военным министром в начале войны 1914 года. Мессими — пожилой жуир и претенциозный невежда, которого первая битва на Марне сбросила с министерского поста. Этот Мессими являлся близким другом Мата Хари. Несомненно, он и был назван и «разоблачен» в воспоминаниях, которые Мата Хари диктовала дю-Парку.

Так генерал Мессими, в конце концов, реабилитировал

Мальви, признавшись ловкой журналистке, что он был членом кабинета, писавшим глупые и компрометирующие
письма шпионке-куртизанке.

Но Мессими принадлежал к той самой военной клике, которая затравила Мальви, никто не отправил его ни в ссылку, ни тем более на венсеннский полигон.

(Роуан Р. Очерки секретной службы. М.,1946).

СИДНЕЙ РЕЙЛИ В РОССИИ

Человек, прибывший из Петрограда и введеннный в
кабинет Локкарта капитаном Кроми, был опытным секретным агентом Георгием Релинским, родившемся в России, а
теперь — английским подданным, многим известным под
именем Сиднея Рейли. Он родился в 1874 году вблизи Одес-
сы, незаконный сын матери-польки и некоего доктора Ро-
зенблюма, который бросил мать с ребенком, после чего
очень скоро она вышла замуж за русского полковника.

Учение сын бросил и начал вести авантюрную жизнь, в
поисках опасностей, выгоды и славы.

Уже в 1897 году мы видим его агентом британской разведки, куда он причалил после немалых приключений и путе-
шествий.

Его послали в Россию. Он женился на богатой вдове, видимо, ускорив с ее помощью смерть мужа; в 1899 году у него
был короткий роман с автором «Овода» Э.Л.Войнич, после
чего он перешел на постоянную работу в Интеллидженс
сервис. В это время он переменил фамилию и, благодаря

прекрасному знанию иностранных языков, мог выдавать себя за прирожденного британца, во Франции сходить за француза, а в Германии — за немца.

Вплоть до войны 1914 года он, в основном, жил в России, был со многими знаком, бывал повсюду и водил дружбу с известным журналистом и редактором «Вечернего времени», владельцем крупного издательства в Петербурге.

Он был активен в банковских сферах, знал крупных петербургских дельцов, знаменитого международного миллионера, ворочавшего всеевропейским вооружением, грека по рождению, сэра Базиля Захарова, строившего военные корабли и продававшего их и Англии, и Германии одновременно.

Рейли также имел близкое касательство к петербургской фирме Мендроховича и Лубенского, которая занималась главным образом, экспортом и импортом оружия. В 1911 году Мендрохович расстался с польским графом Лубенским и взял себе другого компаньона, известного в петербургских кругах директора одной из железных дорог России, человека с большими связями, Э.П.Шубергского.

Фирма Мандро также закупала всякое военно-морское снаряжение для России, и Рейли несколько раз перед Первой мировой войной побывал в США, где при закупках получал большую комиссию.

Последнюю, самую крупную он, однако, получить не успел из-за Февральской революции.

Позже, уже в 1923 году он подал на своих американских контрагентов в суд. Но дело проиграл.

Рейли разводов не признавал, но был женат три раза.

Последним браком Рейли женился в 1916 году на испанке Пепите Бобадилья.

В это время он жил в Германии, ездил в США, Париж, Прагу. Паспортов у него было достаточно для всех стран, воюющих и нейтральных. Затем в 1918 году английское правительство послало его снова в Россию, здесь он должен был поступить в распоряжение некоего Эрнеста Бойса, установить контакты с капитаном Кроми, а также с главой французской секретной службы Вертемом и корреспондентом «Фигаро» Рене Маршаном; эти два последних были ему представлены Американским консулом в Москве, французским полковником Гренаром.

Рейли, судя по фотографиям, был высокого роста, черноволос, черноглаз. Слегка тяжеловат, с крупными чертами самоуверенного, несколько надменного лица. Он не ограничился Вертемом и Кроми, но немедленно начал устанавливать самостоятельные связи с оставшимися в Москве и Петрограде представителями союзных и нейтральных государств, расставляя сети для улавливания полезных ему информаторов, иностранных и русских, стараясь сблизиться с таккими людьми, как Каламатиано, грек, работавший на секретную службу США (глава американского Красного креста Робинес был вне пределов досягаемости), как англичане Джордж Хилл и Поль Дюкс, который еще до войны работал в Мосвкве, и, конечно, Брюс Локкарт; все эти лица в то время имели каждый свои связи с русскими антибольшевистскими группами в самых различных слоях населения: от офицерства до духовенства и от купечества до актрис.

Нозже, когда Рейли после трех лет бешеной скачки по Европе и встреч с Деникиным в Париже и с Керенским в Праге, замышляя почти единолично свергнуть большевиков и посадить в Кремле Бориса Савинкова, был застрелен советскими

пограничниками при переходе финско-русской границы под Белоостровом в ноябре 1925 года («Известия» от сентября 1927 года дают неверную дату: июнь 1927-го), Пепита выпустила о нем книгу, включив в нее, кроме своих о нем воспоминаний, краткую автобиографию самого Рейли-Релинского, которая, весьма возможно, тоже была написана ею самой.

Вся книга не стоит бумаги, на которой она напечатана, но кое-что можно узнать о Рейли из писем к Пепите, часть которых приведена целиком и даже в факсимиле.

От всей книги, тем не менее, остается впечатление, что Пепита была не только не умна, но и совершенно несведуща в русских делах, путая Зиновьева с Литвиновым и называя белогвардейца-террориста Георгия Радкевича, бросившего в здание ВЧК на Лубянке бомбу, «господином Шульцем», только потому, что он был женат на террористке Марии Шульц.

Из этой книги можно также вывести заключение, что сам Рейли, несмотря на свою сверхъестественную самоуверенность, был полностью разобщен с русской реальностью, с послереволюционной, созданной обстоятельствами действительностью, утверждая, что контрреволюцией занимаются только слабоумные дураки и что надо «действовать», то есть бить по ВЧК.

«ЗАГОВОР ПОСЛОВ»

В действительности летом 1918 года члены английской и французской секретной службы и кое-кто из американских и даже скандинавских консулов работали в одном направлении, устанавливая связь с генералами будущей

белой армии — с одной стороны, и эсерами — с другой и держа постоянный контроль над либеральной буржуазией.

Денежные фонды из Европы приходили через Локкарта (английского посла), и он распределял их отчасти по своему усмотрению, отчасти согласно распоряжениям Ллойд Джорджа, который давал их Локкарту на основании его же, Локкарта, шифрованных телеграмм.

Среди получателей, как позже стало известно, были не только Б.Савинков и генерал Алексеев, но и сам патриарх Тихон.

Но неверно будет сказать, что Локкарт один был получателем и распорядителем денег, часть которых шла от бегущих на юг русских промышленников и дельцов, помещиков, домовладельцев, крупных заводчиков, тех, кто сохранил еще золото, валюту, царские и керенские деньги — эти последние все еще имели относительную ценность.

Локкарт был не один. Начиная с весны в этом помогал ему «король шпионов» Рейли, который получал самостоятельные суммы из Лондона и который ухитрялся находить пути получения немалых сумм из США и Франции, а также от Масарика, озабоченного судьбой чешского легиона, сформированного в Сибири. Только в 1948 году были опубликованы документы, из которых видно, что Массарик с помощью Рейли, Локкарта и других агентов в то время замышлял убийство Ленина.

Локкарт, отбросив свои старые колебания, был до такой степени под впечатлением от Рейли, появившегося в Москве, что к середине июня он решил, что Рейли — именно тот нужный ему человек, которого не хватало: целеустремленный и твердый, с готовым планом и безграничной уверенностью, что будущее в его руках.

Рейли, несомненно, был человеком незаурядным, и даже на фотографиях лицо его говорит об энергии и известной «магии», которая в этом человеке кипела всю жизнь. Были ли это уже тогда зачатки сумасшедшей мании величия или гипнотическая сила, скрытая в нем?

Она выливалась в его словах и заставляла людей, вовсе не склонных к благотворительности, давать ему огромные денежные суммы или людей, лучше его понимающих положение в России, выслушивать его и заражаться его энтузиазмом. Несомненно, в нем была сила убеждения (он, кстати, видимо, никогда не терпел неудач с женщинами), и, когда заговаривал о возможности открыть союзному десанту путь с севера на Москву, люди слушали его, и проект его безумного, рискованного плана становился если не реальностью, то во всяком случае, идеей, таившей в себе потенциал, на которую можно решиться.

Локкарт в июне-июле был уже вполне твердо убежден, что антибольшевистский десант не только нужен, но что он и возможен.

И не только он откроет генералу Пуллю путь на Москву (а попутно и на Петроград), но, в конце концов, и на Украину, где германская армия методически занимает хлебные территории в предвидении близкого урожая, решив завладеть русским зерном для прокормления союзников.

Генералам, формирующим или уже сформировавшим «белые» части, остается только присоединиться к тем, кто придет им навстречу.

А потом легко будет броситься в Сибирь на соединение с чехами. Главное было — взять Москву, арестовать главарей и идти вперед, идти вместе со всеми, объединенными од-

ной целью: не дать сговориться генералам белой армии с германским генеральным штабом. Этот план должен был быть осуществлен немедленно, земля под заговорщиками горела: чехи требовали помощи, Алексеев, Корнилов на юге, Семенов в Китае развивали свои действия.

Сидней Рейли был привезен Кроми из Петрограда в мае 1918 года и введен в круг людей, составлявший теперь внутренний круг «наблюдателей». Они все — и англичане, и французы — принадлежали к консульствам, бывшим или еще существующим, к военным миссиям, к «обозревателям». Поль Дюкс, глава британской иностранной разведки, Эрнест Бойс, один из двух начальников (другой был Стивен Аллен) британской секретной службы в России, Хилл и Локкарт к концу июля сблизись и с Лавернем, и с Гренаром из французской военной миссии, и все вместе — с Рейли, полностью доверяя ему.

Его идея, его план импонировали Локкарту, он не забывал собственные прошлые колебания. Все части управления теперь были известны и встали на свои места. Картина стала ясной: не сегодня-завтра (все произошло 2 августа), дороги назад не будет. Необходимо мгновенно соединенными усилиями придать этому факту двусторонний смысл, то есть извлечь из него двойные выгоды: как для Англии, так и для России.

Рейли был на 13 лет старше Локкарта, и его манера подавлять собеседника своим авторитетом, его знание России, ее языка, ее населения с первой минуты встречи сыграли роль в отношении Локкарта к нему.

Локкарт, несмотря на занимаемое им высокое положение, часто чувствовал себя на своем посту недостаточно зрелым, недостаточно опытным и серьезным человеком. 31 год — и

вот он начальник людей, из которых многие опытнее его; ответственный представитель Великобритании, хоть и не официальный, в революционной России, сотрудник секретной службы правительства его величества!

С начала августа все возможные каналы, ведущие в Лондон, закрылись. Он теперь был лишен контакта не только со своим центром, но не получал оттуда даже обычных, всем доступных новостей.

Локкарт не знал, что в это время в Лондоне царила полная неразбериха в русских делах. К.Д.Набоков, первый секретарь царского посольства до и после февральской революции, ставший временно исполняющим обязанности посла, а после Октября смещенный со своей должности, но все еще не изгнанный из здания посольства (Литвинов жил на частной квартире), позже писал в своих воспоминаниях: «Весной 1918 года в Москву был послан особый представитель английского правительства, прежде управлявший генеральным консульством в Москве г.Локкарт. Насколько мне известно, инструкции, ему данные, можно, пожалуй, сравнить только с заданием разрешить квадратуру кругв. Нужно было, по соображениям практическим, иметь «око» в Москве, следить за деятельностью большевиков и немцев и по мере возможности ограждать интересы англичан в России. Не имея официального звания, тем не менее вести официальные переговоры с Троцким.

Ясно, что это было выполнимо только при условии сохранения дружеских отношений с советской властью. Локкарт, по-видимому, добросовестно работал над той неразрешимой задачей с Чичериным и Ко, и в то же время имел тесные сношения с организациями, работавшими для свержения Ленина и Троцкого».

Контакта с Лондоном не было, и контакт с французами в

Москве становился все труднее и опаснее: 2 августа, когда союзные дипломаты выезжали из Вологды в Архангельск навстречу десанту, оставшиеся потеряли с уехавшими свой дипломатический «канал», а 3-го числа 18 членов французской миссии в Москве — то есть почти полный ее состав — были арестованы. И теперь никто не мог сказать Локкарту, какой численностью был десант в Двинской губе, сколько было людей: 12 тысяч, 20 или 35? И каково было их вооружение, и каковы были планы британского генерального штаба?

Единственное, что доходило до него в это время, были тяжелые, внушительных размеров пакеты — пачки бумажных денежных знаков, скользящих вниз в своей ценности, которым он вел аккуратную, строго секретную отчетность.

План Рейли теперь был совершенно готов: он имел верных, как он говорил, людей военных, для которых он хотел добыть у английского дипломатического агента охранные грамоты и пропуска в Архангельск, а также генералу Пуллю, в этом письме Локкарт должен был сообщить Пуллю, что латышские части готовы к измене, что и командный состав, состоящий их своих же людей, проведет без труда союзную армию из Архангельска в Москву и арестует в Кремле главарей, Ленина, Троцкого.

Локкарт сказал Рейли, что должен, прежде чем согласиться на это, видеть его верных латышей и только тогда, посоветовавшись с ближайшими своими сотрудниками, он решит, давать ли им письмо и пропуск. И, если он почувствет, что они заслуживают доверия, он вручит им полностью ту сумму (огромную, конечно), которую они потребуют.

Рейли на это ответил, что он уже подготовил встречу, и что двое военных из латышского полка, который считается на-

иболее преданным Кремлю и из которого, между прочим, набирается кремлевская охрана, будут у Локкарта в назначенный день и час.

Если подытожить все происшедшее с мая месяца до конца августа на территории прежней России, то картина будет настолько чудовищной, что найти ей аналогии даже в Смутное время будет нелегко.

НЕМЕЦКАЯ «ПЯТАЯ КОЛОННА»

В середине июля 1936 года началась гражданская война в Испании. К концу сентября генералы, поднявшие мятеж против правительства республики, одержали значительные победы.

Используя в качестве опорной базы Испанское Марокко, они заняли значительную территорию в южной части Испании, обеспечили себе прочные позиции вдоль португальской границы, а также на севере Испании. Наспех сформированные правительством войска и соединения терпели одно поражение за другим. Мятежники приближались к Мадриду, и испанская столица оказалась под угрозой окружения. 28 сентября мятежники выручили свой гарнизон в Толедском Алькасаре, продержавшийся семьдесят дней; казалось, что перед ними открыт свободный путь к столице. Генерал Франко бросил свои силы на Мадрид; войска двигались на город с юга, юго-запада, запада и северо-запада, в общей сложности, четырьмя колоннами.

Именно в эти дни, 1 или 2 октября, один из наиболее видных генералов, командовавших войсками мятежников, Эмилио Мола, выступил по радио. Угрожающе обрисовав бое-

вые действия, развернутые четырьмя колоннами, он добавил, что наступление на правительственный центр будет начато пятой колонной, которая уже находится внутри Мадрида.

В ответ на это выступление орган компартии Испании газета «Мундо обреро» писала 3 октября 1936 года: «Предатель Мола говорит, что бросит против Мадрида четыре колонны, однако начнет наступление пятая колонна».

В августе и сентябре Мадрид уже был полон слухов о том, что в стране действуют предатели. Фактические или подозреваемые сторонники Франко арестовывались тысячами; коммунсты, социалисты и анархисты систематически составляли и корректировали списки подозрительных лиц. Каждое утро на улицах можно было найти тела десятков жертв, убитых ночью. И все же казалось, что опасность, угрожающая изнутри, никогда не будет устранена полностью. В августе стояла сильная жара, однако никто не смел насладиться вечерней прохладой: выходить на улицы было слишком опасно. «В некоторых, чаще всего богатых кварталах с крыш внезапно раздавались выстрелы; таинственные автомобили неожиданно появлялись из-за угла, звучали короткие очереди из автомата, и автомобили исчезали». Отовсюду ползли слухи, что дело республики гибнет; казалось, что кто-то систематически занимается их распространением. Вот почему случайное высказывание генерала Мола лишь подтверждало тревожные предположения: очевидно, Франко, имел поддержку пятой колонны, организованной в самом Мадриде.

Во второй половине октября термин «пятая колонна» стал широко использоваться испанской республиканской печатью, в особенности, газетами левого лагеря. Кто впервые произнес эти слова, об этом уже наполовину забыли; не прошло и двух недель со дня выступления генерала Мола по радио, как одна из Мадридских газет приписала авторство генера-

лу Кейпо де Льяно, а корреспондент лондонской «Таймс» — генералу Франко. Содержание термина продолжало оставаться неопределенным, однако это не препятствовало, а скорее способствовало его широкому применению. Разве он не служил хорошим прозвищем для неуловимого противника? Страх перед таким противником был настолько велик, что неосторожно оброненное генералом Мола выражение немедленно приобрело эмоциональный оттенок и силу. Случайная словесная комбинация «пятая колонна» стала определенным понятием, словно народ только и дожидался появления подобного термина. Он применялся иногда наряду с другими терминами, такими, как «троянский конь», «нацинтерн». Потом о нем как будто забыли. Но в 1940 году, когда весь западный мир оказался охваченным пожаром, о нем вспомнили вновь. И это не случайно.

Еще до того, как этот термин получил широкое распространение, действия людей, причисляемых теперь к пятой колонне, вызывали тревогу в ряде стран. В государствах, лежащих вокруг Германии, уже имели место случаи, когда немецкие агенты, нарушая границу, расправлялись с политическими противниками гитлеровского режима. Особое внимание привлекло убийство видного ученого Теодора Лессинга в Мариенбаде в августе 1933 года. В этот же период в Австрии, да и за ее пределами, большую тревогу вызывали насильственные акты австрийских национал-социалистов, направленные против австрийского государства. Здесь одно преступление следовало за другим; не проходило недели, чтобы какой-нибудь сбежавший из Австрии лидер национал-социалистской партии (в Австрии эта партия была запрещена) не выступал перед микрофоном одной из немецких радиостанций, призывая австрийский народ к восстанию против правительства Дольфуса. 25 июля 1934 года, через какой-нибудь месяц после того, как весь мир с отвращением наблюдал за расправой Гитлера над многими из его

бывших сторонников и некоторыми старыми противниками, австрийские нацисты пытались осуществить путч в Вене. Мятежники потерпели неудачу, однако успели покончить с австрийским канцлером. Раненый Дольфус умер, истекая кровью.

Ему не оказали никакой медицинской помощи и даже не допустили к нему священника.

Что же творилось в самом сердце Европы? Что за нравы джунглей там утверждались?

Многие за пределами Германии не слишком зартрудняли себя выяснением вопроса о том, действовали ли венские мятежники (вроде Планетта и Хольцвебера) про прямому указу из Берлина и Мюнхена. Однако причастность германского рейха к мятежу была совершенно очевидной. Иностранные корреспонденты, находившиеся в немецкой столице накануне венского мятежа, слышали о том, что в Австрии что-то готовится. Через несколько дней после путча они показывали друг другу экземпляры немецкого пресс-бюллетеня («Deutsche Presseklischeedienst»), выпущенного 22 июля 1934 года, то есть за три дня до событий в Вене. В нем уже имелись снимки, изображавшие «народное восстание в Австрии». Там же сообщалось: «В ходе боев за дворец правительства канцлер Дольфус получил серьезные ранения, приведшие к смертельному исходу».

Скурпулезная немецкая организованность! Еще не успели зарядить револьверы, а текст к портрету жертвы уже был напечатан.

Мятеж в Австрии, — возможно, наиболее очевидный, но, безусловно, далеко не единственный показатель высокой степени развития, до которой немецкий национал-социализм сумел довести в других странах свои проникнутые

агрессивным духом организации. Не было почти ни одной страны, где бы немцы после 1933 года не объединялись под знаком свастики. Это относилось в первую очередь к проживавшим за границей немецким подданным.

Зарубежные национал-социалистические ассоциации, безусловно, поддерживали регулярные связи с центральным руководством (находившимся в самой Германии) заграничной организации немецкой нацистской партии, которое именовалось Auslands-Organisation der NSDAP.

Сущность этих связей оставалась тайной для широких кругов населения, хотя газеты нередко публиковали сообщения о высылке отдельных членов заграничной организации бдительным правительством той или иной страны; обычно такие меры принимались в связи с тем, что члены заграничной организации оказывали давление на своих соотечественников. Как видно, национал-социализм проводил в жизнь новый принцип, то есть требовал безоговорочного повиновения от любого немца, на чьей бы территории тот не находился.

Однако опасность грозила не только со стороны этих людей.

Во всех частях света проживали миллионы людей немецкого происхождения. Несмотря на то, что они были подданными, то есть гражданами других стран, эти люди говорили по-немецки и во многом сохраняли признаки национальной немецкой культуры. Как уже упоминалось выше, берлинские власти называли таких немцев «VOLKSDEUTSCHE». Нацизм доказал, что может быстро подчинить их своему влиянию. За пределами Германии издавалось свыше 1500 газет и журналов на немецком языке; многие из них с заметным сочувствием отзывались об «успехах» Гитлера в области внешней политики. В немецких школах вне Герма-

нии (в 1936 году таких школ насчитывалось около пяти тысяч) преподаватели прививали своим воспитанникам чувство уважения и преданности фюреру.

В приграничных районах, которые Германия была вынуждена уступить по Версальскому догорову, национал-социализм получил широкое распространение. В 1935 году в Саарской области так называмый Объединенный фронт, находившийся под руководством национал-социалистов, привлек на свою сторону подавляющее большинство избирателей, выступая под лозунгом: «Назад, в Германию». Это было неприятной неожиданностью для многих за пределами Германии. Однако, еще раньше указанного события французы в Эльзасе, бельгийцы в Эйпен-Мальмеди, датчане в Северном Шлезвиге, поляки в «вольном городе Данциге» и литовцы в Мемеле (Клайпеде) уже выражали опасение в связи с ростом численности национал-социалистских организаций. В октябре 1933 года правительство Чехословакии запретило деятельность на территории своей страны немецкой национал-социалистской рабочей партии (DNSAP), которая отличалась от NSDAP, то есть нацистской партии в самой Германии, только порядком слов в своем названии.

Однако вскоре чехи увидели, что три с половиной миллиона судетских немцев подпадают под влияние Кундрада Генлейна. Этот новоявленный лидер, хотя и протестовал против того, что его именуют национал-социалистом, возглавил движение, которое точно копировало нацистскую партию Германии в идеологическом и организационном отношении. Правительства Венгрии, Румынии и Югославии также замечали растущее влияние национал-социалистского движения на значительное по численности немецкое национальное меньшинство, имевшееся в указанных странах. Среди немецкого национального меньшинства в Румынии это дви-

жение одержало верх над старыми политическими группировками еще в 1933 году.

Подобная же линия развития наблюдалась и за пределами Европы.

Знак свастики всюду был притягательным для лиц немецкого происхождения. Так было в Юго-Западной Африке, бывшей германской колонии, где еще сохранилось к тому времени значительное количество немцев. Так случилось в Австралии и Новой Зеландии, где многие немецкие ассоциации преподнесли Гитлеру своеобразный подарок к первой годовщине его пребывания на посту рейхсканцлера, объединившись в «Союз немцев в Австралии и Новой Зеландии». Подобное же явление отмечалось и на территории Америки.

Третий рейх, словно магнит, притягивал к себе немцев, разбросанных по всему миру. Немецкая пресса в значительной мере способствовала этому. Горделиво подчеркивая положительные отклики своих соотечественников на строительство национал-социалистского государства — отклики людей, годами или целыми десятилетиями оторванных от своей родины (или же родины своих отцов), — эта пресса охотно публиковала восторженные статьи и стихи, восхвалявшие Гитлера: Когда мы, немцы, распеваем свои песни под широким небосводом, Наш призыв звучит и под звездным небом чужих земель.

Слава тебе, Гитлер — спаситель Германии, немецкая путеводная звезда, Веди нас сквозь бури, пока снова не возродится наша Империя!

Такие песни звучали в бразильских джунглях в 1933 году.

Три года спустя, как раз накануне обращения генерала Мола

с призывом к своей мадридской «пятой колонне», руководитель маленькой национал-социалистской группы одного из восточноафриканских поселений в Кайтале (Кения), выступая под гром аплодисментов на ежегодном конгрессе заграничной организации, выразил надежду, что эта организация «явится отборным инструментом в том имперском оркестре, которым когда-нибудь воспользуется фюрер, чтобы сыграть свою грозную симфонию».

Вообще говоря, до 1938 года повсеместному распространению национал-социализма среди немецких подданных и немецких меньшинств за границей не придавалось особого значения; однако то в одной, то в другой стране появлялись признаки смутного беспокойства и раздраженного изумления. Правда, в ряде стран немцы составляли лишь относительно небольшое меньшинство. Но ведь не только они угрожали общественному строю той или иной страны. Возможно, что рост национал-социалистских групп, состоящих только из немцев, прошел бы почти незамеченным, если бы одновременно не развертывали свою деятельность национал-социалистские и фашистские группы из коренного населения. Многие из таких групп были организованы еще в 20-х годах, но в то время их появление не привлекло никакого внимания. Положение национал-социалистской партии на выборах 1930 года упрочилось, когда стены германского рейхстага услышали гулкий шаг более чем сотни вновь избранных депутатов-нацистов. Разве до этого кто-нибудь слышал что-либо о Гитлере? Теперь же он оказался на пути к захвату власти в Германии.

Его пример вдохновил честолюбцев: ведь это то, что оказалось и в других странах. Еще до того, как Гитлер 30 января 1933 года занял резиденцию канцлера в Берлине, национал-социалистские группы были сформированы в десятке стран. Эти группы обуревало жгучее желание захватить в свои

руки государственную власть; они были убеждены в своей способности разрушить шаткие крепости демократии, используя небольшие банды отобранных и верных последователей. Такие группы охотно воспринимали все атрибуты немецкой нацистской партии: высокие сапоги, рубашку и свастику. В Швеции под флагами со свастикой выступала шведская национал-социалистская рабочая партия; такое же рвение проявляли: в Голландии — национал-социалистская партия, во Франции — бретонские фашисты, в Англии — имперская фашистская лига, в Латвии — «громовые кресты», в Венгрии — венгерская национал-социалистская партия, в Румынии — «железная гвардия». Их объединенную силу никак нельзя было сбросить со счетов. В ряде случаев демократические правительства сами переходили в контратаку, налагая запрет на демонстрации и ношение формы, запрещая государственным служащим вступать в подобные организации, однако во многих странах тому или иному удачливому диктатору удавалось одержать верх над своими противниками. Зачастую, используя поддержку определенных кругов реакционно настроенной буржуазии, подобные личности быстро организовывали политическое движение. И никто не мог предсказать, скоро ли это движение удастся остановить. Конечно, всюду находились люди, недовольные своим положением, или же близорукие мечтатели; они пополняли ряды движения тысячами и даже сотнями тысяч. В середине 30-х годов, в некоторых группах Голландии наблюдалось определенное беспокойство, вызванное успехами движения, возглавляемого Антоном Муссертом. В Бельгии отмечалось то же самое в связи с деятельностью сторонников Леона Дегреля, в Англии — сэра Освальда Мосли, во Франции — полковника де ля Рока.

Понятие «пятая колонна» тогда еще не приняло осязаемых форм, однако страх перед Гитлером и его сообщниками за пределами Германии уже был налицо. Люди глядели с опас-

кой на активность немецких национал-социалистов в своих странах потому, что их агенты организовывали немцев в ассоциации послевоенного типа, подавая тем самым заразительный пример местным антидемократическим элементам. Не вызывало сомнений, что враги демократии из состава коренного населения поддерживают контакт с немецкими национал-социалистами, осуществляют с ними тесное взаимодействие. Правительства многих стран принимали меры против немецких подданных, злоупотреблявших оказанным им гостеприимством: таких лиц высылали. Предпринимались и другие попытки приостановить нарастание активности немецких национал-социалистов. Возникавшие на этой почве конфликты обычно улаживались в секретном дипломатическом порядке, чтобы не вызвать ненужного раздражения Германии. Однако уже в первые годы существования третьего рейха стало известно о ряде подобных инцидентов в различных и весьма отдаленных друг от друга странах. Они привлекли внимание широких кругов общественности, поскольку в подобных случаях обнаруживались внутренние связи Берлина с немцами, проживавшими за границей.

В Юго-Западной Африке, на подмандатной территории Южно-Африканского Союза, было замечено, что немецкие подданные, а также местные граждане немецкого происхождения были организованы по национал-социалистскому образцу. При этом они преследовали определенную цель: добиться возвращения Германии ее бывших колоний. Летом 1934 года подобной деятельности был положен конец. 11 июля наложили запрет на организацию гитлеровской молодежи, а на следующий день произвели обыск в помещениях отделений заграничной организации немецкой нацистской партии. При этом конфисковали значительное количество документов. Содержание последних оказалось весьма показательным.

Сообщение об инциденте долго не сходило со страниц газет.

Швейцарскому правительству, в конце концов, удалось добиться освобождения Якоба. Но кто окажется следующим? Название здания «Колумбия» в Берлине стало нарицательным, при упоминании о нем строились всякие ужасные догадки.

Раньше, чем через год после похищения Якоба, действия нацистских организаций вне Германии снова привлекли внимание общественного мнения всех западных стран; речь шла опять-таки об инциденте на территории Швейцарии. 4 февраля 1936 года в Давосе студент-еврей Давид Франкфуртер, выходец из Венгрии, выстрелил из пистолета и смертельно ранил Вильгельма Густлофа, руководившего в Швейцарии местной группой заграничной организации немецкой нацистской партии. Франкфуртер хотел своим поступком выразить публичный протест против усиливавшегося преследования евреев в Германии: в сентябре 1935 года там были провозглашены так называемые Нюрнбергские законы. Швейцарское правительсво после данного покушения приняло соответствующие меры. Швейцарцам уже надоело вмешательство немцев в дела их страны. Через две недели после убийства Густлофа все организации немецкой нацистской партии, дейтствовавшие на территории Швейцарии, были запрещены. Германское правительство заявило протест, швейцарские власти оставили демарш немцев без внимания.

В 1936-1937 годах многие еще не видели тесной внутренней связи между всеми фактами. К тому же, в этот период в газетах печаталось так много других интересных новостей. Сообщения о ходе Олимпийских игр в Берлине или об отречении наследника английского короля от престола были куда более сенсационными.

Тем не менее, именно в 1933 году и в последовавшие за ним

годы были посеяны семена постепенно нараставшего страха. Каждый из упомянутых выше инцидентов, каждая заносчивая демонстрация немецких или других национал-социалистов способствовали его распространению. Все настойчивее бросалась в глаза растущая угроза и связанная с этим неустойчивость жизни. Что же, в сущности, назревало в мире? Каким целям служили все эти заговоры?

Многие за пределами Германии не строили себе никаких иллюзий насчет того, что творилось внутри этой страны. Немецкое и переводные издания «Коричневой книги о поджоге рейхстага и гитлеровском терроре» расходились в десятках тысяч экземпляров. Социалисты и коммунисты знали, что их немецкие партийные товарищи подвергались пыткам в концентрационных лагерях; с распространением новых форм идолопоклонства, т.е. преклонения перед Гитлером, увеличивались возможности оказания давления на религиозные организации — как протестанты, так и католики отдавали себе в этом ясный отчет. Со свидетельскими показаниями о тирании национал-социалистского государства мог выступить не только еврей, но и любой эмигрант. А число беженцев из Германии достигло в 1938 году 350000 человек. Однако лишь немногие из воспользовавшихся правом на нормальную жизнь вне Германии сумели сделать для себя вывод, что их собственная жизнь продолжает находиться вне опасности. Кто отдавал себе отчет в том, что агрессивная политика национал-социалистов внутри страны должна почти неизбжено привести к внешней агрессии?

Большинство людей не решалось на такой вывод или оказалось неспособным прийти к нему. Однако были и другие, более решительные люди.

(Л.де Ионг. Немецкая пятая колонна во второй мировой войне. М.,1958).

«КОРИЧНЕВАЯ» СЕТЬ

Начиная с 1933 года, в пустыне равнодушия и самообмана раздавались предостерегающие голоса, хотя далеко не все прислушивались к ним. Находились дипломаты, донесения которых были полны предупреждений. Появился целый ряд печатных материалов, разоблачавших не только агрессивную сущность национал-социалистов, но и ингриги этого государства в других страранах. В ноябре 1933 года французская газета « Пти паризьен» вызвала сенсацию, опубликовав документы, тайно вывезенные из Германии коммунистами. Среди опубликованных материалов имелся план развертывания усиленной немецкой пропаганды в странах американского континента. Туда засылались тайные агенты. Им предлагалось, в частности, собирать данные о том, в какой мере те или иные газеты помещают сведения, исходящие из Германии.

Намечалось открытие якобы нейтрального телеграфного агентства для распространения пронемецких новостей; антинемецки настроенным журналистам должны были подсовывать лживые сообщения. Немецкие агенты, имея в своем распоряжении ряд подготовленных статей, должны были добиваться их публикации в газетах всей Южной Америки, от реки Рио-Гранде до пролива Магеллана, не стесняясь применять подкуп, если это нужно. Таким путем рассчитывали влиять на общественное мнение, с тем, чтобы оно в свою очередь, оказывало влияние на правительства стран Центральной и Южной Америки и не препятствовало Германии в ее попытках овладеть территориями с немецкими национальными меньшинствами.

Политические эмигранты также проявляли активность. Они выступали со своими предостережениями всюду, где можно было, — в Праге и Амстердаме, Лондоне и Париже. Они

собирали информацию из любых источников; с агентами гестапо велась борьба не на жизнь, а на смерть. Делались попытки пресекать немецкие интриги, своевременно разоблачая их. В 1935 году в Париже была опубликована книга с итоговым обзором всяческих происков Германии в Европе: «Коричневая сеть. Как работают гитлеровские агенты за границей, подготавливая войну».

В книге описывалась шпионская работа 48 тысяч агентов. В ней упоминалось о протоколах совещания, проведенного в марте 1935 года с участием Гиммлера. «Присутствовали все руководящие чиновники гестапо, связанные с работой за границей». В протоколах говорилось о наличии 2450 платных агентов и более 20 тысяч агентов, работающих по идейным убеждениям. Речь шла также о немецкой пропаганде и о работе нового типа, тогда еще малоизвестного органа — внешнеполитической службы немецкой нацистской партии. Этот орган, руководимый Альфредом Розенбергом, главным редактором газеты «Фолькишер Беобахтер», сотрудничал с международными антисемитскими организациями и движениями национальных меньшинств, способными подорвать положение тех или иных правительств. В материалах упоминалось, что заграничная организация немецкой нацистской партии имеет 400 местных отделений, разбросанных по всему земному шару.

В книге указывалось об «Ассоциации для немцев за границей». В нее приглашали вступать немцев, проживавших в Германии и заинтересованных в судьбе своих соотечественников за границей. Ассоциация поддерживала регулярные связи с «более чем 8000 немецких заграничных школ и насчитывала в своем составе свыше 24000 местных отделений». Подобной же работой занимались Немецкая академия и немецкий институт для иноземных стран. В книге указывалось, что третий рейх израсходовал более 250 000 000

марок на пропаганду и шпионаж за границей.

Там же описывались случаи «угроз, провокаций, похищений, убийств, незаконного ввоза оружия, саботажа и шпионажа». Говорилось и о подрывной деятельности немцев в отношении стран Северной, Восточной, Южной и Западной Европы; упоминалось об Австрии как о военном плацдарме немецкого рейха; указывалось, что «так называемые туристы, а также террористы» угрожают безопасности Югославии. В заключение приводился список 590 «нацистских пропагандистов, агентов, осведомителей и шпионов, дейтствующих за пределами Германии»; при этом указывались их имена и функции.

Вся заграничная деятельность нацистов направлялась из единого центра. Составители книги приложили к ней внушительную схему организованного построения. Схема показывала, что Гитлер и центральное руководство немецкой нацистской партии поддерживали непосредственно или при помощи вспомогательного органа, возглавляемого Рудольфом Гессом, связь с двенадцатью подчиненными центрами; эти последние, в свою очередь, осуществляли руководство клубами, местными отделениями, школами, церквями и отдельными агентами.

«При первом же взгляде на деятельность нацистов за границей, на тот орган, который ее направляет, может показаться, что здесь происходит отчаянная борьба разноречивых интересов; более того, может создаться впечатление, что здесь царит неразбериха. Однако при более внимательном рассмотрении оказывается, что противоречивые на вид действия, в сущности, направлены к одной цели. Конечно, после прихода национал-социалистов к власти понадобилось немало времени, пока удалось наладить должное взаимодействие между различными учреждениями и организациями

за границей, пока удалось скоординировать усилия всех подразделений этой огромной сети. Однако к середине 1935 года данная задача была уже полностью решена».

Немцы и в самом деле умели организовывать!

Через год после выхода из печати названной книги началась гражданская война в Испании. Пулеметы строчили теперь не в отдаленных долинах Хуанхэ или Янцзы, а на берегах реки Эбро; авиационные бомбы сбрасывались не на Нанкин, а на Гернику; артиллерийские снаряды рвались не в Шанхае, а в Альмерии. В Европе нарастал страх перед военным пожаром. Многие нисколько не сомневались в том, что Гитлер и Муссолини осуществляют прямую интервенцию в Испании. Другие считали, что помощь, оказываемая Сталиным испанскому правительству, является еще большей опасностью. Эти другие, чаще всего принадлежавшие к правым партиям, были склонны считать угрозу коммунизма (по крайней мере, в отношении Западной Европы) более серьезной по сравнению с угрозой со стороны национал-социалистов. Такие люди и слышать не хотели об опасности немецкой интервенции; между сторонниками и противниками оказания помощи республиканской Испании развернулась ожесточенная борьба, которая во Франции чуть было не приняла формы гражданской войны.

Доказательств немецкой интервенции в Испании было более чем достаточно. В первые же дни гражданской войны в Барселоне и других городах, находившихся в руках республиканцев, были конфискованы некоторые архивы заграничной организации немецкой нацистской партии, в которых хранились тысячи документов. Небольшая группа анархистов немецкого происхождения приступила к сортировке этих документов, и в 1937 году вышла «Черно-красная книга: документы о гитлеровском империализме».

В книге имелись фотокопии многих документов. Были еще раз разоблачены методы пропагандистской и шпионской деятельности официальных представителей заграничной организации. Приводились выдержки из документов, полностью доказывавшие (по мнению составителей) участие многих официальных представителей во франкистском мятеже. А также вскрыты некоторые методы маскировки, которые при этом применялись. Указывалось, что немецкие нацисты организовали так называемую «портовую службу».

В ее задачи входил нелегальный ввоз национал-социалистских пропагандистских материалов на территорию Испании; кроме того, было установлено несколько фактов, когда та же портовая служба доставляла захваченных агентами гестапо пленников на борт немецких судов.

Опубликованные документы были подлинными и потому убедительными. Вскоре второе издание книги вышло на немецком языке в Париже; появилась книга и в Лондоне в переводе на английский язык. До широкой общественности все эти документы доходили с трудом; однако полицейские, юридические и разведывательные органы ряда стран изучили их со всей серьезностью. Не так часто случается, чтобы противнику пришлось раскрыть свои карты, а в данном случае раскрывалось большинство его ходов.

Заграничная деятельность национал-социалистов обнаруживалась все сильнее; этому способствовали разоблачения, содержавшиеся в «Коричневой книге» и «Черно-красной книге»; люди во многих странах начали смотреть на всякую деятельность немцев с постепенно нараставшей подозрительностью. Разве мрачная работа по развертыванию террора и шпионажа смогла ограничиться пределами Испании? Имелась ли хоть одна страна, где агенты Гитлера не способство-

вали бы подготовке очередной агрессии? Признаки этого замечались повсюду. В Дании стало известно, что руководитель немецкого клуба в Копенгагене Шефер в марте 1936 года разослал членам своего клуба анкету. В ней, в частности, предлагалось ответить, сколькими легковыми и грузовыми автомобилями, а также сколькими мотоциклами располагает каждый из опрашиваемых. В числе других 37 вопросов анкеты были такие: «Есть ли у вас пишущая машинка? Умеете ли вы пользоваться стенографией?».

Подобные вопросы могут показаться безобидными для живущих по ту сторону Атлантики. Однако они предстанут в совершенно ином свете, если принять во внимание, что на установившемся у нацистов жаргоне «пишущая машинка» означает огнестрельное оружие, а «пользоваться стенографией» — умение стрелять. В анкетах господина Шефера, разосланных своим сторонникам, имелись также вопросы о датских маяках, их расположении и количестве обслуживающего персонала, наиболее удобных путях подхода к этим маякам и т.п».

Приведенная выше обвиняющая выдержка взята не из какой-нибудь бульварной газетки. Эти строки появились (через год после начала боевых действий в Испании) в авторитетном американском журнале «Форин афферс», занимающимся вопросами современной истории.

Примерно в тот же период общественное мнение Норвегии было взволновано разоблачениями, опубликованными одной из социалистических газет. В 1935 году немецкий нацист, большой любитель путешествовать по Северной Норвегии, получил разрешение фотографировать солдат «северного, нордического типа» в главном военном лагере, расположенном близ порта Нарвик, являющимся важным экономическим и стратегическим объектом. Чего добивался этот немец?

ЭНЦИКЛОПЕДИЯ ПРЕСТУПЛЕНИЙ И КАТАСТРОФ

Зачем подполковник Сундло, представитель военного командования, выдал ему соответствующие разрешения?

Не является ли сам Сундло одним из сторонников национал-социалистского квислинговского движения? Была назначена комиссия для расследования, не сумевшая найти объяснения для подобных подозрений.

Ведь характерно, что международная печать впервые собралась на очередной конгресс заграничной организации немецкой нацистской партии лишь в августе 1937 года; между тем, открытые конгрессы такого рода созывались и ранее — в 1934, 1935 и 1936 годах.

В начале 1937 года газета «Таймс» поместила комментарии по поводу «первого эффектного вторжения национал-социалистской партии в область деятельности министерства иностранных дел».

Глава заграничной организации немецкой партии Эрнст Вильгельм Боле был назначен по совместительству главой заграничной организации при министерстве иностранных дел Германии. В своей новой должности Боле подчинялся непосредственно министру, пост которого занимал тогда барон фон Нейрат. К тому же, если вопросы, входившие в сферу деятельности Боле, обсуждались на заседаниях кабинета министров, он имел право лично при этом присутствовать.

В чем заключался смысл подобного продвижения Боле?

Для тех людей за пределами Германии, которые внимательно следили за работой заграничной организации, внутренний смысл состоявшегося назначения был достаточно ясен. Организатор пропаганды и шпионажа, запугиваний и похищений был введен в состав такого почтенного органа, как

министерство иностранных дел. Это означало, что ему поручено навести порядок в центральном аппарате министерства и в подчиненных органах; вместе с тем расширялись возможности усиления подрывной работы за границей путем использования привилегированного положения лиц с дипломатическими паспортами.

В описываемый период в Германии была опубликована пропагандистская брошюра, посвященная работе заграничной организации. В ней говорилось, как о совершенно естественном явлении, что в «центральном аппарате организации занято 700 человек»; «количество зарубежных отделений и секций доведено до 548». В связи с выходом в свет упомянутой брошюры виднейшая социалистическая газета в Голландии писала о том, что «в работу местных групп за пределами Германии вовлечено до 3000000 немцев».

Здесь мы снова хотим подчеркнуть то, о чем уже упоминалось выше: лишь немногие лица обращали серьезное внимание на эти и им подобные проблемы.

Большинство людей было просто неспособно понять, как бессовестно и ловко их водили за нос. Никакой другой авантюрист в мировой истории, кроме Гитлера, не сумел выкачать так много средств из того своеобразного банка, куда люди всех рангов и состояний вкладывали свою доверчивость и простодушную честность. Людей, пытавшихся поднять тревогу, старались оттеснить на задний план. Герман Раушнинг, несколько лет подряд вращавшийся в высших нацистских кругах, сумел понять всю порочность нацистских лидеров и их системы; в апреле 1937 года он подготовил большую рукопись под названием «Нигилистическая революция» (это было сделано после побега Раушнинга из Данцига). В течение целого года автор искал издателя, который согласился бы опубликовать его кни-

гу. За это время многие из написанных Раушнингом отдельных статей «возвращались ему разными издательствами обратно с той мотивировкой, что содержащиеся в статьях разоблачения являются слишком фантастическими и не походят на правду».

Наконец в 1938 году одно из швейцарских книжных издательств осмелилось опубликовать всю рукопись Раушнинга; такое решение не было случайным.

Международная обстановка к тому времени сильно изменилась. Гитлер уже вступил в Австрию.

Многие были сильно удивлены, когда в середине февраля 1938 года стало известно о визите австрийского канцлера Курта фон Шушнинга в Брехтесгаден, где он имел продолжительную беседу с Гитлером. О результатах встречи 13 февраля было опубликовано обычное, не вызывающее особого интереса коммюнике. Однако лица, хорошо знакомые с обстановкой в Австрии, сразу же насторожились, когда через несколько дней до них дошла новость о назначении д-ра Артура Зейсс-Инкварта на должность министра внутренних дел Австрии (в указанное министерство входило также ведомство полиции). Зейсс-Инкварт, венский адвокат, был известен как сторонник аншлюса (присоединения Австрии к Германии). Почти немедленно после своего назначения он направился с визитом в Берлин, где имел встречу с Гитлером. Напряженность обстановки в Австрии нарастала; национал-социалисты выступали все более открыто и вызывающе. За пределами Австрии лишь кое-где люди проявляли смутное беспокойство. 9 марта было опубликовано сообщение о том, что в ближайшее воскресенье Шушнинг проводит плебисцит, в ходе которого население должно высказаться за или против независимости Австрии. Даже и эта новость все еще не была воспринята общественным мнением как явное свидетельст-

во того, что за кулисами политической сцены развернулась борьба не на жизнь, а на смерть.

События начались в пятницу 11 марта.

В 6 часов вечера венское радио передало сообщение об отмене плебисцита, а в 7 часов 45 минут перед микрофоном выступил Шушнинг. «Перед лицом всего мира я сообщаю во всеуслышание, — звенел его голос, — что правительство Германии вручило сегодня федеральному канцлеру Микласу ультиматум. В нем предписывается, чтобы на пост канцлера Австрии было назначено лицо по выбору германского правительства; это лицо должно сформировать кабинет министров, угодный правительству,не то немецкие войска вступят на территорию Австрии».

Этого было достаточно, чтобы вызвать замешательство.

Поздно вечером венское радио передало сообщение, что сформировано новое правительство под председательством Зейсс-Инкварта. Одновременно Берлин сообщил, что Зейсс-Инкварт обратился со срочным телеграфным посланием к Гитлеру, именуя последнего фюрером; в телеграмме Зейсс-Инкварт просил германское правительство помочь ему в поддержании порядка и спокойствия, выслав для этого войска «как можно скорее».

Немецкие войска вступили в Австрию в субботу 12 марта.

На следующий день аншлюс стал свершившимся фактом.

И на этот раз Гитлер добился своих целей! Еще раз восторжествовала свастика! Опять десятки тысяч противников нацизма, евреев и не евреев, оказались под угрозой! Вызванные этими событиями чувства негодования и презрения сосредоточились,

словно в фокусе, на одном человеке — Зейсс-Инкварте. Его имя стало синонимом предателя. Вместе с тем, на примере Австрии можно было впервые увидеть весь механизм агрессии, когда нападение начинается в самом сердце страны.

Так вот как они действуют за границей, эти нацисты! Сначала они занимают ключевые позиции в правительственном аппарате, затем ведут в стране подрывную работу и, наконец, вызывают кризис, с тем, чтобы ввести немецкие войска по телеграмме, текст которой составляется заранее.

(Ионг Л.де Немецкая пятая колонна во второй мировой войне. М.,1958).

ШПИОНОМАНИЯ

В 1939-1941 годах, как только Германия начинала осуществлять очередную агрессию, чувства и поступки людей в странах, которые подверглись нападению или находились под непосредственной угрозой, отражали следующую основную мысль: «В нашей стране много вражеских агентов. Некоторые из них живут среди нас уже долгое время; они могут, не привлекая к себе внимания, посредством шпионажа и безобидных на вид действий расчистить дорогу агрессии, жертвами которой мы стали (или можем стать). Друге агенты — это солдаты противника, которые с началом наступления надевают наше обмундирование, или штатское платье, или сутаны священников и монахов. И те и другие занимаются шпионажем; более того, они пытаются дезорганизовать оборону страны самыми разнообразными способами, вплоть до отравления продуктов питания. Наконец, они стараются наладить контакт с вторгающимися войсками путем невинных с виду действий, которые на са-

мом деле являются условными сигналами или донесениями».

Можно отметить любопытнейший факт. В совершенно иной обстановке, когда ни о какой национал-социалистской немецкой пятой колонне не могло быть и речи, то же самое думали и чувствовали люди, проживавшие на другом контитенте, но тоже подвергавшиеся нападению.

Морской министр США после удара японцев по Пирл-Харбору (7 декабря 1941 года) выступил с утверждением, будто «наиболее эффективными за всю войну действиями пятой колонны (если не считать событий в Норвегии) оказались действия на Гавайских островах». Речь шла при этом о 160 000 проживавших на Гавайях японцев, большинство из которых являлось американскими гражданами. Многие в Америке утверждали, что эти люди стреляли по американским солдатам, воздвигали баррикады на дорогах, вырубали тростник на сахарных плантациях таким образом, что получались гигантские стрелы, указывающие направление на военные объекты.

Японцы, торговавшие овощами и фруктами, тщательно следили за закупками продовольствия для американского военно-морского флота, делая отсюда выводы о перемещениях его кораблей. Член палаты представителей американского конгресса Рэнкин, выступая 19 февраля 1942 года на заседании, кричал: «Будь они прокляты, предатели!».

Вскоре, после японского нападения на Пирл-Харбор подобные же обвинения выдвигались против проживавших в Калифорнии американских граждан японского происхождения, так называемых нисэв. Говорили, будто эти люди каждую ночь либо подают световые сигналы японским подводным лодкам, либо держат с ними связь при помощи тайных раций; будто они располагают цветочные клумбы,

грядки помидоров или кормушки с сеном для скота таким образом, чтобы условно указывать расположение аэродромов и авиационных заводов; будто они отравляют овощи и фрукты, продаваемые американским домохозяйкам. Враждебные настроения против местных японцев усилились до такой степени, что весной 1942 года власти всех их интернировали, разместив в лагерях внутренних районов США.

Если внимательно рассмотреть периоды напряжений и конфликтов, предшествовавшие Второй мировой войне, мы встретимся и с другими явлениями.

Когда в 1938 году в Чехословакии пришли к выводу, что война с Германией неизбежна, по Праге поползли слухи, будто врачи германской клиники подготовили тысячи пробирок с микробами брюшного тифа, чтобы отравить питьевую воду после начала военных действий. Говорили, что сторонники Генлейна написали светящимися красками название чехословацкой столицы на крыше немецкого университета, облегчая тем самым ориентировку немецким бомбардировщикам.

Во время гражданской войны в Испании один из приехавших туда иностранцев заметил близ Сарагосы, как из мест расположения правительственных войск подавались световые сигналы противнику. Как ему сказали, подобные явления происходили «каждую ночь». Незадолго до начала войны сотни женщин в Мадриде охватила паника: до них дошел слух о том, что «монахини раздают отравленные сладости детям и что больницы города переполнены пострадавшими малышами».

Нельзя обвинять японцев, проживавших на Гавайских островах, в шпионской, диверсионной или какой-либо иной деятельности, характерной для пятой колонны. Таких фактов

не обнаружено ни в период до удара японцев по Пирл-Харбору, ни в ходе самого нападения, ни в последующее время. Шпионская работа выполнялась только консульствами. Что касается американцев японского происхождения, проживавших в Калифорнии, то также не установлено никаких фактов, доказывающих, что они занимались шпионажем и диверсиями или же пытались организовать группы сопротивления.

Все лица, в чьих домах органы федерального бюро расследования обнаруживали «оружие» (зачастую простые охотничьи ружья) или взрывчатые вещества, оказались в состоянии дать удовлетворительные объяснения, почему они имели их у себя.

Расследование показало, что «все без исключения» слухи о подаче световых сигналов или использовании тайных радиопередатчиков оказались необоснованными. Наконец, нигде не удалось вскрыть факты, когда фермеры из числа американцев японского происхождения изображали бы на своих земельных участках какие-либо знаки или ориентиры для японской военной авиации.

Установили лишь один случай, когда подобный «знак» действительно существовал. Как выяснилось, то было делом рук фермера совсем не японского происхождения. «Он так обрадовался сбору хорошего урожая, что вывел плугом на поле буквы JOE (видимо, свое собственное имя)».

Можно добавить, что подобные же слухи, распространяемые во время Первой мировой войны, также не имели под собой достаточных оснований. В начальный период военных действий как немцы, так и их противники резко переоценивали размах и эффективность направленного против них шпионажа. До начала войны немецкая военная

разведка располагала кредитами, не превышавшими 500 000 марок в год. Этих скромных средств оказалось достаточно, чтобы выявить ход русской и французской мобилизации. Проводился также тайный сбор данных об английском военно-морском флоте. Однако в день объявления войны (4 августа 1914 года) немецкая шпионская сеть в Англии оказалась ликвидированной: англичане вели за ней тщательное наблюдение в течение ряда лет. Никаких фактов совершения диверсий проживавшими в Англии немецкими подданными или другими лицами немецкого происхождения установлено не было.

Позволительно представить себе следующую картину.

Начало войны влечет за собой возникновение сильного страха у большинства людей. Никто в точности не знает, какие неожиданности может принести ему война. Сама жизнь человека находится под угрозой. Он может оказаться убитым в бою или серьезно раненым в ходе воздушного налета. Он может потерять родственников и друзей. Привычная повседневная жизнь внезапно и резко нарушается. Человек стоит перед угрозой неотвратимой и непостижимой катастрофы. Какое оружие применит противник?

Все, что начиная с юных лет читал или слышал человек об ужасах войны, о сражениях с применением огнеметов, о бактериях и «лучах сметри», — все это всплывает в памяти и грозит затопить сознание. Трудно справиться с таким страхом. Трудно представить, какое конкретное несчастье тебе угрожает, какое именно бедствие выпадет на твою голову.

С самого же начала в душу человека закрадывается не только страх.

Наступает враг, который развязал войну. По его вине рас-

строен весь порядок мирной жизни. Это он несет с собой разорение и разрушение. У людей возникает и нарастает чувство ненависти к агрессору. С какой охотой они схватили бы его, смяли, раздавили, уничтожили!

Наряду со страхом и ненавистью появляется и чувство беспомощности. Начинает работать гигантская военная машина, которая подчиняет себе деятельность простых людей. Продолжать заниматься тем, чем человек занимался в мирное время, кажется бесполезным. Ко всему примешивается неопределенность; никто не представляет себе, что происходит или уже произошло на фронтах: информации мало, а та, что имеется, сводится к несущественным деталям.

Под влиянием сильного, но безотчетного чувства страха, под влиянием раздражения, в обстановке беспомощности и неуверенности нарастает внутреннее напряжение. Возможность разрядить такое напряжение появляется в том случае, если люди могут найти в своей собственной среде тех, кого можно было бы заклеймить словом «враги». Тогда страх обычно теряет свой таинственный и неопределенный характер; вместо беспомощности и неуверенности возникает непосредственная задача: бить врага в своих собственных рядах. Нанося такие удары, каждый начинает думать что он «что-то делает», что он «помогает довести войну до победного конца».

В подобной обстановке у очень многих людей появляется склонность найти отдушину, чтобы освободиться от внутреннего перенапряжения, воспринимая без особых рассуждений мысль о том, что надо искать врага в своих собственных рядах. Теперь дело лишь за тем, чтобы кто-то первым назвал мнимого врага «по имени». Возглас отдельного человека подхватывается тысячами и быстро передается из уст в уста. Пресса и радио заботятся о том, чтобы он оказался доведенным до миллионов людей.

В подобном процессе возбуждение, как искра, перескакивает от одного человека к другому. Однако значительно более важную роль играет то обстоятельство, что большинство людей находится (как оно и было в действительности) в состоянии такого напряжения, что достаточно малейшего толчка, чтобы вся их злоба и ненависть прорвались наружу. В связи с этим искры возбуждения возникают во многих местах сразу, их распространение становится исключительно быстрым, и то, что один человек подозревает, следующий уже передает как достоверный факт. Когда о подобном предположении или подозрении сообщают на страницах газет или по радио, они приобретают черты неопровержимой истины.

У большинства людей нет потребности в том, чтобы критически и хладнокровно оценить доходящие до них известия. К тому же, проверка зачастую оказывается невозможной: связь прервана, и ни у одного человека нет правильных представлений о ходе боев.

«Назвать по имени»,»найти(что часто означает создать) врагов в своей собственной среде» является одной из форм удовлетворения той внутренней потребности, о которой мы говорили выше. Это естественный процесс, точнее, доступный способ, дающий людям возможность воспринять ту действительность, которая кажется невыносимой; в периоды особой напряженности подобные процессы почти неизбежны. С первого взгляда кажется, что подвергнувшийся нападению народ еще более затрудняет свое положение, высказывая подозрения о том, что в его среде имеются враги; на самом же деле происходит как раз обратное явление.

Характер выдвигаемых обвинений против выискиваемых врагов в своей собственной среде имеет второстепенное значение.

Поскольку, как мы выяснили, люди желают сами, чтобы их убедили в наличии сообщников врага внутри страны, разве не будет для них естественным предположить, что эти сообщники занимаются шпионажем и диверсиями, стреляют по войскам той страны, где они проживают? Конечно, рассуждают многие из них, такие шпионы жили в стране годами, только их никто не выявлял и они оставались незамеченными; такими же незаметными остаются и вражеские агенты, появляющиеся с началом вторжения. В целях маскировки последние, конечно, стараются применять такие приемы, как переодевание в штатское платье или в форменное обмундирование той страны, которая подвергается нападению.

Люди часто искали врагов в своей собственной стране среди священников, монахов и монахинь. Все эти лица носят одежды, словно специально приспособленные для укрытия оружия. По всей вероятности, сказывалось то обстоятельство, что представители церкви издавна окутаны некоторой тайной.

Какой-нибудь не имеющий серьезного значения пустяк может послужить поводом для зачисления человека в число врагов. В глазах некоторых людей становится подозрительным каждый, кто хоть чем-нибудь выделяется среди окружающих.

В 1914 году в Германии самых обычных людей принимали за шпионов,если их внешность хоть чуточку отличалась от внешности других немцев. В Англии в 1940 году необоснованно задержали многих людей только потому, что они чем-то бросались в глаза, чем-то отличались от остальных, имели что-то странное в своей внешности.

В конце мая 1940 года одного французского лейтенанта

избили свои же сограждане только потому, что «у него были рыжеватые волосы, и это вызвало подозрение». В Брюсселе в те же майские дни 1940 года перевозили на трамвае к вокзалу некоторое количество арестованных. Их сопровождали трое солдат и лейтенант. В это время вдоль улицы шел человек со своей беременной женой — оба брюнеты. Лейтенанту показалось что-то подозрительным. Наверное, иностранцы... Трамвай остановили. Лейтенант приказал привести этих людей к нему, а затем, как иностранцев, присоединить к остальным арестованным. Мужчина протестовал: «Я живу здесь уже длительное время, вот мои документы; они в полном порядке». «Документы?» — рассмеялся лейтенант. «К тому же, моя жена должна скоро родить!». — «Все это вы объясните там, куда вас привезут!».

Не всех жителей стран, подвергшихся нападению, подобные настроения охватывают в одинаковой мере, так как сказывается влияние многих факторов индивидуального порядка. Господствующая атмосфера общего напряжения захватывает каждого человека в отдельности, тем не менее некоторые люди все же сохраняют способность не терять здравый смысл и прислушиваться к голосу своей совести. В Польше, например, отмечался ряд случаев, когда офицеры не допускали расправы над местными немцами, которых подозревали в принадлежности к пятой колонне. Мужество подобных офицеров заслуживает восхищения: человек, вступающийся за «предателя» в момент величайшего возбуждения толпы, сам рискует оказаться зачисленным в категорию «предателя» и подвергнуться оскорблению, а то и избиению.

Опыт, приобретенный на государственной службе, и чувство долга также играют свою роль: полицейские зачастую защищали конвоируемых ими арестованных от разъяренной толпы, не глядя на трудности и опасности для них са-

мих. Ведь в толпе могли найтись люди, которые могли излить свою ярость на кого угодно.

Подобные люди способны избивать и даже убивать. К поступкам таких людей в обстановке, когда страна находится под угрозой, многие относятся терпимо; некоторые даже восторгаются подобными действиями.

Так было во Франции в мае 1940 года после катастрофы на Севере; предполагали, что мосты через Маас оказались захваченными противником в результате преступной небрежности, иначе говоря, предательства нескольких французских офицеров. О командующем 9-й армией генерале Кпае рассказывали, будто « в критический момент он выехал в роскошную виллу богатейшего промышленника, куда вызвал затем свою любовницу».

Ни у кого нет такой широкой спины, как у козла отпущения.

Многие нормальные явления мирного времени начинают вызывать подозрения в условиях военного времени или в тех случаях, когда над людьми нависает серьезная опасность. «Скрежет шестерен в коробке скоростей автомобиля кажется звуком сирены, а хлопанье двери — разрывом бомбы». Еще более подозрительными кажутся поведение и поступки людей, по отношению к которым заранее сложились предубеждение и некоторая враждебность, особенно, когда за такими людьми наблюдают в обстановке надвигающейся войны. Каждый услышанный выстрел кажется тогда неприятельским, а если самого неприятеля поблизости нет, значит, речь идет о его сообщниках. Впечатление обстрела со всех сторон становится особенно сильным, когда бои идут на улицах города и повсюду свистят пули.

Офицеры и солдаты возбуждены; они ведут беспорядочную

стрельбу, чтобы подавить собственный страх. По существу, они стреляют друг в друга. В начале войны такие случаи имели место и во время боев вне населенных пунктов. Каждый услышанный выстрел кажется новым доказательством того, что где-то по соседству притаился враг из пятой колонны.

В результате подобной обстановки, в ходе вторжения немцев в мае 1940 года наблюдалась невероятная неразбериха, особенно в крупных городах на западе Голландии. Суматица увеличилась под влиянием сообщений о широком использовании противником голландского обмундирования. Узнав о подобной хитрости немцев, некоторые голландские военнослужащие в Гааге сняли все знаки различия со своей форменной одежды в расчете на то, что таким образом можно перехитрить противника. В результате другие военнослужащие, не снявшие знаков, принимали первых за переодетых немцев. Порядок удалось восстановить только на четвертый день войны, когда войска вывели из города.

Для того, чтобы впервые назвать по имени внутреннего врага, достаточно бывает одному человеку выдвинуть обвинение, как все его подхватывают. Такое явление может наблюдаться в небольшой группе людей (кто-то заметил в руках человека немецкую газету. Значит, ее владелец немецкий шпион!). Оно может происходить и в масштабе страны в целом. В адрес военных, гражданских властей люди шлют донесения, написанные под влиянием возбуждения, без достаточной проверки, содержащие частично или полностью ошибочные выводы. В атмосфере общей нервозности такие донесения превращаются в сообщения для печати, коммюнике и военные сводки, что в свою очередь усиливает склонность к поискам новых «преступлений». Как только возникает подозрение, что вода отравлена, сразу же кажется странным ее вкус; это еще боль-

ше усиливает подозрение, и люди начинают верить в то, что вода действительно отравлена.

Общая атмосфера страха способствует появлению все новых и новых доказательств преступной деятельности скрытых врагов. В ходе боев за Роттердам одному немецкому офицеру химической службы показалось, что он слышит в здании занятой немцами школы запах отравляющего вещества. «Другие сразу же начали уверять, что ощущали этот запах еще раньше. Кто-то, подобрав осколки снаряда, немедленно почувствовал, что у него зачесались пальцы — иприт! Слово «газы» вызвало большое смятение, послышалась команда: «Одеть противогазы!». Руки людей, у которых чесались пальцы, забинтовали огромными повязками. Однако тревога оказалась ложной.

В ходе боев в Гааге один высокопоставленный правительственный чиновник подарил солдатам военной охраны сотню сигарет, на которых имелась его личная монограмма. Солдаты охраняли правительственное здание, в котором находились министры, с беспокойством следившие за ходом событий в стране. Через несколько часов группа солдат явилась к этому же чиновнику и заявила, что ими обнаружены отравленные сигареты. Тот сказал: «Хотелось бы на них посмотреть». Тогда ему показали сигареты с его собственной монограммой!

На подобных примерах можно иногда продемонстрировать абсолютную абсурдность некоторых свидетельских показаний. При проведении расследования выясняется, что так называемые «световые сигналы» не что иное, как мерцание свечи, случайное многократное включение и выключение лампочки в какой-нибудь квартире или даже отражение солнечных лучей от стекол приоткрытого окна. Иногда приходили с обыском в дом, где мнимый пулемет оказы-

вался простым флагштоком; «полотнища для сигнализации самолетам» оказывались обыкновенными чехлами для мебели.

Зачастую бывает так, что люди, убедившись в необоснованности одной из улик, далеко не сразу признают подобную же необоснованность и абсурдность других выдвигаемых ими улик.

Очень часто любая мысль о критической проверке той или иной улики сразу же отбрасывается (это особенно относится к гражданским лицам и солдатам, в значительно меньшей мере — к чиновникам юстиции и полицейским). Против приговора, сложившегося у человека по внутреннему убеждению на основе немногочисленных и разрозненных наблюдений, нельзя подать никакой апелляционной жалобы. Иногда невозможна и защита. Более того, все довольны,оправдания, приводимые подозреваемым лицом в качестве доказательств своей невиновности, превращаются в дополнительные улики в интересах обвинения. Достаточно напомнить случай с корреспондентом «Нью-Йорк таймс» во Франции, где его приняли за немца и едва не пристрелили (у него были голубые глаза и светлые волосы). Он пытался рассказать, что награжден орденом «Почетного легиона», и указывал при этом на красную орденскую ленточку, но услышал в ответ, что трудно ожидать такой исключительной наглости даже от немца. Когда он начал показывать выданные ему в штабе генерала Гамелена документы с многочисленными официальными печатями, окружающие стали говорить, что это явно подозрительная личность, поскольку у него слишком уж много всевозможных удостоверений. Задержавшие его люди с большой неохотой отказались от своих беспочвенных утверждений.

В Бельгии, где в мае 1940 года очень боялись парашютистов, молодой турист-немец из Антверпена был подвергнут

допросу французскими офицерами. Немец захватил с собой в дорогу спальный мешок.

«Теперь они его разоблачили! Вот и парашют!» Мешок подвергся тщательному исследованию; прилагались все усилия, чтобы доказать, что это парашют. В какой-то складке или в углу мешка нашли несколько кусочков шоколада. Появилась версия о том, что немецкие парашютисты раздают детям отравленные сладости; офицеры приказали туристу съесть обнаруженный шоколад. Они напряженно следили за парнем, ожидая, что тот с минуты на минуту упадет мертвым. Однако ничего подобного не случилось; юноша с жадностью съел забытые им лакомства. Только после этого его, наградив пинками, отпустили».

Примерно в тот же самый период, в районе севернее Парижа, оказался арестованным военный корреспондент газеты «Фигаро» Морис Ноэль. Высокого роста, белокурый, он ехал на велосипеде через селение, на которое незадолго до этого упало несколько немецких бомб. Вокруг него мгновенно собралась толпа: вот человек, из пятой колонны, подававший сигналы немцам, вот кто является причиной бомбардировки! Сопровождаемый улюлюканиями толпы, он был доставлен в полицейский участок.

Полиция приступила к тщательному обыску, а толпа кричала, что его нужно убить. Полицейские обнаружили у корреспондента коробочку с белым порошком, который он принимал против расстройства желудка.

«Это взрывчатка!» — закричали в толпе. «Глупости! — завопил Ноэль. — Я докажу вам, что это не взрывчатое вещество».

Он чиркнул спичкой, но не успел поднести ее к порошку. На него набросилось десяток мужчин и женщин, делая от-

чаянную попытку спасти полицейский участок от полного уничтожения.

В конечном итоге Ноэлю удалось доказать свою невиновность.

Однако в целом ряде случаев (особенно на фронте и вблизи него) с лицами, заподозренными в принадлежности к пятой колонне, расправлялись довольно быстро.

Истинные мотивы выискивания и преследования воображаемой пятой колонны кроются в области эмоций, этот факт является причиной того, почему преследователи с таким трудом соглашались с предложениями проверить, достаточно ли обоснованны многие выдвигаемые обвинения. Правда, не всегда можно доказать ошибочность выдвинутых обвинений или же дать достаточное обоснование их достоверности. Когда требуется доказать беспочвенность утверждения типа будто «колдунья ничего не весит», достаточно иметь хорошие весы. Однако обвинения, выдвигавшиеся против немецкой военной пятой колонны, были следствием бесконечного и запутанного комплекса фактов и явлений политического, военного, экономического, социального и культурного порядка, доходивших до сознания людей в форме слухов, рассказов, телеграмм, статей и книг.

Получался запутанный клубок внешних и внутренних факторов, взаимодействующих друг с другом и в конечном счете образующих «человеческую историю», в которой нелегко правильно разобраться даже в условиях мирного времени, не говоря уже о военном.

ПРЕДУПРЕЖДЕНИЯ «КРАСНОЙ КАПЕЛЛЫ»

«При расследовании дела «Красной капеллы» мы увидели, что с 1933 года враги засели повсюду», — сказал Гитлер 26 июня 1943 года.

В 1941 году немецкую радиоразведку крайне беспокоила возросшая активность непонятных радиоосетей, явно не принадлежащих ни вермахту, ни СС.

Нигде не зарегистрированные радиостанции наполняли своими морзянками эфир. Пеленгаторные станции фиксировали, что некоторые из них связываются с Москвой.

В немецкой радиоразведке существовал обычай, согласно которому в служебном обиходе подобные подозрительные радиостанции обозначались, как «музыканты», а их группы — «оркестры» или «капеллы».

Так, одну из групп назвали «капеллой цитр», другую — «арденской капеллой»(по дислокации), третью — «красной», поскольку по связям с Москвой был ясен ее «красный характер».

На пеленгацию станции были брошены все силы. Передаваемые тексты записывались и передавались на расшифровку, что оказалось делом сложным.

«Красная капелла» применяла сложнейшую методику шифрования, не поддававшуюся раскрытию лучшими немецкими специалистами.

Прошел год, пока чистая случайность — находка обрывка незашифрованного текста на захваченной гестапо подозрительной вилле в Брюсселе — не помогла напасть на след.

Началась карательная акция...

Всего было арестовано 108 человек. Они были отправлены в печально известный дом 8 по Принц-Альбрехт-штрассе, в котором находилось Главное управление имперской безопасности СС и его четвертое управление, в просторечии — гестапо.

Прокатилась волна казней...

В ставке Гитлера торжествовали — был нанесен удар по «руке Москвы».

На сегодняшний день опубликовано уже немало материалов о деятельности советской разведывательной сети, известной под названием «Красная капелла». Сведения, содержащиеся в этих материалах, довольно часто разноречивы, опираются на недостаточную документальную базу.

Опубликовано значительное количество архивных документов разведки и контрразведки, содержание которых свидетельствует о том, что органы государственной безопасности, несмотря на понесенные потери в годы сталинских репрессий, в предвоенный период выявили планы фашистской Германии о нападении на СССР и своевременно информировали об этом государственно-политическое и военное руководство страны. Такого характера документы поступали от различных подразделений органов государственной безопасности и от многочисленных проверенных источников. Однако И.В.Сталин, зная о неподготовленности Красной Армии и страны в целом к большой войне в 1941 году, раздраженно и болезненно реагировал на поступающую информацию о грядущем нападении Германии на СССР. При оценке предупреждающей информации он с особым недоверием воспринял разведданные, поступающие

из резидентур, в которых основными источниками получения информации были лица немецкой национальности. Общеизвестно его недоверие к материалам Рихарда Зорге.

В документах берлинского звена резидентуры, руководимой Арвидом Харнаком («Корсиканцем»), хранящихся в архиве советской разведки, имеются материалы, на которых сохранились записи Сталина, отражающие его отрицательное отношение к разведданным, добытым ее участниками. Известно, что на одном из таких документов от 16 июня 1941 года с последним предупреждением берлинской резидентуры о том, что Германия полностью подготовилась к нападению на СССР и начала аргессии можно ожидать в любой момент, Сталин, в грубой форме, используя непечатную брань, выразил недоверие к этим данным и к источнику, добывшему информацию.

Появление предлагаемого читателям документа, по всей видимости, имеет непосредственное отношение к указанному факту и объясняется двумя причинами: с одной стороны, посредством подобранных в хронологическом порядке агентурных сообщений берлинской резидентуры, руководство советской разведки пыталось подтвердить обоснованность данных, изложеных в сообщении агента от 16 июня, а с другой стороны — руководство разведки таким образом пыталось обезопасить себя от нежелательных последствий отрицательной реакции Сталина.

Документ был подготовлен 18-19 июня 1941 года и вместе с докладом о нависшей угрозе германского нападения на СССР был передан руководством внешней разведки наркому госбезопасности Меркулову для представления Сталину. Однако, опасаясь отрицательной реакции Сталина, который накануне уже высказал свое отношение к содержанию од-

ного из таких сообщений, Меркулов отказался подписать доклад и направить документ Сталину.

Необходима краткая справка, кто такие «Корсиканец» и «Старшина», о которых говорится в документе.

«КОРСИКАНЕЦ» — Арвид Харнак, доцент Гессенского университета, работавший в министерстве хозяйства Германии, один из ценных агентов советской внешней разведки. В 1940-1941 гг. сообщил обширные данные о военных приготовлениях Германии. 3 сентября 1942 года арестован гестапо. 22 декабря 1942 года казнен по приговору имперского военного суда фашистской Германии после ликвидации отдельных звеньев советской разведывательной сети в Европе, известной на Западе под названием «Красной капеллы». Посмертно награжден орденом Красного Знамени.

«СТАРШИНА» — Шульце-Бойзен Харро, оберлейтенант, сотрудник генерального штаба ВВС. Один из ценных агентов советской внешней разведки. 31 августа 1942 года арестован гестапо. 22 декабря 1942 года Шульце-Бойзен Харро, его жена Либертас и несколько других членов ликвидированных звеньев советской разведывательной сети в Европе по приговору имперского военного суда в Германии были казнены. Причем по распоряжению Гитлера и Кейтеля, в отношении пяти наиболее активных членов «Красной капеллы», в том числе и Шульце-Бойзена Харро, приговор приведен в исполнение через повешение.

Посмертно награжден орденом Красного Знамени.

Календарь сообщений агентов берлинской резидентуры НКГБ СССР «Корсиканца» и «Старшины» о подготовке Германии к войне с СССР за период с 6 сентября 1940 года по 16 июня 1941 года.

06.09.40. «Корсиканец» (со слов генерального директора фирмы «Лейзер» Тициенса). Офицер Верховного командования немецкой армии рассказал Тициенсу, что в начале будущего года Германия начнет войну против Советского Союза. Предварительным шагом к акции будет военная оккупация Румынии, намеченная на ближайшее время.

02.10.40. «Корсиканец». В армии запрещены и изъяты книги русских писателей, даже таких, как Л.Н.Толстой и Ф.М.Достоевский.

Геринг приблизительно две недели назад дал указание о прекращении поставок в СССР и только дней пять тому назад под нажимом фирм, требующих сырье, согласился на более продолжительное время поставок.

07.01.41 «Корсиканец». В кругах, группирующихся вокруг «Херрен клуба», нарастает мнение, что Германия проиграет войну и в связи с этим нужно договориться с Англией и Америкой о том, чтобы повернуть оружие на восток.

«Корсиканец» (со слов «Старшины»). В штабе авиации Германии дано распоряжение, начать в широком масштабе, разведывательные полеты над советской территорией с целью фотосъемки всей пограничной полосы. В сферу разведывательных полетов включается также и Ленинград.

Позиции Геринга все более склоняются к заключению соглашения с Америкой и Англией.

09.01.41. «Корсиканец». Военно-хозяйственный отдел Имперского статистического управления получил от Верховного командования вооруженных сил (ОКВ) распоряжение о составлении карт промышленности СССР.

04.02.41. «Корсиканец» (со слов «Старшины»). Штаб авиации решил начать в марте с.г. балканскую акцию. О решении Гитлера по этому поводу неизвестно. За последние три недели немецкие войска перебрасываются в Болгарию.

06.02.41. «Корсиканец» (со слов сотрудника ОКВ Бляу).

Предстоит немецкое наступление на Балканах, которое уже подготовлено. В связи с балканской акцией отношения между Германией и Советским Союзом обострятся.

01.03.41. «Корсиканец» (со слов сотрудника комитета по 4-летнему плану О.Доннера). 1. Комитет закончил составление расчетов об экономическом эффекте атисоветской акции с отрицательными выводами. По мнению «Корсиканца», распоряжение по разработке расчетов исходит не от военного командования, а от Риббентропа или даже Гитлера. Составление всех расчетов должно быть закончено к 1 мая.

«Корсиканец» (со слов Всегерманской хозяйственной палаты Зольмса). 2. Реальность антисоветских планов серьезно обсуждается в руководящих немецких инстанциях, подтверждением является концентрация германских войск на восточной границе.

Построение и расположение германских войск на советской границе аналогично построению немецкой армии, подготовленной в свое время для вторжения в Голландию.

... 03.41. «Корсиканец» (со слов «Старшины»). 1. Операция германской авиации по аэрофотосъемкам советской территории проводится полным ходом. Немецкие самолеты действуют с аэродромов в Бухаресте, Кенигсберге и из Северной Норвегии — Киокинес. Съемки производятся с высоты 6 000 м. В частности, немцами заснят Кронштадт.

2. Геринг является главной движущей силой в разработке и подготовке войны против Советского Союза.

«Корсиканец» (со слов Цехлина, журналиста, профессора Высшей политической школы в Берлине). 3. Решен вопрос о военном выступлении против Советского Союза весной этого года с расчетом на то, что русские не смогут поджечь при отступлении еще зеленый хлеб, и немцы воспользуются этим урожаем. Цехлину от двух германских генерал-фельдмаршалов известно, что выступление намечено на 1 мая.

... 03.41. «Корсиканец» (со слов Руппа, экономиста химического концерна «И.Г. Фарбениндустри»; со слов Лангелютке, зам. руководителя института по военно-хозяйственной статистике).

1. Военное выступление Германии против СССР является уже решенным вопросом.

2. По мнению германского штаба, Красная Армия будет в состоянии оказывать сопротивление только в течение первых 8 дней, после чего будет разгромлена. Оккупацией Украины, немцы предполагают лишить Советский Союз его основной промышленной базы. Затем немцы продвинутся на восток и отторгнут Кавказ от Советского Союза. Урал, по их расчетам, может быть достигнут в течение 25 дней. Нападение на Советский Союз диктуется соображениями военного преимущества Германии над СССР в настоящее время.

20.03.41. «Корсиканец» (со слов Лангелютке). 1. Работы по вычислению экономической эффективности антисоветской акции продолжаются, особое внимание уделяется вопросу о мощности нефтяных промыслов в Галиции.

«Корсиканец» (со слов Зольмса). В Бельгии помимо окку-

пационных войск находится только одна активная дивизия, что является подтверждением, что военные действия против Британских островов отложены. Немецкие войска концентрируются на востоке и юго-востоке. Подготовка удара против СССР стала очевидной.

Об этом свидетельствует расположение сконцентрированных на границе Советского Союза немецких войск. Немцев очень интересует железная дорога Киев — Одесса, имеющая западноевропейскую колею.

24.03.41. «Корсиканец» (со слов «Старшины»). Германский генеральный штаб авиации ведет интенсивную подготовку против СССР. Составляются планы бомбардировки важнейших объектов.

Разработан план бомбардировки Ленинграда,Выборга, Киева. В штаб авиации регулярно поступают фотоснимки городов и промышленных объектов. Германский авиационный атташе в Москве выясняет расположение советских электростанций, лично объезжает на машине районы расположения электростанций.

2. В генеральном штабе авиации среди офицеров существует мнение, что военное выступление Германии против СССР приурочено на конец апреля или начало мая. «Старшина» при этом считает, что имеется лишь 50 шансов за то,что выступление произойдет, все это вообще может оказаться блефом.

28.03.41. «Старшина» (из наблюдений в штабе авиации). Немецкое командование ведет подготовку клещеобразного удара с юга — из Румынии, с одной стороны, и через Прибалтику, а возможно, через Францию — с другой. Этот маневр будет предпринят с тем, чтобы отрезать Советскую Армию, как это было сделано в свое время во Франции. К

востоку, недалеко от Кракова, сосредоточены крупные авиасоединения, на востоке также создан новый авиационный корпус.

02.04.41. «Корсиканец» (со слов «Старшины» и из документов, прошедших через его руки).

1. Штаб германской авиации полностью разработал и подготовил план нападения на Советский Союз. Авиация концентрирует свой удар на железнодорожные узловые пункты центральной и западной части СССР, электростанции Донецкого бассейна; предприятия авиационной базы под Краковом являются основным исходным пунктом для нападения на СССР. Созданы две армейские группы, которые намечены для операций против СССР.

2. Геринг занимает явный курс на войну против СССР, и для него нежелательны сообщения, указывающие на рискованность и нецелесообразность этой авантюры. Геринг при последней встрече с Антонеску потребовал 20 дивизий для учатия в антисоветской акции. В Румынии немецкие войска сконцентрированы на советской границе.

3. Немцы считают слабым местом обороны СССР наземную службу авиации и поэтому надеются путем интенсивной бомбардировки аэродромов сразу же дезорганизовать ее действия.

Вторым несовершенным звеном обороны считают службу связи авиации Красной Армии в силу тяжеловесности, лишнего радирования и сложности ключей.

«Корсиканец» (со слов Ехлина). 4. Референт Розенберга по СССР Лейббранд заявил Цехлину, что вопрос о вооруженном выступлении против СССР решен. 10 апреля будет опубликовано распоряжение о прекращении частых поставок по

железным дорогам. Антисоветская кампания начнется 15 апреля. Прекращаются транзитные перевозки через СССР германского импорта.

07.04.41. «Корсиканец». Немцы эвакуировали Мемель. Познань и города Силезии объявлены зонами военной опасности первой очереди. Из генерал-губернаторства заканчивается эвакуация женщин и детей.

14.04.41. «Старшина» (со слов Грегора, офицера связи при Геринге). 1. Военная подготовка проводится Германией нарочито заметно в целях демонстрации своего военного могущества. Гитлер является инициатором плана нападения на Советский Союз, считая, что предупредительная война с Союзом необходима ввиду того, чтобы не оказаться перед лицом более сильного противника.

«Старшина» (со слов сотрудника штаба авиации Хольцхаузена, из наблюдения в МИД и других влиятельных кругах Германии).

2. Тотальная война Германии против Англии и США не может быть выиграна и поэтому необходимо заключение мира с ними. Чтобы сделать Англию сговорчивой, необходимо отторгнуть Украину от Советского Союза. Захват Украины принудит Англию пойти на уступки. В случае необходимости возможно заключение мира с Англией, даже ценой принесения в жертву нацизма, а при неудаче в войне с СССР — и самого Гитлера, чтобы «устранить» препятствия к объединению цивилизованного мира потив большевизма.

Япония и Италия якобы не посвящены в эти антисоветские планы.

17.04.41. «Старшина» (из наблюдений в штабе авиации).

1. В связи с успешным продвижением немецких войск в Ливии, африканские победы стоят в центре внимания. Настроение кругов, ратующих за нападение на Советский Союз, несколько утихло, так как они получили новые надежды выиграть войну с Англией. Однако генеральный штаб с прежней интенсивностью проводит подготовительные работы для операций против СССР, выражающиеся в детальном определении объектов бомбардировок.

«В генштабе сухопутной армии часть генералов, по его мнению, являются зачинщиками и приверженцами антисоветской акции. К последним относится также Браухич. Племянник Браухича обер-лейтенант армии сказал, что пора кончить борьбу между народами Европы и надо объединить усилия против Советского Союза. Подобные идеи исходят от Браухича и заимствованы у него его молодым родственником.

24.04.41. «Старшина» (из документов, проходящих через его руки). 1. Немецкая разведка установила, что производство артиллерийской аммуниции в основном сосредоточено в районе Ленинграда.

«Корсиканец» (со слов «Старшины»). 2. В настоящее время генштаб авиации почти полностью прекратил разработку русских объемов и интенсивно ведет продготовку к акции, направленной против Труции, Сирии и Ирака, в первую очередь, против первой.

Акция против СССР, кажется, отодвинута на задний план, в генштаб больше не поступают фотоснимки советской территории, сделанные с немецких самолетов.

30.04.41. «Старшина» (со слов Грегора, офицера связи при Геринге). 1. Вопрос о выступлении Германии против Совет-

ского Союза решен окончательно, и начало его следует ожидать со дня на день. Риббентроп, который до сих пор не являлся сторонником выступления против СССР, зная твердую решимость Гитлера в этом вопросе, занял позицию сторонников нападения на СССР.

«Старшина» (со слов референта по русским делам при внешнеполитическом отделе НСДАП Дейбрандта). 2. Подтверждается сообщение Грегора, что вопрос о выступлении против Советского Союза считается решенным.

«Старшина (из документов). 3. В штабе авиации возросла активность сотрудничества между германским и финским генеральными штабами по разработке оперативных планов против СССР.

4. Румынский, венгерский и болгарский штабы обратились к немцам с просьбой о срочной доставке противотанковой и зенитной артиллерии, необходимой им в случае войны с Советским Союзом.

... О4.41. «Корсиканец». 1. На совещании ответственных референтов министрества хозяйства референт прессы Кроль в докладе заявил: «... От СССР будет потребовано выступление против Англии на стороне «держав оси». В качестве гарантии будет оккупирована Украина, а, возможно, и Прибалтика».

«Старшина». 2. 29 апреля Гитлер в своей речи перед офицерами-выпускниками заявил: «... В ближайшее время произойдут события, которые многим покажутся непонятными. Однако мероприятия, которые мы начнем, являются государственной необходимостью, так как красная чернь поднимает голову над Европой».

09.05.41. «Старшина». Необходимо серьезно предупредить

Москву о всех данных, указывающих на то, что вопрос о нападении на Советский Союз является решенным, выступление намечено на ближайшее время, и немцы этой акцией хотят решить вопрос «фашизм или социализм», и, естественно, подготавливают максимум возможных сил и средств.

1. В штабе германской авиации подготовка операции против СССР проводится самым усиленным темпом. Все данные говорят о том, что выступление намечено на ближайшее время. В разговорах офицеров штаба часто называется дата 20 мая, как дата начала войны. Другие полагают, что выступление намечено на июнь.

Вначале Германия предъявит Советскому Союзу ультиматум с требованием более широкого экспорта в Германию и отказа от коммунистической пропаганды. В качестве гарантии этих требований в промышленные районы и хозяйственные центры и предприятия Украины должны быть посланы немецкие комиссары, а некоторые украинские области должны быть оккупированы немецкой армией.

Предъявлению ультиматума будет предшествовать «война нервов» в целях деморализации Советского Союза. В последнее время подготовку войны с СССР немцы стараются сохранить в полном секрете. Соответствующие меры принимаются в этом направлении и германскими представителями в Москве.

2. Несмотря на ноту Советского правительства, германские самолеты продолжают полеты на советскую сторону с целью авиафотосъемки. Теперь фотографирование происходит с высоты 11 тыс.м, а сами полеты проводятся с большей осторожностью.

3. Недавно Антонеску направил меморандум Гитлеру и Герингу, в котором указывается, что Германии необходимо обеспечить за собой сырьевую и продовольственную базу, каковой является Украина.

11.05.41. «Старшина» (из документов). Флот N1 германской авиации предназначен для действий против СССР в качестве основной единицы. Находится он пока еще на бумаге, за исключением соединений ночных истребителей, противозенитной артиллерии и отрядов, тренирующихся специально в «бреющих полетах».

Однако это не значит, что он не готов к выступлению, так как по плану все налицо — организация подготовлена, самолеты могут быть переброшены в кратчайший срок. До сего времени центром расположения 1-го воздушного флота был Берлин. Сейчас центр перенесен в Кёнигсберг, но место его нахождения тщательно конспирируется. Количество самолетов 1-го флота по планам неизвестно. Известно, что во флоте имеются три эскадрильи истребителей.

14.05.41. «Старшина» (из документов). 1. Планы в отношении Советского Союза откладываются, немецкими руководящими инстанциями принимаются меры для сохранения их последующей разработки в полной тайне.

2. Немецким военным атташе за границей, а также послам дано указание опровергать слухи о военном столкновении между Германией и СССР.

4. В штабе авиации опубликован приказ Верховного командования вооруженными силами, датированный 7 мая. В приказе говорится, что германские стратегические планы и предварительные разведывательные мероприятия стали известны врагу («Старшина» этот приказ связывает с разведы-

вательными полетами немецких самолетов над советской территорией и нотой Советского правительства).

«Корсиканец». 5. В министрестве хозяйства приказ Верховного командования связывается с антисоветскими планами Германии, которые стали известны русским.

«Старшина»». 6. Затормаживание выполнения антисоветских планов Германии в штабе авиации объясняют трудностями и потерями в войне с англичанами на африканском фронте и на море.

Круги авторитетного офицерства считают, что одновременные операции против англичан и против СССР вряд ли возможны.

7. Наряду с этим подготовительные работы против СССР в штабе авиации продолжаются.

09.06.41 «Старшина» (со слов начальника русского отдела штаба авиации Геймана). 1. На следующей неделе напряжение в русском вопросе достигнет наивысшей точки и вопрос о войне окончательно будет решен. Германия предъявит СССР требование о предоставлении немцам хозяйственного руководства на Украине и об использовании советского военного флота против Англии.

«Старшина». 1. Все подготовительные военные мероприятия, составление карт расположения советских аэродромов, сосредоточение на балканских аэропортах германской авиации, должны быть закончены к середине июня.

«Старшина» (со слов майора авиации Гертца). 3. Все начальники аэродромов в генерал-губернаторстве и в Восточной Пруссии получили задание подготовиться к принятию самолетов.

Спешно оборудуется большой аэродром в Инстербурге.

11.06.41. «Старшина». 4. Сформировано будущее административное управление оккупированной территории СССР во главе с Розенбергом. В руководящих кругах германского министерства авиации и в штабе авиации утверждают, что вопрос о нападении на Советской Союз окончательно решен. Главная штаб-квартира Геринга переносится из Берлина предположительно в Румынию. 19 июня Геринг должен выехать на новую штаб-квартиру.

16.06.41. «Старшина». 1. Все военные мероприятия Германии по подготовке вооруженного выступления против СССР полностью закончены и удар можно ожидать в любое время.

«Корсиканец». 2. В военных действиях на стороне Германии участие примет Венгрия. Часть германских самолетов, главным образом истребители, находятся уже на венгерских аэродромах.

Произведено назначение начальников военно-хозяйственных управлений будущих округов оккупированной территории СССР.

Для Кавказа — Вмони, один из руководящих работников НСДАП в Дюссельдорфе; для Киева — Бурант, бывший сотрудник министерства хозяйства; для Москвы — Бургер, руководитель хозяйственной палаты в Штутгарте. Все эти лица выехали в Дрезден, являющийся сборным пунктом. Для общего руководства хозяйственным управлением «оккупированных территорий СССР» назначен Шоттерер, начальник иностранного отдела министерства хозяйства.

Подлежащая оккупации территория должна быть разделена на три части, из которых одной должен заправлять гам-

бургский наместник Кауфман. В министерстве хозяйства рассказывают, что на собрании хозяйственников, назначенных для «оккупированной территории СССР», выступил также Розенберг, который заявил, что «понятие Советский Союз должно быть стерто с географической карты».

Этот документ был подготовлен руководством внешней разведки НГКБ для доклада политическому руководству страны и должен был документально подтвердить выводы о нависшей угрозе военного нападения на СССР со стороны фашистской Германии. Однако нарком госбезопасности В.Меркулов отказался представить его для доклада Сталину.

СУДЬБА «КРАСНОЙ КАПЕЛЛЫ»

Дело N 34118 Дело за N 34118 на Арвида Харнака, которому была присвоена условная кличка «Корсиканец», было заведено в ИНО ОГПУ в 1935 году. Но сначала о своеобразии дел такого рода.

По условиям делопроизводства разведки и в соответствии с принципом конспирации шифротелеграммы, которыми обменивались Центр и резидентуры, хранились в особых делах ограниченное время. Затем они уничтожались. Чтобы не потерять нить и добиться преемственности дел, с шифротелеграмм снимались справки, которые довольно близки к оригиналам, но не являлись их зеркальным отражением. Только оперативные письма, а также копии документов, исполненные во внутриведомственной переписке или направленные высшему руководству страны, сохраняли свой первоначальный вид.

Часть материалов в результате приведения архивных дел в

порядок и при их переоформлении, увы, утеряна. Наконец, оперативные работники разведки, фиксировавшие ее деятельность в документах, меньше всего думали об удобствах будущих историков, часто помещая документы не в хронологичекой последовательности, а по мере их исполнения. Тем не менее архив СВР РФ — это уникальная коллекция.

Что же содержалось в деле за номером 34118? В первую очередь, данные, характеризующие «Корсиканца». Простим авторам документов их служебные «канцеляризмы» и воспроизведем их.

... Арвид Харнак, 1901 года рождения, сын известного ученого, получил высшее образование в Германии и США, доктор юридических наук, руководящий сотрудник министерства экономики. Женат на американке немецкого происхождения Милдред, уроженкой Фиш. Супруга Харнака руководила кружком по изучению трудов Маркса, Ленина, Троцкого, возглавляла колонию американских женщин в Берлине. Доктор филологических наук, она переводила классиков немецкой литературы на американский язык (так в документе).

В 1930 году Харнак примкнул к Союзу работников умственного труда, объединившего широкие круги немецкой интеллигенции, и скоро вошел в состав его правления. Союз был образован по инициативе компартии Германии с целью оказания влияния на круги немецких интеллектуалов и пропагандировать свои взгляды в легальной форме. Союз сохранился и после прихода фашистов к власти. Влияние Харнака в нем усиливалось, что объяснялось его морально-деловыми качествами и умением находить общий язык с самыми разными людьми. В 1932 году Харнак занял пост генерального секретаря созданного при его активном участии Общества по изучению советского планового хозяйства —

АРПЛАН. Председателем АРПЛАНА был профессор Иенского университета Фридрих Ленц, придерживавшийся левых взглядов. После прихода фашистов к власти Ленц эмигрировал в США. Харнак неофициально состоял в компартии Германии, как это было распространено в то время...

В деле отмечается, что еще в начале 30-х годов с Харнаком познакомился советский консул в Кёнигсберге, затем сотрудник посольства в Берлине Александр Гиршфельд. Человек высокообразованный, давний член партии, владевший многими европейскими языками, Гиршфельд был тесно связан с военной разведкой, он рекомендовал Харнака как интересного человека не военным, а Артуру Артузову — главе ИНО, знаменитому автору операции «Трест». В 1935 году прибыл в Берлин в качестве резидента внешней разведки Борис Гордон — опытный партийный работник, участник гражданской войны. Гиршфельд познакомил Гордона с Харнаком. Они быстро нашли общий язык, так как Харнаку были ясны авантюрные планы Гитлера и он счел своим долгом информировать о них Гордона. В своих документах Гордон называл Харнака «Балтийцем» (позднее псевдоним был изменен на «Корсиканца»).

Широкий кругозор Харнака, для которого Гордон был не только интересным собеседником, но и представителем страны, бывшей в глазах Харнака и многих его друзей воплощением будущего, не создавал никаких препятствий для совместной работы. Впрочем, такого вопроса не возникало и для многих из тех в Германии, кто во имя антигитлеровских (совсем не коммунистических!) убеждений шел на тесное сотрудничество с разведками США и Англии. Назову лишь сотрудника немецкого консульства в Швейцарии Ганса Бернда Гизевиуса, ставшего «номером 512» в донесениях Аллена Даллеса или Пауля Тюммеля, доставлявшего ценнейшие сведения британской разведке.

В 1938 году сотрудничество Харнака и Гордона прекратилось: Гордон был отозван в Москву, арестован и приговорен к расстрелу. Вероятно, здесь сыграло роль близкое знакомство Гордона и Артузова. Оказывается, когда Гордона назначили, то Артузов лично просил наркома иностранных дел М.М.Литвинова дать разведчику место в берлинском консульстве. Артузов был расстрелян, вслед за ним — Борис Гордон.

Связь с Харнаком стали осуществлять новые люди — Александр Белкин, затем Николай Агаянц.

По рекомендации разведки Харнак вступил в Союз нацистских юристов. Это подготовило почву для его приема в члены НСДАП.

В глазах нацистов Харнак стал своим человеком и был продвинут по служебной лестнице: назначен государственным советником министерства экономики. На подпись к нему приносили документы, касавшиеся секретных экономических и торговых соглашений Германии с США, Польшей, Прибалтийскими странами, Ираном. В них были закрытые сведения о торгово-валютных операциях за рубежом, финансировании зарубежной партийной и разведывательной агентуры. Эти важные сведения Харнак сообщал своим русским друзьям.

Вокруг «Корсиканца» сложился круг лиц, с которыми он общался чаще, чем с другими. В него входили писатель и драматург Адам Кукхоф и его жена Грета. Грета познакомилась с Харнаками в США, где сама окончила университет как стипендиатка английской секты квакеров. С 30-х годов в число знакомых вошли Харро Шульце-Бойзен и его жена Либертас. Арвид и Милдред Харнаки установили с ними контакт в середине 30-х годов, но долго приглядывались друг

к другу. Более тесное знакомство и деловые связи между ними установились позднее.

В дипломатические круги Берлина, прежде всего посольства США, супругов Харнак ввела дочь посла Додда — Марта, с которой Милдред Харнак была знакома и дружна еще в США.

Но как ни широки были связи «Корсиканца», в марте 1938 года его встречи с советскими собеседниками прекратились: Гордон был расстрелян, Белкина отослали в Испанию, а Агаянц неожиданно скончался. Были уничтожены органами безопасности и четверо сотрудников центрального аппарата разведки, знавших о деятельности «Корсиканца».

... 17 сентября 1940 года в дверь дома N18 по Вёршштрассе в Берлине постучал высокий молодой человек, представившийся удивленному хозяину как Александр Эрдберг. Это был заместитель резидента советской разведки в Берлине, официально считавшийся сотрудником посольства. Александр Михайлович Коротков — человек интереснейший. За его плечами уже были годы нелегальной разведывательной деятельности в Центральной Европе, сложное и тяжелое задание во Франции, работа в Германии в 1936 году под вымышленным именем.

Арвид Харнак долго приглядывался к позднему визитеру.

Чистая немецкая речь Эрдберга с легким австрийским акцентом только сбивала с толку «Корсиканца». Короткову пришлось приложить немало сил, чтобы убедить настороженного собеседника в том, что он именно тот, за кого себя выдает, — представитель Москвы. Начались регулярные встречи.

В 1939-1940 годах советская разведка лихорадочно искала

возможности восстановить свои утраченные позиции — благо, что советско-германский договор от 23 августа 1939 года открывал благоприятные возможности для поездок в «дружественную» Германию.

Резидентура НКВД в Берлине стала восстанавливаться, для чего из архивов были извлечены старые дела. Связи надо было устанавливать заново — снова искать «Корсиканца» и некоторых других давних знакомых, — причем отнюдь не в духе «новой дружбы» с Германией.

Выполнение задач, поставленных Москвой, оказалось делом нелегким. Руководителем резидентуры в Берлине с 5 сентября 1939 года стал Амаяк Кобулов — человек в разведке неопытный, вздорный и кляузный, но имевший высокого покровителя в лице своего брата Богдана, ближайшего сподвижника Берия. О деловых качествах Амаяка в Москве иллюзий не питали: когда он пытался сам встретиться с Харнаком, Центр запретил такие встречи. Зато вторым человеком оказался Александр Коротков, разведчик «божьей милостью». К Короткову Кобулов относился терпимо, видимо, понимая, что без него не обойтись.

В конце октября 1940 года Коротков был вызван в Москву, получив приказание временно заморозить все свои связи. В Москве он пробыл около двух месяцев, где ему было дано задание разобраться в знакомствах Харнака и получить информацию по актуальным проблемам. Задание гласило: выяснить положение и роль оппозиционных сил в стране, получить сведения, обеспечивающие безопасность командированных в Германию советских граждан. Короткову предлагалось проверить и в случае подтверждения детализировать ранее поступившую от «Корсиканца» информацию о военных планах Гитлера в отношении СССР. Выявить, что говорилось в пункте 4 плана, узнать структуру и организа-

цию германского хозяйственного управления в военное время, экономические расчеты рейха в отношении средств ведения войны, особенно в случае ее затяжки и расширения, обеспечение Германии стратегическим сырьем и продовольствием; конкретные планы немцев, в частности, хозяйственных обязательств перед Советским Союзом, лазейки и ухищрения для отсрочки выполнения подписанных договоров и соглашений.

Документ был составлен в духе своего времени. Как нетрудно понять, он обходил вопрос о возможности войны между СССР и Германией в ближайшее время. Говорилось лишь о необходимости выяснить, что будет делать Германия в случае «затяжки и расширения» войны. Затяжки военных действий против Англии или расширения за счет СССР — не уточнялось.

Коротков прочитал десятый пункт задания и потом расписался: «Коротков. 26 декабря 1940г». Выше было напечатано: «Читал, усвоил и принял к исполнению».

В первых числах января 1941 года Коротков снова был в Берлине, а 7 числа того же месяца встретился с «Корсиканцем».

В кругах «Клуба господ», членом которого стал Харнак, складывается мнение, рассказывал «Корсиканец», что Германия проиграет войну. В этой связи немцам необходимо договориться с Англией и Америкой о том, чтобы повернуть оружие на восток. Как сообщил «Корсиканцу» Харро Шульце-Бойзен, служивший в штабе авиации Германии, штабу отдано распоряжение начать в широких масштабах разведывательные полеты над советской территорией с целью фотографирования всей пограничной полосы СССР. В сферу разведывательных полетов включен Ленинград. Геринг распорядился перевести «русский реферат» министрества авиации в так называемую активную часть штаба авиации,

разрабатывающего и подготовливающего военные операции. Таковы были сведения Шульце-Бойзена.

Дело N 34122 Теперь приходит время обратиться к другому делу архива Службы внешней разведки, обозначенному псевдонимом «Старшина» и имевшему номер 34122. Оно было начато в марте 1941 года и закончено в 1948 году.

Этот псевдоним был дан оберлейтенанту Харро Шульце-Бойзену, о котором в числе установочных данных сообщалось: внучатый племянник гросс-адмирала Тирпица, женат на родственнице князя Эйленбурга (в деле ошибочно — Оленбурга) Либертас Хаас-Хейе. Студентом издавал журнал «Дер гегнер» («Противник»), носивший антиправительственный характер. Журнал был закрыт, Шульце-Бойзен арестован на короткое время. Молодой аристократ поддерживал связь с КПГ, однако по рекомендации Харнака (с ним он познакомился в 1935 году) ее прекратил, тем не менее помогая партии в печатании и распространении антифашистской литературы.

Шульце-Бойзен служил референтом в министерстве авиации, затем в штабе ВВС, был вхож в партийные круги НСДАП (читал лекции для высших функционеров), собирая вокруг себя единомышленников. Как отмечалось в деле, Шульце-Бойзен и Харнак были с различными характерами: первый был человеком действий и порой безрассудных, второй — осторожным аналитиком. Харнак даже просил Короткова удерживать Шульце-Бойзена от «неосторожных поступков». В общем, между немецкими антифашистами и московским представителем складывалось равноправное сотрудичество, далекое от «агентурных связей». Не говоря уже о том, что оба не брали ни марки за свою информацию, считая (так написано в документах), что «их риск оправдан, если он способствует грядущему падению фашизма».

Из бесед со «Старшиной» Коротков узнал, что и вокруг Шульце-Бойзена образовался свой круг лиц, которых он притягивал как сильная и яркая личность. Вместе с тем они участвовали в Сопротивлении, вели антинацистскую пропаганду. Среди них выделялся прежде всего Курт Шумахер. Выходец из трудовой семьи, Шумахер был резчиком по дереву, скульптором. Его жена Элизабет — антифашистка по своим убеждениям, член КПГ, была помощником мужу в его борьбе. Мастерская Шумахера сталал убежищем для скрывающихся антифашистов. Так по просьбе «Старшины» Шумахер нелегально переправил некоторых социал-демократов в Швейцарию.

Выполняя указания Центра, Коротков напрямую познакомился с Шульце-Бойзеном, что было воспринято последним с полным пониманием. В апреле 1941 года в резидентуру было отправлено указание об установлении Коротковым прямого контакта и с Адамом Кукхофом. Центр руководствовался теми же соображениями: необходимость непосредственного получения сведений от самих источников информации с тем, чтобы оперативно проверять и анализировать добытые данные. В донесении Центру резидентура сообщала, что «Степанов» (то есть Коротков) выполнил полученное указание. У него сложилось положительное впечатление о Кукхофе (ему был дан псевдоним «Старик»), как об умном и интеллигентном человеке, считавшем себя коммунистом.

Сгруппировавшиеся вокруг Кукхофа интеллектуалы были одной из опор антифашистской деятельности Арвида Харнака и Харро Шульце-Бойзена. В группе насчитывалось около двадцати пяти человек — писателей, артистов, художников, скульпторов, режиссеров. Кукхоф и его друзья, подчеркнул «Корсиканец», проверены годами антифашистского подполья, и это надежные люди. Что касается самого Кукхофа, то в нем «Корсиканец» уверен как ни в ком другом.

О том, как широки и порой неожиданны были интересы и связи Кукхофа, говорит Адольф Гримме. До прихода фашистов к власти он занимал пост министра культов в правительстве Пруссии. По вероисповеданию католик, по политическим взглядам социал-демократ. Фашистский переворот в стране подтолкнул его к сближению с оппозицией. В частности, как узнала советская берлинская резидентура, он поддерживал контакты с Карлом Фридрихом Герделером, будущим идейным руководителем заговора 20 июня 1944 года, напрямую связанным с Вильгельмом Канарисом.

Проникновение в круги немецкой оппозиции, выяснение ее положения и намерений было одной из задач внешней разведки.

Она рассчитывала, что сумеет ее решить с помощью новых связей. Герделер в этих документах в целях конспирации был закодирован как «Голова». О своих планах резидентура доложила в Центр 15 мая 1941 года. Однако руководство внешней разведки посчитало их несколько поспешными.

В дальнейшем, утратив контакт с Москвой, группа «Корсиканца» и «Старшины» установила связь с группами, готовившими заговор против Гитлера. Однако нет данных о том, что «Корсиканец» или «Старшина» координировали свои действия с группой Герделера — Канариса. Достоверно установлено лишь одно: арестованные в конце 1942 года берлинские антифашисты, несмотря на жестокие пытки гестапо, не упомянули имен Гримме и Герделера.

(Безыменский Л. 108 фотографий из архива гестапо. Новое время N18, 1993).

ДОКТОР ЗОРГЕ

Сейчас мы обратимся к жизни и деятельности человека, который верно и до конца выполнил свой долг, но был ложно обвинен, и имя его на многие годы были предано забвению. Сведения о нем были похоронены в пыльных архивных папках.

Послевоенное поколение узнало о прекрасной и горькой судьбе разведчика Зорге, посмотрев в 1964 году фильм французского режиссера Ива Чампе «Кто вы, доктор Зорге?». Это был документ о великом человеке.

Говорят, что этот фильм еще раньше посмотрел Хрущев и узнав, что приведенные факты правдивы, возмутился: «Долго еще будете скрывать героя и таить его подвиг от советского народа?».

В ноябре 1964 года Рихард Зорге был удостоен звания Героя Советского Союза.

В книге Чарльза Уайтона «Величайшие разведчики мира» есть такие слова: «Рихарда Зорге с полным на то основанием называют крупнейшим разведчиком периода Второй мировой войны... Сведения, которые Зорге сообщал Советам в 1941 году, помогли им удержать столицу и, вероятно, сыграли первостепенную роль в победе Красной Армии на берегах Волги».

Рихард Зорге родился в 1895 году в азербайджанской деревне Сабунчи в семье немецкого мастера, а затем владельца нефтяного участка. Мать Рихарда была русской. У Рихарда было безмятежное детство мальчика из хорошей семьи. Затем Зорге уехали в Германию.

В начале Первой мировой войны Зорге добровольцем ушел

на фронт. Там он познакомился с людьми, придерживаю-
щимися социал-демократических взглядов, и связал с ними
свою судьбу. На его склонности повлияло и родство с Фридрихом Зорге — сподвижником К.Маркса и Ф.Энгельса, руководителем 1-го Интернационала.

После демобилизации Зорге учился в университете на фа-
культете социологии и политэкономии. Он создал социал-
демократическую организацию среди студентов.

После этого им была создана КПГ, Зорге вступил в ее ряды, а в
1925 году уехал в Советский Союз. Здесь Рихард женился на Кате
Максимовой. Она была выпускницей Ленинградского института сценического искусства, ее считали способной актрисой.

Но в 1929 году Катя заявила, что хочет пойти на завод в
«рабочую гущу». Работала вначале аппаратчицей, «доросла»
до мастера цеха.

Зорге стал работать в ведомстве Я. Берзина — начальника
разведывательного управления Генерального штаба.

В 1930 году Зорге отправили с заданием в Китай. Он прибыл туда как специальный корреспондент немецкого журнала и представитель некоторых американских газет. Именно
во время этого первого задания с Зорге стал сотрудничать
Макс Клаузен, который собрал своими руками мощный
коротковолновый передатчик и наладил связь с советской
радиостанцией, находившейся во Владивостоке.

Зорге успешно справился со своим первым заданием. Его стали готовить для ответственной работы в Японии. Путь туда лежал через Берлин. Он прибыл в Германию, не меняя фамилии.

Первой крупной удачей было заключение договора с «Франк-

фуртер цайтунг». Это была авторитетная либеральная газета, пользующаяся успехом у интеллигенции, хорошо читаемая за границей. Даже при нацистах она сохраняла свой культурный облик, избегая вульгарности нацистской прессы. В газете сотрудничали многие видные корреспонденты, писатели.

В сентябре 1935 года Зорге прибыл в Японию. Марка немецкого журналиста обеспечивала Рихарду довольно прочное положение, но иностранец в Токио не мог себя чувствовать спокойно.

Зорге сообщал: «Трудность обстановки здесь состоит в том, что вообще не существует безопасности. Ни в какое время дня и ночи вы не гарантированы от полицейского вмешательства. В этом чрезвычайная трудность работы в данной стране, в этом причина того, что эта работа так напрягает и изнуряет».

Перед Рихардом Зорге стояла задача внедриться в немецкие круги. Это прежде всего — германское посольство. В котором Зорге вскоре стал желанным гостем и своим человеком.

Наиболее важным для Зорге оказалось знакомство, а затем и дружба с Эйгеном Оттом — военным атташе. О доверии, которым пользовался Рихард, свидетельствовало следующее сообщение его группы в центр: «Когда Отт получает интересный материал или собирается сам что-нибудь написать, он приглашает Зорге, знакомит его с материалами. Менее важные материалы он по просьбе Зорге передает ему на дом для ознакомления, более важные секретные материалы Зорге читает у него в кабинете».

В 1935 году Отт становится послом. Лучший друг и помощник теперь получил широкий доступ к секретной информации. Иногда Зорге оставался в посольстве на ночь, чтобы писать за Отта доклады берлинскому начальству.

В удивительно короткий срок Зорге создал в Японии разветвленную и хорошо замаскированную разведывательную организацию. Под его руководством работало две группы общей численностью в 35 человек. В нее входили японский журналист и общественный деятель Уодзуми Одзаки, корреспондент французского еженедельника «Ви» Бранко Вукелич, немецкий коммерсант Макс Клаузен, художник Мияги. Основную часть группы Зорге составляли японцы. Все противники войны, старавшиеся помешать милитаристской клике толкнуть страну на губительный путь. Около 1260 источников секретной информации использовал Рихард Зорге, имевший конспиративный псевдоним «Рамзай». Особенно большие возможности имел Одзаки. По воспоминаниям людей, близко его знавших, Одзаки отличался тонким аналитическим умом, высокой культурой и образованностью. Все эти качества в июле 1935 года обеспечили ему пост неофициального советника при премьер-министре принце Коньэ. Коньэ стал важнейшим источником информации.

Бранко Вукелич был близок к французскому посольству, много времени проводил в англо-американских кругах Токио. В 1938 году ему тоже удалось получить «повышение»'. Он становится председателем французского телеграфного агентства «Гавас». В этой квартире на улице Мапай-де была оборудована фотолаборатория, откуда велись передачи на Москву.

Известный к тому времени «официальный» художник Мияги широко использовал свои связи в кругах японского генералитета.

Клаузен по предложению Зорге возглавил фирму «Макс Клаузен и К°», с оборотным капиталом в сто тысяч иен. К услугам этой фирмы, выполнявшей фотокопии чертежей и документов, прибегали представители крупнейших в Японии концернов, государственные учреждения и армия. Все

это не снимало с Клаузена главных обязанностей радиста.

К 1939 году положение Зорге в германском посольстве особенно упрочилось. Эйген Отт предложил ему пост пресс-атташе.

Эта назначение лишало Зорге сотрудничества в газетах. Но на помощь ему пришел полковник Мейзингер, который добился через министерство внутренних дел, чтобы Зорге, помимо работы в посольстве, разрешили продолжать журналистскую деятельность.

7 октября 1938 года Зорге сообщал своему руководителю: «Дорогой товарищ! О нас вы не беспокойтесь. И хотя мы страшно все устали и нанервничались, тем не менее мы дисциплинированные, послушные и решительные, преданные парни, готовые выполнить задачи нашего великого дела». В Токио Зорге вел активную светскую жизнь.

Он, по свидетельству хорошо знавших его лиц, не прочь был выпить, любил женщин. Кэмпэйтай, японская контрразведка, бесстрастно зафисксировала в Японии — это за 8 лет, — что встречался с тремя десятками представительниц прекрасного пола. Начальство его за это журило. Но, может быть, Зорге надевал личину донжуана, выпивохи и рубахи-парня, чтобы надежней прикрыться? Вряд ли человек, имеющий такие слабости, мог бы стать серьезным разведчиком...

В Москву от Зорге шли не только донесения, но и нежные письма к жене.

Октябрь 1936 года: «Моя милая К.!

Пользуюсь возможностью черкнуть тебе несколько строк. Я живу хорошо, и дела мои, дорогая, в порядке.

Если бы не одиночество, то все было бы совсем хорошо.

Теперь там у вас начинается зима, а я знаю, что ты зиму так не любишь, и у тебя, верно, плохое настроение. Но у вас зима по крайней мере внешне красива, а здесь она выражается в дожде и влажном холоде, против чего плохо защищают и квартиры, ведь здесь живут почти под открытым небом.

Когда я печатаю на своей машинке, то слышат почти все соседи. Если это происходит ночью, то собаки начинают лаять, а детишки — плакать. Поэтому я достал себе бесшумную машинку, чтобы не тревожить все увеличивающееся с каждым месяцем детское население по соседству.

Как видишь, обстановка довольно своеобразная. И вообще тут много своеобразия, я с удовольствием рассказал бы тебе.

Над некоторыми вещами мы вместе бы посмеялись, ведь когда это переживаешь вдвоем, все выглядит совершенно иначе, а особенно при воспоминаниях.

Надеюсь, что у тебя будет скоро возможность порадоваться за меня и даже погордиться и убедиться, что «твой» является вполне полезным парнем. А если ты мне чаще и больше будешь писать, я смогу представить, что я к тому же еще и «милый» парень.

Итак, дорогая, пиши, твои письма меня радуют. Всего хорошего.

Люблю и шлю сердечный привет — твой Ика». 1938 год: «Дорогая Катя!

Когда я писал тебе последнее письмо в начале этого года, то был настолько уверен, что мы вместе лето проведем. Между тем уже миновали короткая весна и жаркое, изнуряю-

щее лето, которое очень тяжело переносится, особенно при постоянно напряженной работе. Да еще при такой неудаче, которая у меня была.

Со мной произошел несчастный случай, несколько месяцев после которого я лежал в больнице. Однако теперь уже все в порядке, и я снова работаю по-прежнему.

Правда, красивее я не стал. Прибавилось несколько шрамов, и значительно уменьшилось количество зубов. На смену придут вставные зубы. Все это результат падения с мотоцикла. Так что когда я вернусь домой, то большой красоты ты не увидешь. Я сейчас похожу на ободранного рыцаря-разбойника. Кроме пяти ран от времен войны, у меня куча поломанных костей и шрамов.

Бедная Катя, подумай обо всем этом получше. Хорошо,что я вновь могу над этим шутить, несколько месяцев тому назад я не мог и этого.

Ты ни разу не писала, получила ли мои подарки. Вообще, уже скоро год, как я от тебя ничего не слыхал.

Что ты делаешь? Где теперь работаешь?

Возможно, ты теперь уже крупный директор, который наймет меня к себе на фабрику в крайнем случае мальчиком-рассыльным?

Ну ладно, уж там посмотрим.

Будь здорова, дорогая Катя, самые наилучшие сердечные пожелания.

Не забывай меня, мне ведь и без того достаточно грустно.

Целую крепко и жму руку — твой И». Вскоре после отъезда мужа Екатерина Александровна переехала из подвальчика на Ниже-Кисловском в просторную комнату на четвертом этаже большого дома. Она перевезла туда вещи Рихарда, его книги. Книг было много, только немецкие издания заняли целый шкаф. Зорге не знал, что никогда не увидит своей новой московской квартиры.

«Очень часто я стараюсь представить ее себе, — писал он из своего далека, — но у меня это плохо получается».

Он мечтал о доме и по-прежнему ободрял жену надеждой на скорую встречу. К маленькой посылке, переданной Екатерине Александровне однажды, была приложена записка от людей, которые привезли вещи, но не смогли с ней встретиться: «Товарищ Катя!.. Автоматический карандаш сохраните для мужа».

Он не приехал, не приезжал больше.

«Нам довелось лично познакомиться с мужем старшей сестры, — вспоминает Мария Александровна Максимова, работающая в Госплане Карельской АССР, — но мне всегда казалось, что мы хорошо знаем его. Катя говорила, что он ученый, специалист по Востоку. Она считала мужа настоящим человеком, выдающимся революционером. Мы знали и о том, что он находится на трудной и опасной работе. Между прочим, однажды Рихард рассказал ей о неприятных минутах: проснувшись как-то в гостинице в чужом городе, он вдруг забыл, на каком языке должен говорить. Тут же, конечно, вспомнил, но осталась досада на себя, нервы сдают. Вообще-то, по словам сестры, он был очень спокойным, собранным, уравновешенным человеком. Перед отъездом Катя зашивала ему под подкладку большую пачку денег. «Вот какие большие деньги тебе доверяют», — заметила она. «Мне доверяют гораздо больше, чем деньги», — улыбнулся не без гордости Рихард. Катя ни-

когда не сетовала на одиночество и ни на что не жаловалась...

Что еще сказать о Катюше? Жил человек и, казалось бы, не оставил о себе громкой памяти. Ее жизнь как будто не была так тесно, так значимо сплетена с эпохой, как жизнь Рихарда Зорге. Но и ее судьба, ее радости, печали несли на себе печать времени. Тяжело рассказывать грустную историю этих двух хороших людей. Тяжело говорить о женщине, что в самые мирные дни жила солдаткой. Она писала мужу и оставляла письма у себя, потому что Рихарду можно было передать о ней лишь самые короткие весточки.

«Милый Ика! Я так давно не получала от тебя никаких известий, что я не знаю, что и думать. Я потеряла надежду, что ты вообще существуешь.

Все это время для меня было очень тяжелым, трудным.

Очень трудно и тяжело еще потому, что, повторяю, не знаю, что с тобой и как тебе. Я прихожу к мысли, что вряд ли мы встретимся еще с тобой в жизни. Я не верю больше в это, и я устала от одиночества. Если можешь, ответь мне.

Что тебе сказать о себе? Я здорова. Старею потихоньку.

Много работаю и теряю надежду тебя когда-нибудь увидеть.

Обнимаю тебя крепко, твоя К».

Жена Зорге ничем не выдавала тревоги. Работала, училась.

Когда на заводе ее спрашивали о муже, отвечала: «Работает на оборону». Ее мать, приезжавшая погостить, качала головой: «Несчастная ты, Катя». Дочь улыбалась: «Ничего, мама, все устроится».

«Не печалься, — писал муж, — когда-нибудь я вернусь, и мы нагоним все, что упустили. Это будет так хорошо, что трудно себе представить. Будь здорова, любимая!» И только наедине с подругой — Верой Избицкой — Екатерина Александровна сокрушалась: «Уж и не знаю, замужем я или нет.

Встречи считаешь на дни, а не видимся годы».

Москва получала от Рамзая уникальную информацию. Он сообщил о заключении между Германией и Японией «антикоминтерновского пакта». В сентябре 1940 года Зорге доложил Центру о заключении тройственного пакта о военном союзе между Японией, Германией и Италией. Консолидации антикоммунистических сил свидетельствовали о приближении войны к советским границам.

Подготовка к нападению на СССР велась с немецкой точностью. 1 августа 1940 года генерал Маркс представил генералу Гальдеру первый уточненный вариант плана войны против СССР. В основе его была идея столь любимой немецкими военными «молниеносной войны». К концу августа 1940 года был составлен основной вариант плана войны, получивший название «Барбаросса».

План обсуждался на оперативном совещании с участием Гитлера.

... В конце ноября — начале декабря 1940 года в генеральном штабе сухопутных сил была проведена большая оперативная работа.

И в том же ноябре 1940 года от Рамзая начинает поступать ценнейшая информация.

Справка Разведывательного управления Генерального шта-

ба Красной Армии (РУ ГШКА) о радиограммах «Рамзая « (Рихарда Зорге) из Японии: 1. 18 ноября 1940 года первое сообщение о возможности нападении Германии на СССР.

2. 28 декабря 1940 года. Сообщение о создании на базе г.Лейпцига новой резервной армии вермахта из 40 дивизий.

3. 1 марта 1941 года сообщение о переброске 320 немецких дивизий из Франции к советским границам, где уже находится 80 дивизий.

4. 5 марта 1941 года. Прислана микропленка талеграммы Риббентропа послу Германии в Японии генералу Отту с уведомлением, что Германия начнет войну против СССР в середине июня 1941 года.

С усилением военной напряженности японская полиция усиливает слежку. Работа усложнилась, каждый шаг требовал значительных усилий. Радист был болен сердцем и работал лежа в постели. Но обстановка не позволяла сохранить интенсивность радиообмена с Центром.

1 июня 1941 года Рамзай докладывал: ... Из Берлина послу Отту поступила информация, что нападение на СССР начнется во второй половине июня... Информация получена от немецкого военного дипломата, направляющегося из Берлина в Бангкок...».

Это были сведения, которые могли изменить многое в ходе событий, если бы к ним своевременно прислушались. Но, как известно, Сталин доверял Гитлеру после подписания пакта о ненападении, начисто игнорировал все сигналы, предупреждавшие о готовившейся агрессии. Решение чрезвычайной важности принималось Сталиным практически единолично в узком кругу ближайших соратников, кото-

рые всячески ему старалсь угодить. Начальник разведывательного управления Красной Армии генерал-лейтенант Голиков и Берия, имевший собственную разведку, ради поддержки и обоснования уверенности вождя в том, что нападение Германии последует не ранее середины 1942 года, искажали разведданные, которые противоречили сталинской идее фикс.

На телеграмме Зорге 1 июня 1941 года, сохранившейся в архиве, имеется пометка начальника Разведывательного управления РККА генерал-лейтенанта Ф.И.Голикова следующего содержания: «В перечень сомнительных и дезинф. сообщений Рамзая».

Голиков верил Сталину (что Зорге — агент-двойник).

Берия грозил поставщиков таких «дез» «стереть в лагерной пыли как пособников международных провокаторов, желающих поссорить нас с Германией». Под этой резолюцией Берия на папке с донесениями агентов о готовящейся войне Германии против СССР ставил дату 27 ИЮНЯ 1941 ГОДА.

О том, что Сталин считал Зорге двойным агентом, свидетельствуют и воспоминания маршала Жукова.

Он докладывал Сталину незадолго до начала гитлеровской аргессии свои материалы, и тот заметил: «Один человек передает нам очень важные сведения о замыслах гитлеровского правительства, однако на этот счет у нас имеются некоторые сомнения.

Мы им не доверяем, потому что, по нашим данным, это двойник».

Маршал высказывает вполне оправданное предположение:

«Вероятно, он имел в виду Рихарда Зорге, о котором я узнал только после войны. Его фактически обвинили в том, что он работает и на нас, и на Гитлера...». Сталин полагал, что Зорге работает и на третью — английскую или американскую — разведку.

Известно еще одно высказывание Сталина о Зорге: «Нашелся один наш, который в Японии уже обзавелся заводиками и публичными домами и соизволил сообщить даже дату германского нападения 22 июня. Прикажете ему верить?» Информация «Рамзая» не использовалась. Были вдвое сокращены и без того скромные ассигнования на работу токийской резидентуры. Она отвлекалалсь на выполнение второстепенных заданий, бесконечные уточнения. В конце концов,руководство разведуправления приняло решение отозвать Зорге из Японии. Его информацию генерал Голиков перестал докладывать Сталину.

Зорге считал, что произошла чудовищная ошибка.

Вот что вспоминает Макс Кристиансен-Клаузен: «Ведь мы еще за несколько месяцев до этого (нападения гитлеровской Германии на СССР) сообщали, что у границы Советского Союза сосредоточено по меньшей мере 150 германских дивизий, и что война начнется в середине июня. Я пришел к Рихарду. Мы получили странную радиограмму — ее дословного содержания я уже не помню, — в которой говорилось, что возможность представляется Центру невероятной. Рихард был вне себя. Он вскочил, как всегда, когда сильно волновался, и воскликунл: «Это уж слишком!» Он прекрасно сознавал, какие огромные потери понесет Советский Союз, если своевременно не подготовится к отражению удара».

Рамзай шлет последнее предупреждение: «13 июня. Повторяю, девять армий в составе 150 дивизий начнут наступле-

ние на широком фронте на рассвете 22 июня 1941 года».

22 июня 1941 года фашистская Германия без объявления войны, без предъявления Советскому Союзу каких-либо претензий внезапно обрушила на СССР удар огромной силы. Н.С.Хрущев писал в своих воспоминаниях: «Война началась, но каких-нибудь заявлений правителььсва или лично Сталина не было...

Сейчас я знаю, почему Сталин не выступил. Он, видимо, был совершенно парализован в своих действиях, не смог собраться с мыслями. Потом, после войны, я узнал, что в первые числа войны Сталин был в Кремле.

Берия рассказал следующее. Когда началась война, у Сталина собрались члены Политбюро. Я не знаю, все ли или определенная часть, которая чаще всего собиралась у Сталина. Сталин был совершенно подавлен морально. Он сделал примерно такое заявление: «Началась война, она развивается катастрофически.

Ленин нам оставил пролетарское советское государство, а мы его просрали». Он буквально так и выразился, по словам Берия.

«Я, — говорит, — отказываюсь от руководства». И ушел. Ушел, сел в машину и уехал на ближайшую дачу.

«Мы, — говорит Берия, — остались. Что же дальше? После того, как Сталин так себя повел, прошло какое-то время. Мы посовещались с Молотовым, Кагановичем, Ворошиловым...

Посовещались и решили поехать к Сталину и вернуть его к деятельности с тем, чтобы использовать его имя и его способности в организации обороны страны.

Когда мы стали его убеждать, что страна наша огромная, что мы еще имеем возможность организоваться, мобилизовать промышленность, людей, одним словом, сделать все, чтобы поднять и поставить на ноги народ в борьбе против Гитлера, только тогда Сталин вроде опять немножно пришел в себя. Распределили, кто за что возьмется по организации обороны, промышленности и прочее». Теперь Сталин вынужден был признать правоту Рамзая. И телеграммы, которые он продолжал посылать после 22 июня, немедленно шли в ход.

У Зорге была задача определить позиции Японии на Дальнем Востоке.

Под председательством императора Хирохито 2 июля состоялось секретное заседание тронного совета. Докладывали главнокомандующие армии и флота. Двумя днями позже Зорге узнал о принятых решениях: нападение на Индокитай, сохранение пакта о нейтралитете с СССР, но приведение в готовность достаточного количества войск, чтобы при удобном случае все-таки осуществить нападение. В августе после беседы с германским военно-морским атташе Венеккером Зорге выяснил, что военно-морские силы Японии имеют двухгодичный запас горючего, а войска и промышленность — только на шесть месяцев. О больших сухопутных операциях в данный момент нечего и думать...

Значительная часть этой информации могла бы быть доступной и другому влиятельному корреспонденту. Нужно было не только знать факты, но и уметь их проанализировать, сделать выводы.

В сентябре 1941 года в Токио праздновалась годовщина антикоминтерновского пакта. Накануне вечером японское правительство устроило праздничный прием. Пресс-атташе

германского посольства доктор Зорге присутствовал на этом приеме. На следующий день после обеда он был в числе трех тысяч гостей, собравшихся в самом большом зале Токио «Сибия». Во «Франкфуртер цайтунг» появилась очередная информация о торжествах, а в Москву было направлено тщательно проверенное донесение: «Японское правительство решило не выступать против СССР».

Конец сентября 1941 года.

«Советский Дальний Восток можно считать гарантированным от нападения Японии».

Сообщение Рамзая о том, что Япония не вступит в войну против СССР, сыграло немалую роль в принятии Сталиным решения перебросить свежие, хорошо обученные дивизии с Дальнего Востока и Сибири под Москву.

Эти сообщения шли уже тогда, когда кольцо вокруг разведчика сужалось. Если бы Зорге затаился, ему, может быть, удалось бы уцелеть. Но он жертвовал собой до конца, выполняя долг.

Его арестовали 18 октября 1941 года. Взяли всю группу.

Арест Зорге и его помощников расценивался японской контрразведкой как самая большая удача. Тридцать два сотрудника тайной полиции получили высшие ордена.

Германское посольство было повержено в шоковое состояние.

Особенно сложно было выйти из этого положения Эйгену Отту.

Следствие затянули. На суде Зорге пытался взять всю вину

на себя и доказать, что ни он, ни его друзья не нарушали ни один из законов Японии и не вели против нее подрывной деятельности.

«Я не применял никаких действий, которые могли бы быть наказуемы. Я никогда не прибегал к угрозам или насилию.

Я и моя группа прибыли в Японию вовсе не как враги Японии. К нам никак не относится тот смысл, который вкладывается в обычное понятие «шпион». Лица, ставшие шпионами таких стран, как Англия или Соединенные Штаты, выискивают слабые места Японии с точки зрения политики, экономики или военного дела и направляют против них удары. Мы же, собирая информацию в Японии, исходили отнюдь не из таких замыслов... Центр инструктировал нас в том смысле, что мы своей деятельностью должны отвести возможность войны между Японией и СССР. И я, находясь в Японии и посвятив себя разведывательной деятельности, с начала и до конца твердо придерживался этого указания.

Конечно, я вовсе не думаю, что мирные отношения между Японией и СССР были сохранены на долгие годы только благодаря деятельности нашей группы, но остается фактом, что она способствовала этому». Но судьи руководствовались политическими соображениями и исход процесса был предрешен. Токийский суд приговорил Рихарда Зорге к смертной казни. Однако, смертный приговор привели в исполнение только через 2 года. Чего-то ждали? Возможно, предполагали обменять Рамзая на японских агентов. Но советское посольство в Токио молчало, не было попыток изменить судьбу Зорге, и используя неофициальные каналы.

Берия, ненавидевший талантливого разведчика, подверг допросу его жену, а затем ее отправили в район Красноярска. Там она в 1943 году погибла якобы от несчастного случая.

7 ноября 1944 года Рихард Зорге был казнен в Токийской тюрьме. Его похоронили в общей тюремной могиле. Но японским друзьям после долгих лет хлопот разрешили предать его тело огню. В Токию на кладбище Таме над могилой Зорге — возвышался гранитный камень. На нем высечены слова: «Здесь покоится тот, кто всю свою жизнь отдал борьбе за мир».

В этой же тюрьме, что и Зорге, был казнен его ближайший сподвижник Ходзуми Одзаки.

Остальные члены группы были осуждены на разные сроки тюремного заключения.

Однако выйти на волю удалось только Клаузену. После поражения Японии его освободили американские оккупационные власти.

Когда был вынесен приговор, дни Мияги были уже сочтены: в тюрьме он предпринял попытку самоубийства, остальное довершили палачи, особенно рьяно пытавшие раненого...

Не намного пережил товарища Бранко Вукелич. Его бросили в один из самых страшных японских концлагерей на острове Кокандо. Впоследствии сотрудники разведывательного отделения штаба Макартура, изучавшие японские архивы, писали, что Вукелич «проявил в заключении наибольшую храбрость, потому что, как явствует из заметок прокурора, последний не мог добиться от этого разведчика никакой информации... Он был тверд и потому подвергся страшным мучениям...». Скончался Вукелич в том же концентрационном лагере. Когда он умер, он весил тридцать два килограмма.

Одзаки, как и Зорге, был заключен в камеру смертников.

Его последние письма из тюрьмы Сумаго — один из самых замечательных человеческих документов нашего века.

«Ведь если вдуматься, — писал Одзаки незадолго до казни, — я счастливый человек. Всегда и повсюду я сталкивался с проявлениями людской любви. Оглядываясь на прожитую жизнь, я думаю: ее освещала любовь, которая была как звезды, что сияют сейчас над землей, и дружба, сверкающая среди них звездой первой величины».

ЧЕЛОВЕК, КОТОРОГО НЕ БЫЛО

Ивен Монтегю в период войны служил в разведывательном управлении английского Адмиралтейства. В 1953 году он получил возможность рассказать об одной из секретных операций, проведенных в 1942-1943 годах: «Я, естественно, не мог ни говорить, ни писать об операции «Минсмит», пока слухи о ней и ссылки в немецких военных мемуарах на некоторые документы, составляющие основу операции, не показали, что хранить тайну дальше уже невозможно. Это было признано, и я получил официальное разрешение опубликовать известные мне подробности».

Ложные документы, составлявшие основу операции, хитроумным способом подброшенные гитлеровскому командованию, обеспечили внезапность высадки англо-американских войск в Сицилии и предопределили исход всей борьбы за остров.

Генерал лорд Исмен утверждал: « В самых фантастических мечтах нам не мог пригрезиться успех, которым увенчалась операция «Минсмит». Заставить немцев распылить свои силы и даже отвести боевые корабли из района самой Сицилии —

поразительное достижение! Десантники, высадившиеся в Сицилии, а также их семьи должны быть благодарны тем, кто разработал и осуществил операцию «Минсмит».

На кладбище испанского городка Уэльва похоронен английский гражданин. Умирая на родной земле поздней осенью 1942 года, он не подозревал, что после смерти ему отдадут воинские почести и навсегда оставят под солнечным небом Испании. Не думал он также, что уже мертвым окажет союзным войскам услугу, благодаря которой многие сотни англичан и американцев останутся в живых. Он был скромным гражданином своей страны и при жизни не сделал ничего выдающегося, но после смерти «совершил» то, что удается сделать лишь немногим за всю их трудовую жизнь.

...Все началось с совершенно фантастической идеи Джорджа.

Он и я были членами небольшого межведомственного комитета, который еженедельно собирался для обсуждения вопросов о сохранении в тайне намечаемых военных операций. Мы обменивались сведениями, полученными из различных источников — от наших собственных служб и других органов в Англии, из нейтральных государств, а также из донесений разведчиков, находившихся в неприятельских странах. Располагая, кроме того, самой последней информацией о намерениях союзников, мы должны были предупреждать «утечку» военной тайны и предугадывать действия вражеской разведки. Это нелегкая задача.

Мы понимали: скрыть от противника, что затевается какая-то операция, невозможно. Во-первых, каждому было ясно, что союзники не будут сидеть сложа руки, ведь где-то вторжение должно начаться. Во-вторых, нельзя уберечься от иностранных дипломатов. Они ездят по всей стране, встречаются и разговаривают не только с лицами, посвященны-

ми в наши планы, но и с теми людьми, которые не могут не видеть скопления судов или войск перед отправкой. И какой бы ни была официальная точка зрения, наш комитет не питал иллюзий относительно «нейтральности» отдельных членов дипломатического корпуса. Кроме того, даже проанглийски настроенный дипломат должен делать свое дело — он обязан сообщать своему правительству обо всем происходящем здесь, в Англии. А когда этот доклад попадет в его страну, нет никаких сомнений, что там найдется хотя бы один чиновник или министр, уже подкупленный или по крайней мере идеологически подготовленный к передаче сведений немцам. В-третьих, имеются «нейтральные» бизнесмены и моряки, регулярно совершающие рейсы между Англией и континентом.

Поэтому мы не могли надеяться, что нам удастся скрыть от немцев сам факт подготовки операции. Зато в наших силах было скрыть самое важное — когда и где она начнется.

Сицилия, этот футбольный мяч на носке «итальянского сапога», находится посередине Средиземного моря. Это означало, что, до тех пор, пока мы не завладеем ею, наши конвои в Средиземном море будут нести колоссальные потери, причем даже тогда, когда аэродромы в Северной Африке окончательно перейдут в наши руки. Мы понимали, что, прежде чем начать новую операцию в бассейне Средиземного моря, союзникам предстоит захватить Сицилию. Наш комитет всегда приступал к работе задолго до проведения операции, и мы обсуждали план мероприятий по обеспечению скрытности удара по Сицилии еще до того, как началась «операция Торч».

Мы предвидели трудности. Ведь если нам было ясно, что после Северной Африки на очередь дня встанет Сицилия, то и немцы понимали это. Как же помешать противнику

усилить оборону Сицилии, если он постарается сделать это по тем же стратегическим соображениям, которые заставляют готовиться к захвату острова?

— А что, если достать мертвое тело, — предложил я, — одеть его в форму штабного офицера и снабдить важными документами, из которых следовало бы, что мы собираемся высадиться не в Сицилии, а в другом месте? Нам не придется сбрасывать тело на землю, так как самолет может быть сбит над морем по пути в Африку. Труп вместе с документами прибьет к берегу либо во Франции, либо в Испании, лучше — в Испании: там немцам труднее будет произвести детальный осмотр тела, и в то же время из Испании они непременно получат документы или по крайней мере копии с них.

Возбужденные, мы взвешивали все возможности этого плана.

Предстояло уточнить ряд деталей: в каком состоянии должен быть труп после авиационной катастрофы над морем; что обычно бывает причиной смерти в таких случаях; что может обнаружиться при вскрытии тела; можно ли достать подходящее тело. Вот те вопросы, которые требовали ответа в первую очередь. Если ответы будут удовлетворительными, план заслуживал того, чтобы заняться им вплотную. Никто из нас не сомневался, что испанцы, если только дать им возможность, сыграют предназначенную им роль, и тогда какие перспективы откроются перед нами!

Мы были уверены, что достанем тело, и в то же время прекрасно понимали, какие трудности нас здесь ожидают. Однако мы не представляли себе, как это будет трудно на самом деле.

Честно говоря, к поискам трупа мы приступили без особой охоты, потому что даже в безжалостное время войны не уменьшается естественное чувство уважения к мертвому

человеку. Но у нас это чувство было побеждено мыслью о том, сколько жизней можно спасти, если использовать с задуманной целью тело, которое — мы это знали — в конце концов будет погребено с почестями.

Трудность, с которой мы сразу же столкнулись, заключалась в сохранении тайны. Ведь не могли же мы пойти к родственникам умершего в час их горя и без всяких объяснений просить разрешения забрать останки сына, мужа или брата, которого они оплакивают. А если они потребуют объяснений, что мы им скажем? В романах встречаются такие персонажи, которые готовы отдать тело своего единственного только что умершего родственника, не спрашивая, зачем его берут. Но то в романе, а в жизни?!

Сначала требовалось точно установить, какой труп нам нужен. Если немцы, по нашему замыслу, должны принять его за жертву авиационной катастрофы над морем, то надо найти такое тело, которое не имело бы признаков смерти от других причин.

Мне казалось, что к этому вопросу надо подходить с точки зрения человека, который будет производить вскрытие. Чего может ожидать патологоанатом, вскрывая труп, прибитый к берегу после того, как самолет, на борту которого находился погибший, упал в море?

Я сразу же вспомнил о Бернарде Спилзбери. Это был очень опытный патологоанатом, и, кроме того, я был уверен, что он сохранит доверенную ему тайну. В этом смысле между сэром Бернардом и устрицей нет никакого различия. Спилзбери обладал и еще одним, более редким качеством: я твердо знал, что он не задаст ни одного вопроса, кроме тех, ответы на которые понадобятся ему для решения поставленной перед ним проблемы. Спилзбери просто примет к сведению тот факт, что мы хотим, чтобы плавающее тело было при-

нято за жертву авиационной катастрофы, и не станет интересоваться подробностями.

Я позвонил Спилзбери, и мы договорились встретиться в клубе «Джуниор Карлтон». Там за рюмкой хереса я рассказал ему о своем деле. После минутного размышления он дал мне одно из тех кратких и полных толкований, которые не раз убеждали присяжных и даже судей. Его совет вселил в меня надежду. Если на тело надеть спасательный жилет, мы можем использовать труп человека, который либо утонул, либо умер от почти любой естественной причины. Жертвы авиационной катастрофы над морем умирают от повреждений, полученных во время удара самолета о воду, тонут или погибают просто от отсутствия помощи в море; имеют место и случаи шока. Итак, поле наших поисков сужалось.

Мое мнение о Бернарде Спилзбери полностью оправдалось.

Этот удивительный человек отвечал на вопросы, ни на минуту не давая воли своему любопытству, которое он, должно быть, все-таки испытывал. Он задал мне несколько вопросов, имеющих отношение к патологической проблеме, которую я перед ним поставил, но ни разу не спросил, почему я всем этим интересуюсь.

Теперь нам предстояло навести справки о недавно умерших людях. Мы не могли делать это открыто. При всех условиях нам следовало избегать всего того, что могло вызвать разговоры вроде: «Вы не слышали? Очень странно, такой-то спрашивал на днях такого-то, где можно достать труп». Мы приступили к поискам с чрезвычайной осторожностью. В общем, все это выглядело почти как у Пиранделло — «шесть офицеров в поисках трупа».

Имеется в виду пьеса Луиджи Пиранделло «Шесть персонажей в поисках автора».

Одно время мы уже серьезно подумывали, что нам придется похитить труп на кладбище, но пока у нас оставались другие пути, мы хотели испробовать их. Нам удалось навести кое-какие справки у военных врачей, которым мы могли доверять. Но как только намечалась возможность заполучить труп, оказывалось, что либо родственники не дают согласия, либо нельзя доверять тем людям, которые, пожалуй, отдали бы нам труп своего близкого. Нередко нас не устраивала причина смерти.

Наконец, когда нам осталось только или обратиться в морги или расширить круг лиц, посвященных в тайну (а это, несомненно, вызвало бы всевозможные слухи), мы услышали о человеке, который только что скончался от воспаления легких после длительного пребывания на морозе. В патологическом отношении труп как будто отвечал нашим требованиям. С лихорадочной быстротой мы начали наводить справки о прошлом умершего и его семейном положении. Мы убедились, что родственники сохранят в тайне тот минимум сведений, который придется им сообщить: мы могли сказать, что цель поистине благородная и что останки будут достойно погребены, хотя и под вымышленным именем.

Согласие, за которое мы по сей день чрезвычайно благодарны, было получено при условии, что никто никогда не узнает фамилии умершего. Поэтому я скажу здесь только одно: это было тело человека лет тридцати с небольшим.

Из предосторожности я еще раз посоветовался с Бернардом Спилзбери. Он был вполне удовлетворен: воспаление легких подходило как нельзя лучше, ибо при заболевании в легких скапливается такое же количество жидкости, как и в том случае, если человек умер в морской волне. Патологоанатом, заведомо предполагающий, что перед ним утопленник, вряд ли обнаружит во время вскрытия разницу между

жидкостью в легких (которые уже начали разлагаться) и морской водой. Спилзбери закончил нашу беседу характерным для него уверенным заявлением: — Вам нечего бояться вскрытия в Испании. Обнаружить, что этот молодой человек не утонул, сумеет лишь патологоанатом с моим опытом, а такого в Испании нет.

Мы позаботились о том, чтобы тело хранили в подходящем холодильнике, пока мы не будем готовы использовать его.

Теперь требовалось получить одобрение начальства. Прежде всего, операции следовало дать условное наименование. За исключением названий крупных операций, которые придумывал сам премьер-министр, все наименования брались из списков, составляющихся для различных штабов. Я выяснил, какие названия значились в списке Адмиралтейства. Там я нашел «минсмит» (начинка). В списках оно было восстановлено недавно, после применения его в одной успешной операции. К этому времени мой юмор стал несколько мрачным, и я решил, что это слово подходит.

Итак, операция получила название «Минсмит».

Я подготовил проект боевого приказа командиру подводной лодки, и адмирал Барри одобрил его. По его предположению, лейтенант Джуэлл явился в штаб подводных сил, и мы без помех обсуждали все детали предстоящей операции. После этого я вручил ему боевой приказ, который выглядел следующим образом:

ОПЕРАЦИЯ «МИНСМИТ»

1. Цель Обеспечить доставку портфеля с документами на берег как можно ближе к Уэльве (Испания). Сделать это таким

образом, чтобы создалось впечатление, будто портфель был в самолете, упавшем в море, и его вез офицер из Англии в штаб союзников в Северной Африке.

2. Способ Мертвое тело, одетое в полевую форму майора английской морской пехоты и спасательный жилет, вместе с портфелем и резиновой шлюпкой доставляется к побережью Испании подводной лодкой.

Тело, полностью подготовленное к спуску на воду, будет помещено в воздухонепроницаемый контейнер с надписью: «Обращаться осторожно — оптические инструменты — особая отправка».

Контейнер имеет около 200 сантиметров в длину и около 60 сантиметров в диаметре, без всяких выступов с боков. С одной стороны он закрывается крышкой, которая плотно привинчивается болтами. К ней прикреплен цепочкой гаечный ключ. Как крышка, так и дно, имеют ручки. Контейнер можно поднимать за обе ручки или пользуясь только ручкой на крышке, однако поднимать контейнер за одну ручку нежелательно, так как сталь, из которой сделан, очень тонкая. Общий вес контейнера около 150 килограммов.

Тело в контейнере окружено слоем сухого льда, поэтому контейнер следует открывать на палубе, а не внутри подводной лодки, так как сухой лед выделяет углекислый газ.

3. Место Тело должно быть спущено на

воду так близко к берегу, как только возможно, и как можно ближе к городу Уэльва, предпочтительно северо-западнее устья реки.

По данным гидрографического управления, течения в этом районе идут в основном вдоль побережья, поэтому для спуска тела на воду следует выбрать время, когда ветер дует в направлении берега. В это время года в указанном районе преобладают юго-западные ветры.

Последние сведения относительно приливно-отливных течений в этом районе, полученные от начальника гидрографического управления, прилагаются.

4. Доставка груза.

Груз будет доставлен в порт отхода по суше в любой указанный день, предпочтительно как можно ближе ко дню отплытия.

Портфель будет передан командиру подводной лодки в это же время. Резиновая лодка находится в отдельной упаковке

5. Спуск тела.

Вынув тело из контейнера, цепочку, прикрепленную к ручке портфеля, необходимо закрепить на поясе шинели, в которую одет труп. Эта цепочка точно такая же, какие обычно надевают под шинель на грудь и выпускают свободный конец через рукав. На одном конце цепочки имеется застежка-карабин, позволяющая прикрепить ее к ручке портфеля, на другом — такая же застежка, которая за-

стегивается на груди. Именно этот конец цепочки следует закрепить на поясе шинели, будто офицер, находясь в самолете, снял цепочку из соображений удобства, но все же оставил ее прикрепленной к поясу, чтобы не забыть портфель или не выронить его в самолете.

Затем тело, а также резиновую лодку следует спустить в воду. Поскольку резиновая лодка будет плыть с иной скоростью, чем тело, место спуска лодки относительно тела не имеет большого значения, однако она не должна находиться слишком близко к телу.

6. Осведомленные лица в Гибралтаре. Предприняты шаги с целью сообщить о намеченной операции начальнику гарнизона в Гибралтаре и начальнику разведывательного отдела его штаба. Кроме них, в Гибралтаре об операции никто не осведомлен.

7. Сигналы Если операция пройдет успешно, необходимо донести: «Минсмит окончен». В случае, если донесение будет отправляться из Гибралтара, следует предупредить начальника разведывательного отдела, чтобы он адресовал его начальнику разведывательного управления Адмиралтейства (лично). Если донесение можно будет послать раньше, оно передается в порядке, предусмотренном соответствующими приказами командующего подводными силами.

8. Отмена Если операцию придется отменить, будет дан приказ «Отменить Минсмит». В этом случае тело и контейнер

следует затопить в глубоководном районе. Поскольку контейнер может обладать
положительной плавучестью, его следует
либо чем-нибудь загрузить, либо заполнить водой. В последнем случае необходимо тщательно проследить, чтобы тело
осталось в контейнере. Портфель дожен
быть передан начальнику разведывательного отдела в Гибралтаре с указанием сжечь
его, не вскрывая (если не представится
возможности сделать это раньше). Резиновую лодку передать для уничтожения
начальнику разведывательного отдела.

9. Возможность проведения операции. Если
проведение операции окажется невозможным, необходимо донести, и как можно
скорее, «Минсмит не состоялся».

10. Маскировка До начала операции достаточной маскировкой будет служить над-
пись «Оптические инструменты» на контейнере. После проведения операции экипажу
подводной лодки можно будет сообщить,
что наша цель — разоблачение очень активного немецкого агента в Уэльве и что
благодаря операции будут получены данные, которые заставят испанцев выслать
агента из страны. Одновременно необходимо внушить экипажу, что любая «утечка»
сведений, когда бы она ни произошла,
может лишить нас возможности заставлять
испанцев поступать так, как это нам
выгодно. Члены экипажа не должны впоследствии интересоваться достигнутыми ре-
зультатами, так как операция требует
полного сохранения тайны, иначе испанцы разгадают наш замысел.

Фактически, самое важное заключается в

том, чтобы немцы и испанцы отнеслись к документам так, как это предусмотрено пунктом 1. Если они заподозрят, что документы подложные, то это будет иметь серьезные последствия.

И.Монтегю, капитан-лейтенант.

31.3.43г. Теперь требовалось решить, какой документ положить в портфель, чтобы заставить немцев изменить свои планы и диспозицию войск, и какими убедительными деталями придать документу видимость подлинного. Теперь, вспоминая прошлое, я вижу, что легче было обмануть германское верховное командование, чем убедить английское в успехе «операции Минсмит». К счастью, нашим планом заинтересовался сам Арчибальд Най. Он написал письмо, основываясь на моем проекте, который считал вполне реальным. Прочитав его, я не мог признать, что, хотя отвлекающий объект указывался очень удачно, письмо в целом получилось неубедительным и слишком прямолинейным. Такое письмо могло быть отправлено только официальной почтой, а не передано офицеру, чтобы он отвез его просто в кармане. Сэр Арчибальд принял мой вызов и написал другое, поистине великолепное письмо. На тот случай, если немцы слышали об «операции Хаски» (кодовое название операции по вторжению в Сицилию), он использовал слово «хаски» как кодовое название для операции против Греции, а ложное кодовое название «Бримстен» — для ложной операции против южной Франции. Вот так выглядел проект письма: Телефон: Уайтхолл 9400 Военное министерство, Уайтхолл, Начальник имперского Лондон, ЮЗ 1 23 апреля, 1943 генерального штаба Лично и совершенно секретно Дорогой Алекс, пользуясь случаем, посылаю Вам лично письмо с одним из офицеров Маунтбэттена. Хочу сообщить Вам некоторые подробности недавнего обмена телеграммами относительно операций на средиземноморском театре и сопутствующих им обеспечивающих действий.

Вы можете подумать, что наши решения несколько произвольны, но я спешу убедить вас, что Комитет начальников штабов самым тщательным образом рассмотрел Ваши рекомендации, как и рекомендации Джамбо.

Недавно мы получили информацию, что боши укрепляют свою оборону в Греции и на Крите, и начальник имперского генерального штаба считает, что наши силы для наступления недостаточны. Комитет начальников штабов решил усилить 5-ю дивизию для высадки южнее мыса Киллини и послать такое же подкрепление 56-й дивизии в Каламе. Сейчас мы изыскиваем необходимые силы и транспортные средства.

Джамбо Вильсон предложил Сицилию в качестве отвлекающего объекта для «операции Хаски», но мы уже выбрали ее для той же роли в «операции Бримстен». Комитет начальников штабов очень внимательно пересмотрел этот вопрос и пришел к выводу, что в связи с подготовкой в Алжире и учениями по высадке десанта, которые будут происходить на побережье Туниса, а также массированным использованием авиации в целях нейтрализации сицилийских аэродромов мы должны придерживаться нашего плана, согласно которому Сицилия явится отвлекающим объектом для «операции Бримстен». В самом деле, у нас есть очень хороший шанс заставить бошей поверить, будто мы нацелились на Сицилию, — это очевидный объект, и по поводу его они наверняка неспокойны. С другой стороны, начальники штабов понимают, что нет большой надежды убедить бошей, будто широкая подготовка, ведущаяся в восточной части Средиземного моря, также имеет отношение к Сицилии. По этой причине они сказали Вильсону, что его отвлекающий объект должен быть ближе к фактическому, например, Додеканезыф. Поскольку наши взаимоотношения с Турцией улучшились, итальянцы должны испытывать беспокойство в отношении этих островов.

Думаю, Вы согласитесь с такими аргументами. Я знаю, Вы сейчас очень заняты и едва ли сможет обсудить будущее операции с Эйзенхауэром. Но если Вы намерены поддержать предположение Вильсона, я надеюсь, вы немедленно дадите нам знать об этом, так как мы не можем ждать долго.

Весьма сожалею, что мы не смогли удовлетворить Вашу просьбу относительно нового командира гвардейской бригады. Ваш кандидат тяжело заболел гриппом и придет в форму лишь через несколько недель. Но Вы, видимо, хорошо знаете и Фостера. Он отлично зарекомендовал себя, командуя бригадой здесь, в метрополии, и я думаю, он самый подходящий человек.

Вам, как и нам, наверное, надоела вся эта история с боевыми наградами и «Пурпурными сердцами». Мы все согласны с Вами, что не следует обижать наших американцев, но за этим кроется большее. Если наши солдаты, которые случайно попали на какой-то театр войны, получат лишнюю награду просто потому, что там воюют американцы, мы столкнемся с большим недовольством среди тех войск, которые сражаются где-нибудь в другом месте, и, возможно, с еще большим напряжением. Мне кажется, мы должны поблагодарить американцев за их любезные предложения, но твердо сказать, что это вызовет слишком много недовольства и мы, к сожалению, не можем пойти здесь им навстречу. Впрочем, этот вопрос включен в повестку дня следующего заседания парламентских представителей военных ведомств, и, я надеюсь, Вы скоро узнаете о принятом решении.

Желаю успеха Всегда Ваш Арчи Най Генералу сэру Гарольду Александеру, Штаб 18-й группы армий».

Лучшего нельзя себе и представить. Сэр Арчибальд Най выполнил свою задачу так, как ее мог выполнить только человек, хорошо знающий характер личных взаимоотношений

между высшими офицерами. Походя, дабы немцы не заподозрили обмана, он дал понять, что состоится операция и в восточной части Средиземного моря, с высадкой в Греции, и что мы хотим заставить немцев поверить, будто наш удар в западной части Средиземного моря нацелен на Сицилию (поэтому Сицилия не может быть фактическим объектом).

Готовя документ, названный нами «важным письмом», мы много думали и о «человеке», который повезет его. Ведь контрразведчик в Берлине прежде всего захочет узнать, каким образом письмо попало в Уэльву? Правда, письма такого рода не полагается пересылать по почте. Обычно они доставляются адресату специально выделенным офицером, но тем не менее немецкий контрразведчик непременно спросит: «А его в самом деле вез офицер?

Он был похож на настоящего офицера?».

Мы решили, что тело «поступит» не в армию, а в военно-морские силы. И сразу же перед нами стали новые проблемы.

Не просто было сделать его морским офицером. В то время, как армейский офицер мог отправиться из Лондона в штаб в северную Африку в обычной полевой форме, морской офицер обязан надеть выходную форму, которая шьется по мерке и должна сидеть на офицере безупречно. Значит, необходимо найти закройщика, который снимет мерку с нашего трупа и оденет его! Представив себе столь страшную картину, мы тотчас отказались от этой идеи. Была еще одна возможность оставить «офицера» под контролем Адмиралтейства — «зачислить» его в морскую пехоту. Это облегчало проблему с формой, но создавало ряд других.

Во-первых, если армия в военное время настолько многочисленна, что армейские офицеры не выразят удивления,

услышав о незнакомом офицере своей части, то королевская морская пехота — небольшой корпус, и даже в военное время его офицеры знали друг друга или по крайней мере слышали друг о друге.

Во-вторых, армейские офицеры не имеют при себе удостоверения с фотографией, когда едут за границу, а офицеры морской пехоты непременно берут его с собой. Между тем,родственники умершего не смогли представить нам фотографию, которая бы подходила для удостоверения личности.

Мы довольно долго обсуждали эти проблемы. Все отлично понимали, что малочисленность офицерского состава в морской пехоте грозит нам неприятными последствиями. Допустим, испанцы отошлют тело для похорон в Гибралтар, и тогда опасность разглашения тайны (по сравнению с тем, если бы «погибший» был армейским офицером) возрастет во много раз, тем не менее, учитывая расстояние между Уэльвой и Гибралтаром, мы решили рискнуть. Мы надеялись также справиться с трудностью, возникшей из-за фотографии. Но никто не предполагал, сколько хлопот это будет стоить.Сначала мы попробовали сфотографировать труп.

Полная неудача! Люди часто говорят, критикуя фотографию: «Я здесь похож на покойника!». Такое замечание, возможно, неоправданно, но я хотел бы посмотреть, как вам удастся сфотографировать покойника так, чтобы он выглядел живым! Невозможно описать, каким безнадежно мертвым выглядел этот человек на фотографии.

Начались лихорадочные поиски «двойника» или просто человека, который хоть отдаленно походил бы на нашего офицера.

Нельзя сказать, что у нашего молодого человека была крайне своеобразная внешность, но тем не менее мы никак не могли найти подходящего человека. Целыми днями ходили мы по улицам, невежливо всматривались в лица прохожих.

Наконец, я решил попросить одного молодого офицера из военно-морского разведывательного управления надеть тужурку и позволить нам сфотографировать его. (Не помню уже, какой предлог я придумал для этого). Результат, как и следовало ожидать, получился не очень хороший, но мы единодушно решили, что сходства достаточно, если учесть, какими скверными обычно бывают фотографии такого рода. Однако чувство неудовлетворенности не покидало нас.

Счастье улыбнулось совсем неожиданно: на одном заседании, где обсуждались вопросы, не имеющие отношения к нашей операции, я вдруг увидел напротив себя человека, который мог бы быть близнецом нашего покойника. Мы просто уговорили его сняться, и препятствие с фотографией было преодолено.

Теперь оставалось имя и звание. Я понимал, что младшему офицеру вряд ли доверят такое письмо, но сделать его офицером очень высокого ранга мы не могли по нескольким причинам. Самая главная из них — человек был слишком молод, чтобы достичь высокого звания, если только он не обладал выдающимися способностями. Но тогда его коллеги-офицеры наверняка слышали бы о нем, поэтому я решил сделать его капитаном с временным званием майора. Затем я сел за списки личного состава военно-морских сил. Я тщательно изучил все списки офицеров морской пехоты и нашел сравнительно небольшую группу капитанов и майоров, носящих фамилию Мартин. Мне казалось, что наличие такой группы людей — преимущество. Смерть «майора Мартина» вызовет разговоры в какой-нибудь кают-компа-

нии; знают всех Мартинов в морской пехоте. Возможно, это ничего не давало — в конце концов, все эти Мартины могли быть братьями, — но мы проявили дополнительную предосторожность на случай риска. А риск в выборе имени, разумеется, был. К фамилии я добавил обычное имя Уильям, и наш покойник, с ведома командующего морской пехоты, который зачислил его в спики офицеров корпуса, стал капитаном с временным званием майора Уильямом Мартином из королевской морской пехоты. И, наконец, я принял необходимые меры предосторожности на случай, если в штат командующего морской пехотой поступят какие-нибудь запросы.

Я достал незаполненное удостоверение личности и долго тер его о свои брюки, чтобы придать ему тот вид, который обычно бывает у старых документов, даже если их носят в бумажнике.

Мне это неплохо удавалось, но я был обеспокоен длительностью процесса «искусственного постарения». Вдруг у меня блеснула мысль: майор Мартин недавно потерял свое удостоверение и получил дубликат. Я достал новый бланк, наклеил на него фотографию двойника, заполнил все графы и расписался. Соответствующее официальное лицо подписало, что это удостоверение выдано 2 февраля 1943 года взамен утерянного N 09650. 09650 — номер моего собственного удостоверения. Это должно было уменьшить осложнения, если поступят какие-нибудь запросы. Потом я приложил к удостоверению соответствующие печати и штампы.

Теперь нужно было снабдить майора Мартина форменной одеждой.

Один из нас, мужчина примерно такого же роста и сложения, как наш майор, достал подходящую полевую форму,

и мы украсили ее нашивками морской пехоты, значком «коммандос» и майорской короной. Нашлась и старая шинель, к которой мы прикрепили такие же знаки различия, предварительно продырявив погоны в трех местах, чтобы указать на недавнее капитанское звание их владельца. Мы достали ботинки и обметки, а также верхнюю рубашку и белье. Оно не было новым, и метки разных прачечных мы спороли, а потом отдали все в одну прачечную, чтобы на белье поставили одинаковые метки.

Рубашку мы приобрели в военном магазине и помятый чек сунули в карман шинели. Вот здесь мы допустили по-настоящему серьезный ляпсус. Офицер, который по нашей просьбе покупал эту рубашку, не служил на флоте и поступил с точки зрения кадрового моряка совершенно непонятно — заплатил наличными. Впрочем, ему было трудно поступить иначе, так как Билл Мартин не имел своего счета в этом магазине. Мы не обратили никакого внимания на данное обстоятельство, и только когда тело уже было в Испании, меня внезапно осенило, что ни один флотский офицер, а тем более тот, у кого настойчиво требовали уплаты долга, никогда не заплатил бы наличными! Но я утешал себя мыслью, что обмануть-то нам надо немцев. А они не могли знать, как охотно шла эта многострадальная фирма на уступки офицерам. Но все же мы допустили ошибку, и здесь нам изменило чутье.

Итак, тело «человека, которого не было», стало телом майора Мартина из морской пехоты. И нашедший тело получит достаточно сведений о том, кем был этот человек и почему он очутился там, где его нашли. Но пока это было тело только офицера. Нам еще предстояло снабдить майора личными вещами и наделить человеческим характером.

Мы постоянно говорили о майоре Мартине, и это выглядело так, будто мы перемывали косточки другу за его спи-

ной. По правде говоря, нам порой действительно казалось, что Мартин существует и мы его давно знаем. Тем не менее, мы стремились сделать его характер и наклонности такими, какие удовлетворяли бы нашим целям.

Но как сделать его по-настоящему живым человеком?

В нашем распоряжении был только один способ — положить в карманы Мартина письма, из которых можно будет узнать некоторые подробности его личной жизни. С другой стороны, остановите на улице любого прохожего и осмотрите его карманы — в них вряд ли найдутся письма о сколько-нибудь серьезных вещах.

Рассматривая проблему с этой точки зрения, мы пришли к заключению, что человек хранит письма при себе, дающие яркое представление о его облике, только после обручения, когда он строит планы будущей семейной жизни. Поэтому мы решили обручить Билла перед его отъездом в Африку.

Итак, в конце марта майор Мартин познакомился с хорошенькой девушкой по имени Пэм и почти сразу обручилося с ней. (Ох, уж эти романы военного времени!). Она подарила ему свою фотографию (любительскую, разумеется), а он ей — обручальное кольцо. У него было два письма от нее — одно, написанное во время загородной поездки, а другое — в конторе (когда хозяин вышел по делам), чрезвычайно взволнованное: жених намекнул ей, что его посылают куда-то за границу. У него имелся также счет за обручальное кольцо (неоплаченный, конечно, ведь его кредит в банке исчерпан). И, наконец, отец майора со старомодными взглядами на жизнь не одобряет свадьбы военного времени и настаивает, чтобы его сын незамедлительно составил завещание, если уж он окончательно решился на такой глупый и неосмотрительный шаг.

Теперь, когда все документы были готовы, требовалось найти «героиню».

Прежде всего, нам нужна была фотография Пэм — невесты майора Мартина. Мы попросили наиболее привлекательных девушек из различных отделов Адмиралтейства одолжить нам свои фотографии якобы для проведения опознания одной женщины. Это делают, смешав большое количество фотографий совершенно невиновных людей с двумя или тремя фотографиями подозреваемого лица, чтобы свидетель мог выбрать из них фото того человека, о котором идет речь. Девушки дали нам по нескольку фотографий, и мы собрали довольно солидную коллекцию. Из нее мы выбрали одну, а остальные через неделю вернули. Девушка — владелица фотографии — имела доступ к совершенно секретным документам, и мы могли сказать ей, что хотим использовать ее фотографию в качестве снимка вымышленной невесты в одной операции, которую мы проводим. Она дала согласие. Теперь встал вопрос о письмах.

Никто из нас не горел желанием написать любовные письма — в конце концов, мы не имели женской точки зрения на любовь. Просить же знакомую женщину написать первосортную «песню любви» — дело щепетильное. Поэтому мы попросили девушку, работавшую в одном из наших учреждений, уговорить кого-нибудь из своих приятельниц сделать это. Она согласилась, но так и не назвала нам имя той, которая написала два великолепных письма Мартину. Я решил, что первое письмо будет написано на почтовой бумаге моего шурина, ибо, на мой взгляд, ни один немец не устоит перед чисто английским адресом, который там стоял: «Мэннор-Хаус, Огборн-Сент-Джордж, Мальборо, Уилтшир». Вот это письмо, датированное воскресеньем 18 апреля: Мэннор-Хаус, Огборн-Сент-Джордж, Мальборо, Уилтшир.

Тел: Огборн-Сент-Джордж, 242 Воскресенье, 18-е.

Мне кажется, дорогой, провожать на вокзал таких людей, как ты — одно из самых скверных занятий. Отходящий поезд оставляет такую пустоту в душе, что безнадежно пытаться заполнить ее всеми теми вещами, которые доставляли удовольствие пять недель назад. Этот чудесный золотой день, который мы провели вместе!

О, я знаю, это уже говорилось раньше, но если бы время могло иногда остановиться на мгновение!.. Но не надо, возьми себя в руки, Пэм, и не будь глупышкой.

Мне стало немного легче от твоего письма, но я задеру нос, если ты не перестанешь так говорить обо мне. Я ведь совсем не такая и боюсь, что ты сам скоро увидишь. Вот я приехала сюда на воскресенье, в это благословенное место. И мама, и Джейн очень милы, они все понимают, а я не могу выразить словами, как мне тоскливо. И я жду понедельника, чтобы вернуться к своей работе и немного забыться. Какая идиотская потеря времени!

Билл, милый, напиши мне, как только ты устроишься и твои планы станут более определенными. И, пожалуйста, не дай им отправить тебя куда-то в голубые просторы, как это принято называть теперь, теперь, когда мы нашли друг друга в этом большом мире. Мне кажется, я не вынесу этого...

Люблю тебя всем сердцем.

Пэм.

Второе письмо она написала на простой канцелярской бумаге. Сначала почерк был довольно четким, потом внезапно сменился торопливыми каракулями: вернулся начальник,

надо заканчивать(!). Вот это письмо: Контора, Среда, 21-е.

Ищейка покинула свою контору на полчаса, и вот я снова пишу тебе всякую ерунду. Я получила твое письмо сегодня утром, когда выбегала из дому, — опаздывая, как всегда. Какое божественное письмо. Но почему такие мрачные намеки относительно того, что тебя могут куда-то отправить?! Конечно, я сохраню все в тайне — я ни с кем не делюсь тем, что ты мне рассказываешь. Тебя посылают за границу, да? Я этого не хочу.

Не хочу, передай им это от меня. Милый, почему так случилось, что мы встретились во время войны? Как все нелепо. Если бы война кончилась, мы уже были бы почти женаты и ходили бы вместе по магазинам, выбирая занавески и т.п. И я бы не сидела в этой мрачной конторе и не печатала бы целый день идиотские протоколы. Я знаю, это бесполезная работа, которая ни на минуту не приближает окончания войны...

Милый Билл, мне так нравится мое кольцо — это скандальное расточительство, хотя, ты знаешь, я обожаю бриллианты, — я просто не могу оторвать от него глаз.

Сегодня иду на какую-то скучную танцульку с Джеком и Хейз. Мне кажется, они пригласили еще какого-то мужчину. Ты знаешь, какими всегда оказываются их друзья. У него обязательно будет торчать кадык и блестеть лысая макушка. Неблагодарно с моей стороны говорить так, но не в этом дело — ты ведь знаешь, да?

Послушай, милый, я свободна в следующее воскресенье и в понедельник, на Пасху. Я, конечно, поеду к своим. Пожалуйста, приезжай тоже, если сможешь. А если не сможешь уехать из Лондона, я приеду к тебе, и мы отлично проведем вечер. (Да, кстати, тетя Мэриэн велела привести тебя к обеду в следующий раз, когда я у нее буду, но это можно отложить, правда?).

Идет ищейка. Куча любви и поцелуй.

Пэм.

Мы считали, что нам повезло с любовными письмами.

Теперь мы должны были приступить к наименее приятной части подготовки операции — приготовить тело к его миссии.

Эта работа не вызывала у нас энтузиазма. Хотя мы знали, какую большую службу сослужит стране наш майор (в этом мы не сомневались), нам было неприятно нарушать его покой.

Мартин стал для нас по-настоящему живым человеком. Мы знали его так, как знают только близких друзей. В конце концов, не каждому дают читать столь нежные письма от своей возлюбленной и интимные письма от отца. Нам казалось, будто мы знаем Билла Мартина с детства и теперь принимаем личное участие в развитии его романа с Пэм и во всех его финансовых неприятностях. Мы могли смело утверждать, что знаем его лучше, чем большинство отцов знают своих сыновей. Создавая живого Мартина, мы изучали его мысль и старались предвидеть реакцию майора на любое событие, которое «может» произойти в его жизни.

Так что перспектива посещения холодильника, где лежал труп, не доставляла нам никакого удовольствия. Между тем, Джорджу и не пришлось посетить это место трижды. В первый раз мы нарушили покой нашего майора для того, чтобы попытаться сфотографировать его и заодно выяснить, каких размеров одежда и обувь ему потребуется. Потом мы сочли необходимым нанести Мартину второй визит: надо было одеть его в дорогу. Полностью одеть труп, начиная с белья, нелегко (мы убедились в этом еще когда фотографировали его), однако с одеванием мы справились довольно быстро. Но

ботинки! Попробуйте надеть их на покойника — и вы поймете наше затруднение. Это было серьезное препятствие, и мы потратили немало времени, пока переодели его.

Наш третий визит состоялся в субботу, 17 апреля 1943 года, в 6 часов вечера. Мы отправились к майору Мартину, чтобы сделать последние приготовления к путешествию. Сначала мы разложили по его карманам личные письма, бумажник с пропусками и все остальное, что должно было находиться при нем. Потом мы добавили небольшую денежную сумму, какую мужчина обычно имеет при себе. Окончательный список предметов, которые мы «вручили» майору Мартину, оказался довольно внушительным: Два личных знака («Майор У.Мартин, королевская морская пехота», «Р/К»), прикрепленные к подтяжкам.

Серебряный крестик на серебряной цепочке на шее.

Наручные часы, бумажник.

В бумажнике имелись: Фотография «невесты».

Книжечка с почтовыми марками (две использованные).

Два письма от «невесты».

Значок с изображением святого Христофора.

Пригласительный билет в «Кабаре-клуб».

Пропуск в штаб морских десантных операций.

Удостоверение личности (пропуск и удостоверение в целлофановой обертке).

Одна пятифунтовая ассигнация.

Три однофунтовые ассигнации.

Одна монета в полкроны.

Две монеты по шиллингу.

Две монеты по 6 пенсов.

Четыре монеты по 1 пенсу.

Письмо от «отца».

Копия письма «отца» фирме «Мак-Кена и К°» Письмо из «Ллойдс Банка».

Счет (оплаченный) из Военно-морского клуба.

Счет (опалченный наличными) из военного магазина.

Счет за обручальное кольцо (неоплаченный).

Два автобусных билета.

Два билета без корешков в теарт принца Уэльского, датированных 22 апреля 1943 года.

Коробок спичек.

Пачка сигарет.

Связка ключей (в том числе ключ от портфеля).

Карандаш.

Письмо от фирмы «Мак-Кена и К°» Разложив перечисленные выше предметы по карманам майора Мартина и прикрепив портфель, мы завернули тело в одеяло, чтобы уберечь его от повреждений во время путешествия. Еще раньше мы поставили контейнер вертикально и наполнили его сухим льдом.

Когда лед испарился, мы снова наполнили контейнер льдом и снова дали ему испариться. Затем мы подняли тело майора Мартина, бережно опустили его в контейнер, теперь наполненный двуокисью углерода, и обложили кусками сухого льда. Наконец, мы закрыли крышку и завинтили болты. Майор Мартин был готов отправиться на войну.

Первое сообщение, полученное 30 апреля по заранее подготовленной системе связи, гласило: Лично и совершенно секретно От командира подводной лодки «Сераф» 30 апреля 1943 Начальнику разведывательного управления военно-морского штаба. Копия капитан лейтенанту И.Монтегю, лично.

ОПЕРАЦИЯ «МИНСМИТ»

1. Погода. Ветер переменный — юго-западный до юго-восточного, силой 2 балла; волнение — 2 балла; небо затянуто низкими облаками; видимость — от 1 до 2 миль; барометр 1016.

2. Рыбачьи лодки. В заливе оказалось много небольших рыбачьих лодок. Ближайшая находилась слева на расстоянии примерно одной мили. Нет оснований считать, что подводная лодка была замечена.

3. Операция. Время 04.30 было выбрано по двум причинам.

Во-первых, оно ближе всего ко времени полного отлива (О7.31), и во-вторых, в этом случае подводная лодка успевала уйти из прибрежного района до наступления светлого времени. Контейнер открыли в О4.15, тело было извлечено, одеяло снято; портфель оказался надежно прикрепленным, спасательный жилет — надутым.

Тело опустили в воду, ровно в О4.3О, примерно в 8 кабельтовых от побережья, оно поплыло по направлению к берегу. Резиновую лодку спустили на воду в надутом состоянии, вверх дном, примерно на полмили южнее. Затем, подводная лодка отошла мористее, и за борт был выброшен наполненный водой контейнер с одеялом внутри. Контейнер сначала не погружался, но, после того как его прострелили из винтовки и пистолетов с очень близкого расстояния, затонул. Место затопления контейнера — 37° сев.широты, 7° зап. долготы; глубина моря согласно измерениям — 564 метра. Донесение о завершении операции было передано в 07.15.

Проба воды, взятая близ побережья, прилагается.

Лейтенант Н.А.Джуэлл.

3 мая мы получили донесение от нашего военно-морского атташе в Мадриде. В нем говорилось, что, по сообщению вице-консула из Уэльвы, 30 апреля недалеко от берега рыбаки подобрали тело майора морской пехоты Мартина. Тело было передано вице-консулу и погребено с отданием всех воинских почестей на следующий же день на кладбище в Уэльве, причем на похоронах присутствовали испанские военные и гражданские власти. В донесении не упоминалось ни о портфеле, ни о каких-либо официальных бумагах.

Мы не сомневались в успехе, но тем не менее ждали окончательной проверки. А для этого нужны были документы майора Мартина. Наконец, документы прибыли в Лондон и были немедленно переданы на экспертизу. Перед отправкой тела в Испанию мы приняли некоторые меры предосторожности, они-то и помогли нам теперь определить, вскрывались конверты или нет. Результаты экспертизы неопровержимо доказывали, что письма, по крайней мере два из трех, вынимались из конвертов, хотя сургучные печати выглядели нетронутыми.

Когда мы прибавили этот факт к сообщениям, полученным из Уэльвы и от военно-морского атташе, мы были вполне удовлетворены. Итак, испанцы познакомились с содержанием писем. Мы могли быть твердо уверены, что они передали полученные сведения немцам. Оставалось положиться на немцев, а они, безусловно, сумеют извлечь все выгоды из сложившейся ситуации. Мы надеялись, что наша вера в

немецкую разведку, действующую в Испании, не будет подорвана. Теперь свою роль должен был сыграть Берлин.

Как мы и ожидали, немцы сразу поняли чрезвычайную важность наших документов для своего главного штаба и не теряли времени. Примерно в начале первой недели мая их агент в Мадриде сообщил в Берлин содержание документов и обстоятельства, при которых они были обнаружены. (В одном, более позднем документе мы нашли ссылку на тот факт, что соображения немецкой разведки по поводу планов союзников были переданы немецкому командованию 9 мая, то есть до получения Берлином фотокопий писем).

Ранним утром 10 июля наши войска высадились в Сицилии. Но немцы не могли поверить, что это подлинная атака (и что, следовательно, документы майора Мартина подложные). Германское верховное командование приказало создать специальный пост на берегах Гибралтара для наблюдения за конвоями, которые будут, по его предположению, следовать к Корсике и Сардинии. Немцы все еще думали, что высадка в Сицилии (хотя и не с той стороны острова, где они ожидали) — диверсия, предпринятая с целью отвлечь внимание от направления главного удара.

Однако 12 июля уверенность немцев в подлинности документов майора Мартина начала слабеть; вторжение в Сицилию продолжалось уже два дня и совсем не походило на отвлекающий маневр.

В западной части Средиземного моря мы добились усиления оборонительных сооружений и войск на Корсике и Сардинии за счет Сицилии. Наряду с этим, оборонительные средства на Сицилии в значительной степени были отвлечены с тех участков побережья острова, где союзники фактически высадились. Мы заставили немцев отправить торпедные катера с Сицилии в Эгейское море и тем самым пробили брешь в их обороне.

Все это подтверждается документами того времени, и, на мой взгляд, я справедливо могу считать, что дивиденты от «операции Минсмит» оказались поистине колоссальными — значительно большими, чем мы могли надеяться при всем нашем оптимизме. А сколько жизней англичан и американцев спас «человек, которого не было», и какое влияние на ход войны оказали приключения майора Мартина, пусть определяют другие.

(Монтегю И. Человек, которого не было. М., 1956).

ШВЕДСКИЙ ДИПЛОМАТ – ЖЕРТВА СМЕРШа

Жизнь и смерть Рауля Валленберга были загадочны.

Согласно советским документам, он был арестован сотрудниками СМЕРШ и умер 17 июля 1947 года в Лубянской тюрьме.

Однако многие выражали сомнение в правдивости этих документов, как и в том, что Валленберг вообще умер...

ЭНЦИКЛОПЕДИЯ ПРЕСТУПЛЕНИЙ И КАТАСТРОФ

Раулем мать назвала сына в честь безвременно скончавшегося отца.

Весной 1912 года в стокгольмской больнице умер тяжело больной 23-летний офицер шведского королевского флота Рауль Оскар Валленберг. Он был близкий родственник Якоба и Маркуса Валленбергов — шведских Рокфеллеров. Семья Валленберг и сегодня одна из богатейших семей Швеции.

У молодого флотского лейтенанта Валленберга был рак.

Рауль Оскар Валленберг не увидел сына. Он скончался за три месяца до его рождения. В воскресенье 4 августа 1912 года Рауль Густав Валленберг появился на свет.

Когда ему исполнилось 6 лет, мать снова вышла замуж. Отчимом Рауля стал Фредерик фон Дардель, директор Каролинской клиники. Вскоре у него появилась сестра Нина и брат Ги. Рауль фактически оказался единственным наследником династии Валленбергов. Особой заботой мальчика окружил его дед Густав Валленберг, известный дипломат, посол Швеции в Китае, Японии и Турции. В 1937 году Густав Валленберг скоропостижно скончался в Стамбуле.

Рауль закончил гимназию в Стокгольме, служил в армии, а затем отправился путешествовать по свету. Дед хотел сделать из него самостоятельного человека. После посещения Парижа Рауль отправился изучать архитектуру в Америку, в небольшой городок в штате Мичиган. Таково было желание деда. «Мой внук не будет учиться в университете для снобов,» — сказал тогда старый Густав. Рауль согласился с ним.

Диплом о высшем образовании он получил в 1935 году.

После учебы — это был период экономической депрессии — Рауль безуспешно пытался найти работу в Швеции. Наконец ему удалось устроиться в одну торговую фирму, которая направила его своим представителем в Южную Африку. Но эта работа пришлась молодому человеку не по вкусу. Как истый Валленберг, он не мог терпеть одного — неудачи. Когда старый Густав пригласил его в Ниццу, где отдыхал, Рауль с радостью согласился. По просьбе деда молодого Валленберга взял к себе друг семьи, еврей из Голландии, владелец банка в Хайфе (тогда богатый порт Средиземного моря). В Хайфе Рауль впервые столкнулся с еврейским вопросом...

В начале 1941 года фашисты оккупировали одну за одной европейские страны. В Стокгольме Рауль Валленберг познакомился с торговцем из Венгрии Кальманом Лауэром, совладельцем «Среднеевропейского торгово-акционерного общества». Тому пришлось забросить свои дела в Венгрии, ибо по национальности Лауэр был еврей. Рауль помог другу, стал вместо него ездить в Венгрию, во Францию, Швейцарию...

«Будапештская одиссея» Рауля Валленберга началась 9 июля 1944 года.

«Валленберг, — вспоминает Пер Ангер, — прибыл в шведскую миссию с необычным для дипломата багажом: два рюкзака, спальный мешок, плащ и револьвер. Но эта экипировка оказалась весьма полезной в последующие месяцы. «Револьвер придает мне мужества, — сказал Рауль в свойственной для него шутливой манере. — Надеюсь, что он мне все-таки не понадобится.

Итак, готов приступить к работе».

В чем же заключалась «особая миссия» 31-летнего шведско-

го бизнесмена, которому на некоторое время пришлось стать дипломатом? Для того, чтобы ответить на этот вопрос, надо вернуться к событиям весны 1944 года.

Чем хуже шли дела у германского рейха на Восточном фронте, тем больше росло недоверие к сателлиту. Венгрия собиралась выйти из войны. Через доверенных лиц она осуществляла контакты в Стамбуле и Стокгольме с представителями западных держав — членов антигитлеровской коалиции. Об этом стало известно немецкой разведке. Вот почему 19 марта 1944 года на улицах Будапешта появились немецкие солдаты и танки.

Накануне адмирал Миклош Хорти побывал у Гитлера в замке Клессхайн под Зальцбургом, где выслушал упреки в том, что венгерские войска ведут себя пассивно на Восточном фронте.

Фюрер обвинил Хорти и в том, что венгерские власти мягки в отношении евреев...

После этой встречи был приведен в действие план оккупации Венгрии под условным наименованием «Операция Маргарита».

Ход операции оправдал прогноз Вальтера фон Браухича. Как-то на вопрос, сколько дней ему понадобится для захвата Венгрии, фельдмаршал ответил: — Двадцать четыре часа.

— А если будет оказано сопротивление?

— Двенадцать!

— ?!

— Не надо произносить речей...

Венгрия капитулировала не сопротивляясь. Премьеру Каллаи пришлось укрыться в турецком посольстве, а министр внутренних дел Карстер-Фишер был арестован. Послом с особыми полномочиями в Венгрии стал штандартенфюрер СС Эдмунд Веезенмайер. Для решения «еврейского вопроса» в Будапешт прибыл Адольф Эйхман. В имперском управлении безопасности он возглавлял «подотдел по делам евреев».

Немцы рассматривали 800 тысяч венгерских евреев, 200 тысяч из которых проживали в столице, как «опасную пятую колонну за спиной германской армии». С первых дней начались массовые аресты.

Роль шведской мисии в «еврейском вопросе» требует некоторых пояснений. В январе 1943 года в Будапеште был создан еврейский комитет «Ваадах». В его задачу входило оказание помощи еврейским беженцам из Польши и Словакии.

После оккупации Венгрии были введены новые правила для евреев. «Я никогда не забуду, — пишет П.Ангер, — тот день, когда эти правила вступили в силу и можно было видеть венгерских евреев с желтой звездой на одежде». В течение весны и лета 1944 года в сельских районах Венгрии были уничтожены все евреи. Только с 15 мая по 7 июля в концлагеря было отправлено около 600 тысяч лиц еврейской национальности. Потрясенный геноцидом, король Швеции Густав обратился 30 июня 1944 года к Хорти с призывом спасти тех, кого еще можно было спасти. 12 июля последовал ответ. Хорти обещал сделать все, чтобы «принципы гуманизма и справедливости были соблюдены».

Валленберг под руководством главы миссии развернул активную деятельность, которая финансировалась в основном Управлением по делам военных беженцев США. В миссии был

создан новый отдел во главе с Валленбергом. По инициативе Рауля в различных концах города были созданы конторы. Их сотрудники — около 400 человек, в основном евреи, — после настойчивых переговоров Валленберга с венгерскими властями могли не носить желтую звезду на одежде и имели право свободно перемещаться по стране. Был введен защитный паспорт, снабженный личной подписью главы шведской миссии. Обладатель паспорта и его имущество находились под защитой шведской миссии вплоть до отъезда в Швецию.

Из записной книжки (1944г.) «11 декабря. В автомобиль шведской миссии на полной скорости врезался грузовик. Благодаря случайному стечению обстоятельств Валленберга в машине не было. За рулем грузовика сидел немецкий шофер». Приближалось Рождество. За день до него П.Ангер и Р.Валленберг были вызваны в венгерский МИД, где их принял исполняющий обязанности министра Вашконди. Сам министр, как и все правительство, покинул столицу перед приходом Советской Армии.

Вашконди сообщил, что в связи с ухудшением обстановки на фронте принято решение о том, что все учреждения, в том числе и шведская миссия, должны быть эвакуированы из Будапешта.

Однако шведы заявили, что они остаются.

«Последний раз, — пишет Ангер, — я видел Рауля 10 января 1945 года. Он зашел на минутку, и я попытался уговорить его остановиться в Буде и прекратить деятельность. Но об этом он и слышать не хотел. Вокруг падали бомбы, а мы отправились в штаб войск СС, где я хотел добиться каких-нибудь гарантий безопасности для сотрудников миссии. Дорога была завалена телами убитых, трупами лошадей,

поваленными деревьями и обломками зданий. «Не страшно?» — спросил я у Рауля. «Бывает жутковато, — ответил он. — Но у меня нет выбора. Я не могу вернуться в Стокгольм без сознания того, что сделал все от меня зависящее, чтобы спасти людей».12 января советские войска ворвались на улицы Пешта. Немецкие части, взорвав мосты через Дунай, держали оборону в Буде.

Представители шведской и швейцарской миссий встретились с командованием германских войск и венгерским комендантом Хинди, пытаясь убедить их капитулировать. Ответ был отрицательный.

Позже выяснилось, что немецкое командование направило Гитлеру секретную телеграмму. Фюрер заявил, что «город должен держаться до последнего». Только 30 января 1945 года в помещении шведской миссии появились советские солдаты.

Но вернемся к Валленбергу. Он остался в Пеште, где проживали 100 тысяч евреев и размещалось большинство контор, подчинявшихся отделу Валленберга. «Советские войска, — пишет Ангер, — приблизились к Пешту 13 января, но немцы сопротивлялись на высотах Буды, и русским долго не удавалось сломить их сопротивление. Все это время у нас не было никаких контактов с Раулем. Когда же в апреле нас отправили домой, в Швецию, мы думали, что он уже там. Но Рауль в Стокгольм не приезжал».

В середине января 1945 года Рауль пересек линию фронта, чтобы переговорить с русскими о том, как обеспечить безопасность гетто. Через три дня от возвратился в сопровождении капитана Советской Армии и двух рядовых. Одному из сотрудников миссии Рауль сказал: «Не понимаю, я их гость или пленник»...

Что же такое СМЕРШ?

ОГПУ еще в середине 20-х годов ввело в практику похищение и убийство «предателей», нашедших прибежище в зарубежных странах. В 1936 году для этой цели в НКВД было создано «управление специальных заданий», которое сами чекисты окрестили «управлением мокрых дел». На его счету ликвидция многих троцкистов, и, наконец, самого Л.Д.Троцкого в 1940 году.

В начале войны в 1941 году этот орган был преобразован в 4-ое или «партизанское» управление с задачей организации шпионажа, диверсий и партизанских операций в немецком тылу.

Позднее появился СМЕРШ — организация, созданная Сталиным по решению Государственного комитета обороны в начале 1943 года.

СМЕРШ — сокращение от слов «смерть шпионам», в его функции входили контрразведка, обезвреживание шпионов и контрпропаганда.

Согласно немецким архивным документам, именно СМЕРШ организовал убийство гауляйтера В.Кубе в Минске и губернатора О.Бауэра во Львове.

Руководитель разведки при верховном командовании немецкой армии Р.Гелен должным образом оценил эффективность новой организации. Его донесения 1943 и 1944 годов полны предупреждений о «террpористических динамитчиках и убийцах» СМЕРША.

В июле 1943 года агенты Гелена сумели добыть секретное учебное пособие для сотрудников СМЕРШа, которое было специально для фюрера переведено на немецкий язык. Гит-

лер с большим интересом изучил этот документ.

После войны СМЕРШ был упразднен. В НКВД было создано специальное бюро номер 1, в функции которого входила организация диверсий и убийств на территории других государств.

Именно со СМЕРШем пришлось встретиться Валленбергу в Будапеште.

Встреча была роковой.

Подполковник в отставке Я. Валах утверждал: «Я был последним, кто видел Валленберга в Будапеште». «В последнее время в печати много пишут о судьбе Рауля Валленберга. В частности, обнародованы обнаруженные в архивах документы 151-й стрелковой дивизии и 7-й гвардейской армии 2-го Украинского фронта, в которых говорится об аресте советскими солдатами шведского дипломата. Но, к сожалению, в донесении политотдела 151-й стрелковой дивизии допущены неточности. Никто в тот момент Валленберга не «арестовывал», не «задерживал» и не «охранял». Я — свидетель тех событий.

Январь 1945 года. Наша 151-я стрелковая дивизия вела тяжелые уличные бои в Будапеште, продвигалась по самому центру восточной части венгерской столицы — Пешту — и далее к Дунаю. В один из тех дней, 14 января, и произошла моя встреча с Р.Валленбергом.

Командир одного из полков дивизии доложил, что к нему пробрались два человека, назвавшиеся сотрудниками шведского посольства в Будапеште. Они просили связать их с советским командованием. Командир дивизии поручил мне, а я был тогда старшим инструктором политотдела, прибыть в штаб полка.

Со мной отправились офицер связи того пока, без которого трудно было бы в лабиринте улиц и переулков найти сам штаб, и два солдтата-автоматчика. Преодолевая простреливаемые места, мы наконец прибыли в штаб, который находился в известном будапештском парке «Варошлигет», в подвале водолечебницы. Здесь я и увидел высокого стройного мужчину Рауля Валленберга, первого секретаря шведского посольства и уполномоченного Международного Красного Креста. Своего спутника, невысокого роста рыжеволосого венгра, он представил как шофера — Вильмоша Лангфельда. Валленберг очень оживился, когда узнал, что я говорю по-немецки.

От офицеров полка я узнал, что Валленберг и его спутник неожиданно появились на улице, где рвались снаряды и мины, где все простреливалось гитлеровскими автоматчиками, засевшими на верхних этажах домов. В руках Валленберг держал маленький шведский флаг.

Валленберг повторил мне свою просьбу — связать его с советским военным командованием, как он выразился, «достаточно высокого ранга». Вспоминаю, что он рассказал мне о его такой же попытке накануне, но офицер и солдаты, к которым обратился, видимо, его не поняли. Все дело ограничилось тем, что у него отобрали легковой автомобиль и отпустили. И вот уже вшестером мы отправились в штаб дивизии. Там были командир дивизии генерал-майор Д.Подшивайлов, начальник штаба полковник Н.Рогаткин, начальник политотдела полковник Я.Дмитренок, начальник отдела контрразведки майор И.Кислица. Я переводил. Валленберг подробно рассказывал о своей миссии в Будапеште, о том, как удалось спасти тысячи венгерских евреев, обреченных гитлеровцами на полное физическое уничтожение. Он рассказал также и о будапештском гетто, даже показал на плане города точное его местонахождение:

Беседа с Валленбергом длилась долго. Мы много раз переспрашивали его, почему он не выехал из Будапешта, когда приблизился фронт, почему так рисковал своей жизнью. Ответ его был один: он выполнял своей долг. Валленберг с беспокойством говорил о том, что, когда начались бои в Будапеште, он уже не мог продолжать свое дело — спасать узников гетто. Поэтому теперь так настойчиво ищет контактов с военным командованием, чтобы обсудить, что же делать дальше, как спасать обреченных людей. Затем по его же просьбе из штаба дивизии был послан «наверх» запрос. Я не знаю, с кем связывался начальник штаба дивизии — со штабом 7-й гвардейской армии или со штабом 18-го гвардейского стрелкового корпуса, который был промежуточным звеном между дивизией и армией...

Остаток ночи я провел с Валленбергом и его шофером почти безотлучно. Мы предложили обоим отдохнуть, поспать. На командном пункте дивизии — а это была многокомнатная квартира — мы отвели им отдельную комнату. Но оба они почти не спали. Да и есть не стали, только выпили с нами чаю.

Помню, что в руках у Валленберга был объемистый портфель.

Он пояснил, что в нем важные документы, которые готов передать советскому военному командованию.

Утром, это было в 10 — 11 часов, к нам прибыли на двух автомобилях «виллис» офицеры, как мы полагали, из штаба 7-й гвардейской армии. Их было четверо человек, старший — полковник. Он уединился с начальником штаба, а затем поручил мне передать Валленбергу, что его могут доставить к командованию фронта, как он об этом просит. Валленберг обрадовался.

Потом Валленберга и его шофера пригласили сесть в автомобили. Помню, что их усадили не вместе, а порознь, каждого в отдельный «виллис». Рауль Валленберг тепло попрощался с нами.

Еще одна подробность.Перед отъездом тот полковник предупредил всех нас, что мы никому не должны говорить о Валленберге. Тогда мы не придали этому особого значения. И только через много лет узнали, куда отвезли шведского дипломата и как распорядились его судьбой». И все же близкие Валленбергу люди сомневались в его гибели в 1947 году. Представители «Общества Рауля Валленберга»-Пер Ангер, Нина Лагерген и Ги фон Дардель приезжали в 1989 году в Москву для знакомства с документами, которые были предоставлены им КГБ СССР.

СЕКРЕТ НЕМЕЦКОЙ АТОМНОЙ БОМБЫ

Завершение одной войны ознаменовало подготовку ко второй.

Всеволоду Овчинникову события виделись в следующем развитии.

6 июня 1944 года войска союзников высадились на побережье Франции. Но еще до открытия второго фронта в Европе Пентагон учредил так называемую миссию «Алсос» — научную разведку специального назначения. Двигаясь вместе с войсками вторжения, она должна была немедленно приступить к сбору материалов по германскому «урановому проекту», а также разыскать наиболее видных ученых, принимавших в нем участие, и конфисковать запасы расщепляющихся материалов.

В более широком плане новая разведывательная организация имела цель перехватить у союзников любые сведения как об атомной программе, так и о других перспективных видах оружия, которые разрабатывались в гитлеровской Германии, и прежде всего не допустить, чтобы эти материалы попали в руки Советского Союза.

Во главе миссии «Алсос» был поставлен полковник Паш. Это назначение, связанное с выездом в Европу, должно было оторвать его от дела Оппенгеймера и разрядить нежелательную для Гровса конфликтную ситуацию в Лос-Аламосе.

Поскольку миссии «Алсос» предстояло действовать в зоне военных операций, при подборе ее научного руководителя в Пентагоне решили застраховаться от возможных неожиданностей. Назначенный на этот пост голландский физик Сэмюэл Гоудсмит был достаточно эрудирован в области ядерной физики, однако не состоял в штате сотрудников Манхэттенского проекта, не работал в Лос-Аламосе.

После того как Энрико Ферми впервые осуществил в Чикаго цепную ядерную реакцию, американцы уже не сомневались, что создание атомной бомбы практически возможно. Им также казалось, что немцы продвинулись в этом направлении гораздо дальше, ибо развернули свои исследования на два года раньше их.

Словом, о германском «урановом проекте» в Соединенных Штатах знали мало, да и это немногое часто истолковывали в пользу противника.

Что имел в виду Гитлер, постоянно хвастая новым секретным оружием? Даже если у немцев еще нет атомной бомбы, в Германии, по всей вероятности, действуют урановые котлы, благодаря которым она может располагать значитель-

ными количествами радиоактивных материалов. Что, если нацисты вздумают найти им боевое применение, использовать эти ядовитые вещества против сил вторжения? Вот почему накануне открытия второго фронта в американских войсках были созданы специальные подразделения, оснащенные счетчиками Гейгера.

Недостаток информации об «урановом проекте» в Пентагоне относили на счет нацистской системы секретности. На самом же деле это было лишь следствием незначительных масштабов работ.

24 августа 1944 года на улицах Парижа ликовали возбужденные толпы. Подняв восстание против гитлеровских оккупантов, жители французской столицы освободили город и теперь готовились встретить французские войска.

Первым в Париж должен был вступить французский генерал Леклерк со своей 2-й бронетанковой дивизией. Вместе с ее авангардной колонной в город ворвался джип с американскими офицерами, не имевшими отношения ни к одной из строевых частей. У каждого из них за отворотом тужурки был приколот потайной значок: белая буква альфа, пронзенная красной молнией. Это была передовая группа миссии «Алсос» во главе с полковником Пашем.

Еще не доехав до Триумфальной арки, где происходила церемония встречи, джип свернул в сторону. То и дело сверяясь по карте, Паш направлял водителя к зданиям Коллеж де Франс.

Список ученых, которых миссия «Алсос» должна была разыскать в освобожденном Париже, начинался с имени Фредерика Жолио-Кюри. Требовалось узнать: не участвовал ли французский физик в германском «урановом проекте», не имеет ли он каких-либо сведений об этих секретных рабо-

тах и, наконец, нельзя ли переманить его в США.

Найти лабораторию Жолио-Кюри не представляло труда.

Несколько вооруженных людей, весьма мало похожих на профессоров и студентов, шумно обсуждали там события дня.

— Господин Жолио-Кюри? Он ушел отсюда накануне восстания и вот-вот должен вернуться.

Пока наводили справки по телефону, один из сотрудников миссии «Алсос» подошел к полковнику Пашу и с недоуменным видом зашептал ему на ухо: — Здесь говорят, будто Жолио-Кюри действительно изобрел какую-то новую бомбу и что сегодня об этом знает весь Париж.

Оказалось, что всемирно известный физик занимался секретным оружием совсем другого рода. Его лаборатория в Коллеж де Франс служила подпольным арсеналом. Там мастерили самодельные гранаты и мины для отрядов Сопротивления.

— Наши американские друзья интересуются бомбами, которые мы тут делали при немцах, — пояснил молодой француз подошедшему Жолио-Кюри.

— Мы хотели спросить, — уточнил Паш, — заставляли ли вас нацисты заниматься во время оккупации теми же исследованиями, которые вы начинали здесь с Халбаном и Коварски...

Этого вопроса было достаточно, чтобы Жолио-Кюри понял, с кем имеет дело.

— Три дня назад, — улыбнулся он, — когда я бросал в немецкие танки бутылки с горючей смесью собственного из-

готовления, у меня, помнится, вертелась мысль: подумать только, до чего я дошел! Ведь в Америке, наверное, мои коллеги тем временем делают атомную бомбу!

Жолио-Кюри рассказал о своей деятельности за минувшие годы. Вскоре после оккупации Парижа в его лабораторию явились два немецких физика: Шуман и Дибнер. Сначала они пытались лестью склонить Жолио-Кюри к сотрудничеству, потом принялись угрожать ему. Немцы требовали сообщить, где спрятана вывезенная из Франции тяжелая вода. Француз сумел ввести их в заблуждение, сказав, что она была погружена на английское судно, подорвавшееся на мине.

Поначалу Шуман намеревался вывезти в Германию циклотрон и другое оборудование, но потом было решено использовать его на месте, прислав в Коллеж де Франс немецких физиков. Их группу возглавлял Вольфганг Гентнер, весьма далекий от симпатий к фашизму. В Париж его послали лишь потому, что до войны он работал в США вместе с изобретателем циклотрона Лоуренсом и считался лучшим специалистом в данной области.

Гентнер догадывался об участии Жолио-Кюри в движении Сопротивления и как мог оберегал его от гестапо. Несмотря на это, нацисты дважды подвергали французского физика арестам и допросам.

Тем не менее оккупанты оставили Жолио-Кюри работать в Коллеж де Франс, где он занимался проблемой, весьма далекой от военного дела: применением меченых атомов в биологии. Но научная работа была в немалой степени прикрытием. Под носом у немцев в Коллеж де Франс мастерили радиостанции и боевое снаряжение.

После своего рассказа Жолио-Кюри стал сам задавать вопросы.

И благожелательное начало беседы сменилось взаимной настороженностью. Американцев всполошила осведомленность французского физика в вопросах, имеющих отношение к Манхэттенскому проекту. Полковнику Пашу и его спутникам было трудно понять, что это объяснялось высокой компетентностью Жолио-Кюри в данной области науки.

Но еще больше встревожило их явно отрицательное отношение французского физика к попыткам Соединенных Штатов закрепить за собой монополию на атомное оружие. Жолио-Кюри без обиняков осудил посягательства Вашингтона на интересы союзников и заявил, что при первой же возможности изложит свои взгляды на сей счет генералу де Голлю.

15 ноября 1944 года американские войска овладели Страсбургом. Операция эта несколько раз откладывалась, и полковник Паш, находившийся в передовых частях, все больше нервничал. На основе отрывочных сведений, собранных в Париже, миссия «Алсос» пришла к выводу, что значительная часть работ, связанных с германским «урановым проектом», велась в Страсбургском университете.

Группа сотрудников миссии «Алсос» во главе с Пашем проникла в город вместе с американскими танками. Найти немецких физиков оказалось нелегко. Их лаборатория занимала больничный флигель, а одетый в белые халаты научный персонал выдавал себя за медиков. Ведущих германских физиков среди захваченных ученых не оказалось. Да и допросы их дали не так уж много. Удалось, правда, установить, что Физический институт Общества кайзера Вильгельма эвакуирован из Берлина. Пока сотрудники миссии «Алсос» пытались установить его новое местоположение, Гоудсмит наткнулся на кабинет Вайцзеккера. Главные документы были, судя по всему, вывезены, но чутье криминалиста-любителя привлекло внимание Гоудсмита к папке черновых записей

ЭНЦИКЛОПЕДИЯ ПРЕСТУПЛЕНИЙ И КАТАСТРОФ

и беглых заметок. Две ночи он, не разгибаясь, просидел над этими бумагами. А потом пришел к полковнику Пашу и торжественным тоном заявил, что миссия «Алсос», на его взгляд, уже выполнила свою задачу.

— Что же вы там нашли? Секрет германской атомной бомбы?

— осведомился Паш.

— Не иронизируйте, а садитесь писать срочный доклад то ли Гровсу, то ли Стимсону, то ли самому президенту. Пишите, что сегодня в Страсбурге мы доподлинно установили: у нацистской Германии нет и до конца войны не будет атомной бомбы.

— Какие же у вас есть основания для столь категорического вывода?

— Не будь я сам физиком, не знай я действующих лиц, я бы не смог расшифровать эти заметки. В этой папке сохранилась деловая, можно сказать, интимная переписка ведущих немецких физиков. Этот недоступный для посторонних язык намеков, на котором ученые общались друг с другом, представляет собой бесценный документальный материал. Мне трудно объяснить вам, как я пришел к своим выводам. Можно сказать, что немцы всегда смотрели на атомную бомбу как на взрывающийся атомный котел и потому избрали не самый легкий и удачный путь к цели. Но для нас сейчас важно другое. Хотя нацистское руководство давно знало о возможности создать атомное оружие, вплоть до настоящего времени, то есть до конца 1944 года, германские ядерные исследования так и не вышли из лабораторной стадии. Раз у немцев нет атомной бомбы, значит, нам не придется пускать в ход свою. А если так — нашу работу здесь можно считать законченной.

— Что касается миссии «Алсос», то она просто вступает в новый этап, — возразил Паш. — Очень хорошо, что немцы не довели дело до конца. Но вы сами как-то говорили, что сделали они не так-то уж мало. Нам надо позаботиться,чтобы все это не попало в чужие руки.

— Вы имеете в виду русских?

— Прежде всего, разумеется, их, но не их одних. Раз уж Соединенным Штатам удалось первыми создать такое оружие, они должны оставаться единственным его обладателем. И пусть весь мир воочию увидит силу этого оружия, а стало быть, мощь Соединенных Штатов...

В те дни, когда Паш и Гоудсмит рапортовали о находке в Страсбурге, у генерала Гровса возникли новые хлопоты с Жолио-Кюри. При первой же встрече с сотрудниками миссии «Алсос» французский физик прекрасно понял ее подспудную цель: закрепить американскую монополию на атомное оружие, перехватив у союзников результаты германских исследований в данной области.

Жолио-Кюри сумел вступить в контакт с де Голлем и по его вызову прибыл в Лондон. Между генералом и физиком состоялась обстоятельная беседа о проблемах атомной энергии и положении Франции в этой области.

Жолио-Кюри напомнил де Голлю, что перед оккупацией Парижа Халбан и Коварски вместе с запасом тяжелой воды вывезли в Англию научные материалы относительно открытий, которые они уже запатентовали как собственность Франции.

Все это по поручению Жолио-Кюри было передано англичанам в обмен на обещание должным образом обеспечить

французские интересы в области использования атомной энергии.

Когда американцы впоследствии навязали англичанам в Квебеке соглашение, запрещавшее передачу какой-либо информации по атомной проблеме третьим странам, они тем самым перечеркнули прежнюю англо-французскую договоренность.

Случилось так, что почти одновременно с Жолио-Кюри в Лондон приехал Халбан, который после отъезда из Франции сначала принимал участие в английской программе «Тьюб эллойс», а затем вместе с английскими учеными пересек Атлантику и стал сотрудником Манхэттенского проекта. Пентагон просил британское военное министерство под любым предлогом помешать Халбану увидеться с Жолио-Кюри. Но просьба об организации такой встречи поступила от самого де Голля, и, зная строптивый нрав генерала, Черчилль не решился чинить какие-либо помехи.

«Пробив брешь в американо-английских отношениях, основанных на Квебекских соглашениях, Жолио-Кюри принялся активно ее расширять, — писал потом Гровс. — Он дал понять, что если Франция не будет допущена к американо-английской программе по атомной энергии, ей ничего не останется, как ориентироваться на Россию».

13 июня 1944 года, ровно через неделю после того, как войска союзников высадились во Франции, гитлеровцы впервые применили против Англии самолеты-снаряды. Новое секретное оружие, которым Гитлер многократно хвастал, было обозначено буквой «Фау» от немецкого слова «фергельтунгзваффе», что значит «оружие возмездия».

После поражения под Сталинградом нацистской верхуш-

ке оставалось уповать лишь на чудо, способное вернуть Германии стратегическую инициативу. Таким чудооружием могла бы стать атомная бомба. Но осуществление «уранового проекта» Вернера Гейзенберга требовало времени и ресурсов. А руководство рейха не располагало ни тем, ни другим.

Иначе обстояло дело с проектом Пенемюнде, научным руководителем которого был Вернер фон Браун. На месте одноименного рыбацкого поселка на острове Узедом в Балтийском море был создан ракетный полигон. Дела там продвинулись гораздо дальше, чем у участников «уранового проекта».

Во время совещания у рейхсминистра Шпеера, когда Гейзенберг ответил, что для создания атомной бомбы потребуются не месяцы, а годы, в Пенемюнде уже приступали к массовому производству самолетов-снарядов «Фау-1». А в октябре 1942 года были осуществлены первые запуски баллистических ракет «Фау-2».

К тому же, в отличие от «уранового проекта», связанного с ядерной физикой, а стало быть, с ненавистными нацистам именами Эйнштейна и Бора, проект Пенемюнде опирался на успехи аэродинамики, а значит, на покровительство Геринга. Ведь «Фау-1» и «Фау-2» предназначались для выполнения тех же оперативных задач, с которыми не смогла справиться военная авиация. Поэтому, оказавшись перед выбором — Вернер фон Браун или Вернер Гейзенберг, — как Гитлер, так и Геринг предпочли фон Брауна.

Ракетный полигон в Пенемюнде привлек к себе внимание британской разведки. Данные аэрофотосъемки были дополнены сведениями, поступившими от французского движения Сопротивления.

Участница подпольной группы «Альянс» 23-летняя Жанна Русо сообщила, что на острове Узедом испытываются снаряды, способные подниматься до стратосферы и затем поражать цели, удаленные на 450 километров. По ее словам, с осени 1943 года планировалось начать обстрел Англии этими снарядами, для чего в Северной Франции строится 108 пусковых платформ. Применение нового оружия возложено на 155-й зенитный полк полковника Вахтеля, где Жанна работала переводчицей.

Донесение группы «Альянс» было подтверждено данными радиоразведки. Перехватив переговоры двух радиолокационных рот, наблюдавших за опытными запусками в Пенемюнде, англичане установили, что скорость самолета-снаряда составляет около 600 километров в час.

7 июня 1943 года — в первые дни битвы на Курской дуге — военный руководитель проекта Пенемюнде генерал Вальтер Дорнбергер и научный руководитель проекта Вернер фон Браун были приглашены на доклад к Гитлеру. После этого ракетная программа была объявлена первоочередной для вермахта.

В ночь на 18 августа 600 английских бомбардировщиков совершили налет на Пенемюнде. Наибольший ущерб был нанесен поселку технического персонала. Под бомбами погибли более 600 иностранных рабочих. Тем же летом англичане нанесли другой, более ощутимый удар по германской ракетной программе. Они подвергли бомбардировке заводы фирмы «Цеппелин» в Фридрихсхафене, где с начала 1943 года было развернуто производство баллистических ракет. «Фау-2». Наконец, в сочельник 24 декабря 1943 года 1 300 английских и американских самолетов забросали фугасными бомбами пусковые платформы, построенные немцами вдоль Ла-Манша.

В результате всех этих ударов гитлеровцам пришлось вновь и вновь откладывать сроки применения нового оружия и в конце концов пустить его в ход поспешно, так и не устранив многие неполадки.

В общей сложности нацисты выпустили по Англии 11 300 самолетов-снарядов. Примерно 20 процентов из них взорвались при старте, 25 процентов были сбиты истребителями, столько же — зенитной артиллерией и только 30 процентов долетели до английской земли (причем из этих 3 200 самолетов-снарядов 2 400 попали в район Большого Лондона). Значительная часть «Фау-1» взорвалась в густонаселенных кварталах. Этим оружием было убито 5 500 и ранено 16 000 лондонцев.

7 сентября 1944 года гитлеровцы пустили в ход баллистические ракеты «Фау-2». До конца войны было запущено 10 800 таких ракет, причем примерно половина из них взорвалась при старте или упала в море. Жертвами «Фау-2» стало 13 000 мирных жителей.

Однако никакого чуда «оружие возмездия» не совершило.

Пустить его в ход внезапно не удалось. Союзники не только знали о проекте Пенемюнде, но и активно препятствовали его осуществлению. Главное же, ни «Фау-1», ни «Фау-2» не имели систем наведения. Они не были оружием поля боя, не годились для применения против войск противника. Лишь восьмимиллионный город на Темзе мог служить для них достаточно крупной мишенью.

Гитлер не решился использовать «Фау-1» и «Фау-2» для обстрела английских портов, служивших базами вторжения во Францию. Он требовал сосредоточить удары только по Лондону, целиком делая ставку не на военный, а на психологический эффект «оружия возмездия».

В конце 1944 года, когда стало ясно, что «оружие возмездия» не в состоянии поставить Англию на колени, Вернер фон Браун предложил нанести неожиданный удар по главным городам Соединенных Штатов. Идея состояла в том, чтобы обстрелять Вашингтон и Нью-Йорк межконтинентальными двухступенчатыми ракетами А-9/А-10. Японцы же одновременно запустили бы со всплывших подводных лодок несколько «Фау-1» по Сан-Франциско и Лос-Анджелесу.

Баллистическая ракета А-9/А-10, над которой в Пенемюнде шли лихорадочные работы, должна была за 35 минут пролететь 5 тысяч километров над Атлантикой и, израсходовав 70 тонн горючего, доставить к цели всего-навсего одну тонну взрывчатки (то есть такой же боезаряд, что и у «Фау-1»).

Поскольку при столь незначительной разрушительной силе психологический эффект особенно зависел от точности попадания, предлагалось наводить ракеты при помощи радиосигналов, причем не с базы запуска, а непосредственно из района цели. Для этого германская агентура должна была установить специальные радиомаяки на крышах американских небоскребов и в нужный момент привести их в действие.

Гитлер ухватился за это предложение. Нацистская верхушка рассчитывала, что, если бы, скажем, удалось взорвать самый высокий в Нью-Йорке небоскреб «Эмпрайр стейт билдинг», да еще предварительно сообщить, что это произойдет в определенный день и час, в городе бы началась паника. А серия таких ударов повергла бы американского обывателя в состояние такого шока, что Соединенные Штаты вышли бы из войны и антигитлеровская коалиция оказалась бы расколотой.

В ночь на 30 ноября 1944 года неподалеку от восточного побережья США всплыла германская подводная лодка с бор-

товым номером <У-1230>. Она оставила на поверхности надувную шлюпку с двумя людьми и снова ушла на глубину. Около получаса агенты германской разведки гребли к окутанному мглой берегу. После высадки они уничтожили лодку, взяли сумки со снаряжением и разошлись в разные стороны. Так началась операция «Эльстер», подготовленная отделом диверсий Главного управления имперской безопасности (РСХА).

Первый из диверсантов имел документы на имя Джека Миллера. В действительности это был агент РСХА Эрих Гимпель. По специальности радиоинженер, он с 1935 года занимался шпионажем в Англии и США, был резидентом РСХА в Перу. Второй диверсант значился в удостоверении личности как Эдвард Грин. В действительности это был американец немецкого происхождения Уильям Колпаг, завербованный германским консулом в Бостоне. Колпаг окончил Массачусетский технологический институт, а потом военно-морское училище. После выполнения нескольких шпионских заданий Колпаг через Аргентину и Португалию был переправлен в Германию.

Перед операцией «Эльстер» Миллер и Колпаг прошли подготовку в одной из секретных лабораторий концерна «Сименс». Там их обучали новым методам наведения ракет на цель с помощью радиосигналов.

Диверсанты порознь благополучно добрались до Нью-Йорка.

Но на этом их везение кончилось. Колпаг разыскал кое-кого из своих знакомых, чтобы устроиться на работу в нужных ему высотных зданиях. Ему показалось, что американца по имени Том Уорренс можно завербовать себе в пособники. Этот антифашистски настроенный ветеран войны сделал вид, будто согласен выполнять поручения Колпага. Но тут же

ЭНЦИКЛОПЕДИЯ ПРЕСТУПЛЕНИЙ И КАТАСТРОФ

сообщил Федеральному бюро расследований, что его пытается завербовать нацистский агент, затевающий какую-то диверсию.

К заявлению Уорренса в ФБР отнеслись весьма иронически.

— Видно, парня контузило в Европе, вот ему и мерещатся на каждом шагу немецкие шпионы! — ухмылялся сержант, оформлявший протокол.

Трудно было представить, что на завершающем этапе войны, когда неминуемый разгром гитлеровского рейха был очевиден, нацистам могло прийти в голову планировать какие-то диверсии на противоположном берегу Атлантики.

Уорренс все-таки настоял, чтобы Колпага арестовали. И тот на первом же допросе выдал себя и Гимпеля. Правда, местонахождения своего напарника он не знал. Каждый из агентов должен был действовать независимо, опираясь на американцев немецкого происхождения. Чтобы отыскать Гимпеля, ФБР пришлось поднять на ноги всю нью-йоркскую полицию, подключить к этой крупнейшей за военные годы облаве тысячи своих агентов.

А Гимпель между тем поселился в отеле «Пенсильвания» и уже послал в Берлин шифровку о том, что ему удалось поступить в экскурсионное бюро на верхнем этаже небоскреба «Эмпайр стейт билдинг». Он прожил в Нью-Йорке четыре недели.

Подошло рождество. Город готовился к праздникам. Нигде не было ни светомаскировки, ни других примет войны. Магазины бойко торговали подарками. В оживленной уличной толпе никто не мог подозревать о диверсии, которую готовили против ньюйоркцев в далеком Пенемюнде.

20 Зак. 323

Сотрудники ФБР долго выспрашивали у Колпага особые приметы и характер поведения его напарника. Арестованный вспомнил, что Гимпель имел обыкновение держать монеты не в кошельке, а в верхнем наружном кармане пиджака, куда американцы обычно вставляют платок.

В канун рождества к газетному киоску на Таймс-сквер подошел хорошо одетый мужчина. Не вынимая сигары изо рта, он попросил иллюстрированный журнал и, получив сдачу, сунул монеты в верхний наружный карман пиджака. Заранее проинструктированный владелец киоска тут же подал сигнал агентам ФБР.

Об аресте Колпага и Гимпеля доложили президенту Рузвельту. Он велел предать их военному суду по обвинению в шпионско-диверсионной деятельности.

25 апреля 1945 года войска 1-го Белорусского фронта соединились северо-западнее Потсдама с войсками 1-го Украинского фронта, завершив таким образом полное окружение Берлина. В этот же день войска 1-го Украинского фронта и союзные англо-американские войска ударом с востока и запада рассекли немецкий фронт и соединились в центре Германии, в районе Отргау.

25 апреля — в тот же самый день, когда вокруг гитлеровской столицы замкнулось железное кольцо, в день исторической встречи советских и американских войск на Эльбе — в Сан-Франциско открылась конференция Объединенных Наций для подготовки устава всеобщей международной организации по поддержанию мира и безопасности. К ее участникам обратился по радио из Вашингтона президент США Трумэн: «Современная война с ее всевозрастающей жестокостью и разрушениями, если ей не воспрепятствовать, в конце концов сокрушит всю цивилизацию...

Если мы не хотим погибнуть вместе в войне, мы должны научиться жить вместе в мире».

В таких выражениях приветствовал представителей 46 государств новый хозяин Белого дома, ставший за две недели до этого президентом США после внезапной кончины Рузвельта.

В том, что открытие конференции Объединенных Наций совпало со встречей советских и американских войск на Эльбе, миллионы людей видели тогда добрый знак. Это совпадение казалось залогом того, что, сплотившись в борьбе против общего врага, участники антигитлеровской коалиции смогут плодотворно сотрудничать и в послевоенном мире.

Но богатый событиями и совпадениями день 25 апреля 1945 года ознаменовался еще одной встречей, имевшей совсем иные последствия.

В то самое время, когда делегаты конференции Объединенных Наций слушали по радио запись речи Трумэна, сам он надолго уединился в Овальном кабинете Белого дома с двумя собеседниками. Военный министр Стимсон впервые привел тогда к новому президенту начальника Манхэттенского проекта генерала Гровса.

— Через четыре месяца, — начал Стимсон, — мы, по всей вероятности, завершим создание самого мощного оружия, какое когда-либо знало человечество. С помощью одной такой бомбы можно разом уничтожить целый город. Хотя это оружие создавалось совместно с англичанами, Соединенные Штаты единолично контролируют сейчас ресурсы и мощности, необходимые для его производства, и никакая другая страна не сможет добиться этого в течение ряда ближайших лет.

Проект, подчиненный лишь президенту через военного министра, финансируется из особого фонда, не подотчетного конгрессу. Даже государственный департамент вплоть до Ялтинской конференции не знал о работах над атомным оружием.

Гровс рассказал о научном центре в Лос-Аламосе, где вместе с американцами трудятся всемирно известные физики, бежавшие из оккупированных Гитлером стран, а также английские и французские ученые, начинавшие атомные исследования самостоятельно.

Генерал доложил президенту, что гигантские секретные предприятия по разделению изотопов урана и производству плутония в Ок-Ридже и Хенфорде к началу августа должны произвести достаточное количество атомной взрывчатки для трех бомб: одной урановой и двух плутониевых.

Для экспериментального взрыва Гровс рекомендовал использовать плутониевую бомбу. Он считал, что для дальнейшего совершенствования нового оружия крайне важно применить в боевых условиях оба типа атомных бомб. Урана же будет в наличии лишь на один боезаряд...

На завершающей части доклада начальнику Манхэттенского проекта показалось, что Трумэн то ли не вслушивается в его слова, то ли не понимает их смысла. В том, что собеседники втолковывали новоиспеченному президенту, действительно было много совершенно неведомых ему понятий. Но Трумэн сразу же уловил суть дела, и именно поэтому глубоко погрузился в собственные мысли.

Ведь хозяином Белого дома внезапно стал недавний сенатор от штата Миссури, который летом 1941 года так сформулировал свое представление о роли США во Второй ми-

ровой войне: «Если мы увидим, что выигрывает Германия, то нам следует помогать России, а если выигрывать будет Россия, то нам следует помогать Германии, и, таким образом, пусть они убивают как можно больше».

Став президентом США в момент, когда капитуляция гитлеровского рейха стала вопросом уже не месяцев, а дней, Трумэн оказался перед мучительной дилеммой. С одной стороны, ему не терпелось «осадить русских», проявить жесткость в вопросах послевоенного устройства в Европе. Но, с другой стороны, он опасался, как бы это не толкнуло Советский Союз к отказу от обещания, данного на Ялтинской конференции, — вступить в войну против Японии через три месяца после победы над Германией.

Трумэн сознавал, что, если Советская Армия с ее боевым опытом не присоединится к союзникам на Дальнем Востоке, вторжение на Японские острова обойдется Соединенным Штатам куда дороже, чем высадка в Северной Франции.

Вот почему слова Стимсона и Гровса произвели на Трумэна прямо-таки ошеломляющее впечатление. Он почувствовал себя азартным игроком, которому на руки вдруг пришел козырный туз.

Сомнения разрешились сами собой.

Готовясь к встрече с советской делигацией в Потсдаме, Трумэн доверительно сказал одному из помощников: — Если она взорвется, а я думаю, что так оно и будет, у меня наверняка появится дубина на этих парней!

(Тайны Второй мировой войны, сборник. Мн., 1995).

С ЭСТОНСКОГО ХУТОРА В ШВЕДСКУЮ РАЗВЕДКУ

В свое время, а именно с пятидесятых годов, его лицо мелькало на экранах — профиль непризнанного поэта и синие глаза сердцееда... Сейчас уже мало кто помнит, что шестое десятилетие XX-го столетия было ознаменовано шпионской войной между СССР и Швецией.

Из Москвы в Стокгольм летели возмущенные депеши, из Стокгольма с той же периодичностью — шпионы. Тогда даже на «Таллинфильме» сняли картину с названием «Листья падают», позаимствованным из шпионского пароля, и эстонцу Эвальду Халлиску там был отведенн небольшой, но достойный кусочек.

Итак, кем бы был деревенский парень Эвальд, если б не случился пакт Молотова-Риббентропа, и если бы в Эстонию не пришла сначала Красная Армия, потом — немецкая, а потом снова — Красная? Заурядным хуторянином.

Красная Армия мобилизовывала тех, кто родился в 1923 и 1924 годах, стараясь брать совершеннолетних. Немцы не брезговали и подростками. Собрали школьников на комиссию, дали форму, отвезли в Польшу — в учебный лагерь. В той ситуации было два выхода — либо уходить в лес к лесным братьям, либо к немцам, а русские уже были далеко.

В лес идти было рискованно. А у немцев оставалась какая-никакая надежда выжить. Вот он и выжил — конвоируя военнопленных на работы.

Этого юношу никто потом не заставлял идти в СС и тем самым подписывать себе приговор, хотя он и утверждал, что никого к стене не ставил. Но, когда Красная Армия входила

в Таллинн, ему ничего не оставалось, как грести к шведским берегам.

Была альтернатива: в Сибирь или в Швецию.

Шведского языка он не знал, а учить начал сразу, знакомясь с девушками на танцах. Чего там — молодой, красивый. У одной шведской особы, Маргарет, он, впроче i, задержался надолго, свидетельство тому — сын Петер.

Социалистическая Эстония в это время распевала советские песни и покорно учила русский язык. Он ничего не знал о своей семье, родственники же его почти похоронили. Домой хотелось ужасно. Этим его и подцепили. Однажды, сидя в кабачке, он услышал: родные места посетить можно — но, как бы сказать, не совсем за так.

И в одно апрельское утро 1950 года шпион Эвальд Халлиск, получив задание организовать движение сопротивления, вместе с коллегами по шпионству сел в катер и отбыл в направлении родины.

Высадить их решили в Литве — эстонский берег сильнее охранялся из-за близости Финляндии. Кроме того, у шведов была связь с Литвой, в Швецию приезжал литовец, который сильно пропагандировал литовское движение сопротивления, говорил, что у них есть опорный пункт и к тому же слабо охраняется. Все это, как выяснилось потом, было ловушкой.

Их здесь явно ждали. Они бросились в лес, попутно обнаружив, что высадились в неправильном месте — капитан ошибся на 6 километров. Один из них ушел в разведку и больше не вернулся. Район высадки оцепили. Они с напарником упорно двигались к месту условленной встречи. На-

конец, попали в засаду. Вдалеке слышался лай собак и стрельба, они зарыли в землю бумаги и приготовились умирать.

Напарника убили. Эвальд еще пару дней странствовал по лесу, добираясь до опорного пункта, где его и взяли. Ампула с ядом осталась в рюкзаке, котрый он выбросил по дороге, чтобы легче было бежать. «Так закончился мой орлиный полет», — посмеиваясь, говорит через 45 лет шпион Эвальд Халлиск, который, как и его неудачливые друзья, наивно верил, что Америка вот-вот швырнет атомную бомбу, а Швеция придет освобождать Эстонию.

Бедняжка Маргарет так никогда и не узнала, куда исчез отец ее ребенка. Он же, сказав ей, что уходит в море, заботливо написал несколько писем, попросив шведскую разведку время от времени опускать их в почтовый ящик. И был абсолютно уверен, что шефы выполнят его договор — половину его заработка, равного среднемесячной шведской запрлате, каждый месяц будут посылать Маргарет, а другую половину класть в банк на его имя — вплоть до возвращения.

... Оставшись на временно оккупированной территории СССР в мае 1942 года, Халлиск Эвальд Янович добровольно вступил в караульный батальон тартусской дружины «Омакайтсме», позднее переведенной в состав немецкой армии. Весной 43-го перешел в эстонский легион СС, окончил военную школу и получил звание унтершарфюрера (младший унтерофицер). После разгрома бежал в Швецию.

Летом 48-го в целях свержения советской власти в Эстонии и восстановления ее самостоятельности дал согласие сотрудничать со шведской разведкой: при вербовке получил кличку Хабе (Борода)... В 1948-1949 годах окончил разведывательные курсы, в апреле 50-го был нелегально переброшен на территорию СССР, имея с собой 83 предмета шпионского

снаряжения, в том числе автомат, пистолет, микрофотоаппарат, советские деньги — 2599 рублей, химикаты для тайнописи, фальшивый советский паспорт; топографические карты Эстонии, Литвы, Латвии и Севера-Запада России. резиновую полицейскую дубинку, охотничий нож, 62 пары наручных часов и изделия из золота».

Вообще-то Халлиск утверждал, что часов было 100 пар, и они были предназначены для реализации за советские рубли, но все остальное украли солдаты, и что' якобы по этому поводу есть даже какая-то бумага на офицера КГБ. Может, и так было, а может, они ржавеют себе где-нибудь до сих пор в лесах. Главное, что после всех допросов сначала в Вильнюсе, потом в Таллинне, ему бешено повезло. Сидя в «Бутырке» он узнал приговор: 25 плюс 5 плюс 5. Повезло — потому что сначала приговорили к смертной казни, но тут вышел сталинский указ, согласно которому пяти тысячам приговоренных смертную казнь заменили на 25 лет.

Сидел он поначалу в Магаданской области, его долго в одном лагере не держали, боялись, что он что-нибудь организует — все ж таки за границей получил выучку. Был заключенный Халлиск на хорошем счету, русский язык исправно изучал, да к тому же, обладал вывезенной из Швеции квалификацией электрика.

Однажды, когда прошло уже 7 лет, некстати началась антишпионская кампания: вышел материал в «Известиях», потом как раз фильм сняли — и арестанта Халлиска опять отправили на строгий режим. Что ни говори — была сила печатного слова!..

Наконец, он оказался в мордовском лагере. К тому времени уже говорил по-русски, работал лагерным электриком и не считался особо опасным преступником. С соседом ему опять не повезло — это был секретать Ленина Синкевич,

получивший 10 лет за то, что публично обозвал Никиту Сергеевича свиньей. Синкевич взялся хлопотать за своего эстонского друга и писать за него письма в инстанции.

Наверное, в свое время он был хорошим секретарем, потому что депеши из Мордовии в Москву летели каждый месяц и составлены, надо сказать, были грамотно: со ссылками на постановление XXII-го съезда КПСС о допущенных во время культа Сталина нарушениях законности. И подпись придумал: жертва произвола культа личности и узаконенного беззакония Эвальд Халлиск.

Неизвестно — повлияли ли писания Синкевича или времена изменились, но в 1965 году состоялся новый суд.

К тому времени 25-летние наказания отменили, а Халлиск свои 15 лет уже отсидел, заслужил хорошую характеристику и плюс ко всему стал начальником отряда — его взяли да и выпустили.

Так бы и жил он на эстонском хуторе, работая электриком, если бы в 1992 году о нем не вспомнил вдруг шведский журналист. И не выяснил, что в Швеции живет сорокадвухлетний гражданин Петер Лундстрем, странно похожий на Эвальда Халлиска и ничего не ведающий о судьбе отца. И он организовал однажды их трогательную встречу в Таллинне. Маргарет до этого дня не дожила.

И Эвальд Халлиск, не веря происходящему, победно отправился в Стокгольм, чтобы снова найти ту дачу с розами в глиняных горшках, где его учили азам разведискусства. А заодно и поинтересовался — выполняла ли шведская сторона условия договора, потому что за 42 года на его счет должна была набежать приличная сумма. Оказалось — не выполняла! И пострадавший Халлиск стал требовать своего.

И, представьте себе, вытребовал! Правда, не совсем то, что хотел. Адвокат полагал, что он вправе претендовать на 30 миллионов крон, сам Эвальд скромно просил 5, но шведский риксдаг выделил ему полмиллиона — да и то не за службу, а за сибирские страдания. Дескать, Халлиск боролся за независимость Эстонии, а Швеция тут ни при чем. Но Эвальд не зря учился в разведке. Вернулся в Эстонию, пробежал по архивам, добыл копии кагэ бэшных дел, где ничего не сказано об освободительном движении, а, наоборот, о шпионаже в пользу Швеции, и... подготовился к новому суду, попутно написав книжку с условным названием «Посланный на смерть».

Корреспонденты нашли его все на том же стареньком хуторе неподалеку от Тарту. Большая комната с лампой из старинного колеса пропахла запахом сауны. Жена и внучки собирали свеклу.

А сам хозяин, попивая пивко, показывал протоколы допросов и чувствовал себя весьма комфортно. Шведская Маргарет умерла, эстонская невеста его не дождалась — с ней он иногда встречается и чинно пьет кофе, русская любовь так и сгинула, наверное, где-то в лагерях. И в 54 года красавец мужчина с внешностью оперного певца, наконец, впервые официально женился на женщине с именем Айно. Знала ли она о том, что выходит замуж за шпиона? Сам он, во всяком случае, ей этого не рассказывал.

Остаться в Швеции Халлиск не захотел, сын Петер, с которым они с трудом объясняются по-шведски, ему иногда помогает, билеты покупает в Стокгольм и обратно. Эвальду и так неудобно: ведь его не воспитывал! Но деньги за книжку, заказанную шведским издательством, они поделят: он уже решил.

Живет Эвальд Халлиск на пенсию электрика, ждет доходов

от собственной авторемонтной мастерской, а из личного автопарка имеет лишь старенький трактор. А еще хочет создать музей шведско-российской разведки и убедительно просит советскую кагэбэшную общественность вернуть ему по этому случаю предметы шпионского снаряжения, конфискованные 45 лет назад.

(Сапожникова.Г. «Хороший русский — мертвый русский». Комсомольская правда, 24 октября 1995).

ЭКСТРАНСЕНС УРИ ГЕЛЛЕР И ЦРУ

Ури Геллер — человек, обладающий уникальными способностями. Он способен усилием воли сгибать металлические предметы, телепатически угадывать и передавать мысли на расстоянии, воздействовать на часовые механизмы и компьютерные системы.

Геллер в детстве мечтал о работе в разведке. Отец Ури в свое время (40-е годы) вступил в Хаганах — секретные внутренние войска в Палестине. Хаганах принимал участие в терроризме и постоянно контролировал ход сражений между британцами, арабами и экстремистскими шпионскими группировками.

В подросковом возрасте Ури Геллер познакомился на Кипре, где в ту пору жил с мамой, с офицером израильской разведки Джоафом. Они подружились. Ури выполнял мелкие поручения своего старшего друга. Джоаф погиб, когда Ури служил в израильской армии.

В 70-е годы Ури Геллер жил в Мексике и был очень близок семье президента. Именно в Мексике произошел первый

контакт знаменитого экстрасенса и ЦРУ. Об этом контакте Геллер рассказал в книге «Эффект Геллера».

... Я лениво прогуливался вдоль витрин магазинов в Зона Роза, в нескольких кварталах от моей квартиры. Вдруг совершенно неожиданно, в тот момент, когда я внимательно рассматривал какие-то »бешеные» драгоценности в витрине ювелирного магазина, которых было в Мехико великое множество, ко мне подошел незнакомый мужчина и остановился.

«Эй, — сказал он, — любезный. Вы Ури Геллер?».

Я предположил, что он узнал меня, запомнив мою внешность либо на сеансе, либо в телевизионной программе.

На вид ему можно было дать лет пятьдесят. Выглядел он вполне безобидно. Я ответил ему, что да, я Ури Геллер.

«Знаете, мне хотелось бы поговорить в вами об одном деле, которое могло бы вас заинтересовать. Я знаком с вашей работой в Станфордском исследовательском институте. Вы не хотите со мной выпить?».

Его поведение показалось мне дружелюбным и простым, он ни в малейшей степени не давил на меня. Он поразил меня своими знаниями, неподдельным интересом к парапсихологии. Я сказал, что спиртного не пью, но буду рад выпить с ним чашечку кофе.

Мы направились в ближайшую кофейню, где сели за стол.

Когда он сделал заказ, то снял свои блестящие солнцезащитные очки и заботливо положил в футляр. На мгновение наступила тишина, и я почувствовал, что в этот мо-

мент мой новый знакомый думал о чем-то очень для себя важном.

Я поинтересовался, откуда он знает о моей работе в институте.

«Ну, мы многое о вас знаем», — сказал он. Мне, естественно, захотелось узнать, кто такие «мы» и чем вызван такой интерес к моей персоне. Я ждал, что он ответит на эти вопросы, и вскоре мое любопытство было удовлетворено. Он, как мне следовало бы самому догадаться, имел отношение к разведывательным службам. Я не помню сейчас точно, как он выразился, но слово «разведка» определенно было произнесено. Он предложил мне показать свое удостоверение, но я сказал, что в этом нет необходимости. (Документ ничего бы не доказал. На 42-й стрит в Нью-Йорке есть магазин, где можно купить любое удостоверение, вам понравившееся).

Он снова заговорил о моем обычном репертуаре — от сгибания ложек, чтения мыслей на расстоянии, видения предметов в закрытых коробках и ящиках, до уничтожения компьютерной памяти. Уже в этом отвлеченном разговоре он сделал пару таких замечаний, которые удостоверили его гораздо лучше, чем любой документ. Он вспомнил о видеокассете, записанной во время моей работы в Станфордском институте и зафиксировавшей момент, когда часы внезапно появились перед нами, словно из воздуха. Результаты некоторых экспериментов, проведенных в то время, не были включены в книгу, и о них могли знать очень немногие люди. Затем он, как бы невзначай, заметил, что «им» известны некоторые подробности моей предшествующей деятельности, о которой никогда не было и не будет публичных упоминаний. (В 1985 году я случайно узнал, что ученые Станфордского института получили на меня досье о работе в израильской разведке.

Информация такого рода могла быть предоставлена только при определенном нажиме со стороны весьма влиятельных сил. Возможно, она была получена в обмен на соответствующую любезность с другой стороны. Хотя могло быть и так, что израильская разведка просто захотела быть в курсе моих последних исследований).

Мы беседовали около часа. Майк, так он просил называть его, записал мой домашний телефон и сказал, что хотел бы встретиться со мной еще как-нибудь. Ничего особенного сказано не было, но я почувствовал, что он пытается внушить мне мысль о том, что в дальнейшем мы могли бы быть друг другу полезны. Меня это определенно заинтересовало.

Я попросил его привести хотя бы один пример, как я могу быть использован. Но вместо этого он прочитал мне целую лекцию о коммунизме, капитализме, стратегической важности Мексики, влиянии Кубы в Центральной Америке и особой роли советского посольства в Мехико. Оно, по его словам, одно из самых больших в мире — крупнейший разведывательный центр, направленный против США и Канады. По имеющимся данным, по крайней мере, половина из трехсот сотрудников посольства (это в шесть раз больше, чем количество мексиканцев, работающих в московском посольстве) получили специальную подготовку в КГБ, для того, чтобы заниматься военным и промышленным шпионажем под боком у Соединенных Штатов. Резидент КГБ Михаил Музанков, насколько известно, непосредственно отвечал за подготовку террористической деятельности по всей Латинской Америке.

— Обо всем этом и еще о многих вещах мы хотели бы иметь точную информацию, — сказал он в заключение, опять не уточняя детали. Я спросил его, каким образом тут может пригодиться мое влияние на семью президента?

Он снова остановил меня жестом руки: — Нет, нет, в данном случае речь идет о твоих уникальных способностях.

Я попытался выяснить, о чем все-таки говорим: — Майк, я что-то не пойму, что для вас важнее — мое влияние на президента или телепатические способности?

— И то, и другое, — ответил он. — Ури, хочу предупредить тебя — не обсуждай по телефону ни с кем то, о чем я тебе говорю здесь. Даже никому из друзей не говори об этом. А теперь мне нужно рассказать тебе немного о Центральном разведывательном управлении, или «компании», как мы называем между собой.

Так впервые в нашем разговоре было упомянуто ЦРУ. Я заметил, кстати, что Майк никогда не называл его сокращенно по начальным буквам, а всегда — только полное название.

— В Израиле, — начал он, лучшая в мире резведслужба, она находит иголки в стоге сена. Каким образом? До потому что она не оставляет без внимания ни одной мелочи. Ее сотрудники могуть быть на 99,99 процента уверены, что в телепатическом эффекте никакой пользы нет, но оставляют все-таки возможность и для него: а что, если он действительно существует?

Вот почему «Моссад» все может, — он сделал паузу, словно хотел проверить, не захочу ли я что-нибудь сказать по поводу «Моссада». После этого он как бы невзначай заметил, что один его старый друг в свое время был членом Еврейской организации самообороны Хаганах, и что он, кстати сказать, настроен произраильски. И тут резко сменил тему разговора.

Если бы кто-нибудь из нас сумел записать «список заказов», ко-

торый Майк мне предоставил, то он выглядел бы примерно так.

Если меня провезут в удобное место к зданию советского посольства, то смогу ли я описать некоторые вещи, находящиеся внутри этого здания? Смогу ли определить, где расположен компьютерный центр в посольстве, и при необходимости стереть определенные компьютерные программы в этом центре? Смог бы «прочитать» секретный шифр кода? Смог бы назвать должность людей, входящих и выходящих из здания посольства? Смог бы вычислить шпионскую сеть и их явки?

Мне показалось, что его особенно интересовал именно последний вопрос. Одним словом, это действительно было похоже на список и в нем еще было немало пунктов. Один из них показался мне совершенно утопичным.

— В определенные известные нам дни, — продолжал Майк, — и в некоторые другие дни, о которых мы не знаем, два советских дипломата садятся в самолет «Аэромексико» с мешками дипломатической почты. Мешки прикованы к запястьям этих специально обученных людей. Смог бы ты, — спросил он, — сказать, что в этих мешках — документы, компьютерные дискеты или еще что-то. В состоянии ли ты, используя свои возможности, как-то узнать содержимое этих бумаг?

Я сказал ему, что это просто бред, бессмысленный и опасный. Мне показалось, что Майк не обидится. Он только рассмеялся и перешел к следующему пункту. В состоянии ли я сбить с курса небольшой беспилотный самолет, управляемый дистанционно с земли? Я сказал, что это более подходящее для меня и это можно попробовать.

— Давай-ка, Ури, как-нибудь съездим на полигон и попро-

буем, — предложил он. Я на мгновение засомневался, серьезно ли это предложение; как выяснилось позже, он и в самом деле говорил правду.

Затем он перешел ко второму списку, касавшуемуся тех вещей, которые я мог бы сделать для него, используя скорее нормальные, чем паранормальные средства, и прежде всего свои контакты с президентом.

Но прежде, чем огласить это список, он прочел мне еще одну краткую лекцию. Она посвящалась Мексике. Начал он с того, что Мексика, хотя и демократическое государство, но не антикоммунистическое, как это, по его мнению, должно быть. Ее нейтральная позиция стала какой-то непонятной и раздражающей Американское правительство все более обеспокоено советским присутствием в Мексике, в стране, находящейся совершенно в другом конце света от Советского Союза и не имеющей с ним практически никаких контактов, в стране, которая, кстати, имеет со Штатами общую границу протяженностью свыше чем тысяча миль. Ну и вдобавок, Мексика находится прямо под боком у первого коммунистического государства Латинской Америки — Кубы.

Майка не устраивало подобное положение дел, и он хотел, чтобы я что-нибудь сделал, чтобы это поправить.

— Ты должен стать настоящим другом президента, — сказал он, — говори с ним столько, сколько можешь. Пофилософствуй на эти темы, постарайся заставить его понять, что он ведет страну к тому, что она будет использоваться как база для разведывательных действий по отношению к Соединенным Штатам. Постепенно Майк стал высказываться более определенно. Жена президента поддерживает тесные дружеские контакты с одним человеком, и Майк был

бы заинтересованы в том, чтобы эта дружба поскорее закончилась. Он назвал имя человека, которого я знал как одного из многих, желавших поддерживать более тесные отношения с Манси. Он не был мексиканцем, у него была русская или, по крайней мере, славянская фамилия. Занимался он бизнесом, связанным с импортом и экспортом товаров, и приехал в Мексику откуда-то из Европы.

За все это время Майк ни разу не упомянул о какой-то возможной оплате за мои услуги. Майк знал, что я хорошо зарабатываю, и, возможно, догадывался (правильно догадывался), что я вряд ли откажусь сделать то, что в моих силах, чтобы помочь стране, столько сделавшей в прошлом, для помощи моей работе.

— Какая у тебя американская виза? — спросил он в тот момент, когда я уже подумал, что наша беседа закончена. Надо сказать, что он очень удачное выбрал время для этого вопроса.

Может быть, он тоже телепат? Я заметил, что он уже не в первый раз угадывал то, что у меня было в мыслях. Как всякий гражданин Израиля, которому часто приходится бывать в Соединенных Штатах, я провел не одну ночь в американских консульствах по всему миру для того, чтобы получить очередную визу на въезд в США. Бессрочный штамп, разрешающий многократный въезд- выезд, означал для меня конец этим мучениям, — Если тебе что-нибудь понадобится, не стесняйся, звони по этому номеру, — сказал Майк, не дожидаясь моего ответа.

Это был не его номер — я никогда не знал ни этого телефона, ни даже его настоящего имени Майка. Телефон принадлежал представителю американкого посольства, которого я буду называть Томом Моррисом. Вскоре после нашей

встречи я оказался в американском посольстве. Подойдя к охраннику — гвардейскому моряку, я сказал, что у меня назначена встреча с мистером Моррисом.

Из-за спины охранника я увидел знакомую картину — огромную очередь желающих получить въездную визу США, широкой лентой опоясывающую просторный зал консульского отдела. Я подумал: неужели действительно возможно, чтобы я больше никогда не стоял в этой толпе? К моему изумлению, я узнал в одном из тех, кто стоял в очереди, сына бывшего президента, который так же, как и все простые смертные, был вынужден ждать своего часа. Я подумал: «Если ты больше не живешь в президентском дворце Мексики, значит, ты уже действительно никто». Теперь я понял, почему Майк так стремится поскорее воспользоваться моей дружбой с семьей нынешнего президента. Ведь и его срок когда-нибудь кончится.

... Я никогда раньше не пытался добыть информацию, источник которой находился бы внутри какого-то здания, но я не видел причин, по которым это было бы сделать сложнее, чем любое иное проявление телепатии или ясновидения. Я делал такие упражнения не раз и поэтому нарисовал в своей голове чистый экран и стал ждать появления на нем какого-то текста или изображения. Иногда эти картинки бывали четкими и яркими в течение нескольких секунд, и тогда я знаю, что получил правильную информацию. А иногда они слишком быстро приходят и уходят — как правило, это бледные, неясные изображения. В таких случаях я могу угадать, а могу и ошибиться.

Я совершил несколько продолжительных прогулок вокруг здания посольства в течение ряда недель, собирая все свои впечатления и записывая их в той последовательности, в которой они появлялись. На отдельных листочках бумаги

я быстро, стараясь ничего не упустить из виду, наносил все это в виде каких-то каракулей и понятных лишь мне набросков, даже не пытаясь порой вникать в их сущность. Потом я передал их Майку с небольшим пояснением, которое мог дать.

Майк особенно заинтересовался в тот момент, когда я сказал ему о системе шпионских явок. Он, разумеется, не стал мне говорить, что я вывел их на сцену одной из крупнейших шпионских драм века, одним из главных действующих лиц которой был калифорнийский делец по имени Дэлтон Ли. Сейчас он отбывает пожизненное заключение за продажу советским разведслужбам некоторых конструкций суперсекретных спутников связи «Райолит» и»Аргус». Он несколько раз бывал в советском посольстве в 1975 и 1976 годах, а 6 января 1977 года посетил его в последний раз. Как бы невзначай он подбросил клочок бумаги через ограду и был в ту же секунду арестован мексиканской полицией.

По официальной версии, он был арестован по подозрению в убийстве мексиканского полицейского, совершенном некоторое время назад. Представитель американского посольства, который якобы случайно оказался в этот момент в советском посольстве, сумел сразу предупредить о случившемся американские власти.

Вскоре были установлены и личность подозреваемого, и истинные цели его деятельности.

Имели ли мои наблюдения непосредственную связь с этим эпизодом? Я не могу утверждать это со всей определенностью.

И все же поразителен тот факт, что мексиканская полиция

оказалась на месте в нужное время, словно только и ждала этого шпиона, который, естественно, не мог быть арестован американцами в чужой стране. Официально мне об этом ничего не сообщили по вполне понятным соображениям. Как сказал один из моих друзей из разведслужбы, если ты хоть чем-то полезен, то нет нужды говорить тебе, чем конкретно. Если от тебя нет проку, но ты нам просто больше не нужен.

Хотя бывали случаи, когда я мог наблюдать мгновенный результат своей работы.

Во время одной из наших встреч Майк нарушил неписаные правила секретности и как бы между прочим заметил, что мои рекомендации по одному важному вопросу, похоже, были хорошо восприняты.

Тогда же Майк принес большую книгу в голубой обложке и открыл ее передо мной.

— Скажи мне, пожалуйста, какое впечатление производит на тебя этот человек?» — спросил он. Это была черно-белая фотография Андропова, о котором я тогда еще ничего не слышал.

Первая мысль, которая пришла мне в голову, что он как-то связан с родиной моего отца — Венгрией. И Майк объяснил, что он был там послом во время советского военного вторжения в 1956 году. Впоследствии он стал главой КГБ.

— С виду — славный малый, — начал я, — спокойный, сдержанный, достаточно приятный в общении, но по натуре жестокий человек и безжалостный. Доктринер, в некоторых вопросах не гибок.

Все это сегодня, наверное, известно. Уверен, что и Майк тогда знал об этом.

Он рассказал мне немного о новом интересном методе, который разработали психологи ЦРУ, позволяющем узнать характер человека и даже в какой-то мере судьбу, изучая лишь фотографию.

Затем Майк вдруг начал задавать мне довольно странные вопросы: — Можешь ли ты читать мысли людей, если они думают на другом языке? Нужно ли тебе для этого находиться рядом с ними? Не болен ли серьезно этот человек? Когда, ты думаешь, он умрет?

Я слушал его, не перебивая, а едва только захотел сказать что-то, как Майк снова продолжал серию вопросов, один из которых заставил меня содрогнуться.

— Нам известно, что ты можешь влиять на компьютеры, Ури, знаем мы и то, что ты владеешь телепатией, — он наклонился поближе ко мне, и, понизив голос, как это всегда делается в шпионских фильмах, спросил: — Как ты думаешь, ты не смог бы вызвать смертельную болезнь в человеческом теле? Ну, к примеру, остановить работу сердца?

Я промолчал, почувствовав, что начинаю покрываться гусиной кожей. Майк тем временем как ни в чем не бывало стал говорить о колдовстве, черной магии, но потом, видимо, все-таки догадавшись, что я окончательно теряю нить разговора, переменил тему.

Задумавшись на мгновение, он спросил меня, как обычно, слегка развязно:

— Слушай, а слабо тебе, наоборот, нарисовать что-нибудь,

а потом спроектировать этот рисунок в чьем-то сознании? Сумеешь? — Конечно. Я делаю это регулярно, — Давай попробуем.

Тут я вдруг засомневался, потому что все еще не отошел ото всех разговоров о черной магии и тому подобной чертовщине, которые напугали меня. Но решил забыть их. В конце концов.

Майк сейчас просил меня не о том, чтобы убрать Андропова.

Майк отвернулся, а я нарисовал то, о чем он вряд ли мог бы догадаться. Турецкий флаг с луной и звездой. Я передал ему блокнот, предварительно перевернув его. Майк тотчас взял ручку и нарисовал прямоугольник с луной и чем-то напоминающим по форме звезду внутри него. Потом он перевернул блокнот обратно и, сверив два рисунка, назвал их практически идентичными.

— Это вероятно», — сказал он.

Люди всегда поражаются, обнаружив, что могут делать практически то же самое, что и я. Будь то сгибание ложек или чтение и передача мыслей на расстоянии. Обычно это бывает тогда, когда они сами начинают верить в то, что все это в принципе возможно.

Майк снова стал серьезным. — Послушай, Ури, ты сейчас сумел передать свой замысел в мое сознание, не так ли? А не мог бы ты таким образом внушить в сознание человека какую-то определенную мысль? Так, чтобы она заставила его действовать, даже если он не хочет этого? Даже, если он, возможно, и не догадывается, что это его кто-то просит сделать? Я говорю о президенте Соединенных Штатов Америки.

Инаугурация Джимми Картера была назначена на 20 янва-

ря 1977 года. И Майк, сказал, что так или иначе мне обязательно нужно присутствовать на ней. Это единственный шанс, как ему казалось, чтобы я смог стоять близко к президенту и телепатически передать послание, которое задумал Майк.

— За приглашение не беспокойся, Ури, уверил меня Майк. — Считай, что его ты практически уже получил.

Торжественный парад перед инаугурацией оказался весьма неуютным мероприятием. Было холодновато, но президент Картер настоял на том, чтобы проделать весь маршрут от церемониальной трибуны до его нового дома пешком, что очень обеспокоило сотрудников службы безопасности. Я здорово продрог и уже не раз пожалел о том, что не поддел под куртку какой-нибудь свитер или другую теплую вещь.

Когда в поле зрения появилась вся процессия, весь наш замысел показался посто нелепым. Я мысленно приготовился предпринять что-то неожиданное, так как план Майка направить телепатическое послание главе самого могущественного государства в мире казался мне весьма далеким от исполнения.

Новая президентская чета приветливо махала руками и рассыпала свои тяжелые южные улыбки окружающей толпе. Одна такая солнечная улыбка была послана в моем направлении. Хотя госпожа Картер вряд ли могла узнать меня с такого большого расстояния, но это был явно знак персонального внимания. Наконец они поравнялись со мной, хотя находились все же еще на приличном расстоянии от меня. Тогда я и сделал свою первую попытку донести до президента как бы зажатую в капсулу и несущую образы телепатического феномена мысль о советском превосход-

стве в этой области и отсутствии средств, необходимых для исследований.

«Все дело в деньгах, — сказал мне как-то Майк. — Необходимы дотации для исследовательских институтов». Он не называл мне конкретных цифр, но в моей голове почему-то засела сумма в шесть миллионов долларов. И в своем мысленном послании к президенту я добавил эту цифру. Я попытался донести до сознания президента эту идею, насколько это было возможно с того расстояния, которое нас разделяло. Непосредственный контакт с президентом ожидал меня впереди.

Есть много аргументов, подтверждающих, что телепатия значительно более эффективна при тесном контакте, хотя Рассел Тарг и другие исследователи показали во время своих экспериментов, что возможна передача мыслей и на больших расстояниях, как от Москвы до Калифорнии. Но я думал, и небезосновательно, что задача, которая стояла передо мной в тот момент, могла быть более успешно решена в непосредственной близости от объекта внушения. Возможно, я был не прав, но в любом случае Майк советовал мне подобраться к Картеру как можно ближе.

Пришлось еще немного подождать, потому что у меня не было никакой возможности подойти поближе к президенту во время официальной церемонии, проходившей в огромном зале. Среди всех присутствующих я узнал лишь двух людей: актера Джека Николсона, как и многие другие знаменитости, пришедшего засвидетельствовать свое уважение новому президенту, и маленькую очень знакомую фигурку, которая попалась мне на глаза по пути в холл. Я подкрался к ней сзади и тихонько позвал: «Люси!»

Объяснимся!» Она отпрянула от неожиданности, увидев меня.

Я прочел в ее глазах немой вопрос: как, черт возьми, я сумел получить приглашение сюда. Однако времени для объяснения у меня не было.

Наконец, наступило время главного события недели — торжество и я оказался в самом знаменитом доме Соединенных Штатов. Это был отнюдь не частный визит. Кроме меня, там присутствовало еще несколько сот гостей. Не успело пройти первое изумление от увиденного внутри Белого дома, как у меня вновь оборвалось сердце. Я понял, что служба безопасности действовала очень четко. Люси все время держалась рядом со мной, успев познакомить меня с несколькими важными людьми, включая одного из ближайших советников президента, но мои мысли в этот момент работали в совершенно другом направлении. Я знал, что это возможно — мой последний шанс встретиться с президентом с глазу на глаз.

Но я видел, что даже Люси с ее родственными связями не могла пройти сквозь вооруженную стену, сооруженную вокруг президента в его собственном доме.

Затем гости внезапно стали выстраиваться в ряд — друг за другом, чтобы лично засвидетельствовать свое уважение семье Картеров. Я сильно сомневался в том, что сотрудники службы безопасности разрешат мне встать в этот ряд и поговорить с четой Картеров. Но Люси вдруг схватила меня и буквально потащила в конец ряда.

Ситуация напомнила мне мой первый прыжок с парашютом. Я помню зеленый свет, означавший, что следующая очередь для прыжка — моя, и обратной дороги нет. Сейчас со мной происходило нечто подобное. Я попытался сконцентрироваться настолько, насколько это было возможно, и, пожалуй, впервые почувствовал, что вот это и есть

предназначение, которое мне предстоит выполнить.

Гораздо раньше, чем я предполагал, передо мной оказались Джимми и Розалин Картеры и их официальная свита. И больше никого. Вот и пришло время, подумал я.

Госпожа Картер сразу же узнала меня и сняла напряжение.

— О, Джимми! — воскликнула она. — Это Ури Геллер. Ты помнишь, тот молодой израильтянин, о котором я тебе столько рассказывала.

Выражение лица у Картера чуть-чуть изменилось. И потом последовала тишина, после чего я сделал шаг вперед и схватил его руку для пожатия. Я держал ее добрых шесть секунд, смотря сверху в его глаза; он был ниже меня ростом, ниже даже, чем я предполагал. (Во мне семь футов и один дюйм). Я попытался передать им свое мысленное послание и сделал для этого все, что мог.

«Телепатический феномен существует. Будь объективен и не имей предубеждения. Вложи деньги в исследования. Шесть миллионов долларов. Догони Советы».

Сверхнапряжение и концентрация мысли сделали эффект моей попытки еще сильнее, чем обычно. Картер даже слегка вздрогнул, и я почувствовал, что он пытается отнять свою руку. «Не перестарайся», — сказал мне мой голос. Последовала известная картеровская улыбка.

— Вы собираетесь решить для нас проблему энергетического кризиса? — спросил он.

Уже во второй раз главы государств настойчиво задавали мне один и тот же вопрос. Я забыл, что ответил тогда, но что

касается моего послания к президенту, то почти не сомневаюсь, что оно дошло до него.

Этот случай — один из тех, когда я был абсолютно уверен в том, что поступаю правильно. Моя миссия на этом закончилась.

Полагаю, что кто-нибудь из фотографов навечно запечатлел этот эпизод и фотография, наверняка, хранится где-нибудь в вашингтонских архивах.

Люси позвонила после этого мне еще раз или два. Но мы никогда больше не виделись, и я до сих пор не знаю, подстроила ли она мне эту встречу с президентом или нет. И вообще, кто стоял за всем этим? Неужели это было просто совпадение?

Что касается Майка, то он тоже навсегда исчез из моей жизни — так же неожиданно, как и вошел в нее.

Семь лет спустя в «Нью-Йорк Таймс» от 10 января 1985 года появилось сообщение. В нем говорилось о том, что президент Картер приказал в 1977 году провести на самом высоком уровне всестороннюю проверку исследований Советов в области парапсихологии. Это последовало, как утверждалось в газете, после «личной встречи» президента со мной. (Я никакой информации об этой встрече не давал). «Секретная проверка, — согласно статье, — была завершена в 1978 году. И хотя не было доказано, что существовал специальный проект о разработке в СССР психических методов ведения войны, о которых предупреждал господин Геллер, был обнаружен определенный интерес Советского Союза к этой сфере». Официальные представители Белого дома «не могли ни подтвердить, ни опровергнуть; утверждения газеты насчет проверки. Не могу этого сделать и я.

В следующий раз я был приглашен на вечер в особняк на Лонг-Айленд Саунд, где хозяином был сотрудник ЦРУ, специализирующийся на советских проблемах, а одним из приглашенных должен был быть советский официальный представитель, которого американская сторона очень хотела склонить к сотрудничеству со своими спецслужбами.

Меня попросили о двух вещах: продемонстрировать перед этим человеком свои способности и по возможности попытаться послать ему мысленный сигнал, побуждающий завербоваться в ЦРУ.

Мне это поручение показалось довольно странным, но я не стал задавать лишних вопросов.

Дон пришел с женщиной, но не со своей женой, которую мне раньше приходилось видеть, а с сотрудницей контрразведки. Он вскоре организовал мою встречу с советским гостем — невысоким коренастым мужчиной с совершенно седыми волосами, несмотря на то, что он был средних лет. Мне не назвали его имени. Я согнул для него ключ, и было видно, что ему это понравилось.

Прощаясь, я дал ему свой телефон с приглашением позвонить, если возникнет желание, но он мне так и не позвонил.

Во время этой встречи я сидел рядом с ним и все время выстукивал, словно азбуку Морзе, свое мысленное послание ему: «Предай, предай. Тебе будет хорошо. Предай...» Примерно тогда же Аркадий Шевченко, помощник Генерального секретаря ООН, предал свою Родину и остался в США, после того как в течение двух лет постоянно передавал секретную информацию американским спецслужбам. В своей книге «Порывая с Москвой», увидевший свет в 1985 году, он на-

"Wiseman is at her best in this surprising tale of love and faith."

—PUBLISHERS WEEKLY ON LISTENING TO LOVE

"I always find Beth Wiseman's books to be both tenderly romantic and thought provoking. She has a way of setting a scene that makes me feel like I'm part of an Amish community and visiting for supper. I loved the title of this book, the message about faith and God, and the heartfelt romance between Lucas and Natalie. *Listening to Love* has everything I love in a Beth Wiseman novel—a strong faith message, a touching romance, and a beautiful sense of place. Beth is such an incredibly gifted storyteller."

—SHELLEY SHEPARD GRAY, BESTSELLING AUTHOR
OF THE SEASONS OF SUGARCREEK SERIES

"*Listening to Love* is vintage Beth Wiseman . . . Clear your calendar because you're going to want to read this one in a single setting."

—VANNETTA CHAPMAN, AUTHOR OF THE
SHIPSHEWANA AMISH MYSTERY SERIES

"This is a sweet story, not only of romance, but of older generations and younger generations coming together in friendship. It's a tear-jerker as well as an uplifting story."

—PARKERSBURG NEWS & SENTINEL ON HEARTS IN HARMONY

"Beth Wiseman has penned a poignant story of friendship, faith, and love that is sure to touch readers' hearts."

—KATHLEEN FULLER, AUTHOR OF THE MIDDLEFIELD
FAMILY NOVELS, ON HEARTS IN HARMONY

"Beth Wiseman's *Hearts in Harmony* is a lyrical hymn. Mary and Levi are heartwarming, lovable characters who instantly feel like dear

ACCLAIM FOR BETH WISEMAN

"Wiseman has created a series in which the readers have a chance to peel back all the layers of the Amish secrets."

—*ROMANTIC TIMES*, 4 ½ STARS AND JULY 2015
TOP PICK! ON *HER BROTHER'S KEEPER*

"Wiseman's new launch is edgier, taking on the tough issues of mental illness and suicide. Amish fiction fans seeking something a bit more thought-provoking and challenging than the usual fare will find this series debut a solid choice."

—*LIBRARY JOURNAL* ON *HER BROTHER'S KEEPER*

"*A Beautiful Arrangement* has everything you want in an escape novel."

—*AMISH HEARTLAND*

"*A Beautiful Arrangement* has so much heart, you won't want to put it down until you've read the last page. I love second-chance love stories, and Lydia and Samuel's story is heartbreaking and sweet with unexpected twists and turns that make their journey to love all the more satisfying. Beth's fans will cherish this book."

—JENNIFER BECKSTRAND, AUTHOR OF THE
PETERSHEIM BROTHERS SERIES

"Wiseman's delightful third installment of the Amish Journey series (*A Beautiful Arrangement*) centers on the struggles and unexpected joys of a marriage of convenience . . . Series devotees and newcomers alike will find this engrossing romance hard to put down."

—*PUBLISHERS WEEKLY*